AF355479

Hermann Löns

Geschichten von der Jagd

e-artnow 2018

Manfred von Richthofen
Der rote Kampfflieger (Der Rote Baron): Die Autobiografie

Jack London
Der Seewolf

Alexandre Dumas
Die Gräfin Charny

Jack London
Michael der Bruder Jerrys

Frederick Marryat
Rattlin, der Reffer

Achim von Arnim
Die Majoratsherren (Erzählung)

Achim von Arnim
Geschichte des armen Spoleto: Neun Novellen von Achim von Arnim

Achim von Arnim
Owen Tudor (Erzählung)

Heinrich von Kleist
9 Novellen: Michael Kohlhaas + Die Marquise von O... + Das Erdbeben in Chili + Geistererscheinung und mehr

Edgar Wallace
Zwei Afrikaromane: Hüter des Friedens + Unter Buschniggern

Hermann Löns

Geschichten von der Jagd

Was da kreucht und fleugt + Kleine Jagdgeschichten + Niedersächsisches Skizzenbuch + und vieles mehr

e-artnow, 2018
ISBN 978-80-273-1634-2

Inhaltsverzeichnis

Widu

Auf der Heide vor dem Dorfe lagen Zigeuner; ihre Weiber waren fett, ihre Pferde mager. Und mager waren auch die Hunde, die unter den einen Wagen gebunden waren.

Es waren drei schottische Schäferhunde, ein gelber Weimaraner Vorstehhund, ein weißer Setter, ein eisengrauer Wolfspitz und ein schwarzer, rotgebrannter Teckel. Sie balgten sich um Knochen und trockne Brotrinden und sahen dem feinsten Zigeuner, der an dem Wagen vorüberging, mit haßerfüllten Augen nach; denn sie waren überall zusammengestohlen.

Einzig und allein ein junger Terrier war nicht unter dem Wagen, sondern drei Bengels und zwei Mädchen spielten mit ihm nach Zigeunerart. Sie zerrten ihn an einem Stricke hin und her, fingen Bienen, die sie ihm ansetzten, um sich an seiner Angst zu weiden, steckten ihm eine nackte schwarze Schnecke in das Maul und wollten sich totlachen, als er das Tier herauswürgte und die Nase im Grase rieb, um den üblen Geruch loszuwerden, und schließlich warfen sie ihn so lange in den Teich, bis er zuletzt halb ertrunken herauskam und vor Todesangst hübsch machte.

Gerade wollten sie ihn noch einmal in das schlammige Wasser werfen, da schrie der älteste Lümmel hell auf und flog kopfüber in den Teich, ein anderer folgte ihm und der dritte rieb sich das Bein; ein lang aufgeschossener Junge von sechzehn Jahren stand mit einem Eichenstock in der Faust vor ihnen und schlug mit zornrotem Gesicht rechts und links auf die beiden Bengels, die katzennaß aus dem Schlamm krochen, ein, ohne sich um das Gekreisch der beiden halbnackten Mädchen und das Gekeife von zwei schmierigen Hexen, die hinter dem Wagen hervorgeschossen kamen, zu kümmern. Er nahm den zitternden Hund auf den Arm und ging dem Forsthause zu, dessen schwarzweißes Fachwerk freundlich von dem Walde hersah.

Eine Stunde später kamen drei Gendarmen angeritten und brachten die Zigeuner, die des Pferdediebstahls verdächtig waren, nach der Kreisstadt. So blieb der Terrier auf der Försterei. Dort hatte er es gut, denn der Hegemeister und seine Frau waren sehr tierlieb, und als der Forstlehrling das Tier anbrachte und erzählte, wie er dazu gekommen war, sagte sein Lehrprinz: »Von Rechts wegen durftest du das nicht tun; aber wahrscheinlich hätte ich es genau so gemacht. Aber wie heißt er denn?« Ja, das wußte der Lehrling auch nicht und da sagte der Hegemeister: »Dann soll er Widu heißen!« Der Lehrling machte ein dummes Gesicht: »Wie ich?« Der Hegemeister lachte: »Wie ich nicht, Widu,« antwortete er.

Auf der Försterei gefiel es Widu ausgezeichnet, bald noch besser als in dem Hause in der großen Stadt, vor dessen Tor der Zigeunerbengel ihn am Viehmarkttage gestohlen hatte. Er wurde bald ebenso glatt und stämmig, wie er früher rauh und schlottrig gewesen war, hatte immer gute Laune und lernte alle möglichen Kunststücke, Totstellen, Apportieren, Verlorensuchen, Reifenspringen und Ballfangen. Ganz von selbst lernte Widu dann das Rattenjagen, und in sechs Wochen gab es keine Ratte mehr auf der Försterei. Im Februar nahm ihn der Hegemeister zum Fuchssprengen mit, und als der Hund sich dabei so vorzüglich machte, arbeitete er ihn spaßeshalber auch auf Schweiß, wenn ein Stück Rotwild oder eine Sau krank geschossen war. »Der Hund ist großartig, wenn er nur nicht solchen dummen langen Fang hätte,« pflegte er zu sagen; denn von Terriern verstand er nichts.

Es dauerte nicht lange, da sagte er das nicht mehr. Widu war ein leidenschaftlicher Jäger geworden, der nicht nur allein hinter den Hasen und Rehen umherhetzte, sondern auch Hirschmann, den Schweißhund des Hegemeisters, zum Wildern verführte.

Deshalb verschenkte der Hegemeister ihn an einen Kollegen, der ganz einsam in der Heide wohnte und einen wachsamen Kläffer haben wollte.

Es war im Januar, da warf der Hegemeister einen Brief, den er von dem Oberförster bekommen hatte, gegen die Wand, daß es knallte, denn der Oberförster schrieb ihm, es wäre ein Ministerialerlaß da, daß die Sauen abgeschossen werden sollten und am anderen Tage sollte in dem Belaufe des Hegemeisters getrieben werden. Das paßte dem Alten gar nicht, denn alles konnte er vertragen, nur keine Treibjagden, und so machte er am anderen Tage beim Stelldichein ein Gesicht, wie der Hund, wenn er am Bienenzaun vorbei muß. Mit einem Male bekam er helle Augen, denn er sah, daß Widu auch da war und sich mit Hirschmann sehr ungestüm begrüßte.

Die Förster, die von den englischen Hunden nichts wissen wollten, machten sich über Widu lustig und fragten seinen Herrn: »Was ist das eigentlich für ein Gemüse? Sieht ja fast wie eine Kreuzung zwischen Handtuch und Kolkrabe aus,« denn ein weißer Hund mit schwarzen Abzeichen als Jagdhund, der kam ihnen lächerlich vor, und einer meinte: »Ist wohl so'n englischer Rattenfänger oder Aapenpintscher oder sonst so'n besserer Gutestubenhund?« Der Revierförster, der einen trockenen Humor hatte, meinte aber: »Kann wohl sein, denn Ratten fängt er ausnehmend gut; ob er aber auch Aapen pintscht, das weiß ich nicht.« Da platzten alle los.

Nach dem ersten Triebe wurden die angeschweißten Sauen nachgesucht, und kaum vernahm der Hegemeister, daß Widu in der Dickung Standlaut gab, da schnallte er Hirschmann und dieser machte, daß er zu seinem Freunde kam. Der Oberförster pirschte sich selbst an die kranke Sau heran und gab ihr den Fang und dann sagte er dem Revierförster, der mit ihm gegangen war: »Nehmen Sie die Hunde an!«

Das war leicht gesagt, aber schwer getan. Als der Förster lockte, sah Widu den Hirschmann und Hirschmann den Widu an, und dann, was hast du, was kannst du, weg waren sie, und sie hörten nicht, daß der Förster pfiff und brüllte und daß der Oberförster schimpfte und fluchte. »Da haben wir den Salat,« schrie er; »nun macht uns das Luderzeug das Jagen ratzekahl und wir können eine Meile weiter gehen!« So wurde es auch, man pfiff, man schrie, man blies, aber es war alles für die Katz. Jiffjiff, jaffjaff, hukhuk ging es; hier spritzten die Rehe aus der Dickung, da polterte das Rotwild über die Bahn, dort stoben die Sauen hin. In einer Viertelstunde war das unberührt gebliebene Jagen, das nach dem Frühstücke vorgenommen werden sollte, leer, und die Nachbarjagen auch. »Guten Morgen, meine Herren,« sagte der Forstmeister; »nun können wir nach dem Schwierbruche gehen. Verfluchtige Zucht.« Als er sah, daß der Hegemeister gar nicht mehr so brummig aussah wie vorhin, drohte er ihm mit dem Finger und sagte: »So, darum haben Sie Ihren Transpirierköter wohl bloß geschnallt, damit er mit dem Schachbrett sich einen lustigen Tag machen sollte!« Der Hegemeister schüttelte den Kopf: »I wo wer' ich denn, Herr Oberförster!« Aber als der Oberförster sich umdrehte, grinste der Alte ganz schmutzig hinter ihm her und gab Widus Herren eine feine Zigarre und einen noch feineren Kognak.

Widu bekam gehörige Wichse, als er sich bei der Försterei einstellte, und von da ab hatte er es nicht mehr so gut, denn er mußte an der Kette liegen. Nun diente eine Magd auf der Försterei, die auf ihre Herrschaft ärgerlich war, weil diese sie nicht so oft zum Tanzen gehen ließ, wie sie mochte; und darum brachte sie dem Hunde die Kunst bei, sich das Halsband abzustreifen und wieder hineinzuschlüpfen, und nun wilderte er so lange, bis der Förster hinter seine Streiche kam, ihn in eine Kiste steckte und zu einem Kollegen schickte, der in einem Hofjagdrevier angestellt war. Er legte einen Brief dabei und darin stand: »Widu heißt er, ist ein ausgemachter Schweinehund und jagt ganz vorzüglich an Sauen, aber auch an allem andern, was Haar hat. Totschießen mag ich ihn nicht; steckt ihn in die Findermeute.«

So wurde Widu Mitglied der Findermeute und wurde bei dem Arbeiter Grammann eingestellt. Dort hatte er es nicht so besonders, denn die Kost war mäßig und er mußte, weil er ein Wilderer war, einen Knüppel tragen, weswegen er sich das Jagen bald abgewöhnte. Ab und zu hatte er doch sein Vergnügen, denn wenn Grammann keine andere Arbeit hatte, grub er Hamster aus und Widu biß sie tot, oder sein Herr jagte in den Scheunen auf Marder und Iltisse und dabei machte sich der Hund so gut, daß er mit der Zeit ohne Knüppel laufen durfte, wenn Grammann im Felde zu tun hatte. Dann schnüffelte er in den Gräben und Wasserfurchen umher, grub Mäuse aus, beschlich Wühlratten und packte auch ab und zu einen Hamster. Im Dorfe war er sehr beliebt, denn wer Ratten auf seinem Hofe hatte, der ließ Widu holen, und der machte kurzen Prozeß mit ihnen. Mit der Zeit jagte er von selber auf Ratten, besonders in nebeligen Nächten, und dabei stellte er einmal einen fremden Kerl, der die Räucherkammer des Vorstehers geleert hatte und mit einem Sacke voll Schinken und Würsten sich aus dem Dorfe stehlen wollte; er ließ den Mann nicht von der Stelle und machte einen solchen Lärm, daß die Bauern aus den Betten sprangen und den Dieb festnahmen. Das brachte Widu eine dicke Leberwurst, die allgemeine Achtung, den Ehrentitel Obernachtwächter und die nähere Bekanntschaft des Forstmeisters ein, der ihn holen ließ, wenn Jungfüchse gegraben werden sollten.

Eines Tages sagte Grammann zu ihm: »Ja, Junge, morgen gibt es Arbeit für dich.« Widu dachte, es ginge auf Füchse, aber es kam anders. In aller Frühe holte ihn sein Herr aus dem Stall, in den er ihn der Sicherheit halber mit »Wasser«, einem rasselosen Fixköter, den er ebenfalls in Hut hatte, eingeriegelt hatte, heraus und koppelte ihn mit »Wasser« zusammen. Widu brachte seine Nase nicht von dem alten, schmierigen, viel geflickten Kittel seines Herrn, denn daraus kam ihm eine Witterung entgegen, die er nicht vergessen, obzwar es schon lange her war, daß er auf der Rotfährte der Sauen jagen durfte. Er beschnüffelte den Kittel von oben bis unten und fing an zu winseln und zu bellen und an der Koppel zu reißen, daß Grammann zu seiner Frau sagte: »Der wird gut, Mutter; der hat Schweineverstand!«

Widu machte große Augen, als er auf dem Sammelplatze ankam. Da waren viele, viele Hunde, alle zu zweien und zweien an der Koppel, und viele Grünröcke, die alle in einer Reihe standen und auf einmal an zu blasen fingen. Und da begannen alle Hunde Hals zu geben und Wagen auf Wagen donnerte heran, und aus ihnen stiegen grüne Röcke. Dann trabten Widu und Wasser hinter dem Treiber durch den Schnee und beide zogen nach der Seite und winselten, denn auch Widu wußte, worum es sich handelte, denn alle die Männer in den verschossenen Kitteln rochen nach Sauenwitterung. Widu zog, was er ziehen konnte, bis er mit Grammann hinter dem Rüdemanne war, und er sah sich den Hund an, liebelte mit ihm und meinte: »Ich glaube, der schlägt ein.« Als dann die ersten Schüsse fielen und Widu am ganzen Leibe zitterte und dabei durch die Nase piepte, sagte er: »Der schlägt bestimmt ein.«

Hinten am Walde blies ein Horn ein krauses Signal; alle Hunde heulten los, legten sich in die Riemen und rissen die Koppelführer hinter sich her, daß Winterlaub und Astwerk stob. Ein anderes Signal erscholl und da riß Grammann die Koppel zurück. Widu wußte zuerst nicht, wie ihm zumute war, als er fühlte, daß er nicht mehr am Riemen war, aber als er das gellende »Hu Su, wahr too, min Hund, wahr too!« vernahm, mit dem der Rüdemann ihn anjuchte, da stürmte er dahin, daß der Schnee stob, und im Umsehen verschluckte ihn die verhangene Fichtendickung.

Jagen, jagen, endlich wieder einmal an Sauen jagen! Wo sind sie, die Schwarzkittel? Hier waren sie! Und da ist eine grobe Sau! Drauf und dran! Hinaus mit dir aus dem Busch! Ob du willst oder nicht! Blase nur, wetze nur, das hilft dir nichts! Annehmen? Da kennst du Widu schlecht, der sieht sich vor! Da ist ja auch Freund Wasser! So, nun ist die Sache erst richtig! Du verbellst von vorn und ich zwicke ihn am Pürzel, dann wird er schon laufen! Siehst du wohl, zureden hilft! Und nun hinterher! Hei, das ist doch ein Leben, doch etwas anderes, als Hamster greifen und Ratten fassen. Jiff, Jaff, hukhuk! Und jetzt knallt es schon! Er schiebt sich an dem Wurfboden ein! Wie er bläst, wie er wetzt, wie er um sich schlägt! Immer vorsichtig! Siehst du, Wasser, beinahe wärst du geschlagen! Das war falsch! Wer kommt denn auch einem hauenden Schwein von vorne! So wird die Sache gemacht!

»Hu Su,« gellt es hinter den Hunden, »hu Su, wahr too, wahr too, wahr too,« und der Rüdemann kommt angepoltert. Und da machte, während Wasser den Keiler verbellte, Widu einen langen Sprung, faßte das rechte Gehör der Sau, hielt es fest, und ehe der Basse zuschlagen konnte, warf er sich ihm über den Rücken, so daß die Sau den Kopf nicht mehr bewegen konnte, Wasser faßte das andere Gehör, und im nächsten Augenblicke brach die Sau zusammen, denn das Weidmesser des Rüdemanns war ihr hinter das Blatt gefahren. Er wollte Widu abliebeln, aber der war schon wieder weiter gestürmt, und oben am Hang, gerade dem Kaiserstand gegenüber, tönte sein heller Hals hinter den Sauen her, und mehr als eine hetzte er vor den Stand des Kaisers, und jedesmal, wenn er eine angeschweißte Sau stellte, machte er den Sprung, den bisher nur Mulatt, der berühmte Mulatt, heraushatte, der jetzt das Gnadenbrot bei dem Forstmeister bekam.

»Ein Haupthund ist er, ein Kapitalhund!« rief der Rüdemann den Kollegen zu; »er hat den großen Griff heraus! Und alle Signale kennt er.« Und er klopfte sich auf den Schenkel, rief: »Daher, daher!« und liebelte Widu ab. Aber er lachte, als der Hund bei ihm blieb und Grammann die Zähne wies, und er machte es mit dem Forstmeister ab, daß er den Hund bei sich behalten durfte. Nun hatte es Widu wieder besser, denn die Försterfrau kochte ein Essen, wie es sich für einen Hund gehört, Reis mit Fleischabfällen; dann waren da drei Kinder, die sich mit ihm abgaben. Er begleitete sie, wenn sie in die Schule gingen, blieb vor der Tür der Schule liegen und ging mit ihnen wieder nach Hause. Auch mit Müschen, der Katze, wurde er gut Freund, und er, der sonst jede Katze schlank gewürgt hatte, fraß mit ihr aus einem Napfe und erlaubte es ihr, daß sie ihn als Ruhekissen benutzte. Er war ein so artiger, folgsamer Hund geworden, daß der Förster und die Kinder ihn ruhig in das Gatter mitnehmen durften, denn wenn er nicht angejucht wurde, hetzte er nicht. Als die Kinder an einem schönen Frühherbstmorgen durch den Forst gingen, wollte der starke ungarische Hirsch, der dort ausgesetzt war, sie annehmen. Ratlos standen sie da und schrien, denn sie waren in einem Altholzbestande, und es war kein Baum in der Nähe, der zu erklettern war. Aber sie hatten an Widu nicht gedacht. Ehe der Hirsch sich dessen vermutete, fuhr er ihm in die Keule und verbiß sich so, daß der Hirsch sich in einem fort um die Runde drehte und die Kinder Zeit gewannen, das Gatter zu überklettern. Widu aber hetzte hinterher den Hirsch bis oben in den Berg hinein und kam nach einer Weile bei den Kindern an.

Als sich das begab, hatte Widu schon vier Hofjagden hinter sich, und manche Schmarre an Kopf und Schulter bewies, welch ein Draufgänger er war. Aber schwer war er nie geschlagen worden, denn er war schlau und gewandt, paßte immer den richtigen Augenblick ab und dann machte er seinen großen Griff. Aber als er nun die Kinder vor dem Hirsche bewahrt hatte, sagte die Försterin: »An die Sauen sollst du mir nun aber nicht wieder, Widuchen, denn sonst wirst du mir am Ende zuschanden geschlagen.« Als der Tag der Hofjagd da war, mußte Widu also zu Hause bleiben. Er wurde in das Wohnzimmer eingesperrt, aber als die Magd den Kaffeetisch abdeckte, fuhr er an ihr vorbei, sauste hinter der Wagenreihe her und sprang auf einmal an dem Rüdemann empor. Ankoppeln aber ließ er sich nicht; er hatte gemerkt, daß sein Herr ihn absichtlich nicht mitgenommen hatte, und so blieb er jedem Menschen zehn Schritte vom Leibe. Aber es fiel ihm nicht ein, die Jagd zu stören; er wartete, bis die Meute angerüdet wurde, und ehe die anderen Hunde losgekoppelt waren, fuhr er als erster in die Dickung. Als nach den zweiten Triebe vor dem Kaiserstande Strecke gemacht wurde, sagte der Kaiser: »Da fehlt noch ein hauendes Schwein, das meine Kugel hat. Es muß sich da in das Tannenhorst gesteckt haben.« Der Rüdemann, Widus Herr, nahm einem Koppelführer die Saufeder ab, ging auf die Dickung los und suchte die Sau an. Es blieb alles ganz still, und schon dachten alle, daß der Keiler dort nicht steckte, da fuhr er so plötzlich heraus, daß der Rüdemann gar nicht dazu kam, die Feder auf ihn zu richten und schleunigst beiseite springen mußte. Aber dabei stürzte er, und der Keiler holte schon zum Todeshiebe aus, da sprang Widu hinzu, faßte das rechte Gehör des Bassen und wollte sich über seinen Rücken werfen, verlor aber den Boden unter den Füßen, kam vor das Gebräch der Sau und wurde quer durch die Rippen geschlagen, gerade in dem Augenblick, als ein alter Rüdemann mit eisgrauem Barte dem Keiler auf den Rücken sprang und ihm das Weidmesser in das Herz jagte.

Widu lag unter dem Keiler; aus dem zwei Finger breiten, handlangen Schmisse sprudelte das hellrote Lungenblut in den Schnee. Sein Herr kniete bei ihm nieder und streichelte ihn, während ihm die Tränen in die Augen kamen, und der Hund leckte ihm die Finger und wedelte. Dann ließ er den Kopf sinken, streckte sich und war tot. Alle die hohen Herren sahen ihn sich an, als er neben der Sau in dem Schnee lag, und ein Prinz brach einen Bruch von einer Fichte, strich ihn über den Anschuß des Keilers, steckte ihn dem toten Hunde unter das Halsband und sagte: »Schade, ein so edler Hund! Aber auch ein edler Tod! Dafür gebührt ihm ein Denkstein.«

An dem Fuße der Eiche, wo er den tödlichen Schlag empfing, gruben sie dem Hunde ein Grab, betteten ihn auf frischer Tannhecke und deckten ihn mit grünen Brüchen zu, und jetzt steht ein Stein da, der eine Wolfsangel aufweist, darunter Jahr und Tag der Jagd und darüber das Wort: Widu.

Der Wächter des Moores

Das Moor schläft und träumt und redet im Schlafe halblaut und undeutlich. Es hört sich an, als ob die Mooreule seufze, oder ein Frosch quarre, eine Bekassine meckere, aber es ist das alles nicht. Das Moor spricht bloß im Schlafe das aus, was ihm träumt.

Da nun das Moor schläft, muß Blitz, der Kiebitz, wachen, denn auch Blank, seine Frau, schläft. Es ist ihr zu gönnen; sie hat es den Tag über nicht leicht gehabt, denn es ist keine Kleinigkeit, vier wibbelige Kinder, von denen jedes seinen eigenen Kopf hat, zwölf Stunden lang und mehr zu bemuttern.

Und der gestrige Tag war besonders schwer für sie. Es fehlte nicht viel, so hätte der Sperber eins der Kleinen erwischt; gleich darauf mußte Mutter Blank mit heftigem Flügelgefuchtel die böse Otter verscheuchen, die sich auf das Jüngste zuschlängelte. Dann mußte sie ihre Brut vor der Rohrweihe in Sicherheit bringen, späterhin sie aus dem Bereiche von Meister Adebars langem Schnabel besorgen und noch am späten Abend dem Ekel von Igel seine Gelüste auf Kiebitzkinderfleisch austreiben. Nun schlief sie fest über ihren vier Kleinen und Blitz hielt Nachtwache.

Er hatte seiner Frau getreulich den Tag über geholfen, all das Gesindel abzuwehren, das den Kinderchen zu Leibe wollte. Doch deswegen wußte er, was seine Vaterpflicht war; wenn ihm auch einmal die Augen zufallen wollten und der Kopf ihm schwer wurde, er hielt aus und wachte. Jeden Laut weit und breit vernahm er, das Heulen des Dampfers da hinten, das Geschnurre des Nachtfalters hier vorne, das ferne Gedonner der Eisenbahn, und das Geknister, das die Maus im Heidekraut hervorbrachte. So steht er nun da auf einem Beine auf dem verrotteten Torfhaufen und lauscht in die Nacht hinaus. Auf einmal reckt er sich hoch, richtet die Holle auf, spreizt die Ohrfedern, gibt sich einen Ruck, schwingt sich lautlos empor und fliegt leise, um seine gute Frau nicht zu wecken, hin und her. Denn es knisterte da etwas, und knickte, und brach. Ein Reh ist es, eine alte, hochbeschlagene Ricke, die ausgerechnet hier herunter dämeln muß, obgleich sie den Damm entlang einen viel bequemeren Wechsel nach der Brandstatt hat, wo das frische Junggras schießt. »Dummes Luder!« denkt Blitz, »dir will ich deine Taperei beseibeln.« Mitten vor den Kopf stößt er sie und schlägt ihr die Schwingen so tüchtig um die Lauscher, daß sie mit einer jähen Flucht von dannen poltert und laut schreckend davontrollt. Blitz lacht in sich hinein, obzwar er ein bißchen ärgerlich ist, denn seine Frau ist von dem Geschmäle der Ricke aufgewacht und fragt ihn ziemlich ungnädig: »Was ist denn nu' wieder los? Nich' einen Augenblick hat man seine Ruhe! So, weiter nichts, als die olle dämliche Ricke? Und deshalb mußt du mich aus'm besten Schlafe jagen? Na, ich sage man bloß: die Männer! Es ist dir wohl zu viel, auch mal einen Augenblick aufzupassen? Was sagst'e? Du hätt'st gedacht, es ist der Fuchs? Na ja, das kennt man schon! Um Ausreden seid ihr ja nie verlegen! Willst wohl mal eben 'n bißche nach 'm Bruche, wo die Junggesell'n und die Witwen sind? Bloß mal eben hin, nich! Ach ja, man hat's nich' leicht.« Blitz läßt sie reden. Er nimmt dem nicht so ernst. »Frauensleute!« denkt er und tut so, als hätte sie ihm Liebenswürdigkeiten gesagt. Er steht wieder auf dem zusammengefaulten Torfringel, horcht in die Nacht hinaus und denkt bei jedem Traumlaut des Moores: »Das war die alte dämliche Mooreule, die ja immer und immer was zu stöhnen hat. Und das ist die zappelige Bekassine, die hysterische Person, und das der Frosch, die Großschnauze, und da hoppelt wieder so eine alte pampsige Satzhäsin 'rum, und die Ralle könnte endlich auch einmal aufhören mit ihrem albernen Gepfeife, und was war das da eben? Ach so, bloßig 'ne Sternschnuppe! Ein Segen, daß die Olle sich wieder beruhigt hat! Na ja, man kann es ihr weiter nicht für übel nehmen; sie hat ja ihre Last und Not! Und wie die Frauensleute einmal so sind!«

So steht er Stunde auf Stunde da, erst auf dem einen Beine, und dann, wie es ihm einschläft, auf dem anderen, bis gegen Morgen die Sonne ein Loch in die Nachtwolken brennt, das Moor erwacht, die Nebeldecke von sich wirft und deutlich an zu reden fängt mit Heidelerchensang, Pieperschlag und Brachvogelgeflöte. Da trippelt er nach den drei dichten Wollgrasblüten, zwischen denen seine Frau sitzt, und wie er sieht, daß sie wach ist, fragt er freundlich: »Na, Blankchen, gut geschlafen? Und sind die Kleinen alle munter? Komm, mach' dich erst hübsch und

frühstücke; ich bleibe solange bei den Kindern! Und sieh mal, hier sind ganz ausgezeichnete kleine fette saftige Schneckchen, und da gibt es tadellose zarte Raupen! Also laß dir man
Zeit; ich passe derweilen auf!« Erst tut Frau Blank so, als habe sie schlechte Laune: aber dann
schwingt sie sich mit fröhlichem »Kuwitt!« empor, fliegt sich den Schlaf aus dem Leibe, läßt
sich nieder, bringt ihr Gefieder in Ordnung, nimmt einige Schneckchen zu sich, auch etliche
Räupchen und Käferchen, und trippelt dann schleunigst zu den Kindern hin: »Laß doch, Blitz;
du verstehst ja doch nichts davon. Siehste, ich sag' dir ja, beinah hätte das Zweite 'ne Wespe über-
geschluckt! Es ist schrecklich: diese Männer! Nu geh' man bloß und paß auf! Du machst doch
bloß weiter nichts als lauter Dummerhaftigkeiten.« Blitz läßt seine Holle herunterfallen, macht
ein dummes Gesicht, läßt sich einige Käfer und ein paar eben ausgeschlüpfte dicke Schlammflie-
gen schmecken, schluckt zwei, drei, vier Kieselsteinchen hinab, der besseren Verdauung halber,
paßt aber unterdessen scharf auf, ob nicht irgendwelches Getier oder irgendein anderes Wesen
seiner Familie zu nahe komme. Sogar den Frosch, der ihm entgegenstolpert, will er hier nicht
haben und versetzt ihm einen solchen Hieb auf die Schnauze, daß der Dickkopf ganz entsetzt
von dannen humpelt. Ihm, Blitz vom Geschlechte derer von und zu Kiewitte, hat alles, was im
Moore kreucht und fleucht, vom Balge zu bleiben und aus dem Wege zu gehen!

Deshalb ekelt er den Storch so lange an, bis der sein Gefieder erhebt und anderswo den
Fröschen und Mäusen nachstelzt, ödet er das Hermelin, bis es sich von dannen begab, ulkt er
den Fischotter, der von den Karpfenteichen zum Flusse wechseln will, so ruppig an, daß der
eine sich in den Graben stürzte und unter Wasser weiter rann, paßt so lange auf eine Krähe,
bis sie einsah, daß sie hier keine Ruhe findet, und grault schließlich auch die alte Satzhäsin
aus seinem Bereiche. Und dann meint er, daß er auch ein wenig an sich selber denken müsse,
einmal, weil es ihn hungert, und dann, um sich seiner Familie zu erhalten.

Aber wie er gerade so in schwankem Fluge über das Brandmoor hinwegtaumelt, da sieht er,
man sollte es nicht denken, auf einem Kiefernstubben einen Fleck, einen roten Fleck, einen
verdächtigen Fleck, einen sehr verdächtigen, äußerst verdächtigen Fleck, einen Fleck, der ihm
viel zu haarig vorkommt, als daß es ein roter Wacholderbusch sein könnte; und darum schwenkt
er sich nieder, gewahrt, was es ist, hebt sich, stößt wieder hinab und schreit: »Kuwitt, der Fuchs,
pfui, der Lump, willst du fort, du Hund, hui, weg, du krummer Hund, hui pfui, Kuwitt!«

Da steht auch Blankchen auf, und legt los; na, und wenn die den Schnabel so richtig auftut,
dann bekommt es nicht nur ihr lieber Mann Blitz mit der hellen Angst und schweren Not,
sondern sogar Reineke Rotvoß, der Räuber, Gaudieb und Buschklepper. Erst tut er so, als ginge
ihn das Geschimpfe und Geschebbel so gut wie gar nichts an; mit der Zeit wird es ihm aber zu
dumm und er denkt einen Augenblick daran, aufzuspringen und einen von den Schreihälsen
an dem Kragen zu packen, gibt diesen Gedanken aber sofort auf, denn er weiß aus Erfahrung,
daß es ihm ein jedes einzige Mal scheußlich vorbeigelungen ist.

So reckt er sich, streckt er sich, gähnt mit dem Fange, dehnt seinen Rücken, um nicht den
Anschein zu erwecken, als kniffe er vor den Kiebitzen aus, flöht sich ein wenig, schubbt sich
ein Weilchen, und dann macht er, daß er fortkommt, verfolgt über das Moor und die Heide
bis dicht vor die Dickung von Blitz und Blank, des Moores getreulichen Wächtern.

Schlohwittchen

Der alte, halbverfallene Kalkofen, der mitten in der Feldmark liegt, ist die Wohnung von Schlohwittchen.

Eine bessere Hausung hätte sie sich nicht aussuchen können. Brombeeren, Heckenrosen und
Weißdorn wuchern da, auch ein Haselbusch und ein krüppeliger Waldbirnbaum; der Bach ist
nicht weit davon und der Vorwald ganz in der Nähe.

So leidet Schlohwittchen das ganze Jahr über nie Hunger. Im Frühling und Sommer findet sie
genug Vogelbrut, Käfer und Eidechsen, und in der übrigen Zeit gibt es Mäuse und Wühlratten.
Außerdem kann ihr weder Hund noch Habicht dort so leicht beikommem, weil die Dornen ihr
Deckung geben und die alten Trümmer überreich an Schlupflöchern sind. Ab und zu kommt es
vor, daß ein Hund, der einen Wagen begleitet, auf der Landstraße Schlohwittchens Spur wittert
und sie bis zu ihrer Raubfeste hält, aber er mag noch so viel winseln und jaulen, scharren und
kratzen, die Bruchsteinblöcke sind fest und Schlohwittchens Bau ist tief; so dauert es meist
nicht lange, und der Hund zieht wieder ab, wie er gekommen ist, und Schlohwittchen erscheint
unter dem Dornbusch und äugt mit seinen schwarzen Guckerchen dem Köter schadenfroh nach,
verschwindet, taucht an einer anderen Stelle auf, ist abermals fort und gleich wieder da, prüft
die Luft mit dem schwarzen Näschen und geht auf Beute aus.

»Itsch!« sagt der Raubwürger ärgerlich. Er hat schon seit einer Stunde auf der Spitze des
verkrüppelten Birnbaums gesessen und auf die Maus gelauert. Schmalhans ist Küchenmeister
bei ihm. Die Zeiten sind vorbei, da es überall von Käfern und Jungvögeln wimmelte und von
Mäusen und Fröschchen krimmelt. Dicht verschneit ist Feld und Flur, die Spatzen und Goldammern sind vorsichtig und es ist ein Zufall, läßt sich eine Maus blicken. Endlich sah der Würger
eine unter dem Dornbusche hin und her springen und dachte schon, er hätte sie. Da tauchte das
Raubwiesel auf, lauerte einen Augenblick, machte einen Satz, die Maus quietschte auf und der
Würger stob ab. Schlohwittchen aber sitzt da, die Maus zwischen den nadelscharfen Zähnchen,
steif wie ein Stock. Da es so weiß wie der Schnee ist, so wäre es unsichtbar, verrieten es nicht
die Augen, das Näschen und der Schwanzzipfel, alle vier kohlschwarz.

Mit der zappelnden Waldmaus im Fange macht es ein paar Sätze in das freie Gelände hinein,
richtet sich wieder auf, nickt mit dem Köpfchen, zuckt mit dem Schwänzchen, hopst noch ein
Endchen weiter, bis dahin, wo der Schnee ganz eben ist, und dann läßt es die Maus laufen. Aber
kaum hat die drei Sprünge gemacht, so hat Schlohwittchen sie wieder am Wickel. Sechsmal
treibt sie es so, dann beißt sie ihre Beute tot, verschwindet damit in dem Kalkofen und ist
sofort wieder da. Sie hat keinen rechten Hunger und hat sich deshalb die Maus verwahrt. Aber
auf Jagd muß sie dennoch gehen. In langen Sätzen, alle Augenblicke ein Männchen machend,
strebt sie der Landstraße zu, denn dort gibt es Beute genug. Die Spatzen, Goldammern und
Haubenlerchen treiben sich bei dem Pferdemist umher, und sie sind nicht so ganz schwer zu
übertölpeln.

Hinter einem Busche dürrer Rainfarnstengel richtet Schlohwittchen sich auf. »Tiri tiriri-
li« geht es vor ihr. Auf einem Steinhaufen am Rande der Straße sitzt eine Haubenlerche und
lobt die Senne. Schlohwittches Schwarzaugen funkeln, das Näschen schnuppert gierig und das
Schwanzzipfelchen zuckt hin und her. Dann ist sie in der Furche verschwunden, schaut hinter
dem Grenzsteine hervor, versinkt wieder, kommt unter dem Durchlasse heraus, ist abermals
fort, schaut hinter dem Apfelbaume hervor, und gerade, wie die Haubenlerche zum fünften
Male ihre Haube aufrichtet und zu singen beginnen will, macht Schlohwittchen einen jähen
Sprung und in einem Angstpfiff endet die Lerche ihr Liedchen. Ein bißchen Geflatter, ein
letztes Gezappel, aus ist es mit ihr und das Hermelin schleppt sie in sein Verließ, wo es sich
an der leckeren Beute gütlich tut.

Satt ist der weiße Mörder nun wohl, quappsatt, aber des Jagens müde noch lange nicht. Hops,
hops, hops geht es in der Furche entlang, unter der Brücke her, in die Drainröhre hinein und
wieder hinaus, dem Bache zu. Jede Deckung wird benutzt, denn die freie Fläche ist gefährlich.

Der Raubfußbussard könnte dort lauern, oder ein Hund des Weges kommen. So hält Schlohwittchen denn alle Augenblicke an, sieht sich um, und hüpft weiter. Wupps ist sie fort, wie eine vorüberfliegende Krähe ihren Schatten auf den Schnee wirft, wipps ist sie wieder da. Endlich ist der Bachbord erreicht und dort ist sie sicher, denn da ist Deckung die Menge, Weidengebüsch, Schlehdorn, Hasel und allerlei Gestrüpp. Die beste Ecke ist es in der ganzen Jagd des Raubwiesels. Da gibt es Mäuse und Wühlratten, allerlei Vögel und wer weiß was alles. Gestern erwischte Schlohwittchen eine dicke, kohlschwarze Wollmaus. Sie wehrte sich gewaltig und hampelte und strampelte nach Kräften. Das half ihr aber alles nichts; sie mußte dennoch sterben.

Mit der alten Fasanenhenne, die das Hermelin vor einigen Tagen beschlich, ging es jedoch nicht so gut. Arglos kratzte die Henne an einer schneefreien Stelle nach Gewürm und Sämereien. Behutsam schlich Schlohwittchen näher, ganz behutsam, und dann ein Sprung und ein wildes Aufpoltern, und ehe das Wiesel so recht wußte, was geschehen war, lag es mit dröhnendem Köpfchen und gequetschten Rippen in dem Gestrüppe und hüpfte dann stark lahmend seiner Burg zu. Deswegen macht es heute wohl sehr lange Augen, als es am anderen Ufer den Fasanenhahn nach Schlehen springen sieht, traut sich aber nicht zu ihm hin. Das Wasser scheut es nicht; wohl aber die Kraft des bunten Vogels. So hoppelt es weiter, ein Männchen nach dem anderen machend und schnüffelnd. Über ihm ertönt ein sanftes Gezwitscher. In der Krone der krummen Kopfweide unterhalten sich vier Seidenschwänze. Das wäre so etwas für Schlohwittchen. Aber gerade, wie es hochklettern will, kommt der Sperber angeschwankt, geht mit einem der Nordlandsvögel in den Griffen ab und die anderen stieben fort.

»Wenn nicht, denn nicht!« So etwas Ähnliches mag das Wiesel denken und hüpft weiter. In jeden hohlen Weidenbaum schlieft es ein und kommt bald oben, bald unten wieder heraus, hier von der Amsel mit Geschimpfe begrüßt, dort von dem Zaunkönige mit Entrüstung empfangen. Auch der Eisvogel, der von einer Brombeerranke aus auf Ellritzen lauert, traut dem Weißpelzchen nicht und fährt mit schrillem Schrei von dannen, verfolgt von den funkelnden Augen des Räuberchens, das dann im Wacholdergestrüppe verschwindet. Hier hat es vor einigen Tagen ein Junghäschen gerissen, das erste in diesem Jahre. Einige Wollflöckchen hängen heute noch in den Zweigen. Das war ein leckerer Fraß. Plötzlich richtet das Wiesel sich auf. Da unten klatscht und platscht es. Wupps, ist es mit einem Kopfsprunge in dem flachen Wasser der Bachbucht, und wipps, ist es schon wieder auf dem Land, eine halbpfündige Forelle zwischen den Zähnen. Heftig wehrt sich der Fisch, aber Zweck hat das nicht. Es geht ihm so, wie der Maus und der Haubenlerche. Schlohwittchen frißt nur ein wenig von der leckeren Leber; das übrige läßt sie liegen und hüpft dann weiter. Bei dem Schlehenbusch vor der Wiese liegen gern die Rebhühner; vielleicht ist dort etwas zu machen.

Halb frech, halb schüchtern begibt es sich dahin. Mitten im Freien schrickt es zusammen und drückt sich in eine Furche; es hat etwas vernommen, das ihm gefährlich vorkam. Ist das nur ein Baum, das da steht, oder ist es ein Mensch? Es hat ja viel Angst, aber es ist auch sehr neugierig, und so richtet es sich auf, hält die Pfötchen vor der Brust zusammen, nickt mit dem Köpfchen und schnuppert. Aber jäh verschwindet es wieder, denn der Baum hat sich bewegt. Aber am Ende war das eine Täuschung, und so stellt es sich wieder hoch, denn von dem merkwürdigen Baum her kam eben ein dünner Mausepfiff, und dem hält es bei aller Angst nicht stand. So hüpft es denn drei Schritte voran, und dann bekommt es einen Todesschreck, denn nun sieht es ganz deutlich, daß das lange Ding sich bewegt. Es will fort, aber da donnert und blitzt es auch schon, und Schlohwittchen hat an zwei Stellen einen furchtbaren Schmerz, kann nicht vom Flecke und windet sich hin und her, bis der Hund des Jägers es sich um den Fang schlägt und es aus und zu Ende ist mit Schlohwittchen.

Murrjahn

»Sonne ist das beste, was wir in der Art haben«, denkt Murrjahn und räkelt sich vor seinem Bau. Besonders die Morgensonne ist sehr wohltätig. Das fühlt Murrjahn deutlich. Erst hat er auf dem Bauche gelegen, platt wie ein Eierkuchen, und sich den Buckel schmoren lassen; nun wälzt er sich auf den Rücken und läßt sich den Bauch durchwärmen.

Wie wunderschön das ist! Murrjahn stöhnt behaglich. Auf einmal zuckt er jäh zusammen und juckt sich heftig in der linken Weiche, und dann in der rechten, und unter der einen Achsel und unter der anderen, und dann hier und dann dort; die Flöhe werden in der warmen Sonne doppelt unverschämt.

Darum scharrt er den Staub tief auf, pudert sich damit den Bauch ein, wälzt sich murrend und knurrend darin umher, bis die braunen Quälgeister ablassen, ihn zu peinigen; dann legt er sich wieder auf den Rücken, schließt die Seher fast ganz, läßt sich von Amsel, Drossel, Fink und Star etwas vorsingen, und hat so das Gefühl, daß er es jetzt bedeutend besser habe als früher.

Denn der alte Dachs hat eine Vergangenheit, eine bewegte Vergangenheit. Kein Dachs am ganzen Rodenberge und darüber hinaus hat eine derartige, wie Murrjahn, überhaupt kein lebendes Wesen in dieser Gegend. Höchstens Pockenfritze, der anscheinend sorglos, in Wirklichkeit sehr vorsichtig, den Pirschsteig entlang geschlendert kommt, um nachzusehen, ob sich nicht ein Reh in den Schlingen gefangen hat, kann auf eine ähnliche Vergangenheit zurückblicken, denn er hat schon einmal wegen Ströppens und Widerstandes gegen die Staatsgewalt sitzen müssen.

Murrjahn schreckt aus seinem süßen Druseln auf. So leise Pockenfritze auch schleicht, der Dachs hat es doch vernommen. Viel flinker, als man es ihm zutrauen möchte, hat er sich aufgerichtet. Nach allen vier Windecken wittert er, wobei der schwarzweiße Kopf blitzschnell hin und her fliegt, und dann macht er kurz kehrt und verschwindet in seinem Baue. Traue einer den Menschen! Es sind übele Geschöpfe. Murrjahn kennt sie zur Genüge. Zwei Jahre hat er unter ihnen gelebt. Und später hat er mehr als einmal die Bekanntschaft erneuern müssen, obschon ihm sehr wenig daran lag und er ihnen nach Möglichkeit aus der Kehr ging. Aber einmal erwischte er auf einer Treibjagd ein paar Schrote, mehrere Male wurde er in mondhellen Nächten mit Hunden gehetzt und hatte Mühe, sie abzuschlagen, und die fehlende Zehe an der linken Hinterbrante blieb in einem Tellereisen hängen.

Darum wartet er fast eine Stunde in der Tiefe seines Baues, bis ersieh wieder hervorwagt. Noch viel vorsichtiger ist er dabei als vorhin. Aber im Baue leidet es ihn nicht; er hat Sonnendurst und Lichthunger. So rutscht er denn der entlegensten Ausfahrt des weitverzweigten Baues zu, der, die zwischen den drei mächtigen Samenbuchen mündet, über der dichter Jungwuchs stockt und unter der die Wand steil abfällt. Dort ist er sicher, das weiß er. Trotzdem windet er aber dennoch erst lange, ehe er ausschlieft, und erst, als er sich davon überzeugt hat, daß das Geräusch vor ihm von einer Amsel verursacht wird, nimmt er wieder sein Sonnenbad. Platt und breit liegt er da, wie tot; aber er vernimmt jeden Laut. Daß, als er sich einmal wieder kratzen muß, erst der Zaunkönig, dann die Amsel und schließlich der Häher fürchterlich schimpfen, läßt ihn kühl. Auch das Schmalreh, das über ihm herumtritt, stört ihn nicht in seiner Ruhe. Aber dann öffnet er die Seher; er hat ein ganz feines, dünnes Gewisper vernommen, und das wirkt auf seinen Magen. Hurtig steht er auf und trottet dahin, von wo es kam, scharrt in dem welken Gekraut und führt sich dann laut schmatzend fünf halbnackte junge Rötelmäuse zu Gemüte. Sie sind recht saftig und zart und schmecken nach mehr. So begibt er sich weiter, sticht hier im Mulme nach Würmern und Schnecken, entrindet mit den scharfen Krallen dort einen morschen Baumstumpf und macht sich über die Käferlarven darin her, findet noch ein Mausenest, und abermals eins, und ein viertes, fünftes, sechstes und siebentes, und stößt dann sogar auf eine ausgewachsene Blindschleiche, die gerade dabei ist, ihr altes Kleid auszuziehen, aber nun nicht mehr dazu kommt.

So ganz wohl und sicher fühlt er sich aber bei seinem Pirschgange nicht. Wenn er sich auch nur in dunklen Umrissen an die Zeit erinnern kann, als er immer in einem muffigen Zwinger saß, ewig dasselbe langweilige und oft ekelhafte Futter bekam und nur herausgelassen wurde, um sich von allerlei Kläffern zausen lassen zu müssen, die Angst vor einer Wiederholung seiner scheußlichen Zeit ist ihm geblieben. Gerade ist er dabei, ein Hummelnest auszugraben, da verhofft er, denn von der Trist her erschallt Hundegebell. Es ist sehr weit bis dahin, aber Murrjahn empfindet es doch als Störung. So frißt er eilig die Hummelbrut hinunter und trottet wieder dem engen Stangenorte zu. Hundegebell; pfui! Das Scheußlichste, was es gibt. Zwei Jahre lang hat er es auf dem Schliefplatze ausstehen müssen. Bis dann der Tag kam, daß der Wärter Geburtstag hatte und so viel Bier und Schnaps trank, daß er vergaß, die Zwingertüre zu schließen und Murrjahn entweichen konnte. Wie besinnungslos war er in die Freiheit hineingesaust, hatte auf der Landstraße eine Radfahrerin in Ohnmacht versetzt und war im Walde mitten zwischen sechs Sommerfrischlerinnen geraten, die mit dem Angstgequietsche: »Ein Wildschwein, ein Wildschwein!« wie wahnsinnig auseinanderstoben.

Murrjahn hatte sich aber ebensosehr verjagt und war voller Angst und Entsetzen weitergeflüchtet. Alles war ihm so neu, so fremd, so unbekannt, denn er war knapp anderthalb Jahr alt gewesen, als er gegraben und in den Zwinger gebracht wurde, in dem er zwei Jahre verbringen mußte, Wand an Wand mit mehreren Füchsen, abscheulichen Stinkern, deren Ausdünstung ihm unausstehlich war. Was wußte er noch von der Welt, von Moor und Mulm, von Würmern und Schnecken? Auf faulem Stroh hatte er liegen müssen und Kartoffeln, Brot und halbfaules Pferdefleisch fressen müssen. Ratlos saß er im wilden Walde; sein Magen knurrte; ganz schwach wurde ihm. Da hörte er im Laube etwas wispern. Eine alte Erinnerung kam ihm, daß dieses Gewisper in irgendeinem Zusammenhange mit etwas stehe, das gut zu fressen sei. Er lief hin, scharrte, fand vier junge Mäuse, prick und fett, und die schmeckten ausgezeichnet. Und er stach weiter nach Untermast, wie es seine Mutter ihn gelehrt hatte, und pfropfte sich voll mit Würmern, Maden, Larven, Schnecken, Käfern, Raupen, Mäusen und was es sonst noch gab, bis ihn ein kleiner Köter aufspürte und so lange hetzte, bis es Murrjahn zu dumm wurde, er sich stellte und den Kläffer so zurichtete, daß er jaulend forthinkte. Trotz dieses Sieges war Murrjahn aber durch dieses Erlebnis der Wald verleidet, und so trottete er weiter und immer weiter, bis er zum Rodenberg kam und den verlassenen Mutterbau fand und sich darin häuslich einrichtete.

Dort kann ihm weder Mensch noch Hund beikommen, denn es ist zur Hälfte ein Felsenbau, der nicht gegraben werden kann, und da die Röhren zum Teil über tiefe Gesteinsspalten führen, so schicken die Jäger ihre Hunde nicht mehr hinein, weil sie wissen, daß sie dann nicht wieder zutage kommen. Ein halbes Dutzend Gerippe von Hunden, die dort elend verschmachten mußten, modern in dem Lehm, den Murrjahn darüber scharrte, denn er ist sehr für Reinlichkeit. Deswegen wird er immer sehr fuchtig, ladet sich einer von den Stinkefüchsen bei ihm zu Gaste, denn das sind Schweinigel, die allerlei Fraß zu Bau schleppen und die Hälfte dort verludern lassen, so daß Murrjahn hinterher das Forträumen besorgen kann, und dann noch acht Tage vor dem strengen Füchseln um alle Lebenslust kommt. Im allgemeinen hat er aber Ruhe, denn es gibt Baue genug am Berge und der Fuchs lebt auch lieber für sich allein.

Hier am Berge hat Murrjahn es gut. An Fraß ist kein Mangel und in der Hauptsache geht es auch ruhig zu. Anfangs fuhr er nur nächtlicherweile zur Weide; allmählich gewöhnte er sich aber daran, auch tagsüber umherzubummeln, wenn auch unter aller Vorsicht und immer in der Nähe des Baues. Heute gefällt es ihm ausnehmend über Tage. Die Luft ist rein, denn in der Nacht fiel ein lauer Regen, die Sonne scheint, und so krimmelt und wimmelt es im Grase und kribbelt und krabbelt es unter dem Moose. Eben burrt ein Maikäfer Murrjahn vor die Nase, dann kommt eine halbflügge Amsel angetolpatscht, und jetzt begeht ein Maulwurf die Dummheit, gerade da aufzustoßen, wo der Dachs das Fallaub abwittert. Wupps, ist er gefaßt und verschwindet dort, wo der Maikäfer und die Jungamsel hingerieten. »Schöner Morgen heute Morgen«, denkt Murrjahn und wittert um sich, denn der strenge Geruch des Bärenlauchs sticht ihn. Die Finken schlagen, die Schwirrer trillern, die Tauben rucksen, und überall burren die Maikäfer; alle Augenblicke kann der Dachs einen zerknatschen und dabei an Bucheckern denken, die fast ebenso schmecken. So bummelt er friedlich umher und stopft in sich hinein, was er an Getier antrifft, ab und zu sich kratzend, wenn das Ungeziefer in seiner Schwarte es gar zu bunt treibt.

Ein gesegneter Tag ist es heute; nicht weniger als sechs dicke Blindschleichen findet der Dachs auf dem sonnenbeschienenen Pirschsteige. Die Mäuse haben fleißig geheckt; alle naselang stößt er auf ein Nest. Auf einmal aber erschrickt er furchtbar, schnauft geängstigt, wird ganz kurz und breit und verbreitet einen stechenden Talggeruch um sich, denn mit beträchtlichem Getöse plumpst etwas vor ihm in das Laub. Murrjahn prallte zurück und machte, daß er zwischen die wilden Stachelbeerbüsche kam. Da verhofft er. Aber dann spitzt er die Gehöre, äugt scharf und schnuppert gierig, denn das, was da im Gestrüpp herumhopst und ängstlich quarrt, das scheint ihm nichts Gefährliches zu sein. Vorsichtig schleicht er näher, und immer dichter heran; seine Seher funkeln, die Nase geht hin und her, und dann springt er vor und schnappt zu, und ob auch die halbflügge Krähe, die vom Nestrande fiel, noch so sehr quarrt und noch so hampelt und strampelt, ein Biß mit den scharfen Zähnen, und sie läßt den Kopf hängen. Das ist ein Fraß! Fett ist sie wie eine Schnecke. Das lohnt sich eher als Maikäfer und Regenwürmer; Murrjahn schmatzt, daß es weithin zu hören ist und eine alte Ricke, die an ihm vorüberzieht, ihn entrüstet anschmält.

Gesättigt und zufrieden trollt er jetzt seinem Baue zu. Vor der Hauptfahrt, die von Waldreben und wilden Stachelbeeren gänzlich umwuchert ist, macht er es sich in der Sonne wieder bequem und geht den Flöhen ernstlich zu Leibe. Dann rollt er sich zusammen und druselt, bis es Abend wird und die Sonne zur Rüste geht. Es gibt Mondschein, und den Dachs gelüstet es, einen Gang in die Feldmark zu unternehmen. Drei Male ist es ihm dabei eklig ergangen, denn die Jäger waren mit den Hunden zugange und die stöberten Murrjahn auf und hetzten ihn. Das eine Mal schlug er den Teckel glatt ab und flüchtete zu Baue. Als er aber schön dicht dabei war, vernahm er ein verdächtiges Geräusch, machte kehrt und flüchtete in die verwachsene Dickung, wo er in einen Notbau einfuhr, der den Jägern unbekannt war. Das andere Mal stellten ihn zwei Hunde; aber Murrjahn hatte es auf dem Schliefplatze gelernt, seine Schwarte zu wahren. Er steckte die Nase unter sich, öffnete seine Talgdrüse, bot den Hemden den Specknacken und schlug mit den scharfen Fängen giftig keckernd bald unter der linken, bald unter der rechten Vorderbrante so geschickt nach den Hunden, daß sie jaulend den Platz räumten und ihn fahren ließen.

Beim dritten Male aber hetzte ihn ein großer Köter bis vor den Bau, und als er einfuhr, fühlte er sich von einen Gewirr von Ranken oder was es so war, behindert. Das Fangnetz war aber schlecht angepflockt und morsch, und so riß er es mit in die Tiefe. Viele Stunden plagte er sich damit ab, sich davon zu befreien, und seitdem war er doppelt vorsichtig, besonders bei Mondlicht. Und ehe er zu Baue fährt, prüft er erst sorgfältig, ob die Fahrt nicht wieder mit einem Netze verstellt oder gar mit einem Eisen verlegt ist, denn als er einmal zu Bau rutschen wollte, klappte es hinter ihm und das Eisen schnappte ihn an einer Zehe. Trotz des großen Schmerzes ruckte er aber so heftig an, daß die zerschmetterte Zehe abriß und er frei wurde. Alles das hat ihm Vorsicht beigebracht, und so gern er nun, wo der Mond alles so schön blank macht, zu Felde trollte, so zieht er es doch vor, unter Deckung zu bleiben und im Vorholze nach Untermast zu stechen, die es dort überall reichlich gibt, Würmer, Käfer, Larven, Mäusebrut und allerlei süße Knollen und Zwiebeln.

Gegen den Vormorgen aber erhebt sich ein Wind und da trottet er zu Baue, und kaum ist er dort angelangt, da versteckt sich der Mond, die Wolken platzen und es regnet in Strömen. Murrjahn ist das gleich; er hat sich bis oben vollgestopft und wird so lange schlafen, bis der Regen aufhört. Er kann es aushalten.

Der einsame Wisent

Das war nun schon der dritte Tag, daß die weißen Wetterköpfe rund um das Bruch sich reihten.

Jedweden Mittag kamen sie hinter der Wohld und der Geest und dem Moor heraufgestiegen, bis zum Platzen mit Blitz und Donner geladen; jeden Abend brachte der Vollmond sie grinsend wieder dahin, von wo sie gekommen waren, ohne daß sie ihr Gift und ihre Galle los wurden.

Die Luft lag dick auf den Bruche. Alle Blumen ließen die Köpfe hängen, und sogar die Buttervögel und Schillebolde wurden faul. Einzig und allein die Bremsen, die Mücken und die Gnitten fanden Freude an der Schwüle und verekelten Mensch und Getier das Leben.

Der Kolkrabe, der mit offenem Schnabel auf dem Runensteine vor der Wohld blockte und jappte, schwang sich mit einem Rucke davon, korrte ärgerlich und schraubte sich aufwärts, denn in der Dickung tappte es laut und brach es gewaltig.

Ein mächtiges Haupt, zottig und breit behörnt, schob den Wirrwarr von Porst, Ellern und Fichten fort, äugte mit bösen Lichtern vor sich hin und zog schnaufend den Wind ein.

Ein alter Wisentbulle war es. Ihn, den Häuptling des Rudels, ihn, den Herrn über zwanzig Muttertiere und Jungkühe, ihn, den Bärenzerreißer und Wolfindieluftschmeißer, hatte ein jüngerer Bulle abgekämpft und von dem Rudel weggetrieben, mit Schmach und Schande ihn bedeckt und einsam und allein gemacht.

Das war das eine. Aber noch mehr Weh kam über ihn, das ihn mit Wut erfüllte. Wohin er zu einem anderen Rudel trat, wurde er von dannen gejagt und so behandelt, als hätte er die schwere Seuche im Leibe. Schließlich traf er einen Leidgenossen an, einen ungehörnten Bullen, das Gespött und die Verachtung aller Wisentrudel. Mit dem war er seit der Brunft in der Heide hin und her gezogen. Mehr als einmal hatte er an ihm seine üble Laune ausgelassen, ihm, wenn ihm das Blut in das Haupt schoß, die Spitze des Horns zu schmecken gegeben, ein anderes Mal aber wieder ihn da gescheuert, wo die Holzböcke saßen und fraßen.

Aber nun war er allein, ganz allein, so allein, wie der Stein, auf dem der Rabe eben geblockt hatte. Sein Freund, der hornlose Bulle, war in ein Fangloch gestürzt und elend drin verendet. Das alles und die Schwüle und das stechende Geschmeiß machten ihn wild vor Ingrimm. Der alte Bulle schnaufte wütend, denn eine Witterung, die er mehr haßte als die vom Bär und Wolf, zog ihm in die Muffel, Witterung von Mensch. Er hob das furchtbare Haupt, peitschte seine Weichen mit der Schweifquaste, daß es knallte, und zog der feindlichen Witterung entgegen. Früher war er ihr immer ausgewichen, einst, als er noch in den Sumpfwäldern leben durfte. Nun, da er von seinesgleichen dahin gejagt war, wo das Tier, das auf zwei Beinen ging, lebte, ging er ihm nicht mehr aus dem Wege.

Er sog die Luft ein, und zugleich Hunderte von Mücken und Gnitten, hustete sie aus, brummte wütend und zog dahin, von wo der greuliche Geruch kam. Er hatte eine Wut auf dem Leibe, eine furchtbare Wut, die er loswerden mußte. Er hatte vorhin eine tote Fichte, die ihm im Wege stand, aus dem Boden gehoben und zerfetzt, hatte einen Ameisenhaufen, der ihn ärgerte, als Spreu in die Luft geschmissen, und schließlich erst einem Jungbären, der ihm entgegentappelte, den Garaus gemacht, und dann dessen Mutter, die vor Angst und Wut brüllend auf ihn losfuhr, zu Brei getrampelt. Und jetzt wollte er die zweibeinigen Biester umbringen.

So zog er dahin, wo ihrer drei das Vieh an dem grünen Saume des Baches hüteten. Der älteste von den drei Jungen bekam mit einem Male ganz blanke Augen, befahl mit einer festen Handbewegung seinen Brüdern, bei der Herde zu bleiben, schlich sich zu einem Ellernbusche, von dem zu einem zweiten und dritten, legte seinen besten Pfeil auf die Sehne des Bogens, riß die Sehne vom Bogen und jagte, während er vor Jagdgier seine langen Zähne in sein Kinn grub, dem Wisentbullen, den seine Falkenaugen erspäht hatten, einen Pfeil in das Blatt, und als der Bulle mit einem starken Ruck zeichnete, lachte er fröhlich in sich hinein.

Es war sein letztes Lachen im Leben. Ehe er sich versah, war der Bulle vor ihm, stieß ihm ein Horn zwischen die Rippen, warf ihn empor, nahm ihn wieder auf, schleuderte ihn abermals weiter, trampelte ihn zu Brei, daß sein Blut das Gras befleckte, hob dann sein gewaltiges Haupt hoch, schnaufte laut, schüttelte sich, senkte die Hörner, brach in die Herde ein, schlitzte dem Bullen, der ihm entgegentrat, den Leib auf, stieß dem nächsten Jungen, der vor Todesangst zitternd stehenblieb, ein Horn in den Leib, schmiß Stück um Stück von der Herde beiseite, kehrte zu dem Leitbullen zurück, gab ihm den Rest, machte einen formlosen Haufen aus ihm und trollte sich, zufrieden, daß er sein Gift und seine Galle los war, nach der Beeke zurück, in deren Schlammflut er sich kühlte.

Unterdessen war der dritte Junge nach dem Dorfe auf der Geest gerannt, hatte mit den Händen gefuchtelt, drei, vier Worte geschrien, war umgeklappt und hatte, als er sich verholt hatte, erzählt, was sich im Bruche begeben habe. Sofort hatten alle wehrhaften Männer die Speere genommen und waren im Laufschritt dem Bruche zugeeilt, hatten abgespürt, die Wohld umstellt, und die leichtfüßigsten Jungkerle über dem Winde in das Holz hineingeschickt. Sie drückten nun langsam die Dickung durch.

Sie fanden den Bullen lange nicht. Er dagegen hatte sie schon geraume Weile vernommen. Aber es war keine Angst in ihm, und auch keine Wut, nur Gleichgültigkeit und Verachtung. Ab und zu, wenn die Mücken zu unverschämt wurden, zog er sein Haupt unter das Wasser, schüttelte es dann, äste das Schilf ab, das ihm entgegenwuchs, grunzte wohlig, scheuerte die Keulen an einem vermorschten Stumpfe, der in der Flut lag, und hatte so das Gefühl, daß er in der Nacht ein Rudel suchen und sich ihm wieder als Oberhaupt aufdrängen wolle. Denn er fühlte sich wieder, seitdem er zwei der zweibeinigen Tiere samt ihrem Anhang von Vieh beiseite geschmissen hatte.

Da brach es bei ihm in den Ellernloden, brach anders, als wenn ein Elch zieht, ein Hirsch, ein Reh oder sonst etwas. Neugierig hob er das Haupt aus dem Schlamme, zog Wind ein und trat, als er wieder die ihm bis zum Zerplatzen ekelhafte Witterung aufnahm, auf das Ufer. Da standen drei von den Geschöpfen, die er nicht leiden konnte, von den nackthäutigen, schlimm duftenden, lauten, denen der Wolf auswich und sogar der Bär. Er aber ging ihnen nicht aus dem Wege. Er dachte nicht daran. Er wollte ihnen zeigen, wer hier im Bruche Herr und Häuptling wäre. Was die wohl wollen? Keine Haare! Keine Hörner! Keine Hufe! Und so dünn und so leicht! Und als Waffe nichts als Geschrei, und den Gestank, den er nicht vertragen konnte.

Merkwürdige Tiere! dachte er, als der eine mit dem Arm durch die Luft fuhr. Aber dann tat es ihm mit einmal auf dem linken Blatte erst ein wenig, und dann sehr weh. Er warf das Haupt zur Erde und stürmte auf die drei Feinde los. Wieder traf ihn ein Schmerz, im Nacken, und dann fühlte er ein Weh in der Hüfte, und eins, das irgendwo mitten in seinen Eingeweiden saß. Und dann war ihm alles einerlei; er war mitten zwischen den Menschen, fühlte nichts mehr als eine Freude, genau so, wie damals, als er den alten Platzbullen zu Tode stieß, und der ihm dabei die Dünnung schrammte, als er erst einen, dann den anderen und zuletzt den dritten seiner Feinde bald zwischen den Hörnern, bald zwischen den Hufen hatte, obwohl er an mehr als einer Stelle seines Leibes feurige Schmerzen empfand und eine seltsame Schwäche über ihn kam.

Angewidert und doch angenehm berührt, beschnupperte er die Reste seiner Gegner und trat in die Wohld zurück. Die Speere, die ihm im Leibe staken und belästigten, streifte er ab, indem er wütend durch das unraume Holz brach. Aber sehr weh tat ihm das, und ganz matt wurde er darauf. Und merkwürdig ängstlich und schwach wurde ihm, so daß er die enge Wohld verließ und nach der freien Heide hinzog. Als er so weit gewechselt war, verhoffte er, sog wohlgefällig den kühlen Luftstrom ein, der über die Geest herunterwirbelte, und fiel unter einer alten Eiche zusammen, während die Wetterwolken und der Mond sich darum zankten, wer das letzte Wort haben solle.

Da aber der Mond schon etwas an Kraft verloren hatte, behielt die eine Wolke, die über das Moor kam, zuletzt doch recht und spie so viel Gift und Galle aus sich heraus, daß einer ihrer Blitze die alte Eiche traf und sie zersplitterte und versengte samt dem alten einsamen abgekämpften und weidewund geschossenen Wisentbullen.

Nichts blieb von ihm als sein schwarzgebranntes Haupt mit den gewaltigen Hörnern, und das hängte der Gaupriester als Gottesmal über Tors Heiligstatt auf, wo es hing, bis Wind und Wetter es zermürbten und unter die Erde brachten.

Die Kraniche

Die Nachtluft ist weich und warm. Ein schwüler Wind streicht über den Fluß und raschelt in dem undurchdringlichen Nilgrasdickicht, das seine Ufer umhegt. Mücken singen leise, Enten schnattern im Schwimmkraut, und ab und zu pfeift und schnarrt eine Nachtschwalbe.

Wo der Fluß sich in drei Arme teilt, ragt eine lange und breite Sandbank hervor. Auf ihr stehen dreißig große, langbeinige Vögel, haben die Köpfe im Gefieder verborgen und schlummern bis auf den einen, der Frühwache hat. Hochaufgerichtet steht er da und lauscht in die Nacht hinaus und rupft ab und zu am Federkleide.

In der Ferne ertönt ein dumpfer Donnerruf, und hinterher schrillt ein gellender Trompetenklang. Der wachthabende Kranich kümmert sich nicht darum. Des Löwen Zorngebrüll, des Elefanten Warnruf bedeutet ihm nichts, und auch nicht das Prasseln und Krachen im Dickicht, das Plumpsen und Platschen in der Flut und das Schnauben und Prusten vor der Sandbank. Nilpferde sind es, harmlose Riesen. Aber nun rauscht es ganz leise und stetig in den Wellen und kommt näher und näher. Der Wächter reckt den Hals lang und länger, neigt den Kopf ein wenig zur Seite, dann schlägt er mit den Schwingen, daß es raschelt, und stößt einen halblauten Ruf aus; er warnt seine Genossen vor dem Krokodil, das auf die Insel zurudert. Im Nu fahren alle Köpfe aus den Federn, dreißig Hälse richten sich auf, dreißig ärgerliche Schreie erschallen, so daß die zehn Elefanten, die rasselnd und prasselnd durch das doppelmannshohe Gras ziehen, anhalten, die Rüssel emporheben und wittern, ob die Luft auch rein sei.

Ein feuerroter Punkt erscheint über dem Papyrussumpfe. »Kirri, kurri, kri,« ruft der wachthabende Kranich; »Kurri, kri, kirri,« antworten die anderen. »Auf! Nach Hause! Hurra!« Sie nehmen einen Anlauf, breiten die Flügel aus, schwingen sich über den Fluß und steigen hoch und höher, wirr durcheinander fliegend, bis die ältesten und stärksten Stücke sich dem Wächter, der die Spitze genommen hat, anschließen und die übrige Schar sich ihnen beiordnet. In Keilform gereiht, sausen sie dahin, der Sonne entgegen, die ihnen den Weg weist, und deren glühende Scheibe den Nebel in den Gründen verjagt.

Aus dreißig Kehlen schallt es herunter: »Krui, kurr, kirr, karr, korr, kirri!« »Leb wohl, Afrika! Leb wohl, Weißer Nil mit deinen Papyrussümpfen! Lebt wohl, ihr Elefanten und Nilpferde, ihr Hirsefelder und Grassteppen, lebt wohl, lebt wohl! Es geht heim, über Land und Meer, über Berg und Fluß, es geht heim nach Moor und Bruch! Lebt wohl! Auf Wiedersehen im Herbst! Korr, karr, kirr, kurr, kirri, krui.« Die langbeinigen, dunkelbraunen, splitterfasernackten Neger, die neben ihren Herden hertraben und sie nach neuen Weideplätzen treiben, sehen den Kranichen einen Augenblick nach und rennen dann wieder schreiend und schnalzend hinter ihren Rindern her.

»Krü!« ruft der Spitzenführer und steigt höher, und die anderen folgen ihm. Die braunen Leute sind ihm ungefährlich, das weiß er. Aber das Zelt, das dort zwischen den schirmförmigen Akazien hervorleuchtet, und die hellgesichtigen Männer, die davor stehen, sind ihm verdächtig. »Korr!« schreit er. »Höher, noch höher!« und rudert mächtig. »Örr! Hab ich's nicht gesagt?« schimpft er, denn mit giftigem »piuuu« saust ein Mantelgeschoß an dem Zuge vorüber und noch eins und ein drittes, viertes und fünftes. Und dieses traf. »Irr!« schreit ein Weibchen auf, dem die Kugel durch die Schwingen fuhr, und senkt sich. Seine Genossen fallen sofort aus Reihe und Glied und folgen ihm mit Angstrufen und Wutschreien. Aber es steigt wieder auf, und mit gellendem Geschimpfe über die Roheit der Menschen da unten fliegt die Schar so hoch, daß keine Kugel ihr nachkommen kann, ordnet sich wieder zum geschlossenen Zuge und wandert weiter.

Zwei Stunden gehen vorüber. Längst sind die grünen Sümpfe verschwunden und das silberne Wasser dazwischen. Über die gelbe Steppe geht es hinweg, durch deren Dorngestrüpp die Giraffen ziehen, über Klippen fort, auf denen die Paviane nach Käfern suchen. »Orr!« ruft der Führer, und ein anderes altes Männchen löst ihn ab, denn der Platz an der Spitze des Zuges ist der schwerste. Noch höher steigt der Flug, den kühleren Luftschichten entgegen, denn allzusehr wirft die Steppe die Glut zurück. Aber ein Windloch, in dem die Luft wild strudelt, zwingt, sich noch mehr zu erheben, dahin, wo die Lüfte beständiger wehen.

So reisen sie dahin, die dreißig Kraniche. Nur ab und zu, wenn einer von ihnen müde wird, erklingt sein Schrei, und der ganze Zug fliegt eine Zeit langsamer, bis der Genösse sich erholt hat, und eine kleine Pause gibt es auch, wenn der Führer sich ablösen läßt. Den ganzen Tag geht es dahin. Erst wenn die Sonne hinter schwarzen Bergen versinkt, schraubt sich der Flug tiefer und tiefer, kreist laut rufend lange hin und her und senkt sich auf das Land hinab. Hastig wird der Magen mit Blättern, Beeren und Heuschrecken gefüllt, bis der Hunger gestillt ist, dann schwingen sich alle auf und fliegen dem Flusse zu, wo sie trinken, um darauf einer Sandbank im Wasser zuzustreichen, die ihnen sicher genug zur Herberge dünkt. Dort ordnen sie ihr Gefieder, plaudern noch ein wenig, beantworten die Meldungen einer anderen Kranichschar, die weiterhin auf einer Insel Unterstand nahm, der Sitte gemäß ausführlich und laut, stecken dann die Köpfe fort bis auf die beiden Posten, die die erste Wache haben, und ruhen sich aus. In aller Frühe werden sie geweckt, und weiter geht die Reise. Zwischen der Wüste und dem Niltal geht es dahin, über die Araber, die auf langbeinigen Kamelen hin und her wackeln, die Fellachen, die an den Wasserwerken scharwerken, und über die Eseltreiber und Rinderhirten hinweg. Pyramiden starren aus dem Wüstensand, zerfallene Totenstädte schimmern an den Felswänden, Palmen spiegeln sich in den Fluten, durch die die Dampfer dahinkriechen, eine bunte Stadt kommt näher und bleibt zurück. Wieder sinkt die Sonne, und abermals wird auf einer Insel gerastet, wo die Schar mit fröhlichem Trompetengeschmetter empfangen wird. Über hundert Kraniche sind dort schon versammelt, in kleinen Trupps gesondert, Deutsche, Dänen, Norweger, Finnen und Russen. Das gibt ein großes Erzählen und Prahlen eine halbe Stunde lang, bis die Führer zur Ruhe mahnen, die Wachen aufziehen und es still wird. Bei Sonnenaufgang aber reiht sich ein Flug dem ändern an zur gemeinsamen Fahrt.

Allerlei Ungemach ist unterwegs zu überstehen. Ein Gewitter bringt einen Wirbelsturm, reißt den Flug auseinander, und erst nach langem Rufen und Schreien findet er sich wieder zusammen. Aber ein Dutzend der Fahrtgenossen fehlen; der Sturm warf sie in das Meer und ersäufte sie. Andere verschlug der Schneesturm als der Flug über die Alpen zog, und begrub sie. Nachdem die Schar matt und hungerig auf der Saat im ebenen Lande übernachtet hatte, konnten zwei Stück nicht mehr mit, als es weiterging. Es fand eine laute Beratung darüber statt, ob sie getötet werden oder zurückbleiben sollten. Schließlich wurde ihnen befohlen, sich dem nächsten Fluge anzuschließen. Sehnsüchtig und angstvoll schrien sie hinter dem Zuge her, als er sich emporschraubte. Sie kamen nicht heim. Den einen schoß ein Jäger flügellahm, der andere fand nirgends Anschluß, weil er zu matt war, reiste allein weiter, flog nachts gegen ein Luftschiff an und fiel zerschmettert in einer Stadt nieder. Hundertunddreiunddreißig Köpfe stark war die Reisegesellschaft, die sich auf der Insel im Nildelta zusammenfand; keine achtzig waren es mehr, als sie sich zwischen Rhein und Main teilte. Dem Osten zu strebte die größere Schar; der kleinere Flug aber wanderte gegen Norden, unter ihnen der alte Hahn, der in der Abzugsnacht auf der Sandbank im Weißen Nil die Frühwache gehabt hatte, mit seinem Weibchen. Bis dahin, wo die Aller durch die weiten Wiesen fließt, hatte das Paar noch Begleitung, aber von da ab blieb es allein, denn die übrigen zehn Stück suchten ihre alten Brutplätze auf. Nur ein zweijähriges Männchen mochte sich nicht von den beiden trennen. Das gefiel aber dem alten Hahn nicht. So freundlich er auf der Reise gegen den Junghahn gewesen war, so grob behandelte er ihn nun und jagte ihn schließlich ganz weg, denn dieses hier war sein Moor, und da hatte kein anderer Kranich etwas zu suchen.

Doch eine ganze Woche lang mußte er auf der Hut sein; denn Abend für Abend fiel ein Trupp reisender Kraniche ein, unter denen mehr als einer noch unbeweibt war, und so gab es Morgen für Morgen ein großes Gebeiße und grimmes Gehacke mit viel Gekreisch und Geflatter, bis endlich die Reisezeit vorüber war und der alte Hahn mit seiner Frau allein blieb. Darüber war er so froh, daß er jeden Morgen so laut trompetete, daß das ganze weite, breite Moor schallte, und dann breitete er die Flügel aus, lief ein paar Schritte, hopste in die Luft, machte seiner Frau einen Diener über den anderen, riß vor lauter Übermut Grasbüschel aus und warf sie in die Luft oder schleuderte Holzstückchen und Kiesel empor und benahm sich so närrisch wie ein ganz junger Hahn, daß die Birkhähne ganz erstaunt zu trommeln aufhörten und der alte Bock, der da seinen Stand hatte, ein ganz dummes Gesicht machte.

Es sollte aber auch einer nicht fröhlich sein, jetzt, da es so wunderschön im Moore war, da die Heidelerchen sangen, die Pieper schmetterten und die Himmelsziegen meckerten, da aus allen Wollgrasbülten Silberkätzchen hervorschossen, die Weidenbüsche sich mit Gold schmückten und die Birken sich in neues Grün hüllten! Viel besser gefiel es dem Kranich hier in der Lüneburger Heide als in Afrika, wenn die Würmer auch nicht so fett und die Schnecken lange nicht so dick waren wie dort. Aber die Luft war viel frischer, die Sonne nicht so unbarmherzig, und der Mond hatte ein viel freundlicheres Gesicht. Auch gab es kein Krokodil da, das leise durch das Wasser fuhr und die schlafenden Kraniche belauerte, und keinen Adler, der aus der blauen Luft herabsauste. Vor dem Wanderfalken, der ab und zu im Moore auf Krähen und Enten jagte, brauchte der Kranich keine Angst zu haben, und den Fuchs fürchtete er auch nicht, hatte er sich doch als Schlafplatz eine trockene Stelle zwischen lauter alten Torfstichen, die voll von Wasser waren, ausgesucht, und die vermied Reineke, und deshalb war er so froh, daß er jeden Morgen vor Freude trompetete und tanzte und seiner Frau zuliebe allerhand lustige Possen trieb.

Eines Tages aber, als er wieder mit »Kurr« und »Kirr« und »Körr« vor ihr herumhopste, nahm sie seine Spaße nicht geschmeichelt auf, sondern sagte: »Onk, Onk!«, und das hieß: »Ach, laß mich in Ruhe mit deinen Narrenspossen! Ich habe Wichtigeres zu tun.« Und damit watete sie durch die Pfützen nach dem dichten Porstgebüsch zwischen den beiden Armen des Moorbaches, wo der Boden weich und trügerisch war. Da hatte sie sich einen alten Erlenstock mitten im Gestrüpp gesucht, und darin trug sie Stengel und Blätter und Binsen und Schilf und Gras und Wurzeln zusammen, schichtete es hoch, setzte sich darauf und drehte sich hin und her, bis eine runde, tiefe Mulde entstand, und zupfte hier und zerrte da und hatte immer noch etwas zu bessern und zu ändern, bis endlich das Nest fertig war.

Und von da ab prahlte der Hahn nicht mehr jeden Abend und alle Morgen laut über das Moor hinaus, sondern verhielt sich ebenso still wie die Henne und blieb genau so heimlich wie sie. Die aber fing jetzt ein sonderbares Benehmen an. Sie schlich sich dahin, wo der Bach weichen Torfschlamm abgesetzt hatte, nahm davon einen Schnabel voll und salbte sich damit ihr schön hellgraues Rückengefieder ein, bis es schmutzig war und sich kein bißchen von dem braunen Untergrund und dem fahlen Gestrüpp abhob, wenn sie auf den beiden großen, grünlichen, braun und grau getupften Eiern saß. Fleißig brütete sie, und der Hahn stand derweilen Wache. Wehe dem Hermelin, das in der Nähe des Nestes herumhüpfte! Ehe es weichen konnte, hatte es einen Schnabelhieb weg, daß es quietschend in den Weidenbusch fuhr. Aber auch die Ente, die mit ihrer Brut angewatschelt kam, und der Hase, der da vorbeihoppelte, wurden nicht geduldet, sondern von dannen getrieben. Mußte aber die Henne das Nest verlassen, um auf Nahrung auszugehen, dann nahm ihr Mann ihren Platz ein und sorgte dafür, daß die Eier nicht kalt würden.

Eines Tages piepte es unter der Alten, und als sie aufstand, war ein Ei geborsten, und ein spitzes, gelbes Schnäbelchen sah hervor. Schnell, aber behutsam hackte die Mutter die Schale entzwei, und hervor kroch ein nasses, struppiges, gelbes Ding, das ängstlich piupste, mit den Flügelstummeln wedelte und sich an die Alte herandrängte. Am anderen Tage kroch das zweite Junge aus, und am dritten führte die Henne sie dahin, wo die Porstbüsche sich so dicht verschränkten, daß weder Habicht noch Rohrweihe zum Boden spähen und nicht Fuchs noch Iltis nahen konnten, ohne sich durch Geräusch zu verraten. Und da lehrte sie die Kleinen, während der Vater mit hochgerecktem Halse Wache stand, Käfer zu suchen und Schnecken zu finden, Fliegenlarven aus dem Torfmoore herauszuzupfen und Heuschrecken von den Halmen zu fangen, auch, welche Knospen und Früchte gut zu fressen seien und welche unbekömmlich sind, und wütend fuhr sie auf die harmlose Wasserralle oder die ungefährliche Wollmaus los, die es sich einfallen ließen, in die Nähe ihrer Jungen zu kommen.

Die aber gediehen bei der reichlichen Kost, wuchsen zusehends, reckten die Schnäbel und streckten die Beine, schoben Federn aus den Daunen und wurden den Eltern immer ähnlicher, und schließlich fingen sie an zu tanzen und zu springen wie der Vater, schlugen mit den Flügeln und versuchten, sich emporzuschwingen, mußten aber immer wieder auf den Boden zurück, bis endlich das eine Luft unter die Fittiche bekam und ein Endchen dahinflatterte, während rechts der Vater und links die Mutter nebenherrannte. Von Tag zu Tag aber ging es besser, und eines Morgens flog das älteste Junge quer über die Torfstiche und kam sich sehr erwachsen vor. Zurück aber konnte es nicht durch die Luft und mußte einen Umweg machen, und das wäre fast sein Unglück gewesen; die Hütejungen hatten es belauert und versuchten es zu fangen. Sie hatten es fast schon, aber da lief die Alte hinzu, stellte sich lahm und hinkte vor den Jungen umher und lockte sie ganz tief in das Moor hinein, unterdessen der Hahn die Brut in das Gestrüpp führte. Dann flog sie auf, und die Hütejungen machten lange Gesichter.

Eine Woche später waren die jungen Kraniche voll beflogen und begleiteten die Alten in die Felder und auf die Wiesen, wo es halbreife Erbsen und milchenden Hafer, fette Schnecken und Fröschchen und Heuschrecken in Menge gab. Abends, wenn sie zu ihrem Schlafplatze im Moore zurückgekehrt waren, versuchten sie auch schon ihre Kehlen, und schrill klangen ihre dünnen Stimmen neben den vollen Trompetentönen der Eltern, die der Sonne einen Abschiedsgruß nachriefen. Sie freuten sich ihres Lebens im Moor, mästeten sich an Knospen, Beeren und Gewürm, hielten sich nicht mehr so ängstlich bei den Alten, sondern streiften immer selbständiger umher, nahmen sich aber vor allen Menschen in acht.

Das Heidekraut blühte ab, der Moorhalm wurde gelb, die Brombeeren schwarz und die Preiselbeeren rot. Da kam eine große Unruhe über die alten Kraniche, und über die jungen nicht minder. Bis tief in die Nacht trompeteten sie, und vor Tau und Tag legten sie wieder los und flogen unstet hin und her. Dann, an einem frischen Vorherbstabend, als sie kein Ende mit dem Rufen finden konnten, kam hoch vom Himmel her derselbe Ruf. Gellender schrien sie, und heller klang es von oben herab. »Kurri, kri, kirri, korr!« schallte es herunter. »Auf, nach Afrika! Macht euch fertig! Los!« Ein Dutzend Kraniche senkte sich hernieder und blieb in einiger Entfernung von den anderen stehen. Eine Weile musterten sich beide Parteien schweigend, dann begrüßte der alte Hahn vom Moore die Fremden freundlich, und bald darauf hatten sich alle zusammen angefreundet.

Einen Tag blieben die fremden Kraniche im Moore, denn sie hatten die Rast nötig, weil sie weit aus Ostpreußen kamen. Dann wanderten sie weiter, und das Paar vom Moore samt seinen Jungen schloß sich ihnen an. Je weiter sie zogen, um so mehr Zuzug bekamen sie, und als sie den Alpen zuflogen, waren es mehr als zweihundert Köpfe.

Laut riefen sie in das Rheintal hinab: »Kurr, quorr, quarr, krui: leb wohl, du Heimat, es geht nach Afrika; auf Wiedersehn!

Isegrims Irrgang

Blink und blank hing der Vollmond mitten im hellen Himmel über dem stillen Lande.

Der junge Soldat, der auf Grenzwache stand, sah träumend vor sich hin. Er dachte an sein Mädchen am fernen Rhein, und das alte Lied ging ihm durch den Sinn: »Köln am Rhein, du schönes Städtchen, Köln am Rhein, du schöne Stadt; und darinnen mußt ich lassen meinen herzallerliebsten Schatz.« Da lief es ihm kalt über den Rücken, denn ein hohles Heulen kam durch die Stille, ähnlich dem Geheul, das die Hunde von sich geben, wenn sie fühlen, daß der Tod durch das Dorf geht, aber doch ganz anders. Eine Weile nachher war es dem Posten, als rausche es leise in dem dürren Röhricht hinter ihm, und als er sich umdrehte, vernahm er ein kurzes Schnaufen, und er gewahrte einen auffallend starken Hund, der mit gespenstiger Eile dahinflüchtete.

Es war aber kein Hund, sondern ein alter Wolf, ein Irrläufer aus Russisch-Polen. Der Wald, in dem er jahrelang gehaust hatte, war von Holzhändlern gekauft und niedergelegt worden, und so war er obdachlos. Viele Tage hatte er sich schon umhergetrieben, hatte hier ein Reh gerissen, da eine Katze, die sich vor das Dorf gewagt hatte, gewürgt, dort einen Hasen gefaßt, und so war er, ohne es zu wissen, über die Grenze gekommen, wo es ihm ungewohnt und unheimlich vorkam. Ganz verlassen fühlte er sich, und deshalb hatte er sich auf die Keulen gesetzt und den Mond angeheult, aber keine Antwort von einem seiner Sippschaft erhalten.

Als er bei dem Posten vorbeihuschte und dessen Witterung auffing, hatte er sich gewaltig erschreckt, und nun trottete er, so schnell er konnte, dahin, immer die Nase gegen den Wind haltend. Ihm war merkwürdig unruhig und unsicher zumute. So ganz anders kam ihm das Land hier vor, so ordentlich, so reinlich, so vom Menschen beherrscht. Er war froh, daß ihm endlich Waldluft zuwehte, und schnell trabte er darauf hin. Aber vor dem Forst verhoffte er; der Graben, der schwarzweiße Schlagbaum und die große weiße Tafel mit dem schwarzen Getüpfel, alles das wollte ihm durchaus nicht gefallen. Ängstlich schlich er an dem Holz entlang. Plötzlich senkte er die Nase, denn es roch nach Wild. Sofort fiel er die Fährte an, die über den Grenzgraben führte, überfloh diesen und hielt sie durch die Dickungen und Stangenörter bis in das räume Altholz.

Dann aber stutzte er, denn auf einmal hörte der Wald auf und wurde von einem breiten Wege begrenzt, wie ihn der Wolf noch nie in seinem Leben angetroffen hatte, denn der war ganz eben und hart und trocken und roch nicht nur nach Mensch und Pferd und Hund, sondern nach etwas, was ihm vollkommen unbekannt war. Ein ganz fürchterlicher stechender beißender kneifender Geruch war es, der ihm schwer auf die Nerven fiel. Er sträubte das Rückenhaar, zitterte, stieß ein klägliches Winseln aus und sprang in das Holz zurück, ohne weiter an die Fährte zu denken, obgleich es ihn sehr hungerte. In guter Deckung rannte er neben der Straße her, bis er auf breites Gestell kam. Dort stutzte er wieder, denn da, wo ein Quergestell die Hauptbahn schnitt, erhob sich schwarz und gespenstig ein hohes Gerüst, vor dem Isegrim so erschrak, daß er ohne Besinnung durch dick und dünn stürmte bis er Wiesenduft auffing und zugleich frische, warme Wildwitterung spürte. Da erst besann er sich und schlich lautlos auf dem Steige bis dicht an die Wiese heran und spähte, gedeckt von einer Fichte, über sie hin.

Grün glühten seine Lichter, und silberne Geschmacksfäden liefen ihm von den Lefzen, denn vor ihm äste sich ein ganzes Rudel Wild. Dem Wolf bebten die Flanken vor Gier, als er das Wild eräugte, die beiden geweihten Hirsche zur Linken, das alte Gelttier geradeaus, und halbrechts die beiden Stücke Mutterwild mit ihren Kälbern, die jetzt vor Übermut hin und her sprangen. Und drüben vor den Fichten stand noch mehr Wild. Der Wolf lauerte so lange, bis kein Stück mehr das Haupt hoch hatte, dann schlich er ein Endchen auf dem Pirschsteige weiter, bis dahin, wo der Fichtenhorst in der Wiese zwischen ihm und dem vordersten Kälbertiere war, wartete dort noch ein Weilchen, stahl sich dann bis hinter die Fichten, und sobald die beiden Kälber sich wieder einmal umhertollten und dabei in seine Nähe kamen, machte er drei Sätze und faßte das letzte an der Strosse, es mit einem einzigen Griff niederziehend, während das andere fortsprang, das alte Tier laut schreckend davonpolterte und das übrige Rudel hier und da in die Dickung stob, daß es dröhnte und prasselte.

Das Kalb, das er gewürgt hatte, schlug noch etwas mit den Läufen. Er biß ihm das Genick durch, packte es und schleppte es dem Stangenorte zu, denn auf der Wiese war es ihm zu offen, als daß er es da fressen mochte. Auch in dem Stangenorte war es ihm zu räumig, und so schleifte er seine Beute dahin, wo Dickungsluft ihm entgegenkam.

Er war schon fast dort angelangt, als ihn ein solcher Schreck befing, daß er das Wildkalb fallen ließ und mit einer hohen Flucht in das Stangenholz zurückpreschte, denn dicht vor ihm kam über die Brandrute ein Wesen gesaust, das hampelte und strampelte und klirrte und war schnell wie der Wind. Als der Wolf nun mit flackernden Flanken im Schatten stand, vernahm er eine halblaute menschliche Stimme, und scheu stahl er sich weiter. Bei dem Wildkalb aber stand der Forstaufseher, der mit seinem Schweißhund auf Wilddiebsstreife durch den Forst radelte. Er hatte den Wolf wohl abspringen gehört, aber gemeint, es sei ein Stück Rehwild gewesen. Doch da winselte der rote Hund plötzlich kurz auf, drängte sich dicht an das Rad, sträubte die Rückenhaare, zitterte wie in Todesfurcht und äugte seinen Herrn angstvoll an. Der sprang ab, lehnte das Rad gegen einen Baum und folgte dem Hunde, der zitternd und zagend vorankroch, dahin, wo der Wolf den Riß hatte fallen lassen. Als der Förster bei dem Kalbe stand und es mit der elektrischen Taschenlampe beleuchtete, krauste er die Stirn, nahm den Hund an den Schweißriemen und ließ ihn, obschon der vor Angst sich kaum vorwärts traute, bis in die Wiese arbeiten, wo der Wolf das Kalb gerissen hatte, und als er an einer modrigen Stelle die Fährte des Räubers antraf, eilte er zu seinem Rade zurück, fuhr, so schnell er konnte, nach Hause und meldete durch den Fernsprecher der Oberförsterei: »Ich habe einen starken Wolf in meinem Belauf.«

Isegrim schlich derweilen so vertattert, wie er in seinem ganzen Leben noch nicht gewesen war, in den dichten Beständen umher, von wütendem Hunger gequält, der nur noch schlimmer wurde, als er ein paar Mäuse zu fassen bekam, denn nach dem Kalbe wagte er nicht zurückzukehren. Erst in der Vordämmerung gelang es ihm, einen Fuchs zu reißen, den er bis auf die Lunte auffraß, worauf er sich satt und müde in eine große Dickung steckte und schlief. Als es hell wurde, wachte er auf, und es wurde ihm so unheimlich zumute, daß er sich erhob, nach allen vier Windrichtungen hin witterte und verstohlen am Rande der Dickung entlangschnürte, auch ab und zu vorsichtig den Kopf hinausschob und sich Wind holte. Ihm war so, als vernehme er entfernte Geräusche, aus denen er nicht klug wurde, und dann kam ihm ein Geruch in die Nase, der in den Wald nicht hineingehörte. Das seltsame Geräusch war auf allen Seiten, und wohin er auch schlich, immer wehte ihm der sonderbare Geruch zu. Hin und her zog er, von Dickung zu Dickung, wobei er sich, wenn er eine Bahn nehmen mußte, so niedrig wie ein Fuchs machte, aber nirgends war die Luft rein. Auch schreckte bald hier ein Stück Rotwild, und dort schmälte ein Reh. Er hatte das Gefühl, als wenn ringsumher der Tod auf ihn lauere.

Nach einiger Zeit hallte ein heller, langer Ton durch den Forst, und sofort begann auf der anderen Seite, aber in weiter Ferne, ein verworrenes Geräusch, das sich dem Wolf zu nahem schien. Er stand auf und lauschte; das Geräusch kam wirklich, wenn auch langsam, unter dem Winde näher. Er stutzte, schlich unschlüssig hin und her, und dann wich er in dem Maße, wie der Lärm herankam, nach der ändern Seite aus, ängstlich darauf bedacht, immer den Wind gegen sich zu behalten. Schon war er am Ende der Dickung angelangt, da preschte er zurück, denn nun hatte er den unerklärlichen Geruch dicht vor sich. Er schnürte an der Kante der Dickung entlang, aber der Geruch begleitete ihn, und als er verstohlen aus einer Lücke über die Bahn hinäugte, gewahrte er an deren Ende lauter lange bunte Dinger, die im Luftzuge hin und her zappelten. Ganz bestürzt zog er sich zurück, kroch weiter in der Dickung entlang und versuchte an einer anderen Stelle, ob die Luft da sauberer sei; aber dort war am Ende der Bahn abermals die bunte Zappelei, und außerdem roch es ausdrücklich nach Mensch. Er drückte sich wieder in die Mitte der Dickung, wich aber bald wieder nach der anderen Seite, denn das unklare Getöse kam näher und näher und drängte ihn, ob er wollte oder nicht, gegen den Wind zurück.

Sobald er aber wieder vor die Kante der Dickung kam, scheuchte ihn der Geruch der bunten Zappeldinger oder menschliche Witterung wieder dahin, von wo das Getöse herkam.

So wußte er nicht ein noch aus. Er mochte hinschleichen, wo er wollte, überall war es nicht sauber; hier roch es nach Mensch, da zappelte es, dort war Geräusch. Mit einem Male wurde ihm die Sache klar: er wurde getrieben; man wollte ihn durch das Lärmen dahin bringen, von wo der menschliche Geruch herkam, und wo es trotzdem so auffallend still war. Da also mußte es am gefährlichsten sein, und nicht dort, wo der Lärm war. Denn wenn der Mensch laut kommt, dann hat er nichts Böses vor; das wußte er aus Erfahrung. Wenn er sich dagegen ganz still verhält, hat er Schlechtigkeiten im Sinne. Zweimal hatte Isegrim derartiges erlebt. Das eine Mal hatte eine Kugel seinen rechten Hinterlauf gestreift, und deshalb lahmte er auf diesem für immer ein wenig; das zweite Mal hatte ein Schrotschuß ihn für viele Tage krank gemacht. Beide Male war ihm das zugestoßen, als er den Menschen nur gewittert, aber weder eräugt noch vernommen hatte. Darum hielt er es nun für das beste, vorsichtig dem Getöse entgegenzuschleichen.

Er trabte ein paar Schritte, hielt dann wieder inne, schnüffelte in der Luft umher, spitzte die Lauscher, schlug einen Bogen nach links, trottete dann wieder nach der ändern Seite, vermied aber ängstlich jede Lücke und nutzte den Wind und die Deckung auf das sorgfältigste aus. Wo die Schonung zu Ende ging, schlich er so lange in ihr entlang, bis er auf der Bahn, die zwischen ihr und der nächsten Dickde lag, einige Fichten eräugte, die mitten darauf standen; mit einem Satz war er bei ihnen und mit einen zweiten in der Nachbardickung, und so schnell, daß die Kugel, die ihm gelten sollte, hinter ihm herpfiff. Trotzdem ihn der Schuß, der gar nicht weit von ihm gefallen war, sehr erschreckt hatte, so stürmte er doch nicht unbesonnen voran, sondern drückte sich nur ganz behutsam vorwärts, dem lauten Brechen und Treten entgegen, das auf ihn zukam. Er war um so vorsichtiger, als er mit dem Winde voran mußte und so nicht weit wittern konnte, und obwohl er eine entsetzliche Angst auf dem Leibe hatte, so zwang er sich doch, auch diese Dickung zu durchqueren, bis er an ihrem Ausgang stand.

Da aber machte er halt; vor ihm lag nun ein räumiger Ort, und aus dem kam Brechen und Treten. Er lauerte und lauerte, bis es dicht vor ihm war, und dann zog er sich etwas zurück und drückte sich zwischen zwei dicht ineinander verschränkte Fichten. Darauf brach und trat es rechts von ihm und auch auf seiner linken Seite, hier kam ein halblautes Husten her, da ein verhaltenes Geräusper, und dann entfernten sich die Tritte und das Knicken des brechenden Dürrholzes nach dem Winde zu, und vor ihm war es ganz still bis auf das Kreischen des Hähers und das Geschimpfe der Amsel. Noch ein Weilchen wartete er, schob sich an den Bord der Dickung, sicherte und witterte dort lange, überfiel die schmale Brandrute mit einer mächtigen Flucht, drückte sich im Stangenholz erst hinter einen Brombeerbusch, windete eine ganze Zeit, lauschte angestrengt und äugte nach jedem dürren Farnwedel hin, den der Wind rührte, und dann huschte er, sich deckend so gut es ging, auf einem Wildwechsel weiter, bis er an einen vermoorten Windbruch kam, in dessen Miete er sich unter einem ganz von Gestrüpp umwucherten großen Wurfboden barg.

Noch zweimal vernahm er den hellen, langgezogenen Ton, und es war ihm auch, als käme das Treten und Brechen einmal näher; aber dann wurde es ganz still ringsumher, außer daß die Meisen pfiffen und die Dompfaffen flöteten und ein Specht an einem Stamme klopfte. So blieb er, müde und matt von all der ausgestandenen Angst, im Halbschlaf liegen, bin die späte Dämmerung Stamm und Strauch zusammenspann und Himmel und Erde durcheinanderwebte. Da erhob er sich, schlich so lange umher, bis ein kümmerndes Schmalreh sich ihm durch seinen hohlen Husten verriet. Das riß er, fraß sich aber nur halb satt daran. Denn er wollte fort aus dieser Gegend, es war ihm da zu gefährlich. Außerdem kam der Wind von dort, von wo er zugewechselt war, von Morgen her; hell und klar war er und machte dem Wolf Heimweh. Daß der Mond aufging, paßte ihm zwar so recht nicht; doch das war nun einmal nicht anders.

Eilig, aber mit Vorsicht, trabte er durch den Forst. Es kostete ihn freilich sehr viel Überwindung, die glatte, trockene und so wunderlich riechende Straße zu überfallen, und er war kaum hinüber, da stürzte er vor Angst beinahe um, denn brausend und rauschend und rasselnd und prasselnd kam ein riesenhaftes Wesen mit großen glühenden Augen dahergesaust und verbreitete eine Witterung, daß Isegrim der Atem in der Lunge stehenblieb. Wie wahnsinnig rannte er vorwärts und hielt erst stand, als er den stechenden Mißduft nicht mehr in der Nase spürte. Dann rannte er etwas behutsamer weiter, in ewiger Angst, daß irgendeins der unbekannten strampelnden und klirrenden, oder donnernden und glühäugigen Tiere ihm begegnete.

Aber er hatte Glück; es kam ihm keins mehr in die Quere und heil und gesund gelangte er über die Grenze in die liebe russische Heimat, wo ein Wolf noch leben kann, ohne auf Schritt und Tritt von Tod und Not umgeben zu sein.

Glitsch

Knickschen, die Wasseramsel, saß mitten im Bache auf dem gischtumsprühten Felsblocke und sang. Was machte es ihr aus, daß Schnee die Ufer verhüllte und die Wellen im Bache am Randeise klimperten? Sie sang, wenn es ihr paßte, und nicht wie die anderen Vögel zu den von der Natur festgesetzten Zeiten.

Mit einem Male brach sie ihr niedliches Liedchen in der Mitte ab, schnurrte über die wilden Wellen, fiel auf einer anderen Klippe ein, knickste dort in einem fort und schimpfte ärgerlich, denn bei ihrem Lieblingsplatz tauchte Glitsch auf.

Glitsch hatte ihr zwar noch nie etwas getan, aber darum traute sie ihm doch nicht, wie allem, was keine Federn am Schwänze hatte und größer als eine Maus war. Und obgleich Glitsch, wie er da so auf dem Steinblocke saß und sich die Mittagssonne auf den Balg scheinen ließ, ein Gesicht machte, als nähre er sich von grünem Grase, Knickschen wußte, daß das nicht der Fall war. Glitsch der Otter reckte sich und streckte sich, kratzte sich hier und da und gähnte von Herzen; aber dann verschwand er blitzschnell in dem Strudel, gerade rechtzeitig genug, daß der Schrotschuß, den der Jäger ihm zugedacht hatte, dahin traf, wo Glitsch sich eben gerekelt hatte. Aber als der Jäger, der zufällig des Weges gekommen war, noch da stand und ein dummes Gesicht machte, war der Otter schon unter Wasser ein ganzes Ende bachauf geronnen, hatte, wenn ihm die Luft ausging, unter dem hohlen Ufer die Nasenspitze herausgehalten und schließlich einen Graben angenommen, der in den Bach mündete.

Dieser Graben war breit und tief, dicht mit Büschen bestanden und roch ausgezeichnet, nämlich nach Forellen; von allen Fischen schätzte Glitsch diese am meisten. So schwamm er weiter, tauchte ab und zu auf, um zu atmen, wodurch er hier den Eisvogel ärgerte, der auf einer Weidenrute saß und auf Ellritzen paßte, und da eine Krähe, die am Ufer auf eine Maus lauerte und beinahe auf den Rücken fiel, als der Otter vor ihr aufging, so daß sie vor Schreck fast vergaß, daß sie Flügel hatte, um endlich unter dem Schreckensgequarre: »Gewalt, Gewalt!« von dannen zu taumeln, worüber Glitsch entsetzt untertauchte und erst dann wieder aufkam, als das Wasser ihm ganz nahe Forellenwitterung zutrug.

Da schlüpfte er in einen dichten Weidenbusch, schnüffelte erst lange nach allen Richtungen, ob es nicht irgendwo nach Mensch oder nach Hund röche, schüttelte sich darauf und zog gierig und sehnsüchtig den Duft ein, der von dem Quellteiche kam. Nach Forellen roch es, nach schönen fetten Regenbogenforellen, und nach den noch leckereren Bachfohren. Glitsch liefen silberne Geschmacksfäden aus den Mundwinkeln, denn in den letzten Tagen war es mit dem Fange schlecht gewesen, weil wegen der Schneeschmelze in den Bergen sowohl die Forellen wie die Äschen sich vor dem Trübwasser in die tiefsten Uferlöcher gesteckt hatten. Der hungrige Freifischer meinte, es sei eigentlich noch etwas zu früh, um zu rauben; aber da sein Magen allzusehr drängte, gab er seinem Herzen einen Stoß und sprang auf den Damm.

Es paßte ihm wenig, daß ein paar Krähen, die auf dem Eise herumwatschelten, mit viel Getöse seine Ankunft verkündeten, und darum rannte er schnell den Damm entlang der Stelle zu, wo er offenes Wasser roch, plumpste in die eisige Flut hinein, schoß in ihr entlang, trieb die starken Zuchtforellen vor das Abflußgitter, fing die dickste, fraß sie, indem er sich unter dem Eise am Ufer festhielt, auf, machte es mit einem Dutzend ihrer Genossen ebenso, schlüpfte dann aus dem Eise heraus, machte sich ein Lager in einem Haufen dürren Schilfes und schlief vor Müdigkeit bis in den hellichten Morgen hinein.

Er wurde erst wach, als Tritte den Boden erschütterten und eine Hundeschnauze in dem Schilfe herumschnüffelte. Noch ganz dumm vor Schlaf fuhr er aus dem Lager heraus und dem Hunde, einem kleinen Teckel, entgegen, der ihm an den Hals wollte, aber jaulend zurückfuhr, als Glitsch ihn in das Maul biß. Und dann brüllte eine Mannesstimme: »Schnell, schnell, Herr Müller, ein Otter, schnell, schnell!« So hurtig wie ein Wiesel warf sich der Otter von dem Damm in den trocken liegenden Streckteich, rannte in ihm entlang und fuhr, als das Getrampel und Gekläffe immer näher kam, in einen Durchlaß. Aber da ging es auch schon: »Hu faß, Männe, so schön, Männe, hu faß faß!« Und hinter ihm her schlief der Teckel ein. Eilig wollte

Glitsch an der anderen Seite heraus, da fuchtelte ein Stock darin herum und Transtiefel versperrten die Öffnung, während von der anderen Seite Manne ihn in die Keulen zwickte. Vor Wut und Angst besinnungslos drehte der Otter sich um, wollte den Hund überrennen, und, als das nicht ging, biß er zu, daß die Knochen knackten, und schoß über den jämmerlich winselnden Hund ins Freie. Zwei Schrotschüsse knallten hinter ihm her, und ein Fluch, denn kein Schuß hatte getroffen.

Während der Teichaufseher und der Arbeiter schimpfend den Teckel untersuchten, dem ein Ohr fast abgerissen und dessen Rute an der Wurzel glatt durchgebissen war, rannte Glitsch, so schnell er konnte, dahin, wo er das nächste Buschwerk witterte, fand einen Graben, schwamm in ihm entlang und war bald im Walde. Dort verkroch er sich in einem Busche, verschnaufte eine Weile, suchte sich dann ein Versteck unter dem hohlen Wurfboden einer umgewehten Fichte, lag dort im Halbschlafe, bis die Amseln mit Gezeter schlafen gingen und die Eule auf Raub ausflog. Da witterte er nach allen Windrichtungen und lief dann dahin, von wo ihm Wasserdunst in die Nase zog.

Es dauerte auch nicht lange und er langte bei einem Bache an. Aber ehe er in ihn hineinglitt, wußte er schon, daß für seinen Magen nichts darin sein würde, als winzige Ellritzen und kümmerliche Weißfischbrut. Er fing davon, was ihm in den Weg kam, und rannte dann bachaufwärts, denn seine Ahnung sagte ihm, daß er auf diese Weise an ein Fischwasser kommen würde, wo er den Hunger, der ihn sehr quälte, stillen könne. So kam er zu einer Stelle, wo der Bach sich in dem Wiesengelände zu einem verkrauteten Kolke ausweitete. Schon wollte er hindurchschwimmen, da gab es ihm einen Ruck und er tauchte eiligst bis auf die Nasenspitze unter, denn er hörte es in der Luft klingeln und sah drei Schatten über dem Wasser kreisen, die sich immer tiefer senkten. Sobald sie in das Wasser hineinplatschten, faßte er zu, und während die beiden Enten mit Angstgequarre von dannen klapperten, zog er den Erpel unter Wasser, biß ihm den Kragen durch und trug ihn in das Gebüsch, wo er ihn rupfte und auffraß. Halbwegs gesättigt rannte er neben dem Bache her. Aber es wurde schon hell, als er fühlte, daß er sich dem Flusse näherte, und da er dem Tage nicht mehr traute, so kroch er in einer Uferhöhlung unter und vergaß im Schlafe seines Magens Mahnen.

Als die Nacht auf das Land fiel, schlüpfte Glitsch aus seinem Notbau, schwamm ein Viertelstündchen in dem Bache entlang und war dann bei dem Flusse. Unwillig schüttelte er sich, als er dort ankam. Das Wasser roch nach Fabrikabflüssen. Also gab es nur Aal und Weißfisch. Beide schätzte er wenig. Aber Hunger beißt, und so schoß er von Ufer zu Ufer, holte hier einen Aal aus dem Schlamm, griff dort einen Weißfisch, prallte aber entsetzt zurück, als weiter unten eine stinkende Lauge ihm entgegenkam, und war froh, als er den Einfall eines quicken Baches fand, in dem er hinaufrann, denn sein Wasser roch nach Forellen und einem Fisch, den Glitsch noch nicht kannte, der aber mindestens ebenso schmecken mußte, wie dieser.

So eilig, wie er konnte, strebte er fürbaß, an wildumstrudelten Klippen vorbei, unter hohlen Ufern her, über seichte Stellen, ab und zu zu Lande, wenn der Bach einen zu großen Bogen machte, in ihm weiterschwimmend, wurde ihm das Gelände bei dem hellen Mondschein zu offen, hier und da schnell eine Forelle raubend, roch er eine, die sich unter dem hängenden Ufer barg, bis schließlich die immer stärkere Fischwitterung der Wellen ihm angab, daß er sich einem Otterparadiese nähere. Und dann kam er vor eine Schleuse, die in einer ungeheueren im Mondlichte silbern schimmernden Mauer war, mußte einen steilen Hang empor, kam auf einen Damm, und da saß er und atmete tief und zufrieden, denn vor ihm lag ein weiter breiter See, von steilen, mit Fichten bewachsenen Klippenhängen eingefriedigt, ein See, der streng nach Forelle und dem guten fremden Fisch roch, wenn er auch fast ganz übergefroren war, und um den es totenstill war, bis auf das Kläffen eines Fuchses drüben an der Wand.

Glitsch hob die Nase und witterte hin und her, und sofort wußte er, wo es in dem Eise einen Einstieg gab. Just wollte er darauf zu, da kam ihm ein anderer Duft entgegen, der vom Ufer her zu ihm drang. Und nun wußte er auch, daß er nicht einsam und allein hier am Talsperrensee sein würde, daß er Gesellschaft finden würde, sehr angenehme Gesellschaft. Einen kurzen scharfen Pfiff stieß er aus, schlüpfte schräg den Damm hinunter, rannte über die verschneite Eisdecke nach der Lume hin, die über der warmen Quelle war, schnüffelte dort lange, pfiff noch einmal, und als er keine Antwort bekam, glitt er in das eisige Wasser.

Als er endlich erschien, einen starken Bachsaibling zwischen den Fängen, plantschte es abermals in der Lume, und mit einer alten Mutterforelle im Maule tauchte eine hübsche schlanke Otterin aus der Flut auf. Einen Augenblick stutzte sie, und als Glitsch sich ihr freundlich näherte, ließ sie den Fisch fallen und kluckste unter. Sofort war er ebenfalls verschwunden; aber nach einer Weile tauchte erst die Otterin an einer offenen Stelle auf dem Eise auf und hinter ihr, silbern im Mondschein glitzernd, Glitsch. Es gab ein wildes Gerenne und Gehüpfe auf dem Eise, so daß die Eule ganz erstaunt näher flog und mit dumpfen Unkentönen über dem Pärchen rüttelte, um schließlich enttäuscht von dannen zu schweben.

Der Otter und die Otterin aber freundeten sich schnell an, fraßen sich an Forellen, Saiblingen und Krebsen nudeldick, spielten die halbe Nacht im Wasser und auf dem Eise und schliefen schließlich, satt und müde, in einen alten verlassenen, tief zwischen den Klippen gelegenen Fuchsbau ein, um den Tag zu verschlafen, den bösen, lauten, gefährlichen Tag, der Glitsch nichts als Not und Angst gebracht und ihn gelehrt hatte, daß die Nacht für das Ottergeschlecht milder und gütiger sei.

Und so hielt er sich danach und lebte mit seiner Otterin noch viele Jahre an dem einsamen Kunstsee zwischen den grünen Wäldern dort oben unter dem hohen Berge.

Der Geizhals

An dem dritten der sieben Sommertage, die der März mitgebracht hatte, war es, daß tief unter der grünen Weizensaat der Hamster in seinem Bau spürte, daß es nun anders werden wolle auf der Oberwelt, und die bessere Zeit beginne.

Zweimal hatte ihn im Hornung die Sonne angeführt. Sie hatte den Acker so lange beschienen, bis ihre Wärme in die Höhle drang, in der der brummige Einsiedler zusammengerollt zwischen seinen Vorratskammern auf dem Spreubett lag, wo er seit dem Spätherbst die Zeit verbracht hatte.

Da war er aufgewacht, hatte sich aus dem Schlaf gegähnt, sich unter viel Gemurre gereckt und mit viel Geknurre da gekratzt, wo ihn die Flöhe bissen und die Milben kitzelten, hatte dann seine Speicher nachgesehen, deren Inhalt bedenklich kleiner geworden war, hatte von den Bohnen und dem Getreide ein wenig gefressen und von den geschroteten Rüben und Kartoffeln, doch ohne rechte Lust; denn alles schmeckte reichlich muffig. Zuletzt war er, als es immer wärmer um ihn wurde, die Ausfahrt hinaufgekrochen und hatte ihren Verschluß offengescharrt.

Vorsichtig hatte er die rosenrote Nase hinausgesteckt und lange geschnuppert, ehe er sich weiter vor wagte; schließlich aber hatte ihn die warme Luft doch hinausgelockt. Eine ganze Weile blieb er regungslos vor seinem Loch sitzen und lauschte und witterte, ehe er sich noch einmal ausgiebig kratzte und seinen bunten Pelz mit den langen gelben Zähnen und den scharfen Krallen in Ordnung brachte, und noch viel länger dauerte es, daß er sich getraute, sich an der jungen Saat zu laben und sich die Backentaschen damit voll zu stopfen, um für die häßlichen Tage ein wenig frisches Futter zu haben. Als er aber die zehnte Fuhre in seine Kammer geschafft hatte und die folgende holen wollte, schien die Sonne nicht mehr; ein barscher Wind pfiff über den Acker, und ehe der Hamster noch flüchten konnte, klatschte ihm eine dicke nasse Schneeflocke auf die Nase, daß er erschreckt zurückprallte, schleunigst die Ausfahrt zuscharrte und ärgerlich brummend in seinen Kessel rutschte, wo er sich über seine neuen Vorräte hermachte und dann schwer schnaufend schlief, bis die Sonne ihn wiederum weckte und nochmals anführte.

Nun aber, da die Sonne zwei Tage lang und einen halben ihre Strahlen auf den Acker prallen ließ, hielt er es in seinem dumpfen Bau nicht mehr aus, und als er die Nase aus der Ausfahrt streckte und den Wind prüfte, fand er, daß der stetig vom Mittag kam und keine Lust zeigte, sich zu wenden und Regen oder Schlackschnee zu bringen, und so fuhr der Langschläfer endlich völlig aus, setzte sich auf den gelben Erdhaufen, der vor dem Rohr lag, und besah sich das Stückchen Welt, das seine kurzsichtigen Augen überblicken konnten.

Die Weizensaat war bedeutend höher, als er das letztemal ausfuhr. Hier glühten Huflattichblumen, da reckten sich bräunliche Schachtelhalmrispen, dort leuchteten winzige blaue Ehrenpreisblüten. Doch über all das sah der Hamster gleichgültig hinweg, denn er wußte, daß das nichts für seine feine Zunge sei. Aber das bescheidene Hungerblümchen, dessen weiße Blütchen hier leise im Luftzuge zitterten, schien ihm neben den frischen Weizenblättern eine angenehme Abwechslung nach der langweiligen Winterkost zu sein; noch besser dünkte ihm der Feldsalat, dessen Duft von der Seite kam, und der Löwenzahn, dessen würziger Geruch sich recht bemerklich machte, und auch die kräftig sprossende Luzerne und der üppig wachsende Ratklee waren nicht zu verachten.

Das waren so die Gedanken, die der Wind durch die Nase des Hamsters in sein beschränktes Gehirn hineinwehte, und bedächtig ging er daran, sie in Taten auszuführen. Erst rupfte er die Hungerblümchen aus, weidete die Blattrosen des Rapünzchen ab, zerknabberte darauf einige Löwenzahnherzblätter und zerschrotete dann Weizenpflanzen, Luzerneschössen und Kleesprossen und stopfte sich die Backentaschen so voll damit, daß sie wie zwei Wurstzipfel auf seinem Rücken lagen, während ihm eine Menge Weizenblätter zwischen den langen gelben Raffzähnen herausstanden, so daß er gar nicht mehr so würdevoll aussah wie vorher. Eilig trippelte er dann der Röhre zu, fuhr hinein und war bald mit geleerten Backentaschen wieder vor seinem Bau, zog sich aber schleunigst zurück, weil der Schatten einer vorüberfliegenden Krähe vor ihn fiel.

Nicht lange jedoch blieb er unter der Erde, denn die Sonne lockte ihn und auch der Hunger nach Fleisch. Den ganzen Winter hatte er darauf verzichten müssen. So schlüpfte er in die Luzerne hinein, in der die Mäuse Steige über Steige getreten hatten. Er schnupperte hier und schnüffelte da, wandte sich dann plötzlich zur Seite, weil ein Geräusch von dort kam, packte zu, schüttelte aber ärgerlich den Kopf und wischte die Nase an einem Moospolster ab, weil, er versehentlich einen goldgrün gepanzerten Laufkäfer gefaßt hatte, der ihm seinen beizenden Mundsaft entgegensprühte. Heftig nieste der Hamster und mischte sich mit den weißen Pfötchen die Nase, laut dabei schnaufend. Den Kopf schüttelnd und immer noch mißmutig, setzte er seine Suche fort.

Er schnüffelte hier, scharrte da, nahm ein besonders zartes Blättchen oder gar ein ganz saftiges Hähnchen zu sich, fraß gierig eine nackte Eulenraupe, die ihm über den Weg kroch, und eine dicke Brummfliege, die wegen ihrer verkrüppelten Flügel nicht von der Stelle konnte, und nachdem er lange vergeblich herumgewittert hatte, fuhr er mit einem Male mit der Nase in ein Loch und fing so emsig zu scharren an, daß die Erdbrocken nur so spritzten, wobei seine Augen mordlustig funkelten und die Öhrchen hin und her zuckten. Und dann packte er zu, und es piepste dünn und jämmerlich, denn er hatte ein winziges, rosenrotes Mäuschen, noch nackt und blind, erwischt, das er gierig hinunterfraß, und dem er noch sechs andere folgen ließ, die er in dem Neste gefunden hatte. Kaum hatte er sie sich zu Gemüte geführt, so drehte er den Kopf zur Seite, lauschte aufmerksam, packte zu, und es quietschte laut, denn eine alte, dicke, fette Feldmaus hing zwischen seinen Zähnen. Auch sie mußte ihr Leben lassen und verschwand in dem Leibe des Hamsters, der sich schon ganz erheblich gerundet hatte, und auf dem das Fell jetzt fest und prall saß und nicht mehr so schlaff herum hing wie im Hornung, als er zum ersten Male seine Fahrt über Tage antrat.

Ein Volk Saatkrähen, das über das Feld strich, ließ es ihm geraten erscheinen, sich fest in eine Furche zu drücken, so daß er wie ein bunter Stein aussah; erst lange, nachdem das Gequarre der Krähen und das Gequieke der Dohlen verhallt war, richtete er sich wieder auf, und als er nichts weiter vernahm als das Getriller der Lerchen, das Gesumme der Erdbienen und das Gebrumme der Hummeln, rutschte er in der Furche weiter und nahm mit, was er an keimenden Unkräutern, Eulenraupen, Drahtwürmern und allerlei schmackhaften Käfern unterwegs antraf. Schließlich hielt er es aber doch für richtiger, wegen der geringen Deckung sich nicht zu weit von seinem Bau zu entfernen, und so drehte er um, nachdem er noch eine Anzahl Luzernesprossen und Weizenhalme zerraspelt und in die Backentaschen gestopft hatte, und schob seiner Wohnung zu. Als er dort angelangt war und nach alter Hamsterart den Eingang beroch, ehe er einfuhr, schoß er ein Ende zurück, fuhr schleunigst mit den Pfoten über die Backentaschen und räumte sie in aller Hast aus, daß die zerschroteten Weizenblätter und Luzernestengel nur so herausspritzten, und das war sein Glück; denn kaum war er damit zu Ende, so tauchte der Kopf eines Hermelins in der Röhre auf. Das Wiesel war überhungert, und so stürzte es sich, ohne sich lange zu besinnen, ihm entgegen und versuchte, ihn bei der Kehle zu packen. Doch der alte Hamsterback hatte schon mehr als einen Strauß mit den aalglatten Räuberchen ausgefochten; schnell ließ er sich auf alle vier Füße nieder und, anstatt dem Gegner auszuweichen, schoß er fauchend auf ihn zu, überrollte ihn und versetzte ihm dabei einen Biß in die Nase, daß das Wiesel schrill keckernd zurückpreschte. Eine Weile saßen sie sich gegenüber, der Hamster geduckt, um seine Kehle zu schützen, das Hermelin hoch aufgerichtet, giftig zeternd und das Blut ableckend, das ihm über das Mäulchen lief. Dann machte es einen Satz und mitten darin eine Wendung, um dem Hamster von der Seite beizukommen. Aber so dick gefressen der auch war, er drehte sich doch so blitzschnell und schoß so ungestüm voran, daß er seinen behenden Todfeind abermals überrennen konnte. Doch der ließ nicht ab und fuhr schnell wie eine Schlange auf ihn los, konnte die Kehle des Hamsters aber nicht fassen und packte ihn über der Schulter, während es diesem glückte, ihm die gefährlichen Zähne in den linken Vorderlauf zu graben, und da hielt er fest. Nun wälzten sich die beiden in wildem Wirbel umeinander, daß Sand und Blätter flogen. Giftig schrillte das Wiesel, wütend quietschte der Hamster, bis schließlich das Hermelin sich freimachte und immer noch quiekend auf drei Beinen dem Dornbusche zuhinkte. Der Hamster aber atmete heftig, daß ihm die Flanken flogen, fauchte dumpf, leckte sich die zerbissene Schulter, fuhr dann in seinen Bau, kam jedoch nach einer Viertelstunde wieder hervor, schaffte das Futter, das er aus den Backentaschen hatte ausräumen müssen, hinab und erschien dann im Eingang der Röhre, um sich von der Sonne bescheinen zu lassen, die er so lange entbehrt hatte.

Lange saß er da, reckte und streckte sich, leckte ab und zu die Wunde, die ihm das Wiesel beigebracht hatte, oder putzte mit Zähnen und Nägeln an seinem Balge herum, bis er es nicht mehr aushalten konnte und dem Kleeschlage zutrippelte. Durch das unangenehme Erlebnis war er noch vorsichtiger geworden und suchte seinen Weg durch die Stellen, wo die Saat am üppigsten stand, und wenn er auch dann und wann einen Halm abbiß und sich, das untere deftige Ende schmecken ließ oder eine Eulenraupe fraß, immer setzte er sich währenddem auf die Keulen und witterte und äugte aufmerksam nach allen Richtungen, hielt sich auch, wenn er weiterlief, unter dem Winde und wartete, als er eine halbwüchsige Brandmaus erwischt hatte, erst eine geraume Zeit, ehe er sie verzehrte, und als der Steinschmätzer laut warnte, sicherte er abermals lange, bis er merkte, daß der Lärm ihm selber und nicht irgendeinem feindlichen Wesen gelten sollte. Aber dann bekamen seine Augen einen anderen Ausdruck. Aufgeregt roch er auf der Erde herum und rannte, so schnell ihn seine kurzen Beine trugen, vorwärts, immerfort vor sich hinschnüffelnd und bald hier, bald dahin seinen Lauf richtend, ohne sich um den schönen Klee zu kümmern, durch den ihn sein Weg hin und her führte, bis er fast am Rande des Stückes angekommen war.

Dort aber machte er halt, richtete sich auf, drehte den Kopf bald hierhin, bald dahin und lief dann nach der Stelle, wo allerlei dürre Stengel schwankten, und es laut schnaufte und prußte. Das waren noch zwei Hamster, ein Männchen und ein Weibchen, die dort in der Nähe eines Baues spielten. Mit gehässig blitzenden Augen schoß der alte Hamster heran, fuhr auf das junge Männchen los, rannte es über den Haufen, packte es im Genick, zerrte es fauchend hin und her, rüttelte und schüttelte es kräftig, daß es laut quietschte. Als er es endlich losließ, strebte das junge Tier schleunigst dem Falloch des Baues zu, in dem das Weibchen schon vorher verschwunden war. Aber sein Verfolger fuhr hinter ihm her, und es dauerte nicht lange, so erschien das junge Männchen über Tage und machte, daß es fortkam. Sein Gegner aber und das Weibchen blieben im Bau, bis die Sonne gesunken war. Dann tauchte eins nach dem andern hervor und mästete sich an junger Saat und neuem Klee.

Kalte und nasse Tage kamen, und heitere und warme, und je nachdem es über der Erde aussah blieben die Hamster im Bau und lebten von ihren Vorräten oder gingen draußen ihrer Nahrung nach. Viele Hamster gab es an der sonnigen Südflanke des flachen Hügels, und bei Tag und noch mehr des Nachts setzte es böse Balgereien zwischen den Männchen ab, denn ein jedes von ihnen wollte seinen Bezirk für sich haben und kein anderes darin dulden. Der alte Hamster aber, der seinen Bau in der Mitte des Weizenschlages hatte, behauptete sich tapfer gegen seine Gegner, denn er war ein erfahrener Kämpe, der mehr als einen Schmiß an Hals und Schultern hatte, und beim Streit so viel Kniffe und Finten anbrachte, daß kein anderes Männchen ihm Widerstand leisten konnte. Auch war er in seinem langen Leben so gewitzt geworden, daß ihn weder der Fuchs faßte, der ab und zu das Feld abstreifte, noch die Eule griff, die allnächtlich hier jagte, und so brachte er sein Leben über die schlimme Zeit hin, bis der Weizen so hoch und die Luzerne so dicht waren, daß es Fuchs und Kauz nicht mehr so leicht wurde, einen Hamster zu fangen.

An Abenteuern mangelte es ihm freilich nie, und es verging wohl kein Tag und keine Nacht, daß er nicht ein gefahrvolles Erlebnis hatte. Eines Mittags, als er recht satt und behaglich vor seinem Bau saß und sich von der Sonne bescheinen ließ, vernahm er ein Rauschen über sich, und hätte er sich nicht mit einer blitzschnellen Wendungen in das Falloch gestürzt, so wäre er des Bussards Beute geworden. Ein anderes Mal hatte er es dem dichten Dornbusch zu danken, daß er mit seinem Leben davonkam. Als er in der Dämmerung vergnügt dasaß und schon den dritten Maikäfer herunterknabberte, sauste laut bellend ein Hund auf ihn los, und es fehlte nicht viel, so hätte er ihn am Wickel gehabt. Zum Glück war aber der Dornbusch in der Nähe, unter den er noch im letzten Augenblick schlüpfen konnte, und an dem sich der Hund in seinem

Jagdeifer die Nase so schlimm schrammte, daß er laut heulend von dannen lief. Wieder einmal hörte der alte Hamster es nachts in der Wasserfurche verdächtig rauschen und bekam dabei früher Witterung von dem Fuchs, als der von ihm, so daß er sich noch zeitig genug in einen fremden Bau retten konnte. Zwar versuchte der Fuchs den Bau zu graben, aber das Wetter war lange trocken geblieben, so daß die Mergelschicht unter der Ackerkrume so hart wie Stein war, und deshalb gab er die unlohnende Arbeit sehr bald wieder auf. Zweimal hatte der Hamster einen Kampf mit einem Wiesel zu bestehen, dann einen mit einem alten Igel der aber nicht flink genug war; darauf hatte ihn beinahe eine Katze erwischt; auch geriet er eines Nachts fast in die Klauen der Eule; aber immer kam er glücklich davon und erlebte es noch, daß der Weizen reif wurde und die schönste Zeit für ihn kam:

die Zeit der Ernte.

Als Feldmohn, Raden, Tremsen und Ritterssporn den Weizenschlag bunt besäumten, als es überall von Käfern und Raupen wimmelte und krimmelte, und die Luft von Tag zu Tag nahrhafter roch, lebte der Hamster herrliche Tage, die so schön waren und in denen er so viel zu tun hatte, daß er es nicht mehr so übelnahm, kam ihm einmal einer seinesgleichen in die Quere. Eine Lust war es für ihn, einen reifen Halm nach dem anderen mit einem einzigen Biß abzuschneiden, die Körner aus den Spelzen zu schälen und sich daran zu mästen, bis er völlig satt war. Aber auch dann noch biß er Halm und Halm ab und knipste die Ähren davon ab, bis er einen ganzen Haufen vor sich liegen hatte und nun in aller Gemächlichkeit daranging, sie auszudreschen. War das geschehen, stopfte er sich die Backentaschen so voll, wie es eben ging, nahm noch ein Dutzend Ähren zwischen die Zähne, begab sich zu seinem Bau, dessen Kammern er bei schlechtem Wetter bedeutend erweitert und vertieft hatte, und speicherte dort ein Pfund Weizenkörner nach dem ändern auf. Er ließ mit der Arbeit noch nicht einmal ab, als er schon genug Winterfutter für zwei Hamster hatte; so viel Freude machte ihm die Arbeit.

Sauber hatte er alles aufgeschichtet. Da lag der Weizen und da der Roggen, dort der Hafer und daneben Bohnen und Erbsen, und der Abwechslung halber trug er auch noch Pflaumensteine, geschrotete Rüben, Mohren und Kartoffeln ein, die er an regnerischen Tagen unter Schnaufen und Prusten häufig umwandte, damit sie nicht stockig, und muffig würden. Als dann das Getreide herunter war und die Herbstseide schon die Stoppeln zusammenband, trieb es ihn immer noch hinaus auf das Feld; denn hier fand sich ein ausgefallenes Korn, dort eine halbvolle Ähre, anderswo eine Erbse und Bohne oder ein Samenkorn, das er als gut kannte. Und als es damit immer spärlicher wurde, scharrte er die Wurzeln der wilden Möhren aus, biß sie in Stücke und trug auch die noch heim, so daß schließlich drei Hamster reichlich von seinen Vorräten hätten leben können.

Doch immer noch schien es ihm nicht genug zu sein. In seinem Gehirn spukte die Erinnerung an einen Winter, in dem das Regenwasser bis in seinen Keller gedrungen war, so daß die Hälfte seiner Lebensmittel pilzig und mulmig wurde. Weil er sich nun eine dicke Fettschicht angemästet hatte, so machte er sich wenig daraus, daß der Wind rauher und rauher blies. Er sammelte und sammelte, was er an übriggebliebenen Kartoffeln, abgefallenen Schlehen und verdorrten Mehlfäßchen fand, und selbst Wegerichähren und Knöterichkörner, und was er sonst als eßbar kannte, nahm er mit, scharrte neue Gelasse für sie und schob die Erde zum Bau hinaus, um Platz in seinen Hause zu schaffen.

Das war die Zeit, als die Rauhfußbussarde vom Norden einrückten. Einer von diesen, heißhungrig von der langen Reise, schwebte turmhoch über die Hügelflanke dahin, als seine scharfen Augen einen breiten gelben Fleck auf dem Stoppelfeld erspähten, in dem ein großes schwarzes Loch war. Schon wollte er weiterfliegen, da sah er, daß das Loch plötzlich geschlossen war. Sofort machte er halt, ließ sich tiefer und immer tiefer fallen, doch so, daß sein Schatten hinter ihm blieb, sah das Loch sich in dem gelben Erdhaufen öffnen, stieg noch tiefer, wartete eine Weile, und als das Loch sich wieder schloß, weil der alte Hamster eine neue Ladung Erde hinausschob, da stieß der Bussard hinunter, und ehe der Hamster wieder verschwunden war, hatte er ihm vier nadelscharfe Krallen in die Weiche geschlagen, riß ihn heraus, schlug ihm den anderen Griff in den Nacken, quetschte das Leben aus ihm heraus, flog mit ihm auf einen Grenzstein und ließ in seinem Hunger nichts von ihm übrig. In dem verlassenen Hamsterbau aber lebten ein halbes Hundert Mäuse den ganzen Winter über herrlich und in Freuden von den Vorräten, die der alte Geizhals dort aufgespeichert hatte.

Die Entenmutter

Mitten im grünen, buntgeblümten Wiesenland steht ein alter Weidenbaum am Bache.

Krumm und schief ist er gewachsen, hohl ist sein Stamm, und so gespalten, daß Sonne und Mond hindurchscheinen können. Oben bildet er einen dicken, strubbeligen Kopf, zwischen dessen Zweigen Himbeeren und Farne wuchern, und der vom Efeu dicht umsponnen ist. Mitten in dem Efeu hat eine Ente ihr Nest gebaut.

Ehemals bildete der Bach hier ein Bruch. Damals standen viele Kopfweiden an seinen Ufern, Schilf und Riedgras bildeten dichte Horste, so daß die wilden Enten dort gern brüteten. Dann wurde das Bruch entwässert und zu Wiesen gemacht. Das Schilf und das Riedgras verschwanden, die Weiden fielen unter der Axt. Diese eine ließ man stehen, damit die Schnitter ein schattiges Plätzchen hätten.

Die Enten, die hier gebrütet hatten, mußten sich andere Plätze suchen. Ganz vergaßen sie die alte Heimat aber nicht. In jedem Vorfrühling, wenn die Wiesen unter Wasser standen, trieben sich hier einige Paare umher, kreisten über den Wiesen, suchten im Grase nach Gewürm, stöberten in den Buchten des Baches nach Schnecken, verschwanden dann meist aber wieder, um sich an anderen Stellen Nistplätze zu suchen. Ab und zu brütete eine auch in dem Ufergebüsche oder im Felde.

Die Ente, die jetzt hier brütet, hatte sich weit von da bei dem Altwasser des Flusses zwischen zwei dichten Riedgrasstauden ein sehr schönes Nest gebaut, ein so sauberes Nest, wie es nur eine alte Ente fertig bringt. Da kam das Hochwasser, spülte das Nest fort samt dem ersten Ei und überschwemmte das Land weit und breit. Ganz unglücklich flog die Ente in ihrer Legenot umher und kam schließlich auch zu dem Weidenbaum, dessen strubbeliger Kopf mürrisch aus der gelben Flut hervorsah.

Ein Dutzend Male umkreiste die Ente den Baum, dann ließ sie sich in dem Geäste nieder. Die Gelegenheit erschien ihr nicht übel. Wenn sie einige alte Himbeerstengel beseitigte, war Platz genug da. Zudem brauchte sie gar keine Unterlage zu beschaffen, denn in der Mitte war der Knorren morsch; der warme weiche Mulm lag frei zutage, trockene Blätter fehlten auch nicht, und rund umher bildeten die Farnblätter und der Efeu einen dichten und hohen Wulst.

Am nächsten Tage lag ein Ei dort. Wenn die Ente fortflog, um sich Futter zu suchen, zerrte sie trockene Blätter darüber, damit das Krähengesindel das Ei nicht finden sollte. Als das Gelege vollzählig war, hatte die Ente nicht mehr nötig, es zuzudecken, denn die Zweige hatten sich begrünt, und kein Krähenauge konnte die zwölf Eier finden. Auch die Ente war geborgen, wenn sie auf dem Neste saß und brütete. Mehr als einmal strich der Habicht hart über den Weidenbaum hin, ohne sie zu eräugen, denn zu dicht war das Laub.

Der Ente gefällt es hier. Sie hatte einen schlimmen Winter hinter sich, einen ganz schlimmen Winter. Bis zum November war es herrlich; alle Teiche waren offen. Dann setzte aber der Frost ein und schloß erst die Tümpel und Teiche, und hinterher die Seen, so daß sich die Enten an den Bächen und Flüssen durchschlagen mußten, bis auch die zum größten Teil zufroren oder soviel Randeis ansetzten, daß keine Ente dort mehr leben konnte.

So mußten sie alle nach dem Süden, nach Gegenden, wo sie nicht Bescheid wußten. Fanden sie endlich ein offenes Wasser, dann dauerte es meist nicht lange, und es knallte, und zogen sie weiter und fielen in der Dämmerung in einer Flußbucht ein, dann blitzte und donnerte es wieder. Es war ein elendes Leben, zumal der Schnee hart und fest lag, so daß die Enten auf den Feldern auch keine Nahrung fanden, und während sie sich sonst im Februar schon reiheten, dauerte es in diesem Jahre bis in den März, daß die Paare sich fanden. Es war ein ganz alter Entvogel, der sich zu der Ente geschlagen hatte, denn er hatte vier krumme Federn im Steiß, und der weiße Ring unter seinem goldgrünen Halse war breit. Er hinkte auf dem rechten Ruder, denn das hatten ihm die Schrote durchschlagen, und sie hatten zwei von den glänzenden, blaugrünen Spiegelfedern quer durch den Laufknochen getrieben, und die waren darin festgeheilt, was ganz schnurrig aussah. Es war noch ein netter junger Erpel dagewesen, der der Ente mit viel Kopfnicken und Schnattern den Hof gemacht hatte, aber der alte Erpel hatte ihn abscheulich behandelt und schließlich fortgejagt. Den März über hatte sich der alte Erpel zu der Ente gehalten, und die beiden hatten sich umhergetrieben, wo es für Enten gut zu leben war. Den Tag über lagen sie in irgendeinem Bruche oder Weidengehege, aber wenn die Eule rief, erhoben sie ihr Gefieder und strichen mit lautem Klingeln nach dem Altwasser, wo das große Entenstelldichein war. Das gab dann zuerst ein großes Geratsche und Getratsche, bis man sich erinnerte, daß man hungrig war, und dann schnatterten die Paare im Schlick und Schlamm umher, bis es im Osten hell wurde und das eine Paar hier, das andere dahin strich.

Ab und zu kam es dann noch vor, daß ein lediger Erpel sich zu dem Paar gesellte, und einmal dauerte es über eine Stunde, bis daß der Erpel den Nebenbuhler fortgeärgert hatte, und von all dem Gefliege und Gehetze war die Ente so müde, daß sie sich den Abend über im Grase hielt und den Erpel allein zur Entenversammlung fliegen ließ. Als sie in der Nacht schließlich doch nach der Bucht strich, war nur ein Entenpaar da, und das hielt sich ängstlich im freien Wasser weit vom Lande, denn als abends alle Enten auf einem Haufen dicht am Ufer waren und durcheinander schnatterten, war der Fischotter plötzlich mitten zwischen ihnen gewesen und mit einem Erpel untergetaucht. Und das war der gewesen, der zu der Ente hielt, die nachher in der Weide brütete.

Eine Woche später kümmerte sich kein Erpel mehr um die Enten. Die Erpel hatten sich zu Flügen zusammengeschlossen und trieben sich überall umher, und die Enten saßen auf den Eiern. Dann waren die Erpel auf einmal gänzlich verschwunden. Sie mauserten und hielten sich verborgen, weil sie kaum fliegen konnten, und als sie wieder zum Vorschein kamen, waren sie nicht wiederzuerkennen, denn bis auf einige klägliche Reste von dem schönen Hochzeitskleide sahen sie fast wie Enten aus.

Das war um die Zeit, als das erste Ei unter der Brust der Ente in der Kopfweide zerbarst, und aus ihm kroch ein wolliges Entchen heraus, das so jämmerlich piepte, daß der Waldkauz bis dicht an das Nest heranschwebte, aber entsetzt abschwenkte, als die Mutterente ihm mit fürchterlichem Geflatter entgegensprang. Am andern Vormittag bekam sie Besuch von dem Hermelin, das Lust auf Entchenbraten hatte; aber ehe das Wiesel noch recht wußte, was ihm geschehen war, flog es in großen Bogen durch die Luft in den Bach hinein. Pudelnaß kroch es heraus und nahm sich vor, nie wieder auf den unheimlichen Baum zu klettern. Auch eine Krähe, die das Piepen der Jungenten vernommen hatte, zog ganz verdutzt ab, als die alte Ente ihr wütend die Flügel um den Schnabel schlug und dabei schrecklich quakte. Menschen kamen um diese Zeit hier nicht vorbei; nur einmal stöberte der Fuchs dort umher und äugte sehnsüchtig nach dem Bau hinauf, schlich aber bald wieder weiter.

Als alle zwölf Entchen ausgekrochen waren, kam die Mutterente in große Not. Erst trippelten die Kleinen piepend zwischen den Zweigen umher, bis eins nach dem ändern das Übergewicht bekam und in die Wiese purzelte. Das Nesthäkchen aber piepte kläglich, denn es fürchtete sich vor dem Sturz in die Tiefe. Da faßte die Alte es mit dem Schnabel in den Nacken und flog damit in die Wiese. Eine ganze Stunde mußte sie nun aber suchen, ehe sie ihre zwölf Jungen zusammen hatte. Hier piepte eins in der Wiese, da eins in den Weiden, dort eins unter den Kleeblättern, und drei schwammen sogar schon auf dem Bache. Endlich hatte sie alle auf einem Haufen und brachte sie mit viel Mühe und Geduld nach der sumpfigen Ecke der Wiese, wo einige dichte Weidenbüsche standen und das Hochwasser Löcher gerissen hatte, und dort verlebten die Kleinen ihre ersten Lebenswochen.

War es auch still und ruhig dort, so ganz sicher war es da trotzdem nicht. Die alte Ente mußte fortwährend aufpassen. Einmal jagte die Kornweihe dort, und um ein Haar hätte sie ein Entchen gegriffen, wenn nicht die Mutterente den Raubvogel abgeschlagen hätte. Auch das Hermelin ließ sich dort ab und zu sehen, und es war so frech, daß die alte Ente alle Mühe hatte, es in die Flucht zu jagen. Dann mußte sie noch auf die Krähen achten, denn denen war nicht zu trauen, und dem Storche erst recht nicht. Eines Abends aber war es ganz schlimm, denn da kam der Fuchs angeschlichen. Zum Glück war es kein alter Fuchs, sondern ein jähriger, und er fiel richtig darauf hinein, als die alte Ente sich flügellahm stellte und so lange vor ihm herflatterte, bis sie ihn weit von ihrer Brut fortgelockt hatte; und da flog sie ihm vor der Nase fort, und er sah mit dummem Gesichte hinter ihr her.

Der Schreck war ihr aber so in die Glieder gefahren, daß sie auszuwandern beschloß. In der Wiese war es ganz schön, aber die Wasserlöcher zwischen den Weidenbüschen boten doch nicht Sicherheit genug. In aller Lerchenfrühe ging die Reise los. Es war eine lange, böse Reise, denn es war ein heißer Tag. Solange die Wiesen reichten, war das Marschieren eine Freude, aber dann kam eine kahle Brache, und da stach die Sonne zu sehr, und es gab nirgends Deckung vor Feinden. Aber man kam glücklich hinüber und in den Roggen, und von da in den Hafer und von dort in den Weizen und in die Viehbohnen, und dort wurde erst haltgemacht, denn es war kühl und schattig dort, und es wimmelte von allerlei Gewürm am Boden und an den Bohnenstengeln. Bis in den späten Nachmittag blieben die Enten dort, und dann ging es weiter, bald durch Klee, bald durch Wiesen, jetzt durch Erbsen, dann durch Getreide. Hier war ein Weg zu nehmen und gleich darauf die Landstraße, und dann kam ein tiefer Graben mit steilen Rändern, und schließlich sogar der Eisenbahndamm, und gerade als das letzte Entchen hinüber war, donnerte der Zug über die Gleise, und alle Enten purzelten entsetzt die Böschung hinunter und wagten erst wieder weiterzuwandern, als das Donnern und Dröhnen nachließ.

Damit hatte die Not aber auch ein Ende, denn bei jedem Atemzuge merkten sie, daß sie an ein großes Wasser kamen, und bald waren sie da, und alle dreizehn stürzten sich in das Schilfdickicht, lagen erst ganz still und fraßen sich dann so voll, wie sie konnten, denn da wuchs so viel schwimmendes Kraut und das lebte nur so von Schnecken und Würmern und anderem Getier, so daß eine Ente nur den Schnabel in das Wasser zu stecken und das Wasser ablaufen zu lassen brauchte, um ihn voll von Futter zu haben.

Denn das war das große Altwasser des Flusses, ein Entenparadies ersten Ranges. Da bildete das Rohr ganze Wälder und das Schilf große Dickichte, Schwertlilie und Blumenbinse wuchsen da, das Wasser war bedeckt mit Seerosenblättern und Wasserlinse und erfüllt von Wasserhahnenfuß und Laichkraut.

Ließ sich auch der Habicht ab und zu sehen und die Rohrweihe, die Rohrsänger paßten gut auf, und sowie einer warnte, verwanden die Enten im Röhricht. So brachte die Ente alle ihre zwölf Kleinen so weit, daß sie groß wurden, und als sie flügge waren und die Jagd aufging, zog sie mit ihnen ab, und der Jäger hatte das Nachsehen.

Stummel

Der Märzschnee war schuld daran. Drei Jahre hintereinander hatte die alte Fuchsbetze ihr Ge-
hecke in dem Bau unter dem zerfallenen Hünengrabe, das in der dumpfen Kieferdickung lag,
glücklich aufgebracht. Als sie aber zum vierten Male dort geheckt hatte, verriet der Schnee dem
Jagdaufseher, wo der Räuber steckte, der ihm die Fasanen und den Brinksitzern die Hühner und
Katzen stahl. Am Tage darauf wurde der Bau gegraben, und als die Betze von ihrem Rückzuge
zurückkehrte, fand sie alle ihre Jungen tot und mit abgeschärften Lunten vor den großen Steinen liegen, bis auf einen, der sich so gut verklüftet hatte, daß ihn der Hund nicht aufspüren
konnte. Seine Mutter säugte ihn und dann schleppte sie ihn eine Meile über Land zu einem
verlassenen Dachsbau und zog ihn dort groß.

Sechs Junge hat die Füchsin gehabt; eins war ihr geblieben. Das kam diesem zugute, denn
alle die Nahrung, in die er sich früher mit seinen Geschwistern teilen mußte, blieb fortan ihm
allein, und als er den letzten Milchzahn verlor, hatte er doppelt und dreifach so viel Fraß als
sonst ein Jungfuchs, und darum wurde er stärker, als es sonst ein Fuchs zu werden pflegt.

Auch klüger wurde er, als sonst die Füchse gemeiniglich sind. Einmal deswegen, weil seine
Mutter sich ihn ganz allein widmen konnte; dann aber auch, weil die Jagdpächter um das Bruch
herum Fasanen ausgesetzt hatten und darum allem Raubzeuge scharf zu Leibe gingen, sowohl
mit Kraut und Lot, als auch mit Eisen und Gift. Das Füchschen war knapp dreiviertel Jahr
alt, da hatte es schon viel erlebt, daß es sich erst zu Felde traute, wenn Himmel und Erde eins
waren, und schon wieder zu Baue fuhr, lange ehe die Sonne aus ihrem Nebelbette kroch.

Als er den dritten Sommer hinter sich hatte, war er gefeit gegen alle menschliche List und
Tücke. Treiben ließ er sich nicht, denn er wußte es, daß es dort, wo sich der Trieb hinbewegte,
Mord und Tod gab. So stahl er sich beizeiten durch die Treiber oder drückte sich, bis sie vorüber
waren. Auch hetzen ließ er sich nicht, wenigstens nicht in die hellen Örter. Waren ihm die
Hunde auf der Naht, so hielt er sich immer in Deckung und wußte stets einen Ausweg, um
ihnen zu entwischen. Als es einmal gar nicht mehr anders ging, sprang er auf das Dach der
Fasanenschüttung und verharrte dort so lange, bis die Bracken vorbeigestürmt waren.

Seitdem er in einem Tellereisen eine Vorderzehe lassen mußte, war ihm auch mit Fallen nicht
beizukommen und mit Gift erst recht nicht, denn er hatte einmal ein Stück Leberwurst aufgenommen, in dem altes, schon zersetztes Gift war. Kaum hatte er es im Leibe, da wurde ihm so
schlecht, daß er es schnell wieder herauswürgte, und seitdem machte er um alle Wurstbrocken
und Heringsköpfe einen großen Bogen, denn das Gift hatte ihm so zugesetzt, daß er drei Tage
und drei Nächte krank war.

Außerdem hatte er es durchaus nicht nötig, derartigen minderwertigen Fraß aufzunehmen,
denn an Mäusen, Vögeln und Wild aller Art mangelte es ihm nicht. In der Feldemark gab
es genug Hühner und Hasen; im Bruche steckten Fasanen und Enten; Birkwild lag genug im
Moore, und hatte er mit all dem kein Glück, so waren im Notfalle immer die Brinksitzer an
den Sandbergen vor dem Dorfe da, deren Hühner es nicht lassen konnten, in der Dickung
nach Ungeziefer zu scharren, und die Katzen trieben sich auch gern in den Büschen umher, so
lange wenigstens, bis der Fuchs sie übertölpelte, ihnen das Genick brach und sie in die Dickung
schleppte. Sogar der große schwarze Kater des Jagdaufsehers, der keinem Hunde wich, hatte
daran glauben müssen.

So gedieh der Fuchs zu einem Hauptfuchse heran, wie es weit und breit keinen gab. Er spürte
sich so stark wie ein mittlerer Hund, und wenn die Jagdaufseher oder die Förster auf seine Spur
stießen, so schüttelten sie die Köpfe, denn sie wußten nicht, ob das ein Fuchs oder ein Hund
gewesen war, der die Spuren gemacht hatte. Zudem war er oberhalb so dunkel gefärbt, wie es
selten ein Fuchs ist, fast schwarzbraun, und da ihm zudem im dritten Winter drei Viertel der
Standarte abgeschossen war, so daß ihm nur noch ein Stummel blieb, so dachte jeder Mensch,
der ihn zufällig einmal sah, es sei des Pfarrers Hund, der sich weit und breit herumtrieb, aber
nur, weil er stark verliebter Art war, denn wildern tat er nicht.

Seitdem der Fuchs drei Viertel seiner Lunte eingebüßt hatte, war er noch vorsichtiger, aber auch noch verwegener geworden. Das Unglück hatte ihn bei Mondschein im Felde betroffen, und seitdem vermied er es in hellen Nächten, sich im Felde und sonstwo in sichtigem Gelände umherzutreiben, und er zog um diese Zeit das Bruch, das Moor und den Forst vor, zumal er gefunden hatte, daß der, der sich dort auskennt, auch da Beute genug machen kann, sowohl kleine, wie Mäuse, Vogelbrut, Eichkatzen und ab und zu einen Hasen oder Fasan oder gar eine Schnepfe, das feinste, was es gibt, als auch solches Wild, das zur hohen Jagd gehört und das verhältnismäßig gar nicht schwer zu jagen war, verstand man sich auf die Kunst.

Von seiner Mutter hatte der Fuchs diese Art Jagd freilich nicht gelernt. Sie war noch von der alten Schule und nur ein einziges Mal hatte sie es fertig gebracht, ein Rehkitz zu würgen, und Stummel, ihr Sohn, mußte auch erst vier Jahre alt sein, ehe er den Kniff heraus hatte. Es war in einem Sommer gewesen, in dem es infolge des harten Winters so gut wie gar keine Mäuse gab und in dem es dazu noch so viel regnete, daß der Fuchs sich, weil alle Spuren sofort kalt wurden, sehr viel Mühe geben mußte, um halbwegs satt zu werden, und manche Nacht begnügte er sich mit Käfern, Schmetterlingen und Raupen, um nicht ganz leeren Leibes zu Bau zu fahren.

Als er so eines Vormorgens, ehe es noch dämmerte, mißmutig und verdrossen den Pirschsteig am Holzrande entlangschlich, um es zu versuchen, ob er nicht einen Hasen beim Einlaufen erwischen könne, brach es dicht vor ihm, und als er sich hinter einen Wurfboden drückte, zog ein Altreh an ihm vorbei, dem ein Kitz folgte. Die Ricke war schon im hellen Bestände und mahnte ärgerlich, weil das Kitz noch immer an den jungen Himbeertrieben umherpflückte. Stummel zog Geschmacksfäden, denn der Hals des Jungrehes war keine drei Sprünge weit vor seiner Nase, und da ihm inwendig ganz hohl und jämmerlich war, sprang er in demselben Augenblicke zu, in dem die Ricke heranstürmte, um das Kitz abzustrafen, und so polterten sie alle drei durcheinander, der Fuchs, das Kitz und die Ricke.

Alle waren gleicherweise erschrocken, aber da der Fuchs standhielt und Miene machte, das Kitz zu hetzen, schreckte das Altreh laut, stampfte den Boden und nahm ihn an. Erst wich Stummel zurück; aber sein Heißhunger war zu groß, als daß er das Kitz aufgeben mochte, und als die Ricke zum zweiten Male auf ihn losfuhr, sprang er ihr entgegen und schnappte nach ihrem Halse, mehr, um sie abzuschrecken, als daß es ihm ernst damit gewesen wäre. Aber wie das nun so kam, in demselben Augenblick hatte er sie bei der Drossel, und wenn er auch sofort abgeschlagen wurde und drei Gänge weit in die Himbeeren flog, als er sich wieder aufrappelte und halb voller Angst, halb voller Grimm dahin äugte, wo die Ricke stehen mußte, war sie verschwunden, es brach und raschelte laut in dem Gestrüpp und das Kitz trat ängstlich hin und her und wußte nicht, sollte es weichen oder weilen. Und da schlich sich der Fuchs unter dem Winde heran, sprang das Kitz von rückwärts an, riß es mit einem einzigen Sprunge und während er es niederzog, schlug dicht vor ihm die Ricke zum letzten Male mit den Läufen, denn die Fänge des Fuchses hatten ihre Halsschlagader getroffen, und so hatte Stummel doppelte Beute gemacht und war für eine Woche versorgt.

Für immer war er versorgt diesen Sommer lang, und späterhin erst recht. Mochte es ihm mit der Jagd auf Hühner und Hasen mißglücken, mochte die Pirsch auf Enten und Birkhuhn vorbeigelingen, mochte sich selbst das dumme Fasanenvolk nicht beschleichen lassen, auf Mäuse, Käfer und Raupen brauchte Stummel nie wieder zurückzugreifen, solange es Rehkitze gab. Nicht jedes Mal freilich hatte er mit der Kitzjagd Erfolg, aber wenn es dann einmal schlumpte, dann konnte er auch gleich eine halbe Woche faulenzen und brauchte nicht Nacht für Nacht auf Raub auszuziehen und sich in Not und Gefahr zu begeben. So führte er dann im Wald und auf der Heide und in Bruch und Moor ein himmlisches Leben, der Brandfuchs Stummel, und die Förster und die Jagdaufseher schüttelten die Köpfe über den starken Abgang an Kitzen; denn daß ein Fuchs sommertags geflissentlich an Rehen jage, das kam ihnen nicht im Traum in den Sinn, und als sich bei einem frisch gerissenen und halbgefressenen Kitze die rätselhafte starke Fuchsspur fand, meinte der Förster, ein wildernder Hund habe das Kitz gerissen und Reineke habe bloß Totengräberarbeit verrichtet.

Hatte Stummel anfangs nur Kitze beschlichen, um sie zu reißen, so fing er mit der Zeit auch an, sie zu hetzen, besonders bei Hartschnee, in dem sie sich die Läufe zuschanden traten, auch ließ er es nicht mehr bei Kitzen bewenden, sondern er wagte sich später auch an die jährigen Stücke, erst an die Schmalrehe, dann an die Spießböcke, weiterhin an die Ricken und schließlich auch an die alten Böcke. Entweder pirschte er sich an sie heran, wenn sie sich ästen, oder er legte sich an den Wechsel an, und er war inzwischen so gewandt geworden und so sicher, daß er fast niemals fehl sprang, und hatte er erst einmal gefaßt, dann war das Stück verloren, und mochte es noch so stark und stämmig sein. Es war freilich nicht so leicht, einen alten Hauptbock vom Leben zu Tode zu bringen, wie ein Kitz oder ein Schmalreh; mehr als einmal mußte sich Stummel fast eine Viertelstunde mit einem alten Stücke herumbalgen, ehe er es auf die Decke brachte, und verschiedene Male sah er hinterher ziemlich zerschunden aus; aber gerade diese Katzbalgereien machten ihm ein großes Vergnügen und gaben ihm ein Gefühl von Überlegenheit, wie es kein anderer Fuchs hat.

Die einzigen Tiere, die er bisher gefürchtet hatte, waren Hund und Sau; aber auch vor ihnen verlor er die Scheu, wenigstens vor den kleineren Hunden. Als er nämlich an einem schwülen Julivormittage einem starken Bock, der, matt von einer durchbrunfteten Nacht, im Bette saß und schlief, an die Drossel gesprungen war, hatte der Bock so laut geklagt, daß der Hund eines der Bauern, die in der Nähe beim Heueinfahren waren, daraufhin angelaufen kam, was der Fuchs überhörte, da er bald auf, bald unter dem Bocke lag. In demselben Augenblicke, als der Bock sich ergeben mußte, war der Hund über dem Fuchse und wollte gerade zufassen, als dieser, noch fiebernd vor Mordlust und Blutdurst, die anererbte Scheu vergaß, zusprang und den Hund an der Kehle packte und ihn so glücklich griff, daß er den Kehlkopf zerbiß, so daß der Hund umfiel und ohne sich wehren zu können von dem Fuchse gewürgt wurde. Seit dieser Zeit ging Stummel auch den schwächeren Hunden nicht mehr so ängstlich aus dem Wege, und mehr als einen, den er gelegentlich im Walde antraf, hetzte er zustande und riß ihn.

Bald nachdem er den Hund gewürgt hatte, verlernte er auch seine Furcht vor den Sauen. Er schlich eines Abends, recht hungrig durch das Ellernbruch, als er auf die Fährte einer Sau stieß, die den einzigen Wechsel hielt, der durch das grobe Gestrüpp und das viele Geknick führte, und den er, wollte er nach der Fasanenecke, halten mußte. Zudem kam ihm die Fährte so ganz anders als sonst vor, und darum blieb er unter ihr, wenn auch mit aller Vorsicht. Er war eben dort, wo das dichteste Weidengestrüpp stockte, als er dicht vor sich die Sau äugte, die gerade mitten im besten Frischen war. Heißhungrig, wie er war, besann er sich nicht lange, sondern sprang zu, riß einen der eben zur Welt gekommenen Frischlinge und flüchtete so schnell damit, daß die Bache erst zur Besinnung kam, als er sich mit seiner Beute schon im Baue geborgen hatte. Da das Wildbret des Frischlings ganz seinen Beifall hatte, so verfolgte er die Bache alle paar Tage und stahl ihr drei von den Frischlingen, und seitdem fand er sich, so oft es ging, bei frischenden Sauen ein und spielte auf seine Weise Gevatter, denn er hatte es bald heraus, daß eine Sau es mit ihm an Gewandtheit und Schnelligkeit durchaus nicht aufnehmen konnte.

Infolge der Nachstellungen, denen das Rehwild ausgesetzt war, wurde es so scheu, daß die Förster und die Jäger der Meinung waren, Wilderer trieben in jener Gegend ihr Unwesen. Diese Meinung kam Stummel sehr zustatten, denn nun kümmerte sich kein Mensch um die Füchse. Daß die Rehe von Jahr zu Jahr unsteter wurden, störte ihn wenig. Er zog ihnen nach und lernte auf diese Weise die ganze Gegend kennen, alle Baue und jeden anderen Unterschlupf, und so raubte er bald hier und riß bald dort und in allen Forsthäusern und in allen Dorfkrügen ging die Rede von dem gespenstigen Hunde, der sich wie ein Fuchs spürte und jedes Reh würgte, das er antraf. Schließlich schossen die Förster erst des Pfarrers harmlosen Köter tot, als er wieder einmal auf einer Minnefahrt begriffen war, weil sie glaubten, er sei doch wohl der Übeltäter, und als das auch nichts half, mußte jeder Hund daran glauben, der sich über den Dorfbann hinauswagte, und es gab viel Geschimpfe und Gezänk und mehr als eine Schadenersatzklage.

Das Waldgespenst aber fuhr fort, Tod und Verderben unter den Rehen zu verbreiten, und zuletzt bildete sich eine Sage um das unbekannte Wesen; man erzählte sich, daß es ein bekannter, wegen Mordes angeklagter, aber aus Mangel an Beweisen freigesprochener Wilddieb sei, der einen Zaubergürtel besitze, sich damit in einen Werwolf verwandele und in dieser Gestalt seinem Gelüste nachgehe. Denn, so meinten die Leute, mit rechten Dingen ginge das nicht zu, und ein gewöhnlicher Hund sei nicht imstande, alte Ricken und Böcke zu reißen, und als man endlich gar ein gerissenes und stark befressenes Wildkalb und dabei die verdächtige Fährte fand, stand es selbst bei kühlen Köpfen fest, daß hier etwas nicht in der Ordnung sei, und wenn es sich auch nicht um einen Werwolf handle, so müsse es doch wenigstens ein zugereister Wolf sein, obschon der letzte Wolf in jener Gegend vor mehr als siebzig Jahren erlegt und seitdem keiner wieder gespürt war.

Sieben Jahre lang hatte Stummel sein Unwesen getrieben, da hörte in einer hellen Winternacht ein junger Förster, der sich zwischen dem Ellernbruch und dem hohen Holze auf Sauen angestellt hatte, einen Hund mit hellem Halse jagen, wie er im ersten Augenblick meinte. Aber als er schärfer hinhorchte, kam es ihm so vor, als sei das kein Hund, und wenn schon, so einer, der ganz anders anschlug als alle Hunde, die er kannte. Da die Jagd zu ihm herankam, und er sich auch nicht vom Flecke rühren durfte, weil es ganz windstill war und der Schnee eine beinharte Kruste trug, so blieb der junge Mann zitternd vor Aufregung stehen und stellte nur seinen Drilling von Kugel auf Posten. Eine Weile schien es, als ob die Jagd sich entfernen wolle, aber dann kam der Hatzlaut und das laute Brechen näher, und auf vierzig Schritte floh ein Reh vorüber, in dessen Fährte ein mittelgroßer, dunkler, kurzschwänziger Hund hing, der mit heiserem Halse jagte. Der Förster ließ ihn vorüberjagen und schoß dann zweimal mit dem groben Zeuge nach ihm, sah, daß der Hund sich im Feuer überrollte und dann, ohne zu klagen, die Dickung annahm.

Am anderen Tage mußte der Förster bei einer Holzversteigerung und am nächstfolgenden Tage bei Saujagden sein, und so kam er erst am vierten Tage dazu, den Hund nachzusuchen, und dann regnete es so, daß er die Spur bald verlor und die Suche aufgab.

Seit dieser Zeit wurden in jener Gegend keine Rehe mehr gerissen und die frischenden Sauen hatten Ruhe. Heute aber noch spricht man dort von dem Ungetüm, das jahrelang die Jagden unsicher machte, und zerbricht sich den Kopf darüber, was es wohl für ein Tier gewesen sein mag.

Die Wilderer

Es war in einer blanken Vollmondnacht, als sie sich kennenlernten. Greif hatte sich so verlassen gefühlt, daß er bei seiner ziellosen Suche sich plötzlich hinsetzte und seinem Jammer Ausdruck gab.

So saß er da, mager und dürr, wie ein hungriger Wolf, auf der Kuppe des Hügels und erfüllte die Stille der Maiennacht mit hohlem Geheule, so daß die Rehe, die sich in der Wiese ästen, vor Entsetzen in die Dickung stoben. Ein trauriges Leben war es, das Greif in den letzten Tagen geführt hatte. Sein neuer Herr wollte ihn in aller Eile zum Polizeihund machen, und als das nicht so schnell ging, gab es wenig Fressen und viel Schläge, bis es dem Hunde zu arg wurde. Er scharrte sich nachts unter dem Hoftore durch und lief davon. Er hatte vor, sich wieder zu seinem alten Herrn zurückzusuchen, aber er konnte sich nicht hinfinden, weil er mit der Eisenbahn zu dem neuen Herrn geschickt war. So trieb er sich drei Tage umher, ohne mehr in den Leib zu bekommen als ein paar Brotrinden und Knochen, die er in den Straßengräben fand. Schließlich, als er es vor Heißhunger nicht mehr aushalten konnte, riß er ein Kalbsgeschlinge, das vor der Tür eines Schlächters hing, herunter. Das bekam ihm schlecht. Der Schlächter warf ihm ein Hackbeil gegen den Kopf, daß er halb betäubt umfiel, und zwei große Fleischerhunde fielen über ihn her und zerzausten ihn derartig, daß er mit Mühe sein Leben rettete. Von da ab hatte er sich in den Feldern umhergetrieben, Mäuse ausgescharrt und Junghasen gegriffen, und war allen Menschen in weitem Bogen ausgewichen, besonders als ihm eines Abends, wie er vor dem Walde dahinstrich, ein Schrotschuß die Keule geschrammt hatte. Seitdem verbarg er sich den Tag über im Getreide und jagte erst, wenn es dunkel geworden war. Aber er verstand sich zu wenig auf das Jagen, war er doch im Zwinger aufgewachsen und hatte dann das gesittete Leben eines Begleithundes geführt, und so mußte er viel Hunger leiden. Außerdem kam er sich ausgestoßen und verlassen vor, und als nun der Mond so hell schien, mußte er den Kopf hochnehmen und losheulen. Plötzlich verschwieg er und starrte scharf, die Glieder zum Sprunge zusammennehmend, nach dem Roggenschlage, denn da raschelte es leise. Schon liefen ihm silberne Geschmacksfäden über die Lefzen, denn er dachte, ein Hase käme an. Aber dann machte er eine Bürste aus seinem Rückenhaar, denn in der Wasserfurche tauchte ein Hund auf, ein weißer Terrier, mit schwarzen Placken. Greif wußte nicht, ob er vor ihm flüchten oder sich auf ihn stürzen sollte. Aber der andere piepte so bittend und wedelte mit dem rauhen Stummel so freundschaftlich, daß Greif nicht anders konnte und auch piepen und wedeln mußte, und nachdem sie sich eine Zeitlang umeinander gedreht und einander ausgiebig beschnüffelt hatten, spielten sie auf dem Koppelwege so vergnügt, als gäbe es keine grünen Jäger und blauen Bohnen auf der Welt, und gingen dann selbander auf die Jagd.

In dieser einen Nacht lernte Greif mehr von Wild und Weidwerk als in seinem ganzen früheren Leben, denn Gripps, der Terrier, verstand sich gut darauf. Wäre das nicht der Fall gewesen, so hätte er verhungern müssen, denn seit der Mondnacht, als er einer heißen Hündin wegen seinen Herrn und das Auto in einem Dorfe verloren hatte, waren schon vier Wochen in das Land gegangen. Aber er sah dennoch prick und prall aus, denn erstens brauchte er nicht so viel Fressen, um satt zu werden, wie ein großer Schäferhund, und dann hatte er auf dem Gute, wo er aufgewachsen war, es gut gelernt, wie man Hamster fängt, Mäuse greift und noch anderes, was in Feld und Wald lebt und Haare oder Federn hat. Weil es ihm nun so ganz allein aber so langweilig war, wie Greif, und er ihm anroch, daß der krank vor Hunger war, so führte er ihn erst zu den Resten eines Hasen, die er in einem Wasserdurchlasse versteckt hatte, und als nichts davon mehr übrig war, in den Wald, wo er ihm ein Rehkitz zutrieb.

Nach einer Woche war Greif ein fast ebenso guter Jäger, wie sein Lehrprinz, wenn dieser, weil er gewitzter veranlagt und erfahrener war, auch immer die Leitung behielt. Dafür war der andere aber der schnellere und andauerndere Läufer und verstand es mit der Zeit meisterhaft, einem Hasen, den Gripps ruhig und unverdrossen vor sich hertrieb, den Paß abzuschneiden und ihn mit wenigen Fluchten trotz allen Hakenschlagens zu packen, oder einem Reh, das sein

Freund auf ihn zudrückte, den Wechsel zu verlegen und es niederherzuziehen, und so lebten beide den Sommer über herrlich und in Freuden.

Gripps hatte es sich längst abgewöhnt, mit hellem Halse zu jagen, und Greif jagte ebenfalls stumm; deshalb blieben ihre Schandtaten auch lange verborgen, zumal sie ihre Beute stets inmitten der Getreidefelder, in den Dickungen und Weidenhegern fraßen, wo sie auch den Tag verschliefen. Den Jagdpächtern in der Gegend fiel es freilich allmählich auf, daß die Rehe immer weniger vertraut wurden und daß erst mehrere hochbeschlagene Ricken und später viele Kitzen abgängig wurden, gaben aber Wilddieben und Ströppern die Schuld, ohne es zu ahnen, daß die Wilderer auf vier Läufen gingen. Zudem hielten sich die beiden Freijäger bald hier, bald dort auf, je nachdem Wind und Wetter danach waren, und sahen sich vor den Menschen vor.

Als die Sensen und Mähmaschinen die Felder kahl gemacht hatten, fanden die beiden Stromer das Leben nicht mehr so schön wie zuvor, als es überall Deckung für sie gab, und wenn auch die längeren Nächte ihrem Treiben günstig waren, so war ihnen doch unbequem, daß sie oft weit rennen mußten, um vor Tagesanbruch ein Versteck zu finden. Darum scharrten sie sich an verschiedenen Stellen Höhlen, in denen sie sich vor Wind und Wetter bergen und vor den Augen der Menschen sichern konnten, waren aber doch ab und zu gezwungen, wenn der Morgen sie überraschte, in einem Feldholze oder einer Strohdieme unterzuschlüpfen. Da es nun auch keine Junghasen und Rehkitze mehr gab, die leicht zu haschen waren, die kühlere Witterung aber ihren Hunger verdoppelte, so verloren sie ab und zu ihre Vorsicht, strichen am hellen Tage über die Stoppeln, griffen bald hier, bald da eine Gans trotz des Geschreies der Kinder, die dabei waren, holten Hühner vor den Bauernhäusern und Enten von den Teichen weg und rissen sogar eine Ziege, die vor einem Arbeiterhause angepflockt war.

So konnte es nicht ausbleiben, daß sie gesehen wurden und daß die Jagdpächter sich einen Reim auf die abgängigen Ricken und Kitze machten. Sie stellten sich da, wo die Wilderer gesehen waren, an, hatten aber ebensowenig Glück damit, wie mit dem Abtreiben der Hölzer und Weidenheger, in die sich Greif und Gripps hineinspürten, denn so schlau blieben die beiden Hunde doch, wenn sie auch noch so hungrig waren, daß sie stets mit dem Winde gegen sich stromerten, und sobald ihnen menschliche Witterung zuwehte, machten sie schleunigst kehrt. So dumm waren sie außerdem auch nicht, daß sie es nicht merkten, wenn sie getrieben werden sollten; sie drückten sich solange, bis die Treiber vorüber waren, und stahlen sich, sobald es dunkel war, heimlich ab. Schließlich legten die Jagdpächter Gift. Die Folge davon war, daß mehrere Bauernhunde eingingen und die Jagdpächter verklagt wurden; die Wilderer fielen aber nicht, der Gripps war zu gut erzogen, um Straßenfraß anzurühren, und Greif richtete sich in allem nach seinem Freunde.

Als die zweite Neue die Feldmark weiß gefärbt hatte, sollte es ihnen aber doch an den Kragen gehen. Die Jagdpächter hatten ein großes Aufgebot von Flinten und Treibern bestellt und zogen um alle die Orte, wo sich die Hunde öfter gespürt hatten, Kessel. Als sie nach dem zweiten Kreise auf ihren Jagdstühlen saßen und sich bei Brot, Wurst und Schnaps erholten, lagen Gripps und Greif keine dreihundert Schritt von ihnen mäuschenstill in einem überwachsenen und verschneiten Durchlasse, und als die Jagdgesellschaft zum dritten Kessel aufbrach und der Kutscher, anstatt die angeschossenen Hasen auf den Wildwagen zu hängen, wie ihm anbefohlen war, auf eine Anhöhe stieg, und der Jagd zuzusehen, krochen beide aus ihrem Verstecke hervor, witterten lange, und dann nahm sich jeder einen Hasen und ging mit ihm ab.

So verbrachten sie, wenn es auch oft tagelang nichts als Mäuse gab und sie oft genug Hunger leiden mußten, den Winter. Aber dann kam der Frühling, die Mäuse waren leichter zu fangen und die Hasen setzten, und Gripps und Greif ging es allmählich besser; sie bekamen vollere Seiten und ihr Haar wurde glänzend und glatt. Aber nun kam die Liebe über sie. Hier und da gab es hitzige Hündinnen, und mehr als einmal balgten sich die beiden mit den Dorfkötern herum, teilten Schmisse aus und heimsten auch welche ein, wurden aber in ihrem Liebeskoller so dämlich, daß sie eines Morgens im Felde dem Jagdaufseher vor das Rohr liefen, der sich nicht lange besann und auf den Terrier, den er in dem Zwielicht wegen seiner weißen Farbe besser erkennen konnte, zweimal Dampf machte, so daß dieser im Feuer blieb. Er besah ihn sich lange, schnallte ihm das Halsband ab, warf ihn auf den Weg und schickte nachher einen Arbeiter hin, der ihn eingraben mußte.

Greif war eine ganze Weile vorwärts gestürmt, bis er sich sicher genug fühlte. Dann sah er sich um und schnüffelte in der Luft umher. Aber Gripps war nicht da. Er wußte nicht, was er beginnen sollte. Er schlich schließlich auf seiner eigenen Fährte zurück, um seinen Freund zu suchen, aber als er bei dem Koppelwege war, wo die Schüsse gefallen waren, kamen Menschen an und er rannte zurück. Er verbarg sich in einer Strohdieme und lag den Tag über meist im Halbschlaf. Endlich, als es schon recht dunkel war, nahm er seine Suche wieder auf. Als er bei der Stelle war, sträubte er das Rückenhaar, zitterte am ganzen Leibe, scharrte die Erde auf und hielt den Kopf empor und heulte lang und bang. Dann lief er piepend und winselnd nach dem Dorfe zurück, von dem er am Morgen vorher mit seinem Freunde gekommenen war, fand ihn dort aber nicht. Er trieb sich die ganze Nacht umher, besuchte alle naheliegenden Unterschlupfe und blieb schließlich in einem von ihnen todmüde liegen, bis gegen Abend der Hunger ihn aus dem Busche trieb und er sich auf die Jagd begab. Er hatte aber kein Glück dabei, denn wenn Gripps ihm fehlte, so war es nur halbe Arbeit, und so fand er nichts als ein paar Mäuse und einen eingegangenen Junghasen. So ging es ihm auch in der anderen Nacht und in der dritten Nacht desgleichen. Er kam sich so unglücklich und verlassen vor, wie in jener Nacht, als er auf der Kuppe des Hügels saß und dem Monde sein Leid klagte.

Nun war der Vollmond wieder da und zwang ihn loszuheulen. Das hörte der Jagdaufseher, als er aus dem Holze, wo er einen Bock festgemacht hatte, zu rückkam. Er ging bis zum nächsten Hochsitze, machte die Hasenklage auf der Faust und erklomm schnell die Leiter. Kaum war er oben, da kam Greif angesetzt. Er war der Meinung, sein Freund habe einen Hasen gegriffen und winselte vor Freude laut. Da knallte es zweimal, er jaulte auf, überschlug sich und fuhr in die Dickung. Dort fiel er um und verendete nach einigen Minuten.

Als ihm das Leben entschwand, winselte er freudig auf. Ihm war so, als stände Gripps bei ihm und leckte ihm den Fang. Es war aber sein eigener warmer Lungenschweiß, der ihm über die Lefzen lief.

Fifichen

Die Freifrau von der Blecken-Blecken war sehr ästhetisch veranlagt. Viel zu ästhetisch sogar für die Frau eines einfachen Landedelmannes, der, nachdem er die blaue Reitjacke wegen eines Sturzes vom Pferde hatte ausziehen müssen, seine dicken Kartoffeln, wie er selber sagte, auf seiner Klitsche baute und gar kein Interesse für die moderne Literatur hatte.

Er fiel seiner Frau oft auf die Nerven, wenn er in Joppe, Reithosen und Kniestiefeln in ihr Boudoir trat und mit seiner klirrenden Reitplatzstimme sagte: »Denke dir, Mollie, die Blässe hat mir wieder einen Doppelender gebracht! Eine Prachtkuh!« Oder wenn er, ritt er mit ihr aus, dem Mistwagen begegnete, wohlgefällig den nützlichen Duft einschnupperte und, mit dem Reitstock auf die braune Masse deutend, voller Behagen ausrief: »Sieh mal, Mollie, wat'n lecker Mistecken!« Die Gnädige wandte dann den Kopf zur Seite, macht ein leidendes Gesicht und rief mit kläglicher Stimme »Aber Oldwig!« Und Oldwig lachte, und sie schmollte.

Sonst aber vertrugen sie sich gut, gerade weil er so war und sie so; sie langweilte sich, sprach er ihr von Selbstbindern und Kalidüngung, und er mopste sich, redete sie von literarischen Neuerscheinungen, und infolgedessen zankten sie sich nie, denn in allen Dingen die den Haushalt und das Auftreten anbetrafen, ließ er ihr Vorhand, und sie ließ ihn bei der Kindererziehung und in der Gutsverwaltung freie Hand, und wo der eine dem anderen einen Wunsch erfüllen konnte da tat er es. Sogar die Gedichte seiner Frau, die in allerhand Zeitschriften erschienen, las der Freiherr, und wenn er sie auch nicht verstand, denn er dachte in geraden und sie in gebrochenen Linien, so sagte er doch »Ich könnte das nicht, Melusine,« denn so hörte sie sich lieber nennen.

Als sie nun einmal die große Attraktion der Kreisstadt, die Hundeausstellung, besuchten und Frau Mollie einen jährigen Terrierrüden edler Abkunft und mit einem betäubend langen Stammbaum, »entzückend, aber auch ganz entzückend« fand, ließ Herr Oldwig es sich zwei blaue Lappen kosten und setzte seiner Frau den Hund auf den Geburtstagstisch. Dafür bekam er von ihr einen Kuß, wie er ihn lange nicht bekommen hatte so daß es ihm ganz heiß unter der Weste wurde. Er war kein Freund von Terriern und schätzte Vorstehhunde und Teckel mehr, aber mit Fifichen, wie der Hund hieß, freundete er sich doch an, denn das Tier war bei allem Temperament ausnehmend artig und wohlerzogen und benahm sich in jeder Hinsicht angemessen. Auch war er wirklich hübsch mit seiner schlanken, aber stämmigen Gestalt und den gleichmäßig verteilten Abzeichen, schwarzem Kopfe mit weißer, schmaler Blässe, in jeder Weiche ein schwarzer Placken und bis auf die Spitze schwarzer Rute.

Was aber die Hauptsache war, er jagte nicht. Ob er die Freifrau bei ihren sentimentalen Spaziergängen in den Park oder in den Wald begleitete, oder mitlief, fuhr oder ritt die Herrschaft aus, nie wich er vom Wege ab. Er war ein äußerst gebildeter, ja sogar ein ästhetisch veranlagter Hund; nie wälzte er sich auf irgendwelchen üblen Gegenständen, einem toten Maulwurfe ging er weit aus dem Wege, steckte seine Nase nicht in die Rattenlöcher und fuhr nicht mit hellem Halse hinter dem Hasen drein, der aus dem Straßengraben rutschte, wie er denn auch die Hühner in Ruhe ließ und keine Katzen hetzte. Er fraß nie etwas, was er draußen vorfand, selbst Wurstpellen nicht, er trank nur aus einem reinen Glase und nahm sein Fressen nur an, bekam er es auf einem weißen Teller, er rümpfte die Nase, kam Käse auf den Tisch, und eine Heringsgräte, die auf dem Wege lag, war ihm ersichtlich widerlich. Er war ein Muster von einem Hunde, ein Hemd wie er für die Gnädige paßte, und darum hatte er auch in ihrem Zimmer sein Körbchen mit einem stets frisch überzogenen Kissen, denn bei schmutzigem Wetter ging er nicht aus dem Hause, denn Regen haßte er gründlich, und feuchte Wege waren ihm ein Greuel.

So wurde er drei Jahre alt, wurde Frau Mollie immer lieber und führte zwischen Boudoir und Veranda, Park und Wald das Leben eines Hundes, der einer Dame von urbaner Kultur zugehört. Sogar in seinen Liebesangelegenheiten bewies er eine große Delikatesse und hielt auch darin auf Standesgemäßheit, indem er allem Fixköterzeug aus dem Wege ging und sich an die besseren Hundedamen, an die Mimi des Pastors und an die Lotte des Försters hielt. Raufereien ging er grundsätzlich aus dem Wege ließ sich aber ein Ehrenhandel nicht vermeiden, so focht Fifichen ihn mit solcher Schärfe aus, daß ihm selbst viel größere Hunde, die seinen langen Fang gekostet hatten, gern vom Balge blieben. Auch Menschen gegenüber kannte er weder Frechheit noch Furcht. Er belästigte weder den Briefträger noch den Schornsteinfeger und wich nur dem Schlachter aus, dessen Witterung ihm zuwider war. Feige war er aber durchaus nicht. Als er einmal seine Herrin, wie stets, in den Wald begleitet hatte, wurde sie von zwei ganz verdächtigen Kerlen in unverschämter Weise angebettelt. Im nächsten Augenblicke hatte der eine keinen Hosenboden mehr und der andere einen Biß in der Hand weg, und fluchend und brummend machten sich die Strolche dünne.

Aber was ist Kultur, was bedeutet Zivilisation? Dünner Lack ist es, unter dem die Natur sitzt und darauf wartet, daß irgendwo in dem sauberen Anstrich ein Riß entsteht, und dann bricht sie hervor, und der Lack blättert ab, wie die Rinde der Platanen, wenn es auf den Winter geht. Die Freifrau mußte nach Berlin zu ihrer Schwester, der Majorin, die erkrankt war und deswegen konnte sie Fifichen nicht mitnehmen. Der Hund ergab sich mit Würde in das Unvermeidliche aber er langweilte sich doch beträchtlich, denn er hatte nun so recht niemand, der mit ihm ausging. So lag er verdrossen und mißmutig in seinem Körbchen und mopste sich nach der Schwierigkeit. Da raschelte es hinter dem Vorhang, Fifichen hob den Kopf und zog die Behänge hoch. »Wer hat in Frauchens Zimmer zu rascheln, höh?« dachte er. Dann plumpste es und etwas Kleines, Graues fiel auf die Erde und rannte dann nach der Ecke, wo der Flügel stand. »Sonderbar!« dachte Fifi, sprang leise aus seinem Körbchen und ging in die Ecke des Zimmers, den Kopf schief haltend und einen Vorderlauf emporhebend. Hinter der Tapete knabberte etwas. »Hm!« dachte Fifi und paßte auf ohne sich zu rühren. Es piepte in der Ecke. »Na?« dachte Fifi und hob die Behänge noch höher. Das kleine graue Ding erschien unter der Stoßleiste, sah sich einen Augenblick um und wollte dann an Fifi vorbeihuschen, »Einen Augenblick!« sagte er sich und schnappte zu. Gerade als er die Maus wieder fallen ließ, um sie mit einigem Widerwillen zu beriechen, kam der Gutsherr in das Zimmer. Fifi machte hübsch und wies ihm die Maus. »So recht, Fifichen, so schön, mein Hündchen!« sagte der Freiherr und liebelte ihn ab, nahm die Maus und warf sie zum Fenster hinaus. Fifi atmete erleichtert auf. Also er durfte diese grauen Dinger totbeißen! Das hätte er früher wissen sollen! Immer hatte er geglaubt, wenn er sie im Grase umherhuschen sah, das wären junge Vögel, und die, hatte ihm Frauchen gesagt, sollte er in Ruhe lassen. Er dachte über den Fall nach und dann lief er in den Garten. Es hatte geregnet und die Wege waren feucht, »aber wenn man sich um die Herrschaft verdient machen kann, kommt es auf ein paar nasse Füße nicht an,« dachte er und ging zwischen die Vietsbohnen, denn dort, das wußte er, waren immer ganz gefährliche große schwarze Dinger. Da, wo der Boden überall zerwühlt war, lauerte er. Er brauchte nicht lange zu warten, denn gleich darauf bewegte sich dicht vor ihm die Erde. Er stieß seine Fang hinein und förderte eine dicke Wühlratte zutage. Sie wollte beißen, aber, wie er auf den Gedanken kam das wußte er selber nicht, kurzum, er schlug sie sich um die Behänge, bis sie schlapp wie ein Handschuh wurde. Dann trug er sie in das Haus und piepte so lange vor dem Arbeitszimmer des Freiherrn, bis der ihm auf machte. Er machte große Augen, streichelte Fifi und sagte: »Du bist ja ein ganz vorzüglicher Hund!« dann bekam er ein Praliné.

Für Pralinés ließ Fifichen aber sein Leben, und es verging kein Tag, daß er nicht mit einer Haus-oder Feldmaus, einer Wühlratte oder Wanderratte ankam. Er langweilte sich nun nicht mehr; sein Leben hatte einen bestimmten Inhalt bekommen. Sein Körbchen stand nun den ganzen Tag leer, denn er trieb sich überall herum, wo es nach irgendwelchen von den großen und kleinen, grauen oder schwarzen, kurz-oder langschwänzigen Dingern roch, in den Ställen, im Garten, im Parke, auf der Wiese, und schließlich auch an den Fischteichen und im Walde. Er wurde ein großer Jäger vor dem Herrn; unglaublich war die Menge von Mäusen und Ratten, die er totbiß, und oft verbellte er stundenlang einen Zaunigel und kam ganz außer Atem und mit zerstochener Nase und todmüde spät abends heim. Einmal, als der Freiheer mit seinen Kindern, denn es war in den Ferien, auf der Veranda bei Abendessen saß, fing es dort ganz abscheulich an zu duften. Schließlich entdeckte man Fifi, der in der Ecke saß, einen halbwüchsigen Iltis vor sich liegen hatte hübsch machte und auf sein Praliné wartete. »Der Hund ist gut,« sagte Jung-Oldwig, der Kriegsschüler und nahm Fifi am anderen Tage nach den Ententeichen mit, denn da wimmelte es von Ratten. Jung-Oldwig, Jung-Mollie und der Gärtner bewaffneten sich mit Gewehren, und Fifi mußte stöbern. Wie ein Ungewitter sauste er in das Gestrüpp, jagte die Ratten in das Wasser, und jedesmal, wenn es knallte und eine Ratte weiß zeigte, sprang er kopfüber in das dreckige Wasser und brachte sie her. Als die Strecke gemacht wurde, lagen dreiundzwanzig Ratten da: »Sieben starke, fünf angehende und elf Frischlinge,« sagte Jung-Oldwig, und Jung-Mollie schrie aus vollem Halse: »Ratz tot, Rat tot, Ratz tot.« Fifi aber sah wie ein Schwein aus und mußte von oben bis unten abgeseift werden.

Von da ab brauchte er nur Pulver zu riechen und er war aus Rand und Band. Er ging dem jungen Herrn nicht mehr von der Seite. »Auf Enten ist Fifi einfach tadellos, Vater,« sagte Jung-Oldwig; »ich glaube, der steht Hühner und Hasen und macht eine ebenbürtige Schweißarbeit!« Er sollte recht behalten, denn als er einen Bock schoß, seinen ersten guten Bock, als Belohnung für gute Führung, der aber mit der Kugel abging, kam Fifi an den Schweißriemen, arbeitete den Bock nach der Kunst, hetzte ihn, als er gestellt wurde, zustande, zog ihn nieder und verbellte tot, ohne daß ihm ein Mensch das beigebracht hatte. Als der junge Herr den Bock an das Gehörn faßte, sah er, daß ihm die ganze Drossel durchgerissen war »Donnerwetter!« sagte er und liebelte den Hund ab »Donnerwetter, Fifi! hast du Schneid!« Er brach den Bock auf, machte den Hund genossen, und Fifi, Fifichen, der sonst nur gekochtes, gesalzenes, geschmälztes, mit Sauce begossenes Fleisch von weißen Tellern nahm, schlang die rohen, schweißbenetzten, mit Sand bedeckten Lungenfetzen mit einer Gier hinunter, wie er noch nie geschlungen hatte, und kaute in einer so gewöhnlichen Weise, wie ein Schlächterhund, so daß es sich stets den ganzen Fang und die halbe Brust beschmierte und das freudige Entsetzen von Jung-Mollie erregte, als er auf der Veranda erschien, denn Jung-Mollie war in der Pension bei Fräulein Eisbach notgedrungen eine junge Dame, zu Hause machte sie vor dieser Eigenschaft aber so wenig Gebrauch, wie nur möglich.

Als Frau Mollie zurückkam, kannte sie Fifichen nicht wieder. Jeden Tag war das Kissen in seinem Körbchen dreckig, jeden Tag liefen Schmutzspuren kreuz und quer durch das Boudoir, durch das Eßzimmer, durch den Empfangsraum, jeden Tag lag auf der Veranda eine tote Maus oder Ratte oder sogar eine Katze, denn die Katzen hatten es nun auch schlecht; wo Fifichen sie erwischte, machte er kurzen Prozeß mit ihnen, und dann schleppte er sie triumphierend in das Haus. Mehr als einmal verletzte er das ästhetische Empfinden der Freifrau auf das ärgste. Sie saß ohne allen Arg in ihrem Strandstuhl und las einen ihrer Lieblingsdichter; auf einmal piepte es zu ihren Füßen und dann saß Fifi da, naß, dreckig, und machte hübsch, und sah bald seine Herrin an, bald eine argzerknautschte Maus oder Ratte die er dicht vor die Lackspitzen ihrer Schuhe gelegt hatte. »Ich kenne den Hund nicht mehr wieder,« klagt sie und ging ihm aus dem Wege, denn sie hatte am eigenen Leibe die peinliche Beobachtung machen müssen, daß Fifi sich bei seinem Jägerleben auch Flöhe zugezogen hatte.

So wurde er denn aus dem Boudoir verbannt und sein Körbchen kam in die Halle. Er hieß auch nicht mehr Fifichen, sondern nur noch Fifi. Ihm war es so lieber. Es war ihm sogar angenehm, daß sein Korb auf die Veranda gestellt wurde, denn nun war er sein eigener Herr, und wenn es ihm paßte, konnte er mitten in der Nacht los, ohne erst lange zu fragen, und im Garten und Parke auf die Rattenjagd gehen. Mit der Zeit wurde er ein berühmter Hund in der Umgegend. Er fehlte bei keinem Fuchssprengen, er wurde zu jedem Dachsgraben mitgenommen. Er ging auf eigene Rechnung los und buddelte junge Kaninchen aus, er machte den Gutshof und den Park mause-und rattenrein. Er wurde ein Raufbold und nahm es selbst mit der Liebe nicht mehr so genau. Er sah nie mehr so weiß aus wie ein Osterlamm; auch hatte er zerfetzte Behänge und oft genug frische Schmisse.

Bei der Freifrau war er vollkommen in Ungnade gefallen; sie brach jeden Verkehr mit ihm ab und legt sich einen Zwergspaniel, und als Fifi diesen auch zu Jäger machte, einen echten Mops zu.

Fifi war das gleichgültig. Er war Weidmann geworden und pfiff auf die höfischen Sitten. Er war lange genug Fifichen gewesen; jetzt war er Fifi.

Der alte Seehund

Cord Schütt fluchte, daß es abscheulich anzuhören war. Es kam ihm schon bei guter Laune auf ein paar »Verdammi« und »Verdori« nicht an; nun aber hatte er eine Laune, wie ein steifer Nordnordost.

»So'n verdammtiges Lork!« schrie er und spie den braunen Priemsaft über Bord; »So'n verfluchtiges Luder! Or'ig krank und kaput kann'n sich ärgern über das alte Biest; Teuf, du Satan!« brüllte er, griff nach dem alten Vorderlader, spannte ihn, legte an und sah dahin, wo eben ein runder schwarzer Kopf aus dem Wasser herauskam und sofort verschwand. Als er aber nach einer Weile wieder hochkam, brannte Cord, und dann, als er sah, daß die Kugel über das schwarze Ding hinpfiff, fluchte er noch greulicher und benahm sich, als habe er einen Tobsuchtsanfall.

Es war Cord Schütt aber nicht zu verdenken, daß er wie ein Heidenmensch fluchte und sich benahm, als wäre er aus der Anstalt in Neustadt ausgebrochen, und andere Leute hätten das nicht anders gemacht. Das runde, schwarze Ding, das nun wieder, aber außer Schußweite, zwischen den Wellen hochging und untertauchte, wurde nämlich von allen Fangfischern in der Neustädter Bucht auf den Tod gehaßt, von den Niendorfer und Scharboitzer Fischern nicht minder als von denen aus Grömitz und weiterhin. Denn es war ein Seehund, ein ganz alter Hund, ein ganz bestimmter Hund, und wenn später einmal eine ganze Menge Fischer aus dieser Gegend wegen ihres Fluchens übermäßig lange im Fegefeuer zubringen müssen, so ist er nicht zum wenigsten daran schuld. »Sandschipper sollte man werden und Kies graben anstatt auf Fang zu fahren,« knurrte Cord Schütt; als er mit seinen Leuten das Netz barg und wenig Fisch darin vorfand, aber Loch bei Loch, und mit haßblanken Augen sah er über die Bucht, in der er irgendwo den Übeltäter vermutete, der ihm den Schaden gemacht hatte. Der aber lag ganz behaglich am Brodner Ufer hinter einem großen Steine, gegen den die Brandung schlug, drehte bald seinen Speckbuckel, bald den feiste Bauch nach der Sonne hin, nieste, kratzte sich hier und da, blinzelte nach der großen Möwe hin, die zwischen See und Strand dahinsegelte, horchte auf das Bellen der Taucher, die sich auf den Wellen wiegten, und fühlte sich ganz gemütlich trotz der Flüche, die Tag für Tag hinter ihm hersausten.

Denn hier am Niendorfer Strande war er so gut wie sicher, weil da die Jagd verboten war. Zwar kein Fischer hätte sich gescheut, ihm eine Kugel auf die Schwarte zu brennen, wenn er gewußt hätte, daß ihr Todfeind hier anzutreffen wäre, aber das wußte eben keiner. Von der Seeseite schützten ihn die Wellen vor Menschenblicken, und vom Lande her die Klippen. Niemals fiel es ihm ein, sich drüben bei Pelzerhaken oder bei Rettin oder Brodau auszuruhen, trotzdem dort der schöne weiche Sand war. Vor Jahren, als er noch jung und dumm war, hatte er das gemacht, aber es war ihm schlecht bekommen. Einmal hatte er bei der Neustädter Lotsenstelle eins mit dem Bootshaken über den Rücken bekommen, als er in seiner Einfalt sich im Sande sonnte, und bald darauf kriegte er beim Leuchtturm ein paar Schrote in das Fleisch, und beides mißfiel ihm sehr. Fischen tat er da wohl, aber zum Schlafen kam er immer hierher.

Friedlich lag er da, ließ ab und zu die Nickhaut über seine schönen dunklen Augen rutschen, schüttelte hin und wieder den Schaum aus den Schnurrhaaren und gähnte dann und wann herzhaft, daß die weißen Fangzähne nur so blitzten, klappte die Nasenschlitze zu und machte sie wieder auf, behielt aber die Ohren offen und horchte, ob nicht das Feuersteingeröll klapperte oder sonst ein verdächtiges Geräusch zu vernehmen sei, legt sich auch einmal ein bißchen anders hin, fand dann, als die Sonne rot hinter schwarzen Wolken über Neustadt unterging, daß er nun genügend geruht und verdaut habe, schob seinen schweren Leib voran, warf sich in die Wellen und verschwand.

Quer durch die Bucht schwamm er unter Wasser dahin, ab und zu auftauchend und Luft schöpfend und auch einmal seinen Körper vor Freude über die kleine Wellen schnellend, daß er laut klatschend zurückfiel. In der Mitte der Bucht trat er lange Zeit Wasser und windete. Taucher bellten, Enten klingelten und Gänse riefen, hier und da blinkten die Feuer der Leuchttürme durch den Abenddunst und irgendwo heulte ein Dampfer. Noch einmal äugte der alte

Seehund um sich horchte und witterte; dann verschwand er und taucht unter, denn er hatte nicht allzuweit von sich Riemenschlag und Menschenstimmen vernommen.

Steil tauchte er unter und schoß wie ein Pfeil dahin, dem anderen Strande zu. Mit einem Male wandte er sich jäh; Dorschwitterung traf seine Nase. Wie der Blitz war er zwischen dem Zug, faßte einen Dorsch zerknirschte ihn mit den Zähnen und schlürfte ihn ein und noch einen und einen dritten, indes der Schwarm nach allen Richtungen auseinanderspritzte. Er hätte noch mehr greifen können, aber es langweilte ihn hinter den einzelnen Fischen herzujagen, und es gelüstete ihn auch nach anderem Fraße. So schwamm er zum Ufer hin, wo er wußte, daß da die Aale gern liegen, unter den Landungsstegen, und nach den Seegraswiesen, und wenn die Aale auch noch so blitzschnell von dannen schössen, weit kamen sie nicht, und einen nach dem anderen schluckte er über, griff auch einige Butts und etwelche Knurrhähne.

Hin und her fuhr er durch die Bucht, aber nur so weit, bis das Wasser allzu süß für seinen Geschmack wurde und der Geruch des verrotteten Meerkohles sein Nüstern belästigte, denn da stieß ihm eine böse Erinnerung auf. Viele Jahre waren es her, als er dort bis in den blanken Tag hinein gejagt hatte und mit einem Male, als er Luft holte, rechts und links und hinter sich von Gebrüll und Riemengeklatsche begrüßt wurde, so daß er vor Bange ziellos weiterschwamm, unter der Brücke hindurch in das Binnenwasser hinein, das ihm gar nicht schmeckte. Hin und her war er gesaust und überall hatte ihn das Brüllen der Männer verfolgt, und jedesmal, wenn er aufging, knallte es ihm um die Ohren. Schließlich hatte er sich ins Schilf gesteckt und sich erst spät in der Nacht wieder in das salzige Wasser abgestohlen. Seitdem wird ihm übel wenn er Süßwasser in den Fang bekommt und Meerkohl wittert.

Darum macht er schleunigst kehrt und schwimmt nach dem Scharboitzerufer hinüber, wo er unter den Butts aufräumt, bekommt Heringswitterung in die Nase, schwimmt ihr entgegen und sprengt den Schwarm auseinander, und dann, nachdem er eine Weile bei Pelzerhaken ausgeruht hat, fällt ihm ein, daß heute gute Fangwetter ist, und so saust er dahin, wo die Netze stehen. Er schwimmt an ihnen entlang, und wo es ihm silbern entgegenblitzt und paddelt und zappelt, da packt er zu, reißt mit einem Ruck das Netz entzwei und dem Dorsch die Kehle samt der Leber aus dem Leibe, und das treibt er so lange, bis ihm vor Sattheit das Schwimmen fast zur Last wird und er gemächlich zu seinem Unterstand am Brodner Ufer hinrudert.

Darum liegt er, gähnt, räkelt sich und freut sich über die Morgensonne, während Cord Schütt und die anderen Fischer den Zorn Gottes auf ihn herabwünschen und das Maß ihrer Sünden durch Lästerreden und Fluchworte bis zum Überlaufen füllen.

Das Ende

Der Mai war in die Berge gekommen; er hatte den Wald grün gemacht und die Wiesen bunt von Blumen.

Hustend und prustend zog der alte Bock vor dem Tannenmantel des Hirtenbusches dahin. Er war schlechter Laune; trotz der warmen Sonne fröstelte es ihn, denn er war mitten im Haarwechsel, und weder das junge Gras noch der frische Klee wollten ihm so recht munden. Es dröhnte ihm im Kopfe und kribbelte ihm im Halse, denn die Bremmenlarven waren reif und drängten nach außen. Auch die, die auf seinem Rücken zwischen Decke und Wildbret saßen, bohrten schlimmer als je, um an die Luft zukommen. Und der Bast an dem hohen, klobigen Gehörn juckte ihn.

Wütend fiel er über einen Bergholderbusch her und bearbeitete ihn mit den Stangen, daß die gelbgrüne Blütenbüschel und das frische Laub nur so herumflogen, und schließlich auch die neuen Triebe und die Rinde, so daß von der ganzen Pracht nichts übrigblieb als der zerschundene Stamm und die zerknickten Zweige.

Was da nur war? Sonst hatte er schon Anfang April seinen Kopfschmuck sauber gehabt; in diesem Jahre dauerte es lange damit. Und das Winterhaar wollte auch nicht weichen. Mürrisch rieb er die Flanken an einem Fichtenstamme: aber nur sparsam fielen die grauen Flocken in die Hasenkleeblüten am Boden.

Er mußte wieder husten. Das paßte ihm nicht, denn er liebte es, still und geräuschlos dahinzuziehen. So trat er denn, weil er beim Atmen laut schnarchte, in den engen Stangenort, der ganz hellgrün von halbentfaltetem Buchenlaube war, und in dem die gelben Falter über den weißbesternten Waldmeisterteppich tanzten.

Auf einmal warf er auf und äugte seitwärts. Regungslos stand er da. Dann verdrehte er die Lichter zog die Lefzen herauf, schnaufte böse und zog mit steifen Tritten dahin, wo ein zweijähriger Bock sein Gehörn an einem Haselschosse reinigte, daß es lustig brummte und schrummte, und dann plätzte, daß Moos und Laub herumspritzten.

So vernahm er es nicht, daß der alte Bock heranzog, ihm die Enden in die Keulen jagte und ihn umwarf, daß er längelang in den Blumen lag. Hastig sprang er auf und stürmte laut plärrend durch das Unterholz. Hinter ihm her sauste der andere, sprengte ihn aus dem Busch heraus bis in die Wiese, ab und zu ihn forkelnd, daß der Jungbock vor Todesangst quietschte und in seiner Not auf den Bauer zufloh der einen Abzugsgraben vertiefte. Da erst ließ der Peiniger von ihm ab und trat wieder in den Hirtenbusch hinein.

Sein Sieg hatte ihm die Laune nicht verbessert. So hetzte er denn erst ein Schmalreh, das ihm in den Weg kam, hin und her, und mißhandelte es, bis es sich auf die Trift zwischen die Schafe rettete, behandelte eine hochbeschlagene Standricke, die im letzten Sommer seine Liebste gewesen war, ebenso schmählich, und ließ erst von ihr ab, als er bei der Hatz auf die Fährte eines guten Bockes stieß. Eine grimmige Wut faßte ihn. Ein fremder Bock hier, ein guter Bock sogar im Hirtenbusche, dem besten Stande nach Äsung und Windverhältnissen, den er sich vor fünf Jahren in heißem Kampfe erobert und seitdem festgehalten hatte? Ein Unverschämtheit sondergleichen, eine Frechheit über die Maßen, eine Tollkühnheit unglaublicher Art! Mit seinem Leben sollte er dafür büßen.

Eilig zog der Alte neben der fremden Fährte dahin, ab und zu verhoffend und um sich äugend, und dann und wann wütend in dem Vorjahrslaube platzend. Als er wieder dabei war, fuhr er zusammen. Ihm gegenüber stand der Eindringling, schlug den Boden mit den Vorderläufen, daß die bunten Blumen durch die Luft wirbelten, warf dann auf, verdrehte die Lichter, senkte das Haupt und zog ihm mit steifen Tritten entgegen. Eine unbekannte Empfindung überkam den Standbock. Ihm war zumute, als müsse er flüchten. Aber wer war denn der Gegner? Ein Bock von vier bis fünf Jahren, ein jagdbarer Bock, aber doch kein Hauptbock, keiner wie er, der drei gute Böcke zu Tod geforkelt und viele andere, die ihm den Hirtenbusch streitig machen wollten, abgekämpft und so zugerichtet hatte, daß sie das Wiederkommen bleiben ließen. Er war freilich ein strammer Bock, voll ausgefärbt schon und das Gehörn war hoch, weit ausgelegt, und völlig vereckt. Aber weichen, flüchten, klein beigeben? Nie und nimmer!

Er senkte die mit schweißroten Bastfetzen häßlich verunzierten, mangelhaft vereckten Stangen, schnarchte wutentbrannt und wollte dem Nebenbuhler entgegenziehen, da stürmte der schon auf ihn los, rannte ihm die scharfen Enden zwischen die Stangen und warf ihn fast um. Und nun kam ein elendes Gefühl über den alten Bock, schwach wurde ihm und hilflos, er wendete und wollte flüchten, aber der fremde Bock ließ ihn nicht, er rannte ihm ein Dutzend Male die nadelscharfen Enden in die Keulen, in die Blätter in die Dünnungen, hetzte ihn, als er flüchtete, hin und her in dem Holze und hinaus aus ihm über die Wiesen, und wenn nicht singend und jauchzend ein Trupp Maifahrer vor dem Kraihenholze aufgetaucht wäre, so hätte der alte Platzbock jetzt schon sein Ende gefunden.

So aber ließ der andere von ihm ab. Er aber floh dahin, halb ohne Besinnung, an den Menschen vorüber, bis er am Ausgange des Wäldchens in dem Ellernsohle zusammenbrach. Er wollte sich aufrichten aber er vermochte es nicht. Er fühlte, daß es zu Ende ging. Mücken über Mücken kamen angesummt und bedeckten ihn mit Stichen, und Hunderte und aber Hunderte von Gnitten, und er konnte sich ihrer nicht erwehren. Aus dem Moose und dem morschen Laube krochen die Holzböcke hervor und bohrten ihm ihre Rüssel in die Decke. Ameisen krabbelten auf ihm herum, große blaue und grüne Schmeißfliegen umschwärmten ihn. Dann quarrte eine Krähe über ihm. Eine zweite antwortete ihr, eine dritte und eine vierte. Sie flatterten zu Boden, näherten sich vorsichtig, kamen immer dichter heran, und schließlich führte die frechste einen Schnabelhieb nach seinem rechten Lichte. Er fuhr empor, brach aber wieder zusammen, und die Krähen die zurückgestoben waren, schwebten abermals heran. Ein bißchen Kraft war noch in ihm, und damit wehrt er sie ab, bis die Nacht herankam.

Doch es war eine laue Nacht. So summten die Mücken unaufhörlich heran. Eine saß neben der anderen, bis er ganz von ihnen bedeckt war, und von den Gnitten und Holzböcken, und sein Leib von oben bis unten brannte und feuerte, Schauer auf Schauer seine Flanken schüttelten und Todesfieberträume ihn umgaukelten. Der Wald war voller Schrecknisse und Ängste. Das Krispeln des Salamanders wurde zu heranschnüffelnden Hunden, das Gehüpfe des Frosches zum Tritte eines Menschen. Schließlich hörte die Angst auf in dem Bocke; das Ungeziefer hatte seine Empfindung getötet. Aber als mit der Morgenkühle, die Sonne in den Grund fiel und die Krähen sich zusammenriefen, und ihr Gekrächze und Geflatter dicht über seinem Haupte war, und Hieb auf Hieb ihn traf, da weckte ihn das Entsetzen noch einmal. Das letzte was seine Besinnung traf, war der Donner eines Doppelschusses und das verworrene Angstgequarre seiner Peiniger, und darauf eine Berührung an seinem Gehörn, die ihm wie eine Wohltat vorkam. Dann reckt und streckt er sich und wußte von nichts mehr auf der Welt, nichts mehr von Liebe und Haß, nichts mehr von Mut und Angst.

Das Weidmesser des Jägers war ihm in das Genick gefahren.

Mäuschen im Busch

Im Graben steht ein Schlehenbusch; auf dem sitzt die Goldammer und singt in einem fort: »Wie hab ich dich lieb!«

Nun bricht sie ihr Lied in der Mitte ab, sträubt das gelbe Schöpfchen, wippt aufgeregt mit dem Schwanze, hält den Kopf schräg und sieht unter sich.

Da schwanken die langen Halme hin und her, da rispelt und krispelt es im Grase, raschelt und rappelt es unter den Brombeerranken. Noch ein Weilchen ist der gelbe Vogel im unklaren darüber, ob es vielleicht nicht das Wiesel ist, das da herumstöbert: dann aber singt er beruhigt weiter, denn harmlos und ungefährlich ist das Mäuschen, das jetzt unter den Ranken erscheint.

Ein Zwergmäuschen ist es, ein allerliebstes Kerlchen, halb so groß wie eine andere Maus. Es sitzt da, sieht sich um, macht einen Sprung, faßt eine Fliege, die von dem Tau noch flügellahm ist, springt mit ihr im Mäulchen wieder unter das dornige Rankengehege zurück und macht sich daran, sie zu verspeisen. Niedlich sieht das Mäuschen aus, wie es da auf den Keulen sitzt, die Fliege zwischen den weißen Pfötchen hält, ihr mit den scharfen Zähnen Flügel und Beine abknipst und sie hastig aufknabbert. Dann leckt es sich die weißen Lippen, streicht sich die seidenen Schnurrhaare zurecht und sieht sich mit den funkelnden schwarzen Augen nach neuer Beute um.

Schon macht es einen Satz nach der Gegend hin, wo ein blanker Käfer über die Scholle krabbelt, doch da zuckt es zusammen, das Mausemännchen, denn es bekam einen großen Schreck; ein großer Schatten strich über den Boden hin, und schnell verschwindet es unter dem Schlehdornbusche. Es war zwar nur eine Wildtaube, die zu Felde fallen wollte; aber es konnte ebensogut der böse Sperber sein oder die schlimme Krähe, und weil Vorsicht der bessere Teil der Tapferkeit ist, machte das Mäuschen einen flinken Hops und sitzt geborgen wieder unter den dornigen Brombeerranken, wo so leicht kein Feind es fassen kann.

Bald aber hat es seinen Schreck vergessen und huscht wieder geschäftig zwischen dem welken Laube und dem jungen Grase umher, zerraspelt hier ein Samenkörnchen, knabbert dort eine Knospe auf, macht dann einer Motte und darauf einer Raupe den Garaus, zupft und leckt sich sorgfältig sein braunrotes Fell zurecht, überrumpelt eine fette Graseule, die just aus der Puppe gekrochen war und gerade dabei ist, ihre Flügel zu entfalten, reinigt sich abermals umständlich das Mäulchen und sitzt eine ganze Zeit still da, sich der Sonne und der lauen Luft freuend.

Auf einmal wacht es aus seinem Halbschlaf, dreht sich schnell herum und hüpft mit langen Sprüngen unter den Brombeeren her nach dem Grabenufer, denn dort klettert ein Mauseweibchen in dem Gestrüpp umher. Sofort ist das Männchen bei ihm und es gibt ein Gekletter hin und ein Gerenne her zwischen Stengeln und Halmen und ein Gepiepse hier und ein Gezwitscher dort, bis das Mauseweibchen einsieht, daß es keinen Zweck hat, länger spröde zu sein, und es mit dem Mäuserich fröhlich herumspielt, bis beide von den Springen, Rennen und Klettern hungrig geworden sind und zwischen den roten und weißen Taubnesseln nach Nahrung suchen.

Ein vergnügtes Leben führen die beiden Mäuse hier am Rain. Wenn bei Nacht das eine auch beinahe einmal von dem Käuzchen erwischt wäre und bei Tage das andere sich nur mit knapper Not vor dem Turmfalken in ein Maulwurfsloch retten konnte, ihr Gedächtnis ist kurz, sie vergessen schnell Angst und Not, leben fröhlich in den Tag hinein, bis das Mauseweibchen immer unliebenswürdiger gegen das Männchen wird, so daß dieses es schließlich allein läßt.

Das Weibchen hat nämlich Wichtigeres zu tun, als herumzuspielen und sich mit dem Männchen zu jagen. Es hat sich in dem Schlehenbusch eine Stelle ausgesucht, wo die Brombeerranken kreuz und quer die dornigen Zweige durchflechten und hohes Schilfgras emporgeschossen ist. Da schlüpft es hin und her, ein langes blondes Grasblatt vom vorigen Jahr zwischen den Zähnen haltend. Das wickelt es um einen Zweig, schlingt es um einen ändern, knotet es an eine dritten fest, holt ein neues Blatt, knüpft es neben dem ändern an, und arbeitet so lange, bis ein rundes Nestchen, so groß wie eine Männerfaust, mit einem engen Eingang an der Seite im Rohbau hergerichtet ist. Dann sucht es sich die zartesten der alten Grasblätter, zerschrotet sie mit den Zähnen, polstert damit das Nestchen aus und verbessert es noch hier und da, bis nichts mehr daran zu tun ist. Ein paar Tage später liegen schon sechs rosenrote blinde Junge in dem Nest, nicht größer als Kaffeebohnen. Doch sie wachsen schnell. Es dauert nicht lange, so bekommen sie Augen und Haare, die unförmigen Köpfe werden spitzer, die Öhrchen und Schwänzchen wachsen, und bald schon sehen die Kleinen fast so wie die Mutter aus, blinzeln ab und zu aus dem Nest heraus und beginnen mit den erste Turnversuchen an den Zweigen und Halmen, sorgfältig behütet von der Mutter, die sie in das Nest zurückjagt, sobald die Dorngrasmücke, die ebenfalls in dem Schlehenbusch baut, ihren heiseren Warnruf ertönen läßt, den Turmfalken oder den Neuntöter anmeldend.

Aber von Tag zu Tag werden die jungen Zwergmäuse sicherer und kecker. Sie klettern hinter der Alten her, wagen sich in das Rainfarngestrüpp, turnen bis auf den Boden herunter und gehen allmählich schon selbst ihrer Nahrung nach, wenn sie nicht unter den schützenden Ranken des Brombeerstrauches lustig miteinander spielen. Dabei faßte das eine der Maulwurf, der plötzlich aus seinem Loche hervortauchte, und zog es trotz seines Piepsens und Zappelns in die Erde hinunter, ein anderes greift das Wiesel und trägt es seinen Jungen hin, mit denen es unter der Brücke lebt, und ein drittes fängt der Neuntöter und spießt es neben Mistkäfern und kleinen Fröschen auf einen Dorn. Die anderen aber sind in sechs Wochen ausgewachsen und suchen sich jedes für sich im Haferfeld oder im Gebüsch eine Stätte, wo sie hausen können.

Ihre Mutter kümmert sich nicht mehr um sie. Sie baut ein neues Nest nicht allzuweit von dem alten; darüber hat eine andere Zwergmaus gebaut, unten am Boden zwischen den Brombeeren eine dritte, eine vierte zwischen den Haferhalmen, die sich dicht an den Dornbusch herandrängen, in dem Weißdorn stehen ebenfalls einige, und so ist der ganze Feldrand mit gutversteckten Mausenestern besetzt. Wenn es dämmerig wird, raschelt es überall zwischen den Halmen und raschelt es im Laub; hier klettert ein Mäuschen, da turnt eins, und dort hüpft ein anderes. Am Boden huschen sie umher und fangen Käfer und Raupen, sitzen auf den Spitzen der Halme und packen die schlafenden Fliegen, hülsen die halbreifen Körner aus und freuen sich ihres Lebens, bis auf einmal das Käuzchen lautlos herangeschwebt kommt und mit einer unvorsichtigen Maus in den Krallen davonfliegt, um sie ihren Jungen zu bringen, die auf dem hohlen Wildapfelbaum sitzen und der Alten gierig die Beute entreißen. Aber ob das Käuzchen auch Nacht für Nacht hier jagt, der Mäuse werden eher mehr als weniger, denn der Winter war mild, der Frühling trocken, und der Sommer ist warm, und so vermehren sie sich, daß es den ganzen Graben entlang von ihnen wimmelt und krimmelt und überall im Feld, wo die Klüngelwicken die Halme zusammengesponnen haben, eine Nest steht, in dem ein halbes Dutzend oder mehr Junge heranwachsen.

Doch da kommt ein Gewitter nach dem andern und bringt schwere Regengüsse, Hagelschlag und Kälte. Der Sturm entblößt die Nester, der Regen prasselt hinein und wäscht die Mäusebrut heraus. Hunderte von jungen Mäusen erstarren, und von den heranwachsenden kommt eine Unmenge um, die das Regenwasser in den Graben hineinspült oder die eine Krankheit ergriffen hat. Die übrigen führen ein trauriges Leben in den Büschen, bis endlich die Sonne wieder scheint, das Feld trocken wird und die Mäuse Leid und Not vergessen, abermals Nester bauen und Junge aufziehen und ein paar Wochen später kribbelt und krimmelt es überall wieder das ganze Feld entlang, und nachts schlüpft und hüpft es zwischen den Halmen und turnt auf den reifenden Haferrispen herum, so daß das Käuzchen mit seinen flüggen Jungen nicht lange zu suchen braucht, um satt zu werden.

Dann aber rückt der Bauer heran, und großes Elend kommt über das fröhliche Völkchen. Die Sense fällt die Halme samt den Nestern darin, und nun heißt es flüchten. Zu Hunderten rennen die Mäuse vor den Binderinnen dahin, schlüpfen unter die Büsche, verstecken sich in den Gräben, kriechen in die Gänge der Feldmäuse und in die Maulwurfslöcher hinein, denn über der Erde ist es bei Tage nicht sicher. Da rennen die Hunde hin und her und beißen die Mäuschen tot oder scharren die aus, die sich in den Erdlöchern bargen, und die Turmfalken rütteln über den Stoppeln, stoßen bald hier, bald da hinunter und greifen fast nie fehl.

Kahl ist das Feld geworden. Herbstseide zittert auf der Stoppel, und die reisenden Kraniche trompeten vom hohen Himmel herunter. Die Feldmäuse rutschen in ihren Gängen entlang; die

Zwergmäuse haben fast alle das Feld verlassen. Die einen sind nach der Dieme verzogen, andere nach den Scheunen der Bauern, einige suchten im Randgebüsch des Waldes Unterkunft. Das alte Weibchen aber, das im Schlehenbusch gebaut hatte ist ihm treu geblieben. Er hat ihm in der guten Zeit Unterschlupf und Nahrung geboten, hat es geschirmt, als der Regen rauschte und der Wind pfiff, und wird es auch wintertags hüten. So bleibt es wohnen, nährt sich von Grassamen, Käfern und Puppen und alte Schlehen und Brombeeren, die im welken Laub am Boden liegen, wo es sich zwischen den dornigen Zweigen ein warmes Winternest gebaut hat.

Wenn aber der Winter vorüber ist, die Sonne wärmer scheint und der Goldammerhahn von der Spitze des Strauches den Frühling lobt, dann wird das Mäuschen im Busch wieder ein Nest aus weichen Grashalmen zwischen den Zweigen zusammenflechten und dafür sorgen, daß seine Art nicht aussterbe.

Ein Trauerspiel

Mit grausamem Gesichte steht der abnehmende Mond an dem hellen Himmel; mitleidslos blinzeln die Sterne; unbarmherzig fegt der Nordwind über den Berg hin.

Er reißt den verkrüppelten Fichten den angefrorene Schneebehang samt den Zweigen von den Ästen; die sich nicht zwischen den Felsbrocken verankert haben, denen knickt er das Leben. Hunderte von ihnen stehen schon fahl und kahl, wie Gespenster, vom vorigen Winter da. Mißmutig schleicht der Fuchs unter den zerspaltenen Klippen dahin. Als die Sonne noch über dem Kopfe des Berges stand, war er schon auf Raub ausgezogen, doch nichts hatte er erbeutet, nicht einmal eine einzige Maus. Keine von ihnen getraute sich vor dem grimmigen Winde unter dem Schnee hervor. Unten im Bachtale war es besser gewesen. Aber seitdem ihn beim Holztreiben die Schrote unsanft gekämmt hatten und ihn am anderen Tage die Saufinder beinahe erwischten, gefiel es dem Fuchse dort nicht mehr, und so war er nach der Kuppe ausgewechselt, wo es sich leidlich leben ließ, solange der Schnee weich war und der Wind von Abend kam. Nun aber hatten Tauwetter und Frost den Schnee gehärtet, so daß selbst ein Fuchs nicht leise schleichen kann, und wittert er auch eine Maus, so kann er sie doch nicht ausscharren, denn der Schnee ist scharf wie ein Messer.

Verdrossen schnürt er durch das Moor, wo er im Frühsommer eine Birkhenne auf dem Neste riß, und von da durch den Zwergwald, wo er im Herbste den Urhahn im Staubbade griff und mehr als eine feiste Schnepfe fing. Aber heute riecht es nach weiter nichts als nach Fichten, Moos und Schnee. Hin und herschleicht der Fuchs, von beißendem Hunger gepeinigt, denn schon seit mehreren Tagen hatte er so gut wie nichts gefressen. Unwillkürlich schnürt er bergabwärts, dem Bachtale zu, aus dem ihn die Saujagden vertrieben haben. Da stößt er auf die gesunde Fährte eines geweihten Hirsches. Mehr als einmal hat er sich an Aufbruch von Rotwild und an Fallwild satt gefressen, sich auch einmal wintertags an ein Kalb herangemacht, dabei aber von dessen Mutter einen solchen Schlag mit den Läufen bekommen, daß er halb bewußtlos in das Heidkraut flog. Er weiß, daß es keinen Zweck hat, der Fährte zu folgen, aber er hält sie doch. Er muß das eben, ob er will oder nicht.

Während er flüchtig unter dem Winde neben ihr dahintrabt, zwingt es ihn, loszubellen. Als er zum dritten Male angeschlagen hat, antwortet ihm aus den Fichten derselbe Laut, und wenige Augenblicke ist ein anderer Fuchs bei ihm, der sofort die Fährte aufnimmt. Nun traben sie beide unter ihr dahin, ab und zu anschlagend. Stärker wird die Witterung, immer kräftiger, und um so eifriger folgen ihr die Füchse. Nun bricht es in den Fichten vor ihnen; der Hirsch steht auf und flüchtet. Warum er das tut, weiß er nicht, aber der doppelte Hatzlaut beunruhigt ihn, zumal er stark abgekommen vor Mangel an Äsung und matt und verfroren ist. Niemals hatte er sich bisher um einen Fuchs gekümmert; heute muß er es. So zieht er erst langsam dahin, doch je näher ihm die Füchse kommen, um so schneller wird er, wenn der Hartschnee ihm auch die Läufe zerschneidet, und schließlich stürmt er in hohen Fluchten durch die Dickungen, daß es rasselt und prasselt.

Hellauf bellen die Füchse, angereizt durch die warme Witterung der Fährte und den heißen Atem des Hirsches, der ihnen zufliegt. Ihre Seher glühen, silberne Fäden triefen ihnen von den Lefzen. Sie denken nicht daran, daß sie viel zu schwach sind, um das starke Wild vor ihnen niederzuziehen; sie haben Hunger, kneifenden Hunger, und vor ihnen ist lebende Beute. Jetzt schnappt das Anschlagen des ersten Fuchses in ein gieriges Gekreische über; in der Fährte liegt Schweiß. Nur ein Tröpfchen ist es; aber er steigert den Heißhunger zur brennenden Qual. Auch der andere Fuchs kreischt auf und jagt hastiger voran und da kommt hinter ihm noch ein lautes Aufbellen her; ein dritter Fuchs hat die Hatz vernommen und schließt sich der Jagd an, ein ganz alter Rüde mit blau bereiftem dunklem Balge. Dreistimmig kläfft es jetzt hinter dem Hirsche her. Der stürmt durch dick und dünn, vom Moore in die Klippen, von da über den kahlen Hai, als wäre er ein hilfloses Kalb. Immer schweißiger wird seine Fährte, denn die Schneekruste ist scharf wie Glas und hat ihm alle Läufe zerschnitten, und zerschneidet sie immer noch mehr.

Aber er fühlt den Schmerz kaum mehr, so groß ist seine Angst, denn unmittelbar hinter ihm sind die Füchse.

Der alte Brandfuchs läßt die anderen hinter sich, rennt wie wahnsinnig voran, so daß er den Hirsch, der vor der Steilwand einen Bogen schlagen muß, von der Seite anfällt, macht einen Sprung und reißt dem Hirsche einen großen Tost Haar vom Halse. Hochauf bäumt sich der und wendet, aber schon wieder faßt ein Fuchs an und abermals wirbelt der Wind einen Busch Haar über den Schnee. Nun springt der dritte zu und wiederum fliegt Haar dahin. Der Hirsch stellt sich, senkt das Geweih und versucht den alten Rüden, der ihm an die Strosse springen will, zu forkeln; aber der weicht zurück, und in demselben Augenblick beißt sich der eine an der Keule, der andere an der Flanke fest, und wie der Hirsch sie mit einem jähen Rucke abwirft, daß sie kopfüber in den Schnee rollen, faßt der dritte zu und bringt ihm einen bösen Riß an der Drossel bei, und wenn er auch im Bogen über den Rücken des Hirsches dahinfliegt, dieser stürmt nun vor Angst und Atemnot so kopflos dahin, daß er zwischen zwei verschneite Felsblöcke tritt, sich den rechten Vorderlauf bricht und stürzt.

Gierig fallen die drei Füchse über ihn her; noch einmal kommt er hoch, wirft sie ab und poltert weiter, aber ohne recht zu wissen, was er tut. Fichtenzweige, hart und scharf, zerreißen ihm die Decke, seine Lichter sind vom Schneebehang geblendet, die Läufe sind bis oben hin zerfetzt. Alle Augenblicke faßt ein Fuchs an, reißt ihm hier und da einen Tost Haar ab, und ab und zu greift auch einer tiefer, daß der Schweiß hinterher kommt. Aber trotzdem flieht der Hirsch voran, stürmt weiter, immer weiter, begleitet von dem giftigen Gekläffe der laut hechelnden Füchse. Jetzt jagen schon vier an ihm, und ein Weilchen später gesellt sich ein fünfter dazu, den das Gebelle aus dem Tale holte. An jeder Seite hat der Hirsch zwei, und zwei hinter sich, und den alten Rüden vor sich, der alle paar Fluchten an ihm hochspringt.

Auf der steilen Schneewehe kann der Hirsch nicht weiter. Er will wenden, aber zwei Füchse springen ihm nach der Drossel, und so rollt er den glatten Hang hinunter, sich mit dem Geweih in den Wurzeln eines alten Wurfbodens verfangend. Ehe er wieder hoch ist, haben ihn drei Füchse an der Drossel, und die anderen an den Vorderläufen. Wild schlägt er um sich, aber er findet auf dem bretthärten Schnee keinen Halt. Das Ende ist da, denn der Brandfuchs hat ihm die Halsschlagader durchgebissen; weithin spritzt der helle Schweiß auf den Schnee. Noch ein letztes Mal reißt der Hirsch sich hoch, bricht aber sofort wieder zusammen. Er ist halali.

Noch ist Leben in ihm, und schon fressen die Füchse an ihm, gierig, hastig, toll vor Hunger und rasend von der heißen Hatz. Es ist Fraß für zehn ihrer Art da; dennoch keckern sie sich giftig an und einer sucht den andern abzubeißen. Schließlich hat jeder sich eine Stelle erobert und reißt und frißt, soviel er kann. Mitleidslos blinzeln die Sterne und grausam lächelt der Mond.

Fenus

Er heißt Fenus und ist ein Rüde. Die Art der Rasse ist freilich nicht so ganz sicher zu bestimmen. Es ist so eine Art von streng persönlicher Rasse.

Sein ehemaliger Herr, des Dorfes Nachtwächter, Flurschütz und Schweineschneider, war von Fenus sehr eingenommenen. Wenn man ihn aber fragte, zu welcher Rasse der Hund gehöre, so machte er ein sehr ernstes Gesicht und meinte dann: »Och, up Rasse geben wi hier nix; es ist aber eine großartige schöne Mischung.« Das ist auch wahr, denn an und für sich ist Fenus ein ganz hübscher Hund, obgleich er durch sein Aussehen beweist, daß sein Herr Vater, vorausgesetzt, daß es nur einer war, und seine Frau Mutter, angenommen, daß er davon eben nur eine einzige besaß, sehr wohl gute, wenn auch von der Gegenpartei ganz verschiedene Rassenzugehörigkeit besaßen, denn irgendwas an dem Bau und an dem Haar von Fenus erinnert an Colliblut, doch ist es nicht unmöglich, daß, ein Dobermann oder ein Airedaile bei seiner Entstehung beteiligt war. Jedenfalls, das ist klar: er hat nicht zu wenig, sondern eher zu viel Rasse, ist also ein doppelter Rassehund, ein Rassehund im Quadrat. Woher er gekommen ist, weiß kein Mensch, am wenigsten sein erster Herr. Denn als Peter Kraihenfoot in einer Nacht gerade heftig am Tuten war, saß der Hund plötzlich vor ihm und heulte in derselben Tonart mit. Der Nachtwächter war so verdutzt, daß er sein Getute mitten abbrach und den Hund anlockte, und da er zu Abend Leberwurst gegessen und verabsäumt hatte, seine Hände zu waschen, so leckte der Hund, der sehr mager war, ihm so zärtlich die Finger, daß Kraihenfoot ganz gerührt war und nichts dagegen hatte, daß das Tierchen sich ihm anschloß. Pflichtgemäß trat der Nachtwächter ein Viertel vor Mitternacht in die Wirtschaft, um Feierabend zu bieten, was so bis gegen ein Uhr zu dauern pflegte, da Kraihenfoot nicht gern ein Glas Grog ausschlug. Es erregte allgemeines Aufsehen, als er mit dem lebendigen Gerippe hereinkam. »Na, wo hast du denn den Schmachtlapp her?« fragte der Vollmeier Schietendüwel, ein Mann, der seine zweihundert Pfund aufgebrochen wiegen dürfte und der weder Mensch noch Vieh hungern sehen konnte. Und da er einst eine Hündin gehabt hatte, die dem Gerippe vor ihm ähnlich sah und Fenus hieß, so hielt er ihm ein Stück Wurst hin und rief: »Komm her, Fenus!« Als der Hund sofort heranschwänzelte und erst die Wurst hinabschlang und dann Schietendüwels wurstförmige Finger eifrig beleckte, rief dieser erfreut: »Wahrhaftig, er heißt Fenus!« Und erfreut über seine eigene Klugheit fütterte er das Tier so lange, bis ihm die Rippen nicht mehr überall aus dem Fell herausstanden. »Wat wi'st'n für den Köter haben, Krischan?« fragte er den Nachtwächter und wühlte mit seiner Bärentatze in der Hosentasche herum, daß es silbern klingelte. »Tja,« brummte dieser, »ich muß ihn doch wohl erst ausrufen, von wegen weil es ein Fundobjekt und zum mindesten ein herrenloser Gegenstand sein tut. Und der Vorsteher muß ihn ins Blatt setzen lassen. Hinterher, wenn sich kein Herr dazu finden tut, denn so kannst du ihn wohl kriegen.« Daraufhin gab Schietendüwel noch drei Runden Grog aus, was zur Folge hatte, daß Kraihenfoot in dieser Nacht das Tuten vergaß.

Schietendüwel bekam den Hund aber vor der Hand noch nicht, denn er machte sich bei Frau Kraihenfoot so beliebt, daß sie ihn nicht hergeben wollte. Da aber im Nachtwächterhause nicht so fett gelebt wurde wie nebenan auf dem Vollmeierhofe, so hielt sich Fenus meist dort auf, besonders um die Hauptmahlzeiten, und da die Vollmeierin ebensogut im Wildbret war wie der Bauer, und ebensowenig sehen konnte, wenn ein Mensch oder ein Vieh nicht satt bekam, so nahm der Hund sehr schnell an Umfang, Weisheit und Verstand zu, und auch an Frechheit. Das erfuhr Suputs Heinrich, der unverschämteste Junge im Dorf. Als der einmal so lange nach Fenus mit der Mütze schlug und ihn dabei noch mit Verbalinjurien elendete, bis der Hund vor Wut ganz heiser war und wie Braunbier schäumte, stand der Bengel plötzlich ohne Hosenboden mit blankem Spiegel zum großen Hallo der gesamten Schuljugend da, und zur innigen Freude von Schietendüwels Mutter, die den Vorgang mit angesehen hatte und sich deswegen besonders darüber freute, weil Heinrich Suput ihren Willem am Tage vorher eine Mastsau genannt hatte. Als ihr Mann die Geschichte hörte, lachte er so laut, daß der Schimmel, den der Knecht gerade anspannte, beinahe durchgegangen wäre. Er ging sofort zu Kraihenfoot und bot ihm zwei Taler für den Hund; aber da Kraihenfoots Mutter »Nee!« sagte, bekam er ihn nicht, obgleich er noch einen Taler mehr bot. Wenn man Fenus heute sieht, so kennt man ihn nicht wieder, so schier und glatt ist er, und so keck steht er vor der Einfahrt. Wehe den andern Hunden, wenn sie nicht im Bogen um das Nachtwächterhaus und den Vollmeierhof herumgehen; wie ein Ungewitter ist Fenus über ihnen und beutelt sie, daß die Haare in der Umgegend herumsausen. Anfänglich hatte er die lästige Eigenschaft, den Katzen und dem Federvieh mehr Bewegung zu verschaffen, als ihnen und ihren Besitzern lieb war. Infolgedessen bezog er mehrere Male so bedeutende Mengen von ungebrannter Asche, bis er diese Tätigkeit als unbekömmlich aufsteckte und sich in seinen vielen Mußestunden mit Rattengreifen beschäftigte, was ihm Lob und fette Bissen eintrug. Aber wenn die Schweine in den Hof gelassen wurden, so mußte Fenus hinterher, mochte noch soviel geschimpft und geflucht werden, und es gab dann stets ein erhebliches Gegrunze und Gequieke und darauf ein lautes Gepfeife von Fenus, wenn er die Peitschenschnur fühlen mußte, und drei Tage lang bekam er auf dem Bauernhofe keinen Happen.

Und doch war das Schweinehetzen die Ursache, daß er auf dem Vollmeierhofe blieb. Schietendüwel konnte auf einmal nicht schlucken und das Atmen wurde ihm immer beschwerlicher. Als er dazu noch Halsschmerzen und Schwindelanfälle bekam, fuhr er zum Arzte. Der sah ihm in den Hals und sagte: »Ja, Klausbur, du hast ein mächtiges Halsgeschwür; übermorgen ist es so weit, daß man es schneiden kann. Ich komme dann nachmittags bei dir vor.« Als der Bauer das hörte, wurde er so blaß, wie es bei seinem braunen Gesichte möglich war; er erklärte dem Doktor, lieber wolle er sterben, ehe daß er sich mit einem Messer mitten in den Leib kommen lasse, und damit bezahlte er seinen Taler und machte, daß er fortkam. Das war am Dienstag. Am Donnerstag konnte er es aber nicht aushalten vor Wehtag. Die Bäuerin machte ihm bald kalte, bald heiße Umschläge, doch es wurde nur immer schlimmer danach. Der Bauer rührte das Frühstück nicht an und aß auch kein Mittag, so daß es der Bäuerin ganz angst wurde, denn das hatte sie in ihrer zwanzigjährigen Ehe noch nicht erlebt. Sie quälte ihren Mann, er solle zum Arzte fahren, aber der grunzte bloß dumpf, schüttelte den Kopf und ging stöhnend in den Hof, gerade in demselben Augenblicke, als Trina, die Magd, die alte Zuchtsau hinausließ. Kaum hatte Fenus, der vor dem Nachtwächterhause in der Sonne lag und nach der Katze schielte, die auf dem Backofen saß, das gemerkt, wuppdich, war er über den Zaun und fuhr der Sau in den Purzel. »Vermuckter Köter!« kreischte die Magd; aber das half nichts, denn mit giff und gaff sauste Fenus hinter dem Schweine her. Der Bauer langte gerade nach der Peitsche, um dem Hunde das Fell zu gerben, da prallte die Sau mit der Rüsselscheibe gegen den steinernen Torpfeiler, fiel um und rührte kein Glied mehr. »O Gotte!« schrie Trina; »unsere beste Söge, die is nu' dode!« Schietendüwel ging langsam näher, bückte sich ächzend, um zu sehen, ob das Tier wirklich tot sei, und als er merkte, daß es so war, mußte er ganz fürchterlich lachen. Aber mitten im Lachen hörte er auf, kullerte auf sonderbare Weise, griff sich erst nach dem Halse und dann nach dem Munde, spie eine Masse Blut und Eiter aus, schrie dann: »Trina, Mädchen, Wasser!« trank, und spuckte, trank und spuckte abermals, und dann ging er, so schnell sein Gewicht es ihm erlaubte, auf die Diele und brüllte: »Mutter, es is auf, das Geschwür, ohne Doktor und Messer is es auf, und,« dabei schlug er sich auf den Schenkel und wieherte vor Lachen, »das hat Fenus schuld, und nü vill ich den Hund haben und wenn es mich zehn Daler kosten dut!« Als er dem Nachtwächter die zehn Taler hinlegte, sagte selbst Kraihenfoots Mutter nicht mehr »Nä!« und Fenus, der in Erinnerung seiner Tat sich etwas im Hintergrunde gehalten hatte! war sehr erstaunt, als der Bauer ihn mit süßen Lauten heranlockte und auf den Hof mitnahm, wo die Bäuerin ihn so fütterte, daß ihm beinahe das Fell platzte.

Seitdem lebt er gänzlich auf dem Vollmeierhofe, ist noch unverschämter geworden, hat aber an Beliebtheit nicht abgenommen, denn wäre Fenus nicht dagewesen, so stände der alte Hof nicht mehr, dessen Wohnhaus noch aus der Zeit vor dem großen Glaubenskriege stammt. Drei Tage lang war Fenus Nacht für Nacht ausgeblieben und morgens hungrig, dreckig und meist übel verbissen heimgekehrt. Die Ursache zu diesem fortgesetzten Lebenswandel war irgendeine liederliche Fixkötersche in der Umgegend, mit der Fenus die Rasse Fix mal Fix zu züchten beabsichtigte. In der vierten dieser verlumpten Nächte wachte nun der Bauer von einem Riesen-

oder Abgottsgetöse auf, das Fenus von sich gab. So schrecklich bellte und heulte der Hund durcheinander, daß der Bauer unbesonnen aus dem Bette sprang und auf die Diele lief. Und da bekam er Brandgeruch in die Nase. Es war die höchste Zeit; eine Viertelstunde später wäre das Haus und wahrscheinlich alles, was darin lebte, in Asche aufgegangen. Da aber Fenus rechtzeitig »Feurio!« gebellt hatte, blieb das Haus größtenteils erhalten.

Seit diesem Tage kann Fenus machen, was er will, doch die Rücksicht, die man auf ihn nahm, wenn er irgendwelchen Unfug anstellte, und die Ehren, die ihm von jedermann, sogar von Suputs Heinrich, zuteil wurden, wirkten wandelnd auf ihn, und so ist er einer der gesittetsten Hunde im ganzen Dorfe. Das ist ja auch weiter kein Wunder, wurde er doch der Auszeichnung gewürdigt, von einem jungen Maler, der einige Zeit in dem Dorfe Studien machte, in Öl gemalt und in einem pompösen goldenen Rahmen in der besten Stube des Hofes aufgehängt zu werden.

Und da hängt nun zwischen den Stichen preisgekrönter Deckhengste Schietendüwelscher Zucht das Bild von Fenus, dem Fixterrier.

Der letzte Schrei

Der Vollmond steht über der Heide; auf ihr liegt der Nebel. Kleisterdick ist er, und glatt und eben wie ein Wasserspiegel. Die Häupter der Fuhren und die Wipfel der Birken schwimmen darauf, und dazwischen tauchen, unholden Wesen gleich, die Machandeln auf.

Es ist so still wie in einer leeren Kirche. Dann flöten reisende Brachvögel jämmerlich, und es ist wieder so still wie zuvor. Auf dem Torfstiche quakt eine Ente auf, und wieder ist es still.

Da, wo die sechs Birken sich höher als die anderen aus dem Nebel herausstrecken, weil sie auf der Hütewurt stehen, tauchen sechs schwarze Flecke auf, und hinter ihnen ein siebenter, der sich nach oben hin verästet. Der Zwölfender vom Brakenbusch mit seinem Wildbret ist es. Langsam und würdevoll schiebt er hinter dem Rudel einher.

Nun verhofft er; von der Wulfsriede schallt ein harter, dröhnender, donnernder Schrei herüber. Der alte Zehnender vom Rabenholze meldet. Zwei Tiere wollen ihm entgegenziehen, aber sofort ist der Zwölfender bei ihnen und treibt sie mit rohen Geweihstößen zurück. Auch das Schmaltier, das sich nicht dicht beim Rudel halten will, wird geferkelt, daß es sich zitternd zwischen den anderen Stücken birgt und mit ihnen einen einzigen Klumpen bildet, auf dem sich die dünnen Hälse mit den langen Häuptern und den hohen Lauschern hin und her bewegen.

Der Zwölfender schöpft aus dem Wasserloche, legt dann das Geweih in den Nacken und schreit dem anderen Hirsche seine Antwort zu; Mut, Wut und Verachtung liegt darin. Von drüben kommt rollend und grollend die Erwiderung. Hinüber und herüber rufen sich die beiden Hirsche Grobheiten zu. Voll und rund schreit der Zwölfender; rauh und hart der andere. Hinter dem Rudel dröhnt es. Das Haupt eines geringen Hirsches steht über dem Nebel. Dünn schreit er und trollt, toll vor Brunftfieber, heran. Sofort wendet der Platzhirsch und rennt ihm entgegen. Der Achtender verhofft einen Augenblick; dann macht er eine Wendung und versucht, dem anderen die Flanke abzugewinnen. Doch der alte Kämpe fängt den Stoß ab. Laut rasseln die Geweihe aneinander. Einige Augenblicke schieben sich die Hirsche hin und her. Da macht der Zwölfender einen kurzen, schnellen Dreher mit dem Geweih, ein häßliches Knacken folgt darauf, der Achtender bricht in die Knie und stürzt dann längelangs hin. Der andere hat ihm das Genick abgedreht.

Stolz schreit der Zwölfender seinen Siegesruf durch den Nebel, daß dieser weithin wallt und wogt. Dann wendet er mit einem Rucke, steht erst wie versteinert da, läßt darauf aber die Lauscher spielen und saugt tief die Luft in die weit geblähten Nüstern; er hat den heranziehenden Gegner vernommen und dessen scharfe Witterung gespürt. Kurz und rauh schreit er ihm zu, tritt neben sein Rudel, treibt mit einem einzigen Schlage ein Tier, das sich aus der Reihe stellt, zurück, schreit noch einmal und ein drittes Mal, und trollt mit gesenktem Haupte dem Zehnender entgegen.

Der aber verschweigt. Dafür dröhnt von der Wohld ein neuer Ruf herüber, etwas dünn, ein wenig mager, aber frech und höhnisch lautend. Der alte, zurückgesetzte Achtender vom Tüh ist es, der nicht stärker meldet als ein geringer Hirsch. Und dabei hat er schon zwölf Enden getragen und auf vierzehn gezeigt. Ein Tier zieht ihm neugierig entgegen; der Zwölfender schlägt es in die Flanke, daß es dröhnt. Wütend schreit er dem neuen Nebenbuhler zu und trollt ihm kampfbereit entgegen. Schon taucht der andere vor ihm auf, das Haupt zum Stoße gesenkt. Zierlich setzen beide Hirsche die Läufe, als wollten sie tanzen. Und nun drehen sie sich umeinander mit gezierten Tritten, und auf einmal senkt der Achtender den Kopf und äst sich am Heidekraute, und der Zwölfender treibt sein Rudel in den Nebel hinein.

Der Mond ist verblaßt. Ein scharfer Wind zieht über die Heide und schiebt den Nebel von dannen. Das Heidekraut und der Moorhalm starren von Reif. Ziehende Drosseln pfeifen dünn; vom Moore kommt das Trompeten der Kraniche. Bergfinken flattern quatschend aus den Birken. In der Wohld schreckt ein altes Reh. Es will Tag werden. Darum treibt der Platzhirsch sein Rudel dem Forste zu. Schon hebt sich dessen schwarzer Umriß von dem Nebel ab, da dröhnt ganz plötzlich der harte Schrei des Zehnenders dem Platzhirsche entgegen. Der verhofft, stolz das Geweih in den Nacken geworfen.

Er kennt den anderen. Im Sommer war es, da stand der auf einmal bei ihm. Lange äugten sie sich an, dann zogen sie miteinander zu Felde und machten, satt vom milchigen Hafer und süßen Klee, gemeinsam ihren Kirchgang. Zwei Monde lebten sie wie Brüder zusammen. Sie hatten denselben Wechsel, die gleichen Äsungsplätze, denselben Unterstand und schlugen an denselben Bäumen den Bast von den Geweihen. Dann kam die Zeit, daß sie miteinander scherzten. Sie schlugen spielend die Stangen zusammen, schoben sich auch mitunter ein wenig hin und her. Eines Tages stießen sie auf den Wechsel eines brünftigen Tieres. Da war es mit der Treubrüderschaft aus. Sie äugten sich mit feindlichen Lichtern an und trennten sich. Der Zehnender wechselte aus; der Zwölfender gewann sich ein Rudel.

Nun ist der alte Hirsch wieder da. Er weiß nichts mehr von den brüderschaftlichen Zeiten. Böse schreit er den Zwölfender an, daß dem der scharfstinkende Brunftatem des anderen in den Windfang schlägt. Nun schreit auch er, rollend, grollend, tieftönig, und zieht dem Gegner zu. Ganz dicht stehen die beiden voreinander; ihr Atem mischt sich zu einem einzigen weißen Wirbel. Hinter dem Zwölfender stehen die Tiere mit langen Hälsen und hohen Lauschern. Wie auf Verabredung senken beide Hirsche die Häupter. Es prasselt, rasselt, knackt und knirrt. Das bereifte Heidkraut knistert, der anmoorige Boden quatscht, ein stoßweißes, heißes Keuchen ertönt, und wieder ein Knirren und Knarren.

Da zuckt der Zwölfender zurück. Die Kampfsprosse des Gegners hat ihm das linke Licht aus dem Auge gedrückt. Halb geblendet steht er da. Dann, als ein grober Stoß seine Stirn streift, wendet er und taucht in dem Nebel unter. Hinter ihm her will das Rudel fliehen, doch der Sieger treibt es mit rohen Stößen zurück. Dann aber reckt er den Hals, ruft dem Zwölfender einen Schmähruf nach und wendet. Ein roter Strahl blitzt hinter dem hohen Machandel auf, ein kurzer Knall, von dem Wald dreimal zurückgeschmissen, erschallt. Eine hohe Todesflucht macht der Hirsch, stürmt dem Walde zu und bricht vor dem Grenzgraben zusammen. Nach allen Seiten hin poltert das Kahlwild auseinander.

Ein Reh schreckt, ein Häher kreischt, eine Krähe quarrt. Von dem Machandelbusche löst sich eine menschliche Gestalt ab, die Büchse in der Hand, und schleicht nach dem Grenzgraben, wo der verendende Hirsch wild mit den Läufen schlägt. Abermals knallt es, und das Geschlägel bricht ab.

Die Zeisige zwitschern über die Heide hin, Dompfaffen locken, Bergfinken quatschen, Misteldrosseln schnarren. Der Nebel ist fort; die Sonne steigt über die bereifte Heide. Und weithin meldet das Horn: »Hirsch tot, Hirsch tot, Hirsch tot!«

Der Markwart

Es ist still im Walde, feierlich still. Der Wind hat sich gelegt, das Schneetreiben hört auf. Es fallen nur noch einige verlorene Flocken aus dem immer heller werdenden Himmel, an dem jetzt die Sonne zum Vorschein kommt. Die Stämme der alten Buchen schimmern in ihrem Scheine wie Silber, das Laub der jungen Bestände lodert goldrot auf, sogar die kalten Klippen bekommen eine warme Farbe, und grell leuchten die gelben Flechtenkringel an ihnen. Es ist so heimlich still, daß das schüchterne Gepiepse der winzigen Goldhähnchen, die in den Wipfeln der Tannen umherflattern, und das bescheidene Locken der Goldfinken, die an dem Hange entlangstreichen, weithin vernehmbar ist. Sogar die Rötelmaus, die über das Fallaub huscht, verursacht ein auffälliges Geräusch, und das Klopfen des Spechtes hört sich an, als geböte er Schweigen. Da gellt ein Gekreisch durch die Stille, ein scharfes, schneidendes Gekreisch. Vom oberen Hange kommt es, wird weiter unten aufgenommen, und setzt sich bis dahin fort, wo die Dickung an das helle Holz stößt. Noch einmal erschallt es, aber schwächer, und dann ist es wieder still bis auf ein kurzes, halblautes Geraschel zwischen den moosigen Felsbrocken. Hier treten drei Rehe umher, freuen sich des Sonnenscheines und plätzen im Dürrlaube nach Buch. Als das Gekreisch begann, hoben sie die Köpfe, sicherten einen Augenblick, und nun schlagen sie weiter das Altlaub fort, ab und zu eine Buchnuß aufnehmend und zermahlend. Auch der alte Amselhahn, der nicht weit von ihnen im Moose nach Schnecken scharrt, hat aufgemerkt, kratzt nun aber weiter. Er weiß es, daß ihm keine Gefahr droht; sonst würden die Markwarte nicht sobald aufgehört haben, zu warnen.

Einer von diesen, welcher zuerst meldete, als die Rehe unsichtbar für ihn in den Jungbuchen entlang zogen, schwebt jetzt, wie ein märchenhaft großer bunter Schmetterling aussehend, mit lautlosem Fluge zu Boden, stochert mit dem starken Schnabel im Laube umher, füllt sich den Kröpf mit Buchnüssen, fliegt auf ein Felsstück, würgt die Nüsse wieder heraus, klaubt sie auf und verzehrt den Inhalt. Herrlich ist er anzusehen. Das Rumpfgefieder ist zart rötlichbraun, die schwarzweißen Flügel haben himmelblaue, zierlich gestreifte Achseln, der Grund des Schwanzes ist ebenso geziert, und die gelblichweiße Holle ist schön dunkel getüpfelt. Nun ist der Häher mit seinem Frühstück fertig. Ein Weilchen hockt er ruhig da, zupft dann ein Federchen zurecht, sträubt darauf den Stirnschopf, bringt ein paar leise Quietsch-und Schnalztöne hervor, nimmt ein dürres Zweigchen, wirft es in die Luft, hopst auf alberne Art auf dem Felsbrocken hin und her, macht einen Knicks, schnalzt und quietscht wieder, legt die Haube an, macht sich ganz klein und dünn, ist auf einmal wieder groß und dünn, richtet die Haube auf, späht nach der Klippe, kreischt gellend auf und flattert, so schnell er kann, in die alte Samenbuche hinein, von wo aus er gellend zetert, fortwährend dabei von Ast zu Ast hüpfend und immer nach der Klippe spähend.

Sein Warnruf findet überall Antwort. Aus den Fichten kommet ein Häher geschwebt, läßt sich auf der krummen Linde, die aus der Felsspalte herausragt, nieder, reckt sich fast den Hals aus und schimpft aus Leibeskräften. Noch ein Häher taucht auf, und ein dritter, vierter und fünfter; oben am Hange, rechts und links und unten im hohen Holze keift und kreischt und zetert es. Nun legt auch der Amselhahn, der sich in den krausen Holderbusch geflüchtet hat, los und schimpft, was er kann, der Zaunkönig schnarrt dazwischen, die Meisen fallen ein, der Buntspecht warnt ebenfalls, und die Krähe, die ernst und würdevoll auf der Spitze der höchsten Buche über dem Hange sitzt, stößt einen heiseren Wutschrei aus. Sobald der Häher aufkreischte, hoben die drei Rehe zwischen den Felstrümmern die Häupter und äugten unverwandt dahin, wohin der bunte Vogel hinschrie. Als dessen Sippe dort immer heftiger warnte, traten sie recht unruhig hin und her, und nun flüchten die beiden Kitze, von der Ricke angetrieben, in das Altholz hinein, wo sie, eng aneinandergedrängt, eine Weile stehen bleiben, und nun weiter bergab trollen, ab und zu verhoffend und hinter sich sichernd. Auch ein Hase, der hinter einem halb verrotteten Wurfboden im Halbschlafe lag, richtet sich auf, läßt die Lauscher spielen und hoppelt schließlich langsam, scheinbar verdrossen, zu Tale. Ein Eichkätzchen, das mit einem Tannenzapfen im Maule dahergehüpft kommt, erklimmt eilig eine Fichte und birgt sich in deren

Wipfel. Immer schärfer und schneidender wird das Gekreische, bleibt bald auf derselben Stelle, zieht sich dann langsam den Hang entlang, schwillt an, ebbt ab und verdichtet sich nun zu einem wahren Tollhauslärm. Es gilt dem Fuchse, der bei dem scharfen Winde und dem wilden Schneetreiben die Nacht über im Bau geblieben war und den jetzt der Hunger hinaustrieb. Er will zusehen, ob er nicht ein laufkrankes Reh reißen oder einen Hasen im Lager übertölpeln kann, oder, hat er damit kein Glück, ein paar Mäuse zu haschen vermag. Er steht am Rande der Dickung, schnuppert in der warmen Rehfährte umher und schielt verdrießlich nach den bunten Waldpolizisten, die ihm, wie so oft, den Pirschgang zu verderben drohen. Dreimal hat er, des Lärmes satt, einen Tannenhorst angenommen und da gewartet, daß die Schreihälse sich verziehen sollten; sobald er aber den Kopf herausstreckte, ging das Geschimpfe von neuem los.

Er sieht ein, daß es auf diese Weise nicht geht, verschwindet in der Dickung, drückt sich in eine schmale, von Bergholder überwucherte, von Waldrebe besponnene Schlucht hinein und kommt weit von der Stelle, wo die Häher Wache halten, wieder zum Vorscheine. Dort späht er lange umher, schleicht sich hinter den Himbeerbüschen entlang, gewinnt das dunkle Stangenholz, schnürt darin eilig entlang und wendet sich nach dem Erlensumpf, aus dem das Bächlein herausquillt; er weiß, daß es da immer Mäuse gibt. Er lauert ein wenig, horcht scharf dahin, wo es eben raschelte, macht einen Sprung, greift die Waldmaus, die von dem einen Wurzelstock nach dem anderen schlüpfen wollte, und schluckt sie hinab. Dann duckt er sich und äugt scharf nach den eingesprengten jungen Tannen, denn dort bricht es. Seine Gehöre richten sich auf, seine Seher weiten sich; ein führerloses Rehkitz, kümmernd und abgekommen aussehend, zieht dort entlang.

Leise zuckt die weiße Blume an der Lunte Reinekes. Einen Augenblick prüft er den Wind. Dann schleicht er nach dem nächsten Buchenstamme, und von diesem zu einem anderen, und von da weiter, so behutsam, so leise, daß weder Halm noch Blatt knistert und kein Dürrast knickt. Nun zaudert er, denn vor ihm steht hohes, dichtes Himbeergestrüpp, und so muß er nach rechts, wo der schöne, reine, weiche Schnee liegt, auf dem es sich lautlos pirschen läßt. Aber dort ist wenig Deckung, und so äugt er nach links, ob er von da aus nicht besser an das Reh herankommen kann. Aber da geht es über ihm los: »Ätsch, rätsch, kätsch, hätsch, krieätsch!« Und: »Igittigittigitt,« und »Terr, terrerr«, und »zerr, zeherr«, und »Ticktickticktick«, und »Jück, jück, jück«! Der Häher hat ihn gewahrt und warnt, und Amsel, Zaunkönig, Meise und Buntspecht helfen ihm dabei. Das Kitz sichert, tritt hin und her, trollt dann der engen Tannenschonung zu und taucht darin unter. Böse äugt der Fuchs hinterdrein, überlegt einen Augenblick, schleicht in den dunklen Stangenort zurück, um von da unter Deckung nach der Schonung zu gelangen, in der das Rehchen sich geborgen hat.

So ärgerlich wie er dem Reh, sieht der Förster hinter ihm her, der von dem Pirschsteige aus ihn einige Zeit beobachtete und ihn in Gedanken schon am Rucksack hängen hatte. Einen bösen Blick wirft er dem Häher zu, der jetzt bergan schwebt. Er überlegt, ob er weiterschleichen oder warten soll; da kreischt am Ende des Stangenholzes abermals ein Häher auf, und so giftig, daß es nur dem Fuchse gelten kann. Vorsichtig sieht der Förster dahin, und seine Mienen hellen sich auf; denn da ist der Fuchs schon wieder! Behutsam streicht der Förster an einer Tanne an, zielt kurz und im Knall schlägt der Rotrock ein Rad.

Der Häher kreischt, die Amsel schimpft, der Zaunkönig und die Meisen zetern um die Wette. Der Förster aber legt die Hand an den Hut und grüßt nach dem Häher hin. Dieses Mal hat ihm der Waldpolizist, der Markwart, der ihm so manchen Bock und Fuchs vergrämte, einen Gefallen getan.

Die Brachvögel

Noch liegt der Nebel auf dem Moore. Doch der leichte Wind, der vor der Sonne hergeht, und der voll von dem Kiengeruche der sprossenden Kiefern und dem Juchtendufte des jungen Birkenlaubes ist, rollt ihn langsam auf und wirbelt ihn von dannen.

Die Heerschnepfen melden sich eifriger, sparsamer ruft die Mooreule, die Birkhähne machen eine Pause und balzen dann um so munterer weiter. Die Drosseln beginnen zu pfeifen, und all das andere kleine Vogelvolk zwitschert und trillert durcheinander.

Da ertönt ein seltsamer, klagender Ruf, schwillt zu einem jauchzenden Flöten an und endet in einem wimmernden Triller. Aus dem Nebel taucht ein großer Vogel auf, schwingt sich hoch und höher, bald silbern, bald goldig im Frühsonnenscheine leuchtend, kreist über den weiß und gelb blühenden Wiesen und fällt bei dem Staugraben ein.

Dort stelzt er unter würdevollem Kopfnicken hin, der Brachvogel, stochert mit dem langen, schön gebogenen Schnabel im Moose nach den Larven von Schnaken und Bremsen, nimmt hier einen Käfer auf, da eine Raupe, dort eine Schnecke, macht aber alle Augenblicke einen langen Hals und äugt umher, ob keine Gefahr drohe.

Um den Wiesenbauer, der mit der blinkenden Axt auf der Schulter den Damm heraufkommt, kümmert er sich nicht, denn er kennt ihn als ungefährlich, und so watet er in den Bach hinein, aus dessen Gekraute er Müschelchen und Flohkrebse herausfischt. Aber wie im Moore eine menschliche Gestalt auftaucht, da erhebt er sich und flötet laut seinen Warnruf, denn er hat den Jäger erkannt.

Von der Sandschelle her, die sich zwischen dem Bruche und dem Moore hinzieht, kommt derselbe Ruf heran. Das Weibchen ist es. Es hat zwischen den struppigen, fahlen Sandrohrbüschen eine Nestmulde gescharrt, sie mit bunten Kieseln eingefaßt und mit Grasblättern und dürrem Moose ausgepolstert. In aller Frühe hat es an dem Neste gearbeitet und sich dann heimlich abgestohlen, damit die Krähen, die Eierdiebe, es nicht erspähen. Nun tritt es aus den niedrigen Birkenbüschen heraus, antwortet dem Männchen, schwingt sich empor, fliegt ihm entgegen und kreist mit ihm eine Weile, sich immer höher schraubend und mit ihm vereint seinen langgezogenen, halb jauchzenden, halb klagenden Triller flötend, um sich schließlich mit ihm auf dem Moore wieder niederzulassen. Während das Männchen Wache hält, sucht das Weibchen im Torfmoose nach Gewürm, bis es gesättigt ist und Wache hält, derweilen der Hahn weitersucht. Gegen Mittag aber, als die Sonne hoch am Himmel steht und heiß brennt, bergen sich beide auf der höchsten Stelle des Moores, von wo sie weiten Ausblick haben, in den langen Heidebüschen und ruhen, bis der Abend herannaht und die Sonne sich senkt.

Da verlassen sie ihr Versteck, erheben sich wieder flötend und trillernd über die grünen Birkenbüsche hin, kreisen über den schwarzen Kieferngerippen des Brandmoores und lassen sich auf der bunten Wiese nieder, bedächtig nach Nahrung suchend, bis vor der Dickung ein roter Fleck auftaucht und der Fuchs dem Staudamme zuschnürt. Sofort nehmen sie sich auf, rufen gellend und begleiten den roten Räuber, fortwährend warnend, bis er verärgert wieder in der Dickung verschwindet. Da kehren die Brachvögel um, schweben laut flötend wieder über die Wiesen und das Moor hin und gehen dann wieder auf die Suche, bis Nacht und Nebel das Land einhüllen.

So leben sie Tag für Tag, bis das erste Ei in dem gut versteckten Neste auf der Sandschelle liegt. Von da ab läßt sich das Weibchen weniger blicken, und das Männchen hält in der Nähe der Brutstelle aufmerksam Wache, laut warnend, wenn ein Mensch oder der Fuchs sich zeigt, und beide unter anhaltendem Rufen von weitem begleitend, bis sie weit genug sind. Von dem Augenblick, daß das Gelege voll ist und vier große, bunte Eier zwischen den zusammengeknickten alten und den steil emporgeschossenen, frischen Sandrohrstengeln liegen, wird das Weibchen noch heimlicher, bis es sich schließlich kaum noch sehen läßt, weil es die junge Brut zu führen hat.

In dem Erlenbruche, wo die Büsche sich dicht verschränken, das Riedgras in hohen Bülten wuchert und allerlei Gekraut den Boden bedeckt, auch Geknick in Menge herumliegt, so daß weder Mensch noch Fuchs ohne Geräusch herannahen können, lebt es mit den vier wolligen

Jungen in voller Heimlichkeit. Nahrung ist in Überfülle vorhanden. Überall auf dem Kraute kriechen die Bernsteinschnecken, unter dem dichten Gewirr, mit dem die Kalla das üppige Torfmoor überzieht, wimmelt es von Larven und Würmern, krimmelt es von winzigen Fröschen. So wachsen die jungen Brachvögel schnell heran, und es dauert nicht lange, so sind sie fast so groß wie die Alten. Aber immer noch halten sie sich versteckt, bis sich ihre Schwingen völlig entwickelt haben und sie eines Morgens in aller Frühe den ersten Flug wagen.

Eine Woche geht vorüber und noch eine; dann können sie es den Alten im Fliegen fast gleichtun. Da kommt eine seltsame Unruhe über alle miteinander. Eines Abends streichen sie über den Fluß nach der hohen Heide, wandern am Morgen nach der Flußmarsch zurück, streichen in der folgenden Nacht weiter, und als sie im Moore zum Schlafe einfallen und laut locken, läßt sich noch ein Trupp ihresgleichen zu ihnen herunter, mit dem vereint sie in der Frühe weiterwandern. Jeder Tag bringt dem Fluge neuen Zuzug, und als Schar von sechzig Köpfen wandern sie von Marsch zu Moor, von Heide zu Ackerfeldern, und bringen die Menschen in Verwunderung, wenn sie unter lautem Flöten nächtlicherweile über die Dörfer und Städte dahinziehen.

So wandern sie hin und her, bis die ersten Fröste ihnen die Nahrung dünner machen. Da lassen sie die Heimat hinter sich, wandern weiter und weiter, überfliegen die Alpen, treiben sich am Rande des Mittelmeers umher, bis auch da die Lüfte schärfer wehen und sie sich nach Afrika hinretten, um an den Lagunen und Flußmündungen, Kanälen und Gräben den Winter zu verbringen, stets fern sich haltend von den Ibissen, Sattelstörchen und dem andern ansässigen Geflügel.

Aber wenn im Norden die Weidenkätzchen schwellen und das Wollgras Blüten treibt, wandern sie zurück über das Meer und die Alpen den Mooren und Marschen zu, erfüllen die stillen Weiten mit ihren halb jauchzenden, halb klagenden Trillern und erfreuen den Menschen, der ein Herz in der Brust hat, durch ihren edlen Flug und ihr stolzes Wesen.

Adelig Volk

Unter der Türe des Forsthauses steht der alte, weißbärtige Grünrock, sieht seinen Hühnern zu und lauscht auf das Pfeifen der Stare und das Schmettern der Finken im kahlen Eichenbaum.

Krischan, sein alter Knecht, dessen Gesicht wie ein halbvermoderter Eichenstumpf aussieht, kommt aus dem Holzstall. »Feines Wetter heute, Herr Hegemeister,« knarrt er mit seiner eingerosteten Stimme; »so recht 'n Dag vor die Hütte: blanke Sonne und stille Luft. Ich glaube, der Hans muß an die Luft. Hör'n Se doch bloß an, was er sich anstellt.«

Der Hegemeister kneift ein Auge zu und sieht den Knecht an. Er kennt ihn: in der Hütte sitzen, ab und zu an der Führung rucken und Zigarren schmöken, das paßt ihm besser, als Holz zu hacken und den Garten umzugraben. Aber recht hat er. Das Wetter ist so schön und ein über das andere Mal ruft es aus dem weitläufigen Verschlage tief und voll: »Uhu, uhu, uhuu!« Ordentlich bittend klingt es.

»Na, denn man los, Krischan!« ruft der Hegemeister und geht in das Haus, langt den Drilling und die Doppelflinte von dem Kronenzehnender neben dem Bücherschrank, nimmt die Patronentasche, kramt aus der Schublade des alten Zylinderbureaus eine der selbstverfertigten Habichtslocken hervor, prüft ihren Ton, schmunzelt, als Gift und Galle, die beiden Dackel, daraufhin heulend und pfeifend in das Zimmer stürmen und Freudentänze aufführen, wehrt auch Pürschmann, dem geströmten Schweißhunde nicht, als der an ihm hochspringt, und wie er des Knechtes schlürfende Tritte hört, setzt er die leichte Deistermütze auf und zieht mit seinem Gefolge zu Holze.

Hinter dem Dorf beginnt die Heide mit ihren gelben Sandblößen und ihrem grünen Ginster. Ordentlich frühlingshaft sieht sie in dem hellen Sonnenschein aus; auf den dürren Blütenresten liegt ein goldener Schimmer, ein überwintertes Tagpfauenauge tanzt über sie hin, grüne Sandraubkäfer blitzen auf und erlöschen in dem braunen, silbern schimmernden Heidkraut. Die Ellern am Tränkenteich hängen dick voll von abgeblühten Kätzchen und die Hängebirken haben ihre Troddeln schon sehr verlängert.

Bei einem unauffälligen Heidhügel macht der Hegemeister halt. Krischan nimmt den Tragkorb ab, läßt die Stellung in die Jule fallen, zieht die Führung durch die Knake, verbindet mit geübter Hand die Fessel des Auf mit der Führung, und wenige Augenblicke später verschwinden die Männer samt den Hunden in der geräumigen, mit rohen Brettern verschalten Hütte.

Der Hegemeister nimmt in dem Drehsessel Platz, lädt die beiden Gewehre, spannt sie, stellt den Drilling in die beiden auf dem Boden und an der Tür angebrachten Astgabeln, legt die Doppelflinte auf die Knie und stopft umständlich und mit einer gewissen Feierlichkeit den schön gemaserten Kopf der kurzen Pfeife, pinkt mit Stahl und Stein den Zunder an und sieht dann, ganz kleine blaue Wölkchen ziehend, durch die Schießluke nach dem Auf.

Der hat auf der Jule aufgehakt, ordnet sein prachtvoll geflammtes Gefieder, schüttelt sich, bläht sich, macht sich schlank, richtet die Federohren hoch, bläht den weißen Kehlfleck, neigt sich und stößt aus zufriedener Brust sein volles, tiefes »Uhu!« aus. Fürchterlich schimpft ein Häher, der auf der toten, alten Birke, die als Krakel dient, sich niedergelassen hat, und zwei Elstern flattern heran und helfen ihm dabei. Der alte Grünrock lacht, daß ihm das Kinn wackelt. Wie aber ein heiseres Arr und Ärr heranklingt, da nimmt er die Flinte von den Knien.

Ein schwarzer Schatten fällt auf den gelben Sand und die weißen Knochen des Kalbes, vor dem der alte Silberbart im Winter drei Füchse und einen Marder geschossen hat. Ein Schatten folgt dem ändern, ein Wutschrei mischt sich mit einem zweiten, dritten, vierten; ein Höllenlärm entsteht, der Auf dreht den Dickkopf wütend hin und her, faucht, knappt mit dem Krummschnabel und plustert das Gefieder, denn immer unverschämter wird das schwarze Gesindel.

Der Hegemeister lacht in sich hinein, aber ganz lautlos, und wartet, bis eine Krähe neben der anderen auf der Krakel steht. Da zieht er den Kolben an die Backe, es kracht zweimal fürchterlich in der Hütte, es plumpst und flattert, kreischt und quarrt draußen, und dann kracht es noch zweimal, mit einem entsetzlichen Wehgekrächze stiebt das Krähenvolk ab und kreist in sicherer Höhe über der Hütte.

»Donnerschlag, Herr Hegemeister, das hat aber geschlumpt,« meint Krischan und lädt wieder. »Die Bande kommt wieder näher. Darf ich diesmal mit draufhalten?« Sein Herr nickt: »Aber erst, wenn ich schieße.« Lange brauchen sie nicht zu warten. Hans ist von der Jule gestrichen, ist ruhig und besonnen nach einer laut klagenden Krähe gegangen, greift sie, hakt mit ihr wieder auf, ruft fröhlich »Uhu, uhuu,« zerschmettert ihr mit einem einzigen Schnabelhieb den Hinterkopf und beginnt sie langsam und behäbig zu kröpfen.

Das ist den Krähen aber doch zu arg. Mit furchtbarem Lärm streichen sie wieder näher, erst vorsichtig kreisend, dann haßt eine auf den Uhu, eine zweite kommt, eine dritte, neuer Zuzug streicht herbei, und bald ist über der Hütte wieder dasselbe Geplärr und Gequarr, wie vorhin. Ein Dutzend Krähen steht auf der Krakel. »Jetzt!« ruft der Hegemeister, zwei Doppelschüsse erfüllen die Hütte mit Donner und Rauch; ein gellendes Angstgekrächz ertönt und verliert sich nach allen vier Winden.

Krischan ist aufgestanden und sieht durch die Schießscharte: »Acht Stück, nee, neegen, und Hans hat ja auch noch eine. Dat hat aber Luft gegeben. Die werden nicht wieder die Birkhuhngelege auffressen.« Der Hegemeister lächelt. So sehr er alles liebt, was draußen streicht und zieht, die Eierdiebe da hält er im Schach. Er stopft sich wieder eine Pfeife und sieht qualmend an der Krakel vorbei über den gelben Sand und die braune Heide nach den blitzenden Fischteichen vor der dunklen Kiefernwand. Zwei Punkte über der höchsten Schirmkiefer lenken seine Augen dorthin. Er nimmt das Glas hoch. »Krischan, die Wanderfalken sind wieder da. Ich dachte schon, sie wären ausgeblieben.« Er freut sich; er liebt die edlen Räuber und sieht es ihnen gern nach, wenn sie ihm einmal einen Fasan oder eine Birkhenne schlagen. In der Hauptsache müssen ja doch die Krähen und die Tauben dran glauben, und davon hat er genug. Lächelnden Mundes sieht er den Flugkünsten des verliebten Räuberpaares zu.

Auf einmal werden seine Mienen gespannt. »Drei?« meint er erstaunt. »Der Donner, jetzt sind es vier.« Schärfer sieht er durch das Glas: »Krischan, sie haben sich wieder mit den Räuken! Mich soll's nur wundern, was dabei herauskommt. Das muß ich sehen. Bleib du hier und warte. Krähen kannst du schießen, aber nichts anderes. Höchstens den Habicht. Aber bei Leibe keinen Raben oder Falken. Und einen Adler auch nicht. Die Hunde bleiben hier.«

Schnellen Schrittes stiefelt er, den Drilling über den Rücken, über die Düne. Nur einmal bleibt er stehen, um dem Fischadler zuzusehen, der die glitzernden Teiche absucht. Das ist auch einer seiner Lieblinge, und um nichts in der Welt würde er ihn abschießen, ebensowenig wie den Schwarzstorch, der Jahr für Jahr seinen Horst in einer alten Eiche hat.

Als er auf der Höhe der Düne ist, verdüstern sich seine Augen. Unten in der schmalen Bachmarsch stehen noch einzelne Eichen; aber die meisten sind gefallen. Und da war früher sein Lieblingsplätzchen, vor zehn Jahren. Dort hat er manchen guten Bock auf die Decke gelegt, hat sogar einmal wintertags einen Seeadler am Luder geschossen, aber seine schönste Erinnerung, das waren die Mandelkrähen, die dort in den Eichen nisteten und ihn mit dem leuchtenden Farbenspiel ihres märchenhaften Gefieders erfreuten. Sie sind fort, für immer; vor zwei Jahren verschwand das letzte Paar, und mit ihnen verschwand der seltsame Wiedehopf, dieser Gaukler und Bauchredner.

In den kühlen Schatten des Waldes tritt der Alte, wo die Haubenmeisen spulen und die Finken schlagen. Früher war es hier noch schöner: gewaltige Fichten ließen ihr schweres Gezweig auf die Erde hängen, und in jedem Samenjahr wimmelte es von den lustigen Kreuzschnäbeln, die mitten im Winter hier brüteten und fütterten. Alles das hat die böse Nonne vernichtet. Fünf Jahre Arbeit kostete es, bis die Baumleichen fortgeschafft waren.

Aber noch mehr als die Nonne verdrießt den Weißbart das unheimliche, schwarze, hohe Ding, das er vom Kreuzgestell aus da hinten im Moore sehen kann, der Bohrturm. Da buddeln sie nach Kali oder Schmieröl, und seitdem knallt es bald hier, bald da im Revier, und alle Augenblicke ist eine Ricke abgängig. Ja, wenn er noch die flinken Beine hätte, wie früher, dann sollten sie das Freijagen und Ströppeln wohl bleiben lassen. Zwei hat er ja im Herbst erwischt, aber was kriegten sie? Vierzehn Tage.

Mit zusammengekniffenen Lippen, heftig dampfend, geht der Alte weiter. Er hat ganz vergessen, weshalb er hierhin seinen Weg nahm. Da hört er ein rauhes Krächzen, ein wütendes Gurgeln, einen heiseren Schrei, und da lachen seine Augen wieder. Schnell nimmt er Deckung in der Naturlaube aus Wacholder und sieht dem Kampf in der Luft zu. Da zanken sich die beiden Räuberpaare, die Wanderfalken und die Kolkraben, um die hohe Schirmkiefer, von der sie die ganze Gegend abäugen können.

Allen Ärger vergißt der Hegemeister. Das blitzt in der Luft wie blanker Stahl, schimmert wie Sammet und Seide, kreischt, krächzt, schreit und gurgelt, stößt wütend zu, weicht geschickt aus, hebt sich, fährt herab, kreist und schwebt, saust und rauscht, bis endlich das Falkenpaar den Platz für heute aufgibt und die Dickschnäbel sich ihrem Minnefluge überlassen, in herrlichen Spiralen sich emporschrauben, melodisch rufen, heiser antworten, um schließlich seinen Augen zu entschwinden.

Einmal, Jahre sind es her, stand er auch hier und sah solchem Kampfe zu. Drei Räuberpaare waren es, die sich um die Schirmkiefer balgten, denn auch Schreiadler horsteten damals hier noch. Das war noch schöner als heute. Aber der Alte ist auch so zufrieden. Wer, wie er, am Harz ein Dutzend Wildkatzen in dem Eisen hatte, wer dem Ruf des Uhus zuhörte und dem Liebestanze des Kranichs zusah, wer dreißig Otter fing, der hat erlebt, was nach ihm keiner mehr erleben wird im lieben deutschen Vaterland.

»Auf und an, auf und an, spannt den Hahn,« fröhlich summt er neben dem Mundstück der Pfeife die alte Jägerweise vor sich hin und geht langsam seinen Weg weiter. Am Kreuzgestell bleibt er wieder stehen. Der Bohrturm ärgert ihn nicht mehr. Und dann steht ja auch blank und breit ein angehender Bock auf der Bahn und äugt ihn vertraut an, um dann langsam in das Holz zu ziehen. Noch steht der Alte da und freut sich über das erste junge Grün am Grabenbord, da schwebt wie ein Schatten ein großes graubraunes Ding quer über das Gestell. Behende, wie der jüngste Forstlehrling, hat der Greisbart hinter der efeuumsponnenen Eiche Stand genommen, derselbe Griff läßt die Pfeife in der Tasche verschwinden und zieht den Drillingslauf unter der Achsel, schrill klingt aus den gespitzten Lippen der Vogelangstruf. Kaum ist er verhallt, da fährt der Schatten aus dem hohen Bestande, schwenkt um die Birke und streicht auf den Alten zu. Und obgleich das Ding eine Wendung macht, als der Kolben an die Backe fliegt, die Schrote schlagen es aus der Luft heraus, und wie ein nasser Lappen fällt das alte Habichtsweibchen auf die Bahn.

Der Alte lacht, wie er den Strauchritter aufhebt. Kolkrabe, Fischadler, Wanderfalk, die liebt er. Das sind ritterliche Räuber und sie bezahlen bar, was sie schlagen, mit Ruf und Flug. Dem heimtückischen Habicht aber, der niemals mit frohem Flugspiel die Tauben und Hühner bezahlt, die er sich vom Hofe des Hegemeisters holt, dem gibt er nie Quartier, und manchem hat er schon seine Mordtaten heimgezahlt.

Leise pfeifend geht er der Hütte zu, in der Krischan auf die Krähen wartet, die nicht kommen wollen. »Hast 'n Schluck?« fragt er den. »Na!« sagt der bloß, als wäre ihm die Frage zu dumm, und holt die Flasche aus dem verschossenen Kittel. Sein Herr nimmt einen gehörigen Hieb: »Hühnerhabicht!« sagt er nur und gibt ihn Krischan. Der grinst: »Gut, daß er dot is; der holt uns keine Legehennen mehr weg. Da wird die Frau Hegemeister sich freuen!«

Was da kreucht und fleugt

Das Geheimnis des Haselbusches

Da, wo die Felswand, auf der die Burgruine steht, einen breiten Absatz bildet, steht ein alter Haselbusch. Dicht verästelt ist er, und Schlehen und Weißdorn, Hundrose und Brombeere bilden um ihn ein dichtes Verhau, und über ihn erstreckt sich das Laubwerk eines krummen Lindenbaumes, der sein knorriges Wurzelwerk in die Risse der Wand getrieben hat.

Dieser alte Haselbusch birgt ein Geheimnis, von dem die vielen Leute, die die Ruine besuchen und unter der Veranda Kaffee und Kuchen verzehren, keine Ahnung haben. Aber der Zaunkönig, der in dem Schlehenbusch sein Nest hat, der weiß es, das heißt, so ganz genau auch nicht, denn dafür bleibt er nicht lange genug auf.

Es gibt eine ganze sonderbare Bewandtnis mit diesem Haselbusch. Erstens sind seine Blütentroddeln rot, und seine Nüsse desgleichen; denn er ist ein Nachkomme jenes Strauches, den einst der Ritter aus einer Nuß zog, die er aus dem Kreuzzuge mitbrachte. Das Geschlecht des Ritters ist erloschen, die Burg ist von den Bundschuhmännern gebrochen, der fremde Haselbusch aber blieb in einem Nachkommen bestehen, weil der Eichelhäher eine der roten Nüsse in die Felsritze versteckte, aber vergaß. Tagsüber merkt man es dem Busche nicht an, daß er ein Geheimnis birgt. Dann schlüpfen da die Grasmücken, zwitschern dort die Hänflinge, manchmal kreischt auch ein Häher dort, oder der Kuckuck läutet aus ihm heraus; allerlei helle und bunte Falter und Bienen und Fliegen flattern und schwirren um die Blumen der Ukelei, des Labkrautes und der Lichtnelke, die das Felsenband blau, weiß, gelb und rot färben, und mancherlei Steinschnecken kriechen bei Regenwetter dort umher.

Wenn der Zaunkönig aber schlafen gegangen ist, das flatternde und schwirrende Kleinvolk verschwand, große Abendschwärmer über den betäubend riechenden Blumen des Jelängerjeliebers schweben, der die Wand umspinnt, wenn die Schatten aus dem Walde herauswachsen und über den fernen Bergen der Himmel seine Rosenröte eingebüßt hat, der letzte Drosselschlag verhallte, in der Quellflucht die Salamander rascheln und im Walde der Kauz lacht, dann rührt sich geheimnisvolles Leben in dem alten Haselbusch; die Zweige nicken, die Blätter zucken, hier piept es fein, dort pfeift es dünn, und bald hier, bald dort huscht etwas, so klein wie eine Maus, aber mit buschigem Schwänzchen, ein Tierchen wie ein Eichkätzchen, aber viel kleiner, so klein daß es in einer hohlen Hand Platz hat.

Haselmäuse sind es, seltsame Buschgespensterchen, Freunde der Nacht, geheimnisvolle Wesen, die nur wenige Menschen genau kennen. Schon an ihrer gelbroten Farbe zeigt es sich, daß sie wehrlose Nachttiere sind. Das rote Reh, das am Tage wie eine Flamme leuchtet, wird in der späten Dämmerung zum schwarzen Busch; das gelbrote Haselmäuschen ist nachts unsichtbar wie die Apfelsine im Laube. Es war nötig, daß die Natur ihm diese Farbe gab. Es ist ein ruhiger Kletterer, der sich nicht, wie die Waldmaus, mit jähen Sprüngen retten kann, wenn Kauz oder Krähe, Fuchs oder Iltis sie haschen wollen, und das Tierchen ist so wehrlos, daß es noch nicht einmal den Versuch macht zu beißen, wenn man es greift.

Es ist immer in Angst, ewig in Sorge. Ungern wagt es sich aus dem Astgewirre und dem Blätterversteck hervor, und wenn es mit den scharfen Nagezähnen einen Käfer oder eine Raupe zerraspelt, so gehen die großen schwarzen Augen fortwährend hin und her; alle Augenblick hält es inne und richtet die großen, breiten Ohren auf, und erst wenn er heraus hat, daß es nur ein Weinfalter war, der in den Geißblattblüten rispelte, daß dort die Zwergmaus in den Ranken der Waldrebe raschelt und hier die Kröte im Laube watschelt, fährt es in seiner Mahlzeit fort. Aber dann duckt es sich; das Käuzchen quiekte und strich dicht über den Haselbusch hin, und dem Haselmäuschen schlägt das Herzchen; denn das Käuzchen, das ist der grimme Tod. Aber das Eulchen schwebt nach dem Dorfe hin ab und die Haselmaus kann wieder aufatmen.

Über der gedoppelten Feldzinne, hinter den Fichten kommt der Mond herauf und wirft seinen Schein gegen die Felswand und über den Haselbusch. Das paßt der Haselmaus nicht, und vorsichtig klettert sie in den Schlehenbusch hinein, ihren guten Freund, der mit tausend harten, starken Dornen für sie eintritt, wenn Eule oder Iltis ihr zu Leibe wollen. Dort findet sie Gesellschaft; denn eine kugelrunde Haselmausmutter klettert dort in dem zackigen Astwerk umher, und da, wo der Rosenbusch sich mit dem Jelängerjelieber, der Waldrebe und dem Bocksdorn verfilzt, lebt und webt es auch von Haselmäusen. Hier erquickt sich eine an einer Erdbeere, dort verspeist eine andere einen Abendfalter, drüben turnt eine dritte eine Ranke hinauf, da macht sich die vierte über einen Tautropfen her, und munter sitzt eine auf dem knieförmig gebogenen Stamm der jungen Espe und putzt sich den langen Schnurrbart und das weiße Vorhemdchen mit den rosenroten Vorderpfötchen.

Wo die Schlehenzweige eine Brutgabel bilden, sitzt eine runde Kugel aus Grasblättern. Das ist das Nest der Haselmaus. Es sitzt auf einem guten Platze. Kein Iltis, kein Marder kann daran; denn rundherum starren die stahlfarbigen Dornen. Auch der Wind kann nicht hineinpusten; denn Efeuranken, Vorjahrslaub, Grasbüschel und Farnwedel umgeben es von allen Seiten. Das ist die Wiege der jungen Haselmäuse. Darunter ist eine Felsspalte, deren Eingang Farne verdecken. Darin sitzt noch ein Nest; aber es ist keine Wiege, es ist das Winternest der Haselmaus, ein dicker Ballen von Laub, Gras und Moos.

Wenn das Buchenblatt sich vom Zweige löst, die Blumen die Köpfe hängen lassen und die Rauchschwalben zur Südlandsfahrt rüsten, dann friert es die Haselmäuse. Sie entstammen milderen Gegenden, wo es keinen harten Winter gibt, der sie töten würde, wenn sein Hauch sie berührte. Beginnt der Wind kälter zu blasen, fallen die Früchte von dem Holzapfelbaum, dann baut sich die Haselmaus in einer Felsritze, in einem Baumstumpf ein weiches, warmes Lager, kriecht hinein, stopft das Schlupfloch zu, kugelt sich zusammen, legt ihr Schnäuzchen über den Bauch, drückt ihre Pfoten vor die Augen und verfällt in einen tiefen Schlaf. Mögen auch noch warme Tage kommen, sie merkt davon nichts; ihre Blutwärme ist gesunken, ihr Puls rührt sich kaum, ihr Herz steht fast still, und ihr Atem ist schwach und dünn. Sie schläft und schläft und schläft und zehrt von dem Speck, den sie sich mit süßen Haselnüssen, fetten Bucheckern, Lindenfrüchtchen, Beeren und Obst anmästete, sie schläft noch, wenn schon die Märzdrossel vom Fichtenwipfel in das Tal hinabsingt, und wenn die Windröschen und Leberblümchen ihre weißen und blauen Sterne über dem Fallaub leuchten lassen, schläft sie immer noch.

Erst dann, wenn das Buchenlaub sich breitet, wenn keine kalten Nächte mehr kommen, die Meisen füttern und die Finken brüten, dann wacht sie auf, reibt sich den Schlaf aus den Augen, und von neuen beginnt im Haselbusch ihr geheimnisvollen Treiben.

Das blaue Wunder

Als die Schneeschmelze in den hohen Lagen des Gebirges einsetzte, bekam der Bach einen Anfall von Größenwahn.

Wie verrückt tobte er talwärts, schubste beiseite, was ihm in die Quere kam, spülte den Forellenlaich auf das Ufer, riß Brücken um, warf Geröll auf die Wiesen, untergrub die Böschungen und überflutete die Straßen.

Plötzlich, aber kam er wieder zur Vernunft und wurde wieder so klein wie vorher. Da reckte der Huflattich seine goldenen Sterne aus dem Uferschotter, die Pestwurz ließ ihre grauroten Blumentrauben über Nacht aus der Erde schießen, die Traubenkirsche grünte auf, und der Seidelbast schimmerte in rosiger Pracht.

Nun stellte sich die lustige Wasseramsel, die vor dem Getobe des Baches geflohen war, wieder ein, machte auf dem großen Steine, der mitten im Bache lag, einen Knicks nach dem anderen, sang ihr Liedchen und stürzte sich in das Wasser, um ein Schneckchen oder eine Larve zu fischen, und die zierliche Bergbachstelze trippelte über den Schotter und fing eine Mücke nach der anderen.

Und eines Tages war der dritte im Bunde da. An der steilen unterwaschenen Böschung stand ein uralter Wildrosenbusch, dessen zolldicke Zweige im Bogen über den Bach hingen. Auf einer purperroten, von gelben Stacheln bunt getigerten Rute saß etwas: etwas Kleines, Feines, Seltsames, Wunderbares, Märchenhaftes saß da mitten in der blanken Sonne, blitzblau, donnergrün und feuerrot leuchtend und wie ein Kleinod schimmernd.

Jetzt stürzte es sich kopfüber in das Wasser, daß es spritzte, tauchte wieder auf, streute einen Sprühregen auf den Kolk, schwang sich auf einen Felsblock, richtete den Schnabel empor und schluckte die Libellenlarve, die es sich herausgetaucht hatte, hinab, und bei jeder Bewegung leuchtete und schimmerte aus den Wellen sein Spiegelbild in allen Farben.

Etwas schöneres gibt es weit und breit nicht als den kleinen Wildfischer, den Eisvogel. Seine Farben sind nicht von dieser Welt; sie entstammen den Ländern, wo Lianen an Palmen emporkriechen und von den Ästen der Urwaldbäume wunderbare Orchideen ihre Zauberblüten herabhängen lassen. Der einzige seiner Gattung ist es, der im Norden heimisch ist; seine ganze Verwandtschaft lebt in den wärmeren Strichen der Erde.

Man braucht ihn nur anzusehen, um das zu wissen. Dunkelgrün ist der Kopf, mit lichten blauen Flecken reizend geschmückt, und ebenso sind die Fittiche. Atlasweiß ist die Kehle, rostrot Augenstrich und Unterleib. Aber das Herrlichste ist der Rücken. Der gleißt in einem Blau, so leuchtend, so strahlend, wie es kaum ein Edelstein aufweist. Jetzt, wo der kleine Kerl sich umdreht, um nach der anderen Richtung zu spähen, ist es, als wenn ein himmelblauer Blitz aufloht.

Ein scharfer Schrei, ein durchdringendes »ziit, tiit« erklingt unten am Bache, ein Ruf, wie geschaffen, das Poltern der Flut und das Brausen des Windes zu übertönen. Ein himmelblauer Pfeil mit goldgrüner Spitze kommt dicht über den Bach geflogen und bleibt in dem alten Rosenbusche an der Böschung hängen.

Es ist das Eisvogelmännchen. Blitzschnell wendet er das Köpfchen, daß die roten Äugelchen nur so leuchten und die weiße Kehle wie Silber schimmert, und dann läßt er sich fallen, stößt den gellenden Schrei aus, flattert um das Weibchen herum, schreit immer schneller, immer gellender und umschwebt dabei fortwährend das Weibchen, funkelnd, blitzend und schimmernd in der Vormittagsonne; und das Weibchen dreht sich hin und her, wippt mit dem kurzen, lasurblauen Schwänzchen, und stiebt davon mit gellendem Schrei, und hinter ihm her saust das Männchen. Zwei himmelblaue Blitze fahren über die silbernen Wellen und verschwinden. –

Es dauerte nicht lange, da erscholl in der Bucht unter den hohen Weiden wieder das laute Schrillen. Drei blaue Blitze fuhren über den Bach; ein zweites Männchen hatte sich eingefunden und machte dem ersten das Weibchen streitig. Hin und her, kreuz und quer ging die wilde Jagd, schwenkte von einem Ufer zum anderen, verschwand, kehrte zurück und erfüllte die Luft mit Zaubergefunkel und mit spitzen Rufen.

Am anderen Tage war das überzählige Männchen fort; noch einige Tage balzte das Männchen um das Weibchen herum, aber dann wurde es still, und nur, wenn es über den Bach hinstrich, gab es seinen schrillen Schrei von sich. Sonst fischte das Weibchen hier und das Männchen da nach Larven, Schnecken und Flohkrebschen, und wenn die jungen Ellritzen sich in das freie Wasser wagten, mußten auch sie daran glauben. Die Forellenbrut war geschützt; sie steckte in dem dichten Pflanzengewirre der Uferbuchten, wo ihr der Eisvogel nichts anhaben konnte.

Eines Tage kam das Eisvogelweibchen angeflogen, sah sich scheu um und flog unter den großen Rosenbusch an dem ausgewaschenen Uferhange. Tag für Tag pickte es dort herum, bis eine armsdicke, mehr als armslange Nesthöhle in das Ufer getrieben war, die am Ende etwas aufstieg und sich dort erweiterte.

Auf eine weiche Unterlage von Libellenflügeln legte dort das Weibchen seine sieben großen, kugelrunden, weißen, blanken Eier, die so durchsichtig waren, daß der Dotter durch die Schale schimmerte. Einen halben Monat brütete das Weibchen, dann aber flog das Pärchen unzählige Male den Tag zu der Nesthöhle; denn sieben nackte, strubbelköpfige Jungen, die mehr wie junge Zaunigel als wie Vögel aussahen, wollten satt gemacht werden, und so mußten die Alten den ganzen Tag tauchen und rütteln, und die Larven im Wasser und die Libellen in der Luft hatten bittere Tage. Dafür gediehen die Kleinen auch prächtig; sie wuchsen von Tag zu Tag, und als die Federn erst die Speile gesprengt hatten, sahen die Jungen bald aus wie die Alten und zeigten sich ab und zu am Ausgange des Schlupfloches, mit hungrigem Schnalzen die Alten erwartend.

Nach Wochen schwang sich erst ein Junges in die Ruten des Rosenbusches, und zwei Tage später saßen alle sieben da und gierten, wenn der Vater oder die Mutter mit Beute angestrichen kam, und lustig sah es aus, wenn die knallbunte Gesellschaft, alle auf einmal, mit den schimmernden Flügeln zitterte und die spitzen Schnäbelchen aufriß.

Aber am schönsten wurde es erst, als sie alle miteinander beflogen waren und den Eltern folgen konnten. Dann saß hier das Männchen auf einem Pfahl, da das Weibchen auf einen über dem Wasser hängenden Zweige, und rundumher auf Ästen, Kanten und Felsblöcken saß die Kinderschar. Sobald eins der Alten untertauchte, flatterten die Jungen nach der Stelle hin und warteten, bis es wieder herauskam, und dann ging ein Gebettel los, lustig und prächtig zugleich anzusehen, besonders wenn die Sonne recht schön schien, so daß die Eisvögel sich in der dunkelgrünen, silbern blitzenden Flut spiegelten. Dann war ein Leuchten und Funkeln über und im Wasser, als würfe eine Fee Hände voller Edelstein in den Bach.

Einige Wochen später wurde es stiller an dem Bache; die Eisvogelbrut hatte selber tauchen und fischen gelernt, und jedes Stück jagte für sich allein, denn die Alten hatten sie fortgejagt. Auch das Männchen trieb sich umher und besuchte Teiche und Tümpel, wo es von allerlei Ungeziefer wimmelte. Und so kam es auch unterhalb des Dorfes an die Zuchtteiche, die der Müller für Forellen angelegt hatte, und wenn es auch meist die für die Forellenbrut so gefährlichen Larven der Schwimmkäfer und Wasserjungfern fing, ab und zu erwischte es doch einen junge Forelle, die mit Pilzen, Fischläusen oder Fadenwürmern behaftet war und deshalb hilflos auf dem Wasserspiegel schwamm. Der Teichbesitzer aber war ein Mann, der an der Stelle des Herzens ein Portemonnaie sitzen hatte, und da er in irgendeinem dummen Buche gelesen hatte, der Fischotter und der Eisvogel seien die schlimmsten Feinde der Forellenbrut, so schlug er Pfähle in den Teichen ein und band winzige Tellereisen darauf. Alle Tage sah er die Fallen nach und schlug die Vögel, die sich darin gefangen hatten, tot, ganz gleich, ob es Eisvogel oder Wasseramseln, Bachstelzen, Zaunkönige oder sonst etwas waren; denn was sich auf die Pfähle setzte, das, so glaubte er in seinem beschränkten Gemüte, ginge nur darauf aus, Forellen zu fangen.

Eines Abends kam das Eisvogelmännchen angestrichen und setzte sich auf den Pfahl. Die Falle schlug zu und zerschmetterte die roten Füßchen des Tierchens. Die ganze Nacht und den nächste Tag hing es in der Falle und flatterte; der Müller hatte keine Zeit, die Fallen nachzusehen. Als er nach vier Tagen hinkam, hingen zwei tote und ein lebender Eisvogel dort. Der Mann löste die Tierchen heraus, drückte das lebende tot und murmelte: »Drei! Das macht seit Januar siebzehn. Im vorigen Jahre habe ich dreißig gefangen. Dieses Jahr komme ich wohl auf vierzig bis fünfzig.« Er freute sich; denn der Ausstopfer zahlte für jedes Stück eine halbe Mark;

denn sehr gesucht ist in den Schulen als Zeichenvorlage Deutschlands herrlichster Vogel, so gesucht, daß es bald ausgerottet sein wird, das Blaue Wunder.

Die Großmutter

Zwischen der Mühle und der Brücke verengt sich das Bachbett so sehr, daß das Wasser dort wilde Stromschnellen bildet.

Zischend, brausend, klatschend und platschend wirbelt es zwischen den zerwaschenen Klippen hindurch, zerstäubt zu silbernem Gischt und stürzt sich in einen Kolk.

Dieser Kolk ist von steilwandigen Felsen eingefaßt, deren Spitzen aus der Flut hervorragen und miteinander kleine Wasserbecken bilden, in denen bei warmem Wetter die Groppen umherkriechen.

Herrlich dunkelgrün ist der Spiegel des Kolkes und so klar, daß man bis auf den Grund sehen kann, der aus zackigen Klippen mit vielen Löchern und Ritzen gebildet ist; nach obenhin ist der Kolk völlig vor den Felsen umschlossen, am Grunde aber öffnet sich ein halbrundes Tor, in dem einige grüne Ranken langsam hin und her wedeln.

In diesem Felsentor liegt die Großmutter. So haben die Angler, die hier mit dem Spinner und der künstlichen Fliege die Fischweid auf Forellen und Äschen ausüben, die gewaltige, wohl über sechs Pfund schwere Forelle genannt, deren fester Stand der Kolk ist. Hier liegt sie in dem Felsentore und wartet auf die Beute, die ihr der Bach vor das Maul spült. Alles muß an ihr vorbei, und so wurde sie wählerisch. Um Würmchen und Fliegen kümmert sie sich nicht; aber jede Forelle, jede Äsche und jeder andere Fisch, der an ihr vorbeischwimmt, jede Maus, jeder Jungvogel, jeder Maikäfer, jeder mutende Krebs, sie alle fallen ihr zum Opfer.

Meist liegt sie verborgen in dem Felsentore, so daß kaum ihr breiter, weißschimmernder Kopf zu sehen ist. Wenn aber die Sonne heiß auf den Kolk fällt und ihn bis zum Grunde durchleuchtet, dann kommt sie aus ihrer Räuberhöhle hervor. Langsam und feierlich schwimmt sie dann hin und her, bleibt eine Weile stehen, wendet um, und sowie eine Wolke sich vor die Sonne stellt, taucht sie wieder in ihrem Verstecke unter. Wenn ein sachter Gewitterregen auf den Bach tröpfelt, wenn alle Forellen und Äschen beißlustig nach Fliegen aufgehen und bald hier, bald da ein goldener oder silberner Bauch sichtbar wird und klatschend verschwindet, dann schwimmt sie wohl dicht an den Wasserspiegel, aber es fällt ihr nicht ein, nach einer von den vielen Fliegen aufzugehen, die in ganzen Wolken über dem Wasserspiegel tanzen, und selbst wenn ein dicker Käfer oder Abendfalter in den Kolk fällt, so nimmt sie ihn nicht. Sie hat ihre Gründe dazu.

Als sie noch jung und dumm war, sprang sie, wie alle anderen Forellen nach allem, was auf dem Wasserspiegel war, und nahm alles fort, was dort angeschwommen kam, und an manchen Abenden blitzte ihr goldener Bauch unter dem Erlenbusche wohl hundertmal auf. Eines Tages ging ein Mann, der genagelte Sandalen und lange Strümpfe anhatte, am Bache entlang, eine aus Gliedern zusammengesetzte Rute in der Hand, an deren Handgriffe eine blitzende Rolle war, von der eine Seidenschnur an der Rute entlang durch die Drahtösen bis zu ihrer Spitze lief; am Ende der Schnur war ein langer, glasheller Faden, der einer dicht vor dem Verpuppen getöteten Seidenraupe aus dem Leibe gehaspelt war, und daran hing ein winziger Haken, ganz verborgen in künstlich geordneten Federchen und Haaren, die genau so aussahen wie die Frühlingsfliegenart, die an jenem Abend über dem Bache schwirrte.

Langsam ging der Mann stromaufwärts, ab und zu stehen bleibend und mit einer kurzen, ruhigen Bewegung des Handgelenks die Schnur so geschickt hier oder da hinwerfend, daß die künstliche Fliege an ihrem Ende so leicht wie ein wirkliche Fliege auf das Wasser fiel; sehr oft sprang dann eine Forelle nach dem tückischen Köder, und ehe sie merkte, das sie Haare und Federn zwischen den Lippen hatte, gab der Mann der Angel einen Ruck, daß der Haken in die Lippen des Fisches eindrang, faßte die Kurbel, rollte die Schnur auf und landete den Fisch, bis er ihn mit der Hand oder, wenn es ein starker Fisch war, der sich heftig wehrte, mit dem Käscher erreichen konnte. Die kleinen untermäßigen Fische warf er wieder in den Bach, den guten gab er mit der Erbenholzkeule den Genickfang und tat sie in den Fischkorb, den er auf dem Rücken trug. Es war ein erfahrener Sportangler, der eine ausgezeichnete Leine warf und alle Kniffe der hohen Anglerei kannte. Sein Wahlspruch hieß. »Die Forelle beißt immer, wenn am dicken Ende der Rute ein firmer Angler ist.«

Als er sah, daß an dem Erlenbusche eine Forelle so eifrig aufging, warf er die künstliche Fliege dorthin, und sofort hatte er biß und ruckte an. Heftig schoß die Forelle hin und her, als sie den Stich im Maule fühlte, aber unwiderstehlich fühlte sie sich nach dem Ufer gezogen und in die Luft gehoben und von irgend etwas fest umfaßt. Sie schlug mit dem Schwanze, aber sie kam nicht los. »Ein ganz nette Viertelpfündige,« sagte der Angler und faßte nach der Keule, besann sich aber, murmelte: »Ich habe genug für das Hotel,« löste ihr den Haken aus dem Maule mit festem, sicherm Griff und setzte sie ins Wasser. Einen Augenblick stand sie, betäubt vor Schreck, noch da, dann schloß sie pfeilschnell nach dem Tief und fuhr unter die Wurzeln ihres Ellernbusches. Dort blieb sie eine ganze Stunde stehen. Die kleine Wunde im Oberkiefer fühlte sie kaum mehr, aber ein dumpfes Gefühl des Grauens verließ sie nicht. Erst als es fast dunkel war, schwamm sie aus ihrem Loche heraus, wagte sich aber nicht an die Oberfläche, sondern jagte am Grunde auf Gewürm.

Die Oberfläche des Baches war ihr seitdem verleidet, sie traute keiner Fliege mehr, die auf das Wasser fiel. Der Angler versuchte spaßeshalber, sie noch einmal zu fangen, aber sie nahm die trockene Fliege nicht, und da fischte er mit der nassen Fliege, indem er das Vorfach der Schnur samt der Fliege durch das Wasser zog. Dreimal schwamm die Fliege vor dem Maule der Forelle her, beim vierten Male schnappte sie zu, fühlte wieder den Stich und die fremde Kraft, die sie nach dem Ufer zog, und war bald darauf in der Hand des Anglers. Der löste ihr den Haken aus dem Maule und wollte sie gerade töten, da mußte er niesen und lies die Forelle los. Sie fiel auf den Schotter, machte zwei Sprünge und klatschte in das Wasser, und der Angler sah ihr nach, lachte und sagte: »Gute Reise!« Sie aber stand lange hinter den langen, rosenroten, hin und her wedelnden Wasserwurzeln des Erlenbusches wie angenagelt und bewegte die Flossen nur ganz leise. Einen ganzen Tag fraß sie nichts, dann aber fuhr sie zwischen die Ellritzen in der Bucht und unter die jungen Forellen und raubte, bis sie satt war. Fliegen aber waren ihr für immer verekelt.

Tagsüber hielt sie sich meistens verborgen, und erst in der Dämmerung ging sie auf Raub aus. Sie schwamm dann hin und wieder und suchte Flohkrebse, Würmer, Schnecken, Larven und Fischbrut. So wurde sie größer, und als in den Stromschnellen die alte Standforelle sich von den Raubfischen in das Garn treiben ließ, nahm sie deren Platz in dem Felsentore am Grunde des Kolkes ein und verjagte alle anderen Forellen, die ihr die gute Stelle streitig machen wollten. Und es war die gute Stelle, die beste in dem Bache auf eine Meile hin. Oberhalb der Stromschnellen hingen allerlei Zweige über das Wasser, und alle Augenblicke fiel von dort etwas herunter, Käfer, Raupen, plumpe Falter, manchmal auch ein halbflügger Vogel oder eine junge Maus. Kam ein starker Gewitterregen, dann brauchte die Forelle nur das Maul aufzumachen, soviel Fraß trieb dann in das Felsentor hinein. Niemand konnte ihr dort etwas anhaben; an die Angel ging sie nicht, ganz gleich, ob eine künstliche Fliege, ein Spinnfisch oder gar ein Wurm daran war; denn Müllerknechte setzen heimlicherweise Nachtangeln. Sie sah sofort, daß der Wurm nicht richtig schwamm, und dann kümmerte sie sich nicht um ihm, weil sie Tag für Tag Nahrung in Hülle und Fülle hatte. Auch mit der Hand war sie in ihrem Verstecke nicht zu greifen, weil das Wasser dort viel zu tief war. So wurde sie die größte Forelle in Bach.

Alle Angler, die dorthin kamen, kannten sie und gaben sich die größte Mühe, sie zu fangen. Ein Engländer, dessen Angelzeug einen Wert von Zweitausend Mark darstellte, und der in der Donau den Huchen, in Norwegen den Lachs, in Kanada den Saibling, auf dem Ozean den Kiefernbarsch und den Mondfisch geangelt hatte, bot ihr vierzig verschiedene künstliche Fliegen und ebensoviel künstliche Heuschrecken und Käfer an, denn er hatte mit einem andern Angler viel Geld verwettet, daß er die Großmutter fangen werde. Eine Woche wollte er daran wenden, drei Wochen blieb er da, fing manchen guten Fisch, aber was er nicht fing, das war die Großmutter.

Der braune Tod

Arm an Stimmen war das Bruch den ganzen langen Winter hindurch. Ein Krähenschrei, ein Raubwürgerruf durchbrachen dann und wann die große Stille, der Kreuzschäbel und der Dompfaffen Pfeifen und der Zeisige Zwitschern, des Hähers Kreischen und des Schwarzspechts Lachen, oder eines Meisenfluges vielstimmiges Gezirpe und eines Zaunkönigs Winterlied. Als der Februar aber auf die Neige ging und die Sonne schon wärmer und länger schien, über Mittag die Wintermücken spielten, an warmen Lagen die Haselbüsche sich mit Gold behängten und die Erlen rote Troddeln schwenkten, da läutete die Kohlmeise den Vorfrühling ein.

Stob auch noch manchesmal der Schnee über das Bruch, fror es auch nachts noch Stein und Bein, setzte der Bach auch noch Randeis an: der Bann war gebrochen. Häufiger sang der Zaunkönig. Lustiger zwitscherten die Zeisige; der erste Fink, die erste Goldammer stümperten sich ihre Lieder zusammen und machten ihren Genossen Mut; in den Fichten und Kiefern begannen Tannenmeise und Goldhähnchen zu singen, im Eichenwalde die Blaumeise, im Dickicht Weiden-und Sumpfmeise, aus allen Lachen und Tümpeln erklang das Murren der Gras-und Moorfrösche, und überall im Holze schnalzten die beliebten Eichkatzen.

Von Tag zu Tag wurde es farbiger und lauter im Moore. An den Grabenrändern schoß es grün auf und leuchtete es gelb, die Kiefern und Fichten frischten ihre Zweige auf, rosenrot quoll es aus den Kronen der Espen, und die Weiden wechselten ihr Silber in Gold ein. Die Drosseln und Bergfinken machten auf der Rückreise zum Norden halt im Bruche und erfüllten es mit lautem Geschwirr und Geschwätz, ein Tauber rief und noch einer und noch einer, sie erhoben sich über die Wipfel und klatschen den Wald wach, daß Windröschen und Feigwurz am Bache aufschreckten und das Fallaub mit weißen und gelben Blüten und grünem Blattwerke zudeckten, im Moore schlug der Birkhahn die große Trommel, ließ der Kranich seine Trompete klingen, flötete der Brachvogel hell und süß, und da reckte und streckte sich der Porst und hüllte das nasse Land in goldenen Schimmer, und als über dem alten Eichenbestande der Kolkrabe seinen klingenden Balzruf ertönen ließ, kam es hundertweis von Süden herangeklastert, und die Reiher nahmen von ihren Gestaden wieder Besitz.

Wo aber Leben und Liebe ist auf der Welt, da ist auch Mord und Tod. An den Tagen, wo der Nebel fest klebte, schwenkte ein brauner, grelläugiger Schatten am Holzrande entlang, stieg über die Weidenbüsche, strich an den Dickungen einher, stob durch das Unterholz und schwebte über die Besamungen. Schimpfte die Amsel auch noch so sehr und stürzte in das Gebüsch, zeterte der Häher auch so laut er konnte und warnte vor dem braunen Tod: plötzlich war er über der Fasanenhenne, die am Bachufer nach Gewürm scharrte, schlug ihr in den Rücken und schleppte sie in das Weidicht, oder er holte die Elster mitten aus der Luft heraus und schlug den Täuber aus dem Balzfluge heraus; die Ente auf dem Teich, die Schnepfe am Boden, der Fink im Geäst, sie waren gleicherweise des Todes. Dann aber kam der Tag, da auch den Habicht die Liebe faßte. Auf der Rückreise vom Süden nahm ein Männchen im Bruche Unterstand und schwang sich am späten Abend in einer krausen Altkiefer zum Schlafen ein. Als dann aber der Morgen kam und die Sonne rund und blank über dem Moore aufstieg, laut gepriesen von Birkhahn und Kranich, Brachvogel und Kiebitz, da gelüstete es den Räuber nicht nach Raub und Mord sondern nach Minne und Zärtlichkeit. Hoch schraubte er sich, bis unter ihm das ganze Bruch mit seinen Wäldern und Wiesen und Heidhügeln und Mooren lag, leuchtend und schimmernd in der hellen Sonne, und aus der blauen Luft ließ der Habicht seinen klagenden Sehnsuchtsruf abklingen und zog seine Kreise, das sein buntes Gefieder bald wie Silber schimmerte, bald wie Gold glänzte.

Aus dem Eichenaltholze am Flusse wurde ihm Antwort. Da stieg ein zweiter Habicht empor, weit größer als er, kreiste über den verworrenen Kronen, schraubt sich höher, bis er in gleicher Höhe mit dem Männchen war. Näher und näher zogen die beiden Räuber ihre Kreise, bis sie sich schnitten, lauter wurde das sehnsuchtsvoller Klagen des Männchen, heller des Weibchens Antwort, und schließlich wurde aus den zwei Kreisen ein einziger, und in ebenem Schwunge drehte sich das Räuberpaar hoch über dem Bruche, in das vielstimmige Frühkonzert dort unten seine schneidende Katzenrufe und sein gellendes Gekicher hinabsendend. Eine Stunde lang schwebten sie so dahin, bald höher sich schraubend, bald tiefer sich hinabwindend.

Wie auf Verabredung sanken beide nieder und verschwanden hinter dem Walde. Das Weibchen blockte in einer Eiche auf, mit den gelben Augen hungrig um sich spähend. Über die Blöße kam ein Häher geflattert, eilig und ängstlich. Schon glaubte er sich sicher, da schwang sich ihm der Habicht entgegen. Einem Angstruf stieß der arme Wicht aus, seinen letzten; denn schon war der Habicht neben ihm, warf sich zur Seite, schlug ihm die Griffe in den Leib und stob mit ihm über die Blöße. Zwischen zwei breitästige Jungtannen fiel er nieder und stärkte sich von dem langen Fluge. Dann strich er durch den Erlenbestand am Bache entlang, und wenn ihn die Amsel mit schrillem Gezeter auch ankündigte, er war doch schneller als der Junghase, der sich an dem jungen Grase äste, und nur ein einziges Mal klang die dünne Todesklage durch den Wald.

Das Habichtmännchen aber strich am Rande des Moores hin und bog in das Gestell ein, und als ein Täuber hastig vom Boden, wo er Schnecken gesucht hatte, abklapperte, war er über ihm, schlug ihn und kröpfte in seinem Heißhunger sofort darauf los, ohne darauf zu achten, daß auf dem Pirschsteige der Förster näher und näher schlich. Als aber ein Ästchen unter der Sohle knickte, schreckte der Habicht auf und polterte davon, den Täuber in den Fängen und eine Federwolke hinter sich lassend; aber ehe er hinter den Jungfichten war, riß der Hagel ihn aus der Luft heraus; aus war es mit Mord und mit Minne, und schlaff baumelter er neben dem Täuber am Galgen des Rucksackes auf dem Rücken des Försters, der mit froher Miene den Pirschsteig fürbaß schlich.

Der Tag ging hin, die Nacht sank herab und ein neuer Morgen blühte auf, ebenso bunt, wie der andere. Das Habichtweibchen hatte Sehnsucht nach seinem Gespielen. Hoch schraubte es sich empor und ließ seinen Sehnsuchtsruf in das Bruch hinabklingen, aber lange ward ihm keine Antwort. Erst am vierten Morgen klang auf das Rufen ein Widerhall, hart und scharf, ein altes Mädchen ankündigend, und vom Moore her stieg es auf, dem Weibchen entgegen, bis es mit ihm gleich hoch war und seinen Kreis mit dessen verband.

Einige Tage später trugen sie dürre Äste und Kiefernzweige in eine hochschäftige Kiefer mitten im dichtesten Walde und bauten dort einen gewaltigen Horst.

Immer schlimmer wurde es in Bruche für viele Tiere. Die Birkhenne, die sich im losen Torfmull badete, fühlte plötzlich die Krallen des Habichts in den Seiten, und die Elster mußte trotz ihres Angstgeplärres sterben. Der Förster wußte nicht, wo seine Fasanen blieben, und die Försterin vermißte alle paar Tage ein Huhn.

Ganz schlimm wurde es aber erst, als in dem großen Horste im dunkeln Walde drei weißwollige Junge lagen und nach Futter gierten. Da schlug das Habichtweibchen den zu drei Vierteln ausgewachsenen Hasen und den alten Fasanenhahn, holte den Bauern die Hühner vom Hofe und dem Müller die Enten vom Teiche, und wenn die Leute das Angstgegacker der Hühner und das Schreckensgeschnatter der Enten hörten und aus den Türen stürzten, dann war es schon viel zu spät, und sie sahen höchstens in der Ferne den Habicht tief über die Felder dahinflattern, das Huhn oder die Ente in den Griffen.

Der Förster gab sich die allergrößte Mühe, den Horstbaum zu finden , es gelang ihm aber nicht. Er suchte alle Vorhölzer ab, in denen früher Habichte gehorstet hatten, aber seine Mühe war vergeblich. Er gab Obacht, ob er nicht irgendwo einen Habicht sah, aber wenn auch das der Fall war, das Nest fand er dort doch nicht. Die Habichte waren schlau geworden. Seitdem die Hinterladergewehre aufgekommen waren und Förster und Jäger sich nicht erst lange besannen, ehe sie einen Schluß abgaben, weil das Laden jetzt so schnell ging, machten sie auf jeden Habicht Dampf, den sie sahen, und schossen in jeden Horst, den sie in den Feldhölzern antrafen, und da zogen die Habichte es vor, im dicksten Walde zu horsten. Verstohlen flogen sie zu Neste, heimlich verließen sie es, und nie fiel es ihnen ein, wie früher über dem Horstbaume zu schweben und sich mit klagendem Rufe und heiserem Gekicher anzumelden.

Heimlich war ihr Leben und Treiben. Der Wanderfalke saß auf einem Luginsland, dem Hornzacken der alte Eiche am Waldrande; offen und frei saß er da, daß seine weiße Brust in der

Sonne leuchtete, und wenn die Tauben heimflogen sauste er ihnen entgegen und schlug sie in der Luft. Der Bussard saß sichtbar auf einem Grenzsteine und wartete auf Mäuse, der Turmfalke rüttelte über der Heide. Sie alle jagten offen und ehrlich. Der Habicht aber raubte nach Buschklepperart und Strauchritterweise. Fest an den Stamm eines Baumes am Waldrande gedrückt saß er da und spähte mit den gelben Mörderaugen umher. Sobald er ein Feldhuhn oder einen Junghasen eräugte, warf er sich aus seinem Hinterhalte, flatterte dicht über der Erde hin, strich hinter den Büschen her, benutzte jeden Baum als Deckung, und plötzlich war er über seiner Beute und schlug ihr die Krallen in den Leib. Das geschlagene Stück trug er noch lebend zum Horste, oder aber er begann es, und wenn es auch noch lebte, zu zerfleischen und zu kröpfen.

Schließlich wurde dem Förster das Treiben der Habichte zu bunt und er stellte Schlageisen auf Pfähle, und als er eines Morgens die Fallen nachsah, hing das Habichtmännchen mit zerschmetterten Füßen darin, und schnell schlug er es tot, damit es sich nicht länger quäle. Drei Tage später kam ein Bauer zu dem Forsthause und brachte das Weibchen. Er hatte gesehen, wie der Habicht in seiner Tollkühnheit einen alten Hasen schlug; den Hase aber rannte davon, den Habicht auf dem Rücken. Plötzlich fiel der Raubvogel herunter und flatterte an der Erde, und als der Bauer neugierig hinlief, war der Vogel im Verenden, weil sein linkes Bein ganz aus dem Leibe gerissen war. Da ging der Bauer dahin, wo der Hase gesessen hatte und fand, fest um einen Zweig gekrallt, das linke Bein des Habichts, der sich an dem Zweig festgehalten hatte, um seine Beute am Fortlaufen zu hindern. Der Hase hatte aber in seiner Todesangst einen so jähen Satz gemacht, daß dem Habicht das eine Bein aus dem Leibe gerissen wurde.

Als der Förster einige Tage später durch den Wald ging, hörte er junge Habichte klagen und fand endlich den Horst. Er rief die Hütejungen herbei und half ihnen, den Horstbaum zu ersteigen. In dem Horst saßen zwei junge Habichte; von dem dritten waren nur noch die Knochen da. Seine halbverhungerten Geschwister hatten ihn aufgefressen.

Nun war Ruhe im Bruche; denn der braune Tod war verschwunden.

Der Kantor

Der Fischer und seine Frau sitzen vor der Tür, sehen das Abendrot hinter dem See verschwinden und das Wasser silbern aufleuchten, wenn ein großer Fisch sich wirft, und hören dem Geschwätz der Rohrfänger und dem Geplärre der Frösche zu, das aus den Schilfbuchten erschallt.

»Der Kantor fehlt noch,« sagt die Frau und sieht lächelnd ihren Mann an, und der lächelt auch, und raucht immer langsamer; denn ein Abend, an dem der Kantor nicht singt, ist nur ein halber Abend für Fischer Klawitter; erst wenn der Kantor loslegt, dann schmunzelt der Fischer behäbig, und im Bette ruft er zu seiner Frau: »Hör' bloß, wie der Kantor prahlt!«

Der Kantor ist der größte Frosch in der ganzen Bucht, ja vielleicht sogar im ganzen See. Er hat seinen Platz bei der Angestellte für die Kähne und sitzt entweder auf dem Ufersande unter den Schledornzweigen, die der Fischer dort eingesteckt hat, um die Katzen von den Fischkästen abzuhalten, oder er liegt dick und breit auf der dichten, mit vielen Hunderten von silberweißen Blüten bedeckten Bank von Wasserhahnenfuß, die die Wellen hin und her schieben, und läßt sich von der Sonne bescheinen.

Der Kantor ist nicht nur der größte, sondern auch der schönste Frosch in der Bucht. Er ist knallgrün und hat über dem Rücken zwei breite, schwarzbraune Binden, zwischen denen von der Nase bis zu den Keulen eine gelbgrüne, in der Mitte im Zickzack gebogene Binde herabläuft. Wenn er so daliegt, sieht er ganz ungeheuer aus, und wenn er seine goldenen Glotzaugen aufreißt und die Kinder ansieht, die ihn voller Ehrfurcht, aber auch mit etwas Angst betrachten, dann wundern sie sich, daß er kein goldenes Krönchen auf dem Kopfe trägt; denn daß er kein gewöhnlicher Frosch ist, sondern ein verzauberter Prinz, das steht für sie fest, indem ihnen die Großmutter das Mädchen vom Froschkönige erzählt hat.

Anna, das drittjüngste Mädchen des Fischers, hat einmal versucht, den Kantor zu fangen; denn sie wollte ihm, wie es im Märchen gelehrt wird, einen Kuß geben, um ihn zu erlösen, und dann wollte sie Prinzessin werden und nur noch seidene Kleider anziehen und nicht mehr in die Schule gehen und die Pellkartoffeln von goldenen Tellern essen. Sie pflückte sich einen ellenlangen Binsenhalm ab, riß die Spitze und die meisten Blüten herunter und schlich mit ihren nackten Füßen dahin, wo der Kantor saß. Als der Frosch das Kind kommen hörte, drehte er sich sofort nach ihm um und sah es an; denn er war gewohnt, daß die Kinder des Fischers ihm Brummfliegern, Käfer und Raupen hinwarfen. Anna bekam einen tüchtigen Schreck, als der Kantor sie mit seinen großen Augen anglotze, aber dann mußte sie lachen; denn er wischte sich eine freche Fliege, die sich ihm auf die Nase gesetzt hatte, mit dem linken Vorderfuß so ärgerlich weg, gerade wie der Großvater, wenn ihn die Fliegen beim Schlafen stören.

Das Mädchen ließ die Blüte der Binse vor dem Maule des Frosches auf und ab tanzen, aber dann schrie sie auf und sprang zurück; denn der Kantor riß sein gewaltiges rosenrotes Maul auf und schlug seine lange rosenrote Zunge nach der Binsenblüte, weil er sie für ein Fliege hielt. Weil das Kind in seinem Schrecken die Binse zurückgezogen hatte, machte er einen furchtbaren Satz und sprang bis dicht vor die Füße des Mädchen; das schrie auf und machte, daß es fortkam. Aber Anna hatte sich einmal vorgenommen, den Frosch zu erlösen und Prinzessin zu werden, und so ging sie nach einer Weile wieder hin, lockte den Kantor mit der Binsenblüte, und diesmal schnappte er sofort zu und hielt die Blüte so fest, das Klein-Anna ihn hoch in die Luft schwenken und in ihrer Schürze auffangen konnte. Da tobte er nun ganz mächtig herum und hampelte so gewaltig, daß das Mädchen es mit der hellen Angst bekam und die Schürzenzipfel losließ. Da sagte der Kantor: »Rieck'st!« und plumpste in das Wasser, daß es hoch aufspritzte. Seitdem war es mit der Freundschaft zwischen ihm und den Kindern aus; er hatte es zu sehr übelgenommen, daß er übertölpert war.

Die wilden Enten klingen über den See, der Haubentaucher quarrt dumpf, der Rohrsänger singt lauter, und Stern auf Stern taucht am Himmel auf. »Wo er bloß bleibt?« meint der Fischer und schüttelt den Kopf. Es wird dunkler, das Abendrot ist längst verschwunden, die Mücken singen, die Maikäfer brummen, und rund um den See geht das Gequarre der Frösche, das Gescharre der Kreuzkröten, und in den Wiesengräben läuten die Unken. Schon röchelt die

Schleiereule, schon heult der Kauz drüben im Forste, schon tönt der dumpfe Ruf der Rohr-
dommel aus dem Schilfe, und noch immer ist der Kantor nicht zu hören. Aber jetzt legt er los.
Der Fischer lacht und hebt den Zeigefinger. »Paß auf, Mutter, das ist er!« Ein hartes, rauhes
»Breck, kreck, kreck« ertönt, hinterher schallt ein dumpfes »Mork, quork, moark, quoark« und
jetzt kommt die Hauptsache: ein lautes Lachen erschallt, so breit, so behäbig, daß der Fischer
mitlachen muß und seine Frau auch, und jetzt ist er zufrieden und sagt: »Mutter, nun können
wir ruhig schlafen gehen.« Aber als er schon Jacke und Weste ausgezogen hat, muß er noch
einmal vor die Tür treten und zuhören, wie der Kantor lacht. »Hahaha,« geht es, »hahahaha
hahahahahaha, hihahaha, hohihahahaha, hihohohohoha, hai, hia, hiahahahaha,« und es ist, als
hörte man die Frösche, die Kröten und die Unken nicht mehr vor dem lauten Gesänge des
Kantors, des Vorsängers der Frösche.

Ja, der Kantor, das ist ein Kerl! Ein Hauptkerl ist er. Er ist der Methusalem der Frösche im
See, ist der Altvater, der Vorsteher; aber er ist auch der Schrecken der Wasserjungfern, das Entsetzen der Jungfische, der Mäuse blasse Angst und der jungen Rohrsänger Verderben. Wenn er
sich an Mücken und Fliegen halten wollte, wie die anderen Frösche, dann könnte er schnappen
und schnappen, bis er die Maulsperre bekäme, aber satt würde er darum doch nicht. Darum
hält er sich an derbere Kost. Da kommt ein Maikäfer angebrummt. Einen Riesensatz macht der
Kantor, und verschwunden ist der Käfer. Ein spannbreiter Abendfalter rüttelt über den weißen
Trichterblumen der Uferwiese; ehe er sich retten kann, hat ihn die rosarote Zunge des Frosches
schon festgeleimt und zieht ihn in den Rachen hinein. Im Weidengebüsch turnt die Zwergmaus
umher. Vorsichtig dreht der große Frosch sich um und wartet, bis das rote Mäuschen in Sprung-
nähe ist; dann ein Sprung und einen Quietschen, und aus ist es mit dem Turnen und dem
Nesterbauen. Ja, der Kantor, das ist ein ganz Schlimmer! Wenn die Ukleis laichen, dann ist
sein Schweineschlachten. Dann wartet er, bis die laichdummen Fische an den flachen Stellen
sind, und dann schnappt er zu. Da hilft kein Schwänzeln und Sträuben; sie müssen hinunter.
Ist ein Uklei zu lang, das schadet nichts; der Frosch läßt ruhig den Schwanz aus seinen Maule
herausgucken und wartet, bis er dem verdauten Vorderleib nachrutscht, oder vielmehr, er wartet
gar nicht; denn wenn er noch Hunger hat, fängt er sich noch einem Fisch oder sogar zwei, und
Fischer Klawitter wußte gar nicht, was er sagen sollte, als er seinen Freund eines Tages auf der
Waschablage sitzen sah; drei Ukleischwänze guckten dem Frosche zum Halse heraus. »Mensch,«
sagte der Fischer, »wenn du so beibleibst, dann kann ich bald etwas anders werden.« Und der
setzte hinzu: »Na, Ukleis gibt's ja mehr als genug.«

Zehn Jahre kannte der Fischer den Kantor schon, so glaubte er wenigstens; denn immer hatte
an der Angelstelle ein Riesenfrosch gesessen, dem besten Platze, einmal, weil da die Schlehdor-
nen Schutz vor dem Milan und dem Rohrweih boten, zweitens, weil dort der schöne Sandstrand
war, an dem die Ukleis so gern laichten, und dann, weil das Schilf und das Rohr dort dichter
standen als sonst am See, und schließlich, weil dort das meiste Ungeziefer flog; denn am Ufer
wuchsen hohe Pappeln und breite Weiden, die von Gewürm wimmelten. Da, wo das Schilf aufhörte und das Rohr, da, wo die Pferdebinsen anfingen, wagte sich der Kantor nicht hin; denn
da war es nicht geheuer. Manchmal, wenn da eine junge Ente schwamm oder eine Schwalbe
trank, dann platschte es, und fort war die Ente oder die Schwalbe.

Das schöne Wetter hörte auf; der Juni kam mit Regen und Schafkälte. Acht Tage lang mußte
der Kantor hungern, daß ihm die Seiten zusammenfielen; denn noch nicht einmal die elendeste
Mücke flog. Vor Verzweiflung fraß er ein Fröschchen seiner eigener Art, und hätte gern mehr
gefressen, aber er sah keins. So lag er dann mürrisch im Schilfe und wurde vor Mißmut immer dunkler und unansehnlicher. Auf einmal kam Leben in ihn, seine zusammengesunkenen
Augen wurden dick und rund, er richtete sich auf und glotze scharf vor sich hin. Da krabbelte
etwas im Wasser umher, eine dicke Fliege oder ein Käfer, aber bestimmt etwas, was gut zu
essen war. Ganz vorsichtig schob sich der Kantor aus dem Schilfe, tauchte unter und kam vor
dem Brachkäfer, der zwischen den hohen, dunklen Binsen im Wasser zappelte, zum Vorschein,
und schnell schnappte er ihn hinunter. Da aber fiel ihm ein, daß es hier nicht geheuer sei,
und schnell tauchte er wieder unter und schwamm gerade in den Rachen des uralten Hechten

hinein, und ehe er noch recht wußte, wie ihm geschah, war es aus mit ihm. Als das Wetter sich aufbesserte, lauerte der Fischer Abend für Abend auf den Kantor; er sah und hörte aber nichts mehr von ihm.

Eines Abends aber kam von der Anlegestelle ein lautes Quarren und Singen, und als der Fischer am anderen Morgen nachsah, saß unter den Dornen ein Frosch, fast ebenso groß wie der Kantor, nur ganz grün mit schwarzen Tupfen, und der Fischer nahm den Hut ab und sagte: »Mein Name ist Klawitter! Sie sind wohl der neue Kantor? Mit Ihrem Herrn Vorgänger war ich gut bekannt.«

Klein-Anna aber war traurig; sie glaubte, eins von den feinen jungen Mädchen aus der Stadt, die auf dem Gute zu Besuch gewesen waren, habe den Kantor erlöst und könne nun seidene Kleider tragen und Pellkartoffeln von goldenen Tellern essen, und sie nahm sich stets vor, den neuen Kantor zu fangen und ihm einen Kuß zu geben. Sie kam leider nicht dazu.

Die drei Bauchredner

Gar nicht so weit von der großen Stadt liegt ein unbekannter Wald. Wenn man eine Stunde mit der Straßenbahn fährt und eine Stunde zu Fuß geht, ist man da. Aber das ist den Stadtleuten zu beschwerlich, und da bei dem Walde kein Wirtshaus steht, so bleiben sie dort fort.

Und das ist gut; denn in dem alten, großen Walde wachsen wunderschöne Blumen und leben seltene Tiere, um die es geschehen wäre, wenn der große Troß dorthin käme, alles voller Papier und Flaschenscherben streute, die Blumen ausrisse, die Nester ausnähme und mit Geplärre und Gepfeife die Tiere vertriebe, die Ruhe und Einsamkeit haben wollen, sollen sie sich wohl fühlen.

Einst war dieser Wald seine Hudewohld, in der das Vieh ging. Wo Vieh geht, liegt Dung, und wo Dung liegt, leben sehr viele Mistkäfer und allerlei Gewürm, und wo so viel Käfer und Gewürm lebt, haben viele Arten Vögel ihre Nahrung. Als hier noch das Vieh ging, brütete die Schnepfe hier viel, waren mehrere Paare Blauracken und Wiedehopfe ansässig; sie verschwanden, als der Weidebetrieb von der Forstverwaltung abgelöst wurde.

Was der Wald dadurch nach der einen Seite verlor, gewann er nach der anderen. Das Vieh verbiß die jungen Büsche und trat die Blumen nieder; seitdem es hier nicht mehr geht, ist der Waldboden ein Blumenteppich, und nirgendwo weit und breit wuchern so viele Sträuche wie hier: Weiß- und Schwarzdorn, Brombeere und Himbeere, Hartriegel und Pfaffenhut, Faulbaum und Pulverholz, Steckpalme und Wildrose, und die seltensten Knabenkräuter erheben zwischen stolzen Farnen ihre sonderbaren Blüten.

Das schönste aber in den Walde sind seine Bäume. Tausende von uralten, gewaltigen, knorrigen Eichen stehen da, morsch und hohl die einen, andere langschäftig und kerngesund; alte Erlen bilden ganze Bestände, weiterhin herrscht die Rotbuche, dann kommen alte Fichtenbestände, und dort, wo der lustige Bach sich hinschlängelt, stehen Tausende von uralten, geköpften Hainbuchen, deren Stämme so verrenkt, verdreht und verbogen, so gespalten, zerrissen und zerklüftet sind, daß sie in der Dämmerung aussehen wie ein Heer unheimlicher Gespenster. Hier und da erheben Eschen und Pappeln sich auf den Lichtungen, und an den Rändern der Bestände stehen alte, mächtige Espen.

Es ist unglaublich, wie vielerlei Arten Tiere hier leben. Über dreihundert Rehe haben hier ihren Stand, Hasen gibt es in Menge, Kaninchen desgleichen. Auf allen Forstwegen sonnen sich die Fasanen, Eichkatzen schlüpfen überall, nachts geht der Marder um; der Hühnerhabicht horstet hier, Gabelweih, Bussard, Sperber, Turmfalk und Baumfalk, Waldkauz und Ohreule bauen hier, ein Kolkrabenpaar ist auch noch da, und außer Krähe, Häher, Elster, fünferlei Spechten, Pfingstvogel und Drossel ist soviel Kleingeflügel vorhanden, daß es überall hüpft und schlüpft, schwirrt und flattert, schmettert und schlägt.

Wenn aber zur Maienzeit das vielstimmige Konzert noch so betäubend ist, drei Stimmen übertönen alle. Sie sind so ganz anders als die der übrigen Vögel, so dumpf, so hohl, so tief, daß sie alle anderen Stimmen hinter sich lassen. Sie sind sich ähnlich und sind es nicht, sie sind alle auf ein dunkles, tiefes U gestimmt, aber jede hat ihre eigene Farbe. Klingt die eine gemütlich, so hört sich die andere zärtlich an, aber die dritte mahnt an Urwaldunheimlichkeit. Und wie die drei Stimmen, so sind die drei Vögel, die sie hervorbringen, ähnlich an Gestalt, Farbe und Wesen, und doch verschieden an Größe, Färbung und Benehmen.

Hier, wo der Bach nicht recht weiter kann und auf dem feuchten, von Feigwurz mit grünem, goldgestricktem Teppich bedeckten Boden Erlen, Fichten, Birken und Weidengebüsch sich um den Vorrang streiten, ist das Reich der kleinsten von ihnen, der zierlichen, feinen, fröhlichen Turteltaube. Überall erklingt gemütliches Schnurren, überall steigt ein Täuberchen über die Wipfel, klatscht mit den Flügeln, schwebt in schönem Bogen herab, setzt sich seiner Taube gegenüber und schnurrt ihr das Lied vor, das seine Ururahnen in ihrer Ururheimat, in den Pinienwäldern und Platanenhainen des Mittelmeergestades lernten.

Als der blonde Weidebauer von Norden hier in das Land stieg und die mongolischen Fischer-und Jägervölker vor sich hertrieb, als er Weiden schuf und Ackerbau trieb, da rückten die Turteltauben hier ein; denn sie wollen Feld haben, und wo kein Getreidebau ist, da paßt es ihnen nicht. Mit ihnen wanderte die Ringeltaube ein, die größte ihrer Art bei uns; denn auch sie will Feld haben. Wie man es dem gemütlichen »Turr, turr, turr« der Turteltaube anhört, daß es ein Lied aus südlichen Breiten ist, so kennzeichnet auch das Zärtliche »Kaku, kakuru« die Ringeltaube als einen Südlandsvogel. Früher, als hier noch weniger Acker war, kam sie seltener vor. Seitdem aber die Ödflächen unter den Pflug kamen, vermehrte sie sich so stark, daß sie schon in die Gärten und Anlagen der Stadt einrückt.

Auf dem höchsten Hornzacken des uralten Eichenüberhälters auf der jungen Besamung sitzt ein alter Täuber und ruckst. Wie Silber blitzt sein weißer Kragen, und sein Gefieder hat die Farben des Abendhimmels, ein sanftes Mohnblau und ein zartes Weinrot. Jetzt endet er seinen dumpfen Ruf mit einem tiefen »Huk«, und nun steigt er empor, steigt immer höher klatscht die Schwingen über sich zusammen, daß es weithin schallt, schwebt in herrlichem Bogen mit gespreizten Flügen und breit gefächertem Schwanze hinab, steigt wieder, klatscht noch einmal, und stürzt sich mit lautem Geklingel in das leuchtende Buchenlaub, wo er eine Weile rastet und dumpf knurrt.

Nun aber läßt sich der dritte Bauchredner des Waldes vernehmen, die Hohltaube. Sie hält in der Größe die Mitte zwischen den beiden anderen Arten, aber sonst ähnelt sie ihnen wenig. Düsterer ist ihr Gefieder, ungeselliger ihr Wesen, unheimlicher ihr Ruf. Es ist ein dumpfes, zweisilbiges, langsam, sich steigerndes Geheul, »Hu-uk, hu-uk«, das nichts von der Gemütlichkeit des Turteltaubenrufes, nichts von der Zärtlichkeit des Rufes des Ringeltäubers hat. Urwaldheimlichkeit, Waldschatteneinsamkeit klingt daraus hervor. Als noch keine Turteltaube hier schnurrte, als noch keine Ringeltaube hier ruckste, als noch Wisent und Elch hier lebten und Bär und Luchs, da rief der Hohltäuber hier schon.

Die anderen Wildtauben lieben den Menschen, weil er ihnen Felder schafft; die Hohltaube haßt ihn. Auch sie fliegt zu Felde, aber sie braucht den Acker nicht, sie findet Atzung genug im Walde selber, Samenkörner, Kerbtiere und Schnecken mit und ohne Haus. Hier wo die Eichen ihr trautes Astwerk recken, trippelt sie mit Vorliebe zwischen den Gekräute umher, und wenn sie zu Felde streicht, so ist sie doppelt vorsichtig; denn sie fühlt sich nur dort sicher, wo ein dichtes Astgewirr über ihr ist. Die anderen Tauben bauen liederliche, offene Nester in den Zweigen; sie aber sucht sich ein Nestloch in einem Baume, dem alten Brauche folgend, der den Baumvögeln, die weiße Eier legen, vorschreibt, sie in Höhlen und Löchern zu bergen. Die Ringeltaube und die Turteltaube haben das vergessen, die Hohltaube aber blieb der alten Sitte treu, und findet sie kein Baumloch, so nimmt sie mit einem Kaninchenbau vorlieb.

Es will Abend werden, die Tauben fliegen zu Holze. Überall klingelt es in der Luft, überall fallen helle Flecke auf den dunklen Fichtenzweigen ein, und rundherum beginnen die Bauchredner ihre dumpfen Lieder. Hier schnurren die Turteltauben, dort ruckst ein Ringeltäuber, und da heult eine Hohltaube dazwischen, und schließlich übertönt das Schnurren, Rucksen und Heulen die Abendlieder von Rothkelchen und Drossel, um fast mit einem Schlage abzubrechen; denn früh enden die Tauben ihr Tagewerk, und spät beginnen sie es.

Wenn die Drossel schon lange singt, wenn die Finken schon schlagen, dann erst schütteln sie den Schlaf von sich, und der alte Wald ertönt wieder von den Stimmen der drei Bauchredner.

Am alten Mutterbau

Wenn man um zwölf vom Schreibtisch aufgestanden ist und um dreiviertel vier aus dem Bett muß, dann ist man etwas knurrig.

Aber lachen mußte ich doch, als ich mit meinem ebenfalls nur halbausgeschlafenen stichelhaarigen Teckel Muck über die Straße ging und in der Ferne zwei schwarze, aalglatte Teckel sah, die mit riesigem Eifer jeden Spatzen, der bei seinem ersten Frühstück saß, auf die Dächer jagten.

Hexe, die Mama, und Grete, ihr vielversprechendes Töchterchen, sträubten das Rückenhaar, hoben die Ruten hoch in die Luft und kamen mit steifen Beinen näher; aber als ich ihren Herrn, der an der Straßenecke wartete, die Hand gab und dieser den Muck freundlich klopfte, da biederten sie sich schnell mit dem blondgelockten jungen Mann an und schwänzen selbdritt hinter uns her.

Während wir im Wartesaal Kaffee tranken, schliefen sie. Die Eisenbahnfahrt verschliefen sie auch, als wir aber um sechs Uhr durch des schlafenden Dorfes Straßen zogen, da waren die kregel. Ein weißer Spitz wurde furchtbar schnell in seinen Hof gebracht, und wenn ein stolzer Hahn sein Heil nicht in der Flucht gesucht hätte, so hätte Gretchen ihn wahrscheinlich seine schönen Sicheln angeziept.

Der Hauptulk aber fing für die drei erst an, als wir in die Jagd kamen. Im Klee schnüffelte Hexe. Da sagte es »quieks«, und eine dicke Maus war erledigt. Gretchen sah derweil zu, ob im Roggen nichts Bemerkenswertes säße. Gar nicht lange dauerte es, da ertönte ihr heller Hals und zwei Hasen fuhren heraus. Nachdem Gretchen sie ein bißchen auf den Trab gebracht hatte, kam sie stolz zurück.

In den Kiefern knurrte der Tauber, flötete die Misteldrossel, lachte der Specht und kicherte der Turmfalk. Und in einer Kultur saß ein Gabelbock und wiederkäute den Klee, den er im Felde geäst hatte. Den kriegte Muck in der Nase, und mit hellen Halse brachte er ihn auf den Schwung. Als ich pfiff, kam er zurück, die schönen braunen Augen halb voll Reue, halb voll Lust.

Ich aber sprach also zu ihm: »Höre zu, heute sollst du zeigen, ob du deiner Ahnen würdig bist, deren du viele hast, und deiner braven Eltern, Rüdemann Watzmann und Rüdemann Loni. Zwei Preise hast du dir trotz deiner Jugend schon errungen, aber wenn du nicht brav schliefst, vorliegst und würgst, dann sind wir geschiedene Leute. Merke dir, was ich dir sage: Schönheit vergeht, doch Schneid, der besteht. Zerfetzte Behänge und Narben zieren den Dackel, Feigheit aber schändet ihn, die überlaß den Möpsen. Und nun komm und laß dich anleinen; denn sonst macht ihr drei Unsinn und jagt uns die Füchse fort.«

Hinter dem Moor, in einem lichten Kiefernstangenholz, liegt Malepartus. Unzählige Geschlechter deren Murrjahn von Grimbart und Rotvoß von Reineke haben hier schon gehaust. Oftmals hat hier der Hals scharfer Teckel und giftiger Terrier ertönt und das Knirschen der Schaufel, oftmals ist es den Räubern an den Hals gegangen, aber immer wieder wurde die Burg bezogen. Denn fest ist sie und geräumig. Viele Tore und Pforten hat sie, enge und weite Röhren, tiefe Kessel und versteckte Verließe, die Räuberburg, die über fünfzig Schritte weit sich unter den Wurzeln der Kiefern hinzieht.

Vor dem Stangenholze liegen große Bündel abgeschnittener Zweige. Schnell werden die Hunde abgelegt, schnell fassen wir, der Sohn des Pächters, die beiden Jagdaufseher und ihre zwei Gehilfen zu, und in wenigen Minuten sind die zwanzig Röhren verlegt und über Malepartus ist der große Belagerungszustand verhängt.

Na, das sieht ja recht niedlich aus. Überall Junghasenreste, Knochen und Federn von Rebhuhn und Ente, Kiebitz und Birkhenne; hier verwesen sogar die Überreste eines alten Hasen, und im Graben liegt ein Rehlauf. Es ist die höchste Zeit, daß mit dem Raubrittertum aufgeräumt wird.

Es wird Kriegsrat gehalten. Die Hunde werden angeleint. Jämmerlich siept Hexe, alterfahrene Hundedame, denn sie weiß, um was es sich handelt. Ihre Tochter jault auch ein bißchen mit, aber Muck buddelt sich ein Lager und schläft. Der Hund ist mir überhaupt zu artig. Wenn er nur einschlägt!

Nun wird Hexe geschnallt. Wie der Blitz ist die Kleine an den Röhren, schnüffelt hier, schnüffelt da, und jetzt fängt sie an dem einen Hauptrohr an zu scharren. Ihr Herr nimmt die Zweige heraus, und ohne Besinnen schlieft die Hündin ein. Wir stehen und warten. Der Wind, der dumme Wind, wenn der nicht wäre. Der brummt zu sehr in den Bäumen und bringt noch dazu vom Dorfe das Gekläffe der Hunde an unsere Ohren. Dazu quarren die Frösche in der Tränkekuhle auf der Wiese, die Kuhtauben kurren, die Lerchen singen, der Pieper schmettert; wie kann man dabei hören, was unter Tage vor sich geht? Da, horch! Die Hündin gab Hals. Aber wo? Alle sieben Mann verteilen sich, werfen sich auf die Erde, kratzen den Bodenbelag fort und legen die Ohren auf den Boden.

»Hier ist sie,« schreite der alte Jagdaufseher und klopfte fest mit der Hand auf den Boden. »Ich höre sie ganz genau.« Und schnell öffnet er das nächste Rohr, legt sich platt davor und ruft hinein; »Hu faß faß, Hexe, hu faß, so recht, so brav, du faß faß, du faß!«

Alle stehen wir um ihn herum, muckmausestille, tief gebückt. Der Alte hat recht; das ist Hexe. Wie fern das klingt, als ob sie hinten im Dorfe laut wäre. Aufmunternd trampelt ihr Herr den Boden. Jetzt ist wieder alles still unter uns. Doch war das nicht eben da hinten? Natürlich! Doch nein, da oben war es. Oder dort hinten, oder da, oder hier wieder? Die Jagd geht um. Die Hündin kriegt die Füchse nicht fest.

Wieder alles still. Eine Viertelstunde lang, noch eine. Wir haben längst gefrühstückt, haben eine Flasche Dünnbier getrunken, haben schon eine Pfeife leer, und nichts haben wir gehört. Eine Viertelstunde liegen wir verteilt und horchen in die Erde hinein, aber nichts, nichts und wieder nichts. Am Ende sind die Füchse nicht da, oder sie haben sich verklüftet, oder die alte Füchsin hat die Hündin zu Tode geschlagen oder hat sie eingescharrt? So fragen wir bekümmert.

Da, war sie das nicht? Huk, huk, huk, klang es. Oben am Graben war es. Nein hier unten. Und Standlaut! Sie hat ihn fest! Alle klopften wir den Boden. Jawohl, Standlaut! Hier wird durchgeschlagen. Die Schaufel knirscht, die Schollen fliegen. Erst braune, anmoorige, dann aschgraue, Bleisand, dann gelbe. Da ist das Rohr. Vorsicht, nicht die Hündin treffen! Der alte Jagdaufseher kniet in dem Durchschlag und erweitert das Rohr mit der schwieligen Hand. Phui Teufel! In eine schmierige Masse hat er gepackt. Ein verwestes Birkhuhn faßt er. Da kommt etwas gelbes aus dem Rohr: Hexe. Über und über voll Sand, hechelnd, jappend steht sie da, das kleine Ding. Sie schöpfte frische Luft, schüttelte den Sand ab und schlief weiter ein.

Aber was ist das? Jetzt ist es ja da unten laut. Die ganze Arbeit ist vergebens. Schnell ein paar Zweige in den Durchgang und dort unten durchschlagen. Gerade stoßen wir auf das Rohr, da ist die Hündin wieder anderswo laut. Noch ein Durchschlag. Und kaum ist der halb fertig, da ist sie schon wieder anderswo, und so geht es sechs-, siebenmal. Und jetzt schnarrt es hier, wir öffnen das Rohr, und ganz matt kommt Hexe zum Vorschein, legt sich auf die Seite und hechelt. Wir holten ihr Wasser, putzen ihr Augen und Nase vom Sand rein, geben ihr ihr Frühstück und leinen sie an. Sie muß erst ein Schläfchen machen. Und auch wir fühlen unsere Knochen. So frühstücken wir noch einmal und machen uns ein bißchen lang.

Dann kommt Gretchen an die Reihe. Erst weiß sie so recht nicht, was sie soll, die zweijährige kleine Dame, aber als sie erst die Fuchswitterung kriegt, da schlieft sie brav ein.

Aber Glück haben wir heute nicht. Durchschlag über Durchschlag, und immer noch nichts. Schon ist Mittag längst vorüber, schon knurrt der Tauber zum zweitenmal, schon ist der Junge zum zweiten Male nach Süßbier geschickt, und immer hängt noch kein Fuchs an der Kiefer. Schon lassen wir sieben unsere Ohren hängen.

Endlich Standlaut! Wieder knirscht die Schaufel und die Schollen fliegen. Und jetzt stimmt's. Die Hündin liegt fest vor. Etwas links, da ist sie. Nein, mehr dahin! Doch nicht, links war richtig. Da ist das Rohr. »So recht, mein Gretchen, so brav. Hu faß faß, hu faß faß, so recht.«

Breite Hände räumen den Sand fort. Hell klingt der Hals der Hündin, aufmunternd schreit es herab: »So recht Grete, so brav, mein Hund, hu faß faß, hu faß!« Noch ein paar Handvoll Sand weg, da liegt sie, ein gelber zuckender Klumpen. Zärtlich wird sie abgeliebelt von der Hand ihres Herrn, wütend geht sie vor und weicht von den Schlägen des Fuchse zurück, deutlich hört man sein giftiges Keckern.

Eil! Sie ist geschlagen. Hu faß faß, hu faß! Noch einmal geht sie vor und weicht nicht zurück. Sie hat ihn gewürgt. Und gut gefaßt, gerade mit dem Todesgriff über den Nacken. Und wie fest sie ihn hält, als sie am Nackenfell ausgehoben wird! Wütend schlägt sie sich den toten Jungfuchs um die Behänge. Neugierig kommt mein Muck näher. Sofort hat sie ihm einen gestochen. »Fang dir selbst was, dann hast du was,« heißt das.

Eine kleine Pause für unsern Durst. Dann kommt Hexe wieder an die Reihe. Diesmal geht es schneller. In einer Viertelstunde liegt sie fest vor. Schnell wird durchgeschlagen, und sofort erscheint die Hündin, rückwärts herauskriechend, den toten Fuchs im Rachen. So recht, Hexe!

Weiter in der Arbeit! Den nächsten soll Muck würgen. Aber er zeigt wenig Schneid. Er fürchtet sich vor den engen, dunkeln Röhren, in denen es so streng füchselt. Aber wie Hexe, die den Fuchs wieder festmachte, abgehoben ist, da schlieft er, erst zaghaft, dann ganz brav und liegt gut vor. Was die anderen können, kann ich auch, denkt der kleine Mann.

Eil! Da hat ihn der Fuchs geschlagen. Das ist ihn doch zu frech! Er geht vor, der Fuchs keckert giftig, aber zum letztenmal; denn der Blondlockige hat ihn übers Genick gepackt und wird mit dem toten Feind hervorgezogen.

Noch ein Jungfuchs wird von Grete gewürgt. Vier haben wir. Zwei stecken noch drin und vielleicht noch die Füchsin. Aber der Tag geht seinem Ende zu. Die Schlagschatten der Kiefern verlängern sich, schon lockt die Himmelsziege in der Wiese, und wir müssen weg.

Eine kurze Wagenfahrt, ein Stehschoppen im Bahnhof, dann ins Coupé. Die Hunde verschlafen wieder die Fahrt. Muck jagt im Schlaf. Schließlich wacht er auf, reckt sich und leckt meine Hand.

Ich lieble ihn ab. Für den Anfang was's schon ganz brav, kleiner Mann. Du wirst gut werden!

Wittbart

Es sah seit einigen Tagen so aus, als ob es Frühling werden wollte. Im Holz ließ der Haselbusch seine gelben Troddeln lang hängen, die Blaumeise pfiff vom höchsten Eichenast, um die Mittagszeit flogen goldene Falter, Leberblume und Windröschen schoben blaue und weiße Köpfchen aus dem feuchten Fallaub, und über den Wipfeln scherzte rauh rufend ein Rabenpaar. Auch über die Feldmark ging der Frühling hin, lockte auf den Brachen das weiße Tausendschönchen, an den Grabenborden den gelben Huflattich hervor. Die Grasfrösche murrten in den Viehtränken, die Hasen jagten sich auf der hellgrünen Saat, über den Sturzacker tänzelte das Ackermännchen, der Rebhahn strich lockend von Stück zu Stück, und Lerche um Lerche stieg singend in die Luft.

Müsedot, der Bussard, der auf einem Maulwurfshaufen blockte und auf eine Maus paßte, fand, daß es jetzt anfange, nett auf der Welt zu werden. Die Sonne schien so schön warm, daß die Mäuse heraus und die Maulwürfe höher kamen; Frösche gab es schon genug und die Pflugschar warf Engerlinge heraus. Er legte den Kopf in den Nacken, schüttelte sein Gefieder, reckte die Flügel und dachte: es läßt sich schon leben. Da kriegte er einen so furchtbaren Schreck, das er fast von dem Maulwurfshaufen herunterfiel; denn hinter ihm gab es plötzlich ein Sausen und Brausen, und ein riesiger Schatten fiel auf die grüne Saat. Eiligst strich er ab, hakte hoch auf einem Fichtenwipfel auf und äugte hin und her nach dem Störenfried. Er gewahrte ihn bald, einen großen, gelb und weiß flimmernden, sich scharf gegen die sonnenbeschienene junge Saat abhebenden, unbeweglichen Fleck. Er wußte nun, wer ihn gestört hatte. Wittbart war es gewesen, der alte Trappenhahn. Den ganzen Winter über hatte er ihn nicht gesehen, den Alten. In jedem Spätherbste verschwand der plötzlich, und ebenso plötzlich war er wieder da, dieser dicke, aufgeblasene Vogel, dieser ungehobelte Flegel, der ihn jedesmal wegjagte, wenn er in seiner Nähe auf Mäuse paßte.

Wittbart stand eine volle Viertelstunde steif und still da, nur ab und zu den schnurrbärtigen Kopf drehend und nach rechts und links hinter sich sichernd. Alles wurde er gewahr, was höher als die Saat war oder anders gefärbt, den Kopf des Rebhahnes, der daraus hervortauchte, die Löffel des Hasen, die sich darin erhoben, die Bachstelze, die in der Furche entlang wippte, den Steinschmätzer, der darüber hinweghuschte, und die Maus auch, die unter ihm aus dem Loche sah. Dreimal steckte sie den Kopf heraus, dreimal zuckte sie zurück, dann sprang sie heraus, und in demselben Augenblick fuhr Wittbarts Schnabel herab, und um dieselbe Sekunde, als die Maus die dem Loche war, war Wittbarts Schnabel auch da; einmal quietschte sie noch, dann verschwand sie in dem breiten Rachen.

Der schnurrbärtige Kopf drehte sich wieder nach links und rechts und nach hinten, dann senkte er sich, der breite Schnabel schnitt Büschel um Büschel vor der Roggensaat ab, nahm hier eine Raupe, da einen Käfer mit, aber immer fuhr dazwischen der Kopf wieder hoch und sicherte ringsumher die Gegend ab, ob sich nichts Verdächtiges zeige; denn Wittbart traute niemals dem Landfrieden. Mutter Scharrut hatte ihm die Anfangsgründe der Vorsicht beigebracht, und das Leben hatte die weitere Ausbildung darin übernommen. Die Welt war gemein, das stand für Wittbart fest, vorzüglich der Mensch. Da hinten, vor dem Holze, ging so ein zweibeiniges, federloses Geschöpf hin. Es hatte Röcke an und ein rotbuntes Kopftuch um; aber trotzdem traute Wittbart ihm nicht; er kannte das. Als ihm der Bart wuchs, war einmal so ein Wesen in Röcken und Kopftuch laut singend den Koppelweg entlanggekommen, die Harke auf der Schulter. Wittbart hatte es ruhig bis auf achtzig Schritte herankommen lassen, und auf einmal ließ es die Harke fallen, es krachte zweimal, und Wittbart flog allerlei unangenehmes Zeug zwischen das Gefieder, schrammte ihm die Brust und riß ihm drei Schwungfedern aus. Seitdem hatte er genug von den Menschen, mehr als genug.

Plötzlich wurde sein Hals noch länger. Auf der großen Rodung links, wo im Herbst der Dampfpflug gewühlt hatte, schoß ein silbergraues Ding aus dem fahlen Grase, verschwand, schnellte wieder auf, verschwand wieder und kam abermals zum Vorschein. Und nicht weit davon leuchtet noch so ein Ding auf und ein Endchen dahinter ein drittes. Wittbart wußte, daß das Glattbost, Feinfoot und Grieshals sein mußten, drei ihm gut bekannte Hennen.

Einen Augenblick äugte er nach der Richtung, in der die Frau verschwunden war, und nach links und rechts, dann schüttelte er sein Gefieder, knickte mit dem Halse auf und ab, legte ihn auf den Rücken, fächerte den bunten Stoß, drehte die geblähten Schwingen nach vorn, brummte dumpf und rannte, sein Gefieder laut erschwirren lassen, in schaukelnden Gange über die Saat, daß Erde und Blätter umherflogen und sechs Hasen im Umkreise Männchen machten; denn Wittbarts schwere Füße ließen den Boden erdröhnen. Auch die drei silbergrauen Dinger auf der Rodung fuhren empor. Als sie den schwarzgelbweißen großen Ball über die grüne Saat taumeln sahen, und es wurden sogar vier.

Das letztere war Buntflunk, ein dreijähriger Trappenhahn. Vor einem Jahr hatte Wittbart ihn übel zugerichtet, und einsam hatte er Sommer und Herbst zugebracht. Als aber Wittbart beim ersten Schnee verschwand und sich wer weiß wo herumtrieb, hatte Buntflunk die drei Hennen für sich gewonnen und dachte gar nicht daran, diesmal wieder den Platz zu räumen. Er blähte seinen Hals, sträubte den Schnurrbart, richtete die Flügel auf und tanzte einen drohenden Tanz.

Der bunte Ball dort unten auf der Saat sank auf einmal auf die Hälfte seines Umfanges zusammen, und aus ihm heraus schoß der lange Hals und der dicke, schnurrbärtige Kopf Wittbarts. Immer länger wurde der Hals, immer enger legte sich das Gefieder zusammen, immer tiefer sank der Bart herab. Dann streckte sich der lange Hals, die Flügel lüfteten sich, Wittbart rannte ein paar Schritte vorwärts, holte sich mühsam Luft und sauste dann mit mächtigen Flügelschlägen bis vor die Rodung. Da stand er und reckte den Hals, und vor ihm reckten sich vier andere Hälse. Ja vier; denn Buntflunk hielt stand. Etwas bänglich war ihm ja wohl zumute, als der alte Raufbold angesaust kam, doch er blieb auf seinem Platz.

Aber da hielt es Wittbart für angemessen, den Jüngling Ehrfurcht vor dem Alter beizubringen. Wie der Blitz fuhr er auf ihn los, rannte gegen ihn an, hackte, kratzte und prügelte mit den Schwingen. Aber Buntflunk war auch nicht faul, er gab es reichlich zurück, teilte manchen Biß und Schlag aus, und hüben und drüben flogen breite, bunte Federn wie große Schmetterlinge empor und senkten sich in das Gras. Dreimal ließen die Kämpen voneinander ab, dreimal gingen sie gegeneinander an, beim dritten Male kam Buntflunk zu unterst zu liegen, erhielt Biß um Biß und rannte, von Wittbart wütend verfolgt, davon, um sich dann aufzunehmen und abzustreichen. Der alte Hahn aber stand da und äugte ihm nach; er ließ die Flügel hängen, hatte den Schnabel offen, jappte heftig, und sein Herz schlug so laut, daß die Hennen es vernehmen konnten. Dann ordnete er sein Gefieder, äste etwas junges Kraut, kratze sich ausgiebig, reckte sich und tanze den drei Hennen einen altmodischen, wilden Tanz vor, der sie so entzückte, daß sie den hübschen Buntflunk, der da weit oben auf der Brache stand und vor Wut und Scham fast platzte, bald vergaßen.

Weit davon hinter dem einzelnen Dorngestrüpp an dem Grabenrand kniete ein Mensch, ein junger Bursch von achtzehn Jahren. Seine Stiefel und Hosen, seine Ellbogen und seine Joppe waren voller Ton und Schmutz; auf seiner Backe waren drei rote Schrammen, aus denen das Blut herauslief und sich mit dem Schweiß mischte, der dem Jüngling unter dem Blondhaar hervorquoll. Mit den tonbeschmierten, zerkratzen Händen wichste er sich das Gesicht ab und schmierte sich nur noch schlimmer voll. Vorsichtig schob er die Büchse vor sich her und rutschte, Wasser und Schlamm nicht scheuend, vorwärts, ab und zu liegen bleibend, und sich den Schweiß abzuwischen, oder einen Schluck Wasser aus einer tieferen Stelle des Grabens aufsaugend oder wartend, bis sein klopfendes Herz sich beruhigt hatte.

Wo der Brombeerbusch in den Graben hineinhing machte er wieder halt. Vorsichtig richtete er sich empor erst auf die Hände, dann etwas höher, bis er kniete und durch den Busch hindurchsehen konnte. »Noch zu weit,« flüsterte er und spähte vorsichtig den Graben entlang, bis seine Augen hundert Schritte weiter an einem Steinhaufen hängen blieben, neben dem einige Büschel gelben Bandgrases standen. Einen Blick warf er noch dahin, wo Wittbart stand, dann verschwand er wieder und rutschte weiter, über nassen Sand, durch klebrige Tonbänke, die aus den Maulwurfslöchern herausgeflossen waren, durch grüne Algen und blankes Wasser.

Manchmal schauderte er etwas zusammen wenn das Wasser zu sehr Brust und Schenkel näßte, aber schließlich langte er bei dem Steinhaufen an.

Dort verschnaufte er erst eine Weile. Dann zog er den Mündungsdeckel von dem Büchsenlaufe, klappte das Fernvisier auf, drehte den Sicherungsflügel herum und richtete sich dann Zoll um Zoll empor. Als sein Blondhaar sich mit dem blonden Gras mischte, trübten sich seine Augen; denn alle vier Trappen sicherten nach ihm hin. Aber da hörte er weit hinter sich einen Peitschenschlag, und seine Stirn glättete sich wieder; denn nun wußte er, daß die Aufmerksamkeit der Trappen nicht ihm galt, und befriedigt sah er, daß eine nach der anderen wieder ihre Weide nahm.

Behutsam nahm er einen Feldstein nach dem anderen aus dem Steinhaufen, bis er freies Schußfeld hatte; dann schob er, als alle Trappen einen Augenblick die Köpfe unten hatten, den Lauf in die Lücke und rückte sich zurecht, bis seine Backe am Kolben lag. Scharf klang der feine Ton des Stechers durch das leise Rascheln des Bandgrases, und ganz sacht drehte sich die Laufmündung ein kleines bißchen nach rechts. Einen Augenblick zitterte der Büchsenlauf, dann lag er wie angeschraubt, und schon sah der Schütze über Visier und Korn Wittbarts blanke Brust und fühlte mit den Fingern nach dem Stechen da setzte sich eine Fliege vor das Korn. Jähe Röte schoß in das junge Gesicht und naß perlte es unter dem Blondhaar hervor. Endlich surrte die Fliege fort, und wieder sah der Schütze über Visier und Korn Wittbarts breite, blanke Brust. Schnell tippte der Finger an den Stecher, kurz klang der harte Schluß, ein feines Rauchwölkchen zog über die Saat und mit weit aufgerissenen Augen sah der junge Jäger dahin, wo die Trappen standen. Drei waren es nur; sie standen wie versteinert, dann rannten sie voran, machten einige plumpe Sprünge und strichen ab.

Und aus dem Graben flog der Jäger, lief über die grüne Saat, sprang über den Quergraben, fiel, sprang wieder auf und kam keuchend und atemlos auf der Mitte der Rodung an. Mit wilden Augen sah er um sich, dann stieß er einem Jubelruf aus, lehnte die Büchse an einen Baumstumpf und fiel neben Wittbart auf die Knie, der zwischen Gras und Erdschollen dalag, den Stoß noch halb gefächert, die Flügel breit ausgebreitet, still und stumm, den Hals mit dem schnurrbärtigen Kopf weit von sich gereckt. Rasch faßte der Jüngling ihn an die Ständer, ihn aufzuheben, ließ ihn aber wieder zurückfallen: »Dreißig Pfund und mehr,« sprach er lachend, »zu Hause werden sie die Augen aufreißen.« Dann sah er nach der Uhr und kratzte sich hinter dem Ohr, hing die Büchse um, wuchtete Wittbart über die Schulter und stieg mit schweren Schritten dem Schlosse zu. Da saß man längst beim Nachtisch, und der Vater meinte schon zum dritten Male: »Wo der Otto, der Bengel, bloß steckt; na, dem werd' ich den Kopf waschen.« Aber als die Tür aufging und ein über und über schmieriges, zerkratztes, schweißtreifendes Jungensgesicht darin auftauchte, als zwei schmierige Fäuste den Hahn hochreckten und eine rauhe verdurstete Stimme rief: »Der olle Hahn, ich hab ihn, den Ollen, krieg ich nun auch 'n Hirsch?« da lachte der Vater und rief: »Weidmannsheil!«

Der Bornbusch

Zwischen den Städten Walsrode und Rethem liegt das Dorf Groß-Eilstorf am Abhänge eines gewaltigen, an Geschieben reichen, beidwüchsigen Dünenzuges, den die Aller hier aufbaute.

Wo die Düne aufhört, beginnt das Moor. Einst war es eine fast ganz geschlossene Fläche von dichten Gagelbüschen, hier und da von einer krausen Kiefer und schlanken Birke oder durch einen größeren oder kleineren Weidenbusch oder Erlenhorst unterbrochen.

In den letzten Jahren haben die Bauern eine Bersche nach der anderen in das Moor gelegt; sie haben die Büsche gerodet, Gatter gezogen und das Vieh hineingetrieben, das den Boden gleichmäßig zertrat und düngte. Kleesamen brachten die Ammern und Finken, und so ist eine Wiese neben der anderen entstanden.

Einen Busch nur hat das Beil des Bauern verschont, den Bornbusch, das winzige Wäldchen zwischen der dürren Düne und dem Moor. Der Boden ist dort zu naß, und die Erlenbüsche sind nicht viel wert, und so blieb der Busch leben, während unten am Kanal alles sterben mußte, was Laub und Nadeln trug.

Als ich dieses Fleckchen Erde für mich entdeckte, war ich todmüde und verdrossen. Ich war von Tau und Tag aufgestanden, hatte klappernd und frierend im Schirm gesessen und auf den Birkhahn gewartet, aber es war ein toter Morgen. Die Bekassinen meckerten nicht, kein Kiebitz rief, keine Heidlerche dudelte, und dem Brachvogel verging die Lust zum Flöten. Später, als die Sonne kam, lebte alles auf, was sich vor dem Ostwind verkrochen hatte. Ringsumher kullerten die Hähne, gurrten die Ringeltauben, sangen Piper und Ammer, Fink und Lerche, die blühenden Gagelbüsche leuchteten wie frisch getriebenes Kupfer, die jungen Birkenblättchen glühten wie Smaragde, ich aber sah und hörte nichts und sehnte mich nach dem Bett; denn drei Nächte hintereinander war ich um ein Uhr aufgestanden.

Da kam ich an dem Bornbusch vorbei, und weil das Erlengebüsch, mir fließendes Wasser verkündigte, so ging ich darauf zu. Mit einem Schlage waren üble Laune, Müdigkeit und Durst vorbei; denn was ich da vor mir sah, das war zu schön.

Mitten im braunen Heidkraut lag ein tiefes, großes Quellbecken mit schön geschwungenen steilen Ufern, ganz und gar von dem Bergmilzkraut mit dem frischesten, saftigsten Grün und dem goldigsten, fröhlichsten Gelb überpolstert. Mächtige Farnkrautstöcke erhoben sich an dem Rande des Beckens und entrollten ihre goldschuppigen Wedel. Rund um die klare Quelle wucherte feistes Bachlungenkraut und fetter Sauerampfer.

Lange saß ich da und da sah mir diese entzückende Oase an, und dann ging ich am Rande des Bächleins entlang, dessen Ufer üppiger junger Pflanzenwuchs bekleidete und das sein klares Wasser lustig über gelben Kies, bunte Steinchen und grüne Fiederblättchen springen ließ, bis es sich unter blühenden Schlehenbüschen durchwand, und an glänzenden Stechpalmen, purpurnen Brombeerranken, jungen Himbeersprossen, kecken Weidenröschensprösslingen, und ernstem Wacholder vorbeischlängelte, den Wiesen zu, deren Staugräben es füllte.

Eine Woche lang jeden Tag war ich dann am Bornbusch, machte immer neue Entdeckungen und wurde nicht müde, still unter einem Busche zu kauern und allem zuzusehen, was das schlüpfte und hüpfte, kroch und flog, und allem zuzuhören, was da rispelte und raschelte, pfiff und flötete, zirpte und zwitscherte.

Ganz früh am Morgen war ich da, ehe die Dämmerung über die Düne schlich. Um mich herum lockten und meckerten die Bekassinen, klagten die Kiebitze, trommelten und fauchten die Birkhähne. Wenn es Tag war, sah ich die Mooreule über die Heide fliegen; mit gellendem Gemecker warf sie sich hinunter und stieß ihr Weibchen hoch, und dann strichen beide weiter.

Vor mir im weißblühenden, dicht begrünten Traubenkirchenbusch schlug Frau Nachtigall. Unten im Moor schlug eine andere, am Torfabstich eine dritte; ein Dutzend zählte ich aus dem großen Konzert heraus. Um meine Stiefel schnurrt der Zaunkönig, im Bächlein badet ein Hänflingspaar, auf dem grauen Findelsteine zertrümmert die Singdrossel eine Schnecke, in der hohen Erle zwitschert der Stieglitz.

Die Sonne wird wärmer. Da sausen zwei Ringeltauben heran; der Täuber tanzt über mir herum, klatscht mit den harten Schwingen, fällt in der Erle ein und trommelt sein dumpfes Lied. In dem Birkenbusch klettert der Sumpfrohrfänger auf und ab, seine krause Weise schwatzend, und über ihm in der Esche schlägt der Buchfink.

Die Ringeltauben stieben ab, ein Turteltaubenpaar streicht heran: Zärtlich schnurrt der Täuber, aber als die Amsel gellend zetert, unterbricht er sein Geschnurre. Heftig warnt jetzt auch das Rotkelchen, der Weidenlaubfänger, und sogar der Grünspecht, der an einem Grasbusch hackte, stößt seinen Angstruf aus.

Und jetzt fällt ein Schatten vor mich hinein; der Sperber, der Strauchritter, schwenkt um den glitzernden Stechpalmenbusch und hackt in der krummen Birke auf. Es dröhnt der Schuß, und im Sande schlägt der Räuber die bunten Schwingen und fächert den gestreiften Stoß. Rundumher ist alles stumm geworden, aber bald ist das laute Leben wieder im Gange.

Stare schnurren heran und trinken. Eine graue Bachstelze wippt über die Milzkrautpolster, der Baumpieper fällt schmetternd auf den Rosenbusch ein, ein Heidlerchenpaar trippelt über die Sandblöße. Dann schwirrt es laut hinter mir, rasselnd in das Vorjahrslaub, ich höre seltsam glucksende und kichernde Töne und dann ein hastiges Getrippel, und jetzt rennt es an mir vorüber, das Feldhuhnpaar, und verschwindet in der Heide.

Am Nachmittag war ich wieder da. Ich traf es gut. Kaum saß ich in meinem Versteck, da warnte die Dorngrasmücke. Aber sie beruhigte sich bald; denn es war nur der Turmfalke, der sie erschreckte. Aber als die gelbe Bachstelze so schimpfte, da faßte ich das Gewehr, ließ es aber wieder sinken. Der Kuckuck schlüpfte durch das Buschwerk, mit den gelben Gieraugen nach Nestern spähend.

Ganz still saß ich da und rauchte, und die Zeit wurde mir nicht lang. Erst kam einer der vielen Störche von Groß-Häuslingen und wollte an dem Quell auf die Forstjagd gehen, aber ich jagte ihn weg. Dann kam ganz vorsichtig die Elster angestrichen und schlüpfte nach langer Zeit in ihre Burg, die sie mitten in den dreimännerhohen Schlehenbusch gebaut hatte, dessen sparriges Dorngezweig alle Versuche der Eilstorfer Jungen, die Eier zu rauben, vereitelte.

Ein Kohlmeise verirrte sich hierher und hämmerte mit großen Getöne an dem trocknen Ast des Spindelbaumes herum, und so schnell wie ein Wiesel huschte plötzlich das gefleckte Sumpfhuhn durch die Seggenbüsche. Dann plumpste etwas aus der Luft herab, und nach einer Weile stocherte eine Bekassine zwischen den roten Krötenbinsen umher und entschwand meinen Augen im Gekräut.

Im Moore erscholl ein lautes Flöten, voll und rund, und setzte sich in ein weiches Trillern um. Zwei große Schatten fallen über das Quellbecken, und dann läßt sich der große Brachvogel dort nieder. Unbekümmert um ihn singt die Goldammer weiter; aber als hoch in der Luft die Rohrweihe vorübersegelt, da stürzt sie sich in den Busch, und das Rohrammerpaar verschwindet in dem vorjährigen Schilf.

Der Brachvogel hat sich erhoben und ist fortgestrichen, aber nun ist Trinkzeit, und jeden Augenblick kommen neue Gäste. Erst eine Krähe, die eine junge Waldwühlmaus fängt, dann zwei Grünfinken und eine Haubenmeise. Drüben zwischen den bunten Steinen rennt der Steinschmätzer umher, neben mir turnt ein Paar Schwanzmeisen in der Eberesche; als ich einer schnell dahinschlüpfenden Waldeidechse nachsehe erblicke ich in dem dürren Laube einen schwarzen, glänzenden Punkt, das linke Auge der Nachtschwalbe, die es sich da in der Sonne behaglich sein läßt.

Über mir fliegen lustig zwitschernd die Rauchschwalben hin, einzelne Hausschwalben zeigen sich auch, mit viel Lärm erscheint ein Flug Uferschwalben, oben in der Luft schießen schrill schreiend die Segler dahin, und unsichtbarer Feldlerchen Gesang perlt herab. Der rotrückige Würger kommt mit einem Mistkäfer an, spiest ihn auf einen Schlehendorn und verschwindet ebenso heimlich, wie er gekommen ist, während der Raubwürger auf der Spitze der hohen Wacholderpyramide thront und eifrig Umschau hält, ob auch ringsumher alles ordentlich hergeht.

Jetzt warnt er und flattert von seinem Warteturme fort, denn er hat den Mäusebussard erspäht; der möchte gern an der Quelle auf Mäuse lauern, aber der Würger läßt ihm keine Ruhe, und geärgert streicht der Raubvogel ab. Dohlen, die den Eilstorfern zum Ärger in den Schornsteinen nisten, kommen zur Tränke, eine Sumpfmeise zimmert an dem faulen Erlenstumpf, ein Hausrotschwanz, der unten im Moor bei den Bauern brütet, macht einen Abstecher nach dem Bornbusch und ärgert sich über das alberne Geschwätz und die dummen Faxen des Eichelhähers, und schließlich hüpft sogar ein Blaukelchen zum Wasser. Es sieht plustrig aus; Krankheit hat es abgehalten, seinen Genossen zu folgen, die neulich hier einige Tage sich aufhielten.

In den hohen Kiefern auf dem Dünenkamm läßt der Schwarzspecht seinen Glockenruf erklingen, und auf der höchsten Kiefer ist ein großer heller Fleck, ein Reiher, der auf dem Flug zur Aller Pause macht. Es dämmert schon etwas. Die Tannenmeisen in der Kieferndickung sind stumm, und die Goldhähnchen kommen immer tiefer nach dem Boden hin. Ein heller Streifen schwebt über die Heide. Ich mäusele, und das Wiesenweihenmännchen streicht so dicht auf mich zu, daß ich in seine gelben Augen sehen kann.

Die Uhlenflucht naht heran. In der Dickung unkt unheimlich die Waldohreule, vom Gehöft her klingt der Ruf des Steinkauzes. Überall locken und meckern die Bekassinen, in der Heide kullert ein Birkhahn, Krickenten streichen vorüber, Stockenten folgen ihnen, und im Gestrüpp hebt der Heuschreckenfänger sein seltsames Liedchen an.

Als es ganz dunkel war, ging ich heim, aber am anderen Tage war ich wieder da. Nur eine Stunde hatte ich Zeit, aber viel Schönes brachte sie mir. Zehn Schritte vor mir spazierte der Wiedehopf umher und jonglierte mit Würmern und Nacktschnecken. Den Fischadler sah ich über das Moor streichen, den Kolkraben hörte ich rufen, ein Dompfaffenpaar kam zum Trinken, und als ich meinen Lauerposten verließ, das Gewehr abspannte und über den Bach sprang, da fuhr wie ein Schatten der Habicht an mir vorüber, der, unbemerkt von mir, hinter dem Gagelbusch ein Teichhuhn kröpfte, das er in dem verwachsenen alten Torfstich geschlagen hatte.

Acht Jahre bin ich an dem Bornbusch nicht gewesen, aber vergessen habe ich ihn nicht und will es bald wieder besuchen, mein kleines, grünes Paradies zwischen Moor und Geest.

Die Reiher

Südlich von Celle, nach Uetze zu, liegt das Kirchdorf Wathlingen. Es ist noch so recht ein Dorf nach alter Art, ein Dorf, an dem man seine Freude haben kann. Kein häßlicher Backsteinrohbau entstellt es; wie aus der Erde herausgewachsen stehen die sauberen Fachwerkhäuser unter breitkronigen Eichen da.

Lange wird es vielleicht nicht mehr so bleiben, das alte Dorf. Schon sucht man in seinen Heiden und Brüchen nach Erdschätzen, fremde Mundarten klingen auf der Dorfstraße und in den Krügen, und wo sonst an milden Sommersonntagsabenden die Mädchen ihre alten Lieder sangen, reihweise untergehakt, da werden andere Klänge erschallen: das dröhnen des Fallmeißels, das Donnern der Lowrys, das Heulen der Sirenen.

So wie es jetzt ist, ist es schöner, als wenn zischende Dampfwolken aus heißen Röhren durch die Wipfel seiner Eichen flattern und schwarze Rauchströme aus roten Schloten um die Kronen seiner Pappeln fliegen; seine stillen Sonntage werden dann verschwunden sein, findet der Diamantbohrer Kali oder die Pumpe Öl, diese Sonntage, an denen die Menschen still und zufrieden vor den Türen sitzen und den Schwalben zuhören, die zwischernd um die Giebel fahren, dem Kuckuck, der im Holze läutet, den Störchen, die bei ihren Nestern klappern, und den Reihern nachsehen, die trägen Fluges zur Fuhse und Aller fliegen.

Die Störche und die Reiher sind die Wappentiere von Wathlingen. Es gab einst eine Zeit, in der jedes Dach im Dorfe ein Storchnest trug und manches sogar zwei. Seitdem aber mit den Strohdächern die Nester zur Erde mußten, blieb manches Storchenpaar aus, und andere kamen nicht wieder, als man ihnen ihre Jungen nahm und sie Handelsleuten verkaufte, die sie nach England schafften, dem storchlosen Lande. Aber zwanzig Paare mögen heute in Wathlingen noch brüten, und wo Heu aufgeladen wird, da stelzt ernst und würdevoll Herr Langbein zwischen den Leuten umher und fängt die Mäuse, Frösche und Käfer fort, die die Harke bloßlegt.

Auch Reiher gibt es nicht mehr so viele dort wie vor Jahren. Einst hegte und pflegte man sie liebevoll, hielt jede Störung von ihnen fern und verzeichnete genau, wieviel Horste besetzt waren. Das war zu jenen Zeiten, als man den schlauen Fischer mit dem Falken jagte. So manches bunte, wilde Bild mag sich dort oft geboten haben, wenn eine glänzende Reiterschar durch das Fuhsebruch sprengte, daß das Wasser hoch aufspritzte. Erspähen dann des Falkners geübte Augen den abstreichenden Reiher, so nahm er dem Beizvogel die bunte reichgestickte Haube ab, und warf ihn mit hellklingendem Weidruf dem Wilde nach, und hinter dem Reiher, hinter dem Falken brauste dann die Jagd durch dick und dünn, über Sumpf und Sand.

Das war noch ein Kampf mit gleichen Waffen, Vogel gegen Vogel, Pferdehufe gegen Reiherschwingen, Leben gegen Leben; so mancher Edelfalk für viel rotes Gold von den isländischen Händlern gekauft, so mancher Blaufuß, um viele Pfunde Silbers von den Falkenfängern aus Bederkesa erstanden, stürzte verendend aus der Luft herab, vom Dolchstoß des Reihers getroffen, und oft wenn der graue Fischer, die Fänge des Falken im silbernen, schwarzgefleckten Halse, krampfhaft rudernd zu Boden sank und mit roten Tropfen das grüne Gras färbte, umringt von dampfenden Rossen, hinter deren Mähnen aus erhitzten Gesichtern vor Jagdluft funkelnde Augen blitzen, dann lag auch wohl, dumpf stöhnend, mit zerschmetterten Knochen, ein junges Blut in Moor und Mulm, oder ein angstvoll schnaubender Gaul beschnupperte ein blasses, blutbespritztes Gesicht im hohen Schilf.

Die Zeiten sind lange vorbei. Berthold Schwarz, der Große Revolutionair in der Mönchskutte, gab dem Krieg und der Jagd eine andere Art. Armbrust und Saufeder, Bolzen und Spieß wanderten in die Rumpelkammer, Kraut und Lot lösten sie und den edlen Falken ab. Einige Zeit noch gab man aus alter Gewohnheit dem heimlichen Fischer Freibrief und Freistatt, ließ ihn seine Horste bauen und seine Brut großatzen; aber allzusehr eiferten die Nützlichkeitsfanatiker gegen den Fischereischädling, und so zog man los, mit Flinten und Büchsen aller Art, aß gut und trank noch besser, donnerte die Jungreiher hundertweise aus den alten Eichen herab und ließ sie liegen, den Füchsen zum Fraß und den Maden zur Mahlzeit.

Viele Reihersiedlungen im Hannoverlande verschwanden ganz, andere schrumpfen auf ein Restchen zusammen. Auch in Wathlinger Holze horsten nicht mehr, wie einst, über hundert Paare, etwas mehr als dreißig mögen es noch sein. Im jeder Flußbucht legt man ihnen Eisen, in jedem Fischteich stellt man ihnen Fallen, kein Jäger gibt ihnen Quartier, jeder Fischer schwört ihnen den Tod; im nächsten Jahrhundert wird kein Reiher mehr zwischen Ems und Elbe horsten.

Noch aber hat der stolze Vogel hier und da eine Freistatt, und wen der Weg in die Nähe einer der Wälder führt, in denen die grauen Fischer noch hausen dürfen, der mache ihnen einen Besuch. Seltsam ist ihr Gebaren und sonderbar ihre Art, an Deutschlands Urzeiten gemahnt ihr Wesen, und an alte Tage erinnern die Stätten, wo sie siedeln; ein Stück Vorzeit ist im jedem Reiherwalde am Leben geblieben.

Wer rund um Wathlingen die gut bestellten Felder und schön gepflegten Wiesen liegen sieht, der ahnt nicht, daß eine halbe Wegestunde weiter ein solches Stück urwüchsigen deutschen Waldlebens liegt. Aber schlägt er den Birkenweg durch die Wacholderheide ein, der zu dem Forste führt, dann sieht er schon einen der Riesenvögel mit vollem Kropfe zu Holze streichen oder ledigen Kropfes zu Flusse fliegen, oder mit heiserem Warnrufe von einer Randeiche abstreichen. Allererlei Leben begegnet ihm im Walde bei jedem Schritt; den Schlag der Nachtigall übertönt der Schrei des Rotspechts, den Chorgesang von Fink und Meise, Mönch und Fitis unterbricht das dumpfe Trommeln der Hohltaube; der Drossel Lied, der Amsel Weise und des Pirols Geflöte verschwindet vor dem klingenden Ruf des Gabelweihs. Huschten in den jüngeren Beständen vor seinen Tritten Kaninchen über den Weg, so fällt weiterhin im Forst sein Blick auf die Fährte von Rotwild, und freute er sich auf dem großen Schlage an den Rehen, die vertraut zwischen dem üppigen Ellernstockaufschlag äsen, so überrascht es ihn, von einem Sumpfgraben den einsamsten unserer großen Waldvögel, den Schwarzstorch, abstreichen zu sehen.

Zu der Reihersiedlung gelangt man, wenn man das zu den Fuhsewiesen führende Quergestell zur Linken einschlägt. Dort führt ein hölzerner Steg über den breiten Graben, und ist man ein Stückchen in den alten Eichenbestand eingedrungen, so vernimmt man bald ein Stimmungsgewirr eigener Art. Es klingt bald, als wenn eine Schar Gänse untereinander riefe, bald wie das Gegrunze einer Herde Schweine. Ein geübtes Ohr unterscheidet schnell die hellen Stimmen der Jungreiher von den tiefen Baßlauten der alten. Pirscht der Besucher sich vorsichtig, das zwischen hoch aufsprießenden Brennesseln und üppigen Springkrautbüschen massenhaft herumliegende Geknäck vermeidend, heran, so bekommt er bald einen der in den von Eichenwickler kahl gefressenen Krone stehenden mächtigen Horste zu Gesicht und kann alt und jung leicht beobachten.

In den äußersten Astgabeln mächtiger, glattschäftiger, efeuumsponnener Eichen oder in den Kronen schlanker, hoher Ellern stehen die Horste, mächtige, tiefe, halbeiförmige Bauwerke aus starken Ästen, innen mit feinerem Gezweig ausgelegt. Unordentlich und sparrig ist ihr Aussehen, aber dauerhaft und fest sind sie gearbeitet. Die Zweige um jeden Horst sind weiß getüncht von dem Geschmeiß der Reiher, dessen ätzende Kalkbestandteile allen Pflanzenwuchs am Boden zerstören, mit Ausnahme der Nesseln, die gut gedeihen.

Im ersten Frühjahr, wenn das Wasser der Fuhse noch den Boden des Bestandes bedeckt, erscheinen die Reiher aus dem Süden und machen sich wieder heimisch. Kreischend und polternd zanken sie sich um die Horste, flicken die alten aus, legen neue an, und bald darauf enthält jeder Horst drei bis vier hühnereiergroße, hellblaugrüne Eier, aus denen dickköpfige, stachelkielige Junge auskriechen. Nun haben es die alten Reiher sauer; unaufhörlich gieren die Jungen und können nicht genug Fische, Frösche, Mäuse, Egel und Larven hinabschlingen.

Wenn die Flügelfedern die Kiele durchbrochen haben, wagen sich die Jungreiher auf die Ränder der Horste, und sind die Schwingen voll entwickelt, dann fußen sie auch auf den benachbarten Zweigen steif wie ein Pfahl verharrend, bis sie hinten über den Wiesen die Umrisse ihrer heranrudernden Alten erspähen; dann recken sie die langen, dünnen Hälste, zittern unter den mächtigen Fittichen, steigen auf die äußersten Spitzen der Äste und gieren den Alten entgegen, die mit vollen, tief herabhängenden Kröpfen herannahen. Heiser schnattern die Jungen, wenn die Alten den Fraß herauswürgen, und ein seltsames Konzert ertönt in den Kronen. Ab und zu entfällt der heißhungrig schluckenden Gesellschaft ein Bissen und poltert zu Boden, den Krähen und Gabelweihen ein bequemes Futter.

Die Besitzer des Gutes, zu dem das Holz gehört, läßt die grauen Fischer gewähren, so weit es geht. Ab und zu trifft ein Gast ein, der einige Reiher abschießen möchte, und dann gibt es Schreckengekreische und Angstgerufe in der Siedlung. Ringsherum tönt der heisere Warnruf, dumpfer Flügelschlag erklingt über den Eichen, Eschen und Ellern, gewaltige Schatten huschen über den sonnenbeschienenen grünen Waldbodenteppich, und sowie der erste Schluß fällt, verdoppelt sich das Kreischen und Rufen, das Sausen und Fuchteln in der Höhe. Hoch über den Kronen schweben die Vögel hin, ihre dunklen Fittiche schatten, ihre weißen Hälse leuchten, dort poltert einer, der bei seiner Brut aushielt, laut rauschend fort, ein andere fußt auf einer Randeiche, und bei jeden Schuß erhebt sich der Lärm von neuen.

Ziehen die Jäger ab mit ihrer Beute, verfolgt von summenden Mückenhaufen, denn kehren die alten Reiher zurück, und bald herrscht wieder derselbe Kinderstubenlärm wie zuvor. Aber ein Jungreiher nach dem anderen prüft die Flügel, ein Horst nach dem anderen wird leer, und wenn der Juli herannaht, dann wird es still im Wathlinger Holze; die alten und jungen Reiher verteilen sich, die einen fischen an der Fuhse, die anderen an der Aller, wieder andere streichen bis zur Weser, Ems, Leine und Elbe, und einige sogar bis nach dem ostfriesischen Küstenland und zu den Inseln der Nordsee, bis der Winter sie südwärts treibt.

Dann ist das Wathlinger Holz ein Wald wie jeder andere; doch wenn die ersten Weiden ihre goldenen Kätzchen entfalten, kehren die großen Vögel wieder zurück zum alten Heim am Fuhseufer.

Die Otter

»Jetzt wird es schön,« denkt die Maus, die in dem krausen Stechpalmenbusch wohnt, der unter der breitästigen Hüteeiche steht.

Ein feines Versteck hat sie da. Die Hütejungen haben sich dort eine Moosbank gemacht, in der eine Maus schon wohnen kann, vorzüglich, weil sich dort nebenbei immer allerlei zu treffen findet, das es anderswo nicht gibt, Brotkrümchen, Wursthaut, Käsebrocken, Apfelschale, Pflaumenkerne und sonst noch allerlei.

Es ist darum kein Wunder, daß die Waldmaus so kugelrund aussieht, trotzdem der Winter hart und lang war. Es wächst ja soviel Pfeifengras auf dem Damme, am Grabenrand wuchert die Heide; beider Samen finden sich in Masse. Der Wald ist nicht weit, und da liegen die Früchte von Fichte und Erle, Kiefer und Birke und dürre Beeren alle Art, und an allerlei Geziefer ist auch kein Mangel.

»Wie schön warm es heute ist!« denkt das rote Mäuschen und macht vor Freunde einen Hopser nach dem anderen. »Sitz da nicht ein fetter Käfer? Natürlich!« Schwupp, hat sie ihn, beißt ihn tot, reißt Flügel und Beine ab und verspeist ihn, auf den Keulen sitzend und die Beute in den Vorderfüßchen haltend. »Und das da, das ist ja eine von den saftigen, bekömmlichen Raupen! Ach ja, die gute Zeit ist da!«

Genau dasselbe denkt das Ungetüm, das breit und faul unter dem Stechpalmenbusche liegt und sich von der Aprilsonne bescheinen läßt. Schon seit einer Stunde liegt die Kreuzotter da und läßt die Maus nicht aus dem Augen. So, wie sie daliegt, sieht sie wie eine braune, mit schwarzen Moospolsterchen bewachsene Kiefernwurzel aus, und nur die roten Mörderaugen und die ab und zu hervorzuckende Zunge zeigt, daß es ein Wesen von Fleisch und Blut ist.

Vom Herbste bis zum Frühling lag sie steif und starr unter der Moosbank, und über ihr wohnte die Maus. Als die Sonne wieder warm schien, im Graben frisches Grün auftauchte und die Zitronenfalter flogen, erwachte die Otter, kroch aus ihrem Verstecke, trank sich am Tau satt und wärmte sich an der Sonne, bis sie wieder geschmeidig wurde. Dann kroch sie so lange zwischen den Heidkrautstengeln umher bis ihre alte Haut als silbergraues Netzwerk darin hängen blieb, erholte sich von der Anstrengung und merkte dann, daß sie sehr hungrig war.

»Sieh da, sieh da, eine Maus!« denkt sie. Eben war sie da, jetzt ist sie dort. Mäuse sind flink, Ottern sind langsam; aber Mäuse sind unvorsichtig und Ottern haben Zeit. Die roten Augen gehen immer dahin, wo die Maus ist. Ganz langsam schiebt die Otter sich vorwärts, dahin wo die Maus eben hinsprang. Sie weiß, sie kommt denselben Weg wieder zurück. Da ist sie auch schon. Eine Fliege mit verkrüppelten Flügeln hüpft hilflos im Sande hin und her. Das lockt die Maus. Ein Sprung, und sie hat die Fliege, und die Mahlzeit beginnt.

Langsam hebt die Otter den Kopf, blitzschnell läßt sie ihn nach der Maus zucken und schlägt ihr die Giftzähne in den Nacken. Das Mäuschen piept auf, läßt die Fliege fallen, macht einen Sprung und noch einen, fällt um, zittert und verendet. Langsam kriecht die Schlange näher, bezüngelt ihre Beute, reißt den Rachen auf, umfaßt den Kopf der Maus und würgt sie hinab. Dann kriecht sie auf ihren Lauerplatz zurück. Eine Stunde liegt sie fast regungslos da, dann aber kommt wieder Leben in ihre Augen. Ein Sumpfmeisenpärchen turnt in dem Schlehenbusch umher, der an der anderen Seite der Eiche steht. Behutsam schiebt das Untier sich voran; sind auch die Meisen oben im Busch, vielleicht kommen sie tiefer.

»Sieh, sieh da, da!« ruft das Meisenmännchen und pickt ein Räupchen nach dem anderen aus den Blütenknospen. Aber da unten, dicht über der Erde, sind die Knospen schon aufgeblüht, und aus jeder dritten läßt sich ein dickes, fettes Räupchen an einem Faden in das Moos hinab. Immer tiefer turnen die beiden grauen, schwarzmützigen Vögelchen, und jetzt huscht das eine auf den Boden und pickt die Räupchen aus dem Moore. »Piep!« sagt es auf einmal, flattert in die Höhe, fällt herunter, schlägt mit den Flügeln, zittert und bleibt tot liegen. Entsetzt fliegt das Männchen näher, jammert schrecklich und flattert hin und her, und schließlich fliegt es zu dem Weibchen hin. Da schnellt der Otterkopf noch einmal aus dem welken Grase heraus, und gleich darauf liegt auch das Männchen tot da.

Zwei Tage und zwei Nächte verdaut die Otter, dann bekommt sie neuen Hunger. Eine Wasserspitzmaus, die am Grabenrande nach Raupen sucht, fällt unter den Giftzähnen, und ein Moorfrosch, der sich an der Sonne freut und auf Mücken jagt, hat dasselbe Schicksal. Auch das Zaunkönigweibchen, das in dem Schlehenbusche nach Spinnen sucht, stirbt einen schnellen Tod, und die Feldmaus, die hastig durch das alte Laub huscht, hält mitten im Laufen inne, piept auf und fällt um. Die alte Otter war gar nicht dumm, als sie sich diese Stelle hier als Stand wählte, Feld, Moor, Weide und Wald stoßen hier zusammen, und so gibt es Beute von aller Art, Feldmäuse, Waldmäuse, Zwergmäuse, Spitzmäuse, vielerlei Frösche für den Notfall und so manchen kleinen Vogel. Es läßt sich hier schon leben.

Das meinen die Hütejungen auch, die mit ihren Kühen angesungen kommen. Da ist der Wald, in dem es später allerlei Beeren und auch Nüsse gibt; hier ist der Teich, darin kann man baden, wenn es sehr heiß ist. Und dort ist die Moosbank, auf der es sich so weich sitzt, und von der aus man, ein tüchtiges Butterbrot in der Hand, so weit über die Feldmark und das Moor bis zu dem blauen Walde sehen, den Storch in der grünen Wiese und den Bussard am blauen Himmel beobachten kann. Hasen kommen an, Rehe ziehen vorüber, Kiebitze, Krähen und Elstern zeigen sich, am Graben huschen Eidechsen, quaken Frösche. Bunte Käfer rennen hastig über den Sandweg, wenn sie auffliegen, blitzen sie wie Edelsteine. Allerlei Schmetterlinge fliegen und rote Wespen, die Spinnen und Raupen in ihre Erdlöcher schleppen. Es ist sehr viel los an dieser Stelle.

Aber die Moosbank ist über Winter etwas baufällig geworden, sie muß ausgebessert werden. Konrad geht Moos holen, und Krischan räumt das alte Laub und das verwelkte Gras fort. Gerade als Konrad mit dem alten Sack, der ihm als Regenmantel dient, voller Moos zurückkommt, schreit Krischan auf und hält seinen Bruder mit kreidebleichen Gesicht die Hand entgegen. Er ist der Otter zu nahe gekommen, und sie hat ihn in den Finger gebissen. Im Sturmschritt rennen beide Jungen dem Dorfe zu. Der Vater unterbindet die Wunde, die Mutter macht einen Umschlag von dicker Milch, der Knecht spannt an, und der Vater fährt, so schnell die Pferde nur laufen können, zum Kirchdorfe, wo der Arzt wohnt. Der schneidet den Finger an und macht Einspritzungen, und nach vierzehn Tagen kann Krischan denn Arm wieder bewegen; wenn aber ein Gewitter heraufzieht, tut ihm der Arm noch sehr weh.

Es war ein schwüler Maitag gewesen, als die Otter den Jungen biß, einer von den Tagen, an denen die Ottern Heißhunger haben. Da nun die Jungen bei der Moosbank soviel Unruhe gemacht hatten, ließ sich weder Maus noch Vogel blicken, und da es mit der Anstandsjagd nichts wurde, ging die Schlange auf die Pirsche. Sie war schon dicht bei dem Waldrande, in dessen Vorbüschen sie Jungvögel nach Futter piepen hörte, da flog ein großer Vogel aus der Zitterpappel. Es war des Bussard, der hier auf Mäuse lauerte. Froh über die fette Beute, stieß er herab, faßte die Otter hinter den Kopf und über den Rücken, biß ihr den Kopf entzwei und flog gerade auf, um sie seinen Jungen zuzutragen, da kam der Jäger um die Ecke, riß das Gewehr an den Kopf und schoß den guten Vogel tot.

Als er ihn aber aufnahm, sah er, daß der eine Kreuzotter in den Fängen hielt, und da schämte er sich doppelt; denn im vorigen Sommer war ihm seine Teckelhündin an dem Bisse einer Otter eingegangen.

Der Morgenspaziergang

Meister Adebar, der Storch, hat ausgeschlafen. Er richtet sich auf, wirft den Nachttau von den Federn und ordnet mit dem Schnabel sein Gefieder. Noch ist es halbe Nacht; der Nebel liegt in dem Grasgarten; auf dem Windbrette des Schafstalles sitzt das Käuzchen und macht Knickse, und in der Ecke murkst der Igel umher.

Aber jetzt wird es Tag. Eine Krähe quarrt vorbei, die Elster schielt aus der Pappel heraus, die Amsel singt, der Fink schlägt, und die Spatzen, die in dem Storchneste zur Miete wohnen, werden munter und fangen an zu schilpen.

Da erhebt der Storch sein Gefieder und fliegt über den Grasgarten und die Kartoffelfelder, das Heidland und die Wiese; da, wo der Bach sich durch das Erlengebüsch quält, braust der Storch hernieder.

Es ist ein Morgen ganz nach seinen Sinne. Das Gras ist naß vom Tau, aber nicht so sehr, daß es eiskalt wäre. Die Luft ist mild und weich, und kein Lüftchen rührt sich.

Der Storch weiß, daß er heute satt werden wird. Gestern blies der Ostwind, da hielt sich die Maus im Loche und der Frosch im Teiche, die Heuschrecken waren verschwunden und die Raupen nicht zu finden; viel Suchen kostete es Meister Langhals; bis er halb satt wurde.

Heute aber lohnt es sich. Langsam schreitet er am Bache entlang. Der rote Schnabel fährt hinab, ein grüner Frosch ist im Kropfe. Ihm folgt ein brauner und dem eine Feldmaus, ihr ein brauner Frosch und dem eine große Heuschrecke, und dann folgen zwei Mäuse und eine dicke, fette Wühlratte, die allzu unvorsichtig zwischen dem Uferschilfe hinhuschte.

Drüben, wo das braune Moor an die Wiese stößt, geht die Störchin; auch sie ist zufrieden. Kaum stand sie in der Wiese, da fuhr ihr Schnabel herunter und zog den Maulwurf aus seiner Fahrt. Dann fing sie einen Frosch, einen grünen, der fett und dick war, und ein halbes Dutzend kleine und eine Maus, nahm dann einige Graseulenraupen mit, und schließlich gab es einen Hauptspaß. Vor ihr bewegte sich das Gras. Behutsam, daß der Boden nicht erschüttert wurde, schlich Mutter Storchen näher, bis sie sah, was es da gab. Und dann stieß sie dreimal zu und strich nach dem Neste, ein lange, dicke fette Kreuzotter im Schnabel, die sie ihren Jungen hintrug. Auch die übrige Beute spie und stopfte sie ihnen in die Schnäbel. Bald darauf kam auch Vater Storch und sorgte für die Kleinen.

Die Sonne steht schon über dem Walde und trocknet das Gras. Die Störche schreiten wieder durch die Wiese, langsam und bedächtig, wie es sich für Pirschjäger gehört. Was an Raupen, Käfern, Nachtfaltern, Heuschrecken und Schnecken sich findet, wird aufgenommen und verschwindet in dem Kropfe. Aber wenn irgendwo das Gras sich stärker rührt, wenn es lauter raschelt, dann machen die Störche lange Hälse und weite Schritte, und ehe die Maus das Loch, der Frosch den Graben und die Schlange das Heidkraut erreicht, fährt ein harter Schnabel nieder, und aus ist es mit Körnersuche, Fliegenjagd und Mauspirsche. Jetzt aber erschallt ein klagender Laut und ein großer schwarzweißer Lappen flattert in der Luft umher und noch einer. Ein Kiebitzpaar ist es, das hier seine Jungen führt. Es weiß, entdecken die Störche sie, so ist es um die Kleinen geschehen, und darum stoßen sie solange auf die Langhälse, bis die geärgert ihr Gefieder erheben und über den Wald fliegen.

Dort ist das Bruch, in dem die Hütejungen mit dem Vieh sind. Unmassen von Mistkäfern gibt es dort und sehr viel Frösche und Eidechsen, drei Arten Schlangen und mancherlei Mäuse. In dem klaren Bache sind Schmerlen und Ellritzen, und die weiß der Storch gut zu fangen. Aber es ist schon jemand da, der sich auch auf die Schlangenjagd und den Fischfang versteht, auch ein Storch, aber ein anderer. Zwar leuchtet sein Schnabel auch so rot wie Siegellack, und feuerrot sind auch seine Stelzen; aber bis auf den weißen Bauch ist sein Gefieder schwarzgrün, mit Kupferglanz überhaucht, daß es in der Sonne blitz und funkelt.

Ein einsamer, menschenscheuer Geselle ist's, der Schwarzstorch. Tief im Bruche, wo Fichten und Erlen, Kiefern und Birken auf moorigem Boden dichte Bestände bilden, hat er in einer alten Kiefer seinen Horst. An einsamen Stellen, wo er auf keinen Menschen stößt, jagt er. Auch er

nimmt alles, was er bewältigen kann, von der Kreuzotter bis zum Regenwurm, von der Wühlratte bis zur Zwergmaus, und ganz ausgezeichnet versteht er es, die Neunaugen aus dem Bache
zu fangen und die Karauschen im Kolke zu erbeuten.

Aber da kommen schreiend und singend die Jungen mit dem Vieh an, und da hüpft er, bis
er Luft unter den Flügeln hat, und verschwindet im Walde. Das Storchenpaar aus dem Dorfe
aber jagt weiter, und viele Frösche, manche Maus und einige Kreuzottern müssen ihr Leben
lassen; mehrere Male fliegen die Störche mit vollen Kröpfen zum Dorfe und kommen mit leeren
wieder; denn die Jungen können im Fressen Gehöriges leisten.

Endlich aber sind sie satt und lassen das Gieren sein. Mutter Storchen setzt sich über sie,
um sie gegen die Sonnenglut zu schützen; der Vater aber fliegt noch einige Male ab und zu
und holt nasses Torfmoos vom Moore und pflastert den Nestrand damit aus, damit die Jungen
Kühlung haben.

Dann aber hat auch er Ruhe. Er biegt den Hals hintenüber, legt den Schnabel auf den Rücken
und klappert, und dann schläft er; er ist müde von dem Morgenspaziergang.

Ein Schlauberger

Quer durch den Bergwald zieht sich eine gewundene Schlucht, das Überbleibsel eines ehemaligen Erdfalles, in den so lange Gesteinschotter und Erde hineineinrollte, bis aus der Kluft eine Rinne wurde. Mit der Zeit wurde ein Hohlweg daraus.

Der älteste Rehbock, der in der ganzen Gegend steht, hat bei dem Hohlweg seinen Stand; wird er abgeschossen, so steht nach einigen Tagen wieder ein alter Bock hier, der den jüngeren Bock, der dort Unterstand nahm, fortbringt. Weit und breit gibt es keinen Winkel, der als Stand für einen Bock so günstig ist wie die Haulung, wie der Wald seit unvordenklichen Zeiten bei den Bauern heißt. Er ist eine halbe Stunde lang, eine Viertelstunde breit und läuft ganz über den buckeligen, vielfach gewellten Rücken des Hügels.

An drei Seiten fassen Wiesen und Felder den Wald ein, die vierte ist heidwüchsig und mit jungen Kiefern, Birken und Fichten bepflanzt. Rund herum steht allerlei Buschwerk. Der Wald besteht aus vielerlei Baumarten, hat eine Unmenge Sträucher, eine stark fließende Quelle in einen moorigen Erlengrund, Lichtschläge mit hohem Grase, undurchdringliche Fichtendickungen, alt und junge, dichte und lichte Bestände, breite und schmale Wege, also alles, was ein Rehbock zum Leben braucht.

Wenn er will, kann er durch den ganzen Wald wechseln, ohne daß auch nur einmal seine brandrote Decke sichtbar wird. Der Wind kann wehen, wie er will, nach irgendeiner Seite ist er immer günstig für den Bock, so daß dieser nach irgendeiner Richtung hin ungefährdet austreten oder wieder zurückwechseln kann.

Der Bock, der vor fünf Jahren hier stand, war ein ganz geriebener alte Bursche, und es war der reine Zufall, daß der Jäger ihn bekam. Zwei Jahre lang hatte er den Bock vergeblich geweidwerkt, war vor Tau und Tag aufgestanden, hatte bis in die schwarze Nacht auf dem Hochsitz gesessen, aber immer vergebens.

Als er schließlich im Herbste bei starkem Sturm mit zwei Hasen im Rucksack durch die Haulung ging, warf der Wind einen armdicken Ast dem Bock gerade zwischen das Gehörn, worüber dieser sich so erschreckte, daß er wie verrückt lostürmte und durch Schütteln den Knüppel loszuwerden suchte, so daß der Jäger den Kugellauf des Drillings spannen und dem Bocke die Kugel auf das Blatt setzen konnte. Jedesmal, wenn der Jäger das starke, dicke wunderbar geperlte Gehörn zeigt, lacht er; denn es hatte zu dumm ausgesehen, wie der Bock herumtobte.

Der Bock, der jetzt in der Haulung steht, ist sehr stark im Gebäude und von hellroter Farbe. Er trägt sehr hohe, weitausgelegte Stangen mit langen, weißen Enden. Den rechten Hinterlauf schont er, wenn er langsam zieht, denn da traf ihn vor Jahren eine Kugel. Deswegen ist seine Fährte unverkennbar, weil er hinten rechts nur mit der Schärfe der Schale auftritt. Seine Stimme ist sehr tief, und wenn er Wind von seinem Menschen bekommt und schreckt, so hört es sich an, als wenn ein alter Leonberger oder Bernhardiner bellt.

Der Jagdpächter ist ebenso gerissen wie der Bock; denn er jagt schon über vierzig Jahre. Aber wenn er auch der beste Schütze im ganzen Gau ist, pirschen kann wie ein Fuchs, Augen wie ein Luchs und Ohren wie eine Eule hat und eine Ruhe wie ein Bussard: seine Nase ist nicht besser als die der meisten Menschen, und so führte ihn der Bock immer an, wenn er es auch noch so geschickt anstellte. Schließlich, als alles Pirschen und Passen nichts half, baute er sich um die Haulung ein halbes Dutzend Hochsitze und in ihr zwei, einen auf dem großen Lichtschlage, den anderen bei dem Ellernsohl. Aber selbst das half ihm nicht; denn da der Berg stark bewegt war, konnte der Bock in der Höhe der Hochsitze entlangziehen und bekam immer Witterung, und dann schimpfte er: »Bö, bö, böö!« und sprang mit Gepolter ab.

Schließlich wurde dem alten Herrn die Sache langweilig, er kümmerte sich um den Bock in der Haulung nicht und schoß ein Dutzend Böcke in den anderen Teilen der Jagd, bis eines Nachmittags ein fürchterliches Gewitter herunterging. Da fragte er: »Johann, spann an, ich will auf den Haulungsbock!« Eine Stunde später stand er vor dem Hohlweg. Er streckte den Finger in den Mund, hielt ihn in die Luft, prüfte den Wind und nickte zufrieden. Dann pirschte er auf Gummisohlen lautlos den Hohlweg ab und nickte wieder zufrieden; denn überall stand die nagelfrische Fährte des Bockes in dem roten Lehm.

Da es Mücken sehr stark trieben, steckte er sich die Pfeife an und schüttelte ärgerlich den Kopf; denn an dem Rauche sah er, daß der Wind bald so, bald so wehte, und das bedeutete einmal, daß noch Regen kam, und zweitens, daß heute der Bock dreimal so vorsichtig sein würde als sonst. Der Jäger legte seinen Rucksack auf einen Felsblock, setzte sich darauf, strich seinen langen, weißen Bart, rauchte und überlegte, auf welchen Hochsitz er sich setzen solle. Am Wahrloch, das ging nicht; denn dort stand der Wind zur Wiesen. Am Ellernhohl und auf dem Lichtschlage ging es auch nicht, dort stand übermannshohes Kraut und Gras. Oben am Hange warnte der Eichelhäher. Der Jäger sah hinauf; aber da war nichts als Buchenlaub und silberne Stämme mit goldenen Sonnenflecken, Schattengras, Farnkraut, braunes Vorjahrslaub und moosige Felstrümmer.

Aber bewegte sich da nicht etwas quer zu den steilen Stämmen? Richtig, ein Reh! Und ein altes Reh, ein starkes Reh, ein Bock sogar, ein guter Bock, und wahrhaftig: der alte Bock. Ohne Glas sah der Jäger das hohe Gehörn mit den langen, weißen Enden, wenn der Bock nach jedem Blättchen, das er abäste, den Kopf hochnahm und sicherte. Aber immer stand er so, daß ein dicker Stamm sein Blatt deckte.

Ganz vorsichtig entsicherte der alte Herr den Drilling und legte ihn sich bequemer auf die Knie, kein Auge von dem Bocke lassend, immer wartend, daß er das Blatt freigäbe. Auf einmal war der rote Fleck fort. Und dann war er wieder da, mehr links, und dann verschwand er wieder hinter einem Weißdornbusch. Eine Viertelstunde blieb er verborgen, und endlich blitzt sein Gehörn wieder hinter einem Stamme her, und dann bearbeitet er einen Hirschholderbusch, daß die Blätter nur so umherflogen, und darauf tat er sich nieder und blieb zwei volle Stunden hinter einem großen Horste von blühendem Fingerhut sitzen, so daß nur das Gehörn zu sehen war, und der Jäger saß und wagte sich nicht zu rühren; denn er hatte keine Vorderdeckung. Mit der Zeit tat ihm der Rücken weh, das eine Bein schlief ihm ein, die Augen wurden ihm vom angestrengten Hinsehen müde, und wenn die Mücken nicht gewesen wären, so wäre er eingenickt. Er wünschte den Bock zum Kuckuck; aber fortgehen mochte er doch nicht.

Endlich stand der Bock auf, aber so, daß er den Spiegel zeigte, und langsam zog er bergan. Vorsichtig pirschte der Jäger den Hohlweg zurück und den Holzabfuhrweg entlang, der der Länge nach durch den Wald führte, sorgfältig abspürend, ob sich nicht die Fährte des Bockes zeige, und fortwährend auf den Rauch der Zigarre achtend. Rehfährten gab es genug; aber die des starken Bockes war nicht dabei, und der Wind war günstig. So leise wie ein Fuchs schlich der Jäger den Weg entlang, bis das dichte Unterholz aufhörte und das helle Holz begann. Dort stellte er sich vor eine dicke Buche, nachdem er einen vollaubigen Buchenzweig vor sich in den Boden gesteckt hatte, um etwas Deckung zu haben. Eine ganze Stunde stand er da und sah nichts als eine Ricke mit zwei Kitzchen. Mit der Zeit langweilte ihn das Paffen, und er wollte eben fortgehen, da hörte er es zu seiner rechten Hand brechen. Vorsichtig wandte er den Kopf, aber da ging es auch schon: »Bö, bö, böö;« polternd sprang der Bock ab und schimpfte noch eine ganze Weile aus der sicheren Dickung; und als der Jäger nach dem Pfeifenrauche sah, fand er, daß der Wind sich gedreht und dem Bocke die Witterung zugeweht hatte.

»Halt!« dacht er; »der Bock wird jetzt nach dem Hai ziehen. Also werde ich dort abwarten.« So pirschte er wieder den Holzweg und den Hohlweg zurück. Als er auf der Mitte des Weges war, sah er, daß der Bock quer über den Weg gewechselt war. Also mußte er wieder umkehren und den Steig nehmen, der am Rande des unteren Teils der Haulung entlangführte, wo das Ellernsohl lag. Kaum war er hundert Schritte in den Steig eingebogen, da stand eine Ricke vor ihm, und er mußte eine halbe Stunde warten, bis sie in den Busch zog. Als er am Ellernsohl war, eräugte ihn eine Krähe und schlug Lärm; sofort brach es im Gebüsch, ein starkes Stück Rehwild sprang ab und flüchtete in die Fichtendickung; da sah der Jäger, daß es der Bock gewesen war; und nun wurde der alte Herr wütend und sagte; »Nun gerade!«

So vesperte er erst, schlich wieder zurück und ging zum dritten Male den Hohlweg entlang. Als er nach einer halben Stunde vorsichtig aus der Felsenspalte trat und mit dem Glase das Hai absuchte, auf dem junge Birken, Fichten, Brombeeren, Fingerhut, Weidenröschen, Sandrohr, Tollkirsche und Jakobskraut abwechselten, sah er da wohl drei Ricken herumäsen, sonst aber nichts. Vorsichtig pirschte er sich an den Hochsitz heran, immer Umschau haltend, ob sich nicht irgendwo im Gestrüpp der hellgelbrote Fleck zeige, und jedesmal, wenn ein Zaunkönig oder eine Grasmücke schimpfte, stehen bleibend, bis die Vögel ruhig wurden. Endlich, nach einer vollen Viertelstunde, hatte er die hundert Schritte hinter sich. Er entlud die Waffe, hängte sie über den Rücken und stieg die Leiter empor. Als er drei Sprossen hinter sich hatte, sah er hinter einem Schlehbusch einen gelben Fleck, und darüber blitzten weiße Enden. Da stand der Bock, äugte den Mann einen Augenblick an, dann machte er eine hohe Flucht nach dem Busch hin, und sein dröhnender Baß schallte höhnisch herüber.

Nun lachte der alte Herr, aber es war ein ärgerliches Lachen. Mit brummigem Gesicht stieg er von der Leiter, ging um das Hai herum und setzte sich im hellen Holz auf einem Baumstumpf, so daß er die Fichtendickung übersehen konnte. Eine Stunde saß er da, sah aber nichts als den Fuchs, der dicht an ihm vorbeischnürte, und einen Hasen, der hinter dem Fuchse herhoppelte. Es wurde dämmerig, die Tauben kamen von Felde zurück, überall tickten die Rotkelchen, im Felde rief der Rebhahn, Salamander watschelten über das Moos, lange, gesteifte Schnecken krochen im Fallaube, die große Fledermaus flog um, der Bussard schwang sich zum Schlafen ein, der Kuckuck verstummte, ein Reiher ruderte heiser rufend hoch über den Wipfeln hin nach den Fischteichen im Tale, und quarrend strichen die Saatkrähen zu ihren Brutholze.

Mit einem Male war vor der Dickung ein roter Fleck. Der Jäger setzte vorsichtig das Glas an die Augen. Es war der alte Bock, aber er stand spitz von vorn. Im nächsten Augenblick war er fort. Dann tauchte er mehr rechts auf, verschwand wieder, kam bei den grauen Klippen zum Vorschein, trat wieder zurück und war bald darauf links auf dem Grasband unterhalb der Dickung, halb verdeckt von einem Weinrosenbusch. Von da aus schob er sich ganz langsam hinter den Dornbüschen her in den lichten Bestand, aber sorgfältig hinter den Stämmen Deckung nehmend. Der Jäger zog die Büchse an die Backe und wartete darauf daß der Bock das Blatt freigeben solle. Der Pfeifenrauch strich steif nach links. »Zieht der Bock noch fünfzig Schritte weiter, so bekommt er Wind,« dachte der Jäger. Da fingen sie Wipfel an zu rauschen, die Farnwedel zuckten, die Grashalme nickten, und plötzlich zog der Tabaksdampf gerade auf den Bock zu. »Bö«, machte der und sprang in die Dickung, und als der Jäger aufstand und fortging, schalte es immer wieder hinter ihm: »Bö, bö, böö,« und als er das Holz hinter sich hatte, hörte er immer noch, wie der alte Bock hinter ihm herschimpfte.

Die Käuzchen

Hinter den letzten Häusern des Dorfes am Abhange des Berges liegt ein alter Steinbruch; über seine steilen zerrissenen Wände lassen die Wildrosen und Brombeerbüsche ihre zackigen Ranken herabhängen, und die Schlehen bilden dichte Verhaue.

Unterhalb des Steinbruchs fließt der Bach in tiefen Ufern, an beiden Seiten von alten strubbelköpfigen Weiden besäumt, zwischen denen allerlei Gestrüpp und Gekraut wächst, das moosige Steintrümmer halb verdeckt. Neben dem Steinbruche zieht sich die Trift mit einer Treppe über der anderen hin, die die Schafe getreten haben. Rechts und links von dem Bache wechselt das Feld mit der Wiese ab und oben am Berge beginnt der Wald. Kann man sich eine bessere Gegend für ein Käuzchenpaar denken? Gewiß nicht! Im Steinbruche sind tiefe Ritzen und Spalten, aus denen kein Junge den Eulen Eier und Junge rauben kann. Mäuse gibt es hier mehr als genug, an Spatzen ist kein Mangel, und Mistkäfer, Maikäfer, Brachkäfer, Schmetterlinge mit dicken Leibern und Heuschrecken, fett und fastig, sind hier in Menge zu finden, besonders für jemand, der so scharfe, in der hellen Sonne ebensogut wie in der Dämmerung und bei Nacht sehende Augen hat, wie die Käuzchen.

Es ist noch lange nicht Abend, aber die Käuzchen sind schon munter. Eins sitz auf einer Felsplatte im Steinbruch, macht einen Knicks nach dem anderen und späht mit den gelben Augen umher. Da unter klettert eine große, grasgrüne Heuschrecke langsam einem Schmetterlinge näher. Jetzt hat sie ihn und will ihn gerade verzehren, da wirft sich das Käuzchen herab, faßt sie und huscht in die Felsenritze unter dem Rosenbusche, der ganz voller Blüten hängt. In dieser Ritze sitzen nämlich fünf grauweiße, dickköpfige Wollklümpchen, und das sind die jungen Käuze. Jämmerlich fiepen sie alle, als die Mutter kommt; aber die weiß ganz genau, welches an der Reihe ist, und dem hält sie die Heuschrecke hin.

Schon ist das Käuzchen wieder draußen. Einen Augenblick bleibt es auf der Felsplatte sitzen und knickst. Dann schwebt es dorthin, wo der Rainfarn ein dichtes Buschwerk zwischen moosigen Steinblöcken bildet. Ein Weilchen rüttelt es in der Luft, dann stößt es herab, »piep« geht es, und mit einer Waldmaus in den Krallen fliegt es dem Nestloche zu, aus dem eben Vater Kauz herauskommt; er hat den Kleinen einen Spatzen gebracht, der so dumm war, gerade unter der Kopfweide sich zu baden, auf der das Käuzchen saß. Als er pudelnaß am Bachufer saß und sein Gefieder schüttelte, schwebte das Käuzchen herab, faßte ihn, biß ihm das Genick durch und trug ihn den Jungen zu.

An Nahrung mangelt es hier nicht, und das ist ein Segen; denn es ist unglaublich, was die fünf Kleinen für einen gesunden Hunger haben. Vater und Mutter Kauz sind die ganze Nacht und den halben Tag unterwegs, und wenn sie denken: »Nun können wir uns eine Stunde Ruhe gönnen«, dann geht das hungrige Gepiepe in der Felsritze wieder los. Von Tag zu Tag wird es ärger damit; denn die Kleinen wachsen, daß es eine Freude ist, aber je mehr sie wachsen, und so mehr fressen sie auch. Darum fliegen Vater und Mutter Kauz schon lange vor der Sonnensinke hin und wieder; bald jagen sie am Bache, bald auf der Trift; jetzt rütteln sie über dem Feldraine, nun stoßen sie in das Wiesengras, und gleich darauf schwebt eins von ihnen dem Walde zu und jagt dort, obgleich da eigentlich das Jagdgebiet von Waldkauz und Ohreule ist.

So ganz wohl ist ihnen bei der Jagd am Tage nicht. Am Bache sind die frechen Bergbachstelzen, und sowie sie die Käuzchen zu Gesichte bekommen, geht das Geschimpfe los. Das dauert dann meist nicht lange, und die Sumpfmeisen sind da, und nun kommen auch die unverschämten Kohlmeisen an und die Grasmücken, die Laubvögel und die Rohrsänger und wer weiß was noch für Lärmmacher; schließlich, wenn das Käuzchen sich in eine hohle Weide oder in eine Felsspalte retten will, kommen die Schwalben angesaust mit ihrem spitzen Geschrei, und es setzt Puff auf Puff.

Viel gemütlicher ist es darum, wenn die Sonne hinter dem Dorfe verschwindet und alle die Störenfriede zur Ruhe gehen. Wenn dann die Laubfrösche in den Flachsröstekuhlen meckern und die Unken läuten, die Schleiereule in den Grasgärten schnarcht und der Waldkauz im Forste lacht, daß es schallt, dann fühlen sich die Käuzchen wohl, und bald hier, bald da geht es:

»Kuwitt, kuwitt« und »Käw, käw« und »Huuk, huuk« und Huük, huük« und schließlich »Puu, puu«. Hier schwebt eins über den Boden und nimmt den Mistkäfer fort, der sich zu Boden fallen ließ; da rüttelt das andere über der dickköpfigen Purpurdistel, stößt zu und fliegt mit einer wunderschönen Brandmaus ab, die sich gerade einen Brachkäfer zu Gemüte führte, und dann schwebt es damit nach dem Rosenbusche, unter dem fünf gelbäugige Köpfe aus der Felsritze sehen und sich gegenseitig drängen, um die Maus zu erhaschen, die der Vater ihnen vorhält.

Hübsch groß geworden sind sie, die jungen Käuzchen, so groß schon, daß eins nach dem anderen es wagt, aus der Felsspalte auf die breite Platte herabzuflattern. Da sitzen sie, verrenken sich die Hälse, knicken wie die Alten und pfeifen so hungrig, als hätten sie seit drei Tagen nichts zu fressen bekommen. Jetzt pfeifen sie lauter und drehen alle die Köpfe nach rechts; denn da kommt die Mutter angeflogen, macht eine Schwenkung und läßt eine Feldmaus hinfallen. Fünf krumme Schnäbelchen fassen zu und fünf Paar Krallenfüße; diesmal war das Nestkücken das schnellste; es packt die Maus und zerfleischt sie. Darüber wird das Älteste so ärgerlich, daß es nicht wartet, bis der Vater herankommt; es flattert ihm entgegen und bekommt zum Lohne eine junge Wühlratte zugeworfen, die auf die breite Felsplatte unten fällt. Ein Weilchen überlegt das junge Käuzchen, dann flattert es hinab und holt sich die Maus.

Noch drei Tage weiter, und alle Jungen fliegen den Eltern entgegen, und wieder einige Tage, so begleiten sie sie, und sowie der Vater oder die Mutter eine Beute haben, fliegen die Jungen näher. Nun aber beißen die Alten die Beutetiere nicht tot: lebend lassen sie sie fallen, und wenn die Jungen vorbeistoßen, schweben sie herab, und greifen sie wieder, bis diesem oder jenem von den Jungen der Griff gelingt. Es dauert nicht lange, und die Jungen stoßen nicht mehr daneben, und von da ab währt es nur noch wenige Tage, und sie jagen allein. Mancher Griff gelingt ihnen nicht, manche Maus entschlüpft ihnen; aber schließlich sind sie ebenso sicher wie die Alten.

Dann verteilen sie sich; von Abend zu Abend jagen sie weiter weg, schlafen allein in einem Baumloche, in einer Felsritze, in einem Schuppen oder einem alten Kalkofen und finden sich nicht wieder zusammen. Unstet treiben sie sich den Herbst und Winter über umher, suchen die Korndiemen nach Mäusen und die Grasgärten nach Spatzen ab, um, wenn der Frühling da ist, sich irgendwo niederzulassen, wo es sich so gut leben läßt wie in dem alten Steinbruche über dem Bache, wo sie aus den Eiern krochen.

Müschen

Fritz hatte sich schon immer ein Aquarium gewünscht, aber ein anständiges, nicht ein Einmacheglas oder eine Goldfischkuppel oder dergleichen zweiten Ranges, wie sie die Jungen hatten, die jeden Tag im Frühling mit alten Konservenbüchsen unter dem Arme loszogen, und Molche und Kaulquappen zu fangen.

Nein, Fritz wollte die Sache wissenschaftlicher betreiben. Onkel August, der nach der Ansicht von Fritzens Mutter nur auf viereckige Einfälle kam, hatte dem Jungen ein Taschenbuch der Aquarienkunde zu Weihnachten geschenkt, und den ganzen Tag langweilte Fritz seine Mutter nebst der Magd mit Vallisneria, Kabomba, Maulbrütern, Haplochilus, Tubifex, Daphnien, Zyklops und anderen geheimnisvollen Fachausdrücken bis zu Erschlaffung.

Seinem Vater lag er solange mit seinen Wünschen in den Ohren, bis dieser ihn sagte: »Wenn du bis zu Ostern kein einziges Mal zu brummen brauchst, im Betragen keine Note und nur zwei Ungenügend in der Zensur hast, sollst du eins haben, und hast du bloß einmal Ungenügend, dann bekommst du eins mit voller Bepflanzung und Besetzung. »Kunststück!« dachte Fritz, »wenn ich Peter Knille nicht mehr verbeule, keine Hunde mehr zwille, lerne, bis mir der Kopf schwillt, und mich so artig wie ein Kaninchen benehme; das ist eigentlich ein bißchen viel für einen Pott voll Wasser! Aber was hilft das alles? Macht geht vor Recht.«

Nach drei Tagen fragte der Klassenlehrer Fritz, ob er krank sei. Er saß ruhig, verzierte die Schulbank nicht mit Kerbschnitt, zwillte weder Mensch noch Vieh mehr, ließ Peter Knille ungebeutelt, konnte seine Aufgabe, kurzum, benahm sich so, als wäre ihm irgend etwas Fürchterliches passiert, das von tiefeingreifendem Einflüsse auf seinen Charakter gewesen wäre. Der gute Lohn blieb nicht aus. Er bekam das zweitbeste Zeugnis. Der Vater zog die Augenbrauen hoch: »Sieh, das ist ja hübsch von dir; nun sollst du ein schönes Aquarium haben; aber« setzte er hinzu, »wenn deine nächste Zensur schlechter ist, dann steckt dir man eine Kladde unter die Buchse.«

Das Aquarium kam; es war prachtvoll, so prachtvoll, das Fritz seinem Vater sogar die Hand küßte, was er sonst nicht gern tat, weil er es eines freien Mannes für unwürdig hielt. Himmel, war das Aquarium fein! Es hatte ein grüngestrichenes Gestell, faßte unglaublich viel Wasser, war wundervoll bepflanzt und mit einem ganzen Dutzend Fischen besetzt, Goldfischen, Zwergwelsen, Ellritzen, Bitterlingen usw.

Es bekam seinen Platz vor dem Fenster, und den ganzen Tag saß Fritz davor, und sah zu, was die Fische machten, und erzählte bei den Mahlzeiten die seltsamsten Dinge, die er beobachtet hatte, z. B. daß der Bitterling ab und zu den Koller kriegt und wie verrückt an den Pflanzen herumrupft, daß die Steinbeißer sich bis auf die Nasenspitze in den Sand einbuddelten, daß Stichlingen Rauhbeine seien, sich aber mit den Welsen und Steinbeißern nicht abgäben sondern nur die Goldfische, Bitterlinge und Ellritzen anpöbelten und von Rechts wegen Maulkörbe vorhaben müßten; denn sie zackten den andern Mitbürgern die Schwanzflossen auf die Dauer doch ein bißchen toll aus.

Nach acht Tagen waren die beiden Goldfische spurlos verschwunden. Da die Stichlinge nicht außergewöhnlich dick waren, entgingen sie dem Verdacht, die Goldfische gefressen zu haben. Fritz suchte das ganze Zimmer ab, fand aber die Fische nicht. Der Fall war rätselhaft. Am anderen Tage fehlte eine Ellritze und ein Bitterling, am Nachmittag die andere Ellritze und der zweite Bitterling, tags darauf einer und am nächsten Morgen der andere Zwergwels. Fritz sah sich von einem dunklen Geheimnisse umgeben und von einem düsteren Schicksale verfolgt. Ein Einbrecher konnte der Dieb nicht gewesen sein, denn das Fenster war immer zugewesen; Line, die Magd, besaß nachweislich keine fischsportlichen Neigungen. Rätsel über Rätsel!

Hätte Fritz Müschen, die Katze, gefragt, so hätte er zwar keine Antwort bekommen, aber vielleicht ein schuldbewußtes Blinzeln bei ihr bemerkt. Müschen war eine brave, gute Hauskatze, durchaus zivilisiert, indem sie sich grundsätzlich im Garten und am liebsten im Suppenkraut löste, die den Klucken ängstlich aus dem Wege ging und den Hunden noch ängstlicher. Als sie aber eines Tages das Aquarium sah, erinnerte sie sich, daß sie, oder vielmehr ihre Urururahnen, einst wintertags an den Bächen entlang schlichen und die laichende Forelle mit einem

Brantenhieb auf den Uferschotter schleuderten. Sie war auf den Nähtisch gesprungen, hatte erst vergebens versucht, die Fische durch das Glas zu fangen und war schließlich auf den Gedanken gekommen, die Sache von oben zu versuchen. In einer Woche hatte sie das Aquarium leer. Da sie das Gefühl hatte, daß Fritz und die Seinen ihre fischsportlichen Neigungen nicht sehr gern sähen, hatte sie ihre Angelei auf die Vormittags-und Abendstunden verlegt, wenn niemand im Eßzimmer war.

Also, die Fische waren fort. Ein Aquarium ohne Fische ist aber wie eine Badeanstalt, die des Wassers entbehrt, es hat sehr wenig Wert. Fritz nahm den Inhalt seiner Sparkasse und zog zum Aquarienhändler. Da in der Sparkasse nur sechzig Pfennige waren, langte es bloß für zwei Welse und eine Karausche. Am nächsten Tage waren sie alle miteinander unbekannten Aufenthaltes verzogen. Es wurde Familienrat gehalten und folgendes beschlossen: »Die Fische sind herausgehüpft; wo sie geblieben sind, ist nicht erfindlich. Damit das nicht wieder vorkommt, wird das Geld für eine Glasplatte, um das Aquarium zu bedecken, und eine Mark zwanzig für neue Fische bewilligt.« Beschlossen und genehmigt.

Fritz war selig, aber nur drei Tage lang; denn da lag die Glasplatte hinter dem Aquarium, und die Fische waren spurlos verschwunden. Fritz neigte nicht zum Aberglauben, aber nun kam es ihm doch so vor, als begäben sich zwischen dem Boden und dem Deckel eines Aquariums Dinge, die über das Fassungsvermögen eines Tertianers und sogar seiner Eltern weit hinausgingen. Das Schlimmste aber war, der Vater weigerte sich entscheiden, weitere Gelder für den Ankauf weitere Fische flüssig zu machen, weil er, wie er sagte, doch bloß für die Katz sei. Er ahnte nicht, wie sehr er mit dieser Redensart das Richtige traf. Aber wie sollte man auf Müschen kommen, die sich nachweislich nur von süßer Milch, Semmel und Schlagsahne nährte!

Da Fritz wußte, daß man Fische nicht nur mit Fünfzigpfenningstücken, sondern auch mit Angelhaken fangen kann, machte er sich seine Angel zurecht. Müschen sah zu; denn Fritz hatte sich als Transportkanne eine Einmacheglas zurechtgemacht, und ein Glas, in dem Wasser war, interessierte Müschen seit einiger Zeit ungemein. Zum Fluß begleitete Müschen Fritz aber nicht; wo der Garten aufhörte, begann der Machtbereich jener üblen Tiere, die vorn immer Krach machen und hinten wedeln, und mit denen Müschen nicht gern in näheren Verkehr trat.

Fritz aber nahm den allerkleinsten Haken, spieckte einen Regenwurmschwanz daran und hatte auch bald das Glück, einen Uklei und eine Rotfeder zu erwischen, die alle so gut wie heil waren; denn sie hatten sich nur am Lippenrand gefangen. Fröhlich lief er mit seinem Transportglase nach Hause, aber das Eßzimmer war verschlossen, und so füllte er einem Emaillekochtopf, den er trotz ihres Zetermordios der Line ausgespannt hatte, mit Wasser und goß seine Fische vorläufig hinein. Im diesem Augenblick flötete Max Müller draußen und erzählte Fritz, Peter Knille wäre eben vorbeigegangen und hätte gesagt, Fritz hätte Bammel vor ihm. Fritz stieß den Kriegesruf seines Stammes aus und begab sich auf den Kriegspfad; seine Fische vergaß er.

Als er die Fische in den Kochtopf goß, hatte Müschen in dem Suppenkrautbeete, wo sie etwas zu tun gehabt hatte, gesessen und getan, als ginge sie der Pott soviel an wie der Mond. Sobald Fritz fort war, sah sie sich den Fall genauer an. Wahrhaftig Fische, schöne, blanke Fische, der eine sogar mit roten Flossen; dieser Fritz war doch ein zu guter Junge; immer sorgte er für Fische! Wie macht man das nur am besten, mit List oder mit Gewalt? List und Geduld führen sicherer zum Ziele, nur die dämlichen Hunde tapern auf alles gleich los. Also solange gewartet, bis ein Fisch auftaucht. Sieht du wohl, hat ihm schon! Und da hätten wir auch Nummer zwei! Und nun wollen wir uns damit hinter die Zwergrosen verziehen; Fische muß man in Ruhe verzehren.

Als Fritz nach einer Viertelstunde zurückkam, hatte er zwar eine Beule an der Stirn, aber seine Augen strahlten. Peter hatte solange unter ihm gelegen, bis er in Gegenwart von Max Müller erklärt hatte, er habe nur zum Spaß gesagt, Fritz habe Angst vor ihm. Und dann fielen Fritz seine Fische ein. Er ging an den Kochtopf und machte Augen, so lang, wie sie ein Hummer hat. Die Fische waren nicht mehr da. »Line!« brüllte er, »war wer im Garten?« Line versicherte bei ihre Seligkeit, daß das nicht der Fall gewesen sei. Fritz blieb mehrere Tage still und schweigsam. Dann fing er wieder Fische und setzte sie in den Topf, der im Garten stand, und er selbst stellte sich mit der Zwille an das offene Fenster. Der Schluß der Tragödie bestand darin, daß Müschen, die gerade wieder angeln wollte, einen kreischenden Ton ausstieß und wie blödsinnig in das Haus schoß, und als sie dort ankam, pfefferte ihr Fritz noch eine Ladung Schrot auf die Keulen und legte seine ganze Verachtung in die zwei Worte: »So'n Biest!«

Seit dieser Zeit ging Müschen allen Aquarien und Fischpötten aus dem Wege; sie glaubte, Fische könnten mit der Zwille schießen.

Am Murmeltierbau

Das war ein heißer Tag. Frühmorgens war ich, von Berchtesgaden kommend, über den Königssee gefahren und dann in sengender Sonnenglut die Saugasse hinaufgestiegen. Wo die ersten Alpenrosen blühten, hatte ich Rast gemacht und gefrühstückt. An der steilen Wand über mir ästen sich drei Gemsen auf einem schmalen Grasbande. Das war mir schon Erquickung genug bei den stundenlangen Aufstieg in der Sonne über die Schottertreppen der Saugasse.

Aber es kam noch allerlei Schönes. Schneeraben sah ich um unzugängliche, graugelbe Wände schweben mit schwalbenähnlichem Fluge, sah ich ein Paar rosenflüglige Mauerläufer an den Klippen auf der Suche nach Spinnen und Käfern emporflattern, beobachtete Wacholderdrosseln und Kreuzschnäbel und schließlich als ich Kühlung suchte an einem winzigen Gletscher, einem Duodezgletscher, einen Alpenhasen aus dem Lager.

Als ich mir an Schneewasser Hals und Handgelenke gekühlt hatte, suchte ich unter der steilen Felswand einen schattigen Platz zur Mittagsrast, und nachdem mein Mahl, Speck, Brot, Käse und ein Schluck Enzian, beendet war, da machte ich es mir bei einer Pfeife bequem.

Es war ein reizendes Fleckchen Erde. Hüben und drüben die steilen Wände, dazwischen der Schneefleck im Abschmelzen begriffen, gemustert von den Spuren des Schneehasen und den Fährten der Gemsen. Aus dem schwarzen, nassen Boden leuchteten weiße Röschen, gelbe Veilchen, umflattert von dunklen Faltern, umschwirrt von Bienen und Fliegen. Unten in den Krummkiefern schmetterte ein Zaunkönig sein keckes Lied, oben von den Wänden klang der heisere Schrei der Alpendohlen, Heuschreckgeschwirre erscholl aus dem blumigen Schotterabhang.

Da ertönte unter mir ein Pfiff, so schneidend, so gellend, daß ich jäh aufschreckte, ein Pfiff so laut daß er von den Wänden widerhallte wie ein Peitschenschlag. Vorsichtig richtete ich mich auf, da fuhr da unten ein graubraunes Ding durch das Geröll und verschwand.

Ich saß und wartete, aber der Pfiff ertönte nicht wieder, und so stieg ich wieder bergan durch die bunte Herrlichkeit von Almenrausch und Kugelranunkel, Waldrebe und Glockenblume, Enzian und Narzissenanemone, bis der Weg ebener wurde und ich bei der Unterkunftshütte auf der Funtenseealm angelangte.

Da war alles voll und für mich kein Bett zu haben zur Nachmittagsschläfchen. So stieg ich denn nach dem Kaffee zum Funtensee hinab, freute mich an den tiefrosenroten Mehlprimeln, beobachtete die Saiblingsbrut und wollte mir gerade unter einem Busch zwischen rotblühendem Almenrauch ein Lager machen, als jenseits des kleinen Sees der gellende Pfiff ertönte, wohl zwanzigmal.

Da saß, steilaufgerichtet, ein braunes Ding wie ein Pfahl und pfiff wie ein Fuhrmann. Dann verschwand es, tauchte wieder auf, erst halb, dann ganz, und pfiff wieder, daß es von allen Felswänden widerhallte.

Ein Trupp Bergfahrer zog an mir vorbei, den rotbezeichneten Weg entlang. Ich ging ihnen nach. Als sie sich dem sonnigen Grasabhang näherten, von dem das alte Murmeltier eben so laut gepfiffen hatte, da fuhr es zu Bau.

Unweit des Baues, kaum fünfzig Schritte davon, liegt am See eine zerklüftete Felsgruppe, herabgestürzt von der steilen Wand. Da suchte ich mir einen Platz und wartete in Ruhe der Murmeltiere, die da kommen sollten.

Ich mußte lange warten und hatte Zeit genug, unter mir im Wasser die Saiblinge beim Fliegenfang zu beobachten und den Bienen, Hummeln und Dukatenfaltern zuzusehen, die über die hellrot getüpfelten Rasen der Zwergprimeln, über den goldenen Zisträschen, den tiefblauen, winzigen Enzian und die veilchenblauen und weißen Blüten des Fettkrauts tanzten, und den Bergbachstelzen, die am Ufer umherwippten und Mücken fingen. Endlich erschien in dem einen der vier schwarzen Löcher des grünen Abganges ein graubrauner Punkt, eben sichtbar. Wohl zehn Minuten lang blieb er so, dann vergrößerte er sich um das Doppelte, blieb wieder fünf Minuten so. Vergrößerte sich wieder, verharrte wieder so, und endlich, endlich schob sich ein altes Murmeltier heraus. Lange sicherte es, machte ab und zu ein Männchen und rutschte dann langsam und träge um den Baum herum, äsend und immer wieder sichernd, bis es sich's schließlich in der Sonne behaglich machte, regungslos, als wäre es ein graubrauner Stein.

In der Nachbarröhre erschien auch ein graubrauner Fleck, sicherte nur ein kleines bißchen und schob sich dann ganz heraus. Ein halbwüchsiges Murmel war es, das unbekümmert weit vom Bau sich entfernte, hier an einer Pflanze knabberte, dort an einer anderen nagte, sich putze, sich kratzte und dann zu dem alten Weibchen rutschte und sich die Sonne ebenfalls auf den Balg brennen ließ.

Endlich erschien auch in der dritten Röhre ein grauer Fleck, aber über zehn Minuten dauerte es, ehe der alte Herr die Luft rein fand. Nach allen vier Windrichtungen sicherte und windete er, der mißtrauische Bursche, dessen lange, dunkelgelbe Nagezähne weithin blitzen. Und dann machte er ein Männchen, auch wohl zehn Minuten lang, und sicherte und windete noch eine Zeit, und dann endlich entschloß er sich ebenfalls, sich zu äsen.

Noch ein viertes Stück erschien und äste sich, und auch der beiden anderen rutschten langsam und bedächtig von einer Viehtreppe zur anderen, drollig anzusehen in ihre langweiligen Bedächtigkeit. Nur das alte Männchen vergaß nicht eine Minute die Vorsicht, alle Augenblicke machte es einen Kegel und sicherte.

Eine Stunde lang besah ich mir durch mein Glas die besondere Gesellschaft. Auf einmal machten sie alle Männchen; vier braune Pfähle, drei große und ein kleiner, standen da, und als das Knirschen der Nagelschuhe herankommender Bergführer auf dem Geröll näherkam und das Aufstoßen der Bergstöcke, da fielen die vier graubraunen Pfähle um und verschwanden in den Röhren.

Die Großstadtschwalbe

Neun Monate lang war es still in den Lüften; nun aber ist die Luft voller Lärm.

Neun Monate lang war der Himmel einfarbig blau oder grau oder mit Wolken abgetönt; nun aber ist eine neue Farbe in ihm, ein fremdes Muster; schwarze Halbkreuzchen verzieren ihn, kleine dunkle Anker schwimmen da, düstere Pfeile sausen dort hin.

Am letzten April tauchten sie am Himmel auf; drei Monaten lang werden wir sie dort sehen vom frühen Morgen bis in den späten Abend hinein, aber am Ende des Juli oder zu Anfang des August werden sie auf einmal verschwunden sein, bis der letzte Apriltag oder der erste Mai sie wiederbringt, die Mauersegler, die Turmschwalben, die düster gefärbten, schrill rufenden, jäh dahinfahrenden Großstadtschwalben.

»Die Schwalben sind wieder da!« ruft der Großstädter, wenn mit einem Male die stille Luft laut und der eintönig blaue Himmel bunt geworden ist. Aber es sind keine Schwalben. Die gibt es kaum mehr in der großen Stadt. Die rotkehlige, gabelschwänzige, stahlblaue schimmernde Rauchschwalbe, die weißbürzelige Hausschwalbe, in wenigen Paaren brüte sie noch im Weichbilde Hannovers, wo sie einst häufig waren. Ihre Stelle nahm der Segler ein.

Mit den Schwalben ist er nicht verwandt, der Name Hirundo kommt ihm nicht zu, denn er ist ein Apus, ein Verwandter der Kolibris, unter denen es auch große, düster gefärbte Gestalten gibt. Die gebogenen Schwingen und sein schwirrender, spitze Schrei trennen ihn auf der ersten Blick von den Schwalben, und nur äußerlich ähnelt er ihnen, wie der Waldfisch den Fischen, die Blindschleiche den Schlangen. Die Salangane, die aus ihrem Speichel eßbare Nistnäpfe formt, die Zwergsegler Indiens, die Baumsegler von Südostasien, das ist die Sippe, der er angehört, nicht das liebe, lustige Volk der Schwalben.

Von Rechts wegen hat er nichts bei uns zu suchen, der düstere Geselle. Die Klippen des Mittelmeerbeckens, Vorderasiens Gebirge, Nordafrikas Felsen, die sind seine Heimat: von da hat er sich – den kein Raubvogel hindert, sich über die Maßen zu vermehren, denn selbst der schnellste Falke schlägt ihn nur selten – nach allen vier Winden verbreitet, und hoch im Skandinavischen Norden mischt er seinen schrillen Schrei in das Gekicher der Möwen, wie er am Himalaja das Gekreische der grellschnäbeligen Felsendohlen übertönt.

Ob Tiefland oder Gebirge, ob Küste oder Binnenland, ab Marsch oder Geest, alles ist ihm recht, wenn er nur Klippen findet, hohe, steile Klippen, wie er sie gewohnt ist. Vor grauen Zeiten gaben ihm die im Flachlande nur die Kirchen, Klöster und Burgen, und nur dort mag er anfangs bei uns gebrütet haben. Als dann aber die Städte ihm hohe Steinklippen in ihren Mauern und Häusern boten, da vermehrte er sich immer mehr, und je mehr auf dem Lande das steinerne Stockwerkhaus sich einbürgert, um so mehr siedelt sich auch der Segler dort an. Aber heute noch fehlt er überall dort, wo das niedrige Bauernhaus vorherrscht, und höchstens am Kirchturm wohnt ein Paar und mischt sein Geschrille in das Geschwätz und Geplauder der Schwalben, die ihm scheu ausweichen.

Denn es ist ein unholder Geselle, der rußbraune, unheimlich schimmernde Vogel. So frech der Spatz und so dreist der Star ist, ihm müssen sie weichen. Mit den schwachen, aber scharf bewehrten Klauen zerrt er ihre Eier und Jungen aus dem Nest, und wollen die Alten ihm zu Leibe, so weicht er mit jähem Schwünge aus. Halten sie aber stand, so stürzt er sich auf sie, krallt sich an ihnen fest, zerrt sie aus ihrem Loche, reißt sie aus ihrer Mauerspalte und stürzt sie kopfüber hinab. Und selbst wenn er ein einiges Nestloch fand, so ist er doch zu bequem, nach fliegenden Halmen und schwebenden Federn lange zu suchen; er bricht bei Spatz und Star, Rotschwanz und Fliegenschnäpper ein, wirft Eier und Junge hinaus, zerreißt das Nest und schleppt die Reste in seine Räuberburg.

Die steht da irgendwo unter einer Dachrinne, je höher, je lieber. Liederlich, wie alles Räubervolk, richtet er sie ein. Einige Zeugfetzen, ein paar Halme und Federn, mit seinem zähen Speichel zusammengeklebt und auf der Unterlage festgekittet, das ist die ganze Herrlichkeit. Nun darauf sitzt das Weibchen, wehrt sich gegen die Fledermauswanzen und Lausfliegen und läßt sich vom Männchen füttern; denn es heißt, schnell zu brüten, weil die Zeit zu kurz ist für die Anzucht der Brut. In zwei Monaten geht es wieder fort.

Langsames Bedenken, bedächtiges Abwägen, kühle Ruhe, böhmische Dörfer sind das alles dem Segler. Alles muß schnell bei ihm gehen, so schnell wie möglich. Heute schwebt er noch über die Urwäldern Innerafrikas, morgen saust er über die Berge der Kabylen, übermorgen neckt er am Großglockner seinen großen Vetter, den Alpensegler, und überübermorgen fallen seinen Horden in die deutschen Städte ein. »Eilig, eilig, wir haben keine Zeit!« das bedeutet das spitze Schreinen, das heisere Schrillen. Schnell und quer über die Stadt, schnell tausend Fuß in die Wolken, hinab bis auf den Erdboden, vom Walde zur Heide, vom Berg zum Moor, mit der Sonne auf, mit ihr zur Ruh; denn die Zeit ist kurz.

Alles geht mit Dampf. Fressen, lieben, hassen, alles geht schnell und spielt sich in der Luft ab. Unaufhörlich klappt der breite Rachen zu, kneift den Mücken, Motten, Fliegen, Käfern Beine und Flügel ab, Hunderten täglich; denn die Maschine muß geheizt werden, sonst gibt sie nicht Kraft genug her zum rasenden Fluge, zum wilden Sturze. Alles, was da oben in der Luft schwirrt und flirrt, sich des Lichtes und der Wärme freut, sich in der lauen Luft wiegt oder vom Winde hinweggeführt wird, das muß sterben; es verschwindet in des Seglers breiten Rachen. Und ist der Himmel tief, ist die Luft arm und leer an winzigem Geziefer, dann saust der schwarze Mörder hinab und rafft alles dahin, was über der Wiese tanzt und am Rande des Waldes sich wiegt, in den Höfen schwirrt und in den Bergen flirrt. Es gibt keine Rettung vor ihm.

Und so ist es auch in der Liebe. Da gibt es kein zartes Schmachten, kein schüchternes Werben. In wildem Fluge wirbt, in jähem Stoße erobert er. Aber nicht ohne Neid und Kampf bleibt sein Werben. Sein Minnespiel winkt die Nebenbuhler herbei, und nun heißt es, das Weibchen nicht zu verlieren während der Schlacht. Erstaunt heben die Städter de Köpfe: ein zehnstimmiges Geschrill kommt hoch über den Dächern dahergetobt, zehn wilde, schwarze Gestalten sausen dahin, überfliegen sich, prallen aufeinander, weichen sich aus, und aus dem Wirbel löst sich ein Knäuel, taumelt herab, fast bis auf das Pflaster, um sich aufzulösen in zwei schwarze, langschwingige Vögel, die mit heiseren Hassenrufen steil emporsteigen und sich über den Dächern weiter befehden.

Unaufhörlich geht das Getobe in der Luft seinen Gang. Sind erst die Tage länger, hat die Sonne in der Frühe schon viel Kraft, um des Seglers Jagdbeute emporzulocken, dann stürzt er sich schon um drei Uhr früh aus seiner Mauerspalte, saust den ganzen Tag ruhelos umher, sich vollfressend und seine Brut Atzung zuschleppend; und um die neunte Stunde, wenn der Tag verblutet, fährt er in seine Höhle und ruht, bis die Sonne ihn wieder weckt und er wieder seinen Lärm über der Stadt ausschüttet und sein Geschrille in ihre Straßen streut und sein Gekreisch in den Morgenschlummer der Menschen bohrt.

Die kennen ihn alle und kennen ihn doch nicht. Sie kennen ihn, wie man den Mond kennt oder die Sonne. Alle hören ihn Tag für Tag, jeder sieht ihn Stunde um Stunde, sein Kreischen ist untrennbar von dem Geräusche des sommerlichen Stadtlebens, sein Flugbild ist innig mit dem Begriffe des Sommerhimmels verschmolzen; was das aber ist, was da schrillt und schwebt, das wissen nur wenige Leute, solche die ganz oben in den Häusern wohnen, in Dachwohnungen, über deren Fenster, unter deren Wasserrinnen er haust.

Eines Morgens weckt sie ein scharfer, bissiger Schrei. Sie stehen auf, öffnen das Fenster, und ein pfeilschnelles schwarzes Ding fährt schreiend unter der Dachrinne hervor, verschwindet, saust heran, schlüpft unter die Dachrinne und ist in Nu wieder fort. Dann, nach einigen Tagen, hängt ein Halm unter der Blechrinne heraus, und ein heiseres Gewisper erklingt von dort. Ein schwarzes Ding huscht fort, ein anderes huscht herbei, einen Halm nach sich ziehend, hängt an der Mauer, nestelt den Halm fest und stiebt grell aufkreischend wieder von dannen.

Der Kopf des Menschen, der dicht bei ihm aus dem Fenster sieht, stört das schwarze Ding nicht. Er weiß ja, wie schnell es ist, und die zum Scherz vorgeschnellte Hand, des weißen Tuches Winken, das kümmert den Segler nicht. Und die Katze, die mit funkelnden Augen aus dem Fenster schleicht, sie macht ihm keine Sorgen. Näher, immer näher schleicht sie, aber der schwarze Vogel klebt gleichgültig an der Mauer und leimt mit seinem Speichel die Halme fest.

Die Katze duckt sich, zieht die Schultern hoch, und jetzt fährt ihre Pranke vor, schlägt sie nach dem Vogel. Der hat sich mit seinem Schlage seiner langen Fittiche sechs Fuße weit vor der Mauer in die Luft geschnellt und ist in kurzem Bogen zurückgekehrt, um seine Feindin zu begleiten auf der schnellen Reise von der Dachrinne in den gepflasterten Hof, wo sie dumpf aufschlagen mitten zwischen den spielenden Kindern liegen bleibend, die sie weinend hochnehmen und streicheln, bis sie langsam wieder zu sich kommt und ledenlahm die Treppen emporschleicht. Der Segler aber hat fortan Ruhe vor ihr, und wenn sie am Fenster sitzt und er ihr dicht an die Nase vorbeifährt und sie mit spitzen Worten verhöhnt, keinen Blick wirft sie ihm zu.

Mensch und Katze sehen täglich, stündlich die schwarzen Vögel aus-und einfliegen, bis der eine immer länger im Neste bleibt, und der andere immer öfter ab-und zufliegt. Und dann fliegen wieder beide hin und wieder, und aus dem Neste kommt ein hungriges Gezirpe, das von Tag zu Tag schärfer, lauter, heiserer wird. Bis dann wieder eines Tages das Nest leer ist und tagsüber verlassen bleibt, um abends von vier schwarzen Gestalten aufgesucht zu werden.

Am Morgen des ersten August aber werden die Leute nicht mehr von dem schrillen Gekreische gestört. Verwundert sehen sie aus dem Fenster. Die Spatzen schilpen im Hofe, auf der Dachrinne hüpft der Rotschwanz umher, aber die Luft ist still, und der Himmel ist kahl; keins der schwarzen lauten Dinge fährt mehr daran hin und her.

Die Segler sind fort. Sie verschwanden, wie sie kamen, plötzlich und jäh, wie es ihre Art ist. Und während der Mann nach dem leeren Himmel starrt, an dem gestern noch ein schwarzen Gewimmel war, da jagen die vier schwarzen Vögel schon mit vielen ihrer Sippe in jähem Fluge über die Gletscher des Großglockners hin, und abends, wenn der Mann die Lampe anzündet, dann haben sie das Mittelländische Meer schon hinter sich und schlüpfen in die Ritzen einer halbverfallenen Moschee im Lande der Kabylen, um einen Abend später über den Urwäldern der Nilquellen, wie vor wenigen Tagen noch über den Dächern der deutschen Stadt, alles, was an fliegenden Gewürm dort lebt und schwebt, zu verschlingen.

Der Zaunkönig

Unterhalb der hohen Geest liegt eine Reihe von Sandhügeln, zwischen denen sich der Bach hindurchquält. Er kann nicht so recht vorwärts, darum vermoort er das Gelände.

Kiefern, Birken, Fichten, Espen und Erlen siedelten sich hier an, und zwischen ihnen Wacholder, Stechpalmen, Weiden, Faulbaum, und unter diesen Brombeeren, Himbeeren, Gagel, und daneben Bickbeeren, Kronsbeeren, Moorbeeren und Heide, und dazwischen wuchern Farne, Moos und allerlei Gekraut.

Mit der Zeit entstand hier eine dichte Wohld, ein Urwald jungen Datums, in dem Hirsch und Sau, Reh und Fuchs Unterschlupf fanden, und wo Habicht und Schwarzstorch, Bussard und Eule, Specht und Häher brüten konnten und vielerlei Kleinvögel, die hier Nahrung in Hülle und Fülle fanden.

Da kam in einer schwarzen Winternacht der Nordwestwind über die Geest gelaufen, er wollte in das große Moor und von da weiter. Plötzlich stieß er sich den Kopf an der Wohld und wurde darüber so fuchsteufelswild, daß er wie wahnsinnig tobte, und die Fichten und Kiefern, die fünfzig und mehr Jahre hier gestanden hatten, zusammentrampelte, daß sie kunterbunt übereinander fielen.

Die Holzinteressenten aus dem Dorfe auf der Geest, denen die Wohld gehörte, verkauften nun das ganze Holz an einen Händler, und von da ab klangen jeden Tag Axt und Säge dort, und als der Frühling kam, war von der ganzen Wohld nichts mehr übrig als die Birken und Erlen, hier und da eine Fichte und das Unterholz und Gestrüpp, soweit Wagenräder und Pferdehufe es nicht zerknickt und in den moorigen Boden gedrückt hatten, und die gespenstigen Wurfböden der Bäume.

Die Hirsche und Sauen mieden den unruhigen Ort, die Rehe aber zogen sich bald wieder dorthin. Auch der Schwarzstorch und der Habicht suchten sich andere Horstplätze. Dem kleinen Vogelzeug gefiel es aber nun viel besser hier als vordem; denn jetzt hatte es Licht und Luft; und so flatterte und schwirrte und zwitscherte und schmetterte es dort bald noch viel lustiger als früher.

Einer war es, dem es jetzt ganz besonders gut hier gefiel, und das war ein ganz kleiner Vogel mit einer ganz großen Stimme und einem unverschämten Schwänzchen, das er stolz und steif in die Höhe hielt. Er hatte sich den ganzen Winter in den Hecken und Holzschluppen der Dörfer umhergetrieben und war so auch in den großen Winterbruch gekommen. Dort fühlte er sich sehr wohl. Die vielen Menschen, die Pferde und die Wagen störten ihn nicht; nur wenn sie ihm zu nahe kamen, machte er einen schrecklichen Lärm.

Er fand es großartig hier. Zersplitterte Stämme, aus der Erde gerissene Wurfböden, abgeplatzte Rinde, aufgewühltes Moos, das war gerade Zaunköniggeschmack. Wo er hinsah mit seinen großen, schwarzen Augen, gab es etwas für die spitze Schnäbelchen; hier ein Spinnchen, dort ein Käferchen, da ein Räupchen, dort ein Püppchen; sie alle hatten sich vor Schnee und Eis hinter Rindenschippen und in Ritzen und Moospolstern versteckt; aber der Sturm, die Axt, die Säge, die Wagenräder und Pferdehufe hatten ihr Winterlager zerbrochen und zerrissen. Der kleine Zaunkönig wußte gar nicht, wo er zuerst hinfassen sollte, so viel Futter fand er.

Das war ein Leben hier zwischen den Wurfböden! Was gab es da für Schlupflöcher, Verstecke, Winkel und Höhlen, eine neben der anderen. Ein Wonne war es, zwischen dem Wurzelwerk und Astholz umherzuschlüpfen, hier eine langbeinige Spinne aus dem Moore zu ziehen, dort ein Assel aus dem faulen Holze zu zerren und daneben eine vor Kälte starre Fliege hinter der Rindenschuppe hervorzuholen. Und dann flog der kleine Kerl auf den höchsten und spitzesten Splitter einer abgebrochenen Fichte, dicht bei dem Feuer, das sich die Holzfäller und Fuhrleute angemacht hatten, und schmetterte sein Lied in die verschneite Wildnis, daß die Leute, die um das Feuer saßen und frühstückten, sich ansahen und lachen mußten, so lustig sah es sich an, wie das winzige Ding da oben saß und mit einer Stimme sang, als wäre es viermal so groß gewesen. Aber da war schon wieder in einer dürren Farnbusch untergekrochen und zeterte wütend, weil der weiße Spitz des Fuhrmanns dort umherschnüffelte.

Mit der Zeit fanden sich immer mehr Zaunkönige auf dem großen Windbruche ein, lauter Hähnchen, und da es so viel Futter gab, so daß sie viel Zeit hatten, kamen sie überein und bauten sich in der Jagdbude ein prachtvolles, kugelrundes Junggesellenheim aus dem feinsten grünen Moos, und abends, wenn die Eule umflog, kam ein Zaunkönig nach dem anderen angeschnurrt und schlüpfte in das weiche Nest, bis sie selbzwölft eng aneinandergedrückt dort saßen, sich erst noch ein bißchen etwas erzählten und dann schliefen, bis die Eule ihren Schlafbaum suchte und die Krähe laut quarrend zu Felde strich. Dann schlüpften sie wieder heraus, setzten sich auf die dürren Wurzeln der Wurfböden, ordneten ihr Gefieder, schimpften mörderlich, wenn ein Reh vorüberzog oder ein Hase angehoppelt kam, verteilten sich dann, und jeder für sich trieb eifrig die Spinnenjagd und sang ab und zu von irgendeinem Zweig oder Splitter sein kräftiges Lied.

Zwei große Aufgaben hatten die kleinen Kerle. Einmal sorgten sie dafür, daß Borkenkäfer und anderes böses Geziefer vermindert wurde, und dann bildeten sie eine Sicherheitspolizeitruppe für den Windbruch. Der Fuchs machte schlechte Geschäfte, seitdem die vielen Zaunkönige da waren. Sowie er sich blicken ließ, um hinter einer Birkhenne oder einem Hasen oder einer Schnepfe, die an den quelligen Stellen gern überwinterten, herzuschnüffeln, ging es los: »Zerr, zerr, zerr!« und machte er, daß er weiter kam, ging es dort auch: »Zerr, zerr.« Wo er auch auf dem Windbruche umherschlich, überall war ein Zaunkönig, und sobald ihn einer meldete, fielen die anderen mit ein; der Hase spitze die Löffel, Birkhenne und Schnepfe machten lange Hälse und rückten aus: der Fuchs stand da und hatte das Nachsehen. Sogar außerhalb des Bruches schlüpften die Zaunkönige umher, und vergeblich pirschte der Fuchs am Bache auf Enten; denn auch sie wurden von der witzigen Waldpolizei gewarnt.

Den ganzen Winter und den halben Vorfrühling hatten die zwölf Zaunkönige sich wie Brüder vertragen; als aber die Luft wärmer wurde, als am Bache die Dotterblumen aufblühten und der erste Zitronenfalter über den Windbruch flog, da kam Unfriede unter sie. Sobald einer zu singen anfing, begann auch ein anderer, und es dauerte meist nicht lange, dann schossen sie aufeinander los, kriegten sich beim Wickel und balgten sich, daß die Federn flogen. Ganz schlimm wurde es damit, als eines Tages ein Zaunkönigweibchen auftauchte; denn nun ging das Gezanke in einem fort. Aber dann ließ sich noch ein Weibchen sehen und noch eines und immer mehr; bald waren acht von den Zaunkönigen regelrecht verheiratet. Die vier anderen zankten sich erst noch eine Weile mit den Ehemännern herum, dann aber, als sie immer wieder abgebissen wurden, gingen sie anderswo auf die Brautschau.

Die acht Paare aber richteten sich häuslich ein. Ein Paar baute in dem vorne engen, hinten weiten Loche in dem hohen Wurfboden einer Kiefer, ein anderes in einem dichten Weißdornbusche, das dritte in der Kluft, die eine Eiche mit einer an sie herangewachsenen Kiefer bildetet, das vierte in den verknäulten Wurzeln einer alten Erle am Bachufer. Ein anderes Nest saß in einem Loch im Weidenbaume, eins in einem Haufen Fallholz, ein weiteres zwischen den scharfen Splittern einer umgebrochenen Fichte, die ein Stechpalmenbusch verdeckte. Alle waren sie aus trockenen Blättern gebaut, kugelrund, mit einem Schlupfloch an der Seite, mit Moos fein ausgepolstert und säuberlich mit allerlei Federn belegt.

Das allersonderbarste Nest aber hatte sich das Zaunkönigspaar gebaut, von dem das Männchen den Windbruch zuerst entdeckt hatte. Aus alter Gewohnheit schlüpfte es ab und zu noch in die Jagdbude, wo das Junggesellennest war, und als es seine Frau dahin mitnahm, gefiel ihr die Emaillewasserkanne, die an der Wand hing, so ausgezeichnet, daß sie beschloß darin ihr Nest zu bauen. Da die Kanne nun viel zu groß war, mußte sie erst bis zur Hälfte mit trockenem Laube ausgepolstert werden, und erst als das geschehen war, wurde das eigentliche Nest gebaut, bis schließlich die Kanne bis an den Ausguß mit Blättern und Moos gefüllt war; und darin war ein kleines Loch, so glatt und rund wie ein Spechtloch.

Im April, als der Weidenzeisig sein Ticktack erschallen ließ und die Buchfinken überall sangen, lagen in allen acht Nestern niedliche weiße, blutrot getüpfelte Eierchen, hier fünf, da sechs, da sieben, und in dem Neste in der Emaillekanne sogar acht Stück. Die männlichen und weiblichen Zaunkönige lösten sich beim Brüten ab, und kaum waren zwei Wochen dahingegangen, da piepte es da, und die Zaunkönige flogen unaufhörlich hin und wieder, Mücken, Spinnen und

Räupchen in den Schnäbeln, und hatten kaum selber Zeit satt zu werden. Am sauersten hatte es das Paar, das in dem Weißdornbusche wohnte. Das Weibchen wußte bestimmt, daß es nur vier Eier gelegt hatte, aber als es einmal, nachdem es sich einige Mücken im Grase gesucht hatte, zurückkam, lagen fünf Eier im Neste, und das eine sah ganz anders aus als die anderen. Erst wollte es das fremde Ei hinauswerfen, schließlich ließ es es aber liegen und bebrütete es mit.

Große Augen machte aber das Zaunkönigsweibchen, als es sah, was aus dem fremden Ei herauskroch. So etwas war ihm noch nie vorgekommen. Aber da das nackte, blinde, häßliche Junge jämmerlich piepte, fütterte die Zaunkönigin es fleißig, und sie konnte gar nicht Futter genug heranschleppen, so fraß es. Es wuchs und wuchs, und nach drei Tagen war es doppelt so groß wie die jungen Zaunkönige, und es wuchs immer noch und wurde immer frecher und unverschämter. Kaum war es zehn Tage alt und hatte eben Augen bekommen, da warf es seine Stiefgeschwister aus dem Neste heraus, gerade zu der Zeit, als die Kreuzotter angeschlichen kam, und die würgte eins nach dem anderen von den armen Dingern hinunter. Die beiden alten Zaunkönige hatten kaum Zeit, an sich selber zu denken, so hungrig war ihr Ziehkind. Als es zwei Wochen alt war, reckte und streckte es sich, bis das schöne runde Nest barst, und nun saß der junge Kuckuck dick und breit darin, schrie unaufhörlich nach Futter, so daß nicht seine Pflegeeltern, sondern auch die anderen Zaunkönige, die doch selber Junge hatten, ihn fütterten; sogar die Weidenzeisige und Grasmücken halfen mit. Als er dann ausflog, ließ er das Betteln noch nicht, und eine Woche lang zogen seine Stiefeltern hinter ihm her und fütterten ihn, und alle anderen Vögel ähnlicher Art, die in der Nähe waren, standen ihnen bei, bis endlich der Fresser sich selbst ernähren konnte und für immer fortflog.

Dann erst kehrte das abgehetzte Zaunkönigspaar auf den Windbruch zurück. Da war jetzt ein lustiges Leben. An die siebzig Zaunkönige, alte und junge, wimmelten dort in den Brombeeren umher, und es war ein Gehüpfte und Geschlüpfe, daß der Jäger, der den allabendlich auf die Blöße tretenden Bock schießen wollte, den Anstand aufgab; denn sowie er sich rührte, ging es »Zerr« und »Zerr« und »Zerr«. Dann blieb der Bock so lange in der Dickung stehen, bis das Büchsenlicht vorbei war. Der Jäger fand es ein bißchen undankbar von den Zaunkönigen, daß sie ihn störten; denn als er das Nest in der Emaillekanne fand, hatte er die Kanne hängen lassen, und die Zaunkönige hatten sich schnell an ihn gewöhnt, flogen aus und ein, wenn er auf der Pritsche lag, und schimpften nur, wenn er seine Pfeife ansteckte.

Schließlich aber kam ein Tag, an dem der Jäger sah, daß die Zaunkönige auch dankbar sein können. Er hatte sich einen Hochsitz gebaut; denn wenn er über der Rodung saß, kümmerten sich die Zaunkönige nicht um ihn. Eines Mittags saß er auch da, obgleich es regnete. Als der Regen aber immer dichter fiel, wollte der Jäger gerade von der Leiter herunterklettern. Da fing auf der Blöße ein Zaunkönig an zu schimpfen; der Jäger sah nach der Richtung hin und bemerkte, daß der größte Bock aus dem Gebüsch trat, und fünf Minuten später hatte er ihn vor sich liegen und bewunderte das prächtige Gehörn.

Seitdem freut er sich, wenn er über den Windbruch geht und einen Zaunkönig schimpfen hört, wie alle Leute, die ein Herz im Leibe haben, sich freuen, wenn sie einen der winzigen Kerle in einer Hecke zu Gesicht bekommen.

Kleine Jagdgeschichten

Um die Ulenflucht

Hinter den schwarzen Kanten der hohen Fuhren verschwand die rote Sonne; ein Weilchen noch war alles Glut und Glanz, Feuer und Flamme, jetzt ist es abgeblaßt in des Ringeltaubers Farben.

Ich habe diese Stunde lieb, und fast noch lieber das weiche, warme, tieftönige Wort, das unsere Bauern dafür erdichteten. Ulenflucht nennen sie die Zeit, wenn der Tag müde hinter schwarze Wälder sinkt und die Nacht heraufschwebt, in den graublauen, hellrot gesäumten Mantel gehüllt, den ein einziger großer Funkelstein zusammenhält, der Abendstern.

Es muß ein großer Dichter gewesen sein, der dieses Wort erfand. Vielleicht nur ein geringer Knecht, ein Mann der harten, einförmigen Arbeit, der nie in seinem Leben ein Lied schrieb, eine Strophe erdachte. Aber in diesem einen Worte ist mehr Kunst als in viele Büchern, in denen Lieder gedruckt sind.

Es ist ein großes Kunstwerk, dieses Wort; den es gibt so viel. Es bringt heilige Schauer, wie die ernsten Bildsäulen der unbekannten ägyptischen Meister; es schenkt dem Herzen selige Träume, wie eins der großen Werke Böcklins, es tragt mich hinauf zum Himmel und führt mich hinab zur Hölle, wie Beethovens hohe Melodien.

Wenn die Ulenflucht naht, dann werde ich anders in der Stimmung; Heiterkeit wandelt sich in Ernst, Verdruß in Friedseligkeit, beengtes Denken in unbegrenztes Ahnen.

Nie bin ich im Geiste da, wo ich bin um diese Zeit. Aus schwarzen Dachumrissen werden dunkle Baumwipfel; den Kauz höre ich rufen aus dem Geheul der Fabriksirenen, und heimliches Blättergeflüster erklingt aus dem Geräusch der Großstadt.

Bin ich aber draußen im stillen Holz, im einsamen Moor, dann wandelt sich die ferne Waldeswand zur Stadt um; des Kauzes Ruf klingt mir wie das gellende Jauchzen der Fabrikpfeifen, die eines schweren Arbeitstages Ende verkünden, und im Blättergeraschel höre ich Seufzer von Menschen, die der schwarzen Nacht entgegenbangen.

Seltsamen Zauber übt diese Stunde auf mich aus. Gestern um diese Zeit, zwischen frohen Gesichtern im festlichen Saal, da waren meine Augen auf einmal weit weg. Ich hörte die Maus im Fallaub pfeifen, sah die weißen Motten tanzen und die schwarzen Fledermäuse taumeln, hörte es um mich herum lispeln und rascheln, knistern und knirren.

Da, wo ich heute bin, waren meine Gedanken, in diesen stillen Wald zogen sie, wo die Schummerstunde nahte mit leisem Tritt und Tag und Nacht die Hände gab, die eine heranziehend, den andern mit sich fortnehmend, beide verbindend und trennend.

Nicht der Sonnentod ist es, der mir dann das Herz weit macht; die Viertelstunde nachher, die blaßgraue, liebe ich mehr, mit ihren leisen, langsamen Übergängen; wenn alle Umrisse sich vermischen, alle Einzelheiten vergehen, wenn die Kleinigkeiten die Augen nicht mehr stören und das Herz dem großen Eindrucke sich öffnen kann.

Nur deshalb liebe ich die Jagd so. Nichts bringt uns der Natur so nahe, wie diese Viertelstunde zwischen Tag und Nacht, und nur die Jagd ist es, die uns dazu erzieht, diese kurze Spanne Zeit zu verstehen in ihrer großen Feierlichkeit, in ihrer geheimnisvollen Andacht.

So wundervoll hell und sonnig war es vor eine Stunde hier; im alten Laube leuchteten gelbe und weiße Sterne, rundherum sang und klang, pfiff und trillert es aus Hunderten von kleinen Kehlen, in der breitästigen alten Eiche jauchzte der Schwarzspecht sein wildes Liebeslied, der Tauber schwebte klatschend über den Kronen und rief tief und zärtlich seiner Taube.

Jetzt ist all das laute Leben verstummt; der letzten Drossel Weise verklang, Rotkehlchens Silberlied erstarb; ein Mausepfiff im Dürrlaub, ein Kiebitzschrei vom Moor, ein Rebhahnruf vom Felde kommt dann und wann zu mir heran. Aber die verlorenen Laute machen die Stille nur noch stummer, sie sind wie einzelne Sterne am tiefen dunklen Nachthimmel.

Vor mir im Westen, wo über dem feinen Gezweig der Birken der Himmel rötlich schimmert, taucht ein feines Silberpünktchen auf, verschlafen blinzelnd; hinter mir, tief im Holze, klingt ein hohles, dumpfes Rufen; die Eule grüßt den Abendstern.

Heller schimmert der Stern, glüht aus Silber zu Gold um, lauter ruft der Kauz, verstärkt sein dumpfes Rufen zu gellendem Jauchzen.

Die stille Stunde ist gekommen, die Stunde, da es umgeht im Walde. Überall rispelt und raschelt es verstohlen, rundherum knickt und knackt es schüchtern; was die Sonne bannte und der Tag band, wagt sich hinaus; heimliches Leben, scheues Weben wird kühn und sicher.

Die tagfrohen Wesen zittern um diese Zeit. Ängstlich drückt sich die Ammer im Winterlaub der Jungeiche an den Stamm, klein macht sich der Sperber auf seinem Ast, Todesangst klingt aus dem Schrei der verspäteten Krähe, der ziehenden Kraniche Ruf ist voller Furcht und der streichenden Drossel Pfiff von Bangigkeit erfüllt.

Meine hellen Sonnengedanken schauern zusammen und verkriechen sich irgendwohin, wo ich sie nicht mehr auffinden kann; große, schwarze Träume steigen aus den Tiefen der Seele, lautlos dahintaumelnd in unsteten, haltlosem Flug, wie Fledermäuse, stark und frei sich dahinschwingend, wie die Vögel der Nacht; und wenn sie durchdringend schrillen, gellend rufen, dann kriechen die hellen Gedanken noch scheuer zusammen. Auf der Brandrute vor mir brauen die Nebel; bleiche Schatten schleppen sich müde den Weg entlang; im Unterholz klingt ein röchelndes, hohles Husten; ein zögernder stolpernder Schritt tappt schwer durch den Stangenort, ein Krachen ertönt, ein Sturz; etwas Totes fiel in das faule Laub; gellend ruft der Kauz sein dunkles Lied.

Ich fasse den Kolben fester und spähe über alle Wipfel, ob die Schnepfe nicht kommt, denn ihretwegen bin ich hinausgegangen; die Jagdlust hat mich in den Wald geführt. Das sage ich mir laut vor in Gedanken; denn langsam tappt das Grauen auf mich zu durch die Stille des Waldes.

Näher bei mir im Holze heult jetzt der Kauz; wie lauter blutrote Wellen sehe ich sein Lied hinter ihm her fließen; seine tiefschwarzen Augen glühen.

Ich höre, wie er hinter mir die weichen Flügel laut klatschend zusammenschlägt; damit jagt er den Vogel aus dem Schlaf; er hört ihn flattern auf dem Zweige, reißt ihn aus dem Versteck und meuchelt den Schlaftrunkenen mit seinen Dolchklauen.

Gellend lacht er über mir. Ich fahre zusammen, als wäre eine Rieseneule über mir mit weitschattenden Flügeln, ihre dolchbewehrten Griffe über meinem Genick öffnend. Mitten im Knospen und Treiben, Blühen und Schwellen des Frühlingsabends höre ich das blutrote Lachen des Todes hinter mir. Und dann, wie es kam, ich weiß es nicht mehr. Ein dünnes, schrillendes Pfeifen war vor mir, ein dumpfes, tiefes Murken über mir, zwei Schatten zickzacken unter dem Abendstern über die Birken hinweg, ein Feuerstrahl riß ein Loch in den Abendhimmel, im Donner verjagte das Schweigen im Winde, und aufatmend nehme ich die Schnepfe vom Boden auf, die ich tötete aus Angst vor der Todesangst.

Gelassen gehe ich durch die bleichen Nebel des schwarzen Weges. Die Schauer der Ulenflucht ließ ich hinter mir. Die Waffe, die ich hatte, und das Ziel, sie retteten mich vor ihren Gespenstern. Eine Waffe und ein Ziel. Hat man das, dann verliert die Ulenflucht alle ihre Schrecken, die Ulenflucht trüber Stunden, des kommenden Alters Dämmerung. Eine Waffe, die Arbeit, ein Ziel, seinen Platz auszufüllen in diesem Leben, so gut wie man kann, die einzigen Mittel sind es gegen unsere große Angst in der Ulenflucht.

Der Bock vom Weißen Moor

Silberwellen fluten über das Moor. Zauberwellen sind es; kaum vernehmbar ist ihr heimliches Geflüster.

Sie rieseln an meinen Knien vorüber und gleiten weiter und weiter, bis sie dort hinten, wo die ausgestorbenen Fuhren stehen, zu einer leuchtenden Brandung zusammenschäumen. Zahllose Wollgrasblüten sind es, des Windes liebstes Spielzeug. Er wird es nicht müde über die weichen Seidenflocken dahinzufahren, sie zu rütteln und zu schütteln und sich daran zu freuen, wie sie schimmern und flimmern.

Vielleicht tut er das aber auch der Moorfrau zuliebe, die mir den Bock nicht gönnen will, der hier seinen Gang hat, den schwarzen Bock vom weißen Moor. Schabernack auf Schabernack spielte sie mir, damit ich ihn nicht bekommen sollte. Dem Würger und der Mooreule gebot sie, ihn vor mir zu warnen, drehte die Luft um, daß er meinen Wind bekam, und zauberte so viel Wasser aus der Wetterwolke herunter, daß ich nicht über die Gräben kommen konnte.

Heute hat sie sich mit dem Wind und der Sonne verbündet, daß sie mich blind machen. Als die Hähne im Dorfe erwachten, stand er auf, kam über die Geest, weckte die Sonne, und nun ließ er die Wollgrasblüte zittern und sie ließ sie flittern, daß ich bald nichts mehr sah als eine weiße Welle neben der anderen und darüber den hohen hellen Himmel, und schließlich war der Himmel zum silbernen Gewoge, und blau und still stand das Moor.

Da warf ich mich hinter die Birkenbüsche in das bißchen Schatten, den sie gaben, deckte mir das Gesicht zu und schlief mitten zwischen den weißen, lautlosen Wellen, deren unhörbares Rauschen meine Träume mit seltsamen Bildern erfüllte. Jede Flocke wurde zu einem kleinen, feinen Gesichtchen mit listigen Augen, die mich spöttisch anzwinkerten, und einem goldenen Mündchen, das ein höhnisches Liedchen summte. Um mich herum aber zog der schwarze Bock, grinste mich an wie der böse Feind und plätzte, daß mir der Torf in das Gesicht flog.

Als ich erwachte und nach meiner Backe griff, faßte ich einen hübsch gestreiften Moorfrosch, der bei der Fliegenjagd dorthin gesprungen war; der schwarze Bock und die vielen boshaften weißen Elfenfrätzchen aber waren verschwunden. Die Sonne stand nicht mehr so hoch, der Wind hatte etwas nachgelassen und die Luft war ein wenig kühler geworden. So verwirrte mich das silberne Geflimmer und Geflirre nicht mehr so sehr, und meine Augen sahen mehr, als nur und nichts außer den weißen Wellen und dem blauen Himmel; sie fanden die rosenroten Perlen der Rosmarinheide zwischen den zitternden Flocken, die blauen Falter, die um die hohen Heidbüsche tanzten, und die blitzenden Kiesel auf dem braunen Damm.

Und nun will ich sehen, wer seinen Willen bekommt, die Moorhexe oder ich. Der Wind hat sich ein wenig gedreht; er ist nach Abend herübergegangen; und das ist gut für mich, denn nun kann ich unter Deckung nach dem Brandmoore hinkommen, wo der Bock am liebsten steht, weil dort die Quelle aus dem Sand herauskommt, unter der die kleine Kleewiese liegt, der einzige grüne Fleck weit und breit. Tag für Tag stand der Bock da, aber er hat so weiten Umblick, daß er mich ein jedes Mal eräugte, wenn ich mich heranpirschte, mit hohen Fluchten abging und mich mit seinem dröhnenden Basse verhöhnte. Vielleicht geht es mir heute wieder so und ich bekomme ihn ebensowenig wie im vorigen Jahre, wo ich seinetwegen manchen Tag hier umherschlich.

Langsam steige ich durch die kniehohe Heide und die silberflockigen Blüten. Unter meinen Schuhen knistert das graue Moos, seufzt der braune Schlamm. Noch steigt hier und da ein Pieper, hölzern singend, empor aber schon schwebt dort unten rein weißer Weih über dem Abstich, in dem die Frösche grölen, und hier und da lockt eine Himmelsziege. Rundumher läuten die Kuckucke und lachen heiser, wenn sie von Busch zu Busch flattern. Silberne Motten stäuben vor meine Füßen auf und rostrote Falter taumeln in regellosem Fluge dahin. Ein trillernder Pfiff ertönt in der Ferne, schwillt zu einem runden Geflöte an und verklingt in einem schneidenden Gewimmer. Der Brachvogel ist es. Er kreist über der nassen Sinke.

Die Sonne rüstet sich zum Heimgang. Das dunkle Wasser in den Abstichen glüht goldig auf. Ein feuerroter Fleck leuchtet in dem weißen Gefilde. Die alte Ricke ist es; sie zieht den

Damm entlang. Ich warte bis sie weit genug ist, und schleiche zum nächsten Birkenbusche. Da sehe ich, daß meine Hände wie Flammen im Abendschein brennen, und ich denke daran, daß mein Gesicht wie eine Fackel lodert. Ich nehme eine Handvoll Moorerde und reibe mir Backen und Stirn damit ein. Hinter der Brandblöße blitzt es silbern, schimmert es weiß; die Torfstecher gehen heim.

Eiliger pirsche ich voran, die Blicke hin und her werfend über das weiß beschneite Moor, das sich immer goldener färbt. Mehr und mehr Himmelsziegen locken und hier und da beginnt eine zu meckern. Noch ein Reh sehe ich zur Feldmark ziehen, und wiederum eins und ein drittes, und jedes muß ich erst vorbeilassen, ehe ich weiterschleiche. Ein neuer Abstich zwingt mich einen weiten Bogen zu schlagen; durch einen älteren wate ich hindurch, daß mir das Wasser bis über die Knie zieht. Und wie ich hinter einem mächtigen Moorbeerhorste heraussteige, ziehe ich schnell den Kopf wieder zurück, denn mir gegenüber steht vor der kleinen Wiese eine schmale, schwarze, hohe Gestalt, über deren Haupte es hell funkelt. Das ist mein Bock.

Ich warte, bis er weiterzieht, schleiche in dem Abstiche entlang bis zu den drei toten Fuhren hin und komme ganz langsam bei ihnen aus dem Sumpfe heraus. Der Bock steht da, steif und still, als wäre es ein Befehl, steht und rückt und rührt sich nicht. Mücken umsummen mich; es werden immer mehr. Ich lasse sie stechen und sehe nach dem Bocke, meine Büchse tief haltend, damit die Abendsonne sie nicht verrate. Und so kauere ich da und starre nach dem schwarzen Gespenst vor mir in dem weißen Geflimmer, bis das Moor schwarz und der Bock weiß wird und ich die Augen ein Weilchen schließen muß. Ein Kuckuck kommt laut rufend an, läßt sich auf dem letzten der drei Fuhrengerippe nieder, ruft wieder und wieder und flattert weiter. Da erst mache ich die Augen wieder auf.

Erst sehe ich nichts als das weiße Moor und die grüne Wiese darin und muß lange suchen, ehe ich den Bock finde. Endlich erblicke ich ihn; er steht vor einem hohen Grasbusche und äst sich daran, aber alle Augenblicke hat er den Kopf hoch und sichert. Die Dämmerung wird tiefer. Die Nebel steigen aus den Abstichen. Überall meckern die Himmelsziegen, und schon spinnt und pfeift die erste Nachtschwalbe und klatscht mit den Flügeln. Warte ich noch länger, geht mir das Büchsenlicht fort. So wische ich vorsichtig die Mücken von Stirn und Nacken. Aber sofort hat der Bock das Haupt hoch und äugt steif nach mir hin. Dennoch wage ich es, auf den Busch vertrauend, der mir den Rücken deckt, ziehe den Kolben an die Backe und drücke, ehe der Bock Zeit zum Abspringen hat.

Rot fährt der Feuerstrahl über das weiße Wollgras. Der ferne Wald wirft dreimal den Knall zurück. Zwei Rehe, die hinter der Wiese standen, flüchten zornig schreckend in das Moor zurück. Ich erhebe mich und spähe nach der Wiese. Eine Nachtschwalbe kommt lautlos angeschwenkt, schwebt um mich her, weicht, kommt wieder und tanzt, während ich voranschleiche vor mir auf und ab, wie ein Gespenst. Und dann steh ich vor dem Bocke, der regungslos vor der Quelle liegt, und freue mich, daß sein Gehörn gehalten hat, was es versprach, und schleppe ihn auf den Damm, breche ihn auf und lausche, während er auskühlt, an die Stimmen des Moores, meine Pfeife rauchend.

Ein dumpfes Murren ist hinter meinem Rücken, ich drehe mich um und sehe ein schwarzes Riesenhaupt am Himmel emporsteigen, aus dem ab und zu glühende Blicke herausblitzen. Die Moorfrau ist es, die sich an mir rächen will. Ich stopfe meine Beute in den Rucksack, hänge ihn um und gehe eilig den Damm entlang durch das Moor, das nun aussieht, als läge ein Leichenlaken darüber, verfolgt von den dumpfen Flüche der Moorhexe.

Hellnachtspirschgang

In dem Schnabel der alten Tranlampe schwankt das gelbe Flämmchen; in dem Ofen bullert das Holzfeuer; die Mäuse piepen unter dem Estrich. Ich liege in dem Schlafsacke auf der Pritsche, rauche, sehe von der Reimchronik, in der ich lese, ab und zu auf, blicke nach den alten Buntdrucken hin, die an der Wand des Blockhauses hängen, lausche auf das Bohren der Larven in dem Gebälk und denke an den gestrigen Tag.

Blutrot ging die Sonne am hellgrünen Himmel auf, wunderbar anzusehen, bis eine schwere dunkelblaue Wolke vor sie trat. Aus ihr sprühte Regen herab, der bald zu Schlackschnee wurde, den der Nordwest über das Bruch trieb.

Mit mürrischer Miene pirschte ich durch die wilde Wohld, deren Wipfel im Winde quietschten und knarrten. Neben mir her schlich die Erinnerung, ein bitteres Lächeln um die engen Lippen, einen Strauß von Dornen und Disteln in den welken Händen. Ihr spinnewebenfarbiges Gewand schleppte raschelnd über die hohen gelben Moorhalme des modrigen Holzweges. Kreuzschnäbel flogen laut lockend dahin. Ein Häher flatterte kreischend vor mir auf. Der Schwarzspecht rief klagend und trillerte seinen Schlechtwetterruf. Dichter fielen die breiigen Flocken, wilder wurde der Wind, unwilliger brummten die Kronen der Fuhre und die Wipfel der Fichten. Dann und wann erscholl aus ihnen ein schneidender Pfiff oder ein knarrendes Stöhnen. Trockene Zweige zerbrachen und faule Äste fielen polternd.

Quer über das Hauptgestell flutet der Bach, eine breite Furt mitten im Wege bildend, über den ein schmaler Steg führt. Ich lehnte an dem Geländer und klopfte den Pfeifenrest in das Wasser. Ein sonniger Maientag fiel mir ein, hier verlebt, als die goldenen Lilien an dem Ufer blühten und die ganze Wohld von Vogelstimmen schallte. Fahl, wie das faule Laub in dem braunen Wasser, ward mir das Gedenken an jenen Tag.

Rauh rief der Kolkrabe über den Kronen der Fuhren. Der Wind warf mir nasse Flocken in das Gesicht. Ängstlich lockten im Gezweige der Fichten die Haubenmeisen, schüchtern zirpten im dunklen Geäste die Goldhähnchen. Hohl heulte der Wind und verdrossen murmelte der Bach neben dem Wege her, der sich im Brandmoore verlor. Da sah es düster und verlassen aus. Schwarz und gespenstig ragten aus fahlen Halmen verkohlte Stämme. Ich stand und starrte auf die Baumgruppen, meine Gedanken sahen ebenso schwarz und tot aus wie sie.

Ein hohler Husten kam hinter dem verrottenden Farn zu meiner Rechten. Ich nahm Deckung hinter einer krausen Fuhre und wartete, bis das vom Lungenwurm befallenes Schmahlreh an mir vorbeizog. Jämmerlich sah es aus, ruppig und abgekommen. Ich schoß es auf den Hals, brach es auf und zog es quer über den Brandplan nach dem Hochsitze hin, des Fuchses wegen, den ich damit anludern wollte. Denn das Wildbret war ungenießbar. Dann saß ich unter der Schirmfichte und aß unlustig, und ging ohne Freude weiter über feuchte Wege zwischen nassen Dickungen hindurch, pirschte am Bache entlang durch die Wohld, Müdigkeit in den Gliedern, benommen im Kopfe. Und immer schlich die Erinnerung neben mir her und seufzte und stöhnte.

Mit der Dämmerung, die früher da war als sonst, kam ich in das Blockhaus, aß und las und rauchte und kroch bald in den Schlafsack. Aber die geladene Luft ließ mich nicht zur Ruhe kommen. Peinliche Träume quälten mich; sie verquirlten die Vergangenheit mit der Gegenwart und der Zukunft zu albernen Bildern und abgeschmackten Vorstellungen. Um Mitternacht fuhr ich in die Höhe; himmelblaues Feuer erfüllte den Raum und ein furchtbarer Donnerschlag erschütterte das Blockhaus. Ich wollte aus dem Schlafsacke heraus, aber abermals war das hellblaue Licht da und mit ihm ein Schlag, daß die Teller und Töpfe in dem Wandborde klirrten. Ich fuhr in die Schuhe, warf den Mantel um und öffnete die Tür. Mit gellendem Hohnlachen riß der Sturm sie mir aus der Hand, warf mir eine Schneewolke in das Gesicht und schlug die Tür wieder zu. Ich zog mich gänzlich an, während Blitz auf Blitz zuckte und Donner auf Donner krachte, und trat vor das Haus. Wagerecht trieb der Schnee und so dicht, daß er wie ein weißes Bettlaken anzusehen war, und doch sah ich alle Augenblicke die Wettertanne vor dem Bruche, den Wald dahinter und die hohe Geest, so schnell folgten sich die Blitze.

Ich zog die Mantelkappe um das Gesicht und lachte in das Winternachtgewitter hinein. Immer böser klang der Donner, immer bitterer sein Widerhall. Von dem Walde her kam ein Weinen und Winseln, und ein Stöhnen und Ächzen, so mißhandelte der Sturm ihn. Rossegeschnaube hörte ich daraus, das Geläute der Meute, Hörnerklang und Peitschenknall. Ich sah den Helljäger dahinreiten, die Saufeder in der Hand. Über seinem Hute flatterten die Raben, vor seinem achtfüßigen Schimmel hechelten die Grauhunde. Er warf den Jagdspieß, daß es blitzte, und juchte die Meute an, daß es donnerte. Ich rief ihm Weidmannsheil zu, gellte ihm ein Horüdhoh nach und wünschte ihm ein froh Gejaid. Dann flammte es, an der Wetterfichte hinunter; eine Fackel wurde aus ihr. Rot wehte sie aus dem weißen Gestöber heraus. Und abermal fiel Feuer vom Himmel und die Krone der Hudeeiche flog auf den Bruchweg, und beim dritten Male loderte der alte Schafstall auf und stand in hellichter Glut. Ein Fluchwort klang, ein Pfiff schrillte, eine Verwünschung gellt aus den Wolken nach mir hin; ich gedachte, daß Wode keine Zeugen aus Fleisch und Bein haben will, weidwerkt er in den heiligen Zwölfen. Scheu trat ich zurück und schloß die Tür hinter mir.

Als die Uhr auf eins zeigte und die Stunde vorüber war, die dem toten Gotte gehört und seiner verblichenen Getreuschaft, brach das wilde Wetter ab. Als ich dann spät erwachte, war alles weiß, das Bruch und die Wohld und die hohe Geest hinter ihm; heller Sonnenschein lag auf dem blanken Lande. Nun steht der Mond über dem Bruche und die Sterne haben sich zu ihm gesellt. Taghell leuchtet es in das Türloch hinein. Die Luft trägt den Klang des Weihnachtsläutens, vom Dorfe heran. Ich sehe nach der verkohlten Wettertanne; das ist mein Weihnachtsbaum, dieses nackte schwarze Baumgespenst. Der Mond schmückt die Astzacken mit hellen Lichtern; doch kein rotbäckiger Apfel lacht daran und nicht eine einzige goldene Nuß. Die Weihnachtsglocke ist verstummt; Hundegeheule langgezogen und unheimlich, tönt herüber.

Der Mond sieht mir gerade in das Gesicht. Ich merke, was er will. Ich ziehe das weiße Zeug über, setze die weiße Kappe auf, pudere mir das Gesicht ein, binde die indianischen Schneeschuhe unter die Sohlen, schlage das Fernrohr auf den Drilling, streife die weißen Wollhandschuhe über, stecke die Pfeife an und schlurfe in das Bruch hinein, in das weiße, weite, schweigende Bruch. An Machangelbüschen komme ich vorüber, die wie Gespenster in Totenhemden aussehen, überschreite den Steg, unter dem der Bach gluckst und schluckst, sehe die Rehe mit dunklen Schatten über die helle Wiese ziehen, und stehe dann vor dem Fuhrenwald, der sich gestern noch stolz und geschlossen erhob. Heute ist er nur noch halb da. Kreuz und quer liegen die Stämme da, aus dem Boden gerissen oder mitten abgebrochen. Schlimm hat der Sturm hier gehaust.

Ich umgehe die Wohld, in der es weder Weg noch Steg gibt, und schleiche zwischen ihm und der Heide entlang. Bei dem großen Findelstein bleibe ich stehen und spähe an der Dickung entlang. Vier schwarze Gestalten treten aus ihr heraus und ziehen über den weiße Plan; Rotwild ist es, das zu Felde will. Eine Viertelstunde verhoffen sie und sichern; dann trollen sie der Feldmark zu, und sobald sie außer Sicht sind, gehe ich weiter, bis die Dickung zur Linken und die Wohld zur Rechten die Heide ablösen. Totenstille ist um mich; mir ist, als hörte ich die Einsamkeit atmen. Wenn dann und wann ein Schneeklumpen von einem Aste rutscht, so ist das weithin vernehmlich. Ich schlurfe so leise wie möglich dahin, bei jedem Quergestell stehen bleibend und es abspähend, ob nicht ein Stück Wild darauf steht, und inzwischen die Fährten und Spuren musternd, die auf dem verschneiten Knüppeldamm stehen. Ich suche die Fährte der groben Sau, hinter der ich nun schon eine ganze Weile her bin. Aber nur Rotwild spürt sich, und Rehzeug, Fuchs und Hase, und hier an der Brücke der Edelmarder.

Langsam schliere ich dahin, von meinem Schatten begleitet. Meine Gedanken sind nicht so grau und trüb wie gestern; kühl sind sie nun, still und eben, wie die verschneite Heide vor mir. Ich lege den Rucksack auf den Irrstein, setze mich darauf; zünde meine Pfeife an und harre. Eine Eule streicht lautlos an der Wohld entlang und kommt nach einer Weile zurück. Ich mäusele sie heran. Hart bis vor mein Gesicht schwebt sie, so daß ich ihre Augen sehen kann; dann schwenkt sie um mich herum und verschwindet. Nach einer Weile höre ich es hinter mir verstohlen und leise brechen und dann auf einmal hastiger und laut. Das wird der Fuchs gewesen sein, der auf das Reizen herangeschlichen ist und Wind bekommen hat. Eine Ricke mit ihrem Kitz überfällt den Graben und zieht durch das Heidfeld; seltsam groß sehen die beiden aus.

Bei dem stillen Passen schweben, wie dunkle Nachtvögel, schwarze Gedanken zu mir her; ich hänge den Rucksack wieder um und schlurre quer über die Heide. An ihrem Ende steht die Fähre der Sau an der Dickung heraus und nach der Wohld zu. Ich suche die nächste Brandrute und tauche in der Wildnis unter. Zweimal hat der Keiler den Weg gekreuzt. Hinter der Brücke mache ich halt, denn ich höre es zur linken Hand laut brechen. Ich warte und warte, doch das Geräusch verstummt und ich fahre weiter durch die schweigende Wohld, bis plötzlich weit vor mir ein schwarzes Ding auf der Bahn steht, einen Augenblick verhofft und in das gegenüberliegende Jagen trollt, dort laut brechend. Das ist der Keiler; er nimmt den Wechsel auf das Brandmoor zu. Findet er die Ricke, die ich gestern von ihrer Qual erlöste, so kann er vielleicht mein werden. Vor dem Moore schreckt ein Altreh mit grober Stimme anhaltend, und jetzt hell ein Schmalreh; sie haben Wind von der Sau bekommen. Das Schmälen verliert sich nach dem Bruche zu.

Eilig, aber mit aller Umsicht, fahre ich dem Hauptgestelle zu und auf ihm entlang. Einmal muß ich lang anhalten, denn ein Rottier mit seinen beiden Kälbern steht vor mir auf der Bahn und äst sich an den Brombeeren. Nach einer Viertelstunde erst treten die drei Stücke in den Bestand, und ich kann weiterschleichen. Bei der Findelsteinbrücke maust der Fuchs; leicht könnt ich ihm die Kugel antragen, aber ich denke an den Keiler und lasse den Rotrock aus, der, wie ich näher komme, einem Augenblick sichert und dann mit einer Flucht in der Dickung verschwunden ist. Je näher ich dem Moor komme, um so langsamer und leiser trete ich, und immer wieder merke ich darauf, ob mein Atem auch nicht umschlägt und mir zeigt, daß die Luft hier falsch zieht; aber er bleibt stetig hinter mir und so kann ich vor dem Ende der Bahn das Moor erspähen.

Da sieht es heute noch unheimlicher aus als gestern, denn gespenstig starren die schwarzen Baumgerippe aus dem Schnee heraus. Von dem stärksten der toten Stämme löst sich ein schwarzer Klumpen ab; die Eule ist es; sie schwebt über die Blöße, wendet aber so plötzlich und streicht so eilig davon, daß ich fühle, dort muß irgend etwas sein, das sie vergrämt hat. Jetzt höre ich auch ein Brechen, und ein Blasen und ein Schmatzen, und sehe einen schwarzen Klumpen; die Sau hat das Luder angenommen und tut sich gütlich daran. Ich wage einen Gang voran und bleibe aufatmend stehen; die Sau hat mich nicht vernommen. Ich wage noch einen Schritt, und noch einen, nach jedem ein Weilchen verharrend; doch die Sau ist so eifrig bei dem Fräße, daß ich bis zu der Eiche kommen kann.

Nahe genug bin ich; doch ich kann nicht erkennen wie der Keiler steht. Und so warte ich und warte, bis endlich ein Windhauch die Zweige rührt, ein Schneeklump herunterrutscht, die Sau einen Augenblick verhofft und ich deutlich sehen kann, daß sie mir das rechte Blatt halb von hinten weist. Ich besinne mich nicht lange, streiche an der Eiche an, suche bis ich die Spitze des Zielfernrohrkreuzes hinter dem Blatte habe, und steche ein. Bei dem leisen Knicken des Abzuges hat die Sau das Gebräch hoch und verhofft, behält aber ihre Stellung. So lasse ich fahren, sehe schnell hinter dem roten Feuerstrahl her, kann aber nichts erkennen, höre den Keiler nur abgehen, daß es kracht und knastert. Ich nehme das Fernrohr von der Waffe, lade den leeren Lauf, spanne wieder, warte ein Weilchen und gehe dann vorsichtig auf den Anschuß, aufmerksam um mich blickend. Von dem Reh ist nicht viel mehr da als Kopf, Rücken und Läufe, und so zertreten und verschmiert ist der Schnee, daß ich vergebens nach Schußzeichen suche.

Aber in der Fährte liegt Schweiß, guter heller Schweiß, einen regelrechten Lungenschuß anzeigend. Schritt vor Schritt rücke ich vor bis an die halbausgebrannte Dickung, in die die Rotfährte hineinführt und dann stehe ich und lausche, ob ich kein Brechen oder Blasen höre. Doch ich vernehme nichts, und so umschlage ich die Büsche, bis ich die Fährte wiederhabe, die nach dem Bruche zusteht. Schneller darf ich hier vorwärtsgehen, denn bis vor das Bruch habe ich die Wiese, die blank und klar da liegt bis auf die wenigen Weidenbüsche darin. Sobald die Fährte aber auf eine davon zusteht, werde ich langsamer und sehe schärfer zu, damit die Sau nicht unversehens vor mir ist und mich annimmt.

Nun ist die Wiese bald zu Ende; dann beginnt das Bruch und darin wird die Nachsuche schwerer und gefährlicher. Ich überlege, ob ich nicht lieber zur Jagdbude hinrutschen, schlafen und in der Frühe mit dem Jagdhüter und dem Hunde nachsuchen soll, da bekomme ich vor dem Staugraben einen schwarzen Fleck zu Blick, auf den die immer mehr Schweiß zeigende Fährte zusteht. Das wird die Sau sein. Ganz langsam rücke ich vor, den Dreilauf schußfertig in der Hand, doch die Wundfährte führt im Bogen abseits, über den Staugraben hinweg, steht steil auf das Bruch zu, wendet dann aber und hält doch auf den schwarzen Klumpen zu, und da endet sie. Denn das, was da vor mir liegt, lang ausgestreckt, und ohne einen Lauf zu rühren, das ist die Sau, ein vierjähriger Keiler.

Ich ziehe das weiße Zeug aus und breche die Sau auf, so gut ich das allein kann. Das ist eine langweilige und häßliche Arbeit, die mir den Schweiß vor die Stirn treibt. Dann binde ich einige Papierfetzen an die Läufe und Gehöre des Keilers, damit der Fuchs ihn nicht anschneidet, ziehe das helle Zeug wieder an, binde die Schneeschuhe unter und rutsche durch das Bruch der Jagdbude zu. Eine Wolke tritt vor den Mond; es beginnt verloren zu schneien, und wie ich vor der Geest bin, wirbeln die Flocken schon dichter und der Wind bläst stärker. Mit Pirsch und Ansitz ist es nun aus und ich kann mit gutem Gewissen in den Schlafsack kriechen.

Ehe mir die Augen zufallen, überdenke ich noch einmal den schwarzen Tag von gestern und die helle Nacht die darauf folgte, und was sie mir brachte: Gelassenheit für das Herz und eine gute Beute. Lieber wär mir ja ein Weihnachten anderer Art; doch man muß das Leben nehmen, wie es ist, und kommt nach Sturm und Regen auch nicht die Sonne, kühler Vollmondschein hat auch seinen Wert.

Auf tauben Dunst

»Nimm di nix vör, denn sleit di nix fehl!« sagt der Hamburger. Das ist ein Sprichwort, das so fest dasteht wie der pythagoräische Lehrsatz oder ein Kolkrabenhorst.

Jedem Jäger ist es dringend anzuraten, neben einem guten Stück Kochschokolade, Bindfaden, Zwirn, Nadel und Heftpflaster diesen Spruch stets im Rucksacke bei sich zu führen; man kommt sehr oft in die Lage, von ihm Gebrauch zu machen.

Was sollte ich zum Beispiel jetzt ohne ihn anfangen. Drei aufeinander folgende Nächte habe ich mir nur der Birkhähne wegen um die Ohren geschlagen, aber den einen Morgen, wie den anderen war es so erbärmlich kalt, daß ich darauf verzichtete, im Schirme zu sitzen und mir neben einem guten Hahne einen noch besseren Schnupfen zu holen, und so beschränkte ich mich darauf, von weitem die Balzplätze zu umschleichen und die Hähne zu verhören.

Heute aber, wo der Wind, statt von Osten, von Westen kommt und die Luft weich und warm ist, hab ich die Weckuhr überhört. Hellichter Tag war es, als ich aufwachte. Die Sonne lachte über ihr ganzes rundes Gesicht, als ich die Türe der Jagdbude aufstieß, im Bruche bliesen und trommelten die Hähne nach der Schwierigkeit, in der Wohld pfiffen und schlugen sämtliche Amseln, Finken, Drosseln und Stare und was sonst da noch von Federvieh lebt, und ich stand da im weißen Nachtkittel und machte mein dümmstes Gesicht.

Doch nur eine halbe Minute lang, denn dann sagt ich mir: »Dennso helpt dat nich,« wärmte mir meine Buchweizengrütze auf, zog mich, derweilen sie auf den Spirituskocher stand, an, und als ich die Grütze samt einem gefährlichen Knust Brot binnen hatte, überlegte ich, was ich mir vornehmen solle, aber nicht sehr lange, denn mir fiel zur rechten Zeit noch der alte Hamburger Spruch in die Hände, und ich nahm mir fest vor, mir gar nichts vorzunehmen, steckte mir eine Pfeife an, ein halbes Dutzend Patronen ein, schulterte den Drilling und bummelte auf tauben Dunst los.

Den Hauptbalzplätzen ging ich vorsichtig aus dem Wege, sondern hielt mich erst auf dem breiten Damme, der quer durch den Bruch führt, freute mich über den Porst, der am Anblühen war, an den Weidenbüschen, die ihr Silber in blankes Gold umgewechselt hatten, über einige Birken, die schon grüne Spitzchen vorwiesen, über das quickgrüne Wassergekräut in dem klaren Bache, über die silbergrauen Kätzchen an den Espen, und über all das lustige Leben im sonnenbestrahlten Bruche.

Überall zogen die Rehe an den Staugräben entlang und ästen sich im jungen Grase; mitten auf einer Weidekoppel trieben zwei Rammler einen Satzhasen, ein Hermelin, halb noch weiß, zur anderen Hälfte schon braun, kam den Querdamm angehüpft, machte ein Männchen, als es mich gewahr wurde, und entschwand in einem Weidenbusche, Kiebitze ärgerten sich mit den Krähen herum, ein Brachvogelpaar zog laut flötend seine Kreise über dem Ried, über der Wohld schwebten laut rufend die Hühnerhabichte, ein Märzentenpaar, von einem Wiesenmacher aufgestört, quarrt über mich hinweg, blanke Krähen durchstöberten die Maulwurfshaufen, und ein Weihenmännchen warf sich, laut meckernd, aus hoher Luft hinab.

So wurde mir der Weg bis zum hohen Moore nicht lang. Und jetzt stehe ich hier und sehe über die weite braune, endlos sich dahinziehende Fläche, die nur hier und da von einer krüppeligen Schirmkiefer überschnitten wird, mein ernstes, liebes, stilles Moor, dem ich so manche heimliche Stunde verdanke, wenn ich, des Asphaltes satt und der Stadt müde, bei ihm Einkehr hielt und seinen lautlosen Worten lauschte. Wie nennen die Stadtleute es, unheimlich und stumm, und sie fürchten es als tückisch und hinterlistig, aber es ist weder das eine noch das andere, es ist nur anders als die bunte Feldmark und die Marsch, anders als die hohe Heid und der tiefe Wald; es hat ebenso viele Schönheiten und kann genau so viel erzählen, wie die lustigen Berge und das fröhliche Hügelland.

Die flinken Gräben, die es besäumen und durchschneiden, sehen herrlich aus mit ihrem braunen, klaren Wasser, das die Sonne bald wie Blut färbt, bald wie Gold aufleuchten läßt, und auf dem die langen Blätter der Wasserhirse wie silberne Streifen liegen. Überall in der kniehohen

Heide, deren dürres Braun sich schüchtern begrünt, schimmern, aus fahlen Bülten hervor tauchend, die gelben, zottigen Blüten des Wollgrases in dichten, üppigen Polstern umspinnt die Krähenbeere die Wände der alten Abstiche, die von mancherlei Algen, Pilzen, Flechten und Moosen mit den märchenhaftesten Farben geschmückt sind, und über denen die Blätter der Preißelbeeren hell in der Sonne blitzen, während die alten Blüten des Heidekrautes silbern schimmern und die jungen Birken wie rote Flammen aussehen.

Das sind die Farben des Moores, und seiner Töne sind auch nicht wenige. Es ist erfüllt von dem Knurren der laichenden Moorfrösche und überschüttet von dem Gekuller der balzenden Birkhähne. Von diesen dunklen Hintergrunde heben sich dann scharf die scharfen Locktöne der Bekassinen, der schneidende Ruf des Kiebitzes und der Trillerpfiff des Brachvogels ab, während überall der bescheidene Singsang der Rohrammer und das stümperhafte Gepiepse des Wiesenpiepers darüber verstreut ist, bis der zarte, zackige Balzruf des Weihenmännchens, das sich mit wildem Geflatter aus der hohen Luft in den Grund wirft, grell herausklingt, und schließlich alle anderen Laute weit hinter sich lassend, von der Mitte des freien Moores die Drommetenstöße der Kraniche herüberschallen.

Und ich stehe hier und sehe und höre und denke nicht an Wild und Weidwerk, bis ein heißes Zischen vor mir ertönt und ein schwarzweißes, seltsames Ding sich aus dem langen Heidkraute emporschnellt und wieder verschwindet, und noch einmal mit Gezisch erscheint und schnell wieder fort ist, und noch ein drittes Mal, da vergesse ich die vielen Farben und die mannigfachen Töne, sehe im Geiste nur einen großen, schwarzweißroten Vogel und horche dorthin, von wo das tiefe dunkle Gekuller unaufhörlich erschallt, dann und wann von einem giftigen Zischen unterbrochen. Ein Gelüst erfaßt mich, den einsamen Minnesänger zu beschleichen und ihn mitten in seinem sonderbaren Liede zu erbeuten. So ganz leicht ist das nicht. Zwar balzt der Hahn bombenfest und vertraut ist er auch, denn hier im Moore fühlt er sich sicher vor Kraut und Lot, aber allzuviel Deckung habe ich nicht und nasse Knie und Ellbogen wird es bei dem Gekrieche geben, und wahrscheinlich bekomme ich den alten Burschen nicht schußgerecht; aber es kann doch sein, und wenn nicht, dann nicht, ein Unglück ist das weiter auch nicht. Über hundert Male habe ich es versucht, mich an einen allein balzendem Hahn heranzuschleichen, und höchstens zehn davon konnte ich an den Rucksack hängen, aber diese zehn sind mir zehnmal so lieb als die vielen, die ich auf dem Schirme schoß, und hundertmal lieber sind sie mir als die, die ich auf Suche und Treibjagd herunter holte. Und darum: wer nicht wagt, der nicht gewinnt!

Erst warte ich, bis der Hahn seinen Sprung gemacht hat und wieder trommelt, und dann gehe ich, mich hinter den Birkenbüschen und Weidenhorsten duckend, soweit den Damm entlang, bis ich unter dem Wind bin, und dann biege ich ab und schleiche mich in das Moor hinein, erst einen Torfdamm einschlagend, und dann quer durch die lange Heide, die mir fast bis an den Leib reicht, dahin strebend, wo die halb verrotteten Torfhaufen sich erheben. Kaum bin ich in der Heide, da springen zwei Rehe vor mir mit Gepolter auf und flüchten gerade dahin, wo der Hahn balzt, biegen aber dann mit einem Male ab und nehmen eine andere Richtung. Bis zu den Torfhaufen waren es nur dreihundert Gänge höchstens, aber klatschnaß bin ich geworden bis zu den Oberschenkeln von der tauschleppigen Heide, habe mir beide Schuhe voller Wasser gefüllt, und der Schweiß klebt mir das Hemd auf dem Rücken fest, denn über vier breite Gräben mußte ich hinwegspringen. So verschnaufe ich dann erst ein wenig, bis mein Herz sich beruhigt hat, und der Atem nicht mehr so laut im Halse pfeift; dann aber geht er weiter.

Halbrechts von mir stehen in hundert Schritt Entfernung drei verkrüppelte Kiefern; dorthin muß ich zunächst. Aber zwischen mir und den Büschen liegt ein alter Abstich, der sehr verdächtig aussieht. Da bleibt nichts anderes übrig, als auf dem Bauche zu kriechen wie die Kreuzotter. Aber erst entlade ich den Drilling und schiebe den Mündungsdeckel auf die Läufe, damit mir nicht Torf hineingerät, und dann rutsche ich durch die Heide. Das Moorwasser durchfeuchtet mir die Hosen und Ärmel, Stirne und Augen behängen sich mit Spinneweben, dürre Heidblüten rieseln mir hinter den Halskragen, und einmal muß ich solange in einer Sinke im quatschnassen Torfmoose liegen bleiben, bis der Hahn zu Ende gesprungen hat und wieder kullert. Halb wie ein Frosch, halb wie ein Ferkel, das sich im Morast gesuhlt hatte, sehe ich aus, als ich bei den drei Krüppelkiefern ankomme; aber das schadet nichts; die Hauptsache ist, daß ich da bin, und daß der Hahn noch unentwegt weiter balzt.

Gerade richte ich mich halb auf, um zu sehen, auf welche Weise ich noch näher an ihn herankann, das verschweigt er. Schöne Bescherung! Doch so geht es einem immer. Wenn du denkst, du hast ihn, springt er aus dem Kasten. Aber erst den Mündungsdeckel herunter und geladen und gespannt, und dann in der Knielage abgewartet, was nun kommt! Der Hahn verschweigt noch immer; bald ist es eine Viertelstunde, daß er schweigt. Was er wohl macht? Ob er sich äst? Ob er sein Gefieder ordnet? Ob er sich kratzt? Oder ob er döst? Jedenfalls, das eine ist sicher: rühren darf ich mich jetzt nicht, und wenn mir die Arme auch noch so lahm werden. Starr sehe ich dahin, wo der Hahn sein müßte, doch mit einem Male fängt er wieder an zu balzen, aber viel mehr nach rechts. Ich habe mich geirrt, und so blüht mir noch einmal eine Kriecherei über feuchten Torf und nasses Moos, denn ich muß jetzt nach dem trockenen Wacholderbusch, der wie ein graues Gespenst sich über der braunen Heide erhebt. Eigentlich bin ich die Sache leid, aber uneigentlich wäre ich ein schöner Narr, gäbe ich jetzt auf. Also vorwärts marsch! Abgespannt und weitergekrochen!

Es wird immer niedlicher unterwegs; der Boden ist weich wie Julibutter, und stellenweise steht das blanke Wasser zwischen den Wollgrasbülten, und geht es so weiter, dann kann ich mich nachher auswringen, wie einen Scheuerlappen. Aber was hilft das alles? Der Hahn balzt wie unklug, und es sind ja auch bloß noch fünfzig Gänge bis zu dem Wacholdergerippe. Aber sie werden mir saurer als der Weg, den ich hinter mir habe, denn es ist einfach nicht mehr schön, wie naß es hier ist; für einen Moorfrosch mag das hier ein angenehmer Spaziergang sein, aber nicht für einen gebildeten Mitteleuropäer! Wie meine Hosen aussehen. Und meine Hände! Gerade so, als ob ich einen Schokoladenkuchen angerührt hätte! Die Hoftrauer werde ich in drei Tagen nicht unter den Nägeln los, und meine Unterbuchsen werden wunderbar anzusehen sein. Eigentlich ein blanker Blödsinn, sich hier wegen des dummerhaftigen Vogels wie ein Regenwurm zu benehmen! Es ist aber auch das letzte Mal, unwiderruflich das letzte Mal!

Ich muß ein Lachen verbeißen. Das letzte Mal! Wie oft habe ich mir das nicht schon in ähnlichen Lage fest und treu gelobt! Und mein alter, lieber, silberbärtiger Jagdfreund, der nun schon so manchen Donnerstag drüben jagt, fällt mir ein. »Der Deuwel soll die Schnepfe lotweise holen,« pflegte er zu sagen, wenn wir, dreckig bis an die Knie, durch den lehmigen Weg kneteten; »keine zehn Pferde kriegen mich wieder hier her! Ich alter Kröppel sollte lieber bei meiner Aschen bleiben, als hier wie ein Affe herumzukrebsen.« Und er haute mit seinem Jagdstuhl in den erstklassigen Weizenboden, daß der feuchte Lehm in der Nachbarschaft umhersauste. Eine halbe Stunde später, wenn wir im alten, tiefeingesessenen Glanzledersofa hockten, unser Abendbrot hinter uns hatten und unseren Glühwein tranken, dann lachten die hellblauen Augen des alten Jägers schon wieder so lustig, als wäre er zwanzig Jahre alt; er schlug mich auf die Schulter, plinkte mir zu und fragte: »Na, Vatter, geht ihr morgen wieder mit?«

Na, und nun bin ich ja auch bei dem Wacholderbusch! Und der Hahn balzt noch immer. Wenn ich nur wüßte, wo! Denn es ist merkwürdig, aber es ist so: je näher man einem balzenden Hahn kommt, um so ferner scheint er einem zu sein, denn um so leiser, um so dumpfer tönt sein Getrommel. Ist er da, wo der junge, spitze Wacholderbusch steht? Oder da, wo der Torfhaufen steht? Oder gar da, wo das alte Wurzelwerk sich so gespenstig erhebt? Eines ist sicher: da ist er, und ich muß warten, bis er wieder springt. Ja, warte einer darauf! Er kullert und kullert und kullert und er kullert in einem Ende weiter; jetzt glaube ich er ist da, und nun ist es mir, als sei er mehr dort. Eben meinte ich, es sei keine fünfzig Gänge bis dahin, jetzt scheinen es mir mindestens dreihundert zu sein. Die Sache ist einfach übel, im höchsten Grade übel und sie wird immer übler, denn das Torfmoor, auf dem ich liege, ist alles andere eher als trocken. Ich bin mit Wut, Bosheit und Ingrimm bis zum Platzen geladen und nenne mich einen Esel, einen Ochsen, ja sogar einen Hammel.

Aber dann nehme ich reuevoll alles wieder zurück und erkläre mich wieder für klug, weise und zielbewußt, denn keine hundert Gänge von mir taucht neben dem spitzen Wacholderjüngling mein Hahn auf, stolz in den Reichsfarben strahlend. Herrlich schimmert das blauschwarze Rumpfgefieder in der Sonne, das Unterspiel sieht wie eine silberne Flamme aus, und wie zwei glühende Kohlen, so rot funkeln die dicken Rosen. Ganz lang hat er sich gemacht; sein Schnabel berührt fast den Erdboden, das Halsgefieder ist gesträubt, und der ganze bunte Kerl zittert und bebt vor Liebesleidenschaft. Langsam schiebt er sich vorwärts, ganz langsam, auf mich zu, unaufhörlich trommelnd. Und jetzt, jetzt stellt er sich, bläst heiser, macht einen Sprung und ist mir zehn Gänge näher gekommen, und jetzt nach dem zweiten Sprunge, ist er noch dichter bei mir und so balzt er sich immer näher heran.

Und ich liege da, den Finger am Abzuge, und ich weiß nichts mehr von dem feuchten Moose und den durchnäßten Hosen, denn ich überlege, stichst du ein und trägst dem Hahn eine Kugel an, oder wartest du noch ein Weilchen, bis er sich so nahe herangebalzt hat, daß du ihn mit Schrot langen kannst? Das eine ist ebenso sicher wie das andere, und ebenso unsicher. Nehme ich die Kugel, dann haue ich entweder vorbei oder ich schieße den Hahn zu Ragout fin, und warte ich, dann geht er vielleicht plötzlich hin und singt nicht mehr. Aber ich will lieber doch warten, denn erstens habe ich eine Masse Zeit, und zweitens der Hahn anscheinend auch, und drittens balzt er sich langsam, aber sicher immer näher heran, denn jetzt sind es höchsten noch sechzig Schritte bis zu ihm. Nehme ich jetzt den Würgerohrlauf, so bekomme ich ihn vielleicht, vielleicht aber auch nicht, sondern ich flicke ihn bloß an. Darum will ich lieber noch ein Weilchen warten.

Ein bißchen sehr bequem macht er es sich aber doch. Eine Ewigkeit dauert es, ehe er bis zu den vermorschten Torfstücken gelangt ist, und eine doppelte Ewigkeit, ehe er daran vorbei ist, und eine dritte, daß er wieder hinter der Wollgrasbülte erscheint. Aber nun wäre es Zeit, wenn er nicht gerade, wie mit Fleiß seinen Kopf gerade dahin hielte, wo ich ihn nicht haben will, und mir andauernd seine Kehrseite zeigte. Und auf das Spiel schieße ich nun einmal nicht, ersten überhaupt nicht, denn ebensogut könnte man einen Bock auf den Spiegel schießen, und zweitens nicht auf dieses Spiel, ein Hauptspiel, dessen Sicheln rechts und links bis auf den Boden reichen. So lauere ich und lauere und lauere, bis er endlich so gut ist und sich breit stellt und dann lauere ich noch ein Weilchen, denn er steht immer noch nicht so, daß ich ihn so habe, wie ich will, aber endlich, endlich, endlich habe ich ihn ganz von der Seite, halte auf den Kopf und reiße durch.

Er blieb im Feuer. Mit gespreizten Schwingen und gefächertem Spiel liegt er da. Es ist ein ganz alter Hahn; das Rückengefieder zeigt kein braunes Fleckchen, die Rosen sind fingerdick. Es ist ein Hahn, der mich freuen kann. Ich habe ja schon viele geschossen, die so waren, wie er, erst gestern einen aus dem Schirme und hätte ich heute die Zeit nicht verschlafen, so wäre ich mindestens auf einen solchen Hahn zu Schusse gekommen, wenn nicht auf zwei.

Aber dieser eine freut mich mehr, wie zehn, die ich aus dem Schirme schoß, die ich mir ersaß. Denn ich schoß ihn auf der Pirsch, auf der Pirsch, auf tauben Dunst.

Die Pirschwarte

Vor dem Moore, das sich über den Kopf des Berges hinzieht, steht eine alte, gewaltige Buche. Ihre knorrigen Wurzeln winden sich, wie graue Schlangen um die moosigen Steinblöcke, ihr Stamm ist voller Schrunden und Schrammen, ihre Krone hat der Sturm abgebrochen, so daß nur noch wenige Äste stehen geblieben sind, zwischen die eine Pirschwarte gebaut ist. So manches liebe Mal habe ich dort gesessen und über das Moor hingesehen oder nach den hohen Buchen, die es hüben, und nach den stolzen Fichten, die es drüben einrahmen. Im Mai habe ich dort gepaßt, wenn das junge Birkenlaub einen herben Juchtenduft ausströmte und auf den Blößen die Hähne balzen; späterhin, wenn das ganze Moor weiß von Wollgraswimpeln war und die Bienen und Hummeln um die Heidel-und Moorbeerblüten summten, im hohen Sommer, wenn die Luft über dem Moore bebte und der Baumpieper in einem fort schlug, und im Herbste, wenn die Birken sich in Gold kleideten und die Wedel des Adlerfarns wie Flammen in der Abendsonne glühten.

Nun ist es Winter. Die Buchen sind kahl, die Birken sind leer, und einzig und allein die Fichten drüben sind sich selber treu geblieben. Hier und da, wo ein Reh geplätzt hat oder ein Stück Rotwild, gibt die Schneedecke einen fahlen Heidbusch oder ein dunkelgrünes Preißelbeersträuchlein frei, oder ein Torfmoospolster, das grellgrün aus der Farblosigkeit heraus protzt, und auch die Farnwedel, wenn schon vom Sturm zerfetzt und von dem Regen ausgebleicht, fangen, kühn gemacht durch den Sonnenschein, noch einmal an zu prahlen.

Ich bin schon heute früh auf den Beinen. Erst habe ich unter dem hohen Holze vor der Feldmark gesessen und gepaßt, ob ich nicht Sauen auf dem Einlaufe zu Blicke bekäme; und als es damit nichts war, habe ich die Stangenörter abgepirscht, bekam aber nur Rotwild und einige Rehe zu Gesichte. Die Holzfäller und Fuhrleute sind überall im Berge zugange, und so stecken sich die Sauen über Tage in den verwachsensten Dickungen. Da bin ich schließlich nach meiner alten, lieben Pirschwarte gegangen, weniger um etwas zu schießen, als weil sie in der stillsten Ecke der Jagd steht und ich von ihr weiten Ausblick habe, nicht störe und auch nicht gestört werde.

Es sitzt sich bequem hier, und so hocke ich schon über eine Stunde in der Krone der alten Buche, ohne das ich einen Augenblick Langeweile hatte. Erst traten die Rehe vor mir herum und verbissen die Brombeeren, dann kam ein Schwarzspecht angeschnurrt, blieb an einer vom Sturm umgeworfenen Fichte hängen, schoß dreimal seinen klingenden Ruf aus, hämmerte kraftvoll an dem gestürzten Stamme herum und stob mit schrillem Getriller von dannen. Ringeltauben prasselten in den Buchen links vor mir nieder und fielen nach langem Sichern auf dem Boden ein, um Buchnüsse aufzunehmen, Zeisige kamen angezwitschert, hängten sich an die Birken und kernten die alten Kätzchen aus, und ihnen folgte ein Flug Dompfaffen, die die jungen Kätzchen befraßen. – Jetzt sehe ich dem Bussard zu, der dort hinten über den Fichten kreist, und den Meisen, die dicht vor mir in den Birken hin-und herschlüpfen. Am niedlichsten sind von den Trüppchen die Blaumeisen mit ihren leuchtenden Farben, und am spaßigsten und seltsamsten die Schwanzmeisen, die kopfüber, kopfunter an den dünnsten Zweigen pendeln und nach Spannereien suchen. Nun nimmt sich der Flug auf und verschwindet in der kupferroten Buchenjugend vor dem Altholze, aber schon habe ich neue Unterhaltung. Ein Zug Eichelhäher, nach Stimme und Färbung anscheinend fremder Herkunft, überfliegt das Moor; herrlich leuchten in der Sonne die himmelblauen Achselklappen. Immer wieder erschallt drüben das scheidende Gekreische der schnurrigen Faxenmacher und Prahlhänse, und einer nach dem andern flattert an mir vorbei, um, sobald er mich gewahr wird, mit noch schneidenderem Kreischen abzubiegen und hastiger dem Fichtenmantel vor dem Hochwalde zuzustreben.

Ich lasse meine Blicke über das verschneite Moor, die schwarzen, weiß gesprenkelten Fichten und das goldene Geflimmer der Buchenzweige gehen und denke an den wunderschönen Vorsommermorgen, als ich hier saß und der Dächsin zusah, die ihre drei Jungen das Stechen nach Untermast lehrte, und an den Herbstabend, als hüben und drüben die Hirsche in einem fort schrien – da rufen laute Locktöne mich an, ein Schwarm Kreuzschnäbel senkt sich herab und hängt sich auf die reich tragenden Fichten vor mir, fünfzig Stück und mehr. Wie Papageien klettern die grünen und roten Vögel auf den Zweigen umher und zerklauben die kupferroten Zapfen. Mit einem Male nehmen sie sich auf und flüchten davon. Die Sonne verliert mit einem Schlag ihren Schein, ein Wind macht sich auf und stößt die hungrigen Birken an. Sausend streicht eine Birkhenne vorüber, im Quellbusche klagt eine Weidenmeise wehmütig. Ein Schneesternchen fällt auf meinen Mantel und zerfließt, andere kommen angeschwebt, es werden immer mehr, und nun wird ein richtiger Schneefall aus dem zögernden Geriesel, der erst drüben die Fichten verschleiert, dann die Buchen überspinnt und mehr und mehr auch das Moor vor mir verhüllt. In der Dickung läuten Dompfaffen, irgendwo quarrt eine Krähe, und unsichtbare Zeisigflüge zwitschern über mich fort.

Dichter fällt der Schnee, immer unsichtiger wird die Luft. Morgen werde ich eine schöne Neue haben und die Sauen gut spüren können. Darum steige ich in guter Laune von der Pirschwarte herab. Bescherte sie mir auch heute keine Beute, so ließ sie mich doch allerlei buntes Leben sehen.

Die Hubertusjagd

Auf die Dächer Hannovers fällt aus blauem Himmel der Sonnenschein, macht aus den schwarzen Telephondrähten goldene und läßt blankes Silber aus allen Fenstern strahlen.

Novembersonne machte die Augen froh. Sie ist so selten. Der düsterste Monat ist es, der trübste, an dem man am allermeisten das Licht nötig hat. Heute aber ist die Sonne mehr als je am Platze. Wäre heute der Himmel grau, fiele es naß von oben, pfiff Nordostwind, dann würden viele Gesichter nicht so froh sein und viele Augen nicht so blank; denn heute ist der große Tag von Isernhagen.

Das wäre noch schöner, wenn es heute geregnet hätte. Das denken die Gastgeber, die Herren von der Reitschule, die eingeladen haben zur Parforcejagd auf den Schwarzkittel, und ihre Gäste denken ebenso. Ohne Sonne keine richtige Hubertusjagd.

Aber so ist es recht. Das richtige, leichtsinnige Wetter, wie geschaffen für einen flotten Ritt durch dick und dünn, über Feld und Falge, über Wiesen und Weiden. Bei solchem Wetter nehmen sich Gräben und Hecken leichter, da ist man verwegener und denkt nicht so viel an seine lieben Knochen.

Wohin man sieht in der Stadt, Jagdwagen, die nach der Nordstadt zu fahren, Reiter und Reiterinnen, die dahin ihre Rosse lenken, alles nach dem Heidrand zu, an dem das große, viergemeindige Dorf liegt. Alle Straßenbahnwagen sind überfüllt, und ein Strom von Radlern füllt die Landstraßen, die dahin führen.

Dort aber ist schon lange alles bunt von Menschen. Das historische Gasthaus von Heimberg in der Hohenhorster Bauernschaft ist das Stelldichein. Ein Fichtenbruchgewinde schmückt die Einfahrt, darin hängt ein buntes Schild, und daraus ruft es: »Vivat St. Hubertus!«

Wie das durcheinander wimmelt! Landleute, Stadtvolk, Dorfkinder, hier und da eine bunte Reiteruniform, dort die grünen Röcke der Schüler der Forstschule, da Blau und Weiß der Königsulanenkapelle und überall dazwischen wie roter Mohn in einem Felde, bunt von Blumen, die roten Röcke. Alles, was Pferdeverstand hat, ist heute hier. Und auch, was keinen hat; alles das, was man auf der Bult sieht an ihren großen Tagen, Tribüne, Sattelplatz und Stehplatz. Nur das Volk der Buchmacher fehlt.

Denn es ist nichts zu verdienen heut'. Es ist der allerehrlichste Sport heute; nichts ist zu gewinnen hier als ein Bruch vom Fichtenzweig. Diesen Sport wenigstens hat das Geld noch nicht verdorben.

Hufegetrappel und Rädergerassel in einem fort, Wagen an Wagen, gefüllt mit lachenden Leuten. Sie freuen sich alle über das Wetter, das schöne Wetter, das alles lustig macht, die Dorfhunde, die auf allen Höfen kläffen, die Hähne, die auf jedem Hofe krähen, die Tauben, die flügelklatschend über die Dächer taumeln, die Krähen, die sich quarrend in der Luft stechen. Und wieder Wagengedonner und immer wieder, und immer noch flutet es heran von Hannover, zu Wagen, zu Rad, zu Roß, zu Fuß, ohne Ende.

Die Musik spielt: »Ich schieß' den Hirsch im wilden Horst.« Die lachenden Augen werden noch heller. Dann ein donnerndes Hoch aus der Wirtschaft. Das sind die Gemeindevorsteher und die Jagdvorstände der Dörfer rund um Isernhagen, denen der Grund und Boden gehört, über die die Reitschule ihre Jagden reitet. Nach altem Brauch hat der Kommandeur der Reitschule den Vertretern der Bauernschaften gedankt für ihr Entgegenkommen; in ihrem Namen dankt Hofbesitzer Gosewisch aus Kaltenweide.

Vom Nachbarhof klingt der Hals der Meute. Neunzehn Koppeln der Schwarzweißgelben vergehen da fast vor Ungeduld. Nicht lange mehr, dann haben sie Arbeit.

Die Glocke schlägt eins. Ein Horn ertönt; »Gute Fahrt!« ruft es. Wimmelnde Bewegung kommt in die Menge. Alles stürzt in die Wagen, und eine lange, bunte Wagenkette zieht sich vorwärts; daneben schiebt sich der bunte Troß der Radler und Fußgänger.

Da sind die Wietzewiesen. Fahl liegen sie da, umrahmt von schwarzen Fuhrenmauern, zerschnitten von weißblitzenden Gräben, gefleckt von dunklen Weidenbüschen und weißdurchwirkten Birkenhorsten; Krähen spektakeln über ihnen, und ein Bussard schraubt sich höher, geärgert durch das Leben hier unten.

Jetzt wird die Sache mulmig, jetzt geht das Hüppen los. Hei, Röckchen zusammen und hoppla he! Das allein lohnt sich schon. Denn so viele nette Füßchen sieht man da und so viele hübschbestrumpfte Mädchen, und ab und zu ein weißes Hosenspitzchen.

Und nicht nur solche gefährliche Dinge sieht man, auch lustige. Da sitzt ein dicker Herr bis an die Kniescheiben in der Mudde, dort lotsen der Papa und zwei Söhne die umfangreiche Mama über einen sehr wackligen Steg, hier kugelt ein Radler vom Sattel in den Pump, da wird ein Wagen halali. Er verlor ein Rad.

Doch das sieht man nur so beiwege. Weiter, weiter, bis dahin, wo die bunte, glitzernde, flimmernde, glimmernde, schimmernde Wagenburg sich staut vor dem dunklen Holz, da stockt der Menschenstrom.

Ein Schrei aus tausend Kehlen hallt über die Wiesen: »Der Kujel!« Alle Hälse drehen sich, alle Gläser fahren herum. Da trollt der Basse aus dem Busch, wird flüchtiger, verschwindet, taucht wieder auf, jetzt schon hochflüchtig, taucht wieder in den Büschen unter.

Drei rote Punkte tauchen auf, tanzen über die gelben, glitzernden Wiesen, als triebe der Wind Mohnblumenblätter dahin. Ein Ruf, ein tausendstimmiger: »Die Sau,« und ein tausendstimmiges Lachen; es war ein Krummer, der in rasender Flucht vor den Lanceuren dahinfährt.

Aber das ist er! Auch nicht! Ein schwarzes Reh. Dann ein graues, vier, fünf, ein ganzer Sprung. Und jetzt flirren schwarzweiße Punkte vor den drei rotröckigen Reitern auf, zehn, zwölf, fünfzehn Birkhühner streichen auf die Wagenburg zu, drehen ab und sausen nach Kaltenweide hin. Weiße Flecke vor den drei Reitern, kaum sichtbar die Hunde. Dann ist alles verschwunden, da, wo der Basse das Holz annahm. Jetzt heißt's warten. Die Luft über dem Bruch flirrt und flimmert, die Sonne sticht, unter allen Hüten rieselt es naß herab.

Tausend Gesichter machen eine Wendung nach rechts. Da kommt es den Damm entlang, eine lange, bunte flimmernde Masse, Blau, Braun, Rot, Weiß, Schwarz, Grün, Feuerrot. Aber Feuerrot am meisten: das Feld! Und darauf wimmelt eine schwarzweißgelbe Masse, wedelnd, hechelnd, zerrend: die Meute.

Immer näher kommt der bunte Troß. Bunte Uniformen, schwarze Samtkappen, braune Gesichter, glatte Pferdehälse, leuchtende Lackstiefel, schimmernde Reithosen und große blaue, grüne, rote, schwarze, feuerrote Flecken. Aber letztere am meisten.

Hunderte von Hufen lassen den anmoorigen Boden dröhnen, hunderte von Sätteln knirren und knarren, hunderte von Nüstern schnaufen und schnauben. Wie ein langer, bunter, vielhundertgliedriger Tausendfuß kommt es heran und donnert vorbei.

Und jetzt löst sich von ihm eine krimmelnde, wimmelnde, weiße Masse ab; die Meute wird zur Fährte gelegt. Wie ein einziges Ding hält sie die Fährte, taucht hier auf, verschwindet da, kommt wieder zu Blick und ist wieder weg. Hinter ihr her stiebt das bunte Feld in einem schimmernden Regen, den die Hufe emporwerfen.

In die Wagenburg kommt Leben. Es geht dem Felde nach. Radler und Fußgänger hinterdrein über Gräben und Pfützen, mitten durch das halbgefrorene Bruch, mit hochgenommenen Röckchen, gierigen Augen roten Gesichtern.

Von Westen kommt die Jagd heran. Voran der Schwarzkittel, von den Lanceuren gedrückt in das freie Galoppterrain. Noch ist sie hochflüchtig, die Sau; aber jetzt wird sie kürzer, immer kürzer, und jetzt ist ein Hund an ihr, jetzt noch einer. Ein gellendes Gejaule; sie wehrt die Hunde ab und wird wieder flüchtig.

Aber nur für eine kurze Frist. Drei, vier, fünf, sechs Hunde sind ihr am Pürzel, jetzt einer am Gehör, und fort ist sie, gedeckt von der Meute, verschwunden in dem schwarzweißgelben Gewimmel.

Und da jagt es heran, ein Haufen bunter Flecken und mit ihm verschwindet die Meute wieder, in diesem vielfarbigen Gewirr von bunten Röcken, wehenden Pferdeschwänzen, nickenden

Pferdehälsen, weißen Hosen, blitzenden Stiefeln. Einer steigt ab, hastig, daß ihm keiner zuvorkommt; er hebt den Bassen aus mit geübter Faust und hält ihn, bis der Chef kommt und dem Schwarzkittel den Fang gibt mit sicherer Hand.

Ein Horn erklingt; von jeder rechten Hand schlüpft der weiße Handschuh: »Ha-la-li« ruft das Horn des Oberpikörs über das Bruch. Dann rollt sich der bunte Klumpen auf und zieht als bunte Schlange nach Isernhagen. Hinter ihm her donnern die Wagen, strömen die Zuschauer, und zu allerletzt, hinkend, halb getragen, die beim faulen Sprung den Boden küßten.

Hinter den Fuhren stirbt die Sonne den Flammentod. Der große Tag von Isernhagen ist vorbei.

Niedersächsisches Skizzenbuch

An den Ufern der Örtze

Viele Flüsse und Flüßchen hat die Lüneburger Heide; ihr echtester Heidfluß aber ist die Örtze. Sie hat als Heidjerin keine Sehnsucht nach anderen Ländern; in der Heide kommt sie auf die Welt, in der Heide will sie enden.

Sie ist so bescheiden, so klug und so still, wie ein richtiges Heidjerkind; es wäre ihr ein leichtes, wenn sie ihren eigenen Weg ginge bis zum Meere; denn selbst in den trockensten Sommern hat sie Wasser genug, die Flüßchen und Bäche aus den Mooren, die Schmarbeck und Sotriet, Lutter und Wittbeck, Wietze und Brunau, lassen sie nicht verdursten. Aber ihr liegt nichts an der weiten Welt.

Das Stückchen Heidland von Töpingen bis Winsen genügt ihr; in friedlichem Fließen gleitet sie an rosigen Heidbergen, dunklen Fuhrenwäldern, glitzernden Sandbrinken vorüber, stolze Eichen wachsen an ihren Ufern und stattliche Fichten; ihre Uferhügel lassen Platz genug für fruchtbare Wiesen, gehen aber nie so weit von ihr fort, daß unendliche Marschflächen die stillen Schönheiten der Heide beiseite schieben, wie an der Aller.

Die ist ja auch gar kein Heidfluß, sondern so ein richtiger Allerweltsfluß; aus Sachsen gebürtig, bringt sie eine fremde Sprache und fremde Sitten mit, prahlt von Bergen und Burgen, um plötzlich, noch mitten in der Heide, sich als Marschenbäuerin aufzuspielen; stolz und hoffärtig, weiß sie nicht, wie dick sie sich tun soll an guten Tagen, um dann wieder ganz klein zu werden in der Sonne, wenn die Bergflüsse, die Leine, die Ruhme und die Innerste, ihr nicht mehr aushelfen können.

Die Örtze aber bleibt, wie eine richtige Heidjerin, sich immer gleich, im heißen Sommer und wintertags, im Frühling und wenn der Herbst im Lande ist; sie ist fröhlich in guten Zeiten, aber mit Maßen, sinnig, aber nicht schläfrig, still, aber nicht langweilig; es fällt ihr nicht ein, sich so zu überstürzen, wie die wilde Böhme, aber so langsam, wie die faule Fuhse ist sie auch nicht. Sie hält immer die richtige Mitte.

Ihr liegt gar nichts daran, in der Leute Mäuler zu kommen; es wäre eine Kleinigkeit für sie, aus dem Wietzeberg bei Müden in einigen Jahrhunderten ein ebenso berühmtes Fleckchen zu machen, wie es die Böhme bei Fallingborstel schuf. Sie aber gibt, was sie hat, und nicht mehr.

Sie hat auch genug für den, den der Weg an ihr vorbeiführt; erst Munster mit seinem bunten Soldatenleben, dann das freundliche Müden mit seinen alten Eichkämpen um die Häuser, dann Hermannsburg, wo ihre Wiesen sich weiten, dann Beckedorf, Oldendorf, Eversen, Wolthausen mit vielen heimlichen Winkeln und traulichen Ecken, und selbst da, wo es mit ihr zu Ende geht, bei Winsen.

Das Örtzeende vor Winsen ist ein kleines Paradies; wer da im Mai ist, wenn die Bäume grünseidene Blätter haben und alle Hecken blühen, wenn an den Ufern die goldenen Schwertlilien leuchten und aus allen Zweigen die Vögel singen, dann lacht das Herz im Leibe; und ist er dort, wenn der Tag zur Rüste geht, wenn die Fische sich werfen und das Rotkelchen sein Abendlied singt, dann kommt Seligkeit über ihn.

Vielleicht aber wird er auch traurig, weil er dort Abschied für immer nehmen muß von der Örtze, und er bleibt lieber in Wohlthausen, lehnt sich über das Brückengeländer und läßt sich von ihr alllerlei erzählen, von uralten Zeiten, da Thor und Wode in den Eichenwäldern des Kuhhorns geehrt wurden mit duftendem Opferbrand und schäumendem Met, und von kommenden Tagen, wo die Diamantbohrer die Heide zernagen werden im Örtzetale, hungrig nach Salz und durstig auf Öl.

Viel kann die Örtze erzählen, Gutes und Böses: wenn die Abendsonne ihr goldbraunes Wasser mit Blut färbt, dann schluchzen ihre Wellen laut im Röhricht in jammernden Gedenken der edlen Mannen mit den langen Bärten, denen die Heide zu eng zu mager war; sie zogen südwärts, gründeten stolze Reiche und verschwanden. Heidkraut verträgt keinen fetten Boden.

Von den Billungen weiß sie, die den Wenden den Eintritt in die Heide wehrten, und von den vielen zweiten Söhnen und geringen Leuten, die mit den Ordensrittern in die Ostmarkt zogen und zwischen Russen und Polen deutsche Art pflanzten und hüteten; Hermann Billung singt die Loblieder und murmelt Verwünschungen gegen seinen Bruder, Wichmann Neidherz, der die Wenden in die Heide rief und Brand und Mord über die Dörfer brachte, bis er fern von der Heimat ein blutiges Ende fand.

Einen ganzen Tag und eine volle Nacht kann sie singen und sagen und kommt nicht zu Rande damit; des edlen Löwen trotziges Bild zaubert sie hervor und klagt laut über seinen Sturz und des Rotbarts grimme Rache, seufzt über den elften Juni von dreizehnhundertachtzigundacht, als die Winsener Heide Blutrosen trug, und flüsterte stolz von Heinrich, dem König der Heide, dem nichts so lieb war wie das Pfeifen der Pfeile und das Klirren der Klingen.

Aber noch anderes weiß sie, als nur Blut und Tod; von friedlichen Tagen kann sie plaudern, als in dem festen, grauen Poststalle vor der Wirtschaft oft über hundert Pferde die blankbenähten Kummete klingen ließen, als es noch keine Eisenbahn gab und über ihre Brücke aller Verkehr zwischen Hannover und Hamburg mußte; da ist es oft lustig genug hergegangen bei vollen Gläsern, mit Kartjen und Knöcheln; oft zog der Tabaksrauch so dick aus den Fenstern der Wirtshäuser wie ein Nebel, und vor dem lauten Gesang stoben die wilden Enten aus den Buchten unter der Brücke.

Jetzt ist es stille dort; Radfahrer und Jäger bringen ab und zu Leben dorthin; zweimal am Tage klingt das Posthorn, seltsam neumodische Wagen ohne Pferde kommen vorbeigedonnert und scheuchen die Hühner, die auf der Straße herumpicken, durch die Zäune; sonst aber geht das Leben seinen stillen Gang, wechselnd zwischen Feldbestellung und Ernte, Torfstich und Holzschlag, Mahd und Einfuhr, Arbeit und Schlaf.

Wer die Stille des Landes liebt und den Frieden des Dorfes, der weilt dort gerne einen Tag oder zwei. Er sitzt unter der Linde an der Straße, sieht den Frauen und Mädchen nach, die, in weißem Flutthut, rotem Leibchen und blauem Rocke, die Harke in den braunen Händen, von den Wiesen kommen, schaut den Imkern zu, die, ihre Völker auf dem Leiterwagen, hier Rast machen, um die Pferde zu füttern, und läßt sich die seltsame Geschichte erzählen, die sich vor langen Jahren in der Mühle zugetragen hat.

Das war damals, als die Mühle noch eine Klippmühle war, kein Müllergeselle blieb länger als eine Nacht da; denn wenn die Uhr zwölf ausgeschlagen hatte, kamen drei barbarisch große Katzen angeschlichen, jagten den Gesellen aus dem Schlaf mit Quarren und Prusten, hatten allerlei sonderbare Anliegen an ihn und richteten ihn übel zu, wenn er nicht darauf einging.

Der Müller wußte nicht aus noch ein und hätte die Mühle am liebsten verkauft, wenn er nur einen Käufer gefunden hätte. Da kam eines Tages ein reisender Rollfritze zur Mühle, grüßte die Kunst nach alter Art und fragte um Arbeit an. Den Müller dauerte das glatte Gesicht des frischen Jungkerls und er erzählte ihm, welche Bewandtnis es mit der Mühle habe; der Geselle aber lachte und sagte: »Wenn's weiter nichts ist! Ich bin schon mit so manchem leegen Hund fertig geworden, da werde ich mich auch nicht vor ein paar alten Katzen graulen.« Er hat sich einem großen Kessel, Roggenmehl, drei Liter Milch und einen neuen Handbesen aus und blieb, als die Tagesschicht zu Ende war, allein.

Er machte sich ein ordentliches Feuer auf dem Herd, stellte den Kessel darauf, goß die Milch hinein, und als es kochte, schüttete er solange Mehl dazu, bis es einen schönen steifen Brei gab; auch ein Stück Butter tat er daran, daß er lieblich roch, und eine Prise Baldrian; dann setzte er sich zu dem Feuer, rauchte seine Pfeife und rührte mit dem Handbesen den Brei, damit er nicht anbrenne.

Als es Mitternacht war, kamen zwei großmächtige Katzen in die Mühle, eine gelbgriese und eine schwarzbunte; die hielten die Schwänze hoch, murrten und mauten, machten krumme Buckel und stellten sich schnurrend vor das Feuer; der Knecht tat aber, als sähe er sie nicht, rauchte ihnen in die grünen Augen hinein und rührte seinen Brei weiter.

Nach einer Weile fragte die gelbgriese Katze ihm: »Was macht er denn da?« Der Knecht erschrak sich kein bißchen, als die Katze mit menschliche Stimme sprach, und antwortet grob: »Dumme Trine, hast ja große Augen, sieh selbst zu!« Da fragte die schwarzbunte: »Woher weiß er denn, daß die Trine heißt?« Der Knecht schmunzelte und erwiderte; »Ja, Wehmanns Lotte, so fragt man die Dummen aus!« Da prustete die Katze und sprach: »Na, wart' er nur, bis unsere Base kommt!« Der Knecht aber lachte in Halse und sagte: »Ich wart' ja auch bloß auf Margret.«

Da kam auch schon die dritte Katze; die war noch größer als die anderen, ganz schwarz und hatte Augen wie Eibenfeuer. Alle drei fingen nun schrecklich an zu quarren, reckten sich und streckten sich, daß ihnen die blauen Funken vom Balge flogen, und rückten mit Schnurren und Prusten dem Geselle immer näher auf dem Leib; der aber tat, als ginge ihn das nicht mehr an, als den Nachtwächter in Burg die Celler Turmuhr, er rührte seinen Brei und ging immer um den Kessel herum, daß er Trine, Lotte und Margret' vor sich behielt.

Auf einmal tauchte er den Handbesen ganz tief in den kochenden Brei, zog ihn heraus und strich damit den drei Unholdinnen durch die Gesichter, die kreischten jämmerlich auf und fuhren zum Türloch hinaus; der Knecht aber goß das Feuer aus, schloß die Tür und schlief.

Als es Tag wurde kam der Müller; er wunderte sich sehr, daß sein Geselle ein heiles Gesicht hatte. Als er mittags ins Dorf ging, fiel es ihm auf, daß eine Frau aus dem Dorfe ein verbundenes Gesicht hatte; er fragte sie, was ihr fehle, aber sie brummte nur etwas, das was ich nicht verstand, noch eine zweite Frau ging die nächsten Tage mit einen Tuch um den Kopf und eine dritte konnte nicht zum Heumachen gehen, weil sie eine verbrannte Hand hatte. In der Mühle war es von da ab wieder geheuer, und die Wolthäuser Frauen sind nur manchmal zu Hause noch Katzen, aber nicht alle, und so schlimm machen auch die es nicht mehr.

Die alte Klippmühle ist längst verschwunden, und die andere, die achtzehnhundertsechsund-vierzig an ihre Stelle gebaut wurde, brannte vor ein paar Jahren herunter. Jetzt ist eine ganz neue gebaut, ein stolzer Bau, aber so schön, wie die alte Mühle mit ihrem dunklen Gebälk und ihren moosigen Dach, ist sie doch nicht.

Vor und hinter der Mühle ist aber alles noch beim alten geblieben. Da sind vor dem hohen Ufer der Örtze noch die Buchweizenfelder, grün im Mai, weiß im Juni, schwarz in Juli und rot im August; da blühen noch die blauen Glöckchen und die gelben Sternchen und den Wiesen; da gleiten noch die Flößer unbeweglich hinter den Ellernbüschen her, zwischen denen man über dem jenseitigen Ufer im Frühherbst die blühenden Heidberge leuchten sieht.

Hinter dem Mühlenteiche führt ein heimlicher Weg zwischen Wiesen und Heide durch Busch und Holz nach den Bindestelle am Örtzeufer, wo die Fichten und Fuhren aus dem Kuh-horn und Mastbruch zu Flößen gebunden werden. Dort ist es am allerschönsten, vorzüglich zur Abendzeit, wenn das Wasser in Gold und Purpur glüht: dann huschen die Fledermäuse über die blanke Flut, in der Horst heult eine Eule, Enten fallen klatschend ein, ein Reiher ruft hoch über den Bäumen und die roten Rehe stehen in den weiß übernebelten Wiesen.

Unter dem hohen Ufer aber fließt, mit goldenen Ringen und silbernen Ketten geschmückt, die Örtze dahin, leise plaudernd; und wer still zuhört, versteht, was sie sagt.

Der Wald der großen Vögel

Eine halbe Stunde von Ahlden liegen zwei Wälder, die Ahe und die Schlenke. Die alte Leine trennt sie, sonst wären sie ein Wald. Im Norden bilden die leichtgeschwungenen Ufer der Aller ihre Grenzen, im Süden Wiesen und Weiden, die die Bauern von Eilte und Ahlden den Wäldern abgerungen haben.

Um zu zeigen, daß das Land ihnen gehört, haben die Bauern Hecken und Hagen um die Wiesen und Weiden gezogen, so daß es aussieht, als liefen die Wälder allmählich in die Feldmarken aus.

Vom Spätherbst bis zum Frühling steht die Ahe unter Wasser und die Schlenke auch. Dort, wo die Rotkelchen sangen, gründelt dann die Wildente, wo das Eichkätzchen Pilze suchte, fischt der Otter, die Ringeltaube wird von der Möwe, der Bussard von dem Seeadler abgelöst. Sobald die Wasser der Aller und der alten Leine in die Wälder steigen, rückt der Hase nach den hochgelegenen Feldmarken, Mäuse und Spitzmäuse folgen ihm, die Rehe wechseln nach den fernen Wäldern, die Ahlden mit einem dunkelblauen Ringe umgeben, und der Fischer tritt an die Stelle des Jägers.

Wenn das Hochwasser sich verlaufen hat, sieht der Wald trostlos aus, Eine dicke, zähe Schlickschicht bedeckt das Fallaub, nasses Genist hängt in wirren Haufen in den Zweigen des Unterholzes, tote Äste, faule Bäume, Bretter und Balken liegen wüst umher. Ein Geruch von Wasser erfüllt die Luft. Prallt dann die Märzsonne durch die kahlen Zweige, dann wird aus dem Geruch ein Gestank. Zurückgebliebene Fische verwesen, ertrunkene Frösche vermodern, Tausende von Schnecken zerfließen, Hundertausende von zerriebenen, zermalmten Kerbtieren, Maden, Larven und Würmern verfaulen.

Der April aber macht alles wieder gut; er bringt Schneeschauer und Regengüsse, die allen Moder fortwaschen, er läßt eisige Winde den Dunst hinwegwehen, er läßt die Sonne scheinen, die das verschlickte Laub mit einem sanften Anstrich hellgrüner Algen überzieht, er lockt unzählige grüne, braune und rosige Spitzchen, Knöspchen und Blättchen aus dem Boden hervor. Als wenn nicht vor kurzem noch der blasse Tod mit der braunen Fäulnis am knochigen Arme durch den Wald gegangen wäre, so lebt es da wieder, bunte Schnirkelschnecken, kriechen über das Laub, große und kleine Käfer krabbeln über das Moos, gelbe Schmetterlinge tanzen umher, sammetrote mit blauen Augen, Silbermücken tanzen, Goldfliegen schweben.

Zu den frechen Meisen und schüchternen Goldhähnchen, die bisher allein die Zweige belebten, gesellt sich der frohe Fink, die süß flötende Märzdrossel; der Buntspecht läßt seine Trommel erschallen, die Krähe streicht den Baß, die Goldammer singt ihr Sehnsuchtslied. Das Hermelin, das den Winter über auf der Geest gejagt hat, wandert den Mäusen nach, die ihren Wald wieder aufsuchen, und fährt wie ein weißer Blitz durch das Gebüsch; dem Hasen wird es in den Feldern, auf denen die Bauern bei der Frühjahrsbestellung sind, zu lebhaft und er rückt wieder zu Holze. Lange bevor aber dieses kleine Leben in der Ahe erwacht ist, zieht ein größeres Leben in ihr ein. Eines Abends, wenn die Sonne lange rote und goldene Streifen auf das blauweiße Gekräusel der Aller wirft, hallt ein Schrei durch die Abendstille, ein kurzer, scharfer, harter, herrischer Ruf, der sich in bestimmten Pausen wiederholt, und in der Abendröte taucht ein schwarzer Punkt auf.

Der harte abgehackte, rauhe Ruf kommt näher, aus dem Punkt wird ein Fleck, aus dem Fleck ein Kreuzchen, aus dem Kreuzchen ein Kreuz, der Ruf verdoppelt, verdreifacht, verzehnfacht sich, viele große schwarze Kreuze schweben näher, und sechzig gewaltige, breitklafternde, bald silbern, bald golden, jetzt licht, jetzt düster gefärbte Vögel kreisen über den kahlen Wipfeln der hohen, von blitzblankem Efeu dicht umsponnenen Eichen.

Das sind die Reiher der Ahe, die wiedergekommen sind zu ihrem Walde. Seit Jahrhunderten gehört er ihnen, seit Jahrhunderten horsteten sie hier, seit Jahrhunderten zogen sie ihre Jungen groß. Immer hat der Mensch sie befehdet, hat ihnen mit dem Beizvogel und der Büchse nachgestellt, unzählige Reiher stürzten hier polternd zu Boden und färbten die Blumen rot, aber die sich retteten, die kamen doch im nächsten Frühjahr wieder, um in ihrem Walde zu horsten.

Rauh rufen sie und schrauben sich tiefer. Müde sind sie von der langen Reise, müde und überhungert, und ihre Herzen sind voller Furcht. In anderen Ländern fanden sie stille Wälder, an fischreichen Flüssen und Seen, wohin nie ein Mensch kam; herrliche Horstplätze boten die Kronen uralter Bäume, verlockende Wasserweid die schilfreichen Ufer; aber die großen Vögel ließen sich nur eben Zeit, ihren Hunger zu stillen, dann bereiteten sie ihre gewaltigen Schwingen aus und ruderten nordwärts.

Hundertundzwanzig breite Flügel zerteilen sausend die Luft über der Ahe, hundertundzwanzig gelbe Augen spähen in ihre Kronen, aus sechzig langen, zusammengezogenen Hälsen erklingen heisere Freudenrufe. Dann schraubt sich einer der Reiher tiefer, schnellt den dünnen schwarzweißen Hals vor, läßt die dünnen, grüngelben Ständer hängen, und fällt prasseln bei seinem alten Horste ein.

Einmal ruft er, den Hals wie einen silbernen Pfahl gegen den goldroten Himmel reckend, dann zieht er ihn ein, knickt die Ständer zusammen und kauert sich auf dem Ale hin. Neben ihm fußt sein Gatte, und nun folgt einer nach dem anderen, bis alle in den Kronen ihrer Horstbäume verschwunden sind. So todmüde sie sind, die Freude, wieder daheim zu sein, überwindet alle Mattigkeit; sie erzählen sich noch lange etwas, bis die Abendglut im Moore erlischt, und heiser lachend kitzeln sie sich gegenseitig mit den Dolchschnäbeln.

Ehe die Amsel pfeift, ehe die Krähe quarrt, sind sie wieder wach; sie gähnen, schnellen die Hälse empor, daß die Messerklingen ihrer Schnäbel blitzen, richten sich auf, spreizen wohlig die blaugrauen Fittiche, zupfen sich die silberspitzigen Schmuckfedern des Rückens, den stahlschwarzen Brutplatz, die stolze Halszierde glatt, schlagen mit den Schwingen, daß es saust und braust, plappern ein Weilchen, kitzeln sich wieder, und dann erheben sie ihr Gefieder und verteilen sich die Aller hinauf und hinab nach ihren ererbten Fischplätzen. Die großen weißen, aschblau bereiften, schwarzschwingigen Seemöwen, die seit dem letzten Neumond hier jagten, räumen ihnen das Feld; die blanken schwarzen Krähen, die sich in den leeren Reiherhorsten häuslich niederlassen wollten, müssen weichen; der Waldkauz, der in dem einen Horste zu brüten gedachte, sucht sich einen hohlen Baum, und die Eichkatze, die in einem anderen sich Vorrat gesammelt hatte, findet ihre Schätze nicht wieder.

Satt, mit vollen, tief herabhängenden Kröpfen, kamen die großen Vögel zurück; jeder trug einen Zweig, eine Rute, eine Ast; hastig begaben sie sich an ihr Werk, flickten die alten Horste aus, legten neue an, und bald schwebten in den Wipfeln der hochschäftigen Eichen dreißig große, sparrige, schwarze Klumpen, und ehe noch die Amsel zu bauen begann, lagen große hellblaugrüne Eier in jedem der dreißig Horste.

Während aber in den Wipfeln der Eichen unter den hellblaugrünen Schalen der Eier sich neues Leben formt, zerfällt am Boden das junge Werden; auf die gelben Blüten des Goldsternes, auf die quellenden Knospen des Spindelbaumes, auf die üppigen Blumenbüschel der Schüsselblume, auf des Aaronstabes saftstrotzende Blätter klatscht das scharfe, beizende, tötende Geschmeiß der Reiher, übertüncht den Boden, kalkt die Stämme an, überzieht die Zweige, alles vernichtend, was fein und zart und schnellebig ist, nur der Brennnessel kann der giftige Kot keinen Abbruch tun, er düngt sie, und wenn der erste zarte Frühlingsflor der Ahe vorüber ist, wenn die Eichen Goldblättchen entfalten, dann überzieht den Waldboden der Nessel giftdornbewehrtes Gekraut mir einer einzigen undurchdringliche Dickung.

Dann sind oben die blaugrünen Eierschalen längst geborsten unter dem Gepickte emsiger Schnäbelchen, und auf ihren Trümmern liegen struppköpige, glotzäugige, häßliche Wesen, mit langen weißen Schimmeldunen bewachsen, mit unförmigen gelben Knorpelwülsten an den Winkeln des Schnabels, der sich zu einen breiten roten Rachen öffnet, aus dem fortwährend ein heißhungriges Gieren hervortönt, das schrecklich zu der alten Reiher Gehör dringt.

Vom Lerchenstieg bis zur Ulenflucht streichen sie fort und rudern sie her, die Kröpfe voll von Aalen und Brassen, Döbeln und Karpfen, Fröschen und Egeln, und würgen der ewig hungrigen Brut den Raub vor; und die Jungen schlucken und schlucken und nehmen zusehends zu an Umfang und Schönheit, verlieren die häßlichen Schimmeldunen, vertauschen die Wolle mit einem hübschen Gefieder, die gelben Knorpelwülste an den Schnabelwinkeln schrumpfen zusammen, und aus den unschönen Spulen sprießen kräftige Schwungfedern.

Mit stolzer Freude sehen die Alten die Kiemen wachsen und gedeihen, gönnen sich kaum Ruh noch Rast, denn das Hungergeschrei der Jungen hört den ganzen Tag nicht auf. So fischen sie die Aller aufwärts, die Aller abwärts und vergessen alle Vorsicht; einer fällt dem Hagel des Jägers zum Opfer, ein anderer fängt sich an einen Setzangel, ein dritter tritt in ein Ottereisen, aber der überlebende Gatte nimmt die volle Last auf sich, und wenn von unbekannten Mooren und entfernten Gestaden die silberschwingigen Seeschwalben mit ihrer flüggen Brut über der Aller erscheinen, dann stehen auf jedem Horste in der Ahe zwei, drei Jungreiher und proben ihrer Schwingen Kraft. Einer oder der andere verliert dabei das Gleichgewicht und stürzt über Bord; den holt sich nachts der Fuchs, aber die meisten sehen sich vor, und die Alten freuen sich schon des Tages, daß sie alle zusammen mit ihnen über der grünen Ahe kreisen können.

Aber dann kommt der Tag, da Angst und Schrecken über die Siedlung hereinbricht: schwere Stiefel zertreten die hohen Nesseln, grüne Röcke lehnen sich gegen die weißgetünchten Stämme der Eichen, braunrote Gesichter tauchen zwischen dem laublosen Geäst von Kornelkirsche, Wachholder, Schledorn und Wildrose auf, metallische Blitz prallen von blanken Büchsenläufen. Zehn Altreiher prasseln aus den Kronen, kreisen mit langen Hälsen über dem Walde, starren mit ängstlichen gelben Augen hinunter. Ihre Schreckensrufe finden von ringsumher, von Morgen und Abend, Mittag und Mitternacht klingen heisere Angstlaute heran, Sausen und Brausen, Klingen und Klatschen ist über dem Forste, schnelle schwarze Schatten fallen über den weißgekalkten Waldboden, alle sechzig Altreiher kreisen als riesengroße Kreuze unter dem hellblauen Sommerhimmel.

Die Jungreiher, immer hungrig, stellen sich auf die Horstränder, recken die Hälse, sperren die nimmersatten Schnäbel auf und schreien nach Fraß. Da knallt ein Schuß, kurz und scharf wie ein Peitschenknall, durch den Wald. Ein Jungreiher spreizt die Flügel, kippt hin und her, verliert den Halt, poltert von Ast zu Ast und schlägt dröhnend auf den Boden auf. Das Angstgerufe über dem Walde wird zum Wehgekreisch, aus dem ruhigen Kreisen wird ein verstörtes Geflatter, aber Schuß auf Schuß knallt, ein Jungreiher nach dem anderen polter herunter, stürzt herab oder bleibt mit zerrissener Brust im Horste liegen.

Ab und zu fällt etwas Blankes, Glitzerndes, Glänzendes von oben herab, ein Fisch, den ein Altreiher von oben herab seinem Jungen verkröpfte, demselben Jungen, das mit zerschmettertem Fittich im Horste liegt, in Todesangst den Hals hin und her zuckt und verzweifelt mit offenem Rachen seine Alten um Hilfe anschreit, bis sein Kopf herabsinkt und ein letztes Zittern durch sein Gefieder geht.

Noch ein Schuß knallt; keiner folgt ihm mehr, auf keinem Horst zeigt sich noch ein grauer Leib, ein heller Hals; alle Jungreiher liegen tot am Boden, säuberlich gestreckt; aus roten Gesichtern zieht blauer Dampf durch dem Wald, lautes Gelächter flackert empor, und dann wird es still in der Ahe; nur die Reiher kreisen stumm über ihr und zwischen ihnen fünf Kolkraben, die den reichen Fraß eräugt haben.

Auf einem Moosdache in Ahlden knarrte vor Jahren eine rostige Wetterfahne im Winde, in die kunstlos ein rohes Abbild einer Reiherbeize eingesägt war; und vielleicht in Ahlden noch einer von den Leuten, die als Jungens dabei waren, da man in der Ahe die alten Eichen schlug; als die Riesenbäume am Boden lagen, sah man mit Verwunderung, daß in ihren Kronen Faßreifen und dicke Eisendrähte hingen, rot von Rost und zermürbt, wie man sie auf dem Dache anbringt, damit der Storch dort bauen soll.

Den Reihern zuliebe flocht man sie dort ein, ihnen das Horsten zu erleichtern; sorgfältig hegte und pflegte man sie, nahm in schwere Pön; wer sie störte; und gönnte ihren gern den Aal und den Hecht, den Döbel und den Brassen, denn ein königlich Weidwerk bot die Jagd auf den stolzen Vogel. Hunderte von Reihern horsteten damals in der Ahe; von ihnen schlug der Beizvogel, den des Jägers gelbbehandschuhte Faust warf, einen oder den anderen, der dann bei Hörnerklang zum Jagdschloß getragen wurde, die anderen aber ließ man sich ihres Lebens freuen und der Fischweid an den Ufern der reißenden Aller jahrein, jahraus.

Heute erschlägt man ihre Brut jahrein, jahraus und läßt sie faulen im Horste, den Kolkraben zum Fraß und schwarzroten Käfern, jahrein, jahraus wiederholt sich die Metzelei; jedes Jahr fliehen die alten Reiher mit Angstgeschrei, und jedes Jahr im März kommen sie wieder und horsten in ihrem Walde zwischen Leine und Aller.

Der Heidweg

Tag für Tag gehe ich denselben Weg, der von dem Hofe durch die braune, rosig überhauchte Heide zum Holz führt, eine halbe Stunde lang hügelauf, hügelab, nach links und rechts sich wendend, bald breit, bald schmal, wie die Heidwege so sind.

Er hat gar nichts Besonderes an sich, dieser Weg; er ist so, wie alle Heidwege, kein Landmesser legte ihn fest, kein Arbeiter beschotterte ihn, keine Dampfwalze festigte ihn. Die Gewohnheit hat ihn geschaffen; er ist der kürzeste Weg zwischen den beiden Höfen an der Landstraße und dem Einzelhof da hinten hinter der Forst; die Räder der Wagen, die ab und zu hier fahren, und Plaggen, Holz oder Bienenkörbe zu befördern oder Leute hierhin und dahin zu bringen, schnitten den Weg in den heidwüchsigen Boden der höheren Lagen, in den weißen Sand hier, in den grauen Bleisand da, in den dürren Anger in den Senkungen. Hatte es ein starkes Gewitter gegeben, so daß in den Sinken Wasser stand, dann fuhr der Bauer rechts und links um die Stelle herum; dann wurde der Weg dort breiter, doppelt, dreifach, vierfach.

Ich gehe den Weg jeden Tag, um abzuspüren, ob Rotwild oder Sauen durchgewechselt sind, oder um zum Anstand zu kommen; ich gehe ihn morgens vor Tau und Tag, wenn die Eule noch ruft und die Lerche noch nicht wach ist, und Abends, wenn der Reiher über die Fuhrenkronen streicht und rostbraune Abendfalter hastig und unstet über die Heide fahren; ich sah ihn im Frührotschein und in der Abendröte, bei sengender Mittagsglut und bei pfeifendem Nordost; ich kenne ihn auswendig.

Ich kenne jeden Strauch und jeden Baum rechts und links von ihm; ich weiß, daß da ein größerer Stein kommt, daß hier ein Hasenunterkiefer im Sande bleicht, daß dort ein Pfeifendeckel neben einer Binsenstaude liegt; ich kenne die Wollflocke in dem toten Machangel und den Trichter des Ameisenlöwen unter dem Quendelbüschel; ich weiß, daß links vom Wege ein Hase sitzt und daß rechts in der langen Heide Birkwild liegt, daß hier oben Rehfährten den Boden narben und daß dort unten der Dachs gestochen hat, einen wie den ändern Tag; Neues kann er mir nicht bieten, der Heidweg.

Und darum gehe ich ihn einen um den andern Tag in derselben gleichgültigen, unaufmerksamen Weise, die Pfeife im Munde, die Hände auf Lauf und Kolben der Büsche, die ich über den Rücken gekreuzt habe; und wenn ich so dahin gehe, dann sehe ich jeden Tag dasselbe Und bei jeden Ding fällt mir dasselbe ein.

Da ist zuerst eine Fuhre, ein keckes Ding von fünfzehn Jahren. Wie die sich das Leben denkt: leicht, einfach, schön. Ach ja, jetzt, wo sie noch klein ist, wo sie im Norden der Stangenort, im Osten der Hochwald, im Süden und Westen die Heidberge schützen, da kann sie noch die Zweige keck und froh in die Höhe recken, als wolle sie in die Wolken damit.

Aber die hohe Fuhre am Berge, die weiß, wie das Leben ist; auch sie war einst so keck und froh und langte mit geraden Zweigen in die Wolken. Aber Ostwind und Nordwind und Schneelast faßten sie und drückten sie, machten ihre Zweige krumm, ihre Krone flach und gaben ihr den Zug stiller Entsagung, den Ausdruck hoffnungsloser Wehmut.

Über den schwarzen Machangelbusch, der dort hinten so keck die Heidhöhe überschneidet, muß ich jedesmal lächeln; von hier aus sieht er so groß aus, sieht viel höher aus als die Heidberge hinter ihm, und je näher man an ihn herankommt, um so kleiner wird er, um so größer werden die Berge. Doch das geht nicht bloß dem Machangel so, das kommt auch sonst noch vor.

Die schlanke Fischte dauert mich; ihre Form paßt so gar nicht zu den welligen Linien der Heide; sie ist ja auch nicht von hier, gehört auf die Berge, wo schroffe Linien sind. Der Nordostwind weiß das; der wird ihr den Mitteltrieb ausbrechen, wird ihre Zweige verbiegen, bis sie so rund und struppig sind, wie die alten Fichten dort. Dann paßt sie in die Heide.

Bei ihren jüngeren Schwestern übernehmen die Schnucken die Arbeit; in jedem Frühjahre verbeißen sie die jungen Triebe, aus dem schlanken Tannenbäumchen wird ein struppiger Igel, und wenn es groß ist, dann sieht es seltsam verschnörkelt und verkrümmt aus, Äste, Äste, lauter Äste und kein Stamm.

Es gibt auch solche Menschen; sie müßten gerade und schlank aufwachsen, aber sie stehen auf falschem Boden, in einer Umgebung, die nichts Schlankes und Gerades verträgt. Allerlei beißt und biegt an ihnen herum und schließlich werden sie schrullige Geschöpfe. Und konnten Großes sein.

Eine stand da, die war groß und schlank und stolz und schön; die hat der Blitz zerspellt. Den Krüppeln tut er nicht. Aber hoch zu wachsen und vom Blitz getroffen zu werden, schließlich ist es doch besser, als krüpplig zu bleiben und verschont von Blitz und Sturm. Es gibt Menschen, die anders denken, die leben, damit sie im Alter nicht verhungern. Aber das ist dann auch kein Leben.

Hier der Machangel duckte sich und krümmte sich und schickte sich; und was hat er nun? ein graues, krummes Skelett ist es, über das die Schnucken trampeln. Aber um die Ruine der Riesenfichte müssen sie herum; im Tode noch läßt sie nichts Kleines an sich heran.

Die Hängebirke auf dem Hügel tut mir leid; ihre Zweige greifen verlangend umher, ihre Bewegungen haben etwas Rührendes, als wollten sie zurück in die Jugend und in den Frühling. Es gibt nichts Traurigeres als eine alte Birke im Herbstwind.

Und nichts Lustigeres als den jungen Maibaum; schlanke Äste, hochauf, besät mit goldgrünen Blättchen, leuchtend, glitzernd, duftend vor Jugend und Schönheit. Eine junge, maigrüne Birke im Sonnenschein, dann lacht mein Herz, aber meine Seele trauert, sehen meine Augen die Hängebirke auf der Heide. Ich weiß wohl, warum.

Hier hat eine Königskerze gestanden: ein zerknickter Stengel, zwei verwelkte Blätter blieben davon; das taten die Hufe von hundert Schnucken; und Hunderte von Schnuckenhufen zertreten Tag für Tag die Heide. Hunderte von Schnuckenmäulern rupfen daran herum. Der Heide schadet das nichts; sie bleibt kurz; krümmt sich zu Boden, treibt kümmerliche Blüten, aber sie lebt doch und blüht. Mancher verträgt eben Fußtritte, mancher nicht. Und darum gibt es nicht so viele Königskerzen, wie Heide; das Häufige ist nie schön und vornehm.

Hier, wo vom letzten Gewitterregen der Boden feucht geblieben ist, ist das Jagdgebiet einer dicken Kröte; gestern abend sah ich ihr zu, wie sie vorsichtig dort pirschte und ab und zu mit der Klapperzunge ein Insekt wegfing. Heute steh’ ich hier und sehe dem Falken zu, der auf der Heide eine Lerche jagt; er stößt fehl und streicht weiter. Die Kröte hat nie Fehljagd. Aber sie jagt auch Spinnen und Fliegen und Würmer.

Es geht gegen Abend; eine Schnarrheuschrecke mit grellroten Unterflügeln fliegt ruckweise, laut schnarrend, an mir vorbei; sie denkt wunder, wie schön das ist, und dabei ist es eigentlich recht lächerlich, dieser ruckweise Scharrflug; und doch wird er seine Wirkung auf die kurze, schwarze Schöne im Heidekraut nicht verfehlen. Jeder Verliebte ist lächerlich, nur nicht für die Eine. Tröstet euch damit.

Ein rostroter Nachtfalter kommt angesaust. In unsteten Zickzacklinien huscht er über die Heide; jetzt ist er dort unten, jetzt kommt er wieder näher, nun taumelt er über die kurzen Brombeerbüsche der jungen Besamung und fährt hastig weiter nach den gelben Schmielen; er sucht eine, die ihn lieb hat; aber es ist schon zu spät im Jahr, und weiß, ob er sie findet; und es ist doch so schwer, zu sterben und nicht zu wissen, was Liebe ist. Für den Falter ist das nicht so schlimm; er sucht nur eine, aber der Mensch sucht die Eine.

Am Buchweizen gähnen vier schwarze Schlünde und vier an den Kartoffeln; das sind Ansitze, die sich der Bauer gemacht hat; von da aus erlegt er die Sauen und das Rotwild, die seinen Äcker verwüsten. Hier unter dem struppigen Machangel gähnen lauter silbergraue Sandtrichter; in jedem lauert ein scharfbewaffnetes Ungetüm auf Spinnen und Ameisen, die in den Trichter fallen. Ein grüner Käfer rennt flink über den Sand, in den scharfen Zangen eine Fliege. Zierliche Schwalben fahren über die Heide; ich höre die kurzen Schnäbel knappern; jeder solcher Laut ist der Tod eines Wesens. Aus dem Brombeerbusch klingt ein jammervoller Ton, dünn, fein, aber voll Todesangst; da wickelt die dicke Spinne eine bunte Schwebfliege ein. Überall ist der Tod.

Ich gehe gelassen über die Heide und blase sorglos den Dampf der Pfeife in die Luft; ich gehe und töte im Gehen Pflanzen und Tiere. Das ist nun einmal so. Und wer weiß, ob dicht bei mir nicht etwas auf mich lauert, um mich hinabzuzerren, heute oder morgen oder übermorgen oder einen Tag später. Eigentlich müßte mir das alle Lebenslust nehmen.

Ich gehe einem Weg, dessen Anfang und Ende ich nicht sehe; Anfang und Ende verlieren sich in dunkler Heide und düsteren Wald: und doch bin ich ganz gelassen.

Von jenem Heidhügel, dessen Kuppe ein heller Sandfleck schmückt, steht ein einsamer, schwarzer hoher Machangel; da zur Rechten steht ein ganzer Haufen derselben Sträucher, alle gleich in der Form. Aber der Einsame sieht ganz anders aus. Ja, die Gesellschaft, wie die abschleift, das Böse und das Gute. Wenn du in ihr Leben willst, mußt du den Charakter opfern. Wenigstens verstecken.

Manchmal ist es aber auch ganz seltsam, ganz anders. Hier steht mitten zwischen rotblühender Heide ein Busch, der blüht weiß wie Schnee; weit und breit ist keiner so wie er. Muß der Mut haben!

Und hier ist noch etwas Seltsames. Mitten in dem sandigen Windriß, mitten zwischen dem bunten Geröll, blüht ein Heidbusch, so rosenrot, wie keiner ringsumher; alle anderen sind fahl gegen ihn. So etwas kommt vor; in Schmutz und Elend und Verkommenheit findet man oft ein Gesicht, blühend in Schönheit und Adel.

Eine halbe Lanzenspitze aus Flintstein liegt in Geröll; das war einmal. Der Nordostwind trägt ein Donnern und pfeifen heran; das ist der Schnellzug Hamburg-Hannover. Wie weit wir sind. Aber der Nordostwind lacht; wieviel Kulturen hat er blühen und welken sehen. Steinwaffe und Bronze, Eisen und Stahl, alles ist vergänglich. Und einmal bringt er das Nordlandeis wieder und die Polarnacht, und halbwilde Fischer und Jäger klopfen sich hier mühsam wieder Lanzenspitzen und Beile aus Flintstein.

Eine silberne Distelsamenflocke fliegt mir an den Rock, wo mag sie herkommen? ich sah nirgendswo hier eine Distel, aber nächstes Jahr wird eine hier blühen, und wieder ein Jahr weiter, dann sind es viele, die hier ihre Pupurköpfe leuchten lassen. So wandern die Gedanken.

Wie hoch und lang hier die Heide ist, wie scharf haben sich die Kuppen der Hügel ab; dann kommt die Dämmerung und macht alles klein; nur die hohen Machangeln bleiben noch sichtbar, noch einige Zeit. Bis die Nacht kommt.

Ich will dahin gehen, wo die Heide so wunderbar voll, so tief rosig blüht: Aber ich will es lieber lassen. In der Nähe sieht sie aus, wie alle Heide; da ist das Fahle, das Braune, das Graue stärker als das Rosenrot; nur aus der Ferne sieht sie so schön aus. So geht es mit allem, dem wir zustreben. Es lohnt sich wirklich nicht, auf etwas zuzugehen. Aber hier ist ja der starke Hirsch durchgezogen; ich muß doch sehen, wohin er gewechselt ist. Die Fähre steht nach der Forst zu. Aber dazwischen liegt Heide, und da spürt es sich schlecht. Und dann kommt die Landstraße, und die haben die Dragoner zerritten. Und dann kommt wieder Heide, und ich werde einen Bogen nach dem anderen schlagen müssen, um auf den Bahnen, Wegen, Gestellen und Pirschsteigen die Fährte des Jagdbaren wieder zu finden; viel Mühe wird es kosten.

Ich muß lächeln. Eben dachte ich mir jeden Zweck aus dem Leben heraus, und nun das Leben und hält mir lachend ein Ziel entgegen, und im Grunde genommen ein so geringes Ziel; und doch gehe ich mit Eifer darauf los. So ist der Mensch.

Die Heidjäger

Über Nacht war eine Hauptneue gefallen. Weiß und weich lag sie auf der Heide.

Nirgendswo war ein Büschel Heidkraut zu sehen; die Wacholder hatten weiße Röcke angezogen; der Kiefern dunkle Locken waren weiß geworden über Nacht.

Hungrig krächzten die Krähen über die weiße Wüste, sie fanden kein Futter; hungrig rief der Kolkrabe über die verschneite Heide; er traf keinen Raub an; hungrig schnürte der Fuchs durch das pfadlose Moor, es gab nichts zu reißen.

Als die letzten Sonnenmale auf dem Schnee verblichen, als die Stämme der Kiefern ihren roten Schein verloren, als Stern auf Stern am Himmel schien, das knirschte der harte Schnee.

Große schwarze Schatten mit langen Hälsen und hohen Lauschern schoben sich aus dem Stangenort, zogen in die Heide, machten halt, sicherten, zogen weiter, verhofften wieder, wenn die aufhakende Eule im Holze einen dürren Ast aufstieß, und zogen tiefer in die Heide hinein, den Feldmarken des Dorfes zu.

Als im Westen der allerletzte Schimmer zwischen Heide und Himmel verloschen war, brach es wieder im Holze, knirschte der Schnee wieder in der Heide; dicke, schwarze Klumpen tauchten auf, bliesen laut lange Dunstwolken vor sich hin, pflügten mit den Gebrächen den Schnee auf, bliesen wieder und trollten über die Heide.

Als sie an dem alten Dietwege angelangt waren, da preschte das Leittier zurück und die alte Bache verhoffte; denn über die Heide kam etwas heran, es kam mit dem Winde und hatte keine Witterung, es ging über dem Winde und ließ sich nicht vernehmen.

Regungslos erstarrt, nur die Lauscher regend und mit den Gehören spielend, stand das Rotwild da, verhofften die Sauen, vergebens zogen sie den Wind ein, er brachte ihnen keine Kunde; das Leittier machte einen großen Bogen nach Norden, die Bache trottete im Halbkreise nach Süden, dann stob das Rudel hierhin und die Rotte trollte dahin.

Quer über die Heide aber kam ein Mann; der war lang und dünn, hatte einen roten gelbverschnürten Rock an, einen Dreispitz auf dem Kopf, weiße Lederhosen um die dürren Schenkel und umgeschlagene Krempstiefel an den Füßen; um die Schultern hing die Rüdemannspeitsche; an der Hornfessel das gelbe Horn, die kurze Feuerschloßbüchse hatte er über das Kreuz geschoben und recht bequem die weißbehandschuhten Hände über Kolben und Mündung gelegt; ein Dutzend Fixköter aller Arten schnüffelten hinter ihm her.

Der Mann und die Hunde traten den harten Schnee so leise, daß er nicht knirschte; die Hunde hatten alle nur drei Läufe, kein weißer Dunst kam aus ihren Nasen, und auch der Mann hatte keinen Sichtbaren Atem, und er ging doch so schnell und die Luft war so kalt.

Wo die Fährten des Rotwildes den Schnee narbten, da blieb er stehen; er bückte sich tief, legte die vier Finger der rechten Hand in die eine Fährte, lächelte, nickte und prüfte die andere starke Fährte ebenso, auch wo die Sauen sich fährteten, blieb er stehen und sah sich die Fährten an, und die Hunde streckten ihre Nasen hinein.

»Zwei jagdbare Hirsche, ein angehender Keiler und ein hauendes Schwein,« rief da eine Stimme. Die Hunde sträubten die Rückenhaare und knurrten, aber dann drängten sie sich winselnd und wedelnd um den Mann, der sich aus dem Schatten des breiten Wacholderbusches erhoben hatte; er trug eine Otterfellmütze, einen grünen Jagdkittel ohne Gürtel, ein Dachsholster an der Seite und hatte einen langen Vorderlader umgehängt; die Beine steckten in dicken Manchesterhosen, und der trug derbe Nagelschuhe und gelbe Knöpfgamaschen.

»Na, Eidi, schon lange da?« fragte der Mann im roten Rock und gab dem Grünkittel die Hand. Der lächelte still in seinen krausen rotbraunen Bart und nickte: »Oh ja, schon eine ganze Weile! Solange wenigstens, daß ich das Wild nicht vergrämte, wie andere Leute!« Der Rostrock lachte und meinte: »Die Luft ist mächtig kalt heute Abend; da täte ein kleiner Schluck gut,« und Grünrock lächelte wieder, holte aus seinem Holster eine dicke, runde Flasche, auf die ein feuerroter Hirsch und ein schwefelgelbes Reh, von giftgrünen Blattwerk umrankt, gemalt waren, nahm den Pfropfen ab, trank einen Schluck, setzte den Pfropfen wieder auf und reichte die Flasche dem Rostrock, der auch einen guten Zug tat.

Der Grünkittel schlug mit Stahl und Stein Funken in den Schwamm, legte ihn in seine kurze Pfeife, gab dem Rostrock glimmenden Tabak ab, der damit seine Tonpfeife in Brand setzte, und dann pfiff der Grünkittel dreimal gellend auf den Fingern. Da tauchte unten auf dem Dietwege eine Gestalt auf und kam näher. Es war ein bartloser Mann mit schlauem Fuchsgesicht, ganz in verschossenen Manchester gekleidet, trug er Kniestiefel, eine alte grüne Mütze, einem Rucksack aus Sackleinwand und eine Lesaucheuxbüchsflinte. »Nanu,« sagte der Rotrock, »was ist denn das für ein Gast?« Der Grünkittel lächelte wieder: »Der Mann aus Magenhagen, Helljäger, den vorigen Herbst der Deubel geholt hat. Hast du davon nichts gehört? Der kleine Förster aus Öbese war fixer als er. Weidewund, in einer Stunde tot. Bißchen einfacher Kerl, Pötter heißt er, aber doch besser als dritter Mann beim Solo als der Mondschäfer, der das Faulspielen nicht lassen kann. Und man kann mit ihm noch über Wild und Weidwerk reden.

»'n Dag«, sagte der Ankömmling, zog langsam die Hand aus der Hosentasche und gab sie erst Eidi und dann dem Helljäger. »Heute Nacht müßte man ablappen: das ganze Zeug steht vor dem Dorfe im Holze. Zwei davon haben tüchtig auf.« Dann holte er ein Schwefelholz aus der Tasche, steckte sich eine Zigarre an und dampfte bedächtig.

Der Helljäger, der den Mann erst sehr von der Seite angesehen hatte, machte ein freundliches Gesicht, als er ihn so reden hörte, aber er meinte: »Ach was Jagd, ich danke; habe genug gejagt in meinem Leben; das bißchen Wild, das hier noch ist, können sich andere holen. Mich verlangt nach einem Solo und einem vernünftigen Gespräch. Man liegt sich ja krumm und dumm unter dem Rasen und weiß nicht mehr was, auf der Welt vorgeht. Holla, voran, die Nacht ist kurz!«

Da stiefelten denn die drei los, den Heidberg hinauf, den Dietweg entlang, in den alten Stangenort hinein, und wo der fünf uralten Steingräber weite Mäuler gähnten, da machten sie halt; Eidi räumte den Schnee vor dem größten Grabe fort, Pötter holte Steine zum Sitzen herbei, und der Helljäger sorgte für Brennholz.

Bald leuchteten rote Flammen aus der alten Steinkammer heraus, der Schnee taute von den Rändern der gewaltigen Steinplatten, und der Rauch zog durch die Wipfel der Kiefern; und hinter dem Feuer hockten die drei, ließen die Flaschen kreisen, dampften ihre Pfeifen und schmetterten die Karten auf dem alten Stein, daß es knallte.

Das Feuer und der Wacholderbranntwein taten bald ihre Schuldigkeit; die Köpfe glühten, die Augen glänzten; der Helljäger brüllte mit lauer Kehle das Lied: »Der Wilddieb Eidi war ein Mann von großen Geistesgaben,« und Eidi lächelte geschmeichelt. Langte aus Pötters Rucksack noch eine Steinkruke und trank dem Helljäger zu nach alter Art; lustig klang das durch den stillen Wald: »Helljäger, eck seih di!« »Eidi, dat freut mi!« »Eck sup deck to!« »Man to, man to.« »Eck hebb deck tosopen.« »Hest den richtigen dropen!« »Prost!« »Prost!« »Prost!« »Hoo-Rüd-Hoh! Wahrtoo min Hund, wahrtoo!«

Mächtig aufgekratzt waren die drei, ganz gewaltig, und als der Mondschäfer ankam, da ging das Leben erst recht los und eine Jägergeschichte nach der andern ging um; der Helljäger erzählte, wie er einmal drei Sauen hintereinander habe auf eine Feder auflaufen lassen, und Eidi beschrieb, wie er den Achtzehnender den ein hoher Prinz erlegen sollte, zehn Minuten vorher geschossen habe, ehe der hohe Herr ankam: »Junge,« sagte er und lachte, »da hieß es aber auskratzten. Ich mußte man machen, daß ich das Geweih herausschlug, und dann heidi! Es fehlte nicht viel, dann hatten sie mich. Aber ich goß mir Schnaps auf die Sohlen, und da verlor der Hund die Fährte. So ein kleiner Schnaps ist immer gut!«

Der Helljäger lachte und forderte Pötter auf, auch ein Stückchen zu erzählen, aber als der von gewilderten Böcken und Ricken anfing, da lachte der Rotrock: »Schöne Jagd das! Rehe, darauf pfiffen wir zu meiner Zeit; mit der minderen Jagd gaben wir uns nicht ab; der edle Hirsch und die ritterliche Sau, alles andere ist doch man zahme Jagd. Wenn ich noch an den Vierundzwanzigender denke, den ich meinem lieben Kameraden Bideloh hundert Schritt vor dem Hause wegschloß« hahaha! und an die andern alle! bis sie mich dann erwischten; und als sie mir den Ruß aus dem Gesicht wischten, na, die Gesichter! ›Donnerslag‹ sagte der Bideloh, ›und Haubitzen, das ist ja, unser Gehegereuter. Dacht' ich's doch!‹ Wäre ich nicht dot gewesen, ich hätte mich dot gelacht damals!«

Sie lachten, der Helljäger, Eidi und Pötter, die drei Heidejäger, die alle mit einer Kugel ihr Freijagen gebüßt hatten, und sogar der Mondschäfer lachte lauthals mit; denn der hatte auch keine Grenzen gekannt und immer über den Grenzgräben gehütet; und als sie mitten im hellen Lachen waren, da schoben sich zwei lange, mit Lederhosen bekleidet riemenumschnürte Beine in die Steinkammer, und hinterher ein langer Oberleib in Buntbenähter Lederjacke, und darauf saß ein schmaler, blondbärtiger Kopf, den eine Bärenfellmütze bedeckte, und der fremde Mann lachte und sagte: »Ihr machtet solchen Lärm, daß ich aufwachte in meinen Hügel. Was habt ihr denn zu trinken? und ich bin Hennecke, das Wulfes Sohn!« Die anderen sahen ihn sich genau an. Es war ein stattlicher Kerl; er hatte eine langstielige Axt aus Bronze im Gürtel und ein breites Messer und über den Knien ein kurzen dicken Speer mit handbreitem Stichblatt liegen. Der Mann lachte, als der Helljäger von den Hirschen erzählte: »Ist mir eine schöne Jagd für Männer! hohoho! Unsere Jungens jagten den Hirsch, aber die hohe Jagd auf den Bär und den wilden Ochs, das war Manneswerk; den Bären habe ich mit dem Speer kalt gemacht und den wilden Ochsen mit dem Messer; das war anders damals hier; nicht lauter Fuhren: Eiche bei Eiche! und auf der Eiche saß ich, über dem Wechsel, und wenn die wilden Ochsen kamen, dann herunter, auf den Puckel gesprungen; Messer in das herz! Das war noch eine Jagd!«

Der Helljäger machte ein langes Gesicht, als der Longobarde so prahlte, Eidi auch und Pötter erst recht. Aber da kam schon wieder ein neuer Gast, ein breitschultriger, langarmiger, kurzbeiniger, kleiner Kerl mit braungelben Gesicht, Schiefen Augen, breiten Backenknochen und öligem, schwarzen Haar, das in einem Knoten auf dem Scheitel zusammengewickelt und mit Bernsteinperlen durchflochten war; Fell umhüllten ihn, in seinem Gürtel steckten Steinbeil und Flintmesser, und seine breite Faust umspannte einen dicken Bogen und lange dünne Pfeile. Mit rauhen Kehltönen begrüßte er die Gesellschaft; Krwo hieß er, und habe hier früher auch gejagt, ehe die Longobarden im Lande saßen. »Bär und Ochs, die gab es damals auch, aber besseres Wild noch: den Riesenelefanten trieben wir in die Todesgrube, das Nashorn erschlugen wir mit dem Fallspeer, den Höhlenbären stachen wir im Lager tot, und unsere jungen Söhne erlegten den Riesenhirsch und den Schelch, den Bisamochsen und das Ren. Damals lohnte es sich noch Jäger zu sein. Unter diesen Steinen haben meine Leute meine Asche begraben, als meine Hände anfingen zu zittern und mein ältester Sohn mir mit dem Steinhammer den Ehrenhieb gab; und dreißig Gefangene gaben sie mir als Geleite mit. Ja, das waren Zeiten!«

Der Fremde saß und sann; in seinem blau tätowierten Gesicht glänzten die schwarzen Augen. Als ihm Eidi die Flasche bot, da zog er gehörig, seine Backen röteten sich und mit hohler Fistelstimme begann er zu singen: »Unsere kleinen Söhne jagen den Schelch und töten ihn in dem Moore; unsere jungen Männer jagen den Mordbären und töten ihn in dem Walde; wir Männer aber hetzen den Elefanten in die Grube, wenn unsere Weiber nach Fleisch schreien. Und alle Jahre einmal ziehen wir weit weg, ein besseres Wild zu jagen, wir Männer vom Stamme der roten Hunden; dann rauchen die Hütten der anderen Stämme, ihre Weiber weinen, unsere Hände sind rot und unsere kleinen Söhne schießen nach den Gefangenen an den Pfählen, und ihre Schwestern jubeln dabei.«

»Den Deubel auch,« sagte der Helljäger und stieß Eidi an, »das scheint ein schöner Bruder zu sein. Phui Luder! Ein Menschenjäger, hat am Ende Menschenfleisch gefressen.« Auch der Longobarde rückte von dem Kopfjäger fort, Pötter machte ein ganz verbiestertes Gesicht, und der Mondschäfer sagte, er müsse nach seinen Lämmern sehen. Der Mann mit dem Steinmesser aber höhnte die anderen, nannte ihr Jagen ein Knabenspiel und ein Kinderweidwerk, und im Handumdrehen gab es Zank und Streit, und durch den stillen Winterwald klangen Zankworte und Schimpfreden. Da trug der Wind vom Dorfe das Läuten der Neujahrsglocken heran, der Mondschäfer löste sich im Nebel auf, der Helljäger zerfloß in Dunst, der Longobarde verschwand wie ein Schatten, Eidi verblaßte zu einem Schemen und der Steinzeitmensch und Pötter, der Wilddieb, verloren sich in der grauen Luft.

Das Naturdenkmal

Als Hingst, der Sohn des Hors, Sohnes des Rappen, wieder einmal in der Johannisnacht zur Erde stieg, machte er ganz runde Augen. Als ihm seinerzeit ein Schleuderstein den Schädel derart zertrümmerte, daß es seiner Seele in der bisherigen Wohnung nicht mehr gefiel, hatte ihm Schimmel sein Sohn, heilig und teuer versprochen, viermal im Jahre Wildbret und Honigbier in das Seelenhaus auf dem Donnerberge zu bringen.

Er hatte Wort gehalten, so daß Hingst Horsen, wenn es ihm in Walhall einmal etwas zu langweilig war und er zur Erde stieg, um eine kleine Abwechslung zu haben, nichts ausstand, nahm er für eine Nacht in dem Seelenhause Unterstand; denn die drei großen Krüge waren bis zum Rande mit schäumenden Met, hellem und dunklem, gefüllt, Trinkschalen standen dabei, und es fehlten bei der Wildkalbkeule auch nicht die Messer aus Feuerstein.

Auch als Schimmel eines schönen Donnerstages im Himmel auftauchte mit einem gewaltigen Loche im der Brust und seinem Vater laut lachend die Hand schüttelte, mangelte es dem Alten nicht an Speise und Trank, gelüstete es ihn einmal, unter irdischen Eichen zu weilen; denn Pagen, der Sohn des Schimmel, sorgte dafür, daß der Vater und der Altvater und die vor ihm auf dem Peerhofe gesessen hatten, zu ihrem Rechte kamen, und als er einmal von einer Bärin einen zu zärtlichen Klaps bekommen hatte, der ihm das linke Schultergelenk etwas aus dem Gleise brachte, so daß er vier Wochen zu Hause bleiben und kalte Packungen machen mußte, und seine Leute bei der Sonnenwende es vergaßen, die Ahnen zu versorgen nach der Väter Weiße, war Hingst fuchsteufelswild geworden und kreuz und quer durch den Hafer gelaufen, so daß der bloß die halbe Ernte brachte; seitdem vergaßen die Peerhopsbauern ihre Pflicht nicht mehr, und auch die sechs anderen Höfe, die auf dem Donnerberge je ein Ahnenhaus hatten, taten ihre Schuldigkeit.

Das ging so einige Jahrhunderte lang, bis es etwas unruhig in der Welt zuging. Allerlei fremde Völker kamen angeritten und keilten sich mit den Heidbauern herum, so daß die oft froh waren, wenn sie selber einen Braten und einen Tischtrunk hatten. Aber Hingst und Hors und Rappen und Schimmel und Pagen und Voß und Bleß waren Vernünftige Männer und sahen ein, daß ihre Nachkommenschaft jetzt mehr zu tun habe, als an sie zu denken. So ergaben sie sich mit Würde in das Unvermeidliche, und wenn sie sich wieder einmal in den Steinhäusern versammelten, dann seufzten sie wohl hinter der guten alten Zeit her, die noch wußte, was sich gehörte, aber sie gaben sich damit zufrieden, daß man ihnen wenigstens ihre Seelenhäuser gelassen hatte, so daß sie bei Regen und Schlackschnee ein Dach über dem Kopfe hatten. Doch als wieder anderthalb Dutzend Jahrhunderte über das Land gegangen waren, da machten die Ahnen vom Duwenhofe und die Martenshofleute doch einen Mordskrach, als sie in den heiligen Zwölfen sich auf der Erde umsahen, denn soviel sie auch suchten, ihre Steinhäuser waren fort; die Bauern hatten sie zu Grundmauersteinen zerschossen.

Die fünf anderen Seelenhäuser aber blieben stehen und heißen nach wie vor die sieben Steinhäuser. Meist kam das ganze Jahr kein Mensch zu ihnen, außer daß da einmal ein Förster rastete oder der Schnuckenschäfer an ihnen vorbeihütete. Ab und zu kamen auch Männer mit Brillen auf den Nasen an, gruben bei den Steinsetzungen herum, waren glücklich, wenn sie ein Steinmesser oder einem angebrannten Topfscherben fanden, zogen wieder ab und schrieben gelehrte Aufsätze über die Bedeutung der alten Bauten, deren Endergebnis lautete: »Nix genaues weiß man nicht.« Auch pilgerten wohl einmal ein paar frische junge Burschen durch die Heide, betrachteten voller Ehrfurcht die klobigen Steinplatten, oder ein Dichter lag dort, lauschte, wie die Immen die rosenroten Glöckchen läuteten, sah den blauen Faltern zu, die über das blühende Heidkraut tanzten, atmete den Honigduft ein, den der heiße Wind herantrug, träumte von Hingst und Hors und Rappen und den übrigen longobardischen und sächsischen Männer, zu deren ewigem Gedenken die Grauen Steine aufeinandergelegt waren, und lächelte später lustig, wenn gelehrte Leute von dem Gedicht, das er über die Steinhäuser geschrieben hatte, sagten, es entspräche nicht dem Stande des wissenschaftlichen Forschung.

Mit einen Male aber wurde das anders: die Heide kam in Mode. Es regnete Menschen, es hagelte Volk. Sie kamen, wenn die Heide blühte, in hellen Haufen angezogen, zu Fuß und zu Rad und zu Wagen, rissen das blühende Heidkraut ab, fragten den Schnuckenschäfer dumm und albern, gaben mit weißer, roter und blauer Kreide auf den grauen Steinen an, daß sie Meyer, Müller oder Schulze hießen und hinterließen stets eine Unmenge von Wurstpellen, Eierschalen, Stullenpapier, Stanniol, Konservenbüchsen und Flaschenscherben und manchmal auch einen kleinen Heidbrand, so daß der Oberförster eine Tafel aufstellen lassen mußte, auf der zu lesen stand, daß derjenige, welcher usw., mit nicht unter soundso viel Mark Strafe usw. Und Sonntags mußte ein Forstarbeiter dort Schildwache stehen. Dann kam ein neuer Oberförster, der eine Masse künstlerischen Empfindens im Leib hatte, und der ließ Anlagen um die Steinhäuser machen, pflanzte hübsch regelmäßig Tannen und Rhododendron an, auch blauen und weißen Flieder, und er stellte einige grün angestrichene Bänke auf. Er war sehr erbittert, als eine Zeitung schrieb, die Verschönerung des Platzes sie noch schlimmer als die Flaschenscherben und die Stullenpapiere, denn er hatte es gut gemeint.

Die Steinhäuser waren mittlerweile so berühmt geworden, daß es das ganze Jahr über bei ihnen nicht an Stadtvolk fehlte. In allen Dörfern ringsumher waren Wegweiser angebracht, auf den zu lesen stand: »Nach den Steinhäusern«, und an den Birken an den Wegen und Land-straßen waren rote Kleckse angemalt, so daß kein Mensch an dem Urzeitsdenkmal vorbeifin-den konnte. Wandervereine machten Ausflüge dahin, Gesangvereine erschienen und erfüllten die Luft mit Getöse. Damen in weißen Kleidern und Hüten von Überlebensgröße tauchten auf und fanden die fünf Denkmäler reizend und niedlich. Der Heimatbund feierte dort ein Heidfest, bei dem in Wort und Lied die Steinhäuser gefeiert wurden, und hinterher hatten drei Waldarbeiter drei Tage zu tun, um das Stullenpapier, die Eierschalen, Flaschenscherben und sonstigen Zeichen der echten, wahren und tiefen Heimatsliebe zu beseitigen.

Unterdessen war der Heimatschutz erfunden worden. Eines Tages erschien das ausführende Komitee der Kommission des Ausschusses des Provinzialverbandes für Heimat-und Naturschutz. Drei Wochen später erhob sich neben dem Seelenhause der Peerhofsbauern auf einer Stange eine weißangestrichene viereckige Tafel von Quadratmetergröße, auf der laut und deutlich zu lesen stand: »Staatseigentum«, damit nicht ein argloser Wanderer auf den Gedanken käme, sich eine der zehn bis zwanzig Zentner schweren Deckplatten als Briefbeschwerer in die Tasche zu stecken. »Welcher Esel hat denn diesen Duffsinn angestellt?« fragte Hingst, als er mit seinen Kindern und Kindeskindern wieder einmal in einer schönen Nacht zur Erde kam. »Hors,« rief er seinem Sohne zu, »bring das dummerhaftige Ding beiseite!« Der gab ihm eins mit den Steinhammer, daß die Brocken in der Nachbarschaft umherflogen. Das Kreisblatt brachte darauf einen bitter-bösen Aufsatz über vandalisch hausende Touristen, und vierzehn Tage nachher war das ganze Grundstück mit Stacheldraht eingefriedigt und die Tafel wurde auch wieder erneuert.

In dem benachbarten Marktflecken lebte ein Wirt namens Meyer; der hatte einen offenen Kopf. Er sah ein, daß mit den Steinhäusern etwas zu machen sei, und so ging er hin und kaufte alles Land um sie herum an, denn er wollte eine Wirtschaft bauen. Die Zeitungen schlugen zwar Lärm, als der Plan ruchbar wurde, aber Meyer hatte gute Verbindungen und ödete den Landrat zudem mit so viel Schreiberei, bis er die Erlaubnis bekam. So baute er denn ein Haus, das von Stammesbewußtsein, Heimatsliebe und Kirchturmpatriotismus nur so troff. Selbst auf dem Schweinestalle mangelten die gekreuzten Pferdeköpfe nicht; eine echte Heideeinrichtung war aus Berlin bezogen und über der Haustür prangte in großer Schrift der Spruch: »Solange noch die Eichen wachsen in alter Kraft um Hof und Haus, solange stirbt in Niedersachsen die alte Stammesart nicht aus.« Zu Pfingsten wurde die Wirtschaft eröffnet. Dreizehn Gesangver-eine, zwölf Turnvereine, elf Touristenvereine, zehn Kegelklubs, neun Skatklubs, acht Pfeifen-klubs, sieben Radlervereine, sechs Fußballklubs, fünf Tennisgesellschaften, vier Volksschulen, drei Pensionate, zwei Sonderzüge und hundert Wagen und Autos spien ihren Inhalt über die Seelenhäuser aus. Die Begeisterung war ungeheuer, die Betrunkenheit desgleichen. Der Ober-förster raufte sich die Glatze; sein gesamtes Rotwild war vor dem Getöse zehn Meilen weit ausgewechselt; acht Tage lang hatten die Waldarbeiter zu tun, um das Stullenpapier und die

Flaschenscherben aufzusammeln. Aber es waren bloß sieben Heidbrände vorgekommen, und das tröstete den Oberförster etwas.

Im nächsten Jahre baute der Wirt ein Kurhaus; im folgenden ein Luftbad; im dritten drückte er beim Kreisausschusse eine feste Straße nach den Steinhäusern durch; im nächsten Jahre hatte er fünfhundert Sommerfrischler; in sechsten stellte er einen Arzt an; im siebenten zwei Hilfs-ärzte; im achten hatte er eine Dependance, im neunten kaufte er dem Staate das Gelände, auf dem die Seelenhäuser lagen, ab; im zehnten stellte er sieben neue Ruhebänke und drei Pavillons bei ihnen auf; in elften zäunte er den Platz völlig ein.

Neben der Tür des Kurhauses und Hotelrestaurants zu den sieben Steinhäusern aber ließ er eine Tafel Aufstellen, und auf dieser war folgendes zu lesen: »Das Naturdenkmal befindet sich im Hofe; Schlüssel beim Portier.«

Der Hellweg

Da hinten in der Heide, wo Hase und Fuchs sich Gutenacht sagen, zieht sich ein Fahrweg hin, der weder Anfang noch Ende hat.

Die alte Poststraße heißt er auf den Meßtischblättern, denn ehe daß der Bonaparte die feste Straße durch das tiefe Bruch legte, ging der Verkehr über die hohe Heide. In der Nähe der Ortschaften ist die alte Straße teils ganz verschwunden und unter den Pflug gekommen, teils in das Landwegenetz aufgenommen und mit Birkenreihen begrenzt; da hinten in der Heide ist sie aber noch wie ehedem.

Wo der Boden eben ist, läuft sie flach dahin, durch hohe Heide hin, wo es feucht ist, auf den trockenen Stellen aber ist die Heide niedrig, weil die Schnucken sie dort kurz halten. Wo das Gelände bewegt ist, da schneidet die Straße tief in den Sand ein, stellenweise so tief, daß sie zum Hohlwege wird. An manchen Orten ist sie nicht breiter als eine gewöhnliche Landstraße; wo der Boden anmoorig ist, da ist sie drei-bis viermal so breit, denn in nassen Jahren mußten die schweren Planwagen und Postkutschen zur Halbe fahren, wollten sie nicht im Moraste stecken bleiben. Auch in den Heidbergen ist sie manches Mal von doppelter Breite, denn wenn sommertags der Ostwind lange wehte, mülmten die Wagentrassen oft so tief zu, daß die Fuhrwerke sich neue Bahnen suchen mußten, und bei hohem Schnee war es nicht anders.

Rechts und links von der Poststraße dehnt sich weit und breit die blanke Heide aus, nur hier oder da von einem Machangel oder einer Krüppelfuhre unterbrochen oder von einer Sandwehe, die aus der braunen Heide hellicht hervorschimmert. Der Sand ist fein wie Mehl; nicht ein einziges Steinchen ist ihm beigemengt, und deswegen kann der Post hier auch nicht wachsen, kommt die Kreuzotter hier nicht fort, während auf der anderen Seite der Aller, wo der Boden nahrhafter ist, da er aus grobem Geschiebe besteht, der bittere Strauch und der böse Wurm gut gedeihen.

Wenn hier aber einmal ein Stein gefunden wird, dann hat es damit eine eigene Bewandtnis. Da, wo die Heide ansteigt, haben die Bauern Fuhren angepflanzt, die zum Teil schlank, zum Teil kraus gewachsen sind und stellenweise ganz ansehnliche Bestände bilden, während sie an anderen Orten nur kümmerlich blieben, so daß sie den tiefen Graben und die Wälle, die oft zu zweien und dreien nebeneinander die Straße begleiten, manchmal ganz verdecken und dann wieder freigeben. Hier stehen auch einzelne Birken, manche lustig gewachsen, andere schief und krumm, und auch Machangeln finden sich dort, alte breite Büsche, innen hohl wie Lauben, und junge, noch dicht und spitz.

An einer Stelle des gedoppelten Walles bilden alte Machangeln einen Kreis von über fünfzig Fuß im Durchmesser, und in dem Kreise wächst ein Eichbaum, der so aussieht, als wäre er knappe fünfzig Jahre alt, der aber wohl schon doppelt so lange hier steht, weil er in dem hageren Boden nicht so viele Säfte findet, wie die Eichen jenseits des Flusses in der grünen Marsch. Rund um die Eichen standen fünf andere Eichen, wie der Eichenfarn verrät, der um die fünf breiten hohlen Machangeln wächst. Die Eiche, die hier noch steht, kommt nicht aus dem blanken Boden, sondern wurzelt in dem vermorschten, von einem dichten hellgrünen Kranze von Farnwedeln bekleideten riesigen Stumpfe einer anderen Eiche, zwischen deren olmigem Wurzelwerk sich die Fahrten eines alten Mutterhauses öffnen.

In dem gelben Sande, den die Füchse zutage förderten, findet sich ab und an ein Stein, aber kein runder Kiesel, auch kein buntes Geschiebe, wie es jenseits der Aller massenhaft umherliegt, sondern zierliche, sauber gearbeitete Pfeilspitzen aus blaßgrauem Flintstein, glatt geschliffene Steinhämmer mit einem kreisrunden Loche in der Mitte, faustdicke, durchbohrte Netzbeschwerer aus Stein und dergleichen mehr, auch wohl ein Stück eines von Menschenhänden bearbeiteten Hirschgeweihes, ein Bröckchen grüner Bronze, das vom Rost zerfressene Endstück einer breiten Lanzenspitze, eine alte Münze, ein Knopf mit einem verschollenen Wappen, eine Bleikugel von klobiger Gestalt, eine Schuhschnalle, mit blitzenden Steinen besetzt, ein Hufeisen mit ausgebuchtetem Rande, eine Scherbe von einer tönernen Totenurne oder einem buntfarbigen Kristallglase, lauter Dinge, die von gestern und ehegestern und von noch viel früher reden.

Denn die Eiche, auf deren Stumpfe die krause Eiche steht, war ehedem die Raststelle für die Planwagen und Reisekutschen, für die Kriegsfähnlein, die hier durch die Heide zogen, und für die Marodebrüder und das Tatternvolk, das den Kriegsvölkern folgte, und bevor die Eiche, von der heute nur noch ein morscher Stumpf steht, erwuchs, reckte eine andere über dieser Stelle ihr knorriges Astwerk; unter ihr lagerten sich die langen blonden Männer nach der Jagd und brieten am geschälten Weidenstocke das Wildbret über der Flamme, die sie mit einem harten Stabe aus olmigem Holze herausgelockt hatten. Lange vor jener Zeit grünte noch eine andere Eiche dort: das war damals, als das Bruch noch ein See war, an dessen sandigen Ufern schlitzäugiges, schwarzhaariges Volk wohnte und den Lachs und der Stör fing, der sich aus dem Flusse in den See verirrte, bis die blonden Weidebauern von Norden herniederstiegen und die gelben Leute vor sich hertrieben wie der Wind den Flugsand.

Ganz wenige Eichen wuchsen damals hier, denn die Höhen hielt die Fuhre besetzt, und in der Niederung zankt sich die Fichte mit den Birken und den Ellern um den besten Platz. Die blonden Leute aber wollten Eichen um sich sehen, denn diese gaben ihnen Mast für ihre Schweine; so ringelten sie die Fuhren und Fichten tot und pflanzten überall Eichen an, und mit der Zeit wurde aus dem ganzen Lande ein einziger hellichter Eichenhain, unter dem süße Gräser und nahrhafte Kräuter wuchsen, und nur auf den dürrsten Sandhöhen blieb die Fuhre am Leben, bloß in den nassen Tiefen durfte die Fichte weiter bestehen. Die alte Eiche galt den blonden Männern als heiliger Baum; deswegen schlugen sie rund um sie her die Fuhren nieder, pflanzten fünf Eichen in regelmäßigen Abständen um sie her und verbanden die gegenüberstehenden so durch schmale, mit weithergeholten Steinen gepflasterte Wege, daß das Zeichen der ewigen Wiedergeburt, die beiden übereinander liegenden Dreiecke, der Stern mit den fünf Zacken, der heilige Kreis entstand. Hier lobten sie an den hohen Tagen Wode und Frigga, feierten sie die Siegesmahle, wenn es ihnen gelungen war, die Südlandsleute in die Irre zu locken und zu vernichten, tranken sie Minne den großen Toten ihres Volkes, deren Brüste das Pilum der Römer zerrissen oder deren Schnäbel die fränkischen Pfeile durchbohrt hatten.

Da die alte Eiche auf der Strecke lag, die von Nordwesten zum Südosten ging und das Nordmeer mit dem Binnenlande verband, so führte die Völkerbahn an ihr vorbei; deshalb wurde sie mit der Zeit zu einer Straße, und weil sie an dem heiligen Baume vorüberlief, hieß sie der Hilweg, der heilige Weg, und auch der Hellweg, der Hehlweg ward sie genannt, denn mache tapfere Schar zog auf ihr gen Süden und kam nicht wieder, weil sie an den Gestaden des Südmeeres zugrunde ging, entweder unter den Schwertern der römischen Söldner oder in den Lüsten des üppigen Lebens. Viel Volk ist diese Straße gefahren, unbekannte Stämme, deren Steingräber hier und da in der Heide stehen, phönizische, griechische und römische Händler, fränkische und angelländische Mönche, die Wode zum Satan und Frigga zur Hexe machten und den heiligen Fünfstern ein Höllenzeichen hießen.

Allerlei Blut ist zu beiden Seiten des Hellweges geflossen; die Kolkraben brauchten damals nicht so weit nach Atzung zu fliegen, wie das letzte Paar, das hier noch horstet als Erinnerung an die Zeiten, da die Heide ein Wald war, in dem der Adler wohnte und der Schwarzstorch, in dem der Bär das Elchkalb riß und der Grauhund den Hirsch zu Stande hetzte. Bunt ging es damals hier zu; überall kreischten die Blauracken, und wenn sie vom Stamm zu Stamm flogen, dann war es, als ginge Frigga durch den Wald und die Sonne spielte auf ihrem Stirnschmucke; allerorts stelzte der Wiedehopf und erfüllte den Wald mit seinem Geläute, ohne sich um die halbnackten Blondköpfe zu kümmern, die das Vieh an ihm vorübertrieben.

Elch und Hirsch sind verschwunden, der Bär auch; wenn sich auch ein Grauhund nach dem Kriege gegen Frankreich noch einmal spürte oder sich ein reisender Adler blicken läßt, sie gehören nicht mehr hierher; statt des Hirsches weidwerkt der Jäger den Rehbock, und Reineke Rotvoß dünkt ihm ein gefährliches Untier. Auch der Schwarzstorch ist selten geworden, die Blauracke verschwand und ein einziges Paar Wiedehopfe lebt hier noch, ist aber scheu und heimlich; im Laufe der Jahrhunderte fraß die Saline zu Lüneburg die Eichen auf und die Vögel des Eichenwaldes zogen fort.

Heute ist es dort fast so, wie damals, als die schlitzäugigen, schwarzhaarigen Lachsfischer mit den breiten, gelben Gesichtern da hausten; blank sind die Höhen und leer die Tiefen. Einzig und allein die Fuhre vermag hier zu leben, einige Birken, die Machangeln und die eine Eiche, die auf dem Stumpfe ihrer Urahnen wächst. Aber doch ist es hier schön, wenn auch nur der Kriechginster hier und da etwas Gold zwischen das braune Heidkraut streut und die Murke Silber über das Moor wirft, wenn auch nur die Haubenmeise und der Fink hier singen, Kuckuck und Schwarzspecht hier rufen und die wilden Tauben; denn um die Unterstunde, wenn die Sonne auf der Heide liegt und kein Halm sich regt, summt Frau Sage den Sang von dem, was einst hier war, und es rauschen die Blätter der Eiche, in Sehnsucht nach der alten Zeit erschauernd.

In den hohen Nächten, in der ersten Maiennacht, der Nacht der Wodestreite und um die Sonnenwende, dann geht er den Hellweg entlang. Er, der hier einst geehrt wurde mit Gesang und Brand; auf seinen Schultern sitzen die Raben der Weisheit und raunen ihm Runen zu, und vor ihm her traben die Grauhunde der Vorsicht, um zu wittern, was über dem Winde auf dem Wege ist.

In den heiligen zwölf Nächten aber jagt Wode hier, wie vordem; wer dann über die Heide muß, der hört durch den Sturm den Hall der Meute, das Anjuchen und das Klappen der Peitschen hellweg über die Heide schallen; und scheu drückt er sich hinter den Machangelbusch, bis sie vorüber ist, die wilde Jagd, die Meute und die Weidgesellen, und vornweg von den Raben umflattert, von den Grauhunden umheult, Wode, der Hellwegreiter.

Der Dampfpflug

Die Heide wackelt; sie bebt in ihren Grundfesten. Zuerst hatte es der alte Rammler vom Mallenkampe gemerkt. Es war just dabei gewesen, sich in der Sandwehe den taufeuchten Balg trocken
zu laufen, da hielt er inne, setzte sich auf die Sprünge, spielohrte und dachte: »Das ist ja gerade,
als wenn die Heide wackelt!«

Sie wackelte wirklich, wackelte so, daß die Mäuse aus den Heidblüten und die Kaninchen aus
ihrem Bauen fuhren, die Pieper und Heidlerchen aufstanden und ängstlich rufend von dannen
flatterten, die Moorfrösche in dem Pumpe aufhörten zu murren, der Bock, der langsam und
gemessen dahinzog, es auf einmal sehr eilig hatte, und der Mistkäfer, der behäbig den Pattweg
entlang krabbelte, vor entsetzen auf den Rücken fiel und Starrkrampf bekam.

»Was ist denn das bloß wieder?« hatte der alte Hase gedacht, als das Klirren und Klappern,
Dröhnen und Donnern näher gekommen war und der Boden, auf dem er saß, immer mehr
bebte. »Die Heide wackelte wahrhaftig. Sie wackelt ja auch, wenn der alte dummerhaftige Stink-
wagen von dem Ziegelwerk da oben vorbeifegt, und letzten Sommer, als das große Dings durch
die Luft kam. Aber das ging doch bald vorüber. Dagegen dieses hört sich ganz anders an, und
es ist, als wenn es gerade hierher käme.« Und damit machte er, daß er nach der Sweensriede
kam, und als es da auch nicht anders werden wollte, rannte er nach der Wohld.

Das ist nun schon über drei Tage her und seitdem ist es auf dem Mallenkampe ganz anders
geworden. Bei der Sandwehre steht ein großer, grauer Wohnwagen, vor der Landwehr eine
Dampfmaschine und ihr gegenüber bei der Schnuckentränke eine zweite, und dabei liegt ein
eisernes Ungetüm, das an ein gewaltiges Drahtseil gebunden ist, und bei dem Männer in blauen
Anzügen stehen, die aus Stummelpfeifen rauchen und laut miteinander reden. Die halbe Heide
aber sieht aus, als habe der Teufel damit Schindluder gespielt. Um und um ist sie gewühlt, daß
Sand und Ortstein, Blüten und Machangeln kreuz und Quer durcheinander liegen.

Einer von den Männern geht hinter das eiserne Ungetüm, bastelt daran herum, nimmt auf
dem Sitz Platz, und die anderen Leute verteilen sich bei den Dampfmaschinen, die auf einmal
heftig an zu arbeiten fangen, daß der Rauch über die Heide fliegt. Es klirrt, rasselt und klappert,
und der Dampfpflug setzt sich in Bewegung. Mit zäher Kraft schiebt sich die gewaltige Schar
durch den Boden. »Deuwel ja,« sagt der Bauer, der zusieht, und dann ruft er; »Dunnerkiel!«,
denn auf einmal saust ein zersprengter Stein an ihm vorbei und Sand und Blüten fliegen ihm
gegen die Beine. Die Maschinen brummen, schwarzer Qualm und weißer Dampf flattern durch
die Luft, und knirschend und knarrend frißt die Pflugschar sich durch den Boden.

»Knubb« macht es und der Mann auf dem Sitz fliegt in die Höhe. Er fliegt hinter sich und
lacht. Da liegt ein Granitblock, der gut drei Fuß im Durchmesser hat; die Schar hat ihm in
zwei Stücke gespalten. Das hat sich der Stein auch nicht träumen lassen, daß es ihm einmal so
gehen würde. So manche zehntausend Jahre hat er hier gelegen, seitdem ihn der Gletscher vom
hohen Norden vor sich her schob und endlich ablegte. Damals sah es hier anders aus. Da gab
es noch keine Fichten und Fuhren, und die Birken und Weidenbüsche wurden kaum fußhoch.
Aber das Mammut lebte hier, die Scheeeule flog, und kleine Leute mit gelben Gesichtern, in
Pelze gekleidet, schweiften unstet umher, jagten das Ren und stellten dem Luchse mit dem
Wurfspeere nach.

»Rumms,« sagt es wieder. Abermals hopst der Dampfpflüger auf seinem Sitze empor und
eine Anzahl Steine wirbeln in die Heidschollen. »Kiek, sieh,« ruft der Bauer, der aus Neugierde
hinter dem Pfluge in der Furche entlang geht und reicht dem Schullehrer, der oben steht, einen
Scherben zu, »ein Heidenpott!« Das hätten die Leute, die vor vielen tausend Jahre die Asche
ihres Stammesältesten hier beisetzen, nicht geahnt, daß ihr Führer auf so plumpe Weise aus
dem ewigen Schlafe gestört werden sollte. Tief genug hatten sie die Gruft gegraben, die die
Urne aufnahm, darum und darüber Steine gepackt und einen Hügel darüber gewölbt.

Lange hatte sich der gehalten. Der Bär hatte dort das Wisentkalb gefressen, und in den Machangelbüschen, die darauf stockten, rastete der Luchs. Allerlei Volk mit schwarzem und blondem
Haar war daran vorbeigezogen, bis endlich Leute kamen, die den Hügel etwas abtrugen, ein

Haus darauf stellten, Äcker daneben machten und einen Eichenhain für ihre Schweine anlegten. Sie lebten, arbeiteten und starben, und ihre Kinder und Kindeskinder und deren Kinder und Kindeskinder bauten den Boden weiter, bis eine Streifschar des Germanikus hier durchkam, die des Varus Quintilius schmählichen Untergang rächen wollte. Da ging der alte Heidhof in Flammen auf, und alles, was darauf lebte, fiel unter dem Schwerte. Aber als die Soldaten noch bei der Brandstelle lagerten, Schweinebraten aßen und Honigbier tranken, brachen die Bauern hervor und fielen über sie her. Keiner der Römer blieb am Leben.

Der Lehrer, der auch in die Furche gestiegen ist, hebt ein rostiges Eisenstück auf, das aus dem Sande gewühlt ist, und dreht es in der Hand hin und her. »Sieh, Heinrich,« meint er und hält es dem jungen Bauern hin, »es könnte eine Lanzenspitze gewesen sein. Aber es ist zu verdorben durch den Rost. Na, mitnehmen kann ich es immer.« Es ist die Spitze des Pilums, das der römische Veteran, der mehr als zwanzig Kriegsjahre auf dem Rücken hatte und in Gallien und Hispanien, in Afrika und Syrien gefochten hatte, gerade gegen den einen Bauern erhob, als ein anderer ihm die langstielige Ast durch den Helm schlug. »Was ist das?« meint der Bauer und reicht dem Lehrer einen spitzen Stein hin. »Schade,« sagte der und sucht nach der anderen Hälfte des Feuersteinmessers, das die Pflugschar zerbrach. Der Mann, der mit einem gekerbten Stabe aus Eichhorn sich dieses Messer aus einem Feuersteinsplitter zurechtdrückte, und der um den gelben, faltigen Hals eine Kette von Menschenzähnen trug, bekam, als er alt und gebrechlich wurde und nicht mehr mit dem Stamme auf der Jagd nach den wilden Rens weiterziehen konnte, den Gnadenhieb und wurde im Schnee verscharrt.

»Deubel,« sagt der Pflüger, denn er bekam einen zu harten Stoß. Die Pflugschar warf einen gewaltigen Eichenstumpf beiseite. Es war einst eine von den Eichen, unter denen der Hof stand, den die Römer niederbrannten. Andere Leute bauten sich da wieder an und lebten dort, bis die Franken in das Land brachen. Da ging der Hof abermals in Rauch auf. Und wieder entstand einer, und obschon viel Krieg und Ungemach über das Land kam, so hielt er sich doch bis zu dem großen Kriege. Da pochten ihn erst die Mansfelder, dann die Leute Tillys und schließlich die Schweden heil aus. Der Hunger und die Pest machten dann den Beschluß; der Hof verfiel und wurde nicht mehr aufgebaut.

Wieder fliegt der Pflüger empor; die Pflugschar schleudert Backsteintrümmer in das Heidkraut. »Hier soll einst der Mallhof gestanden haben,« sagt der Lehrer; »später ist dann Ackerland hier gewesen. Aber das ist schon lange her.« Er nimmt einen kugelrunden grauen Stein auf, der ihm vor die Füße kollert. »Das könnte eine Kugel aus dem Dreißigjährigen Kriege sein,« meint er zu dem Bauern, »denn damals brauchte man vielfach noch steinerne Kugeln.« Er bückt sich abermals und langt einen versteinerten Seeigel aus dem Ortsandbrocken heraus, betrachtet ihn, steckt ihn ein und folgt dem Pfluge, der sich knirschend und knarrend durch den Boden schiebt und alles das aufdeckt, was seit Hunderten und Tausenden und Zehntausenden von Jahren in ihm verborgen war, Lebendes und Totes, Altes und Neues durcheinanderwühlend und übereinanderstürzend.

Wo seit mehr als hundert Jahren Heide wuchs und die Schnucken gingen, wird die Fuhre und die Eiche wachsen und Ackerland sein, hundert Jahre lang und länger. Bis vielleicht doch wieder einmal die Heide an die Reihe kommt. Sie kam, als das Eis fortging, wich dem neuen Eiseinbruch, kam wieder, floh vor dem Walde, den Wiesen und dem Acker, und kam immer wieder.

Der Mensch ist stark; aber die Heide ist zäh.

Unter dem Machandelbaum

Auf dem Heidberg stocken viele Machandelbüsche; aber nur einer von ihnen erhebt sich so hoch wie ein Baum.

Schenkeldick ist sein eisgrauer Stamm, und zuerst auf unheimliche Art verborgen; dann aber reckt er sich strack empor und läuft in eine breite, oben zugespitze, dunkle, hell überlaufene Krone aus, die mit grünen, blauen und schwarzen Beeren reichlich bedeckt ist.

Einen anderen Schattenplatz gibt es hier nicht, und so mache ich mich, wenn ich des Weidwerkens im Bruche müde bin, hier lang, denke an nichts, sehe mit halben Augen über das rosenrote Moor, vergesse das schnelle Leben der hastigen Stadt, horche auf das halblaute Geplapper der Quelle unter mir und träume von der Zeit, die da war, und von den Tagen, die da sein werden.

Die Sonne meint es gut. Im Bruche war es mir zu heiß. Die blinden Fliegen machten es zu schlimm, der trockene Wind dörrte mir den Hals aus und trieb mich zum Sprung unter dem Machandel. Ich trank mich satt, wusch mir die Hände und Füße, und nun liege ich da, horche auf das Geläute der Bienen, die um den voll blühenden Honigbaum fliegen, sehe den dünnen weißen Windwolken zu, die an dem hohen Himmel dahinziehen, und den Schwalben, die unter ihnen spielen, blickte auch nach den Bauern, die hinten im Moore Torf fahren, und bin auf einmal anderswo, in einer Zeit, die mir fremd ist, in einer Welt, die ich nicht kenne.

Unter dem Himmel kreisen zwei Adler und rufen laut. Je nachdem sie sich wenden, sehen sie bald silbern, bald goldig aus. Das Moor ist rosenrot, wie vorhin, doch vor ihm leuchten keine Lupinen, schimmert kein Buchweizen. Über mir rauschen Eichen, in denen die Blaurackern, wunderbar blitzend, ab und zu fliegen, heiser krächzend. Die Quelle ist schon da, doch in dem Schmorboden unter ihr ist eine sonderbare, große breite Fährte, fast wie der Tritt eines nackten Menschenfußes anzusehen, jedoch mit dickeren Ballen und scharfen Krallen versehen.

Es bricht und rauscht in den Ellernbüschen am Grunde des Anberges, in Mannshöhe schiebt sich eine mächtige, laut schnaufende Muffel heraus, unter ihr ein gewaltiger Hals mit einem langen, dünnen Bärtchen, darüber zwei riesenhafte, vielendige Schaufeln, dahinter ein klobiger Lein, auf vier hohen, weißen Läufen ruhend, ein Elen. Es tritt bis an den Spring heran, senkt den Hals zu dem Wasser, prustet dann erschrocken auf und poltert wild zurück in das Buschwerk, daß die Zweige krachten. Der Elch ist auf die Fährte des Bären gestoßen, der heute in der Frühe hier Wasser genommen hat.

Eine Weile ist es still bis auf das Geigen der Grillen und das Dudeln der Heidlerchen. Blaue und grüne Schillebolde umflirren die gelben, purpurrot überlaufenen Fruchtrispen des Beinheils, die sich aus den Rischbülten in dem Quellbecken erheben, eine Ringelnatter windet sich durch das abgeblühte Wollgras und verschwindet in der Flur, und da, wo eben die Adler waren, kreist ein Schwarzstorchpaar und bringt seinen drei jungen den Hochflug bei. Wie blitzblankes Edelerz leuchtet das Gefieder der fünf großen Vögel. Da erklingt ein wilder Weidschrei, sie stiebten auseinander, drängen sich wieder zusammen, aber schon kommt, hastig rudernd, ein Adler angejagt, greift das letzte Stück und zwingt es zu Boden.

Der Tag geht fort; der Abend kommt herauf. Die letzten Bauern fahren aus dem Moore heim. Laut quietschen die plumpen, zweirädrigen, hoch mit Torf bepackten Karren, aus denen die Spitzen der Wurfspieße hervorblitzen. Wie eine rosenrote Scheibe steht die Sonne über der Wolke und ist dann verschwunden, doch ihr Licht färbt noch dem Himmel. Die Moorfrau beginnt zu atmen; ihr Hauch bedeckt alle Gründe und verhüllt sie nach und nach. Im Bruche ruft der Uhu, die Kraniche trompeten, die wilden Gänse sausen laut gickernd nach der Ise; ihnen entgegen kommen, heiser krächzend die Reiher angestrichen. Allerlei Enten klingeln hinüber und herüber. Unheimlich brüllt die Dommel.

Es wird kühl und feucht, aber ich darf nicht fort von hier, denn ich habe Wachtdienst. Ich schlage den kurzen Mantel aus Schnuckenfell um die Schultern und ziehe die Knie darunter. Gern machte ich mir ein Feuer, aber das darf ich nicht, denn es ist unfriedlich in der Heide geworden. Fremdes Volk ist angeritten gekommen, hat hier und da gemordet und gebrannt und

Mädchen und Vieh fortgeführt. Dreißig Stück von den schwarzhaarigen, gelbhäutigen, plattnasigen Kerlen kesselten wir gestern im Bruche ein. Aus allen Dörfern um das Bruch hatten die Hörner und die Hillebillen das Mannsvolk zusammengerufen. Keiner von den fremden Männern blieb am Leben, so arbeiteten Pfeil und Schleuderstein, Spieß und Wurfaxt. Die letzten, die vor Angst von ihren strupphaarigen, kleine Gäulen sprangen und sich im Porst bargen, arbeiteten wir mit den Hunden und schlugen sie vor die Köpfe. Ob sie auch noch so bettelten und baten. Bloß einen ließen wir leben, und der wird jetzt durch den Gau geführt, damit die Weiber, die Kinder und die alten Leute ihn zu sehen kriegen. Dann wird er aufgehängt.

Ein Wolf heult im Bruche, noch einer, und nun ein dritter und vierter. Die brauchen jetzt keine Schnucken zu reißen und auf Elchkälber Jagd zu machen; quappsatt können sie sich fressen an den fremden Menschenmördern und Hausbrennern, deren Köpfe an den Dietwegen auf Stangen gesteckt sind, damit andere die nach ihnen kommen, sich belehren lassen, was für Beute hier in der Heide zu holen ist. Wer nicht hierher gehört, der soll da wegbleiben; wir vertragen ja wohl einen kleinen Spaß, aber Bählämmer sind wir nun doch nicht. Das haben sie merken müssen, als wir sie zwischen uns hatten. Sie schnatterten, wie die Gänse und pfiffen wie die Ziegenmelker, und hopsten hin und her auf ihren Gäulen, und schossen und warfen ihre Schlingen nach uns. Half ihnen alles nicht. Wir waren unser Hundert und kannten uns in dem Morast besser aus. Und so mußten sie alle bleiben, wo sie waren, und wir kamen fort, bis auf Eike Sötmund, der einen Pfeil in das Herz bekam. Dafür schlug ich dem Kerl, der das tat, das Genick ab.

Eike war mein liebster Freund, und Sötmund nannten ihn die Mädchen, weil er so schön singen konnte. Ich machte die Lieder und er fand die Weisen dazu, sang sie und spielte auf der Fiedel. Manchen lustigen Tag haben wir zusammen verlebt, und daß er morgen in den Hehlberg muß, das will mir gar nicht in den Kopf. Bei allem, was er tat, lachte er, und als wir ihn aufhoben, hatte er noch ein Lachen um den Mund. Drei Finger und drei Zehen gäbe ich darum, könnte ich ihn noch einmal lachen hören, und nichts als Wasser wollte ich trinken all' mein Leben lang. Und ehe daß ich einmal wieder von Herzen lachen kann, darüber wird Jahr und Tag vergehen. Ich will ihm die drei goldenen Armringe in die Erde mitgeben, die ich dem Kerl abnahm, der ihn totschoß, und mein eisernes Messer, das er so gut leiden mochte, aber nicht geschenkt haben wollte. Ja, das soll er mithaben, und die Kette von den Perlen, die ich aus der Ise fischte, und nach der sich alle Mädchen die Hälse abdrehten.

Ich glaube, es will Morgen werden. Der Wind macht sich auf und die Kraniche fangen wieder an, loszulegen. Da unten wird es auch schon lichter, und die Raben wecken sieh auf. Wie kalt das ist; man sollte meinen, es ist Nebelung und nicht Erntemond. Mich schuddert ordentlich. Ich wollte, die Ablösung käme. Ein Krug Warmbier käme mir just paßlich. Horch! Was war das? Ach so; es hat sich da ein Wolf in der Klobenfalle gefangen; die Stange mit dem Strohwisch ist in die Höhe gewippt. Na, einer weniger! Es sind mehr als genug von den Grauhunden da. Bären auch, drei Beutfuhren haben sie mir allein die letzte Zeit leer gemacht; es ist Zeit, daß wir ihnen an den Balg gehen. Vielleicht übermorgen. Schade, daß Eike nicht dabei sein kann; so gut wie er fing keiner Vetter Plattfoot ab.

»Süh'n büschen geschlafen!« Vor mir steht Eike Sötmund, aber in schwarzes Beiderwand gekleidet, und heute heißt er auch anders, nämlich Heini Hennecke, und ist Wiesenmacher und Imker. Aber er sieht genau aus wie Eike und ist der beste Sänger und Tänzer im Dorfe, und arbeiten kann er für vier. Ich glaube, er ist auch ein Stück Dichter; denn seine fröhlichen blauen Augen können manchmal weit weg sein.

Ich gehe mit ihm nach dem Dorfe, und um zu hören was er sagt, erzähle ich ihm, was mir geträumt hat. Erst sagt er gar nichts, sondern nickt bloß. Dann sieht er mit verlorenen Augen über das rosenrote Moor und meint: »Ja, Machandelbaumschatten, das gibt absonderliche Träume.«

Das muß wohl so sein.

Landregen

Der Schwarzspecht hatte neulich nicht umsonst soviel seinen Schlechtwetterruf getrillert; nun regnet es schon fast zwei Wochen. In der ersten Zeit gab es bloß ab und zu ein Schauer und es wehte ein strammer Wind, der den Hafer, den Buchweizen und das Heu schnell wieder durchtrocknete; jetzt aber hilft auch der Wind nichts mehr.

Erst lachten die Bauern, wenn sich eine dicke Wolke vor die Sonne stellte, es hinter dem Moore an zu donnern fing und der Regen ihnen das Heuwenden und Einfahren verdarb; sie kamen in die Wirtschaft gelaufen, schüttelten sich, lachten, sagten; »Binnen is't beeter as buten;« tranken ein Glas Bier oder zwei und streckten einen Groschen in das Orchestrion.

Mit der Zeit ließen sie aber das Lachen sein und schimpften, und mancher fluchte sogar, obzwar das sonst hier nicht üblich ist, tranken einen kleinen Schnaps zu ihrem Biere oder zwei, steckten aber keinen Groschen mehr in das Spielwerk, lasen mit ernster Miene die Wettervoraussagen in dem Kreisblatte und kauten verdrossen an ihren Zigarren.

Jetzt kommen sie nur noch in die Wirtschaft, wenn sie müssen. Das Lachen haben sie schon längst verlernt, und auch das Schimpfen und Fluchen; sie sagen gar nichts mehr, trinken kein Bier, sondern Schnaps, und wenn ein Reisender einen Groschen in die Musikmaschine steckt, so bekommen sie nur noch engere Lippen und dunklere Augen, denn ein flotter Walzer oder eine frische Polka kommt ihnen bei dem Wetter wie Hohn vor.

Der Wirt, der sonst für jeden Gast ein lustiges Wort oder einen ulkigen Schnack hat, läßt die Ohren hängen und macht keine Witze mehr; ihm reißt es in der rechten Seite, wo er das Zipperlein hat, und wenn er abends Kassensturz macht, sieht sein Gesicht aus wie ein Pott voller Mäuse, denn tagsüber ist die Gaststube leer und abends sind sowenig Gäste da, daß es sich kaum lohnt, die Lampe anzustecken.

Auch mir wird es allmählich zu dumm; drei Paar Stiefel, zwei Anzüge und einen Mantel habe ich zum Trocknen in den Heidschuppen hängen lassen und muß darum das Zimmer hüten. Es ist außerdem auf die Dauer langweilig, in dem Matsch herumzulaufen, sich naßregnen zu lassen und zu sehen, wie das Heu in den Wiesen fault und der Hafer und der Buchweizen auf den Feldern verrotten. Mit der Arbeit will es auch nicht gehen; bei der feuchten Luft rosten nicht nur die Stahlfedern im Halter, sondern auch die Gedanken im Gehirn ein. Die Zigarre schmeckt nicht, entweder weil ich einen Schnupfen bekomme oder weil sie Wasser gezogen hat, im Zimmer ist es zu kalt, wenn ich nicht heize, und gleich zu warm, steckte ich den Ofen an, kurz um: ich komme mir unbegabt vor.

Ich trete an das Fenster, aber was ich zu sehen bekomme, das ist nicht erfreulich. Die Georginen im Garten sind zur Hälfte schon verfault, die Sonnenblumen und Astern lassen die Köpfe hängen und die Feuerbohnen kommen nicht zum Weiterblühen. Die Gurken zeigen braune Stellen, unter den Bäumen liegen die halbreifen Äpfel und Birnen zu Hunderten und die Pflaumen sehen noch eben so halbgar aus, wie vor zwei Wochen. Dazu laufen die Hühner im strömenden Regen herum; das ist ein sicheres Zeichen, daß das Wetter so beibleibt.

Die Landstraße, sonst so blank, ist voller Schmutz, in dem die Enten herumschnattern. Um die verregneten Glockenblumen, Sandnelken und den Rainfarn fliegen die Schwalben und nehmen stumm die Fliegen davon ab, oder sitzen traurig und laurig auf den Leitungsdrähten. Hält der Regen noch länger an, so müssen sie verhungern. Ein Teil von ihnen scheint schon fortgezogen zu sein; einige aber haben noch unbeflogene Junge und müssen deshalb hierbleiben. Die Störche, über die ich mich jeden Tag freute, wenn sie in der Wiese herumstelzten, habe ich seit acht Tagen nicht mehr gesehen.

Ich gehe in die Gaststube, denn da höre ich Stimmen. Der Vollmeier Marwede ist da; er hat am Fernsprecher zu tun. Sonst unterhält er sich gern mit mir; heute sagt er lange nichts und blickt nur mit kalten Augen über die Wiesen, auf denen sein Heu verfault, nach der Aller, von der man heute schon dreimal so viel sehen kann als sonst. Er verzieht keine Miene, aber ganz hinten in seinen Augen ist etwas, das wie Haß aussieht. Der Schuster Lemke, der ein paar Stiefel abgeliefert hat und sich dafür einen großen Bittern gönnt, lauert vergebens auf die Auflage, die

Marwede stets ausgibt, wenn er in die Wirtschaft kommt. »Gottes Schickung,« meint er und sieht Marwede an. Der sagt nichts und verzieht nur ganz wenig die schmalen Lippen. Dann trinkt er sein Bier aus und geht ohne Gruß.

Vor drei Tagen sind die beiden Angler abgereist, die in der Aller Hechte schotteten; bei diesem Wetter frißt kein Fisch; also was sollen sie noch hier. Heute folgt ihnen der Jagdpächter; er hatte vor Schnupfen feuerrote Augenränder und eine Stimme wie eine Kraftwagentrompete, so erkältet ist er von dem Herumlaufen und Passe. »Keinen Schwanz kriegt man zu sehen;« schimpft er, geht in der Gaststube auf und ab, daß es dröhnt, und bestellt sich den dritten Grog. Der Wirt tröstet ihn; »Wir kriegen Vollmond, dann gibt es anderes Wetter.« Ganz falsch sieht ihn der dicke Herr an: »Ja, als Ihr Vorplatzestrich vor acht Tagen schwitzte, sagten Sie das auch schon, Bartels, und anders wurde es auch, bloß noch schlimmer. Und so wird es mit dem Vollmond hierzulande auch sein. Ich habe genug. Der Mensch ist kein Aal.«

Der Schäfer treibt vorbei; mehr als eines von den Schafen hustet erbärmlich. Und der hünenhafte Mann schleppt das linke Bein; er spürt bei dem Wetter die Stellen, wo ihn Sechundsechzig und Siebenzig die Kugeln faßten. Ein Dutzend Forstarbeiter radeln vorüber; sonst kehren sie immer bei Bartels ein; heute sind sie froh, wenn sie ihr klatschnasses Zeug ausziehen können. Auch der Förster fährt vorbei ohne vorzusprechen. Der Wagen fährt vor; der Jäger reist ab. Der Schuster ist schon gegangen. Ich bin allein mit dem Wirt. Der steht am Fenster und schlägt die Fliegen tot. Sonst hat er keine Zeit dazu.

Es dämmert früh. Der Regen klatscht an die Scheiben. Es ist still, daß man den Wurm im Holze hören kann. Ein Wiesenbauarbeiter kommt und trinkt einen Schnaps. Lange schweigt er, dann fängt er an: »Wenn das noch einen Tag so dauert, dann schwimmt das Futter alle weg. Pagels Wiesen stehen schon halb unter Wasser.« Ein Bauernsohn tritt ein, trinkt einem kleinen Schnaps und kauft eine Postkarte. »Unser Torf ist so schwer als wie Blei,« brummt er und nippt an seinem Glase; »und unser Vater liegt all' wieder. Du kannst mal nach dem Dokter hinsprechen, Bartels, daß er nach ihm sieht.« Dann wendet er sich nach dem Arbeiter: »Du hast deine Bienen verkauft, hab' ich gehört?« Der andere nickt. »Ja,« meint der Bauer, »es lohnt sich nicht mehr. Voriges Jahr die Hitze, vorvoriges der Regen. Zwei Jahre kein Heidblüte. Und nun, wo die Heide so schön blüht, muß sie verregnen. Mein Bruder will das Imkern auch aufstecken.

Es ist sieben Uhr, aber schon so dunkel, daß der Wirt das Licht ansteckt. Hart geht die alte Kastenuhr, die Fliegen summen. Lange schweigen die Männer, dann fängt der Bauer an: »Bist du Sonntag bei Meineke gewesen?« Der andere nickt: »Ja, auf eine Stunde; ich mußte mich da doch mal zeigen: aber schön war es nicht. Getanzt wurde so gut wie gar nicht, und am hellen Nachmittage gab es schon Krach, weil von vornherein Schluck getrunken wurde, so kalt war es in dem Zelt. Und es waren nur halb so viel da, als sonst, wenn so was los ist. Meineke kann froh sein, wenn er auf seine Kosten gekommen ist. Schade! Weist du noch vor zwei Jahren in Boitzen? Junge, war das ein feines Kriegerfest. Aber bei dem Regen heute!« Einer nach dem anderen geht. Ich bin wieder mit dem Wirt allein. Der Regen prasselt nur so gegen die Scheiben. Nach dem Abendessen kommt der Vorsteher vorgefahren; er hat Kartoffeln nach der Kreisstadt gebracht: »Ich habe schon eine ganze Menge Faule zwischen,« sagt er, während er langsam an seiner Zigarre raucht; »das ist ein bißchen früh. Wenn das weiter so geht, wird es schlimm. Und die Leute können einen dauern; liegen in dem Dreck und holen sich was an den Leib: Scheußlich!« Es sieht ernsthaft vor sich hin. »Mein halber Hafer steht auch noch, und mit dem Buchweizen ist es nicht anders. Von dem Futter will ich gar nicht erst reden. Das werde ich wohl nicht erst lange holen brauchen; das kommt mir von selber auf den Hof geschwommen, wie vorvoriges Jahr.« Er legt seinen Groschen hin und geht.

Ich trete vor die Tür. Über den Mond laufen schwarze Wolken hin, die hohen Lindenbäume an der Straße rauschen im Winde. Von der Aller ertönt das schrille Getriller der Uferläufer; aus hoher Luft kommt das Flöten der Regenpfeifer.

Der Mond ist verschwunden und wiederum platsch der Regen hernieder.

167

Am Muswillensee

Nach der Stille hatte ich Sehnsucht, und nach der Weite. Laut ist es in der Stadt und eng in ihren Straßen, und am stillsten und weitesten ist es im Moor.

Der Muswillensee im wilden Moor fiel mir ein, als ich über ein stilles Land mit weitem Horizont nachdachte, wo ich den Tag verbringen könnte.

Es wird schön sein da draußen. Die Sonne scheint, der Himmel ist ganz hellblau bis auf ein paar schneeweiße Wölkchen, und ein leichter Wind geht. So paßt es mir heute gerade.

Man sollte es gar nicht meinen, daß wir den Winter entgegengehen. Hier im Fuhrenkamp merkt man wenig vom Herbst. Seine Kronen sind immer grün und die Bickbeeren unter ihnen auch. Nur der rote Pilz am Grabenbord und das rote Ahornlaub am Wege melden, daß es Herbst geworden ist im Lande. Und die blühende Heide.

Ein gelbes Habichtskraut blüht noch am Wege und des Heideckers goldenes Röschen; die hat der Sommer vergessen, als er fortzog und dem Herbst Platz machte.

Der kommt nun mit seinen Farben. Er wirft blaue Enziansterne in die abgeblühte Heide und veilchenfarbene Teufelsabbißkugeln an den Grabenrand, läßt rote Vogelbeeren leuchten und schwarze Holdertrauben blitzen, und hinter den Zäunen von Engelbostel steht seine Gefolgschaft, die gelben, steifen Georginen und die rotgelben, rauhen Ringelblumen. Den Birken am Wege hat er schon manches Blatt gebleicht, in Cananohe den Eichen aber konnte er noch nichts tun. Ihr Laub ist noch grün und dicht und wütend schütteln sie die Köpfe, wenn sein Wind ihnen in die Locken fährt.

Mit meinem Frühstück bin ich fertig. Ich stelle mein Rad in den Stall und gehe langsam die sonnige Straße entlang, neben der die Fuhren knarren und knirschen. Dann löst der braune Moorweg die helle Landstraße ab. Hier ist es überwindig. Hier knarrt kein Fuhrenast, zittert kein Halm. Hier hat sich allerlei kleines Leben noch gerettet.

Libellen flirren über den nassen Weg und rauben bunte Fliegen. Hellgrüne Sandkäfer fliegen vor meinem Schatten fort. Eine kleine Eidechse raschelt unter die Brombeeren.

Man hört und sieht wenig von der Vogelwelt. Haubenmeisen spulen und kullern in den Fuhren, Goldhähnchen wispern in den Fichten. Ab und zu fliegt eine Zippe aus dem Gebüsch vor mir auf und aus der Dickung klingt des Goldfinks Lockton.

Ich bin auf den Pirschsteig in den Wald getreten. Da leuchtet das Moos wie Gold, silbern blitzt das Laub der Kronsbeeren, goldene Pfifferlinge und weiße Blätterpilze stehen zwischen den Moospolstern.

Auf dem Wege in der Sonne liegt eine Ringelnatter. Langsam rollt sie sich auseinander und gleitet über das Moos. Ihre goldenen Halsflecken leuchten in der Sonne. In einem hohlen Fuhrenstuken verschwindet sie.

Ich bin wieder auf den Hauptweg getreten, wo die Brombeeren am Graben stehen, ganz übersät mit roten, unreifen Früchten. An gemähten Wegen führt der Weg vorbei. Mitten in den Wiesen steht eine alte Ricke und läßt sich die Sonne auf die Decke scheinen. Im Randgebüsch schimpft der Zaunkönig. Da pflückt ein zweites Reh an den Brombeeren herum.

Tiefbraunes Wasser gurgelt neben dem Weg. Das ist die Auter. Sie kommt aus dem Moor. Nur die Wasserhirse will in ihr wachsen und legt lange grüne Streifen über das Braun des Wassers. Im Moorwasser gedeiht kein Leben. Am Wege steht ein Rosenbusch, über und über voll von roten Hagebutten. Zwischen seinen Dornenästen blüht die Goldrute. Das wird das letzte bunte Leben sein, das heute an meinem Wege blüht, denn hier beginnt das Moor. Ich trete auf den braunen Damm und sehe in die Runde, bis zu den Wäldern am Moorrand. Vor Jahren war hier alles braun und fahl, und der toten Fuhren und Birken Geripp standen wie Gespenster herum.

Ich weiß es noch, wie sie brannten, Pfingsten Neunzehnhundertundeins. Rund herum was alles Qualm und Rauch stinkende Wolken fegten über das Moor, kleine Flammen züngelten über das Risch. Und aus dem Qualm und Rauch schlug hohe rote Lohe, und es knisterte und ächzte und zischte.

Der Tod ging durch das Moor. Er trat die Heide tot, tötete das blühende Wollgrass, versengte die Moorbeerbüsche, und alles, was in ihnen lebte, Käfer und Grille, Raupe und Falter, Maus und Frosch, Wiesel und Schlange, brachte er um, und die Brüten von Lerche und Schnepfe, Ente und Birkhuhn. Tot und schwarz war das Moor damals.

Neues Leben ist aus der Asche gekommen. Um die roten Heidblüten tanzen goldene Fliegen, unter den gelben Schmeelen pfeifen die Mäuse, über die Torfmoospolster springt der Moorfrosch und die Schlingnatter flieht in das Moorbeergestrüpp.

Dicke, gelbbraune Knollenpilze, wie Kartoffeln aussehend, sitzen überall im braunen Torf. Den einen hat ein Reh zertreten; man sieht sein dunkles Gewebe. Mit seiner bösen Farbe warnt uns die Natur vor ihm.

Mit spitzen silbergrauen Blättern prangt der Moorrosmarin. Ein Büschel ist voll von rosig überhauchten Glöckchen. Im Frühjahr ist seine Blütezeit. Alle rund um ihn haben dann geblüht, nur er allein blüht jetzt noch einmal.

Und da in der Kuhle blüht noch ein Wollgras. Auch seine Blütezeit ist der Frühling, aber dieses eine blüht jetzt, dicht vor dem Winter. Warum, warum? Aber was begreift man überhaupt. Der Mensch und die Natur kommen nie überein. Wir legen immer unsern Maßstab an sie, und der ist so klein. Ich weiß noch, wie glücklich ich war, als ich zuerst den Darwin las. Ich glaubte, nun begriffe ich alles da draußen. Aber heute weiß ich, daß ich nie dahin komme, ich nicht und andere auch nicht.

Das hat mich lange Zeit traurig gemacht. Heute habe ich es überwunden. Ich nehme die Natur so, wie sie ist, und zerbreche mir den Kopf nicht mehr über allerlei Zwecke und Absichten, die ich einst dahinter suchte. Schließlich ist die Natur doch nicht dazu da, daß eins ihrer Geschöpfe hinter alle ihre Geheimnisse kommt.

Hinten im Moore balzt ein Hahn. Soll ich darüber nachgrübeln, warum er balzt? Sein Balzen ist gerade so unzeitgemäßig, wie das späte Blühen des Moorrosmarin und der Murke, es folgt ihm keine Frucht. Wir Menschen sind furchtbar klug: wir meinen, die Natur soll uns zu allem gleich eine Erklärung geben. Aber die kümmert sich gar nicht um uns.

Ein kleiner Vogel fliegt vor mir auf. Traurig tönte sein Ruf. Aber das kommt mir bloß so vor. Manches, was uns traurig klingt, bedeutet Jubel und Lust.

Hier ist der See. Ein See ist es nicht, nur ein kleiner runder Moorteich. Aber die Leute von Cananohe und Otternshagen und Evershorst und Heitlingen nennen ihn so, weil er das größte Wasserbecken im Moor ist. Wären mehr da, so hießen sie ihn einen Pump und gäben ihm keinen besonderen Namen. So aber ist er der Muswillensee.

Sein Wasser soll sehr tief sein sagt man. Keiner hat es daraufhin geprüft. Keiner weiß, wie der See entstanden ist und warum ist er so heißt. Es gibt so viele Pumpe in der Heide, die größer sind als er und die doch keinen Namen haben. Aber er hat so etwas Unheimliches. Er sieht aus, als müßte hier einmal etwas Böses geschehen sein. Eine alte Frau in Krähenwinkel sagte mir, in der Johannisnacht ginge da das schwarze Pferd und in den heiligen Zwölfen liefe dort das glühende Rad.

Er ist immer etwas an solchen Sagen. Tausend Jahre und mehr kann ihr Ursprung zurückliegen, kann noch aus Zeiten stammen, als man dem alten Gotte zu Ehren in unsern Gauen Rosse schlachtete, kann aus noch älteren Tagen stammen, als ganz fremde Völker hier wohnten. Menschen, die die Steinhäuser bauten und mit Flintsteinmessern das Fleisch schnitten. Eine einsame, hohe Birke stand früher an dem See. Sie paßte so gut dahin, die halb kahle sturmzerpeitsche, wurmstichige. Jetzt ist sie umgefallen. Der Moorbrand gab ihr den Rest. Der Stumpf ist wieder ausgeschlagen, die Äste faulen in schwammigen Torfmoor.

Ich sitze neben den Trümmern auf einer Rischbülte und sehe auf das Wasser. Es ist braun, aber heute sieht es blau aus vom Himmel, und der Wind kräuselt es leicht.

Rund um das Wasser zieht sich ein gelbgrüner Rand von Torfmoos. Darauf kriecht die Moosbeere. Zwischen ihren Myrtenblättern leuchten die dicken roten Früchte wie Rabinen. In dichten dunkelgrünen Polstern wächst dazwischen die Krähenbeere. Darüber reckt straffes Risch seine Halme.

Das Ganze ist wie eine Welt für sich in dem braunen Moor. Und die große Libelle, die hin und her über das Wasser jagt, gehört dazu. Im Moor selbst flogen nur kleine Libellen.

Ich sitze und träume und sehe auf das Wasser und auf die lange, dünne Libelle, die immer darüber hin und her schießt, und höre dem Wind zu, der leise im Risch flüstert.

Er flüstert immer dasselbe. Verstehen kann ich es nicht, was er flüstert, aber mir ist so, als müßte er hier immer so flüstern, dürfte nie lauter reden, damit niemand erfährt, was es hier für eine Bewandtnis hat mit dem Muswillensee.

Denn irgend etwas geheimnisvolles ist damit verknüpft, oder etwas Unheimliches. An seinem Ufer die Moosbeeren müßten das Birkwald locken, aber ich fand kein Anzeichen dafür da. Die Rehfährten, die sich kreuz und quer durch das Moos ziehen, führen im Bogen um das Wasser. Die Krähen streichen niemals über den See fort, immer um ihn herum. Keine Bekassine liegt an seinem Ufer, kein Pieper trippelt an seinem Rande herum, keine Ente fällt auf ihm ein.

Am Tage fliegt nur die große Libelle über ihm hin und her, und in den Mainächten klagt dort die Sumpfeule vom Stumpf der gestürzten Birke, und mit beiden muß es auch seinen eigenen Sinn haben.

Unheimlich ist allem Getier ein Ort, wo um Johanni der schwarze Hengst trabt und in den Zwölfen das feurige Rad läuft.

Der unbekannte Wald

Zwischen den beiden Landstraßen die von Klein-Buchholz nach Isernhagen und Warmbüchen führen, liegt ein Fuhrenwald. Oft hatte ich ihn liegen sehen, wenn ich in der Straßenbahn die eine Straße entlang fuhr oder auf dem Rade die andere entlang sauste. Jedesmal nahm ich mir vor, ihn zu besuchen, aber immer blieb es dabei, Jahr für Jahr verging und ich kam nicht zu ihm hin, denn zu weit abseits lag er von meinen Wegen.

Ganze Monate vergaß ich ihn, den schwarzen Wald, verlor ihn aus den Gesicht in dem Wechsel der bunten Erscheinungen, die das Leben an unseren Augen vorüberführt. Plötzlich aber tauchte er wieder auf. Einmal verschwommen wie im Nebel, dann scharf und deutlich, wie bei klarem Wetter, ein anderes Mal mit goldenem Hintergrund, wie um die Unterstunde zur Heuezeit, oder auf rosenroter Wand, wie zur Ulenflucht, aber immer schwarz verschlossen, schweigend, geheimnisvoll und vielversprechend.

Neulich spät nachts, als ich heimging, sah ich ihn wieder. Nebel krochen um die Dächer und hängten sich glitzernd an die Äste, und da dachte ich, er würde fein aussehen am anderen Morgen, mein unbekannter Fuhrenwalde, reifumsponnen, silberüberzogen, blinkend und glitzernd in der Sonne.

Der Morgen aber war aschgrau. Der Ostwind heulte und trieb Staub durch die Straßen, machte die Luft dick und undurchsichtig, biß mich in die Augen und kniff mich in die Backen. Den Nachtnebel hatte er weggejagt und den Rauhreif zuschanden gemacht.

Ich fuhr aber doch hinaus. Acht Trotz. Wenn man sich nach jedem Winde richtet, kommt man zu nichts im Leben. Und aufgeschoben ist meist immer aufgehoben. Ich wollte endlich meinen unbekannten Wald kennen lernen.

Es war nicht schön da draußen. Alles war grau in grau. Die Straßenbahn zog eine lange Staubschleppe hinter sich her, über den Wiesen hinter List lagen graue Schleier, der Himmelsrand war nah und eng.

Die Dörfer waren wie ausgestorben. Der steife Ost hielt alles zu Hause. Kaum, daß sich ein Hund blicken ließ, als ich mit meinen beiden Tecklen an den Höfen vorbeiging, und selbst das Spatzengesindel zeigte sich nicht.

Nein, schön war es nicht; das sah ich, als ich hinter Bothfeld war. Der Wind strich mit eisernem Besen über die Felder, walzte die Saat platt an den steinharten Boden und bepuderte sie mit gelbgrauem Staub. Und er heulte und donnerte so laut, daß das Glockengeläute des Dorfes schwach, wie verwehtes Äolsharfenklingen, zu mir herankam.

Messerscharf war den Sturm. Bald feuerte mir das ganze Gesicht und die Ohren brannten mir. Fast hatte ich Lust, von meinen Plane abzugehen, und in dem Bothfelder Busch links von der Straße unterzutauchen, wo ich unter dem Winde war. Als ich aber meine Hunde sah, die wedelnd vor mir hertrollten, in jeden Durchlaß die Nasen steckten und an allen Mauselöchern scharrten, ohne sich um Wind und Wetter zu kümmern, da schämte ich mich und ging weiter.

Links vom Wege liegt ein einsames Wirtshaus. Früher standen wundervolle Hängebirken davor. Die mußten fallen, als hier die Schienen für die Straßenbahn gelegt wurden. Oft habe ich unter ihnen gesessen und mir von ihnen allerlei erzählen lassen. Und auch von dem Wirt; der hatte ebensoviel erlebt wie die alten Birken, denn er ist über neunzig Jahre alt.

Ich trat ein und frühstückte da. Der Großvater schlief auf der Faulbank. Ich hätte gern mit ihm wieder einmal gesprochen. Aber er war nicht recht munter den Tag. Der Ostwind lag ihm auf der Brust.

Auch mir verging zuerst die Lust, als ich aus der warmen Gaststube trat, in die trostlose, winddurchheulte Landschaft. Nirgendswo ein Vogelruf, nur graue Staubwirbel und gellendes Sturmgepfeife. Und die graue Krähe, die dick aufgeplustert auf der Legde saß, sah aus als wäre sie totgefroren.

Hinter der zweiten Wietzebrücke bog ich vor der Straße ab. Als ich das letztemal hier war, murmelte das braune Wasser, goldene Lilien blühten und in den Ellern lebte und webte es von lustigem Vogelvolk. Heute war alle still und tot. Das Wasser war übergefroren, das Rohr war gelb und flüsterte ängstlich, das rote Winterlaub der Hagebuchen ruschelte und rappelte gespenstisch.

Über braune Heide ging der Patt und über gelbe Wiesen, in denen weißer Reif lag. Kahle Birken standen da und die braunen Skelette des Baldurkrautes. Als der Birken grün waren, hatte es golden geblüht. Jetzt sah er hier aus, als könnte nie wieder eine goldenen Blume leuchten über grünem Gras.

So einsam war alles, so verlassen. Wenn Schnee hier gelegen hätte, es hätte nicht so trostlos ausgesehen, wie jetzt bei dem Kahlfrost. Selbst der freche Großwürger, der so leicht nicht die Laune verliert, strich stumm von seiner Warte auf der Fuhrenspitze ab, wie ich näher kam.

Am traurigsten sah die Roggenblaade aus. Fast schwarz war sie, ohne Mark und Saft, fest an dem graugelben Boden klebten die Blättchen. Ohne Schnee ist der Winter am härtesten.

So traurig, wie heute habe ich niemals den Goldfink locken hören. Es klang hoffnungslos und verloren, als käme niemals wieder ein Frühling ins Land. Und in den Fuhren die Goldhähnchen piepten so dünn und erbärmlich, als müßten sie heute noch alle sterben. Auch die Ammern, die in der Zitterpappel saßen, zankten sich nicht zum Spaß, wie sonst immer.

Ich suchte meinen Wald, aber ich fand ihn nicht. Die Aussicht war grau verhangen. Von Feldholz zu Feldholz ging ich, machte hier einen Rebhahn hoch, der unter dem Schwarzdorn in gelben Risch lag, trat da einen Hasen heraus, der in die Furche sich gedrückt hatte, und dort einen Fasanenhenne. Aber das waren nur Augenblicke, wo Leben sich zeigte. Gleich darauf war wieder alles tot und still bis auf den Sturm.

Die Wietze entlang ging ich. Sie war dick übergefroren, aber ich traute ihr doch nicht recht. So ging ich so lange an ihren Sandufern entlang, bis eine Brücke kam, und dann über die Wiesen und unter dem Wind am Holz entlang.

Da lag eine Eiche. Sie war im Herbst geschlagen und alles lag voll von ihren Früchten. Man sollte meinen, der Häher, der dort vor mir abstob, hätte deswegen bei Laune sein können, aber selbst er, der Prahlhans und Waldnarr, blieb stumm, und auch die Schacker, die sonst immer lärmen, strichen schweigend aus der Hecke nach den Fuhren.

So stumm war der Tag, daß ich ordentlich zusammenfuhr, als im überschwemmten Busch unter den Tritten meiner Hunde das Lufteis vor mir knatterte, und als einmal eine Meise lockte, blieb ich erstaunt stehen. Ich wunderte mich auch gar nicht, daß sogar der Zaunkönig, der durch das Gestrüpp am Graben buschte, noch nicht einmal sein Gezeter ertönen ließ. Und wenn ich die Hunde zurückpfiff, wenn sie in die Dickungen wollten, dann kam mir das fast unpassend vor. Denn nur der Ostwind hatte freies Wort. Er pfiff und sang und heulte das Lied vom kalten Tod, er pfiff es über Feld und Wiesen, sang es in Busch und Dorn, heulte es in Holz und Wald. Und alles Leben draußen schwieg und erschauerte.

Als ich dann schließlich nach vielen Irrfahrten zu dem unbekannten Walde kam, da war ich sehr enttäuscht. Es war ein Fuhrenstangenort, langweilig, wie sie alle sind, und ohne jedes Leben, denn der große helle Vogel, der vor mir aufflog, war vielleicht nur eine Gespenst.

Am alten Fuchsbau rastete ich. Die Teckel bekamen ihr Futter, ich meine Pfeife. In den Wipfeln donnerte der Sturm, am Boden leuchteten gelbe Pilze, hartgefroren, wie Stein. Langsam zog die Dämmerung heran.

Den Sturm im Nacken ging ich zurück, um einen Traum ärmer. Lag es an mir, lag es an dem grauen Tag, ich weiß es nicht. Aber als ich am Dorfe war und zurücksah nach dem Walde, der da schwarz, schweigend und verschlossen in der grauen Landschaft lag, da schien es mir, als verspräche er doch etwas.

Etwas, das er mir geben wird, wenn über den Feldern die Lerchen singen und an der Witetze die Dotterblumen funkeln.

Vielleicht gehe ich dann noch einmal zu ihm.

Das Blachfeld

Es schneit und schneit und schneit; weit und breit ist alles eine weiße Unendlichkeit.

Der Schnee wischt alle Farben aus dem Lande; er nimmt den Birken ihr Silber, dem Sande sein Gold, den Fuhrenstämmen ihren Kupferglanz, den Wacholdern ihren Bronzeton. Er verbindet Himmel und Erde, bringt die Ferne heran und schiebt die Nähe fort, erhöht die Tiefen und ebnet die Höhen ein.

Der stetig fließende Schneefall gibt auch der Seele Gleichmaß und Ruhe; den quälenden Heidhunger stillt er zu heimlicher Vorfreude und die ungestüme Erwartung dämpft er zu frohem Gleichmut.

Das Heimweh nach den Bergen ist viel gesagt und oft gesungen. Für den Heidhunger fand das Volk noch kein Lied. Der Heidjer singt nicht, und was er fühlt, das zeigt er nicht gern.

Und es schneit und schneit und schneit. Die Räder des Zuges stampften eine gleichmäßige Singweise zu einem Lied, aus dem heißer Heidhunger herausklingt. »To Hus up de Heide, da mochd' ick wol wä' n, wo lang et uck her is, wo feer und verlä'n.«

Wer sang es, das Lied? Ein Kind der Oldenburger Heide, Jan ten Hoevel sang es über das Meer herüber aus Elgin in fernen Illinois; und nun stampfen es alle Räder der Heidbahn. »Man jümmer in'n Schummern, dan denkt man so gern: so freet as tau Huus is't narns nich op Ern.«

Der Schneefall flaut ab, die Sonne kommt durch. Ein Fuhrenstamm leuchtet, ein Fenster blinkt, ein Goldstreifen zieht über das weiße Land. Die Räder stampfen noch immer das Lied: »De Kiewit, de fläutde, de Läiwik, der süng, de Haide da blaide, de Häwen de klünk.«

Und der Heidhunger kommt wieder herauf. Zu langsam fährt der Zug, zu zögernd bleibt das Land zurück, zu lang sind die Haltepausen, zu eng ist der Wagen und zu weit und zu schön ist die weiße Heide.

Träume dir die Ungeduld fort, unruhige Seele. Der Honigbaum blüht, der Immen Glocken klingen, der Grillen Spiel zittert über das Land, Blaufalter tändeln auf goldenem Sand, süßer Wohlgeruch steht in der Luft: in Rosenröte glüht die Nähe, in Veilchenfarbe schwimmt die Ferne.

Oder träume dich in die Maiheide hinein, wo über grünen Sinken die silbernen Flocken der Murke wehen, Juchtenduft aus den grünenden Maibäumen quillt und goldene Sterne am Bache stehen. Und denke an die braune Spätherbstheide mit der goldenen Krone, an die stumpfe dunkle Farbe der Höhen und das scharfe helle Leuchten aus den Tiefen, an die gewaltige Ruhe der Flächen. Rufe so manche Wanderung zurück, liebe Seele, manchen Weg, den du fuhrest, in Sonnenbrand, in Regenbraus, in Schneegerinnsel und Staubgeflimmer. So ist dir die Zeit kurz geworden während dessen und der alte Gleichmut über dich gekommen, und frohgemut siehst du den Kinder zu in den weißen Straßen der alten Salzstadt: curtis salta sita in pago laingo, wie der Chronist schrieb.

Mehr noch, als zur rosenblühsamen Sommerzeit, kommt dir das Städtchen voller alter Erinnerungen vor. Vierhundert Jahre sind es her, daß der allerletzte deutsche Ritter, Herzog Erich von Calenberg, nach der verlorenen Schlacht auf der Heide hierher nach Soltau gefangen geführt wurde. In Thielemann, des Vogtes, Hause saß er und sah nach seinem Banner, das siegereich in vielen Ländern im Süden und im Norden geflattert hatte.

Nun wehte es, von des Herzogs eigenem Vetter Heinrich vor des Besiegten Fenster in den Misthaufen gepflanzt, in der Abendsonne, und Erich wandte sich ab und er, der der schweren Wunden lachte, als er bei Regensburg den Kaiser Maximilian aus den Feinden heraushieb, er weinte, daß er die Tränen mit beiden Händen von sich warf. Und da stieß der Häusling Drewes aus Emmingen, dem das Kriegsvolk des Herzoges das Haus verbrannte, mit dem Spieß durch das Fenster und schrie: »Du Smöker hest mi to 'm armen Manne emaket!«

Wie das am Dienstag den vorletzten Juni ein Tausend fünf Hundert und neunzehn hier auf dem Bullenberge wohl ausgesehen haben mag, als das siegestrunkene Heer mit seiner Beute einzog in Soltau, mit den vielen Gefangenen und der großen Beute, von der der Hildesheimer Dechant Johann Oldekopf so trefflich berichtet: »Up dussen Dag wurden gegrepen Hertog

Erich de older und Hertog Wilhelm, de Graven von Plesse und noch drei andere Graven und bowen tweihundert Edelmanns. Darbenefen worden gewunnen twolf grote Karthaunen, acht grote Slangen, sechszehn Quarteresslangen und Scharpentiner, sechs Furmorsers un up einem sperden Wagen, dar der Brunswigeschen Fürsten Sulverwerk und siden Kleider uppe woren.«

Den Tag wurde die Wurst kurz in Soltau und das Brot schmal, kein Schwein grunzte im Stalle und kein Huhn gackerte auf der Diele; die Kräne der Wein-und Bierfässer blieben offen und kein brauner Krug feierte an der Wand. Zwölftausend Goldgulden hatten die siegreichen Landsknechte von der Beute bekommen; manches blanke Stück blieb in Soltau hängen oder kam in die Taschen der Taterndrinen und fahrenden Spieler, die hinter dem Kriegsvolke herzogen.

Was weiß man heute hier von Krieg und Siegeslärm? Das Leben geht seinen geruhigen Gang zwischen der launischen Soltau und der fröhlichen Böhme, die Spatzen zwitschern in den Straßenbäumen, die Jugend lärmt auf den Schurrbahnen und achtet die älteren Rechte der älteren Leute auf die Bürgersteige nicht. Und die gehen lächelnd um den wildlustigen Nachwuchs herum, dem heute die Straße gehört, heute, an diesem sonnigen Wintertag.

Hinter der Stadt aber, über der Böhme, da ist keine Straße, da geht kein Weg. Da wächst der Wald aus ungeteiltem Schnee und biegt die Kronen tief unter der weichen Bürde, demütig wartend, ob des Windes Hauch oder der Sonne Schein ihn nicht befreie und jedem kleinen Vogel dankbar, der flatternd von Zweig zu Zweig den Schnee von den Nadeln löst.

Traurig soll der Heidwinter sein, keine Farben habe er, sagt man. Das ist üble Nachrede. Hier sind Farben, ist Wärme, Licht und Wechsel. Auf dem reinen Schnee liegen die blauen Schlagschatten, wachsen die roten Stämme, breiten sich zu buntscheckigen Kronen aus, auf denen die Sonnenstrahlen lustig spielen.

Weiß, Blau, Rot, Grün und Gold, das sind doch Farben, und was in den Kronen schnurrt und burrt, schwirrt und flirrt, die fröhlichen Federbällchen, graue mit schwarzen Köpfen, blaue mit gelber Brust, braune mit weißen Bäckchen, grüne mit goldenem Scheitel, das Meisenvolk, das hat Farben und es hat Laute von jeder Art, grob und fein, dick und dünn, lang und kurz, laut und leise.

Will einer noch mehr Farben? Die Ellern an der Böhme sind strahlende Fackeln und die Weiden am Ufer leuchtende Flammen, das Randeis sprüht Gluten und aus den goldenen Rischspritzen leuchtende Funken, des Efeus Blätter werfen mit Silber um sich und der Wacholderbusch hat Diamanten zu verschenken. Wie ein Traum aus blühenden Tagen stiebt der Eisvogel über den blendenden Schnee, ein blitzblauer Pfeil mit giftgrüner Spitze.

Oder will einer noch mehr Laute? Der Markwart höhnt ihn mit einem Schrei, so hart, wie das Blau seines Flügelbuges, der Dompfaff neckt ihn mit einem Ruf, so weich wie das Rot seiner Brust, mit gellendem Lachen spottet seiner der grüne Specht und vom hohen Himmel herab wirft ihm der Bussard einen Ruf zu, einen Doppelruf, wie es sich für ihn geziemt, der ein zwiefarbenes Kleid, eine silbernene Brust und goldene Fittich trägt.

Es sind Farben genug hier, eben so viele, wie zur lustigen Sommerzeit, wenn Kuckucksblumen und Hahnenfuß sich streiten, ob die Wiese rot oder gelb aussehen soll, wenn des kecken Beinheils güldene Sterne die dunklen Binsen beiseite schieben und die ganze Quellmulde mit Honigduft sättigen, wenn das Weidenröschen seine rosenrote Standarte und die Spierstaude ihr weißes Banner über dem grünen Fußvolk weben lassen.

Der Winter ist ein feiner Künstler; er nimmt das Vielzuviele aus der Landschaft und schafft das Allzubunte aus der Welt. Das Kleine und Überflüssige wischt er fort, damit das Große und Notwendige besser zu seinem Rechte komme. Bei Goldkäfergeschwirre und Schilleboldgeflirre, Piepergeschmetter und Heidlerchengelulle laufen die Augen zu viel hin und her und sehen nicht das Allerbeste: die stolzeste Fuhre weit und breit und den unheimlichsten Machangel rundumher.

Der Warnebusch ist es. Hinter ihm liegt die grundlose Kuhle. Düster starrt es aus dem Schnee, das schwarze Loch. In seiner Tiefe wohnt das Wasserweib und lauert auf den Menschen, der dürstend sich naht. Einen Trunk läßt es ihn schöpfen, und noch einen. Ehe er den dritten zum Munde führt, zieht es ihn an die welke Brust und nimmt ihn mit in den Schlamm und Schmutz. Der Jäger, der abends durch die Heide geht, hört einen Schrei, und geht er frühmorgens denselben Weg, dann schwimmt auf dem Wasser das rote Blut als wie ein Ring.

Es ist nicht gut weilen bei der grundlosen Kuhle, denn das Wasserweib weiß ein Lied, das den Menschen nach dem Wasser reißt. Heimlicher ist es hier auf der blanken Heide, durch die auf hohem Damm donnernd und pfeifend der Schnellzug nach Hamburg eilt, ein kleines, schwarzes, dünnes Ding in der großen, weißen, breiten Weite, die es wie mit einem Messer zerschnitt, deren Ruhe es mit gellendem Pfiffe auseinanderreißt.

War es hier, wo an jenem Sommertage vor vierhundert Jahren der große Schlag in der hildesheimschen Stiftsfehde geführt wurde, oder weiter dahin, wo die Deimemer Höhe weiß und hart in den blauen Himmel schneidet? Die Doppelheide zeigte erst wenige rote Blüten am Morgen, nachmittags stand sie in voller Blüte und abends war sie schwarz und schmierig und die Raben und Krähen brauchten nicht nach Fraß zu suchen. Sie konnten sich besinnen und das beste aussuchen, denn da lagen mit verglasten Augen Mindener und Braunschweiger und Hildesheimer und Lüneburger und Schaumburger und Calenberger und Münstersche und Geldernsche Ritter genug und Kriegsvolk die Fülle und Pferde in Menge, und Fuchs und Wolf hatten gute Tage und ließen Has und Hirsch in Ruhe.

Wie heute der Damm der Eisenbahn, so zerschnitt diesen Tag der lange Heereszug der Braunschweiger Fürsten und der riesige Troß die Heide: »De Fursten von Brunswick hadden vele Kramer uth Brunswik und Hannover im Lager, de dem Gewinnste folgeden, wente de Hertogen roveden uth den Klostern, kleinen Steden und Kerken grot Gut und wolden denne nich gerne wedder vorleisen, velweiniger gerne geslagn sin; derhalven seck erhoven mit ganzer Ile und wolden over de Aller dat Water tein und de Slacht nicht erwarden,« vermeldet der Hildesheimer Chronist.

Hier am Quell starrt aus dem Schnee die bräunliche Blüte des Krautes, das der Bauer Kraihenfoot nennt. Sie ist dürr und tot. Im Sommer war sie tief dunkelrot, unheimlich rot, wie keine Blume im Lande ist. Vor der Schlacht auf der Soltauer Heide hatte sie alle Jahre weiß geblüht. Aber ihre Wurzeln tranken so viel Menschenblut, daß sie seit diesem Tage nur schwarzrote Blüten bringt. Daneben ragt der dürre Blütenstand der gefleckten Kuckucksblume. Sie hatte früher hellgrüner Blätter und reinweiße Blumen, jetzt zeigt sie auf Blatt und Lippe die purpurnen Andenken an den blutigen Junitag, und die braune Heuschrecke, die sommertags hier laut schnarrend fliegt, hat seitdem die blutroten Unterflügel.

Zwei Stunden lang brummten an jenem Hochmittage hier die Kartaunen, brüllten die Feldschlangen, krachten die Hakenbüchsen und, knallten die Faustrohre und die Spieße und die Schwerter arbeiteten wacker mit, daß die ganze Heide sang und klang. Man sieht den Wirbel von bunten Reitern und Fußvolk, die roten Flammen und blauen Rauch, wenn man die Aufzeichnungen des geistlichen Chronikenschreibers liest, man hört das Getöse, man riecht den Pulverdampf. »De Graven von Schomburg und andere Graven mit oren Rutern makeden den verlorn Hupen. De Gellersche Hupe dede den Anfall, dewile ok Graf Johan von Schomborg nich sumede. Middeler Tid ward der Fürsten von Brunswik or Geschutte herand; de Bussenschutten, de darbi gefunden worden alle erstoken. Dat Drepen und Slan hin und her werde kume twe Stunde, dat Brunswigesche Lager was geschoret, up de Flucht geslagen, gefangen und von ander gebracht. Up der Walstede schollen der Brunswigeschen boveng dreidusend Mann dod gebleven sin.«

Die Sonne hat an diesem Hochmittage viel Jammer und Graus gesehen hier auf dem Bachfelde. Zwischen den grünen Postbüschen und Papendiek floß der Quell rot zur Böhme hinab, und rot färbte sich das saftiggrünes Torfmoos, das die Landsknechte mit den Fetzen ihrer Bauschärmel und die zerstochenen und zerschlagenen Glieder banden. Und drüben, wo jetzt der Bach bullernd und kullernd aus dem Deediek stürzt, tat das Gesindel, das den Heeren auf Partei folgte, die schwer verwundeten Männer ab, raubte sie aus und warf sie nackt und bloß in den modrigen Busch.

Wer war schuld an alle diesem Elend? Der Bischof Johann von Hildesheim, der die stiftesche Ritterschaft vor die Köpfe stieß, weil er durch sparsames Haushalten ihnen die verpfändeten

Schlösser aus den Fäusten reißen wollte? Früher durften die Herren als bischöfliche Gäste fett leben am Hofe zum Steuerwald, und als der Bischof die Gastereien abstellte, schimpften sie ihn Hans Mangerkohl. Er war ein Dickkopf, der geistliche, und nahm es mit der ganzen Lehnsritterschaft auf. Das halbe Heimatland qualmte und lohte damals und der rote Hahn flog von Stadt zu Stadt, von Dorf zu Dorf; er flatterte von Minden bis Dannenberg, von Wunstorf bis Bockenem. Am Abend vor Himmelfahrt ließen die Braunschweiger im Stifte Hildesheim allein elf Dörfer in Asche fallen, und hinterher gingen Burgdorf, Meinersen, Dannenberg, Kampen, Gifhorn und Ülzen in Flammen auf.

Der Schnee will davon nichts mehr wissen. Er deckte das weiße Laken über Blut und Tod und böses Gedenken und nahm jede rote Farbe aus der Heide. Aber die Postbüsche schüttelten ihn ab und stehen nun da in trutziger Röte wie ein Wahrzeichen des großen Schlachttages; die vielen Vögel, die laut lockend in die verschneiten Fichten einfallen und mit kreuzförmigen Schnäbeln den Samen aus den goldenen Zapfen herausziehen, tragen die Farbe des blutigen Sommertages, und rote Scheitelfleck des schwarzen Spechtes, der mit klingendem klagendem Rufe hinaufrasselt, ist ein Andenken an die beiden Blutstunden, wie auch die silbergraue Flechte unter dem Wacholderbusch von damals her die roten Perlen behielt.

Aber das bißchen Mordfarbe hier und da und dort ist nur wie eine ferne, schwache Erinnerung an den Bluttag im Bachfelde, das nun in reinem weißen Frieden daliegt, wie alle in Frieden ruhen, Heinrich der Herzog und Bischof Johann und ihre Gegner, die Herzöge Erich und Heinrich der Mittlere mitsamt den Hildesheimer Stiftsrittern, die die fürchterliche Fehde verschuldet hatten, alle die Todesschreie hier auf der Heide, alle das Elend zu Koldingen, Poppenburg, Bodenwerder, Sastedt und Gronau.

Die Sonne geht hinter den Höhen unter und gießt roten Schein über das weiße Gefilde. Die Krüppelfuhren und Wacholderklumpen werfen schwärzere Schatten vor sich hin. Unheimlich glühen am Hülsenbusch die roten Korallen und auf den Fichtenstämmen tauchten rote Flecken auf, verschwinden, kommen an anderen Stämmen hervor, wie Gesichter flüchtiger Männer, die verängstet durch den Busch hasten. In seinem tiefen Bette murmelt der Bach dumpfe Verwünschungen und eilt der Böhmemarsch zu, um fortzukommen aus der blutigen Heide und bei Alften unter lebenden Menschen zu sein, die nichts von Blut und Haß wissen wollen.

Wunderbar schön ist es hier zur Maienzeit, wenn die gelben Lilien an den Uferbuchten der Böhme blühen und die gelben Bergbachstelzen über die Flut hinwegfliegen, und sommertags, wenn die Böhme den Kranz von Vergißmeinnicht trägt und auf den Höhen der Buchweizen schneegleich leuchtet, die Straßengräben in allen Blumenfarben prangen und die Gartenammer aus der hohen Hängebirke ihr kleines wehmütiges Liedchen singt; dann lernt man verstehen, was Heidhunger ist, und begreift, was Jan ten Hoevel sang aus Illinois in Amerika.

Hier oben von der Höhe haben die Augen freien Flug über Wald und Heide. Im Dorfe ruft das Käuzchen, Krähen rudern nach ihrer Schlafstatt, im Holze heult die Eule, die letzten roten Sonnenmale erblassen auf den schwarzweißen Birkenstämmen. Klingelnd und rauschend kommt ein Schlitten vorüber, frohe Gesichter lachen aus bunten Tüchern und dunkeln Mützen, wie graue Fahnen flattert der Rauch aus den Nüstern der Pferde, die frohen Mutes zum warmen Stalle drängen.

Zum warmen Leben drängt auch das heidsatte Herz. Heimlicher ist es im frohen Kreise in der freundlichen Stadt, als hier draußen, wo die Schatten der Männer wandeln, deren letzte Seufzer vor vierhundert Jahren verhallten auf dem Blachfelde.

Drei Recken der Vorzeit

Für immer sind die Zeiten vorbei, wo Meister Petz in den Urmooren des Brockens und in den Urwäldern der Heide harmlos brummend Bickbeeren äste oder hungrig heulend des Bauern Kuh riß, aus ganz Deutschland ist Braun verschwunden.

Ihm folgte der Luchs. Als Standwild kommt er längst nicht mehr bei uns vor, aber alle paar Jahr verirrt sich ein aus den russischen Ostseeprovinzen herstammendes Stück auf deutschen Boden, um sich aber meist bald darauf in ein Kabinettstück eines Museums zu verwandeln.

Auch Isegrimm der Wolf kann nicht mehr als deutscher Bürger bezeichnet werden, obwohl alle Jahre russische oder Vogesenwölfe trotz aller Paßschwierigkeiten über die Grenze gelangen. Weit kommt er aber auch nicht und muß meist die gerissenen Rehe und Wildkälber mit seinem Balge bezahlen. Für Nordwestdeutschland aber sind alle drei verschwunden.

Wie verbreitet der Bär einst bei uns war, das ergibt allein das von H. Ringklib herausgegebene statistische Handbuch der Provinz Hannover, in dessen Ortsverzeichnis sich eine Menge Namen finden, die mit Meister Braun in Verbindung gebracht werden können, wie Bärenhof bei Celle, Barbruch bei Bremervörde, Barbusch bei Hoya, Barenau bei Bersenbrück, Barenburg bei Sulingen und Wittmund, Barenbusch bei Norden, Barendorf bei Dannenberg, Barenfleer bei Meppen, Barenteich bei Osnabrück, Barenwinkel bei Osterholz, Barfelde bei Gronau, Barförde bei Lüneburg, Beerbusch bei Burgdorf usw. Ebenso häufig findet sich das Wort Bär in Forstorts-und Flurbezeichnungen und als Eigennahme, teils ohne Zusätze wie Bar, von Baer, von Behr, Bahr, Bahre, Bär, Behr, Baer, teils mit zusätzlichen, wie Baermann, Berhmann oder Beermann. Viel spärlicher sind die urkundlichen Nachrichten über das Vorkommen der Bären, so spärlich, daß man annehmen muß, daß im siebzehnten Jahrhundert der Bär schon so selten bei uns war, wie im achtzehnten der Wolf. Alles, was wir über ihn wissen, ist, daß 1705 der letzte Bär am Brocken erlegt ist, und eine weitere Nachricht meldet, daß in der Mitte des siebzehnten Jahrhunderts ein Bär im Lüß bei Weyhausen erlegt sein soll. Diese Nachricht ist aber mit Vorsicht aufzunehmen, da die alten Chronisten das männliche Wildschwein auch mit Bar oder Bär bezeichneten. In den Museen von Nordwestdeutschland steht kein nordwestdeutscher Bär; die einzigen Reste nordwestlicher Bären sind die aus dem Schlamme von Dümmers stammenden, von dem verstorbenen Amtsrat Dr. C. Struckmann, gefundenen Knochen im Provinzialmuseum in Hannover.

Noch viel spärlicher sind die Nachrichten über den Luchs. Diese große Katze verträgt, wie der Bär, durchaus nicht die Nähe menschlicher Kultur, ist auch ein ausgesprochenes Nachttier und lebt so versteckt, daß sie den Menschen wenig bekannt war. So ist es denn nicht weiter auffallend daß weder bei Orts-noch bei Eigennamen der Luchs genannt wird. Nur in dem bekannten hannoverschen Jägerlied »Auf und an, spannt den Hahn« findet auch der Luchs in folgender Strophe Erwähnung:

> Nebenbei, frank und frei,
> Schießen wir mit unserm Blei,
> Im Revier, manches Tier,
> Das erlegen wir;
> Hirsch und Rehe,
> Dachs und Luchs',
> Schießen wir mit unsrer Buchs',
> Dabei frei Jägerei stets gepriesen sei.

Nach einer alten Chronik soll 1670 der Luchs im Stolbergschen Teil des Harzes häufig gewesen sein. Die beiden letzten westdeutschen Luchse wurden 1817 und 1818 am Renneckenberge bei Wernigerode vom Forstkontrolleur Kallmeyer und bei Lautenthal vom reitenden Förster Spellerberg erlegt. Ihre Reste befinden sich in den Museen und Schlössern von Braunschweig und Wernigerode. In den hannoverschen Museen stehen keine Reste vom Luchs; noch nicht einmal subfossile Knochen sind vorhanden, was nicht auffallend ist, da er nicht wie der Bär in der Nähe des Wassers lebte.

Der Wolf hat sich am längsten von den drei großen Räubern bei und gehalten, denn einmal scheut er die Nähe des Menschen nicht so sehr wie der Luchs, und dann kann er sich besser dessen Nachstellungen entziehen, während der Bär verhältnismäßig leicht zu erbeuten ist, da er im Vertrauen auf seine Körperkraft eher dem Menschen standhält. Und wenn auch in ruhigeren Zeiten den Wölfen viel Abbruch getan wurde, sie kamen doch wieder, wie im Dreißigjährigen Kriege und in den Befreiungskriegen, Zeiten, in denen der Mensch keine Muße hatte, die vierbeinigen Feinde zu befehden, da er sich gegen seinesgleichen wehren mußte. Mehr noch wie Bär findet sich das Wort Wolf in Ortsbezeichnungen, so in Wolfsbruch bei Rehdingen, Wolfsförder Mühle bei Feine, Wolfshof bei Dannenberg, Wülfel, Wülferode bei Hannover, Wülfingen und Wülfinghausen bei Springe, Wulf bei Wittlage, Wulfsode bei Ülzen, Wulfelade bei Neustadt a. Rbg., Wulferding bei Sulingen, Wulfersheide bei Meile, Wulfsburg bei Osterholz, Wulfenau bei Winsen a. L., Wulften bei Bersenbrück und Osnabrück usw. Zwei Straßen in Hannover, die jetzige Große und Kleine Packhofstraße hießen vor Zeiten Großes und Kleines Wulfeshorn, und im Saupark heißt eine alte Buche Wolfsbuche.

Am Nachrichten über das Vorkommen des Wolfes fehlt es nicht, denn dieser Räuber trat stellenweise so häufig auf, daß er zur Landplage wurde, was z. B. daraus hervorgeht, das im Jahre 1649 die Stadt Hannover ihren Zehnten an Lämmern nicht bezahlen konnte, weil die Wölfe alle gerissen hatten. In noch früheren Zeiten kamen die Wölfe sogar bis vor die Tore der Stadt, und im Roderbusche, einem Forstorte der Eilenriede, mußten in einem Jahre mehrere Wolfsjagden abgehalten werden, wie aus den Lohnregistern hervorgeht, in denen es heißt: »25 1/2 Schillinge dem Holtfogede vor 6 Dage und twen, isliken vor 5 Dage und dren, isliken 1 1/2 Dag, do so de Wulwe jagden in dem Roderbuske tom andermal. 2 Schillinge einem Boden, de de Lantlude verbode to der Wulwejagd. 1 Punt Harmen Wynten vor 1 Tunnen Bers und vor Brot, dat de Mennen von Horingbarghe, das heißt Harenberg, hadden verteret so synem Hus, als se hadden wesen in der Wulwejagd mit oren Roden in dem Roderbukte.« Bei Rotenburg fanden sich bis vor kurzem noch die Reste ehemaliger Wolfsgruben auf dem Bullerberge bei Westerholz, und nach den Rotenburger Akten wurden in der Zeit von 1763 bis 1766 im Amte Sechsundsechzig Wölfe erlegt; im letzten Jahre wurden fünfzig Taler an Prämien für erlegte Wölfe bezahlt. 1641 wurden bei Stendorf im Kreise Blumental Wölfe erlegt, 1670 waren Wolfsjagden in Osterstade und Lesum. In Damme wurde 1676 der letzte Wolf geschossen, in Ostfriesland 1776 der letzte bei Arle. In Jahre 1670 wurde zu Wanne eine große Wolfsjagd für das Land Hadeln abgehalten und im Hümmling fand bis zur Mitte des achtzehnten Jahrhunderts alljährlich im Februar eine Wolfsjagd statt. Wie zahlreich damals noch die Wölfe waren, geht daraus hervor, daß im Jahre 1740 in der Lüneburger Heide fünfzig Wölfe erbeutet wurden, und in einem Reskript vom Jahre 1726 wurde bestimmt, daß die Mittel für die sehr kostspieligen Wolfsjagden aus den Extraordinarien genommen werden sollten. Im Amte Lemförde fanden Wolfsjagden noch im achtzehnten Jahrhundert statt; die letzte in der Grafschaft Diepholz wurde 1735 abgehalten. Nach dem Dreißigjährigen Kriege war es den Einwohnern der Grafschaft Diepholz verboten, die Wolfsjagden selbst abzuhalten, weil dabei zu viel Rehe geschossen sein sollten. Im Jahre 1655 baten die Einwohner den Herzog Christian von Celle, ihnen die Jagden wieder zu gestatten, da ihnen die Wölfe in jedem Jahre für tausend Taler an Pferden, Kühen und anderem Vieh gerissen hätten. Der Herzog trug aber Bedenken, den Gemeinden die Verrichtung der Wolfsjagden wieder zu gestatten, indes wurde der Oberförster angewiesen, Wolfsjagden abzuhalten. Die Bauern mußten dabei treiben, und es waren hohe Strafen in dem Regulativ angesetzt, z. B. »Poen, der den Wolf versiehet und aus Unachtsamkeit durchlaufen läßt, 3 Rthlr.« In einem Regulativ vom Jahre 1735 wird festgesetzt, wo sich die Bauern zu versammeln und wie die Rottmeister sie zu führen haben. Vier Trommler mußten den Wolf rege machen. War der Wolf erlegt, so wurde er nach Diepholz oder Lemförde geführt und dort öffentlich ausgehangen. Im Jahre 1735 kam es deswegen zu einem großen Streit zwischen dem Amtmann Strube von Lemförde und dem Forstmeister Schulze in Diepholz. Dieser behauptete nämlich, ihm sei die

Wolfsjagd zu spät angesagt; nachher habe man den Wolf in Lemförde aufgehangen und ihm habe man zu seiner Schimpfierung das Luder zugesandt, obgleich der Balg Accidenz der Jägerei sei. Auf diese Beschwerde antwortete der Oberforst-und Jägermeister: »Das gemeldete hätte der Herr Forstmeister dem inpertinenten Kerl wieder zuschicken und dem Botten mit einer Dracht Schläge demselben zur Begrüßung zurückzuschicken.« Der Amtmann aber ließ sich nicht bange machen: er berichtete der kurfürstlichen Kammer, es würde eine Mißstimmung entstehen, wenn man den Wolf nicht auch in Lemförde aufgehangen hätte, und die Kammer bestätigte den alten Brauch.

Noch im neunzehnten Jahrhundert trieben sich einzelne Wölfe in Hannover herum, von denen man annimmt, daß sie von Osten herübergewechselt seien. Um 1840 sind bei Nienburg, Walsrode und Rethen Wölfe geschossen; im Hollerlande fand die letzte Wolfsjagd 1847 statt. Die beiden vorletzten hannoverschen Wölfe stehen im hannoverschen Provinzialmuseum. Den einen schoß 1839 Förster Vaeß in Schoenvoerde, Oberförsterei Knesenbeck, den anderen erlegte 1851 der Förster Levecke im Wietzenbruche. Noch viel später sind Wölfe bei uns vorgekommen, denn 1852 wurde vom Feldjäger Weber einer in der Göhrde erlegt, und um dieselbe Zeit riß ein Wolf im Wietzenbruche viel Rotwild und Weidepferde. Der Förster Albrecht zu Wickenberg flickte ihn mit Schrot an und verfolgte die Schweißfährte bis zum Burgdorfer Holze; dieser Wolf soll dann auf Schulenburg-wolfsburgischem Gebiet erlegt sein. Dann wurde noch im Winter 1870 bei einem dicht vor dem Dorfe Erpensen bei Wittingen ausgelegten Luder von dem Landwirt Schultze ein Wolf geschossen, und zwar nach Angabe des Zoologen Johannes Leunis, dem das Stück vorlag, eine etwa dreivierteljährige Wölfin, die jetzt ausgestopft im Besitze des Tierarztes Oelkers zu Wittingen ist. Ein gleichaltriger Wolf wurde in demselben Winter zu Kakau bei Schnega erlegt. Der allerletzte norddeutsche Wolf, ein außerordenlich starker, fast silbergrauer Rüde, wurde 1872 im Becklinger Holze in der Oberförsterei Wardböhmen bei Celle geschossen. Der bekannte Schweißhundführer, Rgl. Hegemeister W. Bieling zu Dalle bei Eschede, machte mir darüber genaue Mitteilungen, aus denen hervorgeht, daß dieser Wolf, der eine Masse Schafe gerissen hatte, ihm selbst einmal gekommen war und später von dem Förster Grünewald geschossen wurde, der ihn sich aus der Dickung zudrücken ließ. Der Becklinger Wolf wurde zuerst in Bergen, Celle, Soltau, Fallingbostel und Walsrode von einem Unternehmer für Geld gezeigt und dann einige Tage im Jägerhofe zu Hannover ausgehängt; später soll er an die Forstakademie zu München gekommen sein. Ein Bild dieses Wolfes findet sich noch in Kirchwahlingen, eine Gedenktafel im Becklinger Holz bezeichnet den Ort, wo der letzte nordwestdeutsche Wolf fiel.

Heute wird sich kein Wolf mehr bis zu uns verirren, selbst in sehr strengen Wintern nicht, die Elbe und Rhein zum Stehen bringen. Die Dichtigkeit der Bevölkerung, die Zunahme der Schienenstränge und Verkehrswege lassen versprengte Wölfe aus den Vogesen oder aus Rußland nicht mehr weit kommen. Höchstens bei einem Kriege könnte es vorkommen, daß Wölfe wieder bei uns erscheinen.

Ein Sommertag am Südharz

Der Tag war heute schön, zu schön; Ich wollte nach dem Kaffee mit der Fluggerte an die lustige Oker, um die bunte Forelle zu betören mit der künstlichen Fliege, und die silberne Äsche, aber wenn Himmel so hoch ist und die Sonne schon in der Frühe so warm scheint, dann kann ich auf Anbiß nicht rechnen.

So will ich lieber ohne Plan und Ziel draußen herumbummeln. Ich bin nun doch eine ganze Weile hier in Schwarzfeld, aber es ist hier so viel zu sehn, daß ich Monate gebrauchte, um all die heimlichen Ecken mit ihren bunten Blumen und die versteckten Winkel mit ihren seltenen Pflanzen kennen zu lernen.

Vor mir neben der Kaffekanne steht eine große, dunkelgrüne Vase von edler, einfacher Form aus der Werkstatt des Töpfermeisters Blut im schönen Goslar. Und in ihr blüht ein mächtiger Blumenstrauß. Von meinem Balkonplatz sehe ich gerade dahin, wo ich ihn gestern abend pflückte, bevor ich auf den Bock pirschte der drüben im Kirchholze seinen Stand hat, da jenseits der lustigen Oker, die dort über die Klippen sprudelt. Die grüngelbe Wolfsmilch brach ich gerade da auf der Wiese am Hange, wo jetzt die beiden roten Rehe äsen. Die gefleckte Orchidee nahm ich von der Quelle mit, die nach der Schandenburg zu ließt, die hohe, tiefblaue Salbei wuchs unter der Franzosenwarte. Unten am Okerufer, über dem grünen Kolk zwischen zerwaschenen, graublauen Klippen, aus dem gestern der lange Engländer die Zweipfündige Forelle herausholte, da stammt der vornehme Türkenbund her und der stolze Fingerhut, die unheimliche, braun-gelbe Schmarotzerorchidee, die Vogelnestwurz stand im Schatten des Fichtenstangerorts neben ihrer lichten Schwester, dem weißblumigen Waldvögelein. Soll ich dort hin, die Wasseramsel zu belauschen und die Bergbachstelze, dem Eisvogel beim Fischen zusehen und die Goldhähnchen zu beobachten, die ihre flügge Brut die Jagd auf winzige Raupen lehren? Aber ich sehne mich nach heller Sonne, und da fällt mir die Steinkirche ein. Der bin ich noch einen Besuch schuldig.

Ich hole mir mein Rad vom Saal und sause die Landstraße hinab. Kurzgeschürzte Frauen begegnen mir, das Haar in Tüchern eingeknotet gegen die sengende Sonne. Sie tragen Kiepen auf dem Rücken und auf der Schulter die Harke. Es ist Heuezeit. Hinter dem Flecken stelle ich mein Rad in ein Haus und klettere den Hang hinauf, vor dessen Kuppe gewaltige graue Felsen von Mauerseglern umkreist, auf mich herabsehn. Wagerecht ziehen sich den Berg entlang schmale, parallele Streifen, Schaftreppen sind es. Die ganze Flora der Berge hat sich den Tritten der Schafe angepaßt. Alles ist flach, niedrig, an den Boden gepreßt, der violette Quendel und das goldene Sonnenröschen der saftige Mauerpfeffer und der wollköpfige Wundklee. Nur die giftige Wolfsmilch und die waffenstarrende Distel wahren sich ihren Wuchs.

Der Sonne meint es aber gut. Ich bin das Klettern gewohnt. Trainiert habe ich mich neulich in den Dolomitenklippen des Kahnsteins, und hier steige ich Tag für Tag bergauf, bergab, wo die Hänge am steilsten sind. Aber heute morgen werde ich warm und habe doch nur Hose und Bluse an. Gut, daß der Wind so frisch weht. Sonst wäre es nicht zum aushalten. Und er läßt auch die Wettertürme nicht näher kommen, die da hinter den Bergen von Pöhlde am Himmelssaum lauern. Ist das fein hier oben! Die Sonne brennt auf den löcherigen löcherigen Felsen, daß die weißen Dolden des Holderbaums in der Felsspalte nur so leuchten. Der Steinschmäßtzer, der über die Kalksteine rennt, sieht aus, als hätte er silberne Federn, und das rote Mützchen und das rote Westchen des fidelen Grauartschenhahns funkeln wie Rubinen.

Unter mir liegt der Ritterstein, den die Leute jetzt die Steinkirche nennen, ein Kapelle, fünf-zig Gänge in den Stein gehauen, mit Altar und Heiligenbildbnische und rauchgeschwärzten Wänden. Ich hatte wohl Lust, hier einmal einige Wochen zu kampieren. Eine Hängematte, Konserven, Tabak, drei Pötte, das wurde genügen. Paßte mir die Verpflegung nicht, so kehrte ich reuevoll zum Hotel Schuster zurück und bäte mir gebackene Äschen oder blaugekochte Forellen aus und einen guten Mosel. Aber noch lieber möchte ich rückwärts sehen können und mich hineinversetzen in jene Zeit, als diese Höhle eine Bergfeste war, lange bevor der Sachsenschlächter Mord, Brand und römisches Scheinrecht in das Land schleppte, und in jene Zeit, in der aus der Feste eine Kapelle wurde und tapfere Mönche den rauhen Gebirglern das neue Wort predigten und ihnen sagten, daß es Sünde sei, dem Wode und Thor Mähren zu schlachten auf grauen Steinen.

»Nee nu abersch, das is Sie cha fähr indresand!« Herrjemersch, ein ganzer Trupp Touristen vom Pleißeufer. Ich gehe in hohen Fluchten ab. Alles kann ich vertragen, nur nicht den sächsischen Schmalzjargon in stiller Natur. Also bergab, über das quicke Wässerlein und bergauf, dem Hasenwinkel zu. Ich kriege heute Mittag Forellen und habe versprochen, dafür einen pompösen Strauß auf die Tafel zu stiften. Den steinigen Hang hinauf gehe ich und freue mich an den beiden Giftbolden, dem roten Fingerhut und der goldenen Wolfsmilch, an dem Königsmilan, der hoch über mir seine Kreise zieht, an den Eidechsen, an den blühenden Thymiankrispeln und an den kleinen blauen Faltern, die von Blume zu Blume tanzen. Dann trete ich in den kühlenden Fichtenwald, wo spitzhäubige drollige Meisen spulend und kullernd durch das Gezweig buschen. Einige Schritte vom Wege sprudelt zwischen grünen Farnwedeln die Quelle. Da kriecht in schwerfälligem Paßgange der schwarzgelbe Salamander.

Und dann kommt eine Wiese, da duften rote, zierliche Orchideen. Die geben mit Zittergras einen zierlichen Strauß. Und dann kommt der Buchenwald, mit lautem Warnruf kündet mich der Markwart an, und ein brauner Bussard, der auf dem Jagenstein den Anstand auf die roten Waldmäuse ausübte, stiebt ab. Ich nehme seinen Platz ein und rauche still meine Zigarre. Da höre ich es flöten und kreischen, und es kommt heran, goldgelb und schwarz, in den Salamanderfarben, aber oben in den Zweigen. Das ist der Vogel Bülow, der hier Raupen jagt. Er sitzt mir so nahe, daß ich seine karminroten Augen sehen kann. Dann streicht er ab; die beiden Rehe verjagten ihn. Eine Ricke mit ihrem Kitz. Groß äugen sie mich an, nicken mit den Köpfen, treten hin und her und ziehen dann vertraut nach der blumigen Wiese.

Ich gehe im Wald immer leise und haste nicht mit Armen und Beinen. So kriege ich mehr zu sehn als der schnelle Spaziergänger und laute Wanderer. Es gibt ja auch soviel zu sehen für den, der waldkundige Augen hat. Und wessen Ohren des Waldes Stimmen kennen, der erlebt viel. Mörderisches Krähengekrächz ruft mich auf die Kuppe. Etwas Rotes huscht durch die Buchenjugend. Ein Jungfuchs! Mit schafsdummen Gesicht äugt er mich an, und dann geht's ab, daß die Lunte nur so fliegt.

Hier auf der großen Kultur will ich einen großen Strauch brechen. Drei, vier lange Fingerhutrispen mit roten Glocken, zwölf blaublühende Akeleistengel, dazwischen silberne Simsen und goldenes Perlgras. Nur der Tollkirsche braune Blüten lasse ich stehn, das häßliche Giftkraut. Sie hat etwas unerträglich Gespreiztes. Und jetzt merke ich, daß ich innen hohl bin. Es ist Mittagszeit.

Im Hotel ist großes Leben. Alle Gartentische sind besetzt. In Hof steht ein großes, rotes Automobil. Es gehört Professor Nernst in Göttingen. Und jetzt kommen auch die drei Engländer aus Leipzig an, jeder mit seiner Weidenrute in der Hand und der Angel auf der Schulter. Und an jeder Rute hängen blutrot geperlte Forellen und silberseitige, blaugestreifte Äschen. Ja, wer das Angeln so versteht wie die, dem bescherte der heilige Petrus selbst bei solchem Wetter Anbiß.

Nach Äschen und Forellen zum Sattessen hat man wirklich keine Lust zu weiten Wegen und heißen Straßen. Eigentlich wollte ich im Nonnental den starken Bock weidwerken, den ich vorgestern da sah, aber ich bin wirklich zu faul. Ich werde erst ein bißchen Frenssens Jörn Uhl lesen, diesen wunderschönen Roman, und dann im Buchwaldschatten nach der Ruine gehen und da Kaffee trinken. Ich schätze, das bekommt mir besser.

So um fünf Uhr steige ich dann bergan im schattigen Buchwald. Noch hat sich das Buchenblatt nicht gedreht, es schattet noch. Hier und da fällt das Sonnenlicht durch die dichten Kronen, wirft Blätterschatten auf silbergraue Stämme, hebt die winzigen Farndickungen und Waldmeistergruppen hervor, durchglüht die leichenfarbigen Blumen der Vogelnetzwurz und glänzt auf dem dunklen Laube des Nieswurzes. Neben dem bergabspringenden Mühlgraben gehe ich entlang. Zu meiner Linken ist die blühende Bergwiese, voll von gelbweißen Margueriten, rosigen Kuckuckslichtnelken und tiefblaurotem Knabenkraut. Zwei Rehe, feuerrot in der hellen Sonne leuchtend, äsen dort oben, und vertraut, als gäbe es weder Kraut noch Lot, zieht drüben der starke Bock durch das lange Gras. Dann schlage ich mich nach rechts, den steilen Hang in die Höhe, der zur Ruine führt.

Aus den grünen Fichten, Buchen und Lärchen taucht sie auf, die graue Burg. Blühender Holunder, roter Fingerhut und blaue Akelei nicken aus ihren Spalten, Farne und Erdbeeren wuchern in ihren Ritzen. Wo früher die Besatzung den Bolzen in die Scheibe jagte, wo Waffenlärm ertönte, Bolzen und Kugeln flogen, da sitzen heute frohe Touristen beim Kaffee. Unter schattendem Ahorn lasse ich mich nieder. Bravo, der treue Stichelhaarige, der unverdrossen Botendienste zwischen dem Hotel und der Ruine tut, leistet mir Gesellschaft und begleitet mich nach oben. Er kennt Schritt und Tritt und ist schwindelfrei. Er kriecht durch die Drahtgitter und sieht hinab in die schwindelnde Tiefe. Und ich freue mich an dem bunten Bild unter mir, an den Panoramas von Wald und Feld, Holz und Wiese, aus dem bald Barbis hervortaucht, bald Scharzfeld und Pöhde; ich grüße die Berge von St. Andreasberg, nicke der grauen Warte drüben zu, von der aus 1761 die Franzosen die Burg vergeblich beschossen, bis Verrat ihnen das Burgtor aufmachte. Da hinten in der Sonne liegen Osterhagen, Tettenborn, da drohen die grauen Römersteine Ravenskopf und Frauenstein sehe ich und Schloß Herzberg, das Silberband der Oker schimmert im Tal. Aber die Sonne meint es zu gut. Bravo hechelt, daß seine rote Zunge in der Sonne leuchtet. Was meinst du, Bravo, wenn wir jetzt die Höhle besuchten? Er wedelt zustimmend. Wir steigen hinab, ich lasse mir zwei Windlichter geben, die Bravo in seinen Korbe mir nachträgt. Er kennt den Weg ganz genau. Als ich einen Umweg mache bei den Forellenteichen, äugt er mich verdutzt an, als wäre ich nicht recht klug, fügt sich dann aber und wedelt verständnisinnig, wie ich nach einem kleinen Umweg den Weg einschlage.

Der Abendwind weht in das Tal herab, aber schwer und schwül ist die Luft. Der Laubfänger singt sein schwirrendes Lied, die Geburtshelferkröte läutet, unter Steinen versteckt, ihr Glöckchen, die flügge Drosselbrut raschelt im Fallaub, braune Spinner taumeln über die Farne. Ein Hase rückt zu Felde, von Bravo mit Interesse betrachtet. Aber da ich nichts auf der Schulter trage, so kümmert er sich nicht weiter um den Krummen und geht mit mir den Bach entlang, der neben dem Wege herspringt. Vor der großen Waldwiese aber, die warm durch den kalten Abendwind schimmert, hebt er schnuppernd die Nase gegen den Wind. Er wittert die drei Rehe, die sich dort im blumenbunten Grase äsen und die uns mit hohen Hälsen nachäugen, bis uns der Wald wieder aufnimmt. Denn senken sie die Köpfe wieder in das Gras.

Kühl ist es hier. Kein Lichtschein fällt auf den Boden, kein heller Fleck tanzt auf den grauen Felsen, die ernst und finster sich am Wege erheben. Leise schwanken die Farnwedel in der Spätbrise, ein fallendes Dürrblatt gibt einen großen Ton in der weiten Stille, und des Finken Schlag mutet an wie eines Wanderers Lied in der Einsamkeit, der sich mit der eigenen Stimme die Ängstlichkeit aus der Seele singt. Aber dann, auf dem Kamm, im Lichtschlage, ist alles wieder voll von Wärme und Licht, Gesang und Leben, und ich freue mich des lachenden Lebens, sitzend auf moosigem Stein, und denke nach über das Leben, das einst um den Ritterstein lebte und in der Burg webte. Wie lange das schon her ist! Und vor mir, hinter dem Gatter, liegt die Höhle. Und in dem Lehm des Bodens liegen die Knochen vom Riesenbär und Wisent, Elch und Rothirsch, gespalten von wilden, kleinwüchsigen Jägern finnisch-mongolischer Rasse, die hier lebten, ehe der Gäle und der Deutsche ihnen Land und Leben fortnahmen. Wie lange das aber erst her ist!«

Ich öffne die Tür und steige hinab. Ich will mich abkühlen im Schatten der Vorzeit. Eisig weht mir die Kellerluft der Höhle entgegen.

Auf einem Kalksinterblock, der vor Jahrhunderten von der Wand abbrach, sitze ich und sinne. Zu meinen Füßen liegt der Hund, steil steigt der Rauch meiner Pfeife empor. Eintönig klingt der Tropfenfall in die Totenstille. So gar kein sichtbares Leben ist um mich her, und doch hat auch hier einmal in den Bette des versiegten Gletscherbachs der Mensch geliebt und gelacht, geweint und gebangt. Das Windlicht in der Hand gehe ich durch den schwarzen Raum, Bravo geht voran. In einer Nebenhöhle setze ich das Windlicht hin, ziehe das Weidmesser aus der Hosennaht und scharre im Lehm. Die Messerspitze stößt bald auf etwas Hartes. Ein gut erhaltener Zahn, ein zerbröckelter, dann noch einige weiter unten, die fördere ich so nach und nach heraus. Und dann einen kunstgerecht geschlagenen Feuersteinsplitter, wie ihn die Frauen der kleinen Jäger gebrauchten, um Felle rein zu machen und Knochen glatt zu kratzen.

Das Steinschaberchen ist grau, zwei Zoll lang und von vier langen Flächen, der breiten Grundfläche und den drei schmalen oberen Flächen, gebildet. Es sieht so einfach aus, und doch kann der Mensch des zwanzigsten Jahrhunderts alle seine ungeheuren technischen Hilfsmittel zur Hand nehmen, er wird es nicht fertig bringen, auch nur so ein Splitterchen herzustellen. Sie ist verloren gegangen, diese Kunst, die zwerghaften Jäger haben sie mit ins Grab genommen. Die Steinmesser, mit denen unsere Vorfahren am Opferstein die Mähren abkehlten, sie waren nicht von ihnen selbst gemacht. Sie hatten sie von den Zwergen und hielten sie heilig. Und die Steingräber in der Heide, Fürstengrüfte verlorengegangener Völker sind es, und unsere Urahnen schon hatten keine Kunde von ihren Erbauen und keine Kenntnis ihrer Herstellung. Wer weiß aber, vielleicht rückt uns das Polareis zum dritten Mal auf den Hals, läßt keine Obstbäume mehr blühen, kein Getreide mehr reifen, ersäuft mit seinen Gletscherbächen unsere Kohlen- und Erzgruben und vernichtet alle Kultur. Dann werden unsere Späten Nachfahren die alte Kunst wieder lernen, belehrt von der bitterbösen Not.

Es ist spät geworden. Der Hund mahnt zur Umkehr. Ich steige die Treppe empor, warme Luft streichelt mir die Backen, und der Eule Ruf bewillkommnet mich. Lachen und Plaudern kommt mir entgegen. Ein Touristenschwarm will eine Höhlenfahrt machen. Allein würde keiner von ihnen sich hineintrauen. Und es ist doch so gut, nach heißen Lebenstagen einmal allein zu sein mit sich im kühlen Schatten der Vorzeit.

Das Tal der Lieder

Über den Wolfskuhlen ging die Sonne zur Rüste und lachte zum Abschiede den hannoverschen Berg so herzlich an, daß selbst die ernsten Tannen freundlicher aussahen. Die grünen Buchen aber strahlten nur so.

Auf dem Wege, der sich als rotes Band durch die Wiese zog, stiegen Frauen herab, tief gebückt unter den Traglasten von Leseholz auf ihren Rücken. Kinder, die Hände voller Blumen, sprangen ihnen singend entgegen.

Noch schlugen die Finken und pfiffen die Meisen; doch immer mehr kamen die Drosseln zu Wort hüben und drüben am hellen hannoverschen und dunklen braunschweiger Berge, und die Rotkelchen mengten ihre süßen Lieder zwischen die lauten Klänge, zu denen der Teufelsbornbach im Grunde vergnügt die Begleitung brummte.

Da schallten klare Stimmen aus dem Walde heraus. Unter den Hängebirken her, die die rote Fahrstraße begleiteten tauchte eine Trupp junger Kulturarbeiterinnen auf. Leichtfüßig trotz der derben Schuhe und der Rucksäcke und der anstrengenden Arbeit, die hinter ihnen lag, kamen sie daher und sangen, daß er nur so schmetterte:

> »Hab' ich kein Geld auf dieser Welt,
> Hab' ich einen Schatz, der mir gefällt.
> Er ist soweit über Berg und Tal,
> Daß ich ihn gar nicht sehen kann.«

Ich nickte ihnen zu. Lustig erwiderten sie den Gruß, ohne sich stören zu lassen; ja mir wollte es scheinen als hätten sie nur um so frischer weitergesungen, um mir zu zeigen, daß die Mädchen von Hellental die schönsten Stimmen haben weit und breit. Zehn verschiedene Stimmen waren es, und doch nur ein einziger Klang.

Ich sah ihnen nach, bis sie hinter der Wegkrümmung verschwanden, und als sie schon weit weg waren, hörte ich es noch schallen:

> »Und als ich kam in die Großstadt hinein,
> Da stand mein Schatz am Fensterlein.
> Mir tat mein Herz in der Brust so weh',
> Dieweil mein Schatz muß Schildwach' stehn.«

Langsam ging ich den Weg entlang, zwischen den Wiesen hin, wo die stolzen Kuckucksblumen bei den bescheidenen Grasnelken standen, hörte den Ringeltäuber drüben am Berge rucksen und den Hohltäuber hüben heulen, sah die goldenen Lichter auf dem Bache verlöschen und den grünen Hang seinen Schein verlieren, und ging weiter, immer weiter unter dem Gatter her, über dem oben auf dem Lichtschlage Rotwild entlang zog, bis es aufwarf und in die Dickung polterte; dann wieder kam Gesang mir entgegen. Waldarbeiter waren es. Hart klangen ihre Nagelschuhe auf dem Steinschotter, aber weich klang es durch den dämmernden Wald:

> »Morgens früh an schönen Tagen,
> Wenn das Gras am grünsten steht,
> Muß ein jeder Jäger wissen,
> Wo das schönste Wildbret geht.
>
> Hirsch' und Hasen muß man schießen,
> Eh' sie laufen in den Wald;
> Schöne junge Mädchen muß man lieben,
> Eh' und eh' sie werden alt.«

Der Waldkauz in den Buchen fing vor Neid an zu wimmern, so sangen die Männer, und die Ohreule in den Fichten seufzte hinter ihrer her. Ich aber stieg den Berg empor, bis die letzte Drossel ausgesungen hatte, und dann in das Dorf hinab, dessen steile Straße voll von lautem Leben war. Und als ich dann später unter der Hängelampe saß, kamen sie an, die Gehrmanns, Eikenbergs, Roloffs und wie sie alle hießen, lauter Waldarbeiter mit harten Händen und freundlichen Augen, und ein Wort gab das andere, bis erst der eine und dann der andere eine der Wilddiebsgeschichten zum besten gab, die er von seinem Vater gehört hatte, der die Zeiten miterlebt hatte, als das Wild noch nicht hinter den Gattern stand, sondern Nacht für Nacht auf den Feldern zu schaden ging und jeder dritte Mann in der Gegend ein Freischütz war. Lustig und traurig waren die Geschichten, die ich hörte, und wild und wehmütig die Lieder, die wir sangen, und schließlich ließ sich Vater Timmermann, unser Wirt, bewegen, und holte die Forke hervor, den alten einläufigen Vorderlader, mit dem so mancher Hirsch heimlicherweise gefällt war, und der nun schon über ein Menschenalter hahnlos und rostverbrannt im Schranke staubte als Andenken an die alten schlimmen Tage.

Es war schon spät, als ich in das Bett kam; aber trotzdem war ich früh auf. Die Frühsonne kam blank hinter dem Heukenberge her und schien in mein Fenster, und helle Stimmen klangen hinein; das junge Volk machte seinen Sonntagsfrühgang in den Berg. Lustig klang es von dem Berg herüber:

»Es wollte ein Jäger wohl jagen,
Dreiviertel Stunde vorm Tagen,
Ein Hirschlein oder ein Reh,
Ein Hirschlein oder ein Reh.«

und von dem andern her:

»Und jetzt nehm' ich meine Büchse
Und geh' in den Wald
Und schieße mir ein Hirschlein,
Sei es jung oder alt.«

Die Spatzen lärmten, und die Schwalben zwitscherten, die Finken schlugen, die Drosseln pfiffen, und wieder war das ganze Hellental voll von Gesang und frohen Stimmen.

Ich zog dann auch bald hinaus bis dahin, wo das Tal endigte und der Bach in ihm in den Grund fällt, sah die Blumen winken und die Falter fliegen, hörte dem Rauschen der Buchen zu und den Vögeln, die in ihren Zweigen sangen. Aber ab und zu, bald hier, bald da, klangen frohe Menschenstimmen dazwischen; von hüben, von drüben kamen lustige und wehmütige Lieder herab, in den Wiesengrund, und als ich zum Dorfe ging, schallten vor mir und hinter mir alte, schöne liebe Weisen, die sich hier in diesem weltfernen Waldwinkel gehalten haben, aber anderswo meist schon längst vergessen sind.

Als ich in das Dorf hineinkam, kam mir voller Chorgesang aus der Kapelle entgegen, so schön und rein, wie ich ihn kaum je aus einer Dorfkirche hatte herausklingen hören. Und nachmittags kam das Paar, das nach der Kirche zusammengegeben war, daher. Der Bräutigam im hohen Hute und Kirchenrock, den Myrtenstrauß an der Brust, führte die Braut an der Hand, der der Kranz gut zu dem schwarzseidenen Kleide stand. Hinterher gingen die Brautführer, die weißgekleideten Brautjungfern im Arme, und die Verwandtschaft machte den Beschluß. Und alle sangen:

»Mir gefällt das Eh'standsleben
Besser als das Klosterzieh'n.
In das Kloster mag ich nicht,
Bin ja schon zur Eh' verpflicht',
Ja, Eh' verpflicht.«

So zogen sie dahin in den grünen Berg nach alter Sitte, und alle Vögel sangen dem jungen Paar zu Ehren mit, so laut sie konnten.

Wie dieser helle Sonntag im Hellental anfing, so wurde er auch beschlossen. Wohin ich kam im grünen Walde, hallte und schallte es von Lieder. Abends aber versammelte sich das ganze Volk im Kruge; rund herum saß die Jungmannschaft und in der Mitte zwei Reihen blühender Mädchen, und Stunde auf Stunde klang die Stube von frischem Liederschall. Das ganz junge Völkchen aber, das just die Schule verlassen hatte und noch nicht in den Krug hinein durfte, stand draußen unter den Fenstern und sang die Lieder ebenso mit, wie in vorderen Zimmer die Ehemänner, nachdem ihnen die Karten zu langweilig geworden waren.

Am anderen Tag hieß es Abschied nehmen. Aber die Räder des Wagens, der mich nach Dassel führte, und die der Eisenbahn, die mich heim brachte, sangen immer noch die Lieder aus dem Hellental mit, und heute noch ist es mir, als sähe ich die Kulturarbeiterinnen hinter den Birken auf dem roten Wege verschwinden, und ihre Stimmen, die singen in einem fort in mir.

> »Im Sachsenland, da bleib' ich nicht,
> Die langen Kleider, die trag' ich nicht.
> Die langen Kleider und die spitzen Schuh',
> Die kommen keiner Dienstmagd zu.«

Die bunte Stadt am Harz

Alle Städte den Harz hinauf, den Harz hinab haben ihre Schätze und Kostbarkeiten; keine aber ist so reich und so bunt wie Wernigerode.

Alles ist da, was das Herz begehrt: lustiges Leben und träumerische Stille, städtische Eleganz und dörfliche Einfachheit, flutender Fremdenverkehr und feststehende Eigenart, neue Bauart und alte Architektur; sie ist die Stadt der bunten Gegensätze die zu einer stimmungsvollen Einheitlichkeit verschmolzen sind.

Schon die Lage des Dreistädtegebildes Hasserode-Wernigerode-Nöschenrode ist eigener Art. Zwischen dem fröhlichen Vorharz und dem ernsten Oberharz schmiegt sich die Stadt an der Stelle hin, wo die wildverwegene Holtemme und der stillsinnige Zillierbach ineinanderrinnen, und in beider Flüsse so verschiedenartig gestaltete Täler dringt die Stadt mit ihren stattlichen Töchterstädten hoch in die Berge und tief in die Täler vor und drängt immer mehr nach der bunten Ebene hin.

So liegt sie da, dem Brocken nahe, dem Hügellande und der Getreideebene, auf der Grenze zwischen Nadelwald und Laubholz, Granit, Schiefer, Kalk, Sandstein und Lehm, zwischen drei verschiedenartigen Floren-und Faunengebieten, auf der Scheide dreier Volksstämme, dreier Sprachgebiete, dreier Temperamente, dreier Baustilarten, und darum ist sie reich an Reizen, ist sie so bunt und so schön.

Sie ist eine echte Harzstadt und voll von internationalem Leben; sie ist eine Acker-und Kleinbürgerstadt, aber mit reichem Gewerbe, kräftigem Handwerk und blühendem Handel. Kein Stand, kein Beruf drückt den andern in den Hintergrund, und die große Fremdenkolonie, in der es von alten Namen und Titeln nur so wimmelt, ist durch unzählige Übergänge mit dem alten Bürgertum und der Arbeiterschaft zu einer rißlosen Lebensmittelgemeinschaft verschmolzen. Dürftigkeit ist keine Schande, und der Luxus gilt als Verdienst.

Es ist gleich, zu welcher Jahreszeit man dort ist; immer ist es dort schön. Klirren die Flüsse durch Ufereis, hüllt der Schnee Berg und Tal, hier drückt der Winter nicht; denn die Luft ist rein, und der Schnee ist trocken. Jedes Wochenende bringt die Schneeschuhläufer und Rodler von weit und breit her; denn zu bequem ist die Stadt zu erreichen von Halle und Magdeburg, Hannover und Braunschweig, Bremen und Hamburg und Berlin.

Wunderbar schön ist es wintertags dort, wenn die Fichten Schneemützen tragen und sich demütig von Sr. Majestät dem Winter beugen, und da die Berge die bösen Winde abhalten, empfindet man die Kälte nicht gar sehr. Wenn die Tauwinde blasen, Holtemme und Zillierbach ihr Randeis zerbrechen und in tollen Sprüngen zu Tale tanzen, wenn die Zeisige und Kreuzschnäbel auf die Höhen fliehen und auf den Brücken und Stegen die Bergbachstelze wieder umhertrippelt, dann kommt die hohe Zeit für die bunte Stadt am Harz.

Zwei Jahreszeiten sind dann dort dicht beieinander. Die Gärten protzen mit ihrem Vorfrühlingsflor, die Bäume blitzen von vielfarbigen Knospen, Amselsang und Finkengeschmetter erfüllt das Gezweige; aber ein Stündchen bergan, und der Nachwinter herrscht dort noch. Ernst liegt der Schnee im Schatten, keine Knospe lüftet die Hüllen, und nur der reisenden Meisen Stimmen bringen Leben in den verschlafenen Wald, bis auch ihn die Sonne weckt, bis auch dort der Boden sich mit Blumen schmückt und aus allen Wipfeln lustige Lieder erschallen.

Blumen und Vogellieder, das ist es, was dem Fremden, und sei er noch so sehr Asphaltmensch, zu allererst in Wernigerode auffällt. Die Ebene, das Hügelland und die Berge, sie alle schicken ihre Blumen bis mitten in die drei Orten hinein, und die drei Städte schieben ihre Anlagen und Gärten hoch in die Berge, überall zwischen die Hügel und tief in die Ebene hinab. Wo hört die Stadt auf, wo endet der Garten, und wo fängt das Gebirge an und beginnt die wilde Flora? Darauf gibt es keine Antwort. An den Schieferböschungen mitten in der Stadt wuchert ungestört, entzückende stillleben bildend, allerlei buntes, wildes Gekraut, und wohin man sieht, über und unter der Stadt, vertragen sich die feierlichen Gartensträucher auf das beste mit den wilden Gebüschen, und mit feinem Takte läßt die Stadtverwaltung dem wilden Geblüm an den Böschungen nicht nur seinen Platz, sondern pflanzt besonders schöne Wildblumen an jenen Stellen der Anlagen an, die weniger streng gehalten sind. Auch die Gartenbesitzer freuen sich, wenn Wildrose, Weißdorn und Brombeere und allerlei wilde Blumen auf ihrem Rechte bestehen, und wer Augen hat, zu sehen, der hat seine helle Freude bei jedem Schritt und Tritt.

Und nun erst die Vogelwelt. Auch bei ihr gibt es keine Grenzen zwischen Stadt und Umgebung. Hier schillpt der Hausspatz, und drüben läutet der Kuckuck, dort zwitschern die Schwalben, und hier schnurrt der Grünspecht hin, wiehernd lachend; auf jedem dritten Baume plaudert ein Girlitz oder Stieglitz oder Grünfink, in allen Büschen schwatzen Zaunkönige und Braunelle und Grasmücke, und Fink, Meise, Gartenrötel, Trauerfliegenschäpper, Amsel und Singdrossel sind überall zu finden. Im Mühlentale schluchzt abends die Nachtigall, mitten im belebten Konzertgarten schlüpft der Häher durch die Zweige, über den Dächern kreist der Bussard, und wenn der Abend hereinbricht, lassen die Vögel der Nacht ihre Stimme erschallen; der Waldkauz lacht im Baß, das Käuzchen kichert in Diskant, und unheimlich schnarcht die Turmeule.

Wer die Tierwelt liebt, braucht nicht weit zu gehen hier. In den Gartenstraßen watscheln die schwarzgelben Salamander bedachtsam dahin, in den klaren Flußläufen stehn die Forellen, jagen die Jungen auf Schmerlen und Groppen, und ein bunteres Schmetterlingsgeflatter wie hier, hat keine Stadt, und keine so viel lustiges Gesumme und Gebrumme über den Blumen. Außerdem, da ist kaum ein Haus, wo nicht unter dem Fenster ein Käfig hängt, und wo man geht und steht, zwitschert und pfeift und schlägt es, gleich als ob das Volk von lustigem Gesänge noch nicht genug hätte.

Das aber ist es, was den Fremden am meisten freut, der heitere Zug, der hier alles beherrscht, der sich in dem bunten Wechsel des Bodens, in dem fesselnden Zusammenfluß von Natur und Stadtleben, in der Blumen Farbenpracht, in den frohen Tierleben ausspricht und in den Gesichtern der Menschen. Sie haben eine bekömmliche Philosophie, die Leute hier, und die ist: nicht zu Philosophieren. Es ist zuviel Schönes und Liebes und Lustiges zu sehen, daß sie gar nicht daran denken, zu denken; denn wer denkt, der lebt nur halb. Hier aber lebt man ganz. Bestelle dir zum Sonntag früh den Wagen, Fremdling, denn sonst bekommst du keinen, denn der Wernigeröder und der Hasseröder und der Nöschenröder läßt dir keinen übrig. In aller Frühe donnern sie aus allen Toren, die Wagen, bunt von frohen Gesichten, hellen Blusen und farbigen Hüten, und mit Klingklang und Singsang, mit grünen Zweigen besteckt, donnern sie abends wieder zurück.

Und hast du keinen Wagen bekommen, es schadet nichts. Drehe dich dreimal um deine Achse und gehe dahin, wo deine Nase dich hinweist; es ist völlig gleich, ob diesen oder jenen Weg einschlägst, ob du zum Christianental oder nach der Steinernen Renne, zur Himmelspforte oder zur Sennhütte hingelangst: überall ist es schön; überall sind Blumen, ist Wald, sind blühende Abhänge, heimliche Schluchten, lachende Matten, und überall lustiges Volk, die Hände voll vom Primeln, Wiesenröschen und Teufelskrallen. Aber suchst du Einsamkeit, nach hundert Schritten hast du sie. Willst du im lichten Laubwalde wandeln, gehe in den Schloßberg; liebst du das dämmrige Tannicht, es ist überall; ziehst du den sonnendurchglühten Kiefernwald vor, er ist nicht weit, und Aussicht kannst du haben, soviel du willst, und hungern und dürsten brauchst du nirgendwo, denn überall zeigen dir die Handweiser, wo eine gastliche Stätte Speise und Trank bietet.

Nimm dir nur nicht vor, planmäßig Wernigerode und seine Umgebung kennen zu lernen; es hat gar keinen Zweck, denn dafür reichen deine vier Wochen Ferien nicht. Bist du schon auf dem Hartenberge gewesen und in dem märchenhaften alten Marmorsteinbruche? Warst du an den Teichen, wo der Drosselrohrfänger singt? Hast du die Sauen bei der Körnung gesehen? Sahst du abends das Rotwild an den steilen Hängen herumziehen? Erspare es dir vorläufig, nach Ilsenburg oder dem Fallstein, nach Elbingerode oder Rübeland zu pilgern oder zu fahren, laß den Huy und den Elm winken und den Brocken brummen, und sieh dich erst in der Nähe um, aber ganz in der Nähe, in der nächsten Nähe.

Setz dich vor das Hotel da unter das Sonnensegel und sperre deine Augen auf, dann hast du vorläufig genug übergenug. Da ist das Rathaus mit seinem Fachwerk und seinen stolzen

Spitztürmen, die rechts und links neben der Treppe stehen wie Wacholder neben einem Heideweg, der bergan läuft. Ist es nicht fein, wie Thomas Hildeborg es verstanden hat, Holz-und Steinarchitektur zu wirkungsvollster Einheit zu verschmelzen? Das muß ein ganzer Kerl gewesen sein, sonst hätte er nicht über die Tür geschrieben: »Einer acht's, der andere verlacht's, der dritte betracht's; was macht's?« Und war es nicht ein reizender Zug vom Grafen Heinrich, dieses Haus, das ihm als Spielhaus gehörte, samt dem Weinkeller und allen Gerechtsamen der Stadt zu schenken? Überhaupt die Fürsten von Stolberg-Wernigerode, das ist wieder ein Vorzug der Stadt. Es sind keine regierenden Fürsten mehr, aber den großen Zug behielten sie von der Zeit bei. Mit Ausnahmen des bißchen Park um das Schloß kannst du in allen ihren Anlagen und Wäldern, von hier bis zur Brockenkuppe, frei schweifen; kaum, das dir ein Förster oder Wärter eine Warnung gibt, wenn du quer über den Rasen läufst oder gar zu große Sträuße von den blühenden Büschen schneidest. Sieh, du hast Glück, das Fürstenpaar fährt vorbei im funkelnden, flimmernden Viererzuge. Achte darauf, wie die Leute grüßen! So gar nicht unterwürfig, trotzdem der Hof ein guter Abnehmer für so viele Leute ist. Zuneigung liegt in den Augen, aber nicht Knechttum.

Nun aber wird es dir zu laut und zu voll hier. Brockenfahrer kommen in hellen Haufen an und von allen Sorten, in Rindsleder und Chevreaux, in Loden und Tennisflanell ganze Bündel Brockenblumen in den Händen. Es ist verboten, sie abzureißen, und doch pflückt jeder Brockenfahrer sie; denn die Beamten sagen nicht gern was. Man ist fast zu liebenswürdig auf stolberg-wernigerödischem Gebiet. Etwas mehr Strenge könnte nicht schaden, denn allzu viel Pöbel fährt sonntags durch den Harz und verschandelt das Land mit Papier und Flaschenscherben. Aber du willst weiter. Geh, wo es dir paßt. Sieh dir das gotische Haus an und freue dich über das reiche Schnitzwerk und die hübschen jungen Mädchen in Weiß, Rosa und Vergißmeinnichtblau, die an den Tischen zwischen den Lorbeerbäumen sitzen, oder geh durch die Anlagen am Bahnhof und lache und Blumen zu, und vergiß das Schlachthaus nicht, dieses wunderschöne Schlachthaus, das ganz gut ein Ferienheim oder etwas ähnliches sein könnte, und sieh zu, daß du die alten Türme findest, den stolzen, patrizierhaften am Westentore und den anderen, der da irgendwo herumsteht und mit der Luke in seinem Bauche so unglaublich lustig aussieht, als müsse er darüber lachen, das in seinem Erdgeschosse jetzt Borstentiere schlachtreif gemacht werden. Mensch, du glaubst gar nicht, was es hier alles zu sehen gibt!

Das Wasser zum Beispiel! Überall ist Wasser, breit und schmal und noch schmäler, fadendünn aus einer Röhre über die Böschung in die Gosse rieselnd, aber alles so blank, daß man es trinken kann. Und das viele Wasser, das gibt Brücken und Stege und Geländer und Böschungen und Winkel aller Art, ein Stück Klein-Venedig neben dem andern. Hier besonders, wo die Jungen barbeinig herumwaten, ist es besonders nett; darum heißt die Straße auch die schöne Ecke. Aber sieh dich hier vor, Verehrtester, hier wohnen scheußlich viel hübsche Mädchen, und leicht holst du dir einen hoffunglosen Knacks unter der Weste; denn sie sind alle schon versagt, längst versagt. In einer so hübschen Stadt mit so viel Blumen und Vogelsang warten die Mädchen nicht lange auf den einen. Dieses Völkchen hier geht schnell und arbeitet schnell, und es lacht und liebt auch schnell, und küssen tut es schrecklich gern. Heute abend, wenn es schummert, geh einmal über die Straße: überall steht eine mit einem, vor jeder Haustür.

Doch du bist ein ernster Mann mit einer Glatze und mangelhaften Aussichten in Punkto Liebe; also mache lieber ernsthafte Studien. Die Straßennamen sind zu diesem Behufe sehr zu empfehlen: da ist eine Pinte und eine Freiheit; und auch die Flur-und Forstnamen, die haben Saft und Kraft: Pulvergarten, Galgenberg, Flutrenne, Armeleuteberg, Kalte Tal, Fenstermacherberg, Verbranntes Eichental, Zwölfmorgental, Auerhahn-und Hasenwinkel und Papenanneken. Da aber mußt du nicht hingehen, sonst wird dir betrübt um die Rippen. Da sitzen sie, jung und alt, und haben Körbe voll Kuchen und Kannen und Tassen, und da wird Kaffee gekocht und gelacht und gesungen, und Pfänderspiele werden gemacht, mit Küssen natürlich. Doch sind hierzu Pfänderspiele nicht immer nötig; es geht auch so. Da platzt du auch schon auf so ein Pärchen und ziehst dich wehmutsvoll zurück. Aber du siehst ja noch nicht ganz baufällig aus, alter Freund, und so wundere dich nicht, wenn dich alle Naselang ein paar hübsche Fräulein nach der

Uhr oder nach dem Wege fragen: das sind Ferienkolonistinnen aus irgendwelchen Großstädten, denen das einschichtige Leben hier langweilig ist und die so'n bißchen Sonntagnachmittagsanschluß suchen; denn was der Mensch gewohnt ist, das entbehrt er ungern. Wenn du klug bist, so sträube dich nicht; man kann hier nicht gut allein sein. Die Bäume blühen, die Vögel singen, blauweiß grüßt der Brocken über den Wald, von unten her lacht das bunte Land herauf, Automobile sausen, braune Kühe kommen mit Klingklang und frohem Gebrumm heim, jedes Kind hat die Faust voll Blumen; es ist wahrhaftig ein Tag, um eine kleine Dummheit zu wagen.

Sei kein Frosch, alter Junge, steige mit den Mädeln zur Harburg hinauf, lasse dir eine dicke Flasche kaltstellen und ein niedliches Abendessen nebst Sonnenuntergang servieren, und freue dich, daß du noch drei Wochen weilen darfst in der bunten Stadt am Harz.

Im Tiergarten bei Kirchrode

Grau ist der Morgen; Nebel verhüllen die Landschaft; ein frostiger Wind pfeift uns entgegen auf der Plattform der elektrischen Bahn, die uns in sausender Fahrt an der Kante des herbstlich bunten Stadtfortes Hannovers, der großen, schönen Eilenriede, vorbeiführt, den Berg hinauf, vorüber an den schmucken Villen von Kühlshausen, durch Kirchrode hindurch. Hier hat die Fahrt ein Ende.

Zur Linken, hinter Obstbäumen, von gelbblättrigem Wein überrankt, winkt uns schon das Försterhaus; sein grünes Tor, das braune Fachwerk, der lichtblaue Maueranstrich sehen so einladend gemütlich aus. Und da ist ja auch Herr Hofjäger Delion, der uns schon erwartet. Wir sollen heute seinen Tiergarten gründlich kennen lernen, gründlicher als die Leute, die hier Sonntags auf den weiten Rasenflächen unter den mächtigen Eichen und Kastanien bei Kaffee und Bier sitzen. Die Warnungstafeln, die große Teile des Waldes für die Besucher verbieten, für uns sind sie heute nicht da.

Ein Pfiff, und da kommen Gretchen und Flick angerast, die feingebaute Teckelhündin und der scharfe Rüde. Die müssen mit; wer weiß, ob nicht irgendwo ein Ilk sitzt oder ein Wiesel über den Weg läuft. Aber erst noch ein bißchen gefrühstückt in dem hellen Saal, dessen Wände Damhirschschaufeln und Hirschgeweihe schmücken und in dem schon einige bettflüchtige Radler lustig beim Kaffee sitzen und Ansichtspostkarten in die Welt schicken.

Herrlich ist der Blick, von hier aus über die Hauptallee und den grünen, mit gelben Blättern bestreuten Rasen. Wie Schildwachen stehen die beide Pyramideneichen da; die hohen Kastanien zaust der Wind und pflückt ihnen die letzten bunten Blätter ab; in den knorrigen Eichen ratscht der bunte Markwart; sechs dicke Amseln fahren hastig auf dem Rasen hin und her und stieben davon, wie beim Eichelsuchen der älteste Hirsch, ein weißer Schaufler, an ihnen vorübertrollt. Und hier zwischen den Stühlen und Tischen steht ein schwarzer Schaufler und lauert, daß der Nordostwind ihm Kastanien abschüttelt, und vertraut nimmt er das Stückchen Zucker, das wir ihm zuwerfen. Ein Flug Meisen krimmelt und wimmelt im Geäst, ein Kleiber lockt mit lauten Flötentönen, zwei Eichkätzchen jagen sich in der breitästigen Eichen, gellend lacht der Grünspecht, und gewaltige Krähenflüge erfüllen die Luft mit Lärm.

Wir gehen am Gatter entlang. Um unsere Stiefel rauscht das welke Laub seine alte, schöne, beruhigende Melodie, beruhigend, wie das Rauschen des Wassers am Mühlenwehr. Zur Linken zieht helles und dunkles Damwild langsam hin, die Geäse am Boden, Eicheln suchend. Im diesem Jahre geht es ihnen besonders gut, in diesem Mastjahre. Der Hirsch, der da steht, äugt uns mißtrauisch an, seitdem es neulich einmal geknallt hat, ist es aus mit seiner Vertrautheit, und durch das hohe gelbe Gras der Blöße zieht er dem Ellernbruche zu.

Ein Trupp Schwanzmeischen überfliegt uns und hängt sich in die Apfelbäume; ein köstliches Bild, diese mausegroßen langschwänzigen, feingefärbten Vögelchen, beweglich wie Quecksilber. Aus dem alten Schuppen schlüpft der Zaunkönig, macht uns einen hübschen Diener und schnurrt fort. Über uns schlüpfen im Gezweige die Goldhähnchen, mit dünnen Stimmchen piepend, und an dem Schuppen rutscht der Baumläufer entlang. Die Kleinsten unserer Vogelwelt haben wir auf einmal im Augenbereich.

Wohin wir blicken, Damwild. Hier sitzt ein Alttier im Bett, dort steht ein anders mit zwei Kälbern. Die Kleinen trauen dem Frieden nicht, in hellen Fluchten geht es der Dickung zu; hinterher tollt die Mama. Achtung! Herausfordernd schreit in dem Fichtenstangenort ein Hirsch. Ein anderer antwortet. Und da klappert es auch schon; wir hören die Schaufeln aufeinander prasseln. Langsam pirschen wir uns heran. Da, hinter dem Graben, dicht an dem großen Innenzaun, wie der Forstort heißt, sind sie. Nur schwach erkennen wir die schwarzen Kämpen in dem Zwielicht des Fichtenorts, sehen sie wie Schatten gegeneinander fahren, hören das Geprassel der Schaufeln, das Schnauben der Tapferen. Und jetzt geht die wilde Jagd weiter in das Dickicht des Waldes; ein Sieggeschrei ertönt; in vollen Fluchten setzt der Abgeschlagene über die Waldwiese, und der Sieger gesellt sich zu seinem Rudel, das langsam am Grabenborde weiteräst.

Hier, auf der Bank vor der Waldwiese, wollen wir rasten. Vor uns dehnt sich die weite Wiese mit ihren gelben Mehlhalmen und braunen Disteln und ihren wunderbar getönten Baumgruppen. Hier ist ein herrliches Plätzchen. Über uns fächeln die Fichten mit grünen Ästen, in denen die Goldhähnchen piepen; vor uns zieht ein Kapitaler Schaufler außer Schußweite an dem düsteren Fichtenmantel hin, der im weiten Bogen, dem Gatter folgend, die Wildwiese einrahmt. Gegenüber in den Fichten ertönt der Schrei des schwarzen Schauflers, der dort verschwand; und bald klappert und prasselt es auch dort wieder; und auch hinter uns, zur Rechten in dem jüngeren Eichenort, ist ein Duell.

Da unten fliegt ein Sperber, dort, hinter den Zaun, über der breiten Wiese. Wer kann Quäken? Schnell die Faust geballt, den Mund darauf, Jammervoll ertönt Lampes Schwanengesang. »Geh weg, geh weg!« Über uns schnurrt es. Stillgesessen! Ach, nichts; ein Dutzend Häher haben Lust auf Hasenbraten. Wie sie neugierig die Hollen sträuben, die bunten Gesellen! Sie trauen so recht dem Frieden nicht; die drei regungslosen Gestalten auf der grauen Lattenbank kommen ihnen verdächtig vor. Pulver seid ihr nicht wert, ihr Spitzbuben! Fort mit euch! Ein Wink mit der Hand, – rätsch, ätsch! – mit Schreckensgeschrei stiebt die Rotte von dannen. Der Sperber aber hat das Quäken nicht vernommen; er war zu weit und über dem Winde.

Hier muß man im Vorfrühling sitzen, abends um die Uhlenflucht, wenn in den Dickungen die Rotkelchen ticken, im Sool vor uns die Frösche plärren, auf der Breiten Wiese die Bekassinen meckern, von allen Wipfeln die Drosseln flöten, in den Birken die Finken schlagen. Wenn dann über Hannover die Sonne rotglühend daruntergetaucht, der Schnepfen-Stern über die kahlen Bäume blinzelt und der Kauz im raumen Stangenholze heult, dann geht er hier »Wiwiwi« und »moark, moark«; dann kommt er gestrichen, der Vogel mit dem langen Gesicht, die Waldschnepfe, und dann knallt es dort unten im Witzenholze, im Misburger Wald, bei Ahlten und Müllingen, im Gaim, im Erben-und Bokmerholz und an der Seelhorst. Und dann – aber Flinte an die Backe! Domms! Wir sitzen hier und schwelgen in seligen Murkeerinnerungen, und Flick macht unterdessen die Feistschneppe hoch. Na, die ist doch noch besser als der Strauchdieb von Sperber.

Wo eine ist, sind auch mehrere. Darum fort, am Gatter entlang, dort liegt die Schnepfe gern. Wieder rauscht das braune Laub unter den Pirschschuhen. Ein Spießer und einige Alttiere schrecken aus ihren Betten auf und trollen der Dickung zu, uns lange nachäugend aus sicherer Entfernung. Dichte Schwärme einer frostharten Mückenart tanzen am Zäune über dem Grenzgraben, ab und zu zickzackt eine Wintermotte vor uns her. Klack! sagt es alle Augenblicke, wenn eine Eichel fällt. Klatschend stiebt ein Flug Ringeltauben aus der Blitzeiche, und breitklafternd schwebt ein Bussard über die Wiese. Hier, in dem Stammloch der dicken Eiche mit den trockenen Ästen, von denen die Kugel schon manche Krähe, manchen Raubvogel herabwarf, nistet alljährlich die Hohltaube.

Ein lärmender Schwarm Saatkrähen und Dohlen wimmelt über uns. Noch schauen wir ihnen nach, da geht es »klack! klack!« vor uns. Mit reißendem Zickzackflug stiebt wieder eine Feiste dahin. Schade, das sie der ersten nicht Gesellschaft leistet! Ein alter Spruch sagt: »Wenn der Hund die Mäule steht und der Jäger beert – ist die Jagd keinen Dreier wert.« Aber viel Wert hat es auch nicht, den Krähen nachzuäugen, wenn man die Feistschnepfe sucht. Wieder stößt Gretchen etwas hoch. Mit lautem Gegocker steigt ein Fasan hoch, wunderschön schußgerecht. Aber da kennen Sie den Hofjäger schlecht! Die Fasanen schießen, die vom Andertschen Interessentenholze hierhin verstrichen sind, weil die Fabrikanlagen dort den Waldfrieden störten! Im Leben nicht! Die werden gehegt und gepflegt, damit sie im Tiergarten Standwild werden. Erst Heger, dann Jäger!

Jetzt sind wir auf dem Horne, wie dieser Forstort heißt. Hierdurch führt von der Haltestelle die Hauptallee über die Breite Wiese, hier strömt es im Sommer bunt heran von fröhlichen Menschen. Aber heute ist es still. Die Sonne brennt durch die Wolken und läßt die bunten Blätter rechts und links vom Wege leuchten und erwärmt Tausende von Blattwespen, die verfrorer im Laube saßen. Überall blitzen die blanken Flügel der Spätlinge in der Luft; unsere

Hüte, unsere Joppen, unsere Gesichter, alles wimmelt von ihnen, und erbost Schnappen Flick und Gretschen nach dem lästigen Geschmeiß.

Dort liegt der Fang. Dorthin, in dieses System grauer Lattenzäune, wird das Wild getrieben, wenn ein Stück lebend abgegeben werden soll, erst in den großen Vorraum in dem Fichtenangenort, dann in die Blendung dahinter, von dort in die beiden durch Fall-und Schiebetüren geschiedenen Kammern, und aus dem letzten Gelaß, dem Ausfang, führt eine Zaungasse, der Lauf, in den Kasten. Hier liegt auch die Wildscheune, hier liegen die Raufen für die Fütterung und eine Salzlecke; und dort steht ein Denkstein an der Stelle, wo der Herzog von Cumberland seinen ersten Schaufler streckte, und die vielästige runde Eiche da mit den vier Pfählen bezeichnet den Platz, wo König Ernst August bei einer Lappjagd zwölf Schaufler erlegte.

Manch frohes waidmännisches Bild hat seit 1679, wo Herzog Johann Friedrich den Tiergarten anlegte, der schöne Wald gesehen. Glänzende Jagdfeste werden heute hier nicht mehr abgehalten, und niemand bedauert das weniger als der Hüter dieses Waldes, den sein Wild an das Herz gewachsen ist, wie den Hannoveranern ihr schöner Tiergarten, der ihnen an schönen Sommersonntagen Erquickung bietet nach der Last arbeitsvoller Wochen.

Wenn dann an hellen, klaren Tagen die Sonne auf der Breiten Wiese brütet, dann lebt und webt es im Tiergarten von fröhlichem Volk. Von zwei Richtungen flutet es heran: von der Haltestelle her in breiten Massen, ein Gewimmel duftiger Waschkleider, bunter Hüte und strahlenden Sonnenschirme, und vom Torwege, wo das Rad und der Weg von Kirchröder Turm her für Zuzug sorgt. Aber dann bin ich nicht gern dort. Lieber sind mir die taufrischen Morgen im Frühling, wenn aus dem braunen nassen Laube die weißen Windröschen, die blauen Leberblümchen und die bunten Lungenblumen hervorbrechen, die Finken wie toll schlagen und der Specht an den spitzen Zacken der wipfeldürren Samenbuche trommelt, und die warmen Maimorgen, wenn die Pfauenaugen über die Wege flattern, wenn unter dem lichten Buchengrün, in dem der Wildtäuber so zärtlich ruckt, die gelbe Waldnessel goldne Flecke bildet und die weiße Waldmiere den Boden mit hellen Beeten schmückt, dann bin ich liebend gern im schönen Tiergarten.

Und dann kommen die Tage, wo der Wald mit dunkelgrünem Schatten die Frühlingsblumen unter sich tot macht und es auf den Wiesen und auf den Rainen an zu blühen und zu prangen fängt, wenn auf dem breiten Wiesengelände purpurne Knabenkräuter mit dunklen Blumentrauben im hellgrünen Grase prunken und goldgelb der Trollblume gelbe Kugel leuchtet; dann fliehe ich zu gern in aller Herrgottsfrühe auf dem Rade hinaus, verbummle in des Tiergartens Waldheimlichkeit ein paar köstlich-reiche Stunden.

Und ist der Winter im Lande, bedeckt er mit weißem Leilicht das Moos und das Fallaub und das Dürrholz, dann patsche ich gern durch den Schnee. Der weiße Leithund weist mir dann die Fährten und Spuren von Damwild und Hase, Fuchs und Marder, Wiesel und Eichkater; Häher und Krähe, Meise und Zaunkönig erzählen mir alte Geschichten und plaudern von deutscher Waldschönheit.

> Ob der Frühling mait, ob der Sommer lacht,
> ob der Spätherbst nebelt oder der Winter starrt,
> immer ist es mir lieb, immer hab' ich gern,
> den schönen alten Tiergarten oben am Berg.

Der Stadt am hohen Ufer

Der Ursprung der Stadt Hannover verliert sich in der Vorzeit der Geschichte. Wir wissen es nicht, welcher Art die Menschen waren, die sich da ansiedelten, wo die Marktkirche ihre grüne Turmspitze emporreckt, und die uns nichts hinterließen als Aschenurnen und Grabkrüge, die der Spaten dort zutage förderte.

Mehr als eine Siedlung lag in jenen grauen Tagen in dieser Gegend. Bei Limmer wurde ein großer Urnenfriedhof aufgedeckt, bei Ricklingen förderte der Bagger allerlei Geräte aus Stein, Knochen und Ton aus dem Leinebette, die zur Jagd und zum Fischfange dienten. Fischer und Jäger werden zu beiden Seiten der Leine gesessen haben, bis der Ansturm der blonden Weidebauern, die von Norden kamen, sie vertrieb.

Sie fanden den Platz gut und hielten ihn fest. Weideland gab es hier für Pferde und Rinder und Wald mit Mast für die Schweine. Eine Handelsstraße führte von der See an der Siedlung vorüber zum Süden. Sie brachte den Bauern an Geräten und Werkzeugen zu, was ihnen fehlte. In bösen Zeiten, wenn feindliche Horden in das Tal hineinbrachen, boten hier die dichten Bergwälder, dort die unzugänglichen Brüche und Moore sichere Verstecke.

Sicherlich herrschte hier, lange bevor die Römer im Lande beerten und die Franken mordbrannten, eine höhere Kultur, ein geregelterer Verkehr, ein stärkerer Handel und Wandel, als wir es ahnen. Die großen Ringwälle bei Gehrden und Barsinghausen reden davon. Aber erst sehr spät taucht der Name der Siedlung Honovere in der Geschichte auf. Heinrich der Leu, der Wendenbezwinger, hatte schon eine feste Burg hier am Leineufer, Leuenrode genannt; 1163 hielt er hier vor einer glänzenden Versammlung geistlicher und weltlicher Herren Hof, und 1169 gab er dem Dorfe Honovere Stadtrechte und gestattete es den Bürgern, den Platz zu befestigen. 1181 aber, als der Löwe und der Rotbart einander befehdeten, stürmte der Kaiser die Stadt, und der rote Hahn krähte auf ihren Strohdächern.

Schwer war es für die Stadt, weiter zu kommen. Kaum erhob sie sich aus der Asche, da kam abermals ein Kaiser, der sechste Heinrich, und brannte sie nieder. Böse ging es damals im Lande zu. Wo jetzt Kaufladen sich in der großen Packhofstraße an Kaufladen drängt, die damals Wulfeshorn hieß, da stand eine hoher Turm. Von ihn aus spähte der Wächter in das Land und warnte mit dumpf hallendem Hornrufe die Bürger, wenn Feinde sich nahten oder die Wölfe aus der Ellernriede brachen und die Herden, die vor dem Tore weideten, gefährdeten. Damals ging der Bauer mit dem Spieß in der Faust zum Markte, der Bürger trug Dolch und Schwert am Leibgurte, und Meister Hans, der Nachrichter, hatte Arbeit genug auf dem Blutanger vor dem Steintore, wo Rad und Galgen standen.

Aber trotz Brand und Not kam die Stadt voran und hatte damals schon allerlei Gewerbe und Handel in ihren Straßen, die nicht viel mehr denn ein Dutzend umfaßten, und auch ein Gildehaus, von dem aus sie ihre Geschäfte leitete, soweit der Herzog ihr darin Freiheit gab.

Allerlei Kampf und Streit mit Worten und Waffen hat es gegeben, ehe Stadt und Herzog in Frieden zusammenkamen. Je wohlhabender die Bürger wurden, um so höher hielten sie Köpfe. Aber Otto der Strenge verstand keinen Spaß. An einem Tage ließ er im Baumgarten zwei Rittern, elf Bürgern und fünfundzwanzig anderen Männern die Köpfe abschlagen, weil die Stadt ihm aufgesagt hatte. Damals hielt jeder Bürger Hannovers den Kopf auf der Brust und wagte kaum zu flüstern. Aber an dem Tage, als der Herzog der Stadt für tapfere Hilfe die Zwingburg schenkte, hielten die Hannoveraner ihr Häupter hoch, zogen mit Gesang und Hörnerklang über die Leine und machten die Feste dem Erdboden gleich.

Es kamen aber noch genug der düsteren Tage. Im der Mitte des 14. Jahrhunderts hauste der schwarze Tod drei Jahre lang in der Stadt. Mehr als dreitausend Menschen brachte er in einem halben Jahre um. Da stockte Handel und Wandel, und die Bürger, die vordem im Samt und Brokat gegangen waren, verarmten und verlumpten.

Doch es war ein zäher Schlag, der am hohen Ufer der Leine hinter den dicken Mauern saß; er lies sich nicht niederzwingen und vergaß in frischem Schaffen bald wieder Hunger und Not, Brand und Pest. Handel und Gewerbe hoben sich wieder, blühten und wuchsen so kräftig, daß die Stadt 1451 von den Hansen aufgenommen wurde und nun so stolz und keck wurde, daß sie sich selbst vor den Kanonen nicht fürchtete, mit denen 1486 Herzog Heinrich ihr zu Leibe ging. Schnappte Bremen ihr nach und nach auch ein gut Stück ihres Handels fort, den Broyhan konnte es ihr doch nicht nehmen, und brachte viel Geld und Leben in die Stadt, so daß die Knochenhauer, Seilwinder, Schmiede, Töpfer und Gerber und die ändern Gewerbe tüchtig verdienten und die Krämer nicht minder. Davon bekamen die Bürger so steife Nacken, daß sie ihren Magistrat, als der es mit der Vetternwirtschaft zu arg machte, auch beim alten Glauben bleiben wollte und dem neuen abhold war, solange ärgerten, bis er der Stadt den Rücken kehrte.

Immer wieder aber kamen Zeiten der Not. Nahm auch in dem großen Greuelkriege keine der feindlichen Parteien die Stadt ein, so litt sie doch bitter unter der Entvölkerung des platten Landes und dem allgemeinen Stillstand von Handel und Wandel, unter Kriegsteuern und der Pest. Sie blühte aber wieder auf, als Herzog Georg sie 1636 zu seiner Residenz erhob. Den Bürgern paßte das freilich durchaus nicht, und der Rat bat den Herrscher inständig, von diesen Plane abzustehen. Seine Bitte war vergebens, und obwohl die Hannoveraner anfangs viel darüber murrten und knurrten, daß es mit ihrer bürgerlichen Selbstherrlichkeit so gut wie zu Ende wäre trotz aller verbrieften und besiegelten Rechte, sahen sie bald ein, daß sie sich in vieler Hinsicht besser standen als vordem: Der Hof brachte mehr Geld und Leben in die Stadt, und diese dehnte sich so aus, daß die Neue Stadt vor dem Calenberger Tore nicht mehr ausreichte und erweitert werden mußte.

Manches, das vom Hofe ausging, gefiel den Bürgern freilich durchaus nicht, so daß Johann Friedrich einige tausend Landeskinder als Soldaten an die Venediger verlieh und von dem französischen Könige Werbegelder und Hilfssold einsteckte, die es für eine überüppige Hofhaltung verwandte. Aber das lag einmal in jener Zeit, in der auch der Bürger nach Kräften prunkte und protzte und das Leben locker und leichtsinnig war. Es war eine bunte Zeit. Kunst und Wissenschaft blühten, Glanz und Luxus herrschten, und heftig und das ganze Leben' durchtränkend und anregend waren die Streitigkeiten zwischen den Anhängern der alten und deren der neuen Lehre. Damals wirkte Leibniz, der große Vielwisser und Weitdenker, in Hannover, hielt der Feuerkopf Jobst Sackmann in der Kirche zu Limmer seine kraftvollen Predigten, mußte aber auch der Oberjägermeister von Moltke seinen Kopf auf den Block legen, verschwand Graf Königsmarck ohne eine Spur, wurde Sophie Dorothea zu Uhlden in lebenslängliche Haft gesetzt und ging der Magistrat mit den städtischen Geldern um, daß der Kurfürst die freie Stadtordnung aufhob und durch eine gebundenere ersetzte.

Die Zeiten gingen hin. Hannovers Kurfürst wurde englischer König; aber die Stadt behielt die Hofhaltung, die vielen Adelshöfe und das höfische Leben und reckte und streckte sich innen und nach außen und war weithin berühmt wegen ihres regen geistigen Lebens, ihres Gewerbefleißes, ihrer guten Schulen, stolzen Bauwerke und schönen Parkanlagen. Dann kam der Siebenjährige Krieg, der der Stadt für ein Jahr eine französische Besatzung brachte. Der Magistrat sah ein, daß die Mauern mehr schadeten als schirmten, und ließ sie abreißen. So war Hannover keine Festung mehr. Das schützte sie aber nicht, als 1803 der Krieg zwischen England und Frankreich ausbrach. Die Franzosen zogen ein, die Einquartierungslasten drückten Handel und Verkehr zu Boden, und anstelle der Wohlhabenheit trat Verarmung. 1806 nahm Preußen Hannover in Besitz, mußte es aber nach der Schlacht bei Jena wieder fahren lassen, und abermals zogen die Franzosen unter Mortier ein und drückten Land und Stadt durch Kriegssteuern, Eintreibungen, Einquartierung und die Handelssperre bis zur Verzweiflung. 1810 kam das Land an Jerome, König von Westfalen von seines Bruders Gnaden, und das verbesserte die Lage der Stadt nicht, zumal schlimme Krankheiten lange herrschten.

1813 hatten die zehn Angst-und Notjahre eine Ende. Hannover fand seinen Frieden und blühte schneller, als zu erwarten war, wieder auf und entwickelte sich zu einer der schönsten und vornehmsten deutschen Städte, der man es nicht ansah, daß sie aus dem Gewirr enger Gassen zwischen der Marktkirche und der Leine entstanden war, jenem Viertel, das seine Bedeutung immer mehr einbüßte und sich jetzt erst allmählich wieder erobert.

Als dann das Jahr 1866 kam, war die Sorge groß, daß die Stadt nach Verlust des Hofes und Fortzug vieler adligen Haushaltungen einen schlimmen Rückfall zur Bedeutungslosigkeit erleben würde. Aber schon hatte sich ihre Industrie gut entwickelt, hatten sich Handel und Gewerbe auf sich selbst gestellt, brachte die Verwaltungsmaschine, das Schulwesen und der Verkehr es mit sich, daß die Entwicklung nicht stockte, und als nach dem Kriege gegen Frankreich Deutschland einen unerhörten wirtschaftlichen Aufschwung nahm, bekam Hannover auch sein gutes Teil davon ab, so daß es heute in der Reihe der deutschen Großstädte eine hervorragende Stellen einnimmt, sowohl was Sehenswürdigkeiten und Bildungsmittel, als auch was Industrie, Verkehr und Handel anbelangt.

Dazu kommt, daß es eine Lage hat, die es als Wohnplatz über viele andere große Städte stellt. Auf der Grenze zwischen der Norddeutschen Tiefebene und dem mitteldeutschen Berglande hingelagert, von einem weiten grünen Gürtel von Marsch und Wald eingeschlossen, hat es da die weiten Heiden, dort die Berge vom Deister bis zu dem Harze hin, hat also ein abwechslungsreiches und durch ausgedehntes Straßen-und Bahnnetz gut aufgeschlossenes Umland, ein Vorzug, der nicht zum wenigsten zu seinem schnellen Wachstum in den letzten Jahrzehnten beigetragen hat.

Und es hat, was für den, der hier lebt, das Wichtigste ist, als Grundstock seiner Einwohnerschaft einem prächtigen Schlag, ein Gemisch des frohlebigen derben Ralenbergers mit dem stilleren, zurückhaltenden Heidjer, ein Volk, das, im großen und ganzen genommen, so geartet ist, daß man gern unter ihm lebt und gut mit ihm auskommen kann, fügt man sich ein wenig seiner Art. Es ist nicht allzu zuvorkommend, weil das bäuerliche Element stark in ihm vorherrscht, ist aber durch Handel und Verkehr in ihm geschult genug, um es an der notwendigen Höflichkeit nicht fehlen zu lassen.

Darum gefällt es den Gästen der Stadt stets gut in ihr, und gern denken sie, sind sie daheim, zurück an die helle, schöne, freundliche Stadt am hohen Ufer.

Im deutschen Erdölgebiete

Am Südrande der Lüneburger Heide, einige Stunden von der strebsamen hannoverschen Stadt Peine entfernt, lagen mehrere Dörfer, abgeschieden von dem Verkehr der großen Welt, in stillem Frieden, die Ortschaften Stederdorf, Wendesse, Odesse, Abbensen, Dollbergen und Edemissen. Vor den achtziger Jahren verirrte sich nur selten ein Fremder hierher; den Weidmann lockte der Rotwildbestand, den Botaniker manches seltene Kraut, den Mineralogen die von der freigebigen Natur in zahlloser Menge umhergeschleuderten Überbleisel der Eiszeit, allerlei Geschiebe aus dem Norden, dem Heideboden fremd.

Als aber das amerikanische Petroleum das Brennöl der Vater verjagte, da regte sich auch in Deutschland die Sucht, flüssiges Gold aus der Erde zu pumpen, und man erinnerte sich alter Schriften, in denen es vermerkt war, das seit alten Zeiten die Heidebauern aus den sogenannten »Fettlöchern« der Heide auf kunstlose Weise ein mineralisches Öl gewannen und als Wagenschmiere verwendeten. Man kramte in den Bibliotheken umher und fand in neueren Schriften die Bestätigung der alten Funde. Es bildete sich eine Gesellschaft. Die Bohrungen hatten ein anscheinend günstiges Ergebnis; eine neue Krankheit, das Ölfieber, griff um sich. Ein neuer Ort, Olheim bei Feine, erstand in der stillen Heide, und schlaue Leute brachten es in kurzer Zeit zu Geld und Namen. Bald wetteiferten in Ölheim mehrere Aktiengesellschaften; hohe Bohrtürme, Arbeiterwohnungen, Straßen, Bahngeleise und unterirdische Rohrleitungen wurden angelegt. Wo früher das liebliche Lied der Heidelerche und der Schmetterschlag das Baumpiepers allein über rosa Heidekraut und dunklen Wacholder erklang, da zischten die Dampfkessel, ächzten die Pumpen, donnerten die Bohrmeißel. Über tausend fremde Arbeiter vermengten ihre Mundarten mit dem schweren Platt der Heideleute; Hotels mit gepfefferten Preisen machten sich breit, und fremdes Volk, Börsenleute, Ingenieure, Spieler, verliehen den Sitten der Gegend ein anderes, glänzenderes, aber nicht besseres Gepräge.

Einige Jahre ging das wilde Treiben so vor sich; aber schon 1886 kam der Krach. Die Bilanz der »Ölheimer Petroleum-Industrie-Gesellschaft in Peine« wies einen Verlust von mehr als zwei Millionen Mark auf. Einige Schlaue retteten sich mit vollen Taschen, andere Leute setzen ihr Erspartes zu und wanderten fort, den weißen Stock in der Hand. Die Gesellschaft liquidierte, das laute Treiben verstummte, und 1887 verschmolzen sich mehrere Gesellschaften zu einer einzigen, die zwar keine Millionen aus der Erde pumpe, aber doch immerhin eine Reihe von Jahren noch bedeutet Erträge erzielte. Die Zeiten waren vorüber, wo »Olheim« das einst eine große Industriestadt zu werden hoffte, eine eigene Zeitung besaß, von den über tausend Arbeitern waren nur noch sechzig übrig geblieben, das deutsche Pennsylvanien spielte auf dem Geldmarkte keine Rolle mehr.

In den letzten Jahren ist es dort ganz still geworden, und erst neuerdings hat man wieder angefangen, Bohrversuche anzustellen, nicht um Petroleum, sondern um mineralische Maschinen-Schmieröl, sehr wertvoll wegen seines gänzlichen Sauerstoffmangels, zu gewinnen. Man ist bescheidener geworden, und wenn die Bohrungen planmäßig angestellt werden, so wird sich hier vielleicht noch einst auf solider Grundlage eine gesunde Industrie aufbauen; denn das natürliche Maschinenöl der Heide hat einen Ruf in der ganzen deutschen Industrie. Läge Ölheim in landschaftlich reizvollerer Gegend, so würde das Solbad »Waltersbad« mit seiner sehr wirksamen Solquelle eine große Zukunft haben; so aber erholen sich hier alljährlich nur in reiner Luft, hohem Kiefernwalde und stärkendem Bade einige hundert bleicher, kränklicher Schulkinder in der Ferienkolonie und einige Heidefreunde, denen die Hauptsache reine Luft, unverfälschte Natur und Ruhe ist.

Ohne großes Zeitungsgeschrei, ohne reißendes Aktiensteigen, ohne Hochflut von Gold ist, während Ölheim wie ein schnell emporstrotzender Pilz in nichts versank, an einer anderen Stellen der Lüneburger Heide langsam dieselbe Industrie entstanden, in den beiden nur ein Viertelstündchen voneinander entfernt liegenden Dörsten Wietze und Steinförde, die von den nächsten Bahnhöfen Schwarmstedt und Celle je in ungef ähr 2 ½ Stunden für tüchtige Fußgänger zu erreichen sind. Die Heide trägt hier einen ganz anderen Charakter; es fehlen hier die

Massen erratischen Geschiebes, die bei Ölheim den Sand so bunt färben; hier ist der Boden fast ohne jede Steinbeimengung. Aber unter dem gelben Sand ruht dasselbe wertvolle Öl in großer Menge, und auch ein bedeutendes Steinsalzlager ist hier erbohrt.

Den Wanderer packt ein ganz merkwürdiges Gefühl, wenn er, von dem Bahnhofe Schwarmstedt losmarschierend, nach Witze kommt. Keine Spur von Industrie hatte auf dem langen Wege sein Auge berührt. Neben den weißstämmigen Birken-Alleen liegen grüne Saatfelder oder ernste Föhrenwälder – Fuhrenwald sagt der Heidebauer -, Föhrenwald begrenzt den Himmelsrand, ein Heidedorf liegt inmitten brauner Heide und grüner, dem Boden mühsam abgetrotzer Felder. Viele Häuser tragen noch Strohdächer, und unter hölzernen, roh geschnitzen Pferdeköpfen zieht vielfach noch der Herdrauch zum Giebelloche empor; nur die neuen Häuser haben Schornsteine. Selten begegnet ihm ein Radfahrer, noch seltener ein Fußgänger, der Briefbote oder ein Bauer, der ihm freundlich die Tageszeit bietet. Ein Wagen, der hinter einer Wegesbiegung sichtbar wird, fesselt sein Interesse. Eine ganze Reihe schwere Leiterwagen, hoch bepackt mit blauen, öligen Fässern, kommt ihm langsam entgegen, das erste Kennzeichen der Wietzer Ölindustrie. Noch eine Stunde auf staubiger Landstraße, dann tauchen hinter den langmähnigen grünen Birken seltsame Bauwerke in der Heide auf, schwarze hohe Bohrtürme, daneben rotdachige neue Häuschen und alte Bauernhäuser mit Strohdach und Pferdeköpfen. Aus den kleinen, schwarzen Maschinenhäusern steigen kleine weiße Dampfwölkchen stoßweise in die Luft; ohne Hast und Eile, aber ohne Pause und Rast bewegen sich die schwarzen Balken der Ölpumpen; Maschinenteile. Koks-und Steinkohlenhaufen, Balken-und Bretterwerk, Schlammbüchsen und Ölfässer lagern auf dem gelben Sande, und ein strenger Teergeruch erfüllt die warme Luft. An zwanzig Bohrtürme recken sich hier empor; weiterhin, bei den Eichen von Steinförde, erheben noch andere sich in düsterem Ernste. Ein dumpfes Donnern schallt dem Wanderer entgegen; es ist der Bohrmeißel, der ein neues Bohrloch schaffen soll. Bedächtig wälzen Arbeiter die gefüllten Ölfässer auf die derben Leiterwagen, andere laden die leeren Fässer ab. Zwei Gesellschaften eine deutsche und eine holländische, bohren hier; beide beschäftigen zusammen fünfzig Arbeiter, die fast alle aus Wietze, Steinförde und den Nachbardörfern stammen.

Die Gewinnung des Öls ist recht einfach. Wenn das Bohrloch bis zur nötigen Tiefe niedergebracht und mit Eisenröhren ausgekleidet ist, wird die Pumpe aufgestellt, das Becken herbeigebracht; die Dampfmaschine setzt die Pumpe in Bewegung, und dann läuft das dickflüssige braune Öl in fortwährendem Strahle in das Becken, in dem es durch ein Schlangenrohr vermittelst heißer Dämpfe entwässert wird. Dann ist es zum Gebrauch fertig und wandert in Fässern nach Celle und Schwarmstedt und von dort auf der Bahn als vielbegehrtes Schmieröl nach den Industriebezirken von Hannover, Westfalen und Rheinland.

Der Ölreichtum jener Gegend war den Heidebauern schon seit Jahrhunderten bekannt. Auf natürlichen Heidetümpeln, den »Fettlöchern«, sammelte sich das Öl als braune, buntschillernde Schicht, wurde abgeschöpft und als Wagenschmiere benutzt. Man grub auch an sehr ölhaltigen Stellen den Sand aus, wusch ihn in Bottichen aus und schöpfte das Öl ab.

Bei den Bohrtürmen liegt ein Teich, der lebhaft an unsere Vorstellungen vom Toten Meere erinnert. Den nackten gelben Sand schmückt keine Spur von Vegetation, nur unverwüstliche Binsen starren düster aus der braunen Flut. Nußgroße, dunkelbraune Öltropfen schwimmen auf dem Wasser, dicke Klumpen quellen vom Grunde des Tümpels empor, und in den Buchten lagern auf der Wasseroberfläche schwere, braune Ölschichten, bunt in der Sonne schillernd, oder klebend auf dem feuchten Sande. Massen von toten und sterbenden kleinen und zollangen Schwimmkäfern bedecken die Wasserfläche; das schmierige Öl hat die zählebigen Insekten erstickt, die hier zuflogen.

Die flache Gestaltung der Heide begünstigt neue Entdeckungen nicht; keine Gesteinswand, kein Bodendurchschnitt gibt der Industrie einen Wink. Daß aber das Gebiet zwischen Peine und Verden an der Alter bei planmäßigen Bohrversuchen noch manches andere Öl-und Salzlager darbietet, davon sind kundige Geologen jetzt schon überzeugt.

Einsame Heidfahrt

Nordwestwind pfiff über das Land, veranlaßte die ernsten Fuhren durch sein ungestümes Kosen zu unwilligem Gebrumm und die starren Machandelbüsche zu ärgerlichem Kopfschütteln, ließ den Landstraßenstaub sich in Kringeln drehen und erlaubte es den Hunderten von himmelblauen Faltern, die im Heidekraute hin-und hertaumelten, nicht, fröhlich um die ersten Doppelheideblüten zu tanzen. Ab und zu warf mit der neckische Gesell eine Handvoll Staub in das Gesicht; aber er entschädigte mich wieder dadurch, daß er mir gleich darauf den betäubenden, süßen Duft der Lupinen zufächelte, deren schweres Goldgelb die braune Heide unterbrach. Wie ein Hund die Schnuckenherde mit heiserem Gebell vor sich hertreibt, so hetzte der Wind graue Wolken nach Südost, und wenn eine Herde vorüber war, dann leuchtete blauer Himmel aus dem Grau, und stechend sengte die Sonne herunter. Dann erklang das Summen der fleißigen Immen lauter, dann tanzten die verschüchterten Bläulinge lustiger um die rosigen Heideglöckchen, die Sandammer ließ dann fleißiger ihr müdes Liedchen ertönen, und die Heidelerchen, die unsichtbaren Sänger der Heide, belebten mit froheren Strophen ihren einförmigen Singsang, bis eine neue Wolkenherde, einen dicken, schwarzem Widder an der Spitze, sich vor die Sonne drängte und die Heide wieder ihr trübes Aussehen gewann.

Ich fuhr allein, mutterseelenallein, durch die Heide. Gern habe ich im frohen Bergland lustige Wandergesellschaft; in der Heide hasse ich sie. Die Heide ist nicht gesellig, und nur dem einsamen Wanderer gegenüber ist sie mitteilsam, ganz wie der echte Niedersachse. Der ist auch ein schlechter Gesellschafter, ein uninteressanter Mensch, in bunter Reihe, wo gelacht und geschwatzt und getändelt wird. Aber im stillen Aug'-in-Aug' mit dem Freunde wird er mitteilsam, gesprächig; da kramt er aus dem verschlossenen Herzen allerlei Schätze hervor, wunderschöne Dinge, die niemand vermutete hinter dem kalten Blauaugenblick, unter den gleichmütigen Zügen.

Viel Liebes und Schönes hatte mir die Heide schon gewiesen, wenn ich als einsamer Wanderer ihr nahte; heute aber wollte ich sie bitten, mir ihre ältesten Erbstücke, tief versteckt in der Fuhrentruhe, zu zeigen: den Steinhäusern galt meine Pilgerfahrt. Lange hatte ich mir den Besuch schon vorgenommen, aber immer hielt eine heilige Scheu mich ab, in großer Gesellschaft die Fahrt zu machen, mit Leuten die bei den ehrwürdigen Denkmälern Mettwurst und Kognak hervorholen und die Steinplatten als Fremdenbücher mißbrauchen.

Heute aber war ich ganz allein, allein wie der Schäfer, der hinter Bergen seine Schnucken weidete, allein wie ein grauer Findling auf brauner Heide. Schnell ließ ich mein Rad dahinsausen über die gelben, glatten Fußwege, in deren Grasborden blutrote kleine Nelken leuchteten, flog vorüber an den Häusern von Bleckmar und tauchte unter in Heideeinsamkeit und Waldstille, die die Straße nach Fallingbostel umgibt, eine Straße, die der Heide echteste Schönheiten erschließt. Der Wald endet auf des Hügels Kuppe, und Heidberge, baumlos und kahl, nehmen mit ihrem braungrünen Violett das Auge gefangen. Wie einfach sind die Mittel der Heide, wie viel schafft sie damit! Diese kahlen Hügel, gleichmäßig überzogen mit dem braunen Tuche, sie beruhigen die Seele. Es ist eine köstliche Farbe; das braungrüne Violett, meine Farbe, die das Herz gefangen nimmt, von der die Augen nicht fort wollen. Kein Haus, kein Mensch weit und breit, Heidhügel am Heidbügel, einige ganz ernst braun, einer mit schmaler gelber Binde geschmückt; ein Heidweg ist es, der sich über seine Kuppe zieht. Ein Wall graugrüner Fuhren rahmt dieses Heidebild ein und blaue Hügel, die am Himmelsrande mit grauen Wolken verschmelzen. Nach stundenlanger Rast im spärlich blühenden Heidekraute, riß ich mich los, flog bergauf, talab und stellte mein Rad in Nordbostel ein. Den Wirtshause gegenüber führt ein breiter Weg nach Süden, von Hängebirken beschattet; den schlug ich ein. In der Grasheide, die wie ein riesiges Löwenfell sich an weißen Buchweizen anschließt, zirpten die Grillen. Mitten in der kahlen Heide weidete der Schäfer, das Knüttzeug in den Händen, die grauen Schnucken. Über dem notreifen Roggen rüttelte ein Sperber, und ein Hase, von den Schnucken hochgemacht, flüchtete in den hohen Brahm, der mit der grasigen, grünen Farbe seiner hohen Büsche ganz absonderlich von dem Heidebraun abstach und im Verein mit den toten Gestalten der

Wacholderbüsche die Landschaft belebte. Hohe Tannen und breitästige Eichen zeigten einen Bauernhof an, hinter dessen Zaun kein Menschenlaut erschallte. Es war die Zeit der Heuernte. Ein zweiter Hof, Homanns Hof, blieb links liegen, und dann suchte ich mich durch prächtigen Tannenhochwald hindurch, bis sandige hügelige Heide, übersät mit Feuersteinen, bestanden mit ästigen Kiefern, auf deren Wipfelsprosse der Baumzier mit schmetterndem Sänge sich niederließ, mich wieder in ihre braunen Arme schloß.

An dem Schienenstrang entlang, der zur Abfuhr von Grubenhölzern die Heide unbarmherzig zerreißt, führt der Weg zu den uralten Grabstätten unbekannter Häuptlinge, Helden eines Volkes, von dem kein Zeichen, keine Überlieferung auf unsere Zeit gekommen ist. Als steinerne Rätsel nahen die fünf grauen Grabkammern aus dem Fuhrenwäldchen; keine verwischte Rune meldet dem Forscher, welcher Stamm hier seine Großen beisetzte. Unverstand hat die Grabkammern durchwühlt, Gleichgültigkeit den Boden mit Papier und Flaschenscherben besät, Dummheit schrieb ihre albernen Namen auf die ehrwürdigen Steinplatten. Aber der Wind fegt das häßliche Papier fort, er schüttet trockene Nadeln auf die scheußlichen Scherben, und mitleidiger Regen leckt an den Steinen, bis die Namen, die unfromme Tröpfe an die grauen Flächen schmierten, verschwunden sind.

Auf dem grauen Steine, der abseits gefallen ist, saß ich und sann. Über mir summten die Fuhren ihre gleichmäßigen Weisen, goldene Sonnenflecke zuckten auf dem Boden, blitzende Fliegen schössen an mir vorbei. Ein Stückchen spitzen Feuersteines fesselte meine Augen. Ich wollte ihn aufnehmen, da zischte es warnend: ein breiter Kopf mit rotfunkelnden Katzenaugen richtet sich empor aus dem warmen, sonnenbeschienenen grauen Sande, und zwei nadelscharfe Giftzähne in weit aufgerissenem, rotem Rachen hackten nach meinen Fingern. Schon erhob ich den Stock zum tödlichen Schlage – und ließ ihn sinken. In diesem Walde breche ich keinen Ast, töte ich kein lebend Wesen. Wer weiß, wer die Schlange ist? Wer weiß, wer der einsame Kolkrabe ist, der hoch in der Luft seine Adlerkreise zieht und sein rauhes »Rauk, rauk« über die Heide krächzt? Grabwächter schienen sie mir zu sein, der Königsrabe und die todbringende Otter mit den Karfunkelaugen, Wächter an heiliger Stätte.

Eine schwarze Wolke mit gelben, Hagel kündenden Rändern legt sich vor die Sonne. Verschwunden sind die blanken Fliegen, verklungen des einsamen Finken Schmettergesang, und die Schatzwächterin, die Schlange mit dem Zickzackband, kriecht fröstelnd unter den Grabstein. Mit dem Stocke scharre ich den spitzen Stein zu mir heran; es ist eine Lanzenspitze, künstlich zurechtgeschlagen aus dem stahlharten Feuerstein, mit dem die Heide besät ist. Glatt, wie geschliffen, sind seine Ränder; ein Kunstwerk ist er, das wir heute mit unserer großen Technik kaum nachbilden können. Wer fand den Stein vor Jahrtausenden auf einsamer Heide, wer formte ihn zu schneidender Speerspitze mit dem Steinhammer, wer führte ihn auf der Pirsch gegen Ur und Bär und focht mit ihm im blutigen Kampfe, wo Steinbeile auf Birkenschilden dröhnten und runde Steine, aus Lederschlingen geworfen, Schädel zerbrachen?

Schon wollte ich den Stein in die Tasche stecken, da breitete sich schwarze Finsternis über den Himmel; ein Blitz zuckte schwefelgelb über die Heide, und grell knatternder Donner polterte widerhallend durch die Stille. Erschrocken legte ich die Waffe an ihren Platz und deckte dürre Nadeln darüber. Ein Heulen ging durch die Luft, wie das Wutgebrüll eines Riesen, der Wind schüttelte die Fuhren, daß sie knirschten und schrillten, und eine Staubwolke mit Spreu und Reisig gemischt, tanzte durch den Wald. Dann ließ der Wind nach; er holte Atem. Noch ein Donnerschlag, und nun ging er hernieder, Hagel, und Regen, gepeitscht vom wütenden Sturme, daß der Waldboden schnell sich bedeckte mit grünen Fuhrenzweigspitzen und trockenem Geäst.

»Rauk, rauk« erklang es da freudig durch den Sturm; der Rabe war herabgeflogen und umflatterte einem Mann, der über die Heide gekommen war und zu dem einsamsten der fünf einsamen Gräber ging. Der Regen peitschte sein braunes, hartes Gesicht, zauste ihm die graublonden Haarsträhnen und den wirren Graubart und ließ die Marderschwänze an dem Schnuckenmantel des einsamen Heidegängers lustig tanzten, der sich bei jedem Schritte bückte und die Papierknäuel auflas, die den Boden befleckten, und sie in der Busenfalte des grauen Mantels barg. Mit einem Baststrick war der Mantel gegürtet, in dem Strick hing die Steinaxt aus dunkelgrünem

Nephirt mit dem Griff aus Hirschhorn. Einäugig war der Alte; ein furchtbarer Hieb, vom rechten Schlaf bis zum linken Ohr, hatte das Auge zerstört und das Anlitz verwüstet. Die rechte Brust zeigte tiefe Narben, und an der Rechten fehlten zwei Finger. Mühsam bückte er sich und hob die Scherben und Fetzen auf, die ein Geschlecht ohne Scheu und Scham um die Gräber seiner Vorfahren gestreut hatte. Mir schweren Schritten ging er in die Heide und vergrub dort die Fetzen und Scherben. Dann kehrte er zurück zu dem einsamen Fürstengrabe, zu dem Grabe seines Herrn, nahm den großen Schild vom Rücken, die Steinaxt aus dem Gurt und saß nieder auf einer grauen Steinplatte. Hoch schwang er den Hammer und ließ ihn dröhnend auf den Schild fallen; siebenmal erklang es dumpf, und dann sang der Alte ein altes Lied, eine Totenklage für seinen Herrn. Seltsam waren die Worte, unerhört die Weise, wie Sturmgeheul die Stimme des alten Speerträgers, und jeder Strophe Endreim waren sieben dumpfe Steinhammerschläge auf dem breiten Schild aus Birkenrinde und Wisenthaut. Wie betäubt saß ich unter der Tanne bei dem Grabe. Ich wollte fort, aber des singenden Alten Einauge blitzte mich drohend an. Ein dröhnender Hammerschlag endete das gewaltige Heldenlied, ein Schlag, so erschütternd, daß ich die Augen schloß. Als ich sie öffnete, war der greise Mann verschwunden; in der Ferne grummelte das abziehende Gewitter; aus blauem Himmel lachte die Sonne hernieder auf das alte Grab, um das frische Fuhrenbrüche an Stelle der Fetzen und Scherben lagen, die jetzt alle verschwunden waren. Auf meinen Knien aber glitzerte die steinerne Speerspitze, ein Geschenk des Alten für den einsamen Heidewanderer.

Osnabrücker Steinurkunden

Viel Augenweide zu bieten hat die schöne alte Stadt Osnabrück, zu viel fast. So mag es kommen, daß über ihren hehren Kirchen und stolzen Giebelhäusern, ihren Kunstschätzen und Geschichtsdenkmälern mancher ihrer Besucher eins ihrer schönsten Stücke zu sehen versäumen mag.

Es ist kein zierliches Architekturgebilde, kein kunstvoll behauener Stein, kein alter Zunftschmuck; ein Stück ihrer alten Rüstung ist es, rostfleckig und zerbeult, die sie trug im Kampfe gegen Dänen und Schweden. Außerhalb der Stadt, vor dem Hasetor liegt sie, die alte Wehr, die sie sich treulich verwahrte, stolz auf tapfer bestandene böse Zeit.

Kommt man aus den alten Straßen, deren Häuser so viel von der alten Zeit, guten und schlimmen Tagen, von Glanz und Elend zu reden wissen, auf die Hasebrücke, und wendet die Augen nach rechts und nach links, dann grüßt herauf der Pernickelturm, bis an den spitzen roten Hut in ein grünes Efeuwams gekleidet, dann schaut trotzig herab der Barenturm, ein unwirscher Gesell mit gelbgrauem Runzelgesicht. Dazwischen spannen sich die steinernen Brückenbogen hintereinander her, zwischen den gelbgrauen, blumenüberrankten, moosbedeckten Mauern, auf deren breiten Rücken die Gärtchen stehen.

Am Lyradenkmal vorüber kommt man den Wall entlang zum Buckesturm. Die alten Osnabrücker Bürger, die daran vorübergehen, sehen ihn gern, den brummigen Koloß. Anno zwölfhundertneunundneunzig war es, da fingen sie den Grafen Simon von der Lippe, der ihnen Vieh und Waren nahm, und ließen ihn sechs Jahre dort brummen, bis ihm die einst so stramme Haut lose um die Knochen hing. Und vierzehnhunderteinundvierzig mußte der wilde Jan, Graf von Hoya, dort im Eichenholzkasten ebenso lange Jahre schwitzen, bis er so fromm wie ein Bählamm war.

Auch die sechs Apostel, die der gekrönte Schneider Jan von Leyden von Münster gen Osnabrück sandte, daß sie dort sein Wort verkündeten, wurden da einen Tag lang eingesperrt, bis sie nach Iburg gebracht wurden, wo ihre heißen Köpfe auf den kühlen Rasen rollten. Aber an die Zeit, da Peltzer, der fanatische Bürgermeister, in dem alten Turm mit Armschiene und Beinschraube unsinnige Geständnisse von den Lippen armseliger Weiber zwang, denkt der Osnabrücker nicht gern und verläßt, beschleicht diese Erinnerung ihn, den Wall mit seinen grauen Gedenkzeichen, um vor der Stadt, zwischen Wald und Wiese, des Frühlings sich zu freuen.

Mächtige Linden begleiten seinen Weg. Zwischen ihren dunklen Stämmen schimmern die hellgrünen Wiesen der Hase hindurch, ein freundlicher Gegensatz zu der langen grauen Friedhofsmauer zu seiner Rechten. Felder lösen dann die Wiesen ab, Lerchengesang den Bachstelzenruf, fettes Land, dessen Schollen hinter der Pflugschar wie Speckseiten glänzen. Halblinks aber reckt sich der Piesberg empor, das gelbe Felswerk seiner Steinbrüche leuchtet aus dem dunklen Waldgewand.

Freier und weiter wird hier der Blick. Einmal legt sich noch rechts der lustige Sonnenhügel davor, doch links können die Augen sich tummeln im grünen Nettetale, dessen üppige Wiesen durch hoher Bäume Gruppen in ihrer erfrischenden Wirkung gehoben werden. Ein Holzbrückchen zur rechten Hand, einfach und schlicht, aber schön in der Form, überschneidet den gelben Sand, und dann ist Haste erreicht dessen buntgekleidete Wirtschaften am Wege stehen und zur Einkehr einladen.

An dem großen Einzelhof, der rechts vor der Bramscher Straße unter seinem Eichenkamp hinter seiner Steinmauer liegt, wird der Osnabrücker meist vorübergehen, ohne groß danach hinzusehen. Aber einen langen Blick ist der Hof wohl wert, der da heute noch so liegt, wie zu jener Zeit, als Tacitus schrieb: »Es ist bekannt, daß die deutschen Stämme keine Städte bewohnen, ja, daß sie nicht einmal zusammenhängende Dörfer lieben; einsam und abgeschlossen bauen sie sich an, wo gerade eine Quelle, eine Aue, ein Holz dazu einladet.« So liegt der Hof heute noch da, und rund um ihn herum seine Äcker und Wiesen, und sieht mit Unwillen, daß die Stadt und das Dorf ihm näher rücken. Aber ehe sie ihn verschlingen, wird vielleicht noch ein Jahrhundert vergehen.

Den Hasterberg hinauf steigt die Straße jetzt und führt in den Hon. So heißt hier das Holz und die Schlucht. Uralt ist das Wort, uralt ist der Weg. Die römischen Legionäre mögen hier im zähen Schlamm gewatet sein, des Frankenkaisers zusammengewürfeltes Kriegsvolk wird hier die Schuhnägel verloren haben, die schwedischen und kaiserlichen Truppen und französische Marodeure raubten und sengten rechts und links vom Hone; wo heute nur den Blaukittel Peitschenknall erklingt, erscholl Sterbegestöhne, und auf dem Grabenrand lag oft ein rosenroter Tropfen oder auf den Steinen und Wurzeln des Buchwaldstreifens ein dunkler Fleck. Und unter dem Felsgebröckel, das den holprigen Steig einsäumt, mag mancher Mutter Sohn begraben sein.

Aber auch damals schon mag der Steinkamp an der Straße gelegen haben hinter schwerem Mauerwerk, ein Wirtshaus am Wege, von Freund und Feind gern erblickt bei heißen Tagen und kühlen Abenden. Wie eine Feste liegt es da, von schwerem gelbgrauem Gemäuer umfriedigt, an dem des Efeus faserige Wurzeln lang herabhängen.

Und auch damals schon wird der Schmied im Hone den Blasbalg gezogen und das rote Hufeisen im Bottich zum wütenden Zischen gebracht haben, denn zu jenen Zeiten hat der Schmied immer abseits gewohnt, der zauberkundige, unheimliche Mann, der die männermordende Waffe schuf, und weit ging man ihm aus dem Wege. Heute sucht man ihn gern auf, denn Trank und Speise bietet er den wegmüden Menschen, und gut sitzt es sich auf der alten Diele am sauberen Eichentisch, besser als in der neumodischen Veranda mit ihren bunt gedeckten Tischen.

So schön aber die alte Schmiede dort auch liegt, so fein sie mit ihrem schwarzweißen Fachwerk und dem hellblauen Rauch ihrer Esse absticht von dem dunklen Hintergründe des Piesberges, noch viel Älteres bietet der Hon. Aber es ist schwer, dahin zu gelangen. Zu schön ist der Blick in die Runde auf die Fichten und Lärchen und Buchen, zu lockend ist dahinter der Wald mit seinen efeuberankten Eichen, und kaum daß die Felder ihn ablösen, umfängt den Wanderer schon wieder Wald.

Dann aber ist auch das Ziel erreicht, das ungeheure Steindenkmal, das unbekannte Stämme ihren Häuptlingen türmten. Unheimlich starren die grauen Steine aus dem dunkelen Tannicht hervor, die ein untergegangenes Volk vom Piesberge schleppte und aufeinanderbaute, ein Volk, das kein Eisen, keine Dampfkraft, keine Maschinen kannte, das aber den spröden Feuerstein zu scharfen Messern und zierlichen Sägen zu schlagen und dieses Hünengrab zu bauen verstand.

Nichts, gar nichts wissen wir von ihm. Die wenigen Topfscherben, die sich dort fanden, die angebrannten Menschenknochen, die man dort ausgrub, sie geben uns keine Deutung von der Zeit, in der das Denkmal entstand, von dem Volke, das es schuf. Nur annehmen dürfen wir, daß es ein anderes Volk war als das, von dem die blonden Bauern rund herum abstammen, ein versklavtes Herdenvolk, denn die freien Sachsen gaben sich für solche Arbeit nicht her. Als sie hier Besitz ergriffen von Weide und Wasser, Wald und Wild, mögen sie schon verwundert vor den grauen Steinen gestanden, mit ihren eisernen Äxten dagegen geschlagen und gedacht haben, daß nur Riesen Zeit und Lust für solches Spielzeug gehabt hätten.

Als dann Karl in das Land kam, der freien Weidebauern Art und Sitte verwelschte, mag auch er sich von den vier riesigen Niggern in der goldverzierten Purpursänfte zu den alten Steinen im Hone haben tragen lassen, und die« klugen Mönche, die seine Reisetagebücher schrieben, schmückten den Besuch nach ihrer Weise aus. Die Chronisten der Klöster fügten weiteres Beiwerk hinzu, und so geht heute im Volke die Sage, das Karl diese Steine mit einer Weidengerte zerschlug.

Allerlei hat er zerschlagen in unseren Landen, aber diese Steine nicht. Einzeln wurden diese Quarzitbreccienblöcke vom Piesberg wintertags auf gewaltigen Eichenrollen über den langen, mit Bachwasser geglätteten Schneedamm zum Hone herabgezogen; die Knuten der Aufseher pfiffen auf die Schultern der Kriegsgefangenen, die die Blöcke dann bergauf winden mußten, während, ringsherum auf ihren Steppenrossen, die langen, mit Menschenhaarbüscheln geschmückten Lanzen über den Rücken, ihre schlitzäugigen Besieger zusahen, wie man ihrem toten Heerführer die Grabkammer baute, in der er ruhen sollte, sicher vor dem Haß des unterdrückten Volkes. Und als das Werk fertig war, gaben sie ihm tausend kriegsgefangene

Männer in die Erde mit und zogen weiter, neue Weidegründe zu suchen für ihre Herden und frischen Fraß für ihre Lanzen.

Nichts blieb von ihnen übrig, als dieser graue Stein, und in unseren Museen ein morscher grüner Ring, eine steinerne Speerspitze. Von dem Volke aber, dem blonden, blauäugigen, das nach ihnen hier erwuchs, blieben trotz der Römer und Franken, trotz der Schweden und Kaiserlichen, genug übrig, um der Väter schöne Art und gute Sitte zu wahren bis in unsere Zeit und sie sich durch fremde Zutaten nicht verkümmern zu lassen, so sehr auch Industrie und Verkehr sie zu beschneiden suchen.

Langsam und bedächtigt paßt sich das Volk in Land und Stadt der neuen Zeit an, nicht hinter ihr zurückbleibend, aber auch nicht vor ihr herhastend. Und als äußeres Zeichen seiner am guten Alten hängenden Art zerstörte es nicht die Erinnerungen an die stolzen Tage seiner Stadt, sondern ließ auf ihren Wällen die Türme und Schanzen stehen.

Eine davon, die Sankt Vitischanze, hat die Stadtverwaltung zu einer Wirtschaft ganz eigener Art ausbauen lassen. Hoch über der Hase liegt sie da, über breite Treppen muß man zwischen dicken Mauern zu ihr emporsteigen zu der Gemütlichkeit ihres Gärtchens und ihrer Zimmer. Am nettesten sitzt es sich zu zweien oder dreien an den schmalen Klapptischen in des alten Turmes Nischen, deren Wände Spruchverse tragen, die an die Geschichte der Stadt erinnern.

Gern kehrt der Osnabrücker hier noch einmal ein, wenn er aus dem Hone zurückkommt, und wenn er der Urzeit gedenkt, deren Zeugen er am Nachmittag besuchte, und der Tage, da die Kanonenkugeln der Dänen und Schweden gegen die Schanze flogen, dann fühlt er sich noch einmal so stark mit seiner Vaterstadt verbunden, in der ihn trotz neumodischen Lebens in ihren Straßen überall Mauern und Steine daran erinnern, daß er ein Glied einer unendlichen Kette von Geschlechtern ist, die sich seit Jahrtausenden in Kampf und Arbeit hier entwickelte.

Und ein solches Gedenken schafft freudigen Bürgersinn.

Münsterische Luft

Nicht viele deutsche Städte können sich rühmen, eine eigene Luft zu haben, vorzüglich Berlin nicht, obgleich seine Spezialdichter und Lokalfeuilletonisten recht viel von Berliner Luft singen und sagen.

Die Größe und Bedeutung einer Stadt kommt hier nicht in Frage; Göttingen hat zum Beispiel eher eine Luft als Hannover, wenn auch nicht in dem Maße wie München, Leipzig, Hamburg oder Münster.

Um diese Luft hervorzubringen, gehört einmal eine eigene, durch die geographischen und politischen Verhältnisse bedingte Geschichte und eine daraus entstandene gewisse Abgeschlossenheit dazu, der wieder eine Vorherrschaft der alteingesessenen Bevölkerung und eine Stabilität der gesellschaftlichen und sozialen Einrichtungen und Formen entspricht; zeigt sich auf diesem Untergrunde noch einigermaßen selbständiges geistiges Leben, hat sich noch eine bodenwüchsige Bauweise erhalten und treten noch allerlei kleine Eigenheiten in Lebensart und Sitte hervor, dann ist die eigene Luft da, und der Name des Ortes wirkt dann nicht nur als geographischer Begriff, sondern als sinnenfälliger Gegenstand.

Das ist bei Münster in hohem Maße der Fall; wer die Stadt kennt, sieht, wenn er auf ihren Namen stößt etwas Festes vor sich: eine graue Steinarchitektur in grünem Laubwerk, in der sich ein von bunten Prozessionen und tollem Mummenschanz unterbrochenes bürgerliches Leben abspielt, ein behäbiges Leben, wie es seit dem Anfang des neunzehnten Jahrhunderts sonst fast überall in Deutschland verschwunden ist, das sieht er und hört die breite gemütliche Sprache, riecht den Duft von Weihrauch und Backöl, und er empfindet den würzigen Geschmack des eigenartigen Gebräus, das man dort verzapft; auf diesem Hintergrunde tauchen dann einzelne Menschen und ganze Gruppen auf, die Wiedertäufer, Fürstbischof Bernhard von Galen, das bunte Leben bei dem Abschlüsse des westfälischen Friedens, die Gräfin Gallitzin und ihr Kreis, die feinen Züge der Dichterin vom Rüschhaus, die derben des Professors von der Tuckesburg. Man hat etwas bestimmtes vor sich, denkt man an Münster.

Schon das Land, in dem die Stadt liegt und dem sie den Namen gab, das Münsterland, hat das, hat seine Luft, allein schon in meteorologischer Beziehung : es ist auf drei Seiten von Bergen umschlossen, nur nach Westen geöffnet; so ist es überreich an feuchten Niederschlägen, hat einen sehr hohen Grundwasserstand, ein sehr gleichmäßiges, an kalten Wintern und heißen Sommern armes Klima. Auch seine geologischen Verhältnisse zeigen dieselbe Ausgeglichenheit; alle möglichen Bodenformationen kommen dicht beieinander vor, und wenn das Land es auch hier und da zu netten Hügelchen und hübschen Berglein bringt, so vermeidet es doch alle Gewagtheiten und Schroffheiten: Bäche und Flüßchen, Trümpel und Teiche sind reichlich vorhanden, ein Strom und ein See fehlt; Büschchen und Hölzchen trifft man auf Schritt und Tritt an, große Waldungen wenig; die Gegensätze zwischen Heide, Busch und Bauland werden durch die Wallhecken überall hübsch ausgeglichen; die Tier-und Pflanzenwelt ist mehr durch das Fehlen einiger weitverbreiteter, als durch das Auftreten ausgezeichnet; kurz und gut: das Münsterland zeigt in naturwissenschaftlicher Beziehung den Zug zu philisterhaft genügsamer Durchschnittlichkeit. Diese Neigung verleugnet das Land auch nicht bei seinem Volke. In körperliche Hinsicht ist es ein guter Durchschnittsschlag, der eher zur Beleibtheit als zum Gegenteil neigt; unter den Frauen finden sich viel Schönheiten, doch mehr von der bekömmlichen als von der aufregenden Art. Rede und Geste des Münsterländers ist bedächtigt, die Sprache breit und behäbig und reich an Eigenheiten, der Gesichtsausdruck von heiterer Gelassenheit : sehr erklärlich für die Bewohner eines Landes, dessen Beschaffenheit ihnen weder Not noch Sorge macht, ihnen auch keine Aufregungen beschert und keine Strapazen auferlegt, sie also nie aus dem seelischen und körperlichen Gleichgewichte bringt. Dem dadurch erzeugten Behäbigkeitsgefühle entspricht wieder eine bedächtige Wertschätzung von Speise und Trank, Ruhe und was sonst das Leben angenehm macht; man ist oft und gern und übereilt sich dabei nicht, und hält es mit dem Trinken ebenso, und obgleich dort, wie das feuchte Klima es einmal mit sich bringt, viel getrunken wird und schwere Getränke geschätzter sind als leichte, so fällt die

Wirkung im Durchschnitt nicht so unangenehm auf wie in Gegenden, wo mit dem schnellen Blut der Alkohol schneller durch die Adern fließt. Auch in geistiger Beziehung ist der Münsterländer ein Erzeugnis seines Landes, er ist ein Philister im besten Sinne, das Muster eines guten Untertanen. Wie ihm die Oberflächengestaltung seines Vaterländchens keine weite Aussicht gestattet, denn überall beengen Wallhecken oder Büsche oder Hügelchen seine Blicke; so hat er auch seine geistigen Augen auf die Nähe eingestellt und kümmert sich nur um das Erreichbare und Reale, zumal für die spekulativen und mystischen Untergrundschichten seiner Seele in auskömmlicher Weise von der Kirche gesorgt wird. So kommt es, daß trotz der verhältnismäßig sehr großen Begabung und Bildung des Volkes wirklich große Menschen so selten sind, daß sie, wie der streitbare Bischof Bennatz von Galen und wie der Vorspuk der modernsten deutschen Dichtung, Annette von Droste-Hülshoff, mehr als Gegensätze zu ihrem Volke und mehr als Ausnahmeerscheinungen, denn als Verdichtungsergebnisse der latenten Volkseigenschaften aufzufassen sind; das zeigt sich schon darin, daß die beiden größten Münsterländer bei Lebzeiten in ihrem Vaterlande nicht verstanden wurden, und heute noch haßt der Münsterländer den genialen Kirchenfürsten, heute noch schätzt er von der Dichterin nicht ihr Bestes, nämlich ihren Zug zum Dämonischen. Dieser Zug fehlt ihm aber selber auch nicht, wie die unzähligen, seltsamen und oft unheimlichen, aber stets vor hoher dichterischer Anschauung durchtränkten Sagen und Märchen beweisen, die in seiner Heimat entstanden; aber nur einmal hat er diesen Zug, dessen Vorhandensein erklärlich ist bei einem Volke, dessen Leben von der Natur und der politischen und religiösen Verfassung mit engen Wallhecken umgeben wurde, in die Tat umgesetzt, hat nur einmal die politisch-religiöse Formel dafür gefunden, in der Wiedertäuferbewegung nämlich; da ihm das aber herzlich schlecht bekam, so mißtraute er seit den Tagen des Jan van Leyden diesem Zuge seine Seele und unterdrückte ihn nach Kräften, bildete den Hang zur Bequemlichkeit immer mehr aus und vermied jahrhundertelang alles, was geeignet erschien, seines Lebens Gleichmaß zu unterbrechen.

So wie seinem Lande alles Gewaltsame und Großartige fehlt, so meidet auch er es, und sogar seine Kirchenbauten verraten die Abneigung dagegen, sich über das allgemeine Niveau zu erheben: fest und wuchtig stehen sie auf dem Boden, sind reichlich mit allem versehen, was dazu gehört, aber damit hört es auch auf; ihre Türme wurden entweder nicht fertig, oder geschah es einmal, daß einer von ihnen, wie der Lambertiturm, über das durchschnittliche Maß hinauswuchs, so ging es ihm, wie es Annette von Droste-Hülshoff ging, man duckte ihn. Hochragende Türme und in das Blaue strebende Menschen verträgt die münstersche Luft nicht, und erst heute, seitdem Eisenbahn, Industrie und Fremdenzuzug ihre Ungemischheit zerstörten, brachte man es fertig, dem Lambertiturm wieder eine Spitze zu geben; aber sie wirkt ebenso unorganisch in dem Gesamtbilde der Stadt wie die elektrische Bahn, die durch die alten Straßen saust, wie die Fabrikschlote, die sich über die spitzen Ziegeldächer erheben, wie die prunkvollen Anlagen an der Stelle der alten Wälle und Stadtgräben, wie die breiten Straßen und modernen Häuser der neuen Stadtteile, vor denen die engen Heckenwege verschwinden mußten, und wie noch vieles andere, das sich eifrig bemüht, des alten Münsters Eigenart zu durchbrechen oder zu verdrängen und seine Lust zu verdünnen.

So heftig wie vor zehn Jahren ist die münstersche Luft freilich nicht mehr. Das sieht man schon aus dem Rückgang des Altbierverbrauchs. Die alten gemütlichen Kneipen, in denen freundliche, saubere, echt komplett von der Natur ausgestattete Mädchen mit hellblonden Haaren und Gesichtern wie Milch und Blut das eigentümliche Gebräu kredenzten, das dem echten Münsteraner gerade so gut schmeckte und bekam, wie dem Fremdling schlecht, verschwinden vor den banalen Bierhallen und Restaurants mit ihren banal befrackten Kellnern, die dem Gaste dieselben banalen Getränke bringen, wie überall in Deutschland. Einige dieser alten Brau-und Schankstätten haben sich aber noch erhalten, und wenn das bürgerliche Leben dort auch nicht mehr so ausschließlich zusammenfließt wie vordem, ein Teil blieb ihm noch treu. Die hastige Zeit, die viel mehr Arbeit verlangt als früher der Fall war, erlaubt dem Handwerker und Kaufmann freilich kaum mehr seinen zweistündigen Frühtrunk und sein Dämmerschöppchen von sechs bis acht Uhr, wie es vor einem Jahrzehnt noch allgemein üblich war, und zur geselligen Unterhaltung und Erholung nimmt man immer mehr die Zeit nach dem Abendessen. Auch die Reihe der langen Pfeifen an den Wänden hat sich gelichtet; man ist nicht mehr bequem genug, um sich diese Bequemlichkeit leisten zu können, und zieht mehr und mehr die Zigarre vor. So zahlreich wie früher ist die Gesellschaft an den weißgescheuerten Eichentischen der sauberen, gemütlichen Altbierküchen auch nicht mehr, und nicht mehr so bunt und gemütlich wie früher, als alle bürgerlichen Stände dort vertreten waren; der alte Zunftgeist verschwand, aber der neue, der das Volk in religiöse, politische und soziale Schichten zerschnitt, kam, und Münsters Bürgerschaft ist nicht mehr, wie ehedem, die eine große Familie, die sich, wenn auch hier und da mehr schlecht als recht, so doch leidlich vertrug. Wie man einst Königsberg die Stadt der reinen Vernunft nannte, so konnte, nein, mußte man Münster die Stadt der reinen Gemütlichkeit nennen. Was war das Leben dort früher gemütlich. Nirgendswo lebte man ein gemütlicheres Familienleben; nirgendswo, wie zu Münster unter dem Bogen, gab es ein gemütlicheres, für die jüngere Welt mit allerlei zärtlichem Beiwerk verbundenes Bummeln; nirgendswo saß man mit solcher von keinen Gedanken an das Geschäft und den Beruf getrübten Gemütlichkeit im Wirtshause, nirgendswo ging man so oft langsamen Schrittes bis zum nächsten Kaffeehaus vor dem Tore, wo es einen so herrlichen Kaffee, so prächtigen Korinthenstuten, so leckere Stippmilch und so deftige Schinkenbutterbrote gab. Ja selbst das kirchliche Leben entbehrte nicht der gemütlichen Zuge: es war zu sehr mit dem Volkstum verwachsen, um nicht ein gutes Stück irdische Sinnlichkeit daraus abzukommen. Bei ihren fröhlichen Spielen sangen die Kinder auf der Straße einen gereimten Katechismus und bettelten sich von jedem Vorübergehenden Geld zur Lambertifeier zusammen, so daß selbst der Protestant lächelnd seinen Groschen in die ausgestreckte Kinderhand legte und so sein Teil dazu beitrug, daß Sünte Lambert abends gehörig geehrt werden konnte.

Aber alle weltlichen Freuden übertraf doch das Fastnachtsfest. Damals, als jedweder jeden kannte und jedweder mit jedem in irgendeinem nahen oder entfernten Grade verwandt oder verschwägert oder intim befreundet oder noch intimer verfeindet war, da war Fastnacht noch etwas; heute aber, wo man von zehn Menschen kaum einen beim Namen kennt, ist das Beste davon fort, und wenn nicht die Fastnachtsspiele im Zoologischen Garten dem Karneval Jahr für Jahr sein echt münstersches Gepräge gäben, dann wäre es heute nur noch eine dreitägige Massenalkoholisierung, wie sie ebensogut! an anderen Orten bei Schützenfesten passiert.

Die Fastnachtsspiele der Zoologischen Abendgesellschaft aber bringen noch immer echt münsterischen Humor in das Fest, und wie seit zwanzig Jahren, so ist auch heute noch der große Saal immer voll von frohen Menschen aller Volksklassen, und mag das Stück, das Natzohme oder, wie er im bürgerlichen Leben heißt, Eli Marcus, seines Zeichens Schuhwarenbesitzer und Poet dazu, verfaßte, so oder so heißen, und mag auch des Dichters meist harmlose, oft aber auch ein bißchen bissige Satire dies oder das verspotten, das Stück zieht Abend für Abend.

Wenn auch der Mann, auf dessen Veranlassung diese Fastnachtsstücke entstanden, Hermann Landois, dessen ganzes Dasein ein Kampf gegen die Verdünnung der münsterischen Luft war, nicht mehr am Leben ist, sein Geist wirkt auch heute noch der Verflachung des Münsteranertums entgegen, und alle Jahre Fastnacht erscheint er wieder und durchdringt Münsters ganzes Leben. Wer einmal eine Fastnachtsvorstellung in dem bunt und schnurrig aufgeputzen Saale des Zoologischen Gartens miterlebte, wer einmal die tollen allgemeinen Lieder mitsang, einmal altmünstersches Leben auf der Bühne sich abspielen sah, der ist zum Verständnis für die Art des Lebensführung gekommen, wie sie einst allgemein Münster beherrschte, um sich jetzt langsam auf immer kleinere Volksbestandteile zurückzuziehen, deren Mitglieder, unfähig, sich der modernen Zeit anzupassen, langsam oder schneller samt allem, was münsterisch ist, zugrunde gehen. Manches davon muß verschwinden, weil es veraltet und überlebt ist; aber mit ihm vergeht vieles, das schön und erhaltenswert ist, und selbst in dem Verbrauchten und Unzeitgemäßen steckt ein Teil von der Macht, die dem ganzen Leben den Zug einheitlicher Kultur verlieh; der Drubbel, dieser seltsame Häuserblock, ist gewiß ein großes Hindernis für den Verkehr, aber fällt er, so fällt vielerlei mit ihm, vor allem der Sinn für die farbige Wirkung der alten Namen und für die plastische Sprache vergangener Tage, und an seine Stelle tritt der banale Geist des bureaukratischen Schematismus und sucht, was er verschlingen könne.

Alte, liebe krause, schnörklige Straßennamen, wie Tasche und Katthagen und Brink und Krummer Timpen, erregen dann mißfälliges Nasenrümpfen und werden nach der Schablone umgetauft: die vorspringenden Geschosse der Häuser entsprechen den stadtbauamtlichen Anschauungen nicht mehr und müssen zurück in Reih und Glied; so geht ein Stück münsterschen Lebens, ein Teil münsterscher Luft nach dem ändern fort, Münster wird eine Stadt wie jede andere, in der die alten Kirchen und Adelshöfe ebenso anachronistisch und unorganisch wirken, wie es die lächerlich hohe Mariensäule, deren fabrikschornsteinartige Gestalt die wuchtige Dachlinie der Ludgerikirche so rücksichtslos überschneidet, heute schon tut... Aber der Sinn für das deftige und Einfache schwindet immer mehr; man sieht es an der Jugend. Vor zwanzig Jahren vermied der münsterische Gymnasiast ängstlich alles, was an Komiseleganz erinnerte; der grüne Jagdhut; der derbe Eichenstock dunklen ihm nach dem Spruche: »Feine Kerls brauchen keine feinen Sachen«, standesgemäß. Heute trägt er den schwarzen Geschäftshelm, den Kragen mit Rückantwort und das bleistiftdünne Flanierhölzchen, als wäre er ein angehender Börsianer; er ist nicht mehr so vierschrötig und setzt nicht mehr allen Ehrgeiz auf die unregelmäßigen griechischen Verba, er hat Formen bekommen, kann Tennis spielen und flirten, verkehrt im Café und in der Konditorei, von Altbier wird ihm schlecht, die lange Pfeife erscheint ihm pöbelhaft, was ein Töttchen ist, weiß er nicht, und den Glauben an das Dasein des Wurstbrötchens hat er längst eingebüßt.

Der Jugend gehört die Welt, und darum wird die Welt so, wie die Jugend es wünscht, und da Münster seit einiger Zeit auch in der Welt liegt, so wird auch Münster so. Schon weiß die hübsche junge Wirtin in der altbekanntesten Altbierwirtschaft nicht mehr, was ein Bennätzken ist; schon gibt es in Münster Menschen die noch niemals Stockfisch und Buchweizenstruwen aßen, eine Wallhecke nach der anderen fällt unter der Axt, durch die stille Heide geht der Kanal, und wo einst Dokter Longinus noch allerlei Tierzeug für das Museum jagte, da fiedelt jetzt polnisches Volk. Ach ja, es wird alles anders, oder ward es schon. An Stelle der alten Kaffeehäuser aus Fachwerk treten prunkvolle steinerne Restaurants mit zwei Stockwerken, kein Mensch mag mehr Knabbein, Studenten mit geflickten Hosen gibt's es nicht mehr, sechzehnjärige Mädchen, spricht man ihnen von Liebe, kriegen schon Heiratsgedanken. Aus Adelshöfen wurden Bierbrauereien und stilvolle Weinstuben, die Verkäuferin im Laden fragt: »Sie wünschen?« anstatt des alten trauten »'s che-fällig?« Das schöne Tanzlied »hopp Marjänchen« sank in des Vergessens Nacht, kein Dienstwicht mag mehr Holsken tragen, schlechter Kognak ersetzt den guten alten Klaren, im Zoologischen Garten fügen sich selbst die Tiere dem Reglement und brüten dort, wo es die Direktion befiehlt, und selbst die Appeltiewen unter dem Bogen zwingen sich zu einer gewissen Freundlichkeit gegen ihre Abnehmer.

So schwindet dies, so schwindet das, und weicht vor der neuen Zeit, die langsam, aber sicher aufräumt mit der münsterschen Luft.